grafit

Chemnitzer Str. 31, 44139 Dortmund
Internet: http://www.grafit.de
E-Mail: info@grafit.de

Dieses Werk wurde vermittelt durch die Agentur Editio Dialog,
Dr. Michael Wenzel, Lille.
Umschlagmotive: Pan Xunbin/shutterstock.com
Druck und Bindearbeiten: CPI – Clausen & Bosse, Leck
ISBN 978-3-89425-472-8
1. 2. 3. / 2018 17 16

Carlo Feber

Das Spiel der Anderen

Thriller

grafit

Der Autor

Carlo Feber stammt aus der Pfalz und studierte Politologie in Paris und Berlin, wo er heute noch lebt. Zunächst war er als Arbeitswissenschaftler und Projektmanager im Medienbereich tätig. Seit 1995 schreibt er Krimis und historische Romane. Außerdem arbeitet er als Roman-Coach und gibt Creative-Writing-Unterricht bei verschiedenen Kultureinrichtungen.

Prolog

Erst wenn der letzte Baum gerodet, der letzte Fluss vergiftet, der letzte Fisch gefangen ist, werdet ihr merken, dass man Geld nicht essen kann.

Doch, man kann. Die Scheißindianer irren sich. Ich knie mich in die Ecke und stecke wie ein Hund die Fresse in den Napf, auf den ihr diesen blöden Spruch geklebt habt. Der Berg zerknüllter Scheine riecht nicht und kitzelt mir bloß die Nase. Aber ihr beschissenes Pack wollt eine Show.

Ich reiße den Mund weit auf, werfe den Kopf zurück und hacke mit den Zähnen in den Geldhaufen. Ein roter Zehner rutscht von meinen Lippen. Aber ein Zwanziger bleibt mir an der Zunge kleben. Langsam zerbeiße ich den Schein. Hört ihr das Papier knistern? Fetzen haften an meinem Gaumen wie fades Knäckebrot, das nicht rutschen will. Wie alter Rauch hängt mir beim Runterwürgen der pappige Scheißgeschmack auf der Zunge. Immer noch auf den Knien richte ich den Oberkörper auf und fische einen Zweihunderter aus dem Napf.

»Soll ich den auch noch fressen?«

Ich rutsche rückwärts über das Bodenblech. Mit dem Schein wedele ich zur Neonröhre weit über mir hinauf. Ihr haltet mich wohl für blöd. Irgendwo da oben steckt eure Cam. Oder warum lasst ihr sonst Dauerlicht brennen, ihr Arschlöcher, wenn ihr mich nicht überwacht?

Ich rappele mich hoch, drehe mich vor den grauen Wänden im Kreis.

Diese Entführungsnummer macht mir keine Angst. Ich habe schon in schlimmeren Dreckslöchern gesteckt als in diesem cleanen Ding.

»Fuck you.« Glaubt bloß nicht, dass ich eure Spielchen lange mitmache.

Mit dem Zweihunderter stopfe ich mir den Mund voll und

zeige euch den Mittelfinger. Der große Schein kaut sich zäh und schmeckt nach muffiger Socke. Muss würgen, scheiße. Aber den Gefallen tue ich euch nicht, dass ich mir selbst auf die nackten Füße kotze. Ich balle die Fäuste – und kriege den Papierklumpen doch noch runter.

Ich grinse zum toten Bildschirm am schmalen Ende des Panic Rooms. Verbergt ihr euch hinter dieser Mattscheibe?

»Jetzt seid ihr dran.«

Ich war immer gut beim Pokern: in der Bank, im Business, im Bett.

Na, wo bleibt die Drohung per Lautsprecher?

Ich deute auf den Napf. »Das Indianergeschwätz ist also schon alles. Ich soll wohl glauben, dass nicht ihr es wart, die mich hier eingekerkert haben. Aber so einen Scheiß denkst nur du dir aus, Sergej. So ein billiges Theater habe ich nicht verdient, nach allem, was ich für dich getan habe.«

Ich warte. Wer weiß wie lange. Ich spüre noch Nachwirkungen von diesem Scheißzeug, das ihr mir gespritzt habt. Komme mir vor wie in einer winzigen Flugkabine vor lauter grauer Farbe überall. Die Wandelemente vibrieren aber nicht, sperren mich bloß ein. Je drei längs, eines quer, macht rundherum acht. Eines davon muss die Tür sein. Panic Rooms sind alle so konstruiert, habe selbst einen.

Ich lehne mich mit der Schulter gegen die Wand, kühl und glatt ist die Fläche. Mit den Fingern fahre ich die Belüftungsfugen über meinem Kopf entlang. Aber selbst wenn ich wüsste, welches von den Paneelen der Ausgang ist, würde mir das nichts nützen. Sergej hat mir bei dem Überfall alles abnehmen lassen – Schlüssel, *iPhone,* Gürtel, Schuhe –, mit dem ich auch nur irgendwie die Belüftungsfugen hätte aufhebeln können. Nur den verdammten Slip haben sie mir nicht ausgezogen.

Ich sacke auf die Pritsche. Das weiße Spannbetttuch kratzt unter meinen Schenkeln und riecht nach Desinfektionsmittel. Ich will die Beine hochziehen, die Knie umfassen und lass es. Sonst denken die Arschlöcher da draußen noch, sie knacken mich. Ich starre auf meine Füße und wackele mit den Zehen wie in der Badewanne.

In der Bank haben sie die Entführung sicher längst bemerkt. Die Verhandlungen mit den Saudis sind zu wichtig, den Prinzen hätte ich niemals versetzt. Auf die Gschonnek kann ich mich verlassen, die ist die beste Assistentin, die ich je hatte. Sobald in Zürich einer von den Managern bei ihr nachgehakt hat, warum die *German Global Credit* den Prinzen warten lasse, hat sie bestimmt erst eine plausible Ausrede erfunden und danach den Vorstand alarmiert. Wahrscheinlich wird Schindhelm den Termin übernommen haben, die war in der Bank. Die hat inzwischen den Notfallplan aktiviert.

Cool bleiben.

Die Spezialisten sind längst dran und werden mich finden …

Zeit ist Zeit ist keine Zeit.

Ich schrecke von der Pritsche hoch, setze mich auf. Meine Kehle habe ich wund geschrien. Die Spezialbeschichtung schluckt jeden Ton. Ich kratze an dem grauen Wandpaneel und höre nichts bis auf ein irre hohes Sirren: entweder die Belüftung dieses Panikkäfigs oder meinen Tinnitus. Ansonsten herrscht absolute Stille, nur zerrissen von den Geräuschen in meinem Bauch.

Die Schweine meinen es also wirklich ernst. Nichts. Seit Stunden.

Mir kommen die verdammten Euros hoch. Ich mache einen schnellen Schritt in die Ecke und würge einen blau-gelben Papierbrei in das Chemoklo. Nicht mal die Farbe der Scheine ist verblasst. Ich spucke die letzten Bröckchen sorgsam aus. Der bittere Geschmack bleibt.

Sergej will mich also auf diesen verdammten fünf Quadratmetern verrecken lassen. Und die anderen machen mit.

Denkt bloß nicht, dass ihr davonkommt. Die Bank verzeiht nichts.

Scheiße, wird es warm in diesem Kasten. Sergej grillt mich

buchstäblich. Die Vorstellung, dass er jetzt hinter der Mattscheibe hockt, mich aus seinen braunen Falkenaugen anglotzt und sich über sein lächerliches spitzes Leninbärtchen streicht ... Ich haue mit der Faust gegen das Wandpaneel, bis ein dumpfer Schmerz in meiner Handkante pocht.

Energieverschwendung. Keep cool. Noch mal ganz von vorn ... Dieses ganze Affentheater mit der Entführung aus der Bank, das hat Sergej doch nicht umsonst gemacht. Nicht genau den Freitagabend abgepasst, an dem ich nach Zürich wollte. Den Vorstandsfahrstuhl zur Tiefgarage abfangen, okay, das war keine allzu schwere Operation. Sergej, du mieser Arsch hast irgendetwas vor. Sonst hättest du einfach einen Killer auf mich angesetzt – das leise Plopp eines Schussdämpfers in der Tiefgarage, keiner hätte was gehört. Du hast dir mehr Mühe gemacht. Du hast diesen Typen in eine Anarchokluft gesteckt und ihm eine alberne Maske aufgesetzt, damit es eine Spur für die Polizei gibt. Sonst hättest du mich nicht in diesem beschissenen Panic Room versteckt. Du hast noch was mit mir vor, Sergej.

Drei Tage ohne Wasser überlebt der Mensch, vielleicht vier. Zwei davon sind mindestens schon rum.

Wenn ich doch nicht alles ins Chemo-Klo gelassen hätte dann könnte ich wenigstens meine Pisse trinken und länger durchhalten.

Die Wände verschwimmen. Die Pritsche ist weich und doch nicht weich. Ich bleibe liegen. Wenigstens ist sie lang genug für meine Beine. Von jetzt an spart mir jede Kalorie, die ich nicht verbrauche, Wasser im Stoffwechsel und verlängert mein Leben

So langsam durchschaue ich dich, du hinterfotziges Arschloch aus der usbekischen Steppe. Weil du den Preis der Bank nicht akzeptiert hast, willst du sie jetzt ganz einfach erpressen.

Ich lache dich wieder aus. Nur lauter. »Stell ruhig deine Forderungen, Sergej. Die Bank wird auf alle deine Wünsche eingehen.«

Verhandlungen bedeuten für mich auf jeden Fall Wasser – bal

schon. Und bevor du überhaupt merkst, dass wir dich beschissen haben, werden du und deine Leute tot sein. Dafür wird gesorgt.

Sonya und ihre Topanwälte werden auch gemerkt haben, dass ich seit Tagen verschwunden bin … Unsinn, die Sicherheitsleute der Bank haben sie direkt informiert. So steht das im Notfallplan: *Bei Entführungen wird die gesamte Familie umgehend gewarnt und von der Bank betreut.* Sonya wird das nicht passen, aber Scheidung hin oder her, sie wird schon wegen des Jungen kein Risiko eingehen. An Jan darf ich nicht denken …

Das Neonlicht brennt mir durch die Lider. Besser, ich lege mir den Slip über die Augen, damit ich schlafen kann.

Durst. Nur Durst.

Wer lacht da?

Wasser? Was …?

1

Vom Toten war nicht viel übrig. Das Mercedes SLS Coupé war völlig ausgebrannt. Im verkohlten Schädel konnte sie gerade noch die Augenhöhlen und den Mund erahnen. Hinter dem Steuer hockte die Leiche, beinahe auf Puppengröße geschrumpft. Bei einem Wasseranteil von sechzig bis siebzig Prozent im menschlichen Körper war das kein Wunder. Der Tote war ungefähr auf Bauchhöhe schräg eingeknickt.

Langsam umkreiste Polizeihauptkommissarin Kara Menzel das ausgebrannte Chassis. Vom Silbermetalliclack war wenig übrig, das Blech changierte zwischen Schwefelgelb und rußigem Schwarz.

Zehn Uhr früh, Kara liebte die ersten Minuten am Tatort. Schon beim Anruf ihres Teamkollegen war ihr Montagsblues verflogen. Selbst der giftige Gestank nach verschmortem Plastik störte sie nicht. Der konnte genauso wichtig werden wie alles andere hier, der Zustand der Baumblätter rund um die Felgen oder eine Faser vom Rücksitz.

»Ich wollte, dass Sie die Leiche noch in situ sehen.« Gerbert von der Spurensicherung stand bei der unter der Hitze aufgesprungenen Fahrertür. »Ist nichts für schwache Nerven.«

»Keine Sorge, wir sind hart im Nehmen.« Jörg Olvers, ihr Kollege, schaute bei diesen Worten zu den anderen aus dem Team hin, die rings um das Wrack das tote Laub im Tegeler Forst durchkämmten.

»Achten Sie vor allem auf die Lage der Hände auf dem Steuer.« Gerbert mochte kein Geplänkel. Eine lange Haarsträhne war über sein linkes Brillenglas gerutscht, als er von der Fahrertür zurücktrat.

Jörg lugte um den Frontrahmen herum, betrachtete das Wageninnere. Er strich sich mit dem Daumen über den blonden Vollbart. »Der Sicherheitsgurt hat schnell gebrannt und den Körper eingeschnürt.«

»Du könntest recht haben.« Kara schätzte ihren Kollegen für seinen scharfen Blick. »Sie war also angeschnallt.«

»Er.« Gerbert wies auf die fünf Knochenstümpfe, die wie abgebrochene Kohlestifte am Lenkrad klebten. »Doch, doch. Ganz sicher ein Mann.«

»Okay.« Blauschwarze Flocken lagen auf den klumpigen Resten des Fahrersitzes und überzogen das übrig gebliebene Metall der Halterung. »Er war wohl bekleidet. Anzug, Hemd.« Sie deutete auf Rückstände unter dem Schädel. »Was ist mit den Schuhen?«

»Eine Verkleidung unter dem Lenkrad ist im Feuer geschmolzen. Das Plastik ist auf die Beine des Opfers getropft und hat dort diese Rußformation hinterlassen.« Gerbert nahm eine Tüte von der Kühlerhaube und hielt sie Kara vors Gesicht. Darin steckte ein schwarz glänzendes Klümpchen. »Ich werde sehen, ob wir im Labor etwas analysieren können. Die Karbonisierung bei den extremen Temperaturen löscht so ziemlich alle Spuren aus.«

Kara umrundete mit Jörg das Wrack. »Den Wagen so abzufackeln, sieht ganz nach einer klassischen Methode aus. Der anonyme Hinweis auf den Tatort heute früh passt auch dazu.«

»Du meinst, die organisierte Kriminalität hat zugeschlagen?« Jörg musterte sie aus eisblauen Augen.

Ihr entging die leise Enttäuschung in seiner Stimme nicht. »Keine Angst. Ich will den Fall nicht an die Sonderabteilung loswerden.«

»Dachte schon.«

»Na hör mal. Routine haben wir oft genug.«

»Auf die Eifersuchtsdramen bei Hartz und Co in Neukölln könnte die Chefin echt mal die Kollegen ansetzen.«

Jörg klang fast ein wenig motzig. An Kriminalrätin Doktor Vera Werchteshaus wollte Kara jetzt lieber nicht denken.

»Organisierte Kriminalität ist hier statistisch schon Quatsch.« Gerbert zog Kara vom Wrack weg, damit seine Spurensicherer Platz hatten. »Die Banden fackeln in Berlin nicht allzu oft Autos ab. Schon gar nicht solche.« Er zog sich eine Schutzmaske über und schlug den Sichtschutz vor das Gesicht. »Wenn die Kollegen uns nun die Leiche bergen lassen würden.«

Kara stapfte mit Jörg ein paar Meter vom Wrack weg durch das trockene Laub. »Wie weit ist es bis zur Straße? Du kannst besser schätzen.«

Ihr Kollege beschattete mit seiner Hand die Augen gegen die Vormittagssonne. »Fünfzig Meter. Der Tatort ist gut ausgesucht.« Er deutete zwischen den Bäumen hindurch auf die leichte Biegung des Waldweges. »Den Wagen hätte man nicht stehen sehen, selbst wenn jemand zufällig genau bei der Einmündung hier am Straßenrand gehalten hätte.«

Kara rieb sich die Schläfe. »Um Raub geht es also nicht, sonst hätte man …«

»Ich würde die hunderttausend Euro auch nicht abfackeln.«

Sie runzelte die Stirn. So teuer war der Wagen?

Jörg lachte. »Wenn das reicht. Der Mercedes war sogar getunt.«

Kara mochte seinen Ermittlungsehrgeiz, auch wenn sie ihn

manchmal bremsen musste. Ihr Kollege testete gern mal die Grenzen der Legalität aus. So wie er gerade zu Boden schaute, knobelte er an Fakten. »Dir ist doch eben was aufgefallen, oder?«

»Mein Weg zum Tatort war einfach kürzer als deiner. Die Jungs von der Spurensicherung haben gerade die Splitter der Frontscheibe eingetütet, als ich angekommen bin. Da konnte ich ein Bruchstück gegen das Licht halten. Die grau getönten Scheiben gibt es nicht serienmäßig.«

»Eine Sonderanfertigung ist doch schon mal ein Ansatz«, sagte Kara.

Jörgs Smartphone meldete sich mit einem Triangelton. Er nickte kurz und checkte die Nachricht. »Sonnleitner von der Recherche. Ich habe ihn gebeten, bei den hiesigen Mercedes-Vertretungen nachzuhorchen.«

»Sehr gut.« Kara hob den linken Daumen. Schnelle Ergebnisse würden es Frau Doktor Werchteshaus schwerer machen, ihnen den Fall zu entziehen.

Jörg wischte mit dem Daumen über das Display, las die Nachricht. Sein schmales Gesicht wurde hart.

»Was ist?«

»Oh, oh, *Chérie*«, flüsterte er. »Wenn der Tote identisch mit dem Besitzer des Wagens ist, werden wir nur alles falsch machen können.« Er ließ das Smartphone sinken. »Mehr Promistatus geht kaum. Der Auftraggeber der Sonderausstattung war Joachim Fokker, der Vorstandsvorsitzende der *German Global Credit*.«

»Der?« Kara drehte unwillkürlich den Kopf zum ausgebrannten Wrack, wo Gerberts Leute noch beschäftigt waren. Wenn das stimmte, war vom mächtigsten Mann der deutschen Finanzszene nichts als ein Häufchen Asche in einem ruinierten Statussymbol übrig.

»Als Konzernlenker war Fokker alles andere als unumstritten. Dass er tot ist, wird einigen mächtigen Leuten gefallen«, sagte Jörg

Kara wandte sich ihm zu. »Es ist schon schwierig, normalen Menschen ein Mordmotiv nachzuweisen.«

Ihr Kollege fuhr sich über den glatt rasierten Schädel. »Da wird unsere Chefin jetzt aber schlecht schlafen.«

Kara sagte nichts. Die Werchteshaus würde zuerst dafür sorgen, das ihre eigene Position abgesichert war. Sie stellte auf ihrer *Facebook*-Seite fast nur Fotos von Empfängen ein, die sie mit Innenpolitikern im Gespräch zeigten. So eine wollte ganz nach oben. Außerdem war die Kriminalpolizei mindestens so anfällig für politische Einflussnahme wie jede andere Behörde im Land.

»Du weißt, was das für uns heißt?«, fragte Jörg leise. »Die Chefin denkt jetzt schon darüber nach, wie sie dich und das Team als Sündenbock aufbauen kann, Kara.«

Recht hatte er. Und Kara dachte genauso schon daran, wie sie das verhindern würde. »Das muss sie erst einmal schaffen.« Das Laub raschelte unter ihren Füßen, als sie zum Dienstwagen ging. »Auf ins LKA.« Jörg hatte den Autoschlüssel. Sie hielt ihm die offene Hand hin. »Ich fahre, sonst kommen wir bei deinem Bleifuß nie heil an.«

»Spielverderberin.« Mit einem Seufzer ließ er den Wagenschlüssel in ihre Hand fallen.

2

Sanctus stieg kurz vor zehn die U-Bahn-Treppen am Potsdamer Platz hinauf. Genau vor ihm ragte der Büroturm der *German Global Credit* empor. Ganz oben drehte sich das Banklogo, der berühmte Kreis im Dreieck. Im Vormittagslicht schimmerte der gelbe Sandstein der Fassade golden. Dabei legte das Unternehmen großen Wert darauf, dass die Öffentlichkeit nicht mitbekam, wie groß seine Macht war. Und wie weit diese tatsächlich reichte, verfolgte Sanctus jeden Tag an seinem Arbeitsplatz im IT-Center der Bank.

Er behielt die zwanzigste Etage fest im Blick. Dafür kürzte er heute nicht den Weg durch die Passage bei der Kanadischen

Botschaft ab, sondern machte den Umweg über den Platz. Dort oben saß der Vorstand. Ihr Angriffsziel.

Am heutigen Montag war Tag eins gekommen. Endlich! In einer guten halben Stunde würde er im IT-Center der Bank sitzen, wenn dort oben in der Vorstandsetage die Panik um sich griffe. Seit Monaten arbeitete er mit den anderen auf diesen Tag hin.

Sanctus überholte einen Pulk Touristen und checkte im Gehen die Armbanduhr. 9:53 Uhr. Seit einer knappen Stunde lief ihre erste Aktion. Mit ganz großem A. Sanctus erlaubte sich ein stolzes Lächeln. Die drei anderen, Malu, Leon und Habibi, spielten jetzt in Berlin-Dahlem jeder seine ausgetüftelte Rolle, so wie er es gleich in der Bank tun würde.

Vor dem Haupteingang der *German Global Credit* stand ein Securitymann mit Mütze. Der breitschultrige Kerl in schwarzer Uniform drehte langsam den Kopf und checkte die Passanten. Sanctus' Herzschlag beschleunigte sich. Er ging an der verspiegelten Fensterfront entlang auf die große Drehtür zu und fühlte dabei den Blick des Mannes auf sich ruhen. Sanctus sah kurz an sich herunter. Seine blauen Chinos entsprachen nicht dem typischen Bankerlook. Zudem war sein kurzer japanischer Männerzopf auch nicht gerade unauffällig.

Aber der Mann ließ ihn die Drehtür passieren.

In der Halle warteten unter der zentral aufgehängten Weltkarte aus venezianischem Glas ein paar Besucher auf die Ladys vom Empfangscounter. Leise klangen die Gongs von den Fahrstühlen herüber. Sanctus ärgerte sich, dass er unnötig nervös geworden war. Dabei war es eigentlich logisch, dass der Securitymann draußen herumstand: Es wurde einer der unregelmäßigen Geldtransporte abgewickelt. Auch hier am Hauptsitz der *German Global Credit* gab es ja Bargeld in Kassen. Sanctus atmete durch. Er war sensibler als sonst. Tag eins hatte eben seinen Preis.

Er ging an den Fahrstühlen vorbei zum Treppenhaus und hielt seinen Daumen an den Scanner der Zugangssperre. Die Anzeige sprang auf *9:55 – Go.*

In der IT-Abteilung im ersten Stock sicherten er und sein Kollege die Datenströme, die eigentliche Quelle von Macht und Herrlichkeit der Bank. Sanctus wunderte sich noch immer, dass es so einfach geklappt hatte, ihn hier in der Sicherheitsabteilung einzuschleusen.

Think big – Malu hatte recht behalten. Sie hatte vor gut einem Jahr die Stellenanzeige entdeckt und alle von ihrem Plan überzeugt. Intensive Tage voller Recherchen für die Bewerbung hatten sie vier nur noch mehr zusammengeschweißt. Sanctus hatte die Identität eines Österreichers geklaut, der irgendwo in Neuseeland lebte. Mit vereinten Kräften hatten sie dessen Lebenslauf gefakte Credibility eingehaucht und dafür viele Websites und Datenbanken gehackt.

Im IT-Center war es so still wie immer. Der dicke Teppich schluckte den Schall. An seinem Büro stand auf einem Namensschild neben der Tür *Sebastian Dannreuther – Head of Data Protection.* Sanctus musste kurz schmunzeln. Die alten Kumpels in Bochum hätten sich kaputtgelacht, dass ausgerechnet er dafür zuständig war. Aber auch von denen wusste keiner, dass er der in der Hackerszene berühmte Sanctus geworden war.

Er richtete den Blick auf den Irisscanner über dem Namensschild. Die Tür schwang nicht auf. Es war ihr Tag eins. Er war angespannt. Wahrscheinlich hatte er zu schnell geblinzelt, das störte manchmal den Scan. Sanctus hielt das rechte Auge bewusst offen. Das Schloss summte.

Na bitte. Sanctus drückte die Tür auf und machte zwei Schritte in sein Büro. Hinter ihm schwang sie automatisch zu. Es klackte leise. Das Schloss verriegelte sich.

Sanctus fuhr herum. Das hatte es noch nie gemacht. Ihm wurde heiß. Er drehte sich zu den Computertischen zurück. Die fünf Bildschirme vor der halb heruntergelassenen Jalousie waren aktiv wie auch die Anzeigescreens an der Front des internen Servers. Scheiße. Hier stimmte noch mehr nicht. Es standen keine leeren Plastikschalen von Veggiefood auf den Rollcontainern an der Wand herum, auch keine Dosen Kombucha, nirgends volle Aschenbecher auf den Fensterbänken. Solcher Müll hatte noch bei keinem Schichtwechsel nach dem Wochenendblock gefehlt. Sanctus machte einen weiteren Schritt in den Raum. »Hellcamp, du Affe, was soll das?« Seinem Stellvertreter war die rheinische Frohnatur nicht auszutreiben. Gut möglich, dass er ausgerechnet heute einen seiner blöden Scherze machte und hinter einem der Rollcontainer kauerte. Keine Antwort. Sanctus kniete sich hin und lugte unter den Schreibtischen entlang. »Verdammte Scheiße.« Auf einer Leiste am dritten Ersatzserver flackerten Leuchtdioden, die nur im Extremfall leuchten durften. Sanctus sprang auf und stürzte zu seinem Arbeitsplatz hinter dem Serverturm.

Er riss sich den Drehstuhl mit einer Hand unter den Hintern. Fuck. Sein Terminal war bereits hochgefahren. Auf dem Bildschirm waren mehrere Fenster geöffnet: *Denial of access* überlagerte weitere Controlanzeigen. Warum versuchte sich Hellcamp an seinem Rechner Zugang zu verschaffen? Ein anderer kam hier doch gar nicht ins Büro herein. Sanctus' Herz pochte. Er schloss die Fenster. Maske für Maske gab er seine Passwörter ein. Das System akzeptierte alle.

Sanctus stieß erleichtert Luft aus. Egal, was hier gerade los war, wenigstens hegte keiner einen Verdacht gegen ihn. Er checkte die Datenströme. Der separate Vorstandsserver registrierte ungewöhnlich viel Traffic zwischen allen Accounts. Bei zwei E-Mail-Adressen liefen die Posteingänge über, ausgerechnet die von Fokker und Lengsfeld. Sanctus zog sich den kurzen japanischen Zopf auf dem Kopf fest. Es musste irgendeinen bankinternen Vorfall geben.

»Da bist du ja endlich!«

Hellcamps rheinischer Tonfall war unverwechselbar. Sanctus drehte sich mit dem Stuhl herum. Ein Hemdzipfel war seinem fülligen Stellvertreter aus der braunen Jeans gerutscht. Sanctus deutete mit dem Daumen hinter sich auf den Bildschirm. »Was soll das, Alter?« Ihre persönlichen Arbeitsterminals waren für den anderen tabu. Das stand sogar in der Arbeitsanweisung.

»Wüsste ich auch gern.« Hellcamp blieb vor den Rollcontainern an der Wand stehen. »Fakt ist, die Schindhelm hat Counterstrike-Plus aktiviert.«

Der Name der höchsten Sicherheitsstufe hallte in Sanctus wider. Er musste sich an der Armlehne seines Drehstuhls festhalten. Schindhelm war im Vorstand für die Konzernsicherheit zuständig. Sie würde nie ohne gravierenden Grund eine Kaskade von Maßnahmen lostreten. Fuck. Es war der Tag eins, heute war der Tag eins. Ihre Aktion lief schon. In Sanctus' Gedanken stürzten zig logische Schlussfolgerungen und Befürchtungen durcheinander. Hellcamp, die Container hinter ihm, das ganze Büro verwackelten wie ein Spiegelbild auf unruhigem Wasser. »Seit wann ist Counterstrike aktiviert?« Mehr brachte Sanctus nicht heraus.

Hellcamp fuhr sich müde in die Locken. »Seit Sonntagnachmittag um 17:04 Uhr«, seufzte er.

Sanctus bemerkte jetzt erst, wie fahl das Gesicht seines Kollegen war. Der hatte richtige Ringe unter den Augen. »Seit gestern?« Das ergab überhaupt keinen Sinn.

Hellcamp legte den Kopf in den Nacken und schloss kurz die Augen. »Bei Counterstrike-Plus muss ich alle Accounts auf Angriffe checken.« Er lächelte schwach. »Bei deinem bin ich natürlich nicht weit gekommen. Deine Passwörter sind nicht zu knacken.« Er machte ein paar Schritte zu seinem Terminalplatz und setzte sich.

»Was ist denn überhaupt los?«

Hellcamp ließ die Arme auf die Lehnen fallen. »Vorstand Fokker ist entführt worden.«

»Wie bitte?« Den Vorstandsvorsitzenden hatten sie erst für die zweite Aktion vorgesehen. »Bist du sicher, dass …?« Sanctus bremste sich zu spät. Seine Frage war völlig bescheuert.

»Gestern Nachmittag hat mich die Schindhelm persönlich in die zwanzigste Etage zitiert. Ich habe gedacht, ich falle vom Glauben ab, als ich die Alte hier direkt am Phone hatte«, sagte Hellcamp matt.

Sanctus blickte unwillkürlich zum Apparat und registrierte dabei die Zeit auf dem Bildschirm darüber. 10:12 Uhr. Gerade nahmen die anderen drei in der Villa in Dahlem die Angriffsposition ein, allerdings gegen Vorstand Lengsfeld. Sanctus musste unbedingt wissen, was mit Fokker passiert war. »Red schon!«

»Nun schrei doch nicht gleich. Samstagvormittag hat unser Vorstandsvorsitzender offenbar einen Saudiprinzen ohne jegliche Erklärung versetzt. Die Schindhelm hat an seiner Stelle für den Vorstand mit dem Bankjet nach Zürich fliegen müssen.« Hellcamp beugte sich unter seinen Computertisch und holte eine Flasche Wasser aus einer Schublade. »Vor lauter Stress hier vergesse ich sogar zu trinken.« Er nahm einen Schluck. »Willst du auch?«

Sanctus winkte ab. »Weiter, Mann.«

»Erst hat die Gschonnek natürlich nach Fokker gesucht. Wir wissen bis jetzt nur, dass Fokkers Wagen Freitag um 21:31 Uhr die Tiefgarage verlassen hat. Zu Hause war er nicht und ist auch nicht in ein Unfallkrankenhaus eingeliefert worden. Fokker ist unauffindbar.«

»Seit Freitag?«

Hellcamp nickte. »Sagt jedenfalls die Schindhelm.«

Das ergab überhaupt keinen Sinn. Sanctus hatte Mühe, ruhig dazusitzen. »Aber warum hat sie Counterstrike-Plus erst am Sonntag aktiviert?«

»Die Gschonnek hat mir gesteckt, dass die im Vorstand, als Schindhelm und Lengsfeld, erst abwarten wollten, ob Fokke vielleicht nur einfach einen Burn-out-Ausraster gehabt hat Oder so ’n Psychoding, so was in der Art halt.«

Die Informationen ließen seine Gedanken wild durcheinanderflackern. Was er mit den anderen erst als zweite Aktio geplant hatte, war genau das, was offenbar schon passiert war Vorstand Fokker in der Tiefgarage mitsamt seinem Mercede Coupé zu entführen. Dann blieb von allen Gedanken nur di bohrende Gewissheit übrig: Irgendjemand kannte ihre Plän Und dieser Jemand hatte ihre zweite Aktion einfach kopier und eine Woche vorgezogen. Das hieß ganz simpel: Malu, Habibi und Leon waren in höchster Gefahr.

Vor ihm saß Hellcamp und redete noch. Sanctus nahm sich zusammen. Er musste zuhören.

»... jedenfalls hat die Schindhelm danach den Counterstrike-Plus aktiviert.«

»Aber warum hast du mich denn nicht aus dem Wochenende geholt?« Sanctus merkte, wie er mit den Knien wippte. »Ich hätte dir doch geholfen«, fügte er schnell hinzu.

»Wäre mir auch lieber gewesen. Aber ich hatte Anweisung von oben.« Hellcamp rieb sich die Augen. »Vorstand Lengsfeld wollte in der Bank so wenig Unruhe wie möglich, falls Fokker doch ein Psychoding zu laufen hat. Alles soll nach außen wie business as usual aussehen.«

Sanctus hätte beinahe aufgelacht. Als ob jetzt überhaupt noch irgendetwas wie üblich verlaufen könnte: Lengsfeld war ihre Zielperson der ersten Aktion, die gerade in diesen Minuten in Berlin-Dahlem in die entscheidende Phase überging.

»Aber die Gschonnek sagt, dass der Vorstand wohl erwartet, dass die Entführer bald Forderungen stellen.«

»Haben die das noch nicht?« Sie vier hätten es längst getan.

»Soweit ich weiß, nein.«

Was auch immer das alles bedeutete, Sanctus musste sofort die erste Aktion stoppen.

Hellcamp massierte sich den Nacken. »Gut, dass du jetzt wenigstens da bist.«

»Okay.« Sanctus konnte das leichte Zittern seiner Stimme nicht unterdrücken. Verdammt. Es war logisch, dass sie in der Sicherheitsabteilung unter Counterstrike-Plus irre viel zu tun hatten. Aber Sanctus musste jetzt erst einmal die anderen warnen.

»Die Schindhelm hat mich mit Anweisungen überschüttet.« Hellcamp klickte auf dem Bildsschirm an seinem Terminal herum. »Ich schiebe dir die Liste rüber. Wir sollen sofort alle Vorstandsmails und die persönlichen Dateien von Fokker zu unseren Sicherheitsberatern nach London schaufeln.«

Auch das noch. Den Transfer konnten sie nur gemeinsam freigeben, das erzwang das Vier-Augen-Prinzip der Datensicherung in der Bank. Sanctus überschlug den Zeitaufwand. Verdammte Scheiße. Das dauerte mindestens eine halbe Stunde.

Hellcamp beugte sich im Stuhl weit zur Seite und linste zu den Bildschirmen. »O Mann. Du hast die ganzen Eingabefenster geschlossen.« Er stöhnte. »Jetzt muss ich meine Codes noch mal eintippen.«

Das dauerte noch länger. Sanctus spürte bis in die Zehen den Impuls loszurennen, bevor sein logisches Denken wieder einrastete. *Bring nicht alle in Gefahr.* Hellcamp war keinesfalls blöd. Sanctus durfte sich auf keinen Fall auffällig verhalten, solange Counterstrike-Plus aktiviert war. Sonst hatten sie vier überhaupt keine Chance mehr. »Die Eingabefenster, sorry. Aber wer rechnet auch mit so was?« Sanctus ließ seine Finger über die Tastatur fliegen.

Ihre Passwortabfragen jagten einander. Sie tippten abwechselnd Codes ein.

»Hast du das Label der Londoner im Kopf?«, fragte Sanctus.

»XL455«, rief Hellcamp. »Here we go.«

Das Transferprogramm startete. Balkendiagramme bauten sich auf. Die ersten E-Mails von Fokkers Account wurden geladen und über die verschlüsselte Verbindung nach London geschoben.

»Kannst du das überwachen?« Hellcamp erhob sich und schlurfte zum Serverterminal. »Ich komprimiere schon mal Fokkers internen Account.«

Noch mehr Balken liefen in der Übersicht auf Sanctus' Bildschirm an. Acht Prozent, siebzehn Prozent – das dauerte zu lange. Es war schon 10:27 Uhr. Sanctus musste die erste Aktion sofort abbrechen, unbedingt. Er brauchte einen Vorwand, verdammt. Er musste die anderen warnen. Und zwar jetzt. Sanctus erhob sich. »Sorry, ich muss mal pissen.«

3

»Dann haben wir es ja mal wieder geschafft. Das Budget der Stiftung steht, die Förderung benachteiligter Jugendlicher kann weitergehen.« Harald Lengsfeld stand in der Bibliothek genau unter dem Porträt seines Vorfahren, des Stifters Cornelius Hofmeister, ein ebenso großer, stabiler Mann wie er selbst. Der hatte in den Goldenen Zwanzigern als Berliner Radiofabrikant ein Vermögen gemacht. »Nehmen Sie die Einstimmigkeit bitte noch zu Protokoll, Frau Voigt.«

»Selbstverständlich.« Malu tippte einfach weiter auf dem Tablet. Lengsfelds selbstgerechter Tonfall hatte sie schon bei seinen Talkshow-Auftritten genervt, zu denen er sich als Krisenexperte der Finanzwirtschaft einladen ließ. Dabei trieb Lengsfeld mit seiner Bank rücksichtslos die Privatisierung von Wasserressourcen in Brasilien und Usbekistan voran. Ihm war völlig egal, dass dies das Trinkwasser für die Armen unbezahlbar machte. Deshalb hatte Malu ihn als Nummer eins auf die Angriffsliste gesetzt.

»Na, dann ist doch alles bestens …«

Malu überhörte den Rest. Alle im Stiftungsrat vertrauten ihr. Sie tippte noch das Abstimmungsergebnis in das Protokoll. Niemand vermutete in ihr die Gründerin einer anonymen Aktionszelle. Die Kuratoren kannten Malu nur als ehrenamtlich tätige Immobilienmaklerin, die neben ihrem Beruf Azubis aus den Stiftungsprojekten an Fliesenleger oder Fahrstuhlbauer vermittelte.

Malu blickte diskret auf die Systemuhr des Tablets. *10:54* – alles lief nach Plan. Jeder von ihnen war auf Posten. Leon verbarg sich im kleinen Salon nebenan im Wandschrank. Oben in der leerstehenden Mansarde der Villa hockte Habibi vor seinem Computer. Die in Malus Brosche verborgene Cam übertrug die Sitzung für ihn. Sie alle warteten darauf, dass sie endlich zuschlagen konnten.

Lengsfeld stand noch immer vor dem Portrait und schaute in die Runde der Stiftungskuratoren. Malu zwang sich zu einem neutralen Gesichtsausdruck. Zehn Monate hatte sie mit den drei anderen die erste Aktion vorbereitet. Das jährliche Stiftungsfest in der Dahlemer Villa war der einzige Termin im Jahr, den Harald Lengsfeld als stolzer Enkel weder verschieben noch delegieren wollte. Malu durfte ihn jetzt nicht entwischen lassen.

»Damit ist das Finanzielle erledigt.« Der Bankvorstand blickte über die Köpfe der Kuratoren hinweg in eine visionäre Zukunft. »Mit den vielen neuen Projekten steigern wir die Reichweite der Stiftung.«

Es war dieselbe Pose wie noch bei jedem seiner öffentlichen Auftritte. Sie war offensichtlich einstudiert.

»Geben wir der Gesellschaft unseren Erfolg zurück. Ganz im Sinne unseres Stifters Cornelius Hofmeister.«

Malu unterdrückte ein böses Lächeln und applaudierte wie alle. Ihr machte der Banker nichts mehr vor. Er profitierte sogar noch von der Krise, für die er selbst mitverantwortlich war. Wie alle diese Typen aus dem Finanzbusiness. Obwohl ihre Fehler extrem gewesen waren, blieben sie ungestraft. Der aufsteigende Zorn steigerte Malus Konzentration. Von heute an zog sie die Topmanager persönlich zur Verantwortung. Und Lengsfeld war der Erste.

Der Bankvorstand trat zum Tisch und sammelte die Unterlagen in seinen Aktenkoffer ein. »Leider kann ich erst heute Abend zur Eröffnung des Stiftungsfestes wieder bei Ihnen sein.«

Damit hatten sie gerechnet. Beim Vorstand der *German Global Credit* barst der Terminkalender. Malu schaltete ihr Tablet aus. Sie musste Lengsfeld so lange aufhalten, bis die anderen gegangen waren.

Am Tisch rafften die fünf weiteren Kuratoren Papiere zusammen, Aktenordner wurden in Ledertaschen gesteckt, Brillen in Etuis. Man nickte hierhin, dahin.

Professor Keun kam auf sie zu. »Wunderbar, dass wir mi

Ihnen endlich frisches Blut bekommen haben, Frau Voigt«, säuselte er. »Ihr Projekt mit dem Copyshop hat mich beeindruckt. Wenn wir im *Historischen Club* …«

Sie musste ihm unbedingt entkommen. Wenn der alte Romanist sich festquatschte, vermasselte er ihr mit seinen abgestandenen Anekdoten das Timing. Sie musste Lengsfeld von den anderen isolieren und noch für einen Moment mit ihm in der Bibliothek zurückbleiben. Malu erhob sich und setzte ihr distanziertes Businesslächeln auf. »Entschuldigen Sie, Professor Keun.« Sie blickte mit Absicht halb an ihm vorbei über den Tisch der Bibliothek. »Ich möchte Frau von Delitzsch noch verabschieden. Ich komme nach.«

Malu ließ ihn einfach stehen und ging um den ovalen Tisch herum. Sie stieß dabei mit den Knien an die Art-déco-Stühle und machte extra ein bisschen Krach, damit die Aufbruchstimmung nicht verebbte.

»Wolfgang, wie wär's mit dem Griechen am Hundekehlesee? Das gibt die Kasse gerade noch her«, rief Professor Keun. »Dann nehmen wir noch einen Frühschoppen auf der Terrasse.«

»Komme!« Doktor Paolini tätschelte noch ihre Hand. »Bis zur Frühjahrssitzung, Frau Voigt.«

Malu tat so, als ob sie den altväterlichen Blick zum Ersatztöchterlein gar nicht wahrnahm. Lengsfeld schloss seinen Aktenkoffer. Sie stellte sich schräg vor ihn, damit die Cam in ihrer Brosche erfasste, wer von den Kuratoren aus dem Raum ging. So konnte Habibi oben in der Mansarde vor dem Bildschirm mitzählen und mit den anderen versteckten Cams überwachen, wer die Villa ganz verließ.

»Kommen Sie auch mit, Frau von Delitzsch?« Doktor Paolini drehte sich an der Tür noch einmal um und zog eine Schachtel Zigarillos aus dem Jackett.

»Gleich, ich möchte nur noch ein Wörtchen mit dem Herrn Stiftungspräsidenten reden.«

Mechthild von Delitzsch war die Grande Dame der Stiftung, der Lengsfeld nichts abschlagen konnte. Zwar blieb der Bankvorstand dadurch erst mal hier, aber zu lange durfte von Delitzsch nicht bleiben. Notfalls musste Malu die beiden irgendwie trennen. Für die erste Aktion brauchten sie Lengsfeld allein. Malu blieb einfach stehen.

Die Grande Dame hielt sich am ovalen Tisch fest und stand dabei so krumm, dass ihre Lesebrille an der Kette vor ihrer Brust baumelte. In dem faltigen Gesicht der Achtzigjährigen blitzten kluge Augen. Sie wartete, bis Doktor Paolini hinausgegangen war.

»Eins möchte ich Ihnen noch sagen, Herr Doktor Lengsfeld: Ihre Bank könnte ruhig etwas mehr für die Stiftung tun.«

»Das tut die *German Global* doch.« Harald Lengsfelds tiefer Bass rollte geradezu ölig.

»Nein, werter Herr Doktor.« Von Delitzsch wedelte mit ihrer Hand durch die Luft. »Tut sie nicht.«

»Wir haben unsere Vorgaben im Vorstand. Da kann ich nicht einfach ein paar Tausend Euro umbuchen …«

»Papperlapapp. Natürlich können Sie. So wie Sie auch die Stiftung Ihres Großvaters für Ihre Imagepflege nutzen.«

Was den Herrn Finanzvorstand aber nicht im Geringsten daran gehindert hatte, keinen der dreihundert unterstützten Azubis in die *German Global Credit* zu übernehmen, obwohl der Stiftungszweck die Förderung benachteiligter Jugendlicher bei Berufsfindung und -einstieg war.

»Sorgen Sie ruhig mal dafür, dass wir nächstes Jahr ein paar Lehrlinge bei Ihrer Bank unterbringen«, sagte von Delitzsch.

Lengsfeld lächelte mit seinen eins neunzig auf sie hinunter. »Wir sind eine Bank, unser Nachwuchs braucht Abitur.«

»Aber gewiss nicht der bei Ihren ausgelagerten Serviceagenturen, die das Gebäudemanagement durchführen.«

Schon in der Sitzung hatte von Delitzsch Lengsfeld nichts geschenkt und einfach seinen todlangweiligen Rechenschaftsbericht unterbrochen. ›Sparen Sie sich das, Herr Lengsfeld, wir diktieren ja diese Fakten Ihrem Sekretariat.‹ Malu unterdrückte den Impuls, auf ihre Uhr zu schauen. So recht von Delitzsch auch damit hatte, dass sie Lengsfeld in die Zange nahm, da

Gespräch durfte sich nicht weiter in die Länge ziehen. Der Plan erlaubte keine großen Verzögerungen. Es war zu auffällig, wenn Malu länger einfach so herumstand.

»Diese Firmen werden doch der Muttergesellschaft nichts abschlagen, wenn Sie denen einen Wink geben.«

Lengsfeld lachte, offenbar überrascht von der Chuzpe der alten Dame. »Nun, dann werde ich das mal tun.« Einen Moment fiel die Fassade des souveränen Topmanagers ab, der immer hochkonzentriert für die Belange seiner Bank kämpfte. Lengsfelds straffe Wangen wirkten auf einmal so weich wie auf den Homestoryfotos über seine glückliche Ehe.

»Ich werde Sie im Mai daran erinnern.« Mechthild von Delitzsch blickte kurz zu Malu. »Das muss aber jetzt nicht mehr ins Protokoll, Kindchen.« Sie winkelte den Arm an und hielt ihn Lengsfeld hin, damit er sie hinaus zum Parkplatz führte.

Horror! Das durfte nicht passieren, sonst scheiterte ihr ganzer Plan. Malu stand völlig falsch, neben den beiden am Tisch und zu weit weg von der Tür. Sie musste Lengsfeld in der Bibliothek isolieren, um jeden Preis. Sie machte zwei große Schritte und drängte sich zwischen die beiden, bevor der Banker reagierte.

Sanctus schloss die Kabine in der Toilette des IT-Centers hinter sich ab. Er hockte sich auf den Klodeckel und aktivierte sein privates Smartphone. Das spezielle Kommunikationsprogramm startete. Auf dem Bildschirm erschien die Guy-Fawkes-Maske als Icon in Rot, sprang dann auf Grün. Der hoch abgesicherte Datenmodus war an. *11:03* zeigte die Systemuhr. »Verdammt.« Malu, Habibi und Leon schnappten sich in der Villa gerade Lengsfeld. Dabei ließ der Unbekannte, der ihre Pläne kannte, sie die Drecksarbeit machen, bevor er ihnen Lengsfeld irgendwie wegschnappte, sobald sie ihn erst einmal hätten. Vielleicht würde er Leon einfach überfallen. Aber vielleicht konnte Sanctus noch alles stoppen. Habibi könnte gerade noch online sein. Sanctus tippte auf das blinkende Guy-Fawkes-Icon – *scan in progress …*

Habibi kniete vor dem Laptop auf den staubigen Dielen der leeren Mansarde. Er checkte die Bilder aus den Räumen unten in der Villa: Malu war einfach genial! Gerade quatschte sie Lengsfeld in der Bibliothek fest, damit der nicht mit der Alten abzog.

Habibi bewunderte ganz ehrlich ihre Planung für die erste Aktion. Aber das würde er ihr nie sagen, sonst machte sie ganz auf ältere Schwester. Schon beim Unterstützertreffen damals, als die meisten noch von dem bisschen *Facebook*-Zauber des arabischen Frühlings berauscht waren, hatte Malu als Einzige kapiert, dass es ihm mit First-World-Action ernst war.

»So geil. Gleich bekommt er's fett.« Nur wenn die Ärsche mit dem großen Geld endlich zu Hause aufs Maul bekamen, würden sie nicht mehr die Zukunft der Leute im Libanon verkaufen. Und das machte die Bank von Lengsfeld immer noch, inzwischen halt an irgendwelche Deppen aus der Moschee statt an die korrupten Präsidenten von vorher.

Habibi klappte seine Tasche auf, damit er gleich den Laptop in maximaler Geschwindigkeit hineinwerfen konnte. »Mach das Zeichen.«

Seit gut einem Jahr war er in Malus Pläne eingeweiht. Habibi hatte sie erst für eine Tusse vom Verfassungsschutz gehalten. Aber seit ihrer genialen Idee, beim Stiftungsfest zuzuschlagen, hatte er an nichts mehr gezweifelt und in den letzten Wochen die Nachbarvillen als Zeitungsausträger ausspioniert. Der Zeitpunkt hätte nicht besser passen können. Auf dem Grundstück nebenan hing im ethnologischen Institut der Freien Universität in den Ferien niemand rum. Auf der anderen Seite der Villa parkte frühmorgens der Wagen eines Pflegedienstes, aber danach war alles totenstill, das hatte Habibi gecheckt. Einen dritten Nachbarn gab es an dem Eckgrundstück nicht. Heute oder nie. First-World-Action.

»Schwester, mach das Zeichen!« Habibi trommelte mit den Fingern neben seinem Knie auf dem Dielenboden.

Auf seinem Bildschirm sprang plötzlich ein Chatfenster auf, das Guy-Fawkes-Icon wechselte von Rot auf Gelb. Habibi zuckte zusammen. Warum baute Sanctus ausgerechnet jetzt eine Verbindung auf? Der Chat war absolut tabu, seit die erste Aktion lief.

Wie hatte er nur so blind sein können? Dabei hatte er den Securitymann am Haupteingang der Bank sogar bemerkt, aber nicht registriert, dass da gar kein Geldtransportwagen parkte. Sanctus verfluchte sich, dass er nicht sofort kapiert hatte, dass irgendetwas Großes in Gang sein musste. Er hätte die anderen viel früher warnen müssen. Das Guy-Fawkes-Icon im Chat sprang auf Grün. Sanctus tippte die Nachricht ins Fenster.

> *@alle: Aktion sofort abbrechen. Zielperson 2(!) ist bereits Freitagabend aus der Bank entführt worden. Jemand kennt unsere Pläne.*

Er starrte auf den Cursor im Chatfenster. Warum antwortete Habibi nicht, er war doch online?

> *4@2: Scheiße, aber …*

Sanctus las gar nicht weiter, tippte direkt ins Smartphone.

> *@alle: Abbrechen, sofort!*

> *4@2: Wie denn? 11:05 Uhr!*

Im Chat klappte ein Videofenster auf, Habibi schaltete die Cam-Überwachung der Aktion zu. Sanctus schluckte. Die getäfelte Bibliothek. Das Gesicht des großen, grauhaarigen Bankers, das faltige einer alten Frau. Das Bild wackelte, weil die Cam an Malus Bluse steckte. Hätten sie bloß Ton. Malu diskutierte irgendwas mit Lengsfeld, tat genau, was sie laut Plan tun sollte: den Banker in der Bibliothek zurückhalten, bis alle anderen Kuratoren die Villa verlassen hätten.

»Fuck.« Sanctus starrte auf die Cam-Übertragung. Leon und Habibi war zuzutrauen, dass sie die Aktion auch riskierten, wenn es eine ungeplante Zeugin gab. Sanctus hätte die alte Frau am liebsten telepathisch beschworen, in Ohnmacht zu fallen. Warum hatte er keinen Vibrationsalarm programmiert, der jetzt alle stoppen könnte? Sanctus ballte die Fäuste und wusste nicht wohin mit seinem Zorn.

Im Chat ploppte ein zweites Video mit den Bildern auf, die die mobile Cam an Leons Brust lieferte. »O shit.« Leon verließ eben sein Versteck im Wandschrank, ging durch den kleinen Salon an Stehtischen vorbei.

Sanctus tippte:

2@4: Geh sofort runter, fang Leon ab!

Leon würde gleich die Kartusche aus dem Versteck holen.

4@2: !!!

Das Video verschwamm, stabilisierte sich. Ein Stück Pappe schnitt die Hälfte des Blickfeldes weg. Leon war hinter Kartons in Deckung gegangen.

Männerhosenbeine. Jemand lief quer über das Parkett zu den Stehtischen. Alles verschwamm.

Scheiße. Der Typ durfte Leon nicht entdecken.

Das Video im Chatfenster wurde wieder scharf. Leon lag wohl am Boden, so schräg wie die Perspektive zwischen zwei Kartonkanten hindurch auf den Raum war. Sanctus erkannte Professor Keun vorn am Buffet sofort. Seine zu große Holzrandbrille war unverwechselbar. Wieso trieb der sich im kleinen Salon herum?

Keun verschwand aus dem Bildausschnitt. Leon rührte sich nicht. Sanctus sah bloß noch die Wandtäfelung. Falls Keun die Richtung änderte, würde er gleich Leon hinter den Cateringkartons liegen sehen.

Vor der Toilettenkabine klackte es. Sanctus biss sich vo

Schreck auf die Lippen. Er hörte Schritte. Jemand drehte draußen am Waschbecken den Hahn auf. Wenigstens jetzt war es zu etwas gut, dass der Chat keinen Ton übertrug. Papiertücher wurden gezogen. Ein paar Schritte. Die Tür klackte erneut. Sanctus war wieder allein.

Das Video verwischte, Leon drehte sich irgendwie. Die Kartonränder verschoben sich. Im neuen Ausschnitt stand Professor Keun vor einem Tisch mit weißer Tischdecke, auf dem man Weingläser aufgestellt hatte. Er hob den Saum hoch und griff in einen der darunterstehenden Kartons. Keun zog eine Weinflasche heraus, steckte sie sich unter das Sakko und verschwand aus dem Bildausschnitt.

»Mann«, flüsterte Sanctus. Ihr Problem war kein versoffener Prof, sondern die Leute, die ihre Pläne kopiert hatten.

In Leons Video gab es einen Ruck, die Farben verzogen sich zu Schlieren.

11:07. Das Video von Malus Cam zeigte, wie sie sich zwischen Lengsfeld und die alte Frau drängte.

Trotz Störungen lief alles genau nach Plan, nach seinem Plan. Und Malus. Sanctus hätte nie gedacht, dass ihn das zur Verzweiflung bringen würde.

Lengsfeld musste mit ihr in der Bibliothek allein zurückbleiben, um jeden Preis. Malu drängte sich ganz zwischen ihn und die alte von Delitzsch und überspielte das mit einem entschuldigenden Blick: *Es gibt da noch etwas Persönliches.* Lengsfeld schenkte sie einen heimlichtuerischen Augenaufschlag: *Da ist noch etwas Wichtiges, das nicht alle wissen sollten.* Malu fuhr absichtlich die Ellenbogen zwischen den beiden aus. Für Karrieregespräche hatten alle Verständnis.

Tatsächlich blinzelte von Delitzsch nur zweimal unwillig, bis sie begriff. »Ich finde schon allein nach draußen.Mach nicht so lange, Kindchen. Wir warten nicht mit dem Aperitif. Bis gleich, beim Griechen.«

Malu drehte sich kurz nach ihr um, damit die Cam für Habibi

erfasste, wie die alte Dame mit kleinen Schritten hinaus in die Halle ging. Malu bezweifelte nicht, dass Leon inzwischen auf Position stand.

»Frau von Delitzsch ist beeindruckend«, sagte Lengsfeld.

Es durfte keine Zeugen geben. Malu kalkulierte schnell. Sie musste jetzt drei, besser fünf Minuten schinden, damit die Kuratoren in den Autos abfuhren. Malu machte sich vor Lengsfeld ganz gerade. »Ich wollte Sie noch auf Möglichkeiten ansprechen zuzustiften«, sprudelte sie los.

»Das Stiftungskapital kann nicht groß genug sein, Frau Voigt.« Lengsfeld nahm seinen Aktenkoffer vom Tisch. »Paolini verwaltet die Konten, sprechen Sie mit ihm. Sie haben doch einen guten Draht zum Herrn Doktor.«

Malus Herz klopfte. Der Banker wollte sie abwimmeln. »Das werde ich bestimmt noch tun«, sagte sie schnell. Von dem Thema konnte sie jetzt nicht mehr runter, ohne dass es Lengsfeld auffallen würde, nur dicker auftragen ginge noch. »Nur möchte ich vorher mit Ihnen als Stiftungspräsidenten klären, ob *Sie* überhaupt einverstanden sind, dass …« Malu dehnte ihre Frage und sah zu ihm hoch. Sie zählte bis drei. »Dass Spenden eventuell auch *anonym* geleistet werden?«

Lengsfelds gut gelaunter Blick verschattete sich ein wenig. »Wie meinen Sie das?«

Was sie vier mit anonymen Aktionen meinten, würde der Sack noch früh genug begreifen. »Die Sache ist ein wenig heikel …« Jede Sekunde Verzögerung war wertvoll. Malu senkte den Blick auf ihre Schuhe, als ob sie unsicher wäre. »Wie gehen wir damit um, wenn die Spende, nun sagen wir …«, sie lächelte bewusst ein wenig unsicher, »… eher aus grauen Quellen stammen würde?«

»Will Ihre Immobilienfirma spenden?«, fragte Lengsfeld sofort. Er stellte seine Aktentasche auf den Tisch zurück.

»Die eher nicht.«

»Wer dann?«

»Einer meiner Topkunden.«

»Schön. Wie viel?«

Malu log das Blaue vom Himmel herunter. »Schön viel.«

Er lachte sogar. Lengsfeld hatte angebissen. Zwei Minuten könnte sie jetzt schinden. Malu verdeckte die Cam in ihrer Brosche mit der Hand und zählte bis drei.

2@4: Geh sofort runter, fang Leon ab!

Sanctus war nicht der Typ, der im letzten Moment den Schwanz einzog. Habibi starrte auf die Cam-Videos. Bloß wie?

Leon lief gerade durch den kleinen Salon bis zum Erker vor und streckte sich. Seine Cam erfasste durch das Fenster, wie die Typen der alten Frau in eines der Autos halfen. Dann schlugen die Wagentüren zu, alle fuhren die Auffahrt der Villa hinab. Leons Video verwischte. Habibi ahnte, dass er auf seine Position lief. Hinter den Säulen dort war die Kartusche versteckt. Das Bild wurde stabil. Habibi starrte auf das Wandmosaik der Halle, dessen glitzernde Steinchen zu Blitzen zwischen Funkmasten gefügt waren.

Da! Das Videofenster von Malus Cam wurde drei Sekunden dunkel.Sie machte gerade das vereinbarte Zeichen.

Habibi konnte Leon sowieso nicht mehr stoppen. Aus seiner Sicht lief alles genau nach Plan. Er hatte bestimmt schon die Kartusche in der Hand. Bis Habibi die Treppen hinuntergerannt wäre, hätte Leon den Zünder scharf gemacht.

Habibi loggte sich aus dem Chat aus. Er steckte den Laptop in seine Umhängetasche zum anderen Zeug. Wer auch immer Fokker vor ihnen abgegriffen hatte, wollte die Geldärsche genauso am Sack zu fassen kriegen wie sie. Bündnisse brauchte man im Kampf, egal mit wem. Sorry, Sanctus. Da durfte man nicht lange fackeln. Sonst wäre Habibi damals nie aus Beirut raus- und nach Deutschland reingekommen.

Alles, was jetzt noch zählte, war First-World-Action. Habibi sprang auf und rannte aus der leeren Mansarde, den Flur entlang zum Treppenhaus. Jetzt bloß nicht stolpern. Immer zwei

Steinstufen auf einmal nach unten. Am Fußende hielt Habibi an. Ein Wandvorsprung schirmte ihn ab.

Habibi fühlte den harten Pulsschlag bis in seinen Hals, als er Malu mit Harald Lengsfeld quatschen hörte. Sie kamen gerade aus der Bibliothek in die Halle.

»... für eine kleine Spendensumme würde sich der Aufwand nicht lohnen, aber für die von Ihnen genannte Größenordnung werde ich Ihnen eine Kanzlei in Bahrain empfehlen, Frau Voigt. In der Zulieferindustrie, von der Sie sprechen, sind Beratungsverträge für Exporte nach Nahost völlig unauffällig, wenn man Geld verschieben will.«

Nur noch wenige Schritte bis zum Ziel. Leons Schatten regte sich hinter der nächsten Säule. Der Eins-neunzig-Mann Lengsfeld wanderte in Habibis Blickfeld. Den Mantel lässig über den Arm gelegt, quatschte er auf Malu ein. Was sie sagten, ergab in Habibis Kopf keinen Sinn mehr. Er fand es einfach nur genial, wie Malu den Blick fest auf Lengsfeld gerichtet hielt. Ihr Was-bist-du-für-ein-toller-Macker-Lächeln packte die ganze Aufmerksamkeit des Bankers. Habibi zog aus der Umhängetasche die Schutzmaske und stülpte sie sich über.

»Ich würde mich jedenfalls freuen, wenn es mit der Zustiftung klappt. Mich hat das Projekt *free ride* von Frau von Delitzsch überzeugt. Ich hätte nicht gedacht, dass auf dem Land nur noch wenige Leute reiten können und Jugendliche schon gar nicht«, sagte Malu.

Die beiden waren jetzt in der Mitte der Halle, mit dem Rücken zu ihm. Wie verabredet blieb Malu genau vor den golden glitzernden Blitzen des Wandmosaiks einfach stehen.

Leon, dein Einsatz!

»Das Projekt wird für die Stiftung allerdings teuer«, sagte Lengsfeld. »Wenn Sie überschlagen, was ein Pferd am Tag allein an Futter kostet. Meine Frau hat eins ...«

Hinter der dicken Säule gegenüber tauchte Leon auf. Er richtete die armlange Kartusche auf die beiden und zog am Griff.

Der Knall war heftig. Habibi spürte eine Druckwelle. Malu

schrie auf. Es klang so echt, dass es Habibi ins Mark fuhr. Das *Sypialnox* zischte wie verrückt. Dichter roter Rauch strömte aus der Kartusche, füllte viel schneller als beim Test im Wald jeden Winkel der Halle. Es wurde richtig dämmrig.

»Hee?«, blökte Lengsfelds tiefe Stimme.

Habibi sprang von der untersten Treppenstufe in den roten Rauch. Er erkannte nur noch Umrisse und Schatten.

»O Gott, das ist ja … Ich kriege keine Luft … Ich …« Malu taumelte zur Mosaikwand.

Hinter dem riesigen Schatten von Lengsfeld schimmerte ein Atemschutzgerät als gelber Fleck. Leon packte den Banker am ausgestreckten Arm.

»Arschlöcher«, brüllte Lengsfeld. Sein Bein schnellte durch den dichten Rauch, knapp an Habibis Arm vorbei. Der Fußtritt traf Leons Hand. Die Kartusche kullerte die Hallenstufen zur Hintertür hinab.

Lengsfeld konnte Karate! Scheiße. Weil er dem zweiten Fußtritt nicht anders entgehen konnte, warf sich Habibi auf den harten Steinboden.

Der Banker schnaufte, keuchte. Mit seinem Trittbein zielte er auf Leons Brust, traf aber nur die Schulter. Der Rauch verwirbelte nur noch mehr. Lengsfeld drehte sich auf dem Standbein um seine eigene Achse, winkelte das Knie an. Er zielte.

Habibi rollte sich weg. Beinahe hätte ihm der nächste Tritt die Schutzmaske vom Kopf gestreift.

»Luft … Ich kriege keine Luft«, keuchte Malu. Sie ruderte mit den Armen, suchte nach Halt und wankte dem Banker in die Quere. Der stoppte den Tritt und balancierte wackelnd auf seinem Standbein. Malu fiel ihm gegen die Brust. Sie krallte sich an ihn.

»Fang«, schrie Leon von der Ausgangstür her.

Habibi schnappte sich die zischende Kartusche. Er hielt Malu und Lengsfeld die Düse vor die Gesichter. Der rote Rauch verschluckte sie. Beide husteten grässlich. Es klang, als würden sie ersticken, aber *Sypialnox* tötete nicht, sondern betäubte zuverlässig und lang.

Beide sackten nacheinander auf die Knie und kippten vornüber auf den Steinboden. Sie zuckten noch kurz, dann wurden sie schlaff.

Leon zog Malus Arm unter Lengsfeld hervor. Der trat noch einmal nach ihm, aber schon ganz ziel- und kraftlos. Leon durchsuchte die Taschen des Bankers. Er fischte Autoschlüssel, Smartphone und Papiere heraus. Schnell löste er die Brosche von Malus Kostümjacke. »Ich habe die Cam.« Leon steckte alles in die Taschen seines Overalls.

Habibi holte das blaue Seil aus der Tasche, wand es wie zigmal geübt um Lengsfelds Arme, Rumpf und Beine. Die japanische Fesseltechnik machte garantiert bewegungsunfähig. Dann fasste er den Banker unter den Armen an dem Seil, Leon packte bei den Knien zu. »Hinten raus!«

Malu ließen sie in der Halle liegen. Einfach so, wie sie vom Gas betäubt hingesackt war. Im Libanon war Habibi als Dreijähriger mal fünf Tage blind von einem Tränengasangriff gewesen. Aber das geruchlose *Sypialnox* verflog schnell und reizte die Augen nicht. Habibi hatte es illegal in Polen besorgt.

Er würde in wenigen Minuten den entsetzten Zeugen mimen, der eben erst für die Ausstellungsvorbereitung angekommen war, und die ohnmächtige junge Frau finden, Erste Hilfe leisten und dann sofort die Polizei rufen.

Den Transport des bewusstlosen Lengsfeld hatten sie mit einem Sandsack trainiert. Sie trugen ihn zum Hinterausgang hinaus in den Schatten der Gartenbäume und legten ihn auf einem Stück Rasen ab.

Auch Leon riss sich erst draußen die Atemschutzmaske vom Kopf. Das Gas war stark. »Sieht aus wie ein toter Affe«, keuchte er.

Habibi zog unter den verwilderten Sträuchern den speziellen Bollerwagen heraus, den Leon dort versteckt und an sein Fahrrad gekuppelt hatte. Mit solchen Anhängern fuhren sonst Kindergärtnerinnen eine Ladung Schreihälse spazieren. »Zusammen los, auf drei.«

Sie packten zu. »Eins, zwei und drei!« Sie wuchteten Lengsfelds schweren Körper über das Rahmenblech. Der Bollerwagen wackelte.

Leon zerrte Arme und Beine des Bankers in die Embryonalhaltung. »Ich haue jetzt mit ihm ab.«

Habibi warf sein Atemschutzgerät auf Lengsfelds Füße. Leon deckte die Plastikplane des Fahrradanhängers über ihren Fang. Habibi wartete noch, bis der andere sich die Kapuze seines Hoodys über den Kopf gezogen und eine große Racingbrille aufgesetzt hatte.

»Bis später, wie vereinbart.«

Zeit für den Endspurt. Habibi nickte bloß. Von Sanctus und den neuen Problemen brauchte Leon jetzt nichts zu wissen. Der verlor zu schnell die Nerven.

Habibi lief zu seinem Lieferwagen, den er auf dem Grundstück hinter der verwilderten Pergola des Villengartens geparkt hatte, sodass er von den Kuratoriumsmitgliedern von der Auffahrt her nicht zu sehen gewesen war.

Im Wagen verstaute er die Umhängetasche in dem doppelten Boden einer Werkzeugkiste. Sanctus hatte an alle Details gedacht. Habibi setzte auf den Gartenweg zurück, sodass es aussah, als hätte er durch den Hintereingang liefern wollen.

Der erste Teil des Plans hatte funktioniert. Dann würden die Typen, die ihre Pläne kannten, sie auch beim zweiten Teil nicht stören. Ob es seine alten libanesischen Kumpels waren? Die Clans waren verdammt gut darin, für sich ein Geschäft daraus zu machen, wenn jemand was zu verbergen hatte.

Habibi ärgerte sich schwarz, dass er vor sechs Wochen mit zwei von den Cousins Shisha rauchen gegangen war, bloß weil er sie auf der Straße getroffen hatte. Keine Ahnung, was für ein Zeug die auf die Kohlen gelegt hatten. Habibi war so benebelt gewesen, dass er sich nicht erinnern konnte, ob er eventuell doch mit den Entführungsplänen geprahlt hatte. Einer der Cousins könnte so schlau gewesen sein, ihm das Handy aus der Jacke zu ziehen, als er pissen gegangen war. Habibi konnte einfach nicht mehr sicher sagen, ob er den Chat im Phone wirklich verriegelt hatte. Spätestens die Babas der Cousins hätten sofort gecheckt, wie viel Geld sie von der Bank mit Fokker erpressen konnten. Und wie man an den Manager rankam, hätten sie ja gelesen.

Er verschwendete Zeit. Erst musste er seinen Teil der ersten Aktion ganz durchziehen.

Habibi stieg aus und schloss die Seitentür auf. Mit seinem Kopierladen *Copy & Paste* hatte er sich als Sponsor bei der Stiftung gemeldet und lieferte ganz offiziell für die Projektpräsentation ein paar Sachen an. Er holte eine Kiste mit T-Shirts heraus. Die würde er jetzt durch den Vordereingang in die Villa tragen und wie erschrocken einfach in der Halle neben Malu fallen lassen. Es sollte ja alles echt aussehen, als ob er sie gerade erst gefunden hätte. Unverdächtiger könnte seine Anwesenheit in den heiligen Hallen der Cornelius-Hofmeister-Stiftung für die Polizei kaum sein.

Habibi ließ die Seitentür des Lieferwagens mit Schwung zuknallen. Er würde seine Rolle als hysterischer Zeuge mit Migrationshintergrund jetzt durchziehen. Die Nummer hatte er drauf.

Die Videos froren ein. Das Guy-Fawkes-Icon im Chat sprang auf Rot. »Fuck!« Sanctus hieb sich aufs Knie. Er hatte es vermasselt. Hätte er Habibi nur zehn Minuten früher gewarnt. Er stöhnte auf. »Hätte, hätte, Fahrradkette …« Ab jetzt musste die Aktion durchgezogen werden, das war ihre einzige Chance davonzukommen.

Sanctus ließ mit ein paar Klicks alle Spuren des Chats im Datennirwana verschwinden. Er durfte jetzt keinen Fehler machen und musste warten. Jemand hatte ihre Pläne kopiert, bei Fokker schon zugegriffen, aber die Entführung Lengsfelds nicht gestört. Zumindest noch nicht. Sanctus hätte zu gern gewusst, ob sie vier nur die Drecksarbeit für jemanden erledigt hatten der Lengsfeld gleich im Versteck in die eigene Gewalt bringen würde.

Malu lag betäubt in der Villa. Er selbst konnte jetzt unmöglich die Bank verlassen, ohne dass es Ärger gab. Sanctus konnte nur darauf hoffen, dass Habibi einen Weg fand, Leon zu warnen, sobald er vor der Polizei den hysterischen Zeugen gemimt hatte.

Vor der Klokabine klackte es wieder, jemand kam in die Toilette des IT-Centers. Sanctus hatte schon lange genug hier gehockt. Er zog die Spülung. Alltag simulieren, das war jetzt wichtig.

»Wie lang willst du noch kacken, Mann? Hast du so 'n Schiss, oder was? Um zwölf Uhr dreißig muss das komplette Securityupdate stehen.« Hellcamps rheinischer Tonfall klang sonst nie streng.

»Keine Panik.« Sanctus trat aus der Toilettenkabine. Er steckte das Smartphone weg. Es roch nach Zigaretten. Hellcamp stand am Pissbecken und paffte mit der freien Hand.

»Hier sind Brandmelder! Feueralarm ist das Letzte, was wir jetzt brauchen.«

»Et hätt noch immer jot jejange.« Hellcamp aschte in das Pissbecken, bevor er mit der Zigarette zur Decke wies. »Ich schalte die Dinger hier vorher über die Software der Haustechnik aus«, nuschelte er. »Wozu hocken wir an der Quelle von Macht und Herrlichkeit?«

Die Daten der *German Global Credit* kümmerten Sanctus weniger als die Frage, wer sich in ihre Kommunikation hatte einklinken können. Es war eigentlich unmöglich. Sanctus selbst verwischte stets jede denkbare Datenspur.

»Du guckst so komisch«, sagte Hellcamp über die Schulter, weil Sanctus noch vor der offenen Kabine stand. »Meinen Hintern wirst du ja kaum bewundern.« Er fingerte eine Packung Zigaretten aus der Hemdtasche und hielt sie ihm hin. »Du brauchst wohl auch dringend eine bei dem Stress?«

»Bist du jetzt Telepath?« Sanctus griff lieber zu, Tarnung war ab jetzt alles. Er fingerte sein Feuerzeug aus der Hosentasche. »Mit Nikotin im Blut bin ich schneller im Kopf.«

4

Berlin-Niederschöneweide. Wer hier leben musste, war an einer beschissenen Endstation angekommen, ohne Aussicht auf eine Rückfahrkarte. Leon bog an der Edisonstraße ganz vorschriftsmäßig ab. Er streckte den Arm nach rechts, blickte sich um und achtete auf den Winkel der Reifen, damit er nicht mit dem Fahrrad in den Straßenbahnschienen hängen blieb. Der Bollerwagen ruckelte über die Kreuzung. Hoffentlich wurde der Banker davon nicht vorzeitig wach. Auch wenn Leon gut in der Zeit lag, war er unruhig. Sie hatten nicht herausfinden können, wie lange *Sypialnox* einen schweren Mann wie Lengsfeld völlig betäuben würde. Er drehte noch einmal den Kopf zum Anhänger. Die Abdeckplane saß wie vorhin festgezurrt. Leon trat in die Pedale. Je schneller er in seinem Skaterladen ankam, desto besser.

Bei den Backsteinmauern der ehemaligen Bügelmaschinenproduktion aus DDR-Zeiten drosselte er das Tempo. Der Stadtbezirk vermietete hier billig sanierte Werkhallen an Künstler. Leon zog eine schöne Kurve über den Bürgersteig und rollte durchs Tor auf den weiten Hof.

Montagmittag war nicht viel los, nur ein paar Lieferwagen parkten vor den Hallen. Er trat kräftig in die Pedale und hielt auf die hohe Mauer zu, die die Werkstätten von der Spree trennte. Es war besser, keine Runde Small Talk halten zu müssen, auch wenn sich keiner der Nachbarn über den Fahrradanhänger wundern würde.

Für seinen Laden *Scary Boards*, in dem er den Skatern Wheels und Doh-Dohs verhökerte oder ihre Decks und Baseplates zusammenschraubte, transportierte Leon oft im umfunktionierten Bollerwagen sein Zeug. Die Ökonummer glaubte man ihm mit seinem Master in Geowissenschaften sowieso.

Er ließ das Fahrrad ausrollen. Sein Herz wummerte nicht nur

wegen der langen Fahrt, sondern auch weil er jetzt Lengsfeld allein einbuchten musste.

Leon checkte mit einem Rundblick die benachbarten Werkstätten. Lauter junge Kreative, die Oldtimer tunten, Bilder malten oder Lifestylekram in Manufaktur herstellten. Die Tarnung war perfekt. Niemand würde ihr Versteck ausgerechnet in einem wuseligen Gewerbehof vermuten, wo nachts Clubs aufmachten.

Leon stieg vom Fahrrad. Es war natürlich Malus Idee gewesen, dass er sein altes Hobby reaktivieren sollte. Erst hatte er nicht richtig kapiert warum. Aber eine echte eigene Firma zu gründen, war die beste Tarnung. Und so hatte er einen Laden für die Skaterszene aufgemacht. Hier hatten sie das sichere Versteck für Lengsfeld in aller Ruhe bauen können. Niemand hatte dumm gefragt, als Leon Baumaterial ran- und alten Schutt weggeschleppt hatte. Genauso wenig wie Habibi und Sanctus aufgefallen waren, die als Kumpels geholfen hatten.

Leon holte den Schlüsselbund für den Laden aus seiner Hosentasche und wog ihn kurz in der Hand. Der für die Gründung zu erstellende Businessplan hatte sogar den Vorwand geliefert, nach Jahren wieder Kontakt zu seiner Mutter aufzunehmen. Über Geld redete sie als Bankerin ja mit ihm. Sonst eher nicht. Leon ging zur verrosteten Stahltür, schloss auf. Er grinste. Seine tolle Businessmutter ahnte nicht, dass sie vier ihrem Gequatsche über das Vorstandsleben die entscheidenden Details für die Entführung verdankten.

Er schob die alten Metallfalttüren auseinander. Ausnahmsweise rollte er nicht nur den Anhänger in die Ladenwerkstatt, sondern auch das Fahrrad, das besser nicht draußen stehen blieb. Es brauchte keiner mitkriegen, dass er schon Montagmittag hier war. Sonst werkelte er nie vor dem späten Nachmittag, in der Skaterszene gab es keine Frühaufsteher. Diese eine Abweichung von der Routine war im Plan unvermeidlich gewesen.

Früher war sein Laden eine Lkw-Werkstatt des volkseigenen Betriebs für Bügelmaschinen gewesen. Unter den hohen Decken war viel Platz. Leon stellte das Rad samt Anhänger an der Längsseite vor das Verkaufsregal mit den Flow- und Longboards. Er lief um den großen Tisch in der Mitte der Werkstatt herum, zog sich dabei das Sweatshirt vom Kopf und warf es auf die Arbeitsfläche. Die große Metallplatte am Boden deckte das Versteck ab. Niemand hätte geglaubt, was man aus einer alten Werkstattgrube machen konnte.

Die alten Metallfalttore des Ladens quietschten beim Schließen in den Angeln. Alles Ölen seit der Eröffnung hatte nichts gebracht. Einen Moment stand Leon im Schummerlicht, das durch die mit Hängeschlössern gesicherten Blechläden sickerte. Er ging zum Sicherungskasten an der hinteren Wand, wo alle Leitungen – Strom, Wasser, Gas – auf Putz lagen und schaltete die Neonröhren ein.

Leon verspürte tierischen Durst, aber erst einmal würde er Lengsfeld verarzten, bevor die Betäubung nachließ. Sicher war sicher. Er schlug die Plane über den Anhängerrahmen zurück.

Die Fahrt hatte Lengsfeld durchgerüttelt. Sein Kopf war auf die Brust gerutscht, das dicke graue Haar platt gelegen. Leon warf einen prüfenden Blick auf die Fesselung. Das Seil saß noch so, wie es Habibi in Dahlem geknotet hatte.

Leon positionierte sich zwei Meter neben dem Bollerwagen über der Stahlplatte im Betonboden. Überlegungen für Verstecke im Wald oder in einer Datscha an einem See in Brandenburg hatten sie gecancelt. Das Hin und Her verschiedener Bewacher würde zu auffällig, wenn sie Lengsfeld länger gefangen halten müssten. *Besser nicht trödeln.*

Leon packte mit beiden Händen den angeschweißten Griff der Bodenplatte, winkelte die Knie und zog mit aller Macht. Er war der Einzige von ihnen, der die Körperkraft dafür hatte, das Ding allein hochzuklappen. »Boah.« Er überwand den Trägheitspunkt und ließ die Platte gegen den festgeschraubten Werktisch knallen.

Unten sprang automatisch die indirekte Beleuchtung an. Die verspiegelten Wände glänzten sauber wie der Stahlboden. Deshalb nannten sie das Versteck den Kristall. Es gab eine Pritsche und an der Stirnseite eine Kloschüssel aus Stahl. Es war verdammt schwer gewesen, einen passenden Keller zu finden, der groß und tief genug war und trotzdem über Wasser- und Kanalanschluss verfügte. Die alte Lkw-Mechanikergrube war ein absoluter Glücksfall.

Habibi war ein Zauberer. Sogar eine Fußbodenheizung und einiges an Überwachungstechnik hatte er mit Sanctus eingebaut.

Weiter, weiter.

Leon schielte zur Decke, wo der große Haken der Seilwinde hing. Nicht genau über dem Versteck, aber nahe genug. Leon ließ ihn herab. Er hörte seinen eigenen Atem, der viel zu schnell ging für den heikelsten Abschnitt.

Leon fuhr sich mit beiden Händen durch die Haare. Ihm tat noch die Hüfte weh von Lengsfelds überraschendem Karatetritt. Er betrachtete den Banker. Ganz gleichförmig hob und senkte sich der Anzugstoff über der Brust. Leon zählte mit, es vergingen jeweils acht Sekunden. Lengsfeld lag im Tiefschlaf. Das *Sypialnox* wirkte also noch. Leon zog den großen Deckenhaken zu sich heran und führte dessen Führungsseil unter Lengsfelds Armen durch.

Richtiger Ekel erfasste Leon, als er die Wärme des Männerkörpers spürte. Der Typ stank chemisch nach dem Betäubungsgas, gemischt mit einem Rest Aftershave. Er gab sich einen Ruck, führte den Haken in die Öse des Führungsseils vorne auf Lengsfelds Brust ein und packte den Banker an der Schulterfessel.

»Du Fettsack.« Leon klappte das Seitenbrett am Bollerwagen herunter und zerrte den Banker so weit aus dem Anhänger, dass er von allein auf den Betonboden sackte. Leon hatte es mit Habibi geprobt. Er trat Lengsfeld noch zweimal in die Hüfte und bugsierte ihn so vor den offenen Kristall. Der Banker lag nun richtig. Seine Füße zeigten zum Rand des Schachts, der Köper ruhte leicht schräg, aber mehr auf dem Rücken. Mit der Seilwinde würde er ihn nun schön hoch …

Ein höllischer Schlag traf Leon in den Knien. Er verlor das

Gleichgewicht, ruderte mit den Armen, musste einen großen Ausfallschritt machen. Seine Fußsohle setzte am Rand des offenen Verstecks auf. Trotz seiner Fesseln bäumte Lengsfeld seinen Oberkörer auf, knallte den Kopf gegen Leons anderes Bein und brüllte irgendwas. Leon kippte vornüber, riss die Arme hoch, bekam das Transportseil der Winde zu fassen und zog sich in aufrechten Stand.

Beinahe wäre er die drei Meter hinunter auf das Stahlblech gestürzt. Er holte mit dem linken Bein aus, schwang herum und rammte Lengsfeld den Fuß in den Bauch. »Arschloch.« Leon machte einen Satz zur Seite und landete in der Hocke vor dem Fahrradanhänger.

»Schweine, verdammte Schweine«, gurgelte der Banker. Er wand sich wie irre und robbte auf Leon zu. Schweiß rann aus dem dichten Haar, der Blick der grauen Augen durchbohrte ihn. Wie tote Kiesel so grau …

Er darf dich nicht identifizieren können!

Der Gedanke ließ Leon aufspringen. Er rannte um den zappelnden Lengsfeld herum. Die Sau hätte ihn beinahe in den Schacht gestoßen. Da wäre er nicht mehr rausgekommen. Vom Arbeitstisch schnappte er sich sein Sweatshirt. Das stülpte er dem Arschloch von hinten über den Kopf, schlang ihm die Ärmel um den Hals. Er band einen Knoten unterm Kinn und zog fest, noch fester. Leon ließ seine Kraft in die Arme schießen. Bis der Stoff auf einmal knirschte und Lengsfeld abschlaffte.

Verdammt.

Leon löste den Knoten und befühlte Lengsfelds Brust. Da war Atmung, flach zwar, aber immerhin.

Leon drückte sich hinter dem Ohnmächtigen aus den Knien hoch. Er machte drei Schritte und wandte sich den Steuerknöpfen der Seilwinde zu. Der Motor oben unter der Decke sprang an. Der große Haken lag auf Lengsfelds Brust, dessen Kopf im Sweatshirt zur Seite gekippt war. Das Transportseil spannte sich langsam und hievte den Gefesselten hoch. Leon dirigierte die Seilwinde, bis der gefesselte Körper über der offenen Grube pendelte. Er griff sich ein Messer aus dem Regal und stoppte Lengsfeld in einer Höhe, in der er ihm die Fesseln durchtrennen und an sich nehmen konnte, selbst wenn Lengsfeld wieder zu sich käme. Sollte er strampeln, so viel er wollte.

Es ging überraschend leicht. Leon warf Habibis blaues Seil in Stücken auf den Tisch.

Halt. Er zog Lengsfeld das Sweatshirt vom Kopf. Das durfte nicht mit hinunter in den Kristall. Sonst wäre Malu sofort klar, dass Leon es beinahe verbockt hätte, so detailversessen wie sie war.

Er ließ den Banker bis auf einen Meter in die umgebaute Lkw-Grube hinunter. Den letzten konnte er ruhig abstürzen. Das bruchsichere Spiegelglas hielt das aus. Leon drückte auf den Knopf. Der Haltehaken gab die Öse frei, das Führungsseil rutschte vom Körper. Lengsfeld stürzte aus der sich weitenden Schlinge.

Unten schlug er dumpf auf. Verdient hatte das Arschloch die blauen Flecken allemal.

Leon wuchtete die Metallklappe aus dem Widerlager und ließ sie auf den Kristall krachen. Der Boden vibrierte ganz schön unter seinen Füßen.

Alltag ist die beste Tarnung, hatte Sanctus gepredigt. Jetzt würde Leon Boards, Werkzeug und Rollen schön chaotisch auf dem Werktisch drapieren, damit für die Kunden von *Scary Boards* alles aussah wie immer.

5

Kara verließ den ehrwürdigen Besprechungssaal im LKA mit ihren Kollegen. Niemand riskierte einen Witz wie sonst. Wenige brummelten einander ein paar Worte zu. Nicht einmal das übliche Gedrängel zwischen den Türen gab es. In allen Köpfen hallte wider, was ihre Chefin Doktor Vera Werchteshaus offiziell verkündet hatte: Die Sicherheitsstufe drei zur Gefahrenabwehr und zum Schutz der öffentlichen Sicherheit war vom Innenminister aktiviert worden. Damit war automatisch das gewöhnliche

Dienstrecht außer Kraft gesetzt und es galt das besondere. Dauerdienst bedeutete jetzt wirklich Einsatz rund um die Uhr, auch wenn man zu Hause schlafen durfte.

Kara hatte der Werchteshaus den besorgten Unterton sogar geglaubt. Die Fakten rechtfertigten die besondere Sicherheitsstufe nach der dreisten Entführung eines weiteren Bankvorstands. Harald Lengsfeld war am helllichten Tag verschleppt worden. Eine Begleiterin hatte man einfach betäubt am Tatort liegen lassen. Das ähnelte terroristischen Handlungsmustern. Die Fakten rechtfertigten aber nicht die separaten Teams für den Mord an Joachim Fokker und die Entführung Lengsfelds. Das war ermittlungstechnisch totaler Quatsch.

Kara wartete an der Gitterbrüstung des Treppenhauses auf Jörg. Der schlängelte sich an zwei jungen Kommissaren zur Anstellung vorbei, die ähnlich ratlos dreinschauten.

»Was denkt sich die Werchteshaus nur bei solch einer Arbeitsorganisation?«

»Sicherheitsstufe drei, das heißt Dauerdienst bei Cola und Plastikfutter.« Jörg schaute kurz über die Brüstung das wilhelminisch-pompösen Treppenhauses hinunter. Er kratzte sich am rasierten Schädel. »Ob ich jetzt überhaupt raus darf und rüber zu Erkans Dönerbude?«

Ihr Kollege dachte immer erst ans Essen. Wie er so schlank blieb, war ihr ein Rätsel. Kara boxte ihn in die Schulter. »Bei der Fortbildung gepennt? Stufe drei bedeutet vor allem: Ab jetzt darf niemand mit den Medien sprechen, twittern oder auf *Facebook* posten. Da war unsere Dienstvorgesetzte ja deutlich genug. Absolute Nachrichtensperre.«

»Hast du das schon mal erlebt?«

»Als junge Kommissarin zur Anstellung, war allerdings nur eine Übung. Das ist aber fünf Jahre her.« Damals war Kara brav mitgelaufen. Jetzt wirkte sich die Stufe drei auf die Ermittlung aus, die sie selbst leiten sollte.

»Das ist doch totaler Quatsch, dass die Werchteshaus die Entführung offiziell noch geheim hält und zwei Sokos aufbaut

Dichthalten in der Berliner Polizei ... Das klappt doch nie.« Jörg wollte die Treppen nach unten nehmen.

Kara hielt ihn an der Schulter zurück. »Unterschätze mal die Kollegen nicht. Unter drei werden Dienstvergehen anders bewertet. Da schützt dich kein Personalrat mehr vorm Rauswurf.«

Ihr Kollege stand mit einem Fuß schief auf der Treppenkante. »Keine Sorge, ich blamiere dein Team nicht.«

Kara nahm schnell die Stufen nach unten. Das war nicht ihre größte Sorge. »Ich begreife nicht, warum die Leitung den Wünschen der Bank nach Diskretion nachgibt. Lange kann die Identifizierung von Fokker als Opfer im ausgebrannten Mercedes nicht hinausgeschoben werden.«

Jörg blieb am Treppenabsatz der Etage ihrer Abteilung stehen. »Aber bis dahin haben sich entweder Lengsfelds Entführer gemeldet, wie die *German Global Credit* ja hofft, oder ...«

»... er ist auch tot.« Kara bog mit Jörg in ihren Flur ab.

»Vorsicht, Kleener, heiß un' fettisch!«

Jörg stieß mit einem Bürocontainer zusammen, der dadurch umkippte. Materialkoffer sprangen auf, Stifte rollten herum. Pins rieselten aus einer Dose, ein Radiergummi hüpfte Kara auf den Fuß.

»Det is' abba jetz 'n Desastaa.«

So berlinerte im LKA nur die Sekretärin der Leitenden Polizeidirektorin Doktor Werchteshaus. Kara erschrak, weil ein Schatten auf sie fiel. Sie sprang intuitiv zur Seite und wäre trotzdem beinahe von einem Beamer samt aufgerollter Leinwand getroffen worden, die auch irgendwie die Balance verloren hatten. Beides fiel äußerst knapp an Jörgs Ohr vorbei, als der sich wegduckte.

Nicoles Krissellocken wippten heftig. »Det Einsatzzentrum muss in einer halben Stunde stehen.« Sie war trotz ihrer Körperfülle schnell auf den Knien und sammelte Stifte und das andere Zeug zusammen.

Kara bückte sich, nahm das Radiergummi vom Schuh und warf es in einen offen stehenden Bürokoffer. »Stellen wir erst den Beamer richtig hin.«

»Die Glasscheibe ist heil.« Jörg drehte die Leinwand wieder in die Senkrechte und wuchtete mit Kara das Ding auf seine Laufrollen. »Typisch Nicole aus Marzahn«, flüsterte er.

Kara schnappte sich die Dose aus dem Materialkoffer und klaubte die Pins hinein, die vor dem Container verstreut lagen. Nicole rutschte auf dem Boden herum.

»Was ist denn hier los?« Sie hatte die Hände vor dem gut sitzenden grauen Hosenanzug verschränkt, wie man es mittlerweile in jedem Kommunikationscoaching beigebracht bekam. Werchteshaus stand direkt vor ihnen.

»Kleener Betriebsunfall.« Nicole stapelte das Kopierpapier in den Container zurück, das ihr Jörg reichte.

»Das Lagezentrum muss«, Werchteshaus schaute kurz auf ihre Armbanduhr, »in siebzehn Minuten stehen. Das erwarte ich von Ihnen, Frau Hibanda. Vierzehn Uhr!«

Nicole nickte nur.

»Da ich Sie schon treffe, Menzel ...« Werchteshaus trat zur Seite, als ein paar Bleistifte vor ihre grauen Pumps kullerten. »Ich muss Ihnen wohl kaum sagen, welcher Medienzirkus uns bevorsteht, sobald die Entführung durchsickert.«

Kara reichte Nicole die volle Dose mit den Pins. »Ich habe bisher nur Erfahrungen mit Kindsmordfällen. Da verliert die ungeduldige Öffentlichkeit verlässlich nach ein paar Tagen das Interesse.«

»Bei Verwicklungen von Wirtschaft und Politik ist es anders, glauben Sie mir.«

»Wahrscheinlich tobt im Internet schon der Kampf der Verschwörungstheoretiker.« Jörg schloss den Materialkoffer mit einem Klick.

»Sparen Sie sich Ihren Sarkasmus, dafür habe ich Sie nicht ins Team dieses heiklen Falls gesteckt.« Werchteshaus' rosa geschminkter Mund wurde spitz. »Ich erwarte professionelle Arbeit von Ihnen, Oberkommissar Olvers. Und die fängt mit ernsthafter Analyse an. Ich habe schwer kämpfen müssen, damit es überhaupt eine reguläre Ermittlung im Falle des verbrannten Opfers

Joachim Fokker geben kann und nicht irgendeine Untersuchung durch den Staatsschutz, die …« Werchteshaus räusperte sich. »Das vermasseln Sie mir nicht mit Larifari, Olvers. Okay?«

Jörg war klug genug und sparte sich eine Antwort. Er senkte das Kinn auf die Brust, sah Werchteshaus aber an. Nicole sackte seitlich auf die Hüfte und stützte sich mit den Händen hinter dem Rücken ab.

Abreibungen gehörten dazu, auch wenn sie manchmal nur den Stress der Vorgesetzten abbauten. Da waren Chefinnen auch nicht besser.

Werchteshaus fokussierte sich auf Kara. »Ich habe Ihren Diskussionsbeitrag geschätzt.«

Die Chefin war sehr sparsam mit Lob. Für gewöhnlich setzte sie es taktisch ein. Kara behielt die letzten Bleistifte in der Hand. »Ich habe nur ausgesprochen, was wir alle denken. Der Zusammenhang der beiden Fälle ist offenkundig, allein weil beide Opfer Vorstände der gleichen Bank sind.« Kara hatte genau gesehen, wie Hauptkommissar Leininger, den die Chefin als Leiter der zweiten Sonderkommission eingesetzt hatte, mehrfach mit den Augen rollte. Aber bei Stufe drei war offenbar selbst die unlogischste Arbeitsorganisation kein Problem.

»Sie haben natürlich recht.« Werchteshaus setzte ein dünnes Lächeln auf. Sie kickte einen Bleistiftanspitzer über den Boden auf Nicole zu. »Alles muss wieder in die Box. Nun machen Sie schon.« Sie trat ein paar Schritte zur Seite. Ihre Absätze klackten leise auf dem preußischen Granit. »Ich will gar nicht darum herumreden, dass es für meinen Ansatz besondere Gründe gibt. Die werde ich Ihnen wie dem Kollegen Leininger auch später noch mitteilen. Bis dahin arbeiten die beiden Sokos konsequent getrennt.«

Kara riskierte es, einen Hauch Zweifel in ihre Stimme zu legen. »Wie Sie meinen.«

»Nicht ich, sondern der Innenminister wünscht das. Wir sollen den Ball so flach als möglich halten.« Werchteshaus strich sich eine helle Strähne im dunkelbraunen Haar zurück. »Politik und Bank folgen Sicherheitsberatern, die eventuelle Verhandlungen mit den Entführern nicht belasten wollen.« Die Chefin fixierte ihren Blick aus blauen Augen ganz auf Kara. »Die Managerkaste vertraut irgendwelchen Beratern mehr als der Polizei. Das soll uns aber egal sein.« Die aneinandergelegten Zeige- und Mittelfinger der rechten Hand, diese blöde Masche aus Führungskräftecoachings, deuteten genau auf Karas Kehle. »Finden Sie den Täter. Und zwar möglichst schnell.«

»Selbstverständlich.« Was hätte sie auch sonst antworten sollen?

Werchteshaus drehte sich um, trat auf ein paar bunte Blätter Papier vor dem Beamer und ging zurück in die Abteilung.

Hunderte von Befragungen in ihrer kurzen Karriere hatten Kara etwas gelehrt: Wer so eindringlich sprach und jede Regung im Gesicht seines Gegenübers aufsaugen wollte, dessen Botschaft war nicht mit den Worten, die er aussprach, identisch. »Verhaltenspsychologie ist doch dein Lieblingsfach. Ist dir aufgefallen, wie sie mich unablässig angeschaut hat?«

»Bei jeder anderen würde es heißen, dass die Ermittlung versanden soll.« Jörgs Miene wurde ernst. »Wertcheshaus kaschiert bloß ihren Extremstress und weiß, was der Fall auch für ihre Karriere bedeutet.«

Ein Stift glitt Kara aus der Hand. Jörg war schneller mit dem Aufheben. »Behalte ihn«, seufzte Kara.

Ihr Kollege wies mit dem Kinn auf das Papier mit Werchteshaus' Schuhabdruck, das noch am Boden lag. Jörg äffte das rosa Mündchen der Chefin nach. »›Seien Sie nicht sarkastisch.‹ Die hat zu viel Stress, die Alte.«

Kara überhörte das lieber. Mit Männern über eine Erniedrigung zu sprechen, war selten eine gute Idee.

»Ick sach' nüscht.« Nicole packte den Medienkoffer zurück in den Container.

Kara gab ihr die Bleistifte. »Sollen wir dir tragen helfen?«

»Bis zur fünf wäre jut.«

Kara schob den Beamer voran. Jörg grummelte etwas, rollte aber den Bürocontainer hinterher. Nicole trug die Medienkoffer

Sie schoben das Zeug durch die Tür der Abteilung V.

Nicole fasste sich in die Locken. »Habta wat jut bei mir, wa!«

Kara ging mit Jörg zurück ins Treppenhaus.

»Leininger ist ganz die alte Schule. Der führt seine Teams wie die Leibgarde eines russischen Präsidenten. Ich habe in der Ausbildung ein halbes Jahr Station bei ihm gemacht. Anweisungen von oben sind für ihn heilig.« Jörg machte ein breites Kreuz wie ein Türsteher. Sein Gesicht nahm einen dumpfen Ausdruck an. »Nix mit Inforrmazija überr kleines Dienstwähg.«

Kara war sich nicht so sicher. Leininger galt im Haus zwar als harter Hund, immer scharf auf schnelle Ergebnisse, aber er schob auch mal ein paar Regeln beiseite. »Mag sein. Wenigstens müssen wir uns dann nicht dauernd austauschen. Das ist ein Stressfaktor weniger.«

»Seit wann macht ein gestörter Informationsfluss keinen Stress? Noch dazu bei Stufe drei.« Jörg blieb auf dem Treppenabsatz stehen, sein Blick erfasste etwas in der Kante zwischen erster Stufe und Granitboden. Einer der teuren Stifte.

Kara nutzte den Schritt, den sie vor Jörg stand, und fischte den grünen Fineliner vor seinen Fingern weg. »Den behalte ich.« Die Polizei geizte mit Büromaterial wie alle Behörden in Berlin.

»Das wird ja ein Tag. Erst staucht mich die Leitende Polizeidirektorin zusammen und jetzt beklaut mich meine Teamleiterin.« Jörg streckte die Zunge heraus.

Kara ließ den Stift in ihrer Linken kreisen wie einen Propeller.

Jörg kniff ein Auge zu. »Wieder so ein schwedischer Trick?«

Kara spürte, dass sie leicht rot wurde. Das Kreisenlassen hatte ihr Thure bei seinem letzten Aufenthalt in Berlin beigebracht. Allerdings hatten sie nackt auf dem Teppich ihres Wohnzimmers gelegen und mit einem verpackten Kondom geübt.

Sie reichte ihm den Stift. »Den spende ich dem Team.«

Jörg steckte ihn in die Hemdtasche. »Was machen wir jetzt?«

Kara würde sich nicht in die Intrigen der Hierarchie hineinziehen lassen. Sie holte die Schlüssel des Dienstwagens aus der

Hosentasche und ließ sie klappern. »Vertrödeln wir keine Zeit. Tun wir so, als wäre business as usual in der Soko angesagt. Im Mordfall Fokker beginnen wir bei der Witwe.«

»Auf nach Berlin-Mitte.«

Kara stand der Mund offen. »Wie? Du hast schon recherchiert, wo sie wohnt?«

Jörg breitete die Arme aus. »Ich lese nur im Gegensatz zu dir die Klatschspalten.« Um seine blauen Augen legten sich Lachfalten. »Letzte Woche beim Zahnarzt. Wozu ein paar Schmerzen doch gut sind.«

»Und?«

»*Bunte* und *Gala* feiern Sonya Fokker-Samonowicz als modische Trendsetterin. Wenn man der Regenbogenpresse glauben kann, geht sie jetzt allerdings nur als Witwe durch, weil die beiden noch nicht rechtskräftig geschieden waren.«

Kara hätte nicht im Traum gedacht, dass Jörg sich für Society-Ladys interessierte.

6

Ein sanfter Rhythmus perlte durch die lichtdurchfluteten Wohnräume der Fokkers. Alles war hier in reinem Weiß gehalten, die großzügige Sitzgruppe aus Leder, die transparenten Vorhänge vor den bodentiefen Fenstern mit dem Blick über den Tiergarten, wirklich alles. Sogar der Eingang des Townhouses war extrem stylish. Abbildungen von Kunst aus allen Erdteilen wurden an die seidenbespannten Wände projiziert. Das strahlend weiße Material des Fußbodens im ersten Stock schimmerte, als wäre es Porzellan.

»Man traut sich kaum aufzutreten«, flüsterte Jörg hinter ihr. Kara zuckte nur mit den Schultern.

Das Geräusch hoher Absätze auf Holzstufen erklang hinter ihnen, sie drehten sich beide um. Niemand war zu sehen. Die eine Wand des Raumes reichte nicht ganz zur Decke. Darüber ahnte man eine weitere Ebene dieser Wohnwelt. Kara fiel es schwer, Raumdimensionen abzuschätzen, also machte sie sich gar nicht erst die Mühe. Jörg trat noch schnell einen Schritt vom weißen Plasmaschirm an der Wand weg, der es mit jeder Programmkinoleinwand aufnehmen konnte.

Irgendein Material verschluckte das Geräusch der Absätze von jetzt auf gleich. Die Dame des Hauses tauchte nicht auf. Kara sah Jörg an, der mit stummen Lippen zählte: einundzwanzig, zweiundzwanzig, dreiundzwanzig …

»Ich bin Sonya Fokker-Samonowicz.« Die Witwe des verbrannten Vorstandsvorsitzenden trat hinter dem Wandvorsprung hervor. Kara hielt die Luft an. Irgendein Designer hatte ein weißes Wollkostüm mit Nerz abgesteppt, einen hauchdünnen Schal hinzugefügt. Alles zusammen betonte die Rundungen von Sonya Fokker-Samonowicz. Im halblangen blonden Haar, das in sanften Locken auf ihre Schultern fiel, waren in einige Strähnen Perlen eingeflochten, sogar die Wimpern schienen silbrig getuscht. Ebenso gut hätte die Frau sagen können: Ich bin die Schneekönigin, auch wenn das mit ihrem leichten polnischen Akzent lustig geklungen hätte. Nur ihre Augen, die Kara abscannten, waren dunkelbraun, fast schwarz.

»Hauptkommissarin Kara Menzel, mein Kollege Oberkommissar Jörg Olvers.«

»Wie unangenehm.«

Kara bemerkte keine Regung in dem gepuderten Gesicht. Aber das mochte an einer Botoxkur liegen. So jung und glatt sie auch aussah, laut Melderegister war Sonya Fokker-Samonowicz bereits zweiundfünfzig.

»Nehmen Sie Platz.« Fokkers Witwe wies auf die weißlederne Sitzlandschaft, setzte sich aber selbst in einen Stuhl in der Ecke am Fenster. Sie folgten der Aufforderung.

»Nun?«

Sonst fiel es Kara schwer, als Überbringerin von Todesnachrichten überhaupt Worte zu finden. Aber in dieser überstylten Welt fühlte sie sich nicht echt, jedenfalls völlig deplatziert. »Ich muss Ihnen leider mitteilen, dass Ihr Mann heute Morgen tot aufgefunden worden ist.«

Sonya Fokker-Samonowicz legte den Kopf schief, schlug zweimal mit den silbrig getuschten Wimpern. »Verbrannt in seinem Wagen. Der Arme.«

»Sie wissen das?« Jörg richtete sich auf der Kante des Sofas auf.

»Natürlich. Die Sicherheitsagentur hat es mir gesagt.« Sie schob kaum merklich das weiche Kinn vor.

Kara tauschte einen kurzen Blick mit Jörg. Eigentlich galt absolute Informationssperre. »Das sollten Sie mir erklären.«

»Nein. Sie werden mir erläutern, warum die Polizei mich behelligt.«

Der Ton klang nach Nordwind und passte zu der Schneekönigin. Kara wechselte zu einem offiziellen Duktus. »Wir ermitteln im Mordfall Joachim Fokker.«

»Mord ...« Sie schlug zwei Sekunden die Lider nieder, die ein wenig zitterten. »Ich werde dazu nichts sagen.«

»Sie sollten uns die Untersuchung nicht unnötig erschweren.«

»Ach ja?« Die Witwe lehnte sich ein wenig zurück und drückte den Oberkörper vor. Der Pelzbesatz glänzte an ihrer Brust. »Man hat mir deutlich geraten, einfach gar nichts auszusagen.«

Das klang nach Mafia und Omertà. »Wollen Sie andeuten, dass man Sie bedroht hat?«

»Mich?« Ihr Lachen klang wie Eisregen. »Ich bin völlig unwichtig.« Der Blick der Vorstandswitwe schweifte hinaus über die Bäume des Tiergartens. »In Joachims Leben drehte sich immer nur alles um Geld.« Sie wand den Kopf wieder Kara zu. »Natürlich hat mir seine Bank zum Stillschweigen geraten.«

»Wann?«

Fokker-Samonowicz hob den linken Mundwinkel. »Fragen Sie die *German Global Credit* doch selbst.«

Kara hatte keine Lust auf Spielchen dieser Art. »Ich frage aber Sie.« Auf diesen überbreiten Lederpolstern konnte kein Mensch richtig sitzen, ohne dass er Kreuzschmerzen bekam.

Die Witwe streckte ihren lackierten Finger aus und zeigte erst auf Jörg und dann auf Kara. »Warum machen Sie nicht erst mal bei der *German Global* Ihre Arbeit?«

»Das überlassen Sie bitte uns«, sagte Kara.

»Interessiert Sie denn gar nicht, wer Ihren Mann …?«, versuchte es Jörg.

»Für mich sprechen Sie von meinem Exmann, auch wenn das Trennungsurteil noch nicht rechtsgültig ergangen ist. Mit seinen Geschäften hatte ich nie etwas zu tun.«

»Sie waren neunundzwanzig Jahre verheiratet.« Jörg stützte sich neben Kara einfach mit dem rechten Arm hinterm Rücken auf dem Leder ab. »Warum lässt Sie der Tod Ihres Exmannes so indifferent? Sie haben gemeinsam zwei Söhne.«

Sonya Fokker-Samonowicz sprang vom Stuhl auf und stellte sich vors Fenster. »Ich *hatte* zwei.«

Es schien, als wäre der Eispanzer um die Witwe mit einem lauten Knall geplatzt.

Sie starrte über den Tiergarten draußen. »Joachim war schuld am Tod von Grzegorz«, sagte sie gepresst über die Schulter. Langsam wandte sie sich um. »Reicht Ihnen das?«

Nein, lag Kara auf der Zunge. Aber ihre Professionalität ließ sie so neutral wie möglich fragen: »Was ist passiert?«

»Er hätte ihm nie den Privatflugschein schenken dürfen, wo er schon in Taschkent …« Sie hielt inne, schlug die Augen nieder und drückte die langen weißen Nägel in die Fäuste. »Ich sage besser nichts. Janek ist auch noch da und hat ein Recht …« Sie blickte hinauf zur nächsten Ebene der Wohnung. »Auf alles.« Sie ging am weißen Stuhl vorbei zum weiß lackierten Sideboard, über dessen Kante sie die Finger gleiten ließ. Plötzlich lachte sie auf. »Es hätte Joachim wirklich amüsiert, dass ich auf ihn höre. Ich tue sogar, was die Bank rät. Ich halte meinen Mund.« Ihr Gesicht wurde wieder zur regungslosen Maske der Botox-schönheit. Sonya Fokker-Samonowicz wies zum Durchgang. »Verschwenden Sie nicht Ihre Zeit mit mir. Gehen Sie.«

»Wie Sie wünschen.« Karas Kreuz war schon lahm von der

ungesunden Haltung. Sie stand auf. Es hatte keinen Sinn, dass sie der Witwe ihre Karte gab.

»Guten Tag und …«, sagte Jörg, sparte sich aber den Rest. Sonya Fokker-Samonowicz verschwand gerade hinter dem Wandvorsprung. Sie hörten die Absätze auf den Holzstufen.

Der Fahrstuhl nach unten wartete bereits. »Perfekte Überwachung«, flüsterte Jörg.

Anzunehmen. »Notfalls lade ich sie eben vor«, sagte Kara mit Absicht laut, mit spitzer Betonung auf dem S. »Nichts wie raus hier.«

Draußen vor dem Townhouse kreuzte Kara schnell die Fahrbahn zwischen den Autos. »Die erste grüne Wiese ist unsere. Ich brauche Farbe!« Noch mehr aber brauchte sie Bewegung zum Denken. Sie lief voraus unter die Bäume des Tiergartens.

Jörg rannte eine Rotphase später hinterher und holte sie schnell ein. Als Kickboxer war er gut im Training.

Kara grätschte auf der ersten Wiese die Beine und machte ein paar Dehnübungen. »Das war die Hölle in Weiß.« Sie versuchte, mit der Hand ihre Ferse zu erreichen, aber ohne Schmerzenslaut schaffte sie es nicht. Es war Zeit, dass sie wieder mit dem Training für den nächsten Berlin-Marathon anfing. »Was für eine Zicke.«

»Ich denke eher: Was für eine Show.« Jörg stemmte die linke Hand in die Hüfte und sah ihr bei den Beindehnungen zu. »Nimmst du ihr die weiße Witwe ab?«

Kara richtete sich auf und verschränkte die Hände im Rücken. »Ich …« Drei Atemzüge brauchte sie, bevor sie sprechen konnte. »Ich weiß nicht. Jedenfalls hat uns bislang weder die Bank noch die Werchteshaus über die Sicherheitsmaßnahmen der *German Global Credit* informiert. Oder hat Nicole aus Marzahn wieder geschlampt?« Jörg hatte im Dienstwagen bei der Herfahrt online die ersten Akteneinträge gecheckt.

»Nein. Die Bank hat bis heute früh an eine Entführung Fokkers geglaubt und auf Lösegeldforderungen gewartet.«

Kara reckte das Kinn. »Dann ist unsere nächste Station ja

wohl klar.« Hinter dem Potsdamer Platz ragte der Hauptsitz der *German Global Credit* auf. »Der Vorstand sitzt in der obersten Etage, vermute ich.«

»Aye, aye, Madam.« Jörg machte ein Lausbubengesicht, das sie gar nicht für möglich gehalten hatte. »Aber zu Fuß.« Er rannte los.

Kara spurtete hinterher. Sauerstoff half beim Denken.

7

Die Betondecken waren ungewöhnlich hoch für eine Tiefgarage. Sie drückten nicht aufs Gemüt. Zudem hatte man die Wände in einem angenehm matten Grün gestrichen, die Corporate-Identity-Farbe der *German Global Credit*. Aber noch etwas war in dieser Tiefgarage anders als üblich: Das geschlossene Tor wies keine Belüftungsgitter auf.

»Und dort ist der Wagen dann raus?« Kara wollte den Weg nachvollziehen, den Joachim Fokker am Freitagabend aus der Bank genommen hatte. Gerlind Schindhelm, vom dreiköpfigen Vorstand übrig geblieben, hatte sie und Jörg sofort empfangen. Die Bank gab sich überraschend kooperativ, obwohl sie die Entführung Fokkers bis zur Entdeckung des ausgebrannten Wracks nicht angezeigt hatte. Schindhelm hatte aber sehr deutlich gemacht, dass sie Mitarbeiter und Öffentlichkeit im Interesse des entführten Harald Lengsfeld mit möglichst wenig Informationen versorgen wollte.

»Das Tor öffnet sich automatisch.« Die Bankerin zeigte zu einem Pfosten. »Die Lichtschranke erspart uns, bei der Ausfahrt die codierte Fernbedienung drücken zu müssen.«

Die sehr schlanke Frau war im Bankvorstand neben dem Amerikageschäft auch für die Konzernsicherheit verantwortlich. Sie wich Jörg aus, der zum Torpfosten ging. Kara schätzte an diesen Karrierefrauen, dass sie mitdachten und nicht im Weg standen wie sonst Leute bei einer Ortsbegehung. Sie drehte sich zu den Stellplätzen um. Die Nummern eins bis zehn waren im Grün der Bank auf den Beton geschrieben.

»Es gibt zehn Stellplätze, zurzeit belegen wir vom Vorstand aber nur acht.«

Schindhelm hatte schon aus Karas Blickrichtung ihre nächste Frage herausgelesen. »Aha.« In der Bank war man effizient. Bloß keine Zeit vertrödeln. »Und wo sind Ihre Wagen jetzt?«

Gerlind Schindhelms Blick wanderte von rechts nach links über die Stellplätze, als ginge sie im Geiste die einzelnen Fahrzeuge durch. Ihre großen braunen Augen wirkten dadurch noch ausdrucksstärker, wie bei einer Operndiva, auch wenn das ganz und gar nicht zur restlichen Erscheinung der Bankerin passte. Sie trug ein dunkelbraunes Businesskostüm und sparte mit den Gesten.

»Die Wagen sind dienstlich unterwegs. Auch die verschiedenen Heads-of, also die Abteilungsleiter, nutzen sie, nicht nur der Vorstand. Wir haben alle Termine, die nicht warten können. Trotz der Umstände.«

Diese ewige Sucht nach Effizienz der klassischen Karriereleute war Schindhelm geradezu ins Gesicht geschrieben. Das Makeup war genauso perfekt aufgelegt, wie sie perfekt dezent gekleidet war. Die breiten, aber perfekt gezupften Augenbrauen wie auch die fein schattierte Tönung der schulterlangen, aber asymmetrisch geschnittenen Haare signalisierten, dass man für einen solchen Look sehr viel Geld zu Starfriseuren tragen musste. *Macht euch eure Vorurteile bewusst,* hörte Kara auf einmal im Hinterkopf ihren Ausbilder predigen.

Jörg maß mit großen Schritten die Entfernung vom Tor bis zum Fahrstuhl, wo Kara mit Schindhelm stand.

»Die Sicherheitskameras außen an der Bank haben Fokkers Wagen Freitagabend um 21:35 Uhr aufgenommen, allerdings wegen der Fahrtrichtung nur von hinten. Womöglich saß Ihr Vorstandskollege gar nicht drin.«

Schindhelm legte den Kopf ein wenig schräg. »Niemand außer Joachim hat den Wagen rausfahren können.«

Jörg stellte sich neben Kara. Sie wechselten einen Blick. »Ein Autoknacker zum Beispiel kann das auch«, sagte er.

»Nein. Die jeweiligen Wagen der Vorstandsmitglieder haben einen Daumenscanner als Schlüssel.«

»Was bitte?«

»Die neueste Sicherheitstechnik des Autobauers für die großen Limousinen. So hat man seinen Schlüssel immer dabei.« Schindhelm spitzte den feinen Mund. Der karminrote Lippenstift war perfekt aufs braune Haar abgestimmt.

»Dann war Fokker also der Letzte, der die Bank durch die Tiefgarage verließ.« Kara sortierte die Fakten. Frau Gschonnek, die Vorstandssekretärin, war kurz vor ihrem Chef gegangen. Eine Sicherheitskamera in der Haupthalle hatte sie um 21:17 Uhr dabei erfasst, wie sie dem Pförtner zuwinkte.

Jörg deutete an die grüne Decke beim Fahrstuhl. »Sie haben doch sonst überall Kameras installiert, um das Gebäude zu sichern. Warum gibt es hier unten keine?«

Schindhelm lächelte unvermittelt wie eine Kindergärtnerin, die es gern noch einmal erklärt. »Wie gesagt, dies ist der für den Vorstand reservierte Teil der Tiefgarage. Banking hat viel mit Diskretion zu tun. Deshalb gibt es hier auch kein Gitter, sondern ein blickdichtes Tor. Wir wollen einfach nicht, dass irgendjemand registriert, welche Geschäftspartner mit uns nach oben fahren.«

Jörgs linke Augenbraue zuckte nach oben. »Und deshalb führt Ihr separater Fahrstuhl auch diskret direkt hinauf in die Vorstandsetage.« Er schenkte Schindhelm ein leichtes Schmunzeln.

Kara kannte ihn gut genug. Bei ihm lief gerade ein schmutziger Film ab, in dem High Heels und die erste Garde der Hauptstadt-Escorts vorkamen. Jörg war einfach zu lange bei der Sitte gewesen.

»Aber das erklärt es eigentlich nicht wirklich.« Kara wies zum geschlossenen Tor. »Die Kameraaufnahmen würden doch nur von Ihrer Sicherheitsabteilung ausgewertet werden.« Die bei der *German Global Credit* letztlich Schindhelm unterstand.

»Dieser Bereich wird im Überwachungskonzept ausdrücklich

zur Vorstandsetage gerechnet, wo die Räume selbstverständlich auch nicht gefilmt werden. Die Vorstandsmitglieder sind kein Sicherheitsrisiko.«

»Wer hat über diese Zuordnung entschieden?«, fragte Jörg.

Mit ihren großen Divenaugen musterte Schindhelm ihn. »Das Sicherheitskonzept habe ich von meinem Vorgänger übernommen. Eine Spezialfirma hat es vor …«, sie ließ den Blick von rechts nach links über die Decke wandern, »… vor sieben Monaten aktualisiert. Beschlossen wurde es im Vorstand. Einstimmig.« Die Bankerin machte einen Schritt zum Fahrstuhl hin. »Sie können alle vorhandenen Sicherheitsaufzeichnungen gern oben in meinem Büro einsehen.«

Und nicht etwa mitnehmen. So zugewandt und freundlich Schindhelm auch klang, in ihrer Stimme schwang doch die unverrückbare Entschiedenheit der Kindergärtnerin mit, die die Keksdose nur einmal öffnen würde. Ohne gerichtlichen Beschluss, das wurde Kara mit einem Schlag klar, rückte die *German Global Credit* gar nichts raus. Sie zeigten sich kooperativ, sicher auf Anraten der Rechtsabteilung, damit sie desto besser dank ihrer politischen Beziehungen mauern konnten. Noch wussten die Medien nichts von der Identität der Leiche im ausgebrannten Mercedes. Und irgendwer musste ja beim Innenminister interveniert haben, um die Ermittlung zum Mordanschlag auf den Vorstandsvorsitzenden Fokker von der Entführung des Finanzvorstands Lengsfeld loszulösen. Vielleicht sogar Schindhelm selbst. Aber vorerst machte die Bankerin auf verbindlich.

»Oder möchten Sie sich hier unten noch weiter umsehen?«

Kara folgte mit Jörg zum Fahrstuhl. Schindhelm drückte den Rufknopf. Die Jacke des Businesskostüms klaffte dabei auf. So schlank war man eigentlich nur, wenn man nicht ganz gesund war. Aber manche Menschen wurden durch Stress ja dünn. Und davon hatte Schindhelm als einziges verbliebenes Vorstandsmitglied jetzt wohl noch mehr: Die Aufgaben Fokkers und Lengsfelds mussten übernommen werden. Die Fahrstuhltür öffnete sich. Jörg ließ ihnen den Vortritt.

Schindhelm wandte sich zum Steuerpaneel und wollte gerade auf die Pfeiltaste nach oben drücken.

»Wozu dient das hier?« Jörg zeigte mit dem Finger auf ein im Paneel eingelassenes Schloss neben den Tastenknöpfen der Etagen.

Schindhelm wandte den Kopf zu ihm, das asymmetrisch geschnittene Haar schwang elegant. »Die Techniker steuern damit den Fahrstuhl bei der Wartung, glaube ich.«

»Wohin?«, fragte Jörg schnell.

Schindhelm betrachtete das Steuerpaneel. »Wahrscheinlich ins Zwischengeschoss, dort ist die Haustechnik untergebracht.«

Also gab es theoretisch noch eine Zugangsmöglichkeit zur Tiefgarage.

»Wo liegt das genau?« Jörgs blaue Augen leuchteten geradezu, auch sein Instinkt war angesprungen.

»Direkt hier über der Tiefgarage unter dem Erdgeschoss.«

»Können wir es sehen?«

Schindhelm blickte sie beide mit ihren Opernaugen an. Ihre Stirn zeigte eine kleine Falte. »Ich habe keinen Schlüssel dafür.«

Kara wartete einfach. Jörg fuhr sich über den Bart und nickte.

»Wenn Sie unbedingt meinen …« Die Bankerin startete den Fahrstuhl und zog ein Smartphone aus der Tasche. »Ich rufe den Haustechniker.« Der Aufzug fuhr ab.

»Ein Treppenhaus zur Tiefgarage gibt es nicht?«, fragte Jörg.

»Nein.« Schindhelm suchte die Nummer des Haustechnikers im Verzeichnis. »Sonst gälte die Garage versicherungsrechtlich nicht mehr als Teil der Vorstandsetage.«

Oben drang ein Hauch künstlichen Frühlings aus den großzügigen Räumen in die Kabine. Sicher eine allergiefreie, leistungsfördernde und sehr teure Luftbefeuchtung.

Schindhelm trat aus dem Fahrstuhl. »Der Techniker wird gleich hier sein.«

»Aber Sie haben gar nicht mit ihm gesprochen«, sagte Jörg.

»Wenn er meine Nummer im Display sieht, reicht das schon. Ich habe meine Leute gut organisiert.«

So hieß ›spuren‹ also im Bankerdeutsch.

An einer Seite der großen Empfangszone zog sich ein Aquarium entlang. Bunte Fische schwammen durch eine Wasserlandschaft, davor standen weiße Ledersessel für Besucher. Kara setzte auf ihren ungeschriebenen Teamcode: »Ich warte hier und fahre mit dem Techniker nach unten, während du bitte die Aufnahmen mit Frau Schindhelm durchgehst, ob irgendwer von außen in die Tiefgarage gekommen ist.«

»Okay.« Jörg zuckte nicht mal mit der Wimper, folgte einfach der Bankerin, die aus der großzügigen Empfangszone durch den breiten Flur zum Vorstandssekretariat ging. Dort hinten machte eine Sekretärin Schindhelm Zeichen. Diese deutete nur mit der flachen Hand zur Seite, dann bogen alle drei hinter einem aufwendigen Blumenbouquet ab.

Kara setzte sich in einen der weißen Ledersessel und genoss einen Moment die Stille. Jörg sollte ihr Schindhelm vom Halse halten, damit sie dem Techniker ein paar Fragen über die Frau stellen konnte. Klappte doch alles. Vielleicht machte sie sich seit dem letzten Personalgespräch über ihren angeblich zu spröden Führungsstil zu viele Sorgen.

Der Schatten eines großen Mannes spiegelte sich im Aquarium.

»Sie sind die Kommissarin.« Ein Kerl im bankgrünen Overall stand vor ihr. Sogar seine Augen waren grün. Er lächelte sie frech an. Kara gefiel ihm offensichtlich.

Und er ihr. Groß, eher schmal, aber gut trainiert. Der Langläufertyp eben, auf den Kara stand. Gefährliche Über-dreißig-und-noch-unter-vierzig. Am einen Ohr blitzte eine kleine Creole, wie sie Jungs trugen, die auch anderswo gepierct waren.

Er streckte ihr die Hand hin. »Ole Ranke. Ich bin der Haustechniker.«

»Hauptkommissarin Kara Menzel.«

Sein Händedruck war fest und die kribbelnde Zehntelsekunde zu lange. Es war höchste Zeit, dass Thure von seinem Speziallehrgang in Stockholm für ein langes Wochenende einen Abstecher nach Berlin machte. Sie konnte jetzt unmöglich flirten. »Ja, also, der Vorstandsfahrstuhl …«

»Sie wollen den hier? Hat mir Frau Schindhelm grad zugerufen.« Er zog einen Schlüssel aus der Overalltasche und hielt ihn auf der flachen Hand zwischen sie. In seine Augenwinkel schlich sich ein Lächeln.

Kara nahm sich zusammen. »Ich brauche den Zugang zum Zwischengeschoss, wo Sie den Vorstandsfahrstuhl warten«, sagte sie schnell.

»Das mache nicht ich.« Er öffnete per Knopfdruck die Fahrstuhltür. In der Kabine steckte er den Schlüssel in das im Steuerpaneel eingelassene Schloss neben dem Knopf *ZG* für das Zwischengeschoss. »Das macht die Aufzugsfirma.«

Sie fuhren nach unten.

»Haben die auch einen Schlüssel?«

»O nein.« Ranke lachte kurz mit rauer Stimme. »Das würde Frau Schindhelm nie erlauben. Wir nehmen die Security sehr ernst.« Er räusperte sich. »Es gibt nur zwei. Einen im großen Haupttresor der Bank und den hier. Den muss ich nach jeder Wartung wieder oben in den Vorstandssafe legen lassen.«

Der Fahrstuhl hielt. Die Türen glitten auf. Es roch nach einem Hauch Schmieröl und Metallstaub. »Alles dunkel.« Von überall wummerte und sirrte es. »Bis auf ein paar Notknöpfe. Moment, ich mache Licht.« Er trat hinaus und zur Seite. Neonröhren flackerten auf.

Im ersten Moment sah Kara nichts vor lauter grau lackierten Rohren, Motorengehäusen und Aluminiumkästen unter der niedrigen Decke. Das waren womöglich Abzüge der Klimaanlage.

Ranke stemmte die Hände in die Seiten. »Tja, tausendfünfhundert Quadratmeter voll Technik. Wenn Sie wollen, erkläre ich Ihnen, was davon wozu gehört.«

Kara winkte ab. »Mich interessiert, ob es einen weiteren Zugang zu diesem Geschoss gibt.«

»Gibt's nicht.«

Kara zwinkerte. »Jetzt nicht denken, bloß weil ich eine Frau bin … Die ganzen Maschinen hier kommen bestimmt nicht mit dem Fahrstuhl rein.«

Er hob abwehrend beide Hände. »So war das nicht gemeint. Sorry, ich wollte Ihnen nicht … also …« Mit der Rechten beschrieb er einen Kreis in der Luft. »Die ganze Technik hier für den Vorstandsfahrstuhl und die Vorstandsgarage ist in diesem Bereich nach dem Einbau mit einer fest verankerten Stahlwand abgetrennt worden.«

Kara sah vor lauter Rohren und Blech gar nichts. »Und da ist kein Tor?«

»Wenn umgebaut werden muss, sind die Schweißer da, machen auf und wieder zu. Das ist kein Thema. Und für Ersatzteile bei der Wartung reicht der Zugang mit dem Lift.« Er ging ein wenig in die Knie und deutete zwischen zwei Röhren hindurch. »Wenn Sie zwischen den Ablüftern durchschauen, sehen Sie da hinten die Stahlwand.«

Kara stellte sich neben ihn und ging auch in die Knie. »Die Querstäbe dort?«

»Genau.« Ranke ging noch weiter runter. »Moment«, murmelte er. Er schaute auf dem Boden entlang, robbte ein bisschen seitwärts an einem Motorblock vorbei, bis er fast dahinter verschwand.

Kara zwang sich, jetzt nicht über den attraktiven Hintern nachzudenken, der zwischen den Metallteilen hervorragte. Ein kratzendes Geräusch wie Sand auf Stein war zu hören.

»Was machen Sie da?«, fragte sie und zwängte sich neben Ranke.

»Sehen Sie die Krümel auf dem Boden?« Er zeigte auf grünlich-weiße Bröckchen, kaum größer als Stecknadelköpfe.

Mehr nicht?

»Gucken Sie nicht so.« Er beschrieb wieder mit der Rechten einen Kreis in der Luft. »Also mich stört nicht, dass es Krümel gibt. Ein bisschen Staub und Dreck ist hier unten normal. Aber das hier?« Er klaubte eines der Bröckchen vom Betonboden. »Das ist kein Zement oder so. Das sind Rattenköder.«

»Hier zwischen den Maschinen?«

»Die Viecher sind schlau und bauen ihre Nester gern an ruhigen, dunklen Orten.«

»Und was ist jetzt mit dem Gift?«

»Die Krümel sehen sonst anders aus.« Er deutete zu einem Blech, das um ein Rundgehäuse führte. »Dort liegen auch welche.«

Tatsächlich, sie sahen aus wie grünlich-weiße Miniaturerdnussflips und waren größer als die Bröckchen vor ihren Knien.

»Die Dinger sind eigentlich recht hart.« Ranke hielt ihr einen Köder hin. »Die zerfallen nicht von allein.«

Kara nahm ihn mit den Fingerspitzen. »Jedenfalls sind sie nicht weich wie Kreide.« Also war jemand auf die Flips getreten. »Und die Ratten haben nicht einfach dran geknabbert?«

»Das sieht anders aus.« Er wies über den Boden. »Und außerdem fressen die Viecher etwas ganz oder gar nicht.«

Karas Knie knackten beim Zurückrobben. »Dann bitte ich Sie jetzt mal um ganz, ganz vorsichtigen Rückmarsch.«

Er folgte ihr langsam. »Sagen Sie bloß, das ist jetzt wichtig?«

Die Kollegen von der Spurensicherung würden ihr die Hölle heiß machen, wenn Kara sie für ein paar von Ratten angeknabberte Giftkrümel antanzen ließ. »Nur, falls seit Freitagabend niemand regulär hier unten war.« Denn sonst wären die Trittspuren belanglos.

»Ganz bestimmt nicht. Der Schlüssel lag seit der letzten Wartung vor drei Monaten im Safe des Vorstandssekretariats bis gerade eben, als ich ihn geholt habe. Dafür musste ich mich in die Liste eintragen.«

Kara wand sich ganz zwischen den Maschinen hinaus. Sie gingen zum Fahrstuhl zurück. »Ich verständige die Kollegen.« Im Idealfall hatte Jörg oben in den Sicherheitsaufzeichnungen der Gebäudekameras noch irgendetwas gefunden, das zu dieser Spur passte. Über dem Fahrstuhl leuchtete *ZG* im Anzeigefeld. Also könnte jemand hier gewartet und Fokker abgepasst haben, bevor er die Fahrkabine im Zwischengeschoss überraschend gestoppt hätte.

»Wollen wir?« Drinnen steckte Ranke den Schlüssel wieder in die Steuerung. Er warf Kara mit hochgezogenen Augenbrauen einen Blick zu. »Die Spurensicherung, echt jetzt?«

»Fahren Sie schon.« Sie konnte sich ein Lächeln nicht verkneifen. »Es wäre allerdings wichtig, dass Sie vorerst niemandem davon erzählen.« Schließlich ermittelten sie unter Stufe drei.

»Okay«, sagte er gedehnt, »ich sag's keinem.«

Aber Kara glaubte ihm kein Wort, so wie seine grünen Augen glitzerten.

8

Die Stickmaschinen im Nebenraum von Habibis Copyshop verewigten ratternd Fußballernamen auf Sportshirts. Das Geräusch machte Malu zu schaffen, auch stank die Luft im Lager nach zu viel Druckertoner. Ihr war noch übel vom *Sypialnox*. Sie umfing ihren Bauch mit den Armen. Der Kriegsrat fing ja gut an. Es war furchtbar unbequem auf den Packen Kopierpapier, auf denen sie hockte.

»Wie lange braucht Habibi mit den Shirts noch?« Leon saß mit angezogenen Knien vor Malu auf der Palette. Mittlerweile trug er ein rotes Paisleyhemd und eine tief sitzende blaue Hose wie ein harmloser Berliner Hipster. Er stierte zum Nebenraum, an Sanctus vorbei, der am Arbeitstisch sein Computerzeug ausbreitete. Offiziell war er zum Kleiderwechseln aus der Bank nach Hause gefahren.

Die beiden Männer waren vorhin über alle Kisten und Kästen geturnt und hatten das Lager komplett auf Abhörwanzen gescannt, ohne dass Habibi auf seine heilige Unordnung gepocht hätte wie sonst. Malu versuchte, die Übelkeit zu vergessen. Sie konnte sich kaum konzentrieren.

»Sein Kunde ist gleich weg«, sagte Sanctus.

Wie cool Habibi alles durchgezogen hatte: Die Polizei in der Dahlemer Villa hatte ihm die Nummer als hysterischer Zeuge abgenommen. Zur gleichen Zeit war der Krankenwagen angekommen, den Habibi zuallererst gerufen hatte, damit Malu möglichst schnell aus dem Blickfeld der Bullen geschafft wurde. Sie hatte die erste Aktion so lange geplant, hatte sich die drei anderen gesucht. Mit ihnen war sie konspirativ vorgegangen, hatte sie vorsichtig eingeweiht. Bis die erste Aktion endlich real geworden war. Und nun das. Sanctus' Nachricht hatte Malu total geschockt. Wahrscheinlich war ihr deswegen schlecht und gar nicht vom *Sypialnox.*

Sie beugte sich vor und strich Leon mit der Hand über die Schulter. »Habibi trödelt bestimmt nicht.«

Auch wenn es in Berlin-Mitte nicht besonders auffällig war, am späten Abend in einen Copyshop zu gehen, spürten sie alle die Gefahr. Der Kriegsrat war unumgänglich, weil jemand ihre Pläne ausgeforscht hatte. Es klang völlig absurd: Zwar hatten tatsächlich zwei hochrangige Banker nach ihren Plänen entführt werden können, aber sie vier waren nur für eine Aktion verantwortlich. Malu hatte keine Ahnung, wer Fokker gekidnappt haben könnte.

Habibi kam herein. »Sorry, Leute.« Er schloss die Tür und suchte sich einen Hocker. Sein gestutzter Backenbart wirkte noch schwärzer als sonst, so blass war er.

Malu schob ihren Businessrock höher, fand aber keine bequemere Sitzposition auf dem Papierstapel.

»Alle einmal durchatmen, dann reden wir, okay? Ich habe nur ein halbe Stunde.« Sanctus hantierte am Tisch mit ihren *iPhones.* »Ich ziehe euch eine neue Chatverschlüsselung drauf.«

Durchatmen – das war für Malu gar nicht so leicht. Sie schloss einen Moment die Augen. Sie war mittags in der Lungenabteilung des Benjamin-Franklin-Klinikums wieder zu sich gekommen, wo eine Polizeipsychologin mit rosa Schal ihr am Nachmittag die ersten Fragen gestellt hatte. Malu hatte einfach behauptet, der Knall der Kartusche habe sie so geschockt, dass sie im Rauch des Betäubungsgases gar nichts mehr mitgekriegt habe. Aus der Klinik war sie vorhin, um neunzehn Uhr, allerdings nur auf eigenen Wunsch entlassen worden.

Sanctus stöpselte einen Mini-USB-Stick in ein *iPhone* und legte es weg. »Machen wir uns die Fakten klar. Leon hat Lengsfeld plangemäß eingebunkert. So weit, so gut.«

Sanctus verlor wenigstens nicht gleich die Nerven wie ihr Schatz Leon. Normalerweise hätte Malu nach der Hammernachricht die Gesprächsführung übernommen. Aber sie fühlte sich noch zu schwach.

Leon rollte seine Schultern, als hätte er Muskelkater. So sehr Malu seine Leidenschaftlichkeit mochte, so bockig konnte er sein, wenn ihm etwas nicht passte.

»Nix ist gut, Leute.« Er stand auf und lehnte sich an das Regal voller Ersatzteile für Kopierer. »Solange wir nicht wissen, wer einfach unsere Pläne geklaut hat.«

»Das ist zweitrangig.« Sanctus klopfte mit den Fingerknöcheln auf den Arbeitstisch. »Wir müssen zuerst einen Entschluss fassen, wie …«

»Zweitrangig?« Leon zeigte mit gestrecktem Arm zum Hinterhof. »Da draußen ist jemand, der weiß, dass es uns gibt. Der so beschissen genau weiß, was wir geplant haben, dass er nicht nur vor uns Fokker entführt hat, sondern auch genau nach unserem Drehbuch.«

»Nicht schreien!« Malu schlug mit der flachen Hand auf den Stapel Kopierpapier neben ihrer Hüfte. »Im Laden vorn sind Kunden.« Dass es hart werden könnte, darüber hatten sie lange genug diskutiert. Für einen Moment bereute sie, dass sie Leon eingeweiht hatte.

Habibi sprang von seinem Hocker auf.

Sanctus stemmte die Hände flach auf den Tisch und beugte sich vor. »Ihr behaltet verdammt noch mal die Nerven.«

Selten klang er so hart. Malu war froh, dass seine Ansage Wirkung zeigte.

»Okay, okay.« Habibi setzte sich wieder.

»Wir müssen in Ruhe nachdenken«, sagte Malu. Leon hielt den Arm noch immer zum Fenster ausgestreckt. Es stresste sie total, dass er sich so dünnhäutig aufführte. »Leon, bitte.«

»Ach, Scheiße.« Er ließ den Arm fallen und drehte den Kopf weg.

Auch wenn sie ohne Hierarchie agierten und gemeinsam die

Aktionen beschlossen, so hörten alle auf Malu. »Analysieren wir.« Die Nachwirkungen des *Sypialnox* machten ihre Gedanken langsam. Sie drückte sich die Handballen an die Stirn. »Also: Jeder von uns vieren war für die Entführungen eingeplant, ohne Arbeitsteilung sind die nicht zu stemmen. Logischerweise haben wir es also mit mehreren Leuten zu tun.«

»Sie kopieren unsere Aktion.« Habibi nagte an seinem linken Daumen. »Aber warum? Zufall ist es bestimmt nicht.«

»Ach nee?« Leon zuckte mit der schmalen Nase.

Das hatte Habibi nicht verdient, der auf seine Weise ziemlich schlau war. »Das ist die entscheidende Frage. Sanctus, was denkst du?«

»Eines habe ich einfach noch nicht begriffen.« Sanctus ordnete die *iPhones* vor sich auf dem Tisch.

Malu rückte auf dem Papierstapel vor und wartete wie Habibi und Leon.

Sanctus legte den Kopf in den Nacken und sprach zur Decke. »Wenn diese anderen uns schon kopiert haben, warum schicken die Typen keine eigene Botschaft in die Welt? Bislang ist kein Bekennerschreiben bei den Medien eingegangen. In unserem Plan jedenfalls ist eins vorgesehen, nicht wahr?«

Sie sahen einander an. Leon zuckte mit den Schultern. Habibi nagte weiter an seinem Daumen.

»Nach unserem ursprünglichen Plan hätte ich unser Manifest *First World Anonymous* zeitgleich mit der zweiten Aktion im Netz gestreut«, sagte Sanctus langsam.

»Wenn die deine Sicherheitsarchitektur knacken können, haben sie auch unseren Text.« Leon klang nicht einmal mehr vorwurfsvoll.

Habibi rieb sich über die Nase. »Vielleicht kommt noch was.«

»Nicht unbedingt.« Sanctus strich sich müde über die dünnen blonden Augenbrauen. »Kommt darauf an, wie gut oder böse die Typen wirklich sind.«

Malu hörte den verletzten Stolz heraus, dass jemand seine Sicherheitsbarrieren hatte durchbrechen können. Sanctus war einer der Tophacker der Szene. »Du meinst, wenn die anderen politisch wären, hätten sie längst ein eigenes Statement abgesetzt?«

Habibi spielte an seiner goldenen Halskette. »Vielleicht wollen die bloß Geld erpressen.«

»In der *German Global Credit* ist keine Forderung eingegangen, das hätte ich mitgekriegt«, sagte Sanctus. »Vorstand Schindhelm hätte uns die im IT-Center prüfen lassen. Da, fang.« Sanctus warf Leon sein *iPhone* zu.

Habibi nahm seines vom Tisch.

»Später.« Malu winkte ab. Sanctus war manchmal zu stolz auf seine Herrschaft über die Datenmeere. Aber Malu war froh, dass sie ihn in die Bank hatten einschleusen können. Der ganze Aufwand für seine gefakte Biografie lohnte sich jetzt mehr denn je. Sie brauchten unbedingt Informationen aus erster Hand, bevor sie gemeinsam eine Gegenstrategie entwickeln konnten.

»Die Forderung könnte auch direkt an Fokkers Frau gegangen sein«, sagte Leon.

»Die internen Sicherheitspläne sehen in einem solchen Fall eine sofortige Unterrichtung der Bank vor.«

»Was, wenn Sonya Fokker sich nicht daran hält?« Leon lächelte schwach, seine Stimme klang schon ruhiger. »Frauen sind oft eigensinnig.«

Malu überhörte die Anspielung. Ohne ihre Hartnäckigkeit wären die Pläne für die Aktionen nie konkret geworden und die drei würden noch immer diskutieren. »Sonya Fokker lebt in Scheidung und …«

»Aber dann will die Alte erst recht, dass die Bank die Kohle rausrückt und nicht sie.« Habibi schüttelte den Kopf. »Fokker steckt bis zum Hals in dreckigen Geschäften, habt ihr gesagt. Was ist, wenn unser Plan einem Geheimdienst besser gefallen hat, als wie üblich etwas Plutonium für ein bisschen Blutkrebs in Fokkers Essen zu kippen?« Habibi streckte auf dem Hocker die Beine von sich. »Was weiß ich? Ihr seid die großen Denker.«

Malu fing einen nachdenklichen Blick von Sanctus auf. Der galt nicht nur dem *iPhone,* das er ihr jetzt doch zuwarf. Er wusste, woran sie dachte: dass passiert war, wovor Malu ihn immer gewarnt hatte. Die Firewall um ihre Pläne hatte nicht gehalten. Spezialisten, von den *Five Eyes* oder anderen Geheimdiensten, hatten vielleicht Sanctus' Hackerabschottungen durchbrochen.

»Fokker hat in Zypern für das Energiebusiness das Geld gewaschen, mit dem die Regierungen aus Zentralasien bestochen wurden, okay.« Leon ging zum Fenster und checkte den Hinterhof. Mülltonnen und Fahrräder standen unverrückt im Regen. »Aber warum sollten gerade diese Leute ihn entführen?«

Habibi stützte die Hände auf die Oberschenkel und schüttelte den Kopf. »Die würden ihn direkt umbringen, wenn er nicht mehr spurt.«

Dieses verdammte *Sypialnox* machte sie langsam. Richtig überzeugt war Malu nicht, dass ein Geheimdienst ihre Pläne benutzte. Nur mühsam konnte sie einen Gedanken fassen. Es war mehr ein Bauchgefühl. »Vielleicht wollen die ... Wie sollen wir sie eigentlich nennen? Unsere ... Konkurrenten? Vielleicht wollen sie unser Skript umschreiben.«

»Du meinst, weil sie uns nicht längst an die Polizei verraten haben, zielen sie in die gleiche Richtung wie wir?«, fragte Sanctus leise.

Habibi richtete sich auf seinem Hocker auf. »Du meinst, die verfolgen nur eine andere Taktik? Dazu passt, dass sie die Reihenfolge der Aktionen geändert haben.«

Pragmatisches Denken war eine seiner Stärken. »Genau«, sagte Malu.

Sanctus wiegte den Kopf. »Ich weiß nicht ... Fällt dir jemand ein?«

Eine steile Falte stand auf Leons Stirn. »Moment, nicht so schnell. Du sagst ›unser Skript umschreiben‹. Da klingelt was bei mir.«

Diese Floskel erinnerte Malu an die endlosen Diskussionen bei den *Piraten.* Aber *Liquid Democracy* war Geschichte, ferne Geschichte. Sie vier hatten sich längst für echte Aktionen und gegen die Selbstverliebtheit von Social Media entschieden. »Und was, bitte, klingelt da?«

»Für mich hört es sich an wie *Open Source*«, sagte Leon langsam. »Jemand nimmt unser Skript und verändert es nach seinen Bedürfnissen. Natürlich heimst er den Ruhm in der Szene ein, wenn er das Programm als Erster ans Laufen kriegt.«

»Unsere Entführung ist kein Computerspiel, Leon.« Sanctus hob einen Datenstick wie einen Zeigefinger. »Wir vier wollen, dass Manager wie Fokker endlich persönlich für ihre Entscheidungen verantwortlich gemacht werden und bezahlen. Unser Konkurrent will vielleicht etwas anderes.« Er packte den Stick weg. »Tja, keine Ahnung.«

Habibi sprang von seinem Hocker. Er sah sie reihum an. »Und wenn wir einfach weiter unser Ding durchziehen?«

Leon hieb sich mit der linken Faust in die rechte Handfläche. »Wozu riskieren wir das alles, wenn nicht für unsere Ziele?«

»Wer auch immer unsere Konkurrenten sind, wir erobern die Medien zuerst.« Malu glitt vom Stapel Kopierpapier und stemmte die Hände in die Seiten. »Holen wir uns die Kontrolle über die Aktionen zurück.«

»Jepp.« Leon schnippte mit den Fingern.

»Plan A war, dass wir erst nach der zweiten Aktion, der Entführung Fokkers, unser Manifest ins Netz stellen.« Sanctus klappte seinen Laptop auf. »Das können wir auch jetzt tun.«

»Spricht was dagegen?«, fragte Habibi.

Malu schüttelte den Kopf. »Je schneller wir sind, desto eher gelten die anderen als Trittbrettfahrer.«

»Stimmen wir ab«, sagte Leon laut vom Fenster her. Er hob die Linke.

Malu auch. Habibi lächelte, als Sanctus es ihnen gleichtat. Für einen Moment herrschte wieder der wunderbare Einklang der Anfangszeit, als sie die Vorbereitungen für das Versteck getroffen, Tarnfirmen gegründet und Biografien gefälscht hatten.

»Schmeiß deine Programme an.« Habibi klopfte Sanctus auf die Schulter.

Malu hakte sich bei Leon unter und spürte seinen festen Körper.

Sie stellten sich hinter Sanctus, der die Finger über der Tastatur schweben ließ. »Ich brauche es nur abzuschicken.« Er ließ die Maus auf ein Icon auf dem Desktop wandern.

Mit einem metallischen Warnton seines Computers klappte ein Fenster auf.

Leon beugte sich zum Laptop vor, sodass Malu ihn loslassen musste. Ein Diagramm zeigte hoch aufragende lila Säulen, die Prozentzahlen abbildeten. Malu begriff nur, dass die Daten mit den Bankservern zu tun hatten. »Was ist?«

Sanctus runzelte die Stirn. »Bei den E-Mail-Konten des Vorstands gibt es ungewöhnlich hohen Traffic.« Er tippte los. Eine Zugangsabfrage nach der anderen ploppte auf, Passwort für Passwort gab er den nächsten Schritt frei. »Gleich logge ich mich im Konto deiner Mutter ein, Leon, die gerade in der Bank mailt.«

Leon machte wieder das angewiderte Gesicht, als ob er gerade auf etwas zu Salziges gebissen hätte, wie immer, wenn jemand von Gerlind Schindhelm sprach.

»Wenn Mutter ihren Abteilungsleitern so knapp schreibt wie mir, sind die Mails bloß Einzeiler.«

Das Verhältnis von Scheidungskindern zu ihren Eltern war schwierig, wenn sie nur bei einem Elternteil aufwuchsen. Leon hatte, seit er zehn geworden war, ausschließlich bei seinem Vater gewohnt. Doch für all ihre Aktionspläne hatten sie gesicherte Informationen über die internen Abläufe in der *German Global Credit* gebraucht. Malu hatte Leon lange bekniet, bis er schließlich nachgegeben hatte. Die Chance, an nützliche Informationen über Leons Mutter ranzukommen, war einfach zu verführerisch gewesen. Leon hatte anfangs sogar den Verdacht gehabt, dass Malu nur wegen dem möglichen Zugang zu den Bankinterna seine Freundin geworden war. Durch den sporadischen Kontakt hatte sich schließlich die Möglichkeit ergeben, Dokumente aus dem Aktenkoffer seiner Mutter abzufotografieren, die für die Bewerbung von Sanctus in der IT-Abteilung Gold wert gewesen waren.

»*Axiom-Null.* Was für ein bescheuertes Passwort«, murmelte Sanctus.

Schindhelms Postausgang erschien auf dem Bildschirm. Die Kopfzeilen in den Mails wiederholten sich: *Fokker tot.* Malu hielt sich die Hand vor den Mund; der Fluch blieb ihr im Hals stecken. Das war nicht ihr Plan.

Keiner sagte etwas. Im Nebenraum ratterten die Stickmaschinen.

»Deshalb wollte die Schindhelm den ganzen Nachmittag nichts mehr von uns«, murmelte Sanctus.

»Die anderen haben Fokker gekillt«, flüsterte Habibi.

Malu hatte Mühe, die Bedeutung der Worte einzuordnen. Fokker war tot. Das änderte alles. Einen Mord hatten sie immer ausgeschlossen.

»Die wollen uns das in die Schuhe schieben«, sagte Leon langsam. »Deshalb haben die sich nicht in den Medien gerührt.«

Malu war auf einmal, als würde das *Sypialnox* wieder wirken. Alles um sie herum dämpfte sich ab. Aber sie fiel nicht um.

Wieder sagte keiner was.

»Das ist unlogisch.« Sanctus drehte sich zu ihnen um. »Wir haben für Freitagabend, als die anderen Fokker entführt haben, alle ein Alibi, oder?«

Habibi und Leon nickten.

»Ich auch.« Malu hatte fast bis Mitternacht im IHK-Fachausschuss der Immobilienwirtschaft gesessen.

»Dann würde es keinen Sinn haben, die Entführung am Freitag durchzuziehen, wenn sie die Aktion uns in die Schuhe schieben wollten.« Sanctus nahm das erstbeste Stück Papier, das er greifen konnte, und schnappte sich einen Stift. Er schrieb *Motivation?*, darunter einen Spiegelstrich, *Mord anhängen.* Die beiden Wörter strich er gleich wieder durch und setzte den nächsten Spiegelstrich. »Vorschläge?«

Die Benommenheit ließ wieder nach. Malu spürte, wie mit den Fragen ihr Kampfgeist zurückkehrte. »Ich habe leider keine.«

»Ich auch nicht«, sagte Leon.

Habibi atmete nur hörbar aus.

Sanctus knüllte das Papier zusammen.

Malu legte ihm die Hand auf die Schulter. »Lasst uns das Manifest besser nicht online stellen. Wir können nicht einschätzen, ob das wirklich ungefährlich für uns ist. Die anderen könnten damit rechnen.«

Sanctus schloss alle Programmfenster auf seinem Bildschirm. »Ich muss sowieso zurück zur Bank. Ich habe Stallwache bis zwei Uhr nachts.«

»Schön hiergeblieben.« Habibi breitete die Arme aus. »Seid ihr blind? Wir müssen dringend darüber nachdenken, was wir jetzt mit Lengsfeld machen. Für dessen Entführung haben wir nämlich kein Alibi. Was ist, wenn er jetzt auch …?«

Malu wurde kalt. »Wir hätten ihn nicht unbewacht im Kristall zurücklassen dürfen.«

»Scheiße.« Leon lief vor dem Regal mit Kopiererzubehör auf und ab. »Wenn die anderen unsere Aktionspläne geklaut haben, dann wissen sie auch, wo der Kristall liegt.«

Habibi fluchte auf Arabisch.

»Verdammt noch mal. Leon, behalte die Nerven.« Sanctus erhob sich, machte drei Schritte und packte ihn an den Schultern. »Habibi und du holen Lengsfeld jetzt sofort da raus, damit die anderen ihn nicht umbringen. Danach sehen wir weiter.«

»Aber wohin sollen wir ihn schaffen?« Leons Stimme war ganz hell.

Sanctus schüttelte ihn fast. »Du behältst die Nerven, ja?«

»Wartet!« Malu sortierte ein paar Erinnerungen. »Wir haben keine Aufzeichnungen zum Kristall erstellt. Wir haben die ganze Planung hier im Copyshop mündlich durchgezogen.« Sie ging zu Leon, strich ihm über die Schläfe und sah Habibi und Sanctus an. »Der ganze Bauplan des Verstecks befand sich nur in unseren Köpfen. Aber das Wichtigste ist: Nur wir wissen, wo wir es eingebaut haben.«

»Wirklich?«, fragte Leon.

»Sie hat recht«, sagte Sanctus.

»Endlich mal 'ne gute Nachricht.« Habibi hob die Arme über den Kopf.

Sie klatschten einander ab.

»Hirnscanner gibt es ja noch nicht.« Sanctus atmete hörbar erleichtert aus.

»Lengsfeld bleibt erst einmal, wo er ist. Notfalls können wir ihn wieder betäuben, falls er doch umquartiert werden muss.«

Malu machte mit vier Fingern ihr Zeichen für Ja. Keine Gegenstimme. »Okay.«

»Leon, du bewachst den Kristall. Für alle anderen gilt business as usual.« Sanctus packte seinen Laptop in die Umhängetasche. »Ich muss los.«

Leon drückte Malu einen Kuss in den Nacken. »Bis gleich in der Crêperie bei dir ums Eck.«

Das war eine gute Idee. Essen, schlafen. Mit einem Mal fühlte sie sich völlig erschöpft, die Beine wurden richtig schwer. »Okay.«

»Und ich werde jetzt ganz normal ausliefern, als ob nichts wäre.« Habibi nahm einen Packen fertiger T-Shirts auf den Arm. »Mein Wagen steht vorn.«

Malu drehte sich um. Sanctus war bereits lautlos durch den Hinterausgang verschwunden. Er hinterließ nicht nur im Internet keine Spuren. Irgendwie beruhigte sie der Gedanke. Sie würden es schaffen. Das Manifest zu den Aktionen stellten sie später ins Netz. Malu würde sich die erste Aktion von niemandem kaputt machen lassen. Wer auch immer für Fokkers Tod verantwortlich war, was aus Lengsfelds Leben wurde, kontrollierte sie.

9

Das Corporate-Identity-Grün an den Wänden der Tiefgarage nervte Kara. Bestrahlt von den Scheinwerfern leuchtete es verlogen optimistisch wie das Licht in jeder Bankwerbung. Sie war nervös. Wegen ein paar Krümeln Rattengift wollte sie sich nicht lächerlich machen. Wenigstens hatte Gerbert nicht gleich wieder mit seinem Team die Koffer gepackt. Kara schielte zu ihm hin. Der Chef der Spurensicherung hantierte seit gut einer Stunde an dem Tisch herum, den sein Team neben dem Fahrstuhl auf den freien Vorstandsparkplätzen aufgebaut hatte.

Jörg saß vorn am Tor der Tiefgarage auf einem Metallkasten und tippte wie wild in sein Tablet. Es wurde Zeit, dass er etwas bei der Verkehrsüberwachung herausfand.

»Die Kollegin, Vorsicht!« Ein kleiner Dicker im weißen Plastikoverall hob das Gestänge eines Scheinwerfers knapp an Kara vorbei. »Nicht auf die Kabel treten, wir rollen ein.«

Gerbert winkte sie heran. »Menzel, Olvers, kommen Sie bitte.«

Kara stieg über drei Kabel, die über den polierten Beton der Tiefgarage rutschten. »Sie lächeln ja.«

Gerbert schob eine weiße Strähne aus der Stirn. »In meinem Alter ist man für alles dankbar, was nicht Routine ist.« Er stützte die Hände in die Seiten und streckte sich mit einem leisen Seufzen durch. »Ich arbeite trotzdem lieber nicht im Sitzen.«

Mikroskop, Tauchbäder, zahllose beschriftete Tüten und ein paar offene Chemikaliendosen füllten den Tisch hinter ihm. Kara wartete ab.

»Sie haben einen verdammt guten Blick, Menzel.« Gerbert hob den Zeigefinger. »Die Druckspuren im Zwischengeschoss sind im Neonlicht kaum zu sehen, sodass wir sie mit Rotfrequenzlicht gescannt haben. Hier.« Er wandte sich zum Bildschirm seines Notebooks auf dem Tisch.

Jörg trat neben Kara.

Auf der Vergrößerung sahen die Spuren im Rattengift wie steinerne Mondmeere ohne Krater aus. »Ehrlich gesagt, sehe ich nur unregelmäßige Linien.«

»Es sind übereinanderliegende Schuhabdrücke.« Gerbert deutete mit dem dürren Finger auf die Schattierungen. »Im Querschnitt sehen Sie die unterschiedlichen Tiefen. Und hier hat sich jemand auf der Stelle bewegt und mehrfach das Gewicht verlagert.« Er ließ die nächsten Aufnahmen vorbeifließen, stoppte. »Hier haben wir fast einen kompletten Abdruck. Schuhgröße zwischen neununddreißig und vierundvierzig. Die Sohlen sind profillos. Asiatische Kampfschuhe eventuell oder vielleicht Schuhe für modernes Ballett, würde ich sagen.«

Seiner Erfahrung konnte man trauen. Kara hatte noch nie erlebt, dass er in einem Bericht Vorabhinweise hätte zurücknehmen müssen. »Dann hat hier jemand auf Fokker gewartet.«

Gerbert dehnte wieder den Rücken. »Allerdings war der Täter vorsichtig genug, kein Haar zu verlieren.« Gerbert seufzte. »Ich muss Sie enttäuschen. Wir haben keine Biospuren für eine DNA-Analyse. Leider ist im Staub voller Rattenkot die Suche danach illusorisch.«

So weit hatte Kara gar nicht gedacht. »Ich bin schon froh, dass ich überhaupt einen belastbaren Beweis dafür habe, dass sich im Zwischengeschoss ein Täter aufgehalten hat.« Sie blickte zum Anzeigefeld über der Fahrstuhltür. »Und auf Fokker gelauert hat, bis er aus der Vorstandsetage herunterfuhr.«

»Die Kabine wies keine Kampfspuren auf, oder?«, fragte Jörg.

»Nein.« Gerbert verschränkte die Hände vor seinem Overall und tippte die Daumen aneinander. »Das wäre es von unserer Seite. Machen Sie bald Feierabend und lassen Sie es sacken.«

Jörg hob die Augenbrauen. »Feierabend is' nich'. Unter Sicherheitsstufe drei haben wir, streng genommen, keinen.«

Gerbert winkte ab. »Den Formalkram machen die da oben doch nur, damit sie die Presse kurzhalten können und die Leute Schiss vor Durchstechereien haben. Ich jedenfalls habe trotzdem gehört, dass bei den Kollegen immer noch kein Erpresseranruf oder dergleichen eingegangen ist.«

Gerbert räumte Flaschen in einen gepolsterten Tragekasten. Er lehnte ebenso wie Kara die Aufteilung in zwei Teams ab.

»Danke für die Beweise.«

»Und nun macht Platz, ihr zwei, damit ich hier rauskomme. Meine Goldfische zu Hause wollen bald ins Wasser.« Gerbert drehte sich zu seinem Team um. »Conny, der Tisch hier kann jetzt auch weg«, rief er dem kleinen Dicken zu, bevor er in seinen Dienstwagen einstieg.

Jörg zog Kara am Arm zum Tiefgaragentor. »Was meint der mit Goldfischen?«

Das Tor rollte auf. Kara wartete, bis der Wagen draußen war.

»Gerbert ist spät noch mal Vater geworden.« Manchmal wunderte sie sich, dass Jörg vom Kollegentratsch so wenig mitbekam, obwohl er sich dreimal am Tag etwas in der Kantine zu essen holte. »Er hat rotblonde Zwillingsmädchen.«

Jörgs Tablet, das er an seine Brust presste, piepste. »Hoffen wir mal, dass es endlich das richtige Zeitfenster mit den richtigen Aufnahmen vom Potsdamer Platz ist, das mir die Verkehrszentrale überspielt.«

Hinter ihnen packte das Team der Spurensicherer in einem fast harmonisch klappernden Takt ihre Materialkoffer zusammen.

Jörg ging durchs offene Tor über die Rampe aus der Tiefgarage. »Am besten schaust du dir die Blickwinkel der Cams von der Straße aus an.« Draußen angekommen reckte er den Hals, ließ den Blick über die angeleuchteten Hochhäuser wandern und streckte seinen Arm aus. »Da links geht es zum Holocaustmahnmal. Dort haben wir bloß eine Cam, die die Ausfahrt leider nicht im Blick hat, nur die Fahrspuren auf der Straße.« Er drehte sich herum und zeigte hoch zur mattgoldenen Fassade der *German Global Credit*. »Zu dumm, dass die ausgerechnet hier nichts erfassen. So was soll ein Sicherheitskonzept sein.«

Kara wies auf die nächsten beiden Bürotürme Richtung Tiergartentunnel. »Was ist mit den Firmen dort?«

Jörg machte ein Gesicht als hätte er Zahnschmerzen. »Die Unternehmen erfassen ihre eigenen Zugänge sowie den unmittelbaren Straßenabschnitt davor. Zwei Cams zeigen sogar bloß die Bäume auf der Tiergartenseite. Falsch eingestellt.« Er ging einfach in die Hocke und legte das Tablet auf den Bürgersteig. »Die Cam der Verkehrsüberwachung vor der Tunnelzufahrt ist unsere einzige Chance.«

Kara kniff die Augen zusammen. Meistens saßen die Überwachungskameras auf den Ampelmasten. Sie schätzte die Entfernung ab. »Dreihundert Meter ist aber von dort eine Menge.«

»Leider.« Jörg klickte eine Videodatei an.

Kara stellte sich hinter ihn. Auf seinem Schädel entdeckte sie ein dreieckiges Muttermal. Süß.

Die Verkehrsaufnahmen waren trotz der Tunnelbeleuchtung ziemlich dunkel, nur wenige Autofahrer hatten Freitagabend nach einundzwanzig Uhr den Weg an der Bank vorbei zum Tunnel genutzt.

»Siehst du die Zeitanzeige? *21:38.* – Da!«

Die Aufnahme erfasste im Hintergrund des Bildes eine Bewegung auf der Höhe der Bank. Ein heller Punkt wurde größer, wurde zu einem Wagen. Er musste die Rampe der Tiefgarage hochgefahren sein.

»Ich stelle auf Zeitlupe um.« Die Aufnahme lief langsam weiter.

»Es ist tatsächlich ein Dienst-Mercedes der Bank.« Jörg tippte auf das Tablet. »Ich geh auf Einzelbild.«

»Verdammt, unscharf. Bei der Entfernung ist das kein Wunder.« Von Bild zu Bild wurde die Wagenfront größer. Kara erkannte einen Schemen hinter der Windschutzscheibe.

»Ach du Scheiße«, entfuhr es Jörg. »Wer ist das denn?«

Das Bild zoomte unter seinen Fingern heran. Hinter dem Lenkrad saß jemand mit einem sehr weißen Gesicht. Die geschlitzten Augen waren starr, der Musketierbart, der das eingefrorene Lächeln umgab, wirkte schwarz und künstlich. Kara seufzte. »Das ist die Guy-Fawkes-Maske. Die ist das globale Gesicht des Widerstands gegen die Bankenmacht.«

Jörg fror das deutlichste Bild der Verkehrsüberwachung mit einem Fingertippen ein. »Und das ist leider nicht alles.« Er deutete zum leeren Beifahrersitz.

Auch über den Rücksitzen lag niemand, so viel war zu erkennen. »In den Kofferraum können wir leider nicht schauen.« Kara seufzte. »Das heißt, wir wissen nicht mal, ob Fokker wirklich in diesem Wagen aus der Bank geschafft worden ist. Er wird sich ja wohl kaum selbst die Maske auf das Gesicht gesetzt haben.«

Jörg nahm das Tablet vom Bürgersteig und drückte sich aus den Knien hoch. »Und jetzt?«

»Fahren wir zurück ins LKA. Vielleicht haben die Kollegen inzwischen was.« Kara war einfach nur noch müde.

10

Kara ließ die Gaszündung knacken, stellte den Wasserkessel auf den Herd und ging Blumengießen. Das gehörte nicht zu ihrem Heimkehrritual. Normalerweise hätte sie den Schlüsselbund auf die Ablage unter der Garderobe gepfeffert, damit die Metallschale dieses herrliche *Bong* gemacht hätte, mit dem Kara ihren Feierabend einläutete. Aber sie hatte schließlich keinen. Unter Sicherheitsstufe drei blieb sie im Dienst, auch wenn sie zu Hause schlafen durfte, solange Jörg für das Team im LKA in Bereitschaft blieb.

Sie würden sich abwechseln. Das hatten Jörg und sie beschlossen, bevor sie statt ins LKA zu den *Potsdamer Platz Arkaden* für ein schnelles Abendessen gegangen waren. Kara hatte Werchteshaus telefonisch über die Ergebnisse der Spurensicherung informiert.

Auf ihrem nächtlichen Balkon ließen die Margeriten im Licht, das aus ihrem Schlafzimmer drang, die Köpfe hängen. Kara wässerte ordentlich die Kästen. Vielleicht täte ihr selbst eine heiße Dusche gut.

In der Küche pfiff es, tief und drohend. Kara stellte die Gießkanne auf ihren Balkontisch. Als sie das Gas abdrehte, setzte die zweite Kesselflöte gerade fröhlich an. Das knallgelbe Emailleding war ein Geschenk Thures gewesen.

Kara goss sich Melissentee auf und sah durch den hochsteigenden Wasserdampf hindurch in die Tasse. ›Kara isst sogar Regenwürmer, wenn's sein muss.‹ Thures dummer Spruch hatte die Runde unter den Kollegen gemacht. Die Story würde sie bis ins Grab verfolgen. Dabei war der angebliche Regenwurm in

Wirklichkeit ein Stück Hering gewesen. Den derben Scherz hatten sich die schwedischen Kollegen beim Europol-Workshop für den Abschlussabend ausgedacht. Genau genommen, war es Thures Idee gewesen, der Kara bei Polarlicht mit viel Humor und einer Extraportion Aquavit in seine blond behaarten Arme gelockt hatte. Ihr Schwede hatte einen seltsamen Humor.

Ihr Schwede?

»Was weiß denn ich.« Karas Blick fiel auf die Küchenuhr. *00:47.* Aber warum sollte sie eigentlich nicht noch in Stockholm anrufen? Thure ging spät schlafen.

Auf dem niedrigen Glastisch im Wohnzimmer schob sie die Papiere auf einen Stapel zusammen. Ihr schwirrte eh schon der Kopf vor lauter Ermittlungsdetails. Die Heimrechnung könnte sie heute sowieso nicht mehr nachprüfen. Auf Vaters Konto summierte sich seine Pension, da kam es auf ein paar Wochen bis zu einer Rückzahlung nicht an.

Kara klappte ihr Notebook auf und aktivierte *Skype.* Thure war online. Sie drapierte sich in ihre sieben dicken Sofakissen. Prompt öffnete sich ein Chatfenster.

> *Ich habe schon gefürchtet, die lassen dich gar nicht nach Hause. Wir hatten die Entführung sogar auf SVT in den Abendnachrichten. Die Medien wissen wohl noch nichts von der Leiche im Autowrack.*

Die schwedische Staatspolizei hatte offenbar Quellen in Berlin. Kara hatte kaum zwei Schluck vom Melissentee genommen, da klopfte Thure für ein Gespräch an. Sie aktivierte die Telefonverbindung. »*Hej.* Den Medienrummel spare ich mir komplett. Das darf meine Chefin stemmen. Schön, dich zu sehen.« Auch wenn es nur in dem kleinen Programmfenster war. »Dein Bart ist ja kürzer.«

Er drehte den Kopf, reckte das Kinn und machte eine Kussschnute. »Du hast dich beschwert, dass die Löckchen kratzen. Nun nehme ich Bioshampoo und …«

»Von wegen. Ihr habt bestimmt eine neue Dienstvorschrift gekriegt.«

»Nein. Ich mache das nur deinetwegen.« Thure zwinkerte und fuhr sich über die hellen Augenbrauen. Er schaute ein wenig nach links, wo wohl auf seinem Computer ihr Bild übertragen wurde. »Ich weiß, unter eurer Sicherheitsstufe darfst du nichts sagen … Kommst du voran?«

Thure arbeitete bei einer geheimen Einheit der schwedischen Rikspolisen. Aber das hatte er ihr auch erst gestanden, nachdem sie ihm eine wütende Keine-Lust-auf-Verarsche-Mail nach Stockholm geschickt hatte, weil er unter seiner offiziellen Dienststelle nie erreichbar gewesen war. Kara hatte geglaubt, er ließe sich verleugnen. »Die Strategie, zwei Teams für die Entführung und den Mord zu bilden, finde ich ziemlich gewöhnungsbedürftig.«

Thure rieb sich kurz über die Nase. »Bei manchen Operationen, sagen wir mal in Ländern mit hoher Korruption, wo man dem Apparat nicht traut, machen wir so etwas manchmal, um die Informationsflüsse zwischen den Ermittlungsbeteiligten zu kontrollieren. Aber bei euch in Deutschland?«

»Ich habe jetzt die neuesten Indexzahlen von *Transparency International* nicht im Kopf, aber es war auch schon mal besser bei uns.« Kara nippte an ihrem Melissentee.

Thure lachte seltsam scheppernd, was wohl an der Datenverschlüsselung lag. Sein Gesicht wurde kleiner, weil er sich auf seiner *Cassina*-Ruheliege zurücklehnte. Das Bild schaukelte dabei ein wenig. Sein Oberkörper steckte in einem hellroten Pyjama. Mit Farben hatten es die Schweden ja.

»Ich lege mir gleich die Sachen zurecht, falls ich heute Nacht ins Büro muss.« Kara überlegte, wie viel sie sagen durfte. »Jedenfalls mauert sich die Bank bislang in einer Krisensitzung nach der anderen ein. Die Familien der Opfer werden nichts sagen. Sie verweisen auf die Richtlinien einer Londoner Spezialagentur.« Das hatte Kara vorhin noch von Werchteshaus erfahren.

Thure ließ die Lider über die blaugrünen Augen sinken. »Heißt die etwa *Kerberos Ten*?«

Ach. »Was weißt du über die?«

Er schaute einen Tick zu lange auf seine ineinander verschränkten Finger.

»Du musst mir ja nichts Konkretes sagen, Thure.«

»Stimmt. Vielleicht so viel: Die Firma ist nicht ganz weiß.«

»Das heißt?«

»Macht. *Kerberos Ten* arbeitet weltweit für Leute, die wirklich Macht haben. Und diese auch nutzen.« Thure beugte sich vor. Sein Gesicht wurde ganz groß, verbog sich ein bisschen wegen der Camlinse. Kara konnte sogar ein Härchen auf seiner Nase erkennen. In seinem Blick lag die wortlose Besorgnis um jemanden, den man liebt. »Pass richtig auf, wenn du mit ihnen zu tun kriegst.« Er ließ sich zurücksinken. »Aber du bist ja Profi. Dich schreckt nicht mal das Geheul der Wölfe in Norrland.«

Damit hatte sie ihm beim Polizeiaustausch imponiert. »Du fehlst mir«, sagte sie schon, ehe sie es sich recht überlegt hatte. Kara senkte den Blick zur Teetasse.

Er brummte sanft. »Das Schlimmste ist, dass ich jetzt sogar ein paar Tage für uns freimachen könnte.«

Kara beugte sich vor und küsste Richtung Laptopkamera, jedenfalls hoffte sie, dass es auf seinem Bildschirm nicht wie ein affiges Selfie aussah. »Ich löse den Fall so schnell es geht, versprochen. Und dann zeigst du mir die Blaubeeren hinter deinem Sommerhaus.«

Thure ließ seine breite Hand langsam über die rote Pyjamajacke nach unten aus dem Bild gleiten. »Alles andere wäre auch sehr grausam von dir.« Er legte den Kopf zur Seite. »›*Fattig är inte den som har lite utan den som behöver mycket*‹, sagte meine Großmutter immer.« Er blickte direkt in die Cam. »›Arm ist nicht, wer wenig hat, sondern wer viel braucht.‹ Und jetzt schicke ich dich ins Bett. Je ausgeschlafener du bist, desto besser. Cheerio.« Thure zwinkerte noch einmal. Dann ging er offline.

Der Melissentee war kalt. Kara wäre nur zu gern in den sieben Couchkissen mit Thure versunken. Sie saß einen Moment einfach nur so da.

Sie sollte sich lieber frische Kleidung zurechtlegen, bevor sie hier noch einschlief.

Kerberos Ten ... Morgen würde sie Jörg daransetzen. Irgendwas müssten sie doch in den Datenbanken von Europol zu dieser Sicherheitsagentur finden.

11

Boomtown Berlin – in Niederschöneweide konnte das jeder Zweite auf der Straße nicht mal richtig aussprechen. Es passte, dass sie den abgehobenen Bankmanager in diesem Viertel eingebunkert hatten. So war der Herr von ganz oben nach ganz unten gelangt. Leons Skaterladen *Scary Boards* fiel im Kiez nicht auf und tarnte das Versteck optimal.

Sanctus checkte an einem uralten Verteilerkasten in Leons Werkstatt die Sicherungen. Zu seinem Glück hatte Hellcamp darauf bestanden, die Nachtschicht in der Bank zu fahren, weil seine Freundin sowieso nicht da sei.

»Willst du erst eine Cola?«, fragte ihn Leon vom großen Montagetisch der Werkstatt her, wo er sonst Flowboards und Decks für die Skater zusammenschraubte.

»Später«, sagte Sanctus über die Schulter. Auch wenn es schon drei Uhr war, so hellwach war er selten. Wenigstens diese Nacht wollte er vor Ort sein. Die neue Alarmanlage für die Werkstatt war aktiv. Aber den alten Stromleitungen draußen konnte man nicht trauen. Die brüchige Elektrik war so abgeranzt wie die Restekiste, in der Leon im Licht der Neonröhre kramte. Lose Rollen, Dosen mit Speziallacken und Beschichtungsfolien hatte er um sich verteilt.

Leon checkte sein Smartphone. »Morgen Nachmittag kommen ein paar Kids rum.«

»Besser geht's nicht. Business as usual.«

»Die Boards montiere ich heute Nacht, dann habe ich sogar einen guten Grund hierzubleiben.« Leon steckte das Smartphone weg, griff sich die Cola und ließ die Kohlensäure zischen, bevor er einen tiefen Schluck aus der Flasche nahm.

»Sicher ist sicher.« Die Einbruchsrate im Bezirk war hoch und Leons Boards ließen sich gut verticken. Dennoch hatten sie das Risiko eingehen müssen. Ein Laden in einem sichereren Stadtteil war einfach zu teuer. Sanctus schloss den Verteilerkasten. Er hatte doch Durst. »Gib mir einen Schluck.«

Am Montagetisch beugte Leon sich herüber und reichte ihm die Flasche. »Hast du den Kristall gecheckt?«

»Belüftung und Beleuchtung sind an.« Sanctus war froh, dass sich Leon offenbar beruhigt hatte.

»Wollen wir mal unseren Gast abchecken?« Leon deutete mit dem Daumen nach unten zum Fußboden.

Von Stunde zu Stunde sank die Anspannung. Hätten die anderen sie an die Polizei verraten wollen, hätten sie es längst getan. Wer auch immer Fokker getötet hatte, über Lengsfelds Schicksal entschieden *sie vier.* »Zeit wird's.« Sanctus holte den Schlüssel aus seiner Hosentasche, während Leon ein Mountainbike vom Stahlschrank wegrollte und vor ein paar Lieferkartons auf den Boden legte.

Die Türangeln quietschten. »Hast du immer noch kein Öl besorgt?«

»Offensichtlich kommt das Schmierfett der Boardrollen nicht gegen den Rost an.« Leon zog zwei Hocker zum Schrank.

Sanctus schob die verkratzten Metalltüren gegen die Wand. Das braun lackierte Blech der Innenseite hatte er gründlich gereinigt, damit der Staub der DDR-Jahrzehnte nicht seine Überwachungstechnik mattsetzte. Nur ein Regalblech hatten sie für die Steuerungseinheit und den Bildschirm auf Sitzhöhe eingelegt. Sanctus nahm sich einen Hocker.

Leon legte ihm kurz die Hand auf die Schulter und hielt ihm ein Stück Salami hin. »Unser Gast da unten würde sich freuen, wenn er überhaupt mal etwas bekäme.«

Sanctus biss in das Wurststück. Essen würde Lengsfeld von ihnen vorerst nicht bekommen. Damit er mal spürte, wie es sich für die Menschen anfühlte, denen die Nahrungsmittelspekulationen seines Konzerns die täglichen Mindestkalorien wegnahmen. Ihr Gefangener sollte in einem surrealen Raum ganz auf sich selbst zurückgeworfen werden. Mit nur einer Toilette als Sitzplatz und einem Wasserhahn darüber in der Wand. Aber den hatten sie so hoch angebracht, dass Lengsfeld sich zum Aufdrehen auf den Rand der Kloschüssel stellen musste, obwohl er eins neunzig groß war. Sie würden Lengsfeld psychisch knacken, damit er sich für Internetclips filmen ließe, in denen er die Machenschaften seiner Bank selbst gestehen sollte.

»Nun schalt schon an.« Leon setzte sich auf den zweiten Hocker.

»Okay. Aber erst mal nur die Cam.« Sanctus aktivierte den Bildschirm.

Sie sahen Lengsfeld von schräg oben im Halbprofil. Trotz der gläsernen Wände des Kristalls war das Bild nicht grell, weil sie mattes Glas und schwache Leuchtschienen verbaut hatten.

Leon streckte den Kopf vor. »Was macht er da?«

Lengsfeld stand in Unterhose und Socken breitbeinig vor einer der verspiegelten Längsseiten. Die Hände hatte er über den Kopf erhoben wie bei einer Polizeikontrolle. Ganz langsam ließ er den Rücken rund werden, dann streckte er wieder den Kopf in den Nacken und schob das Becken in den Raum.

»Sieht nach einer Yogaübung aus, wenn du mich fragst.«

Leon hob die breiten Augenbrauen. »Hätte ich dem Typen gar nicht zugetraut.«

Mit seinen Karatekenntnissen hatten sie auch nicht gerechnet. Sanctus verkniff sich die Bemerkung, weil Lengsfeld unter ihnen mit fließenden Bewegungen eine kniende Yogahaltung einnahm und sich die Hände vor das Herz legte. Die Augen hielt er geschlossen. In der Ecke lagen sein Anzug und das Hemd sorgfältig zusammengefaltet, die Krawatte aufgerollt obenauf. Sogar das dichte graue Haar hatte er glatt gestrichen.

»Man sieht gar nicht, was für ein Schwein das ist.« Leon lehnte sich zurück. »Wir sollten dem mal ordentlich einheizen.«

Die Fußbodenheizung im Kristall selbst zu verlegen, war für Habibi und Sanctus die größte Herausforderung gewesen.

Leon kniff die Augen zusammen. »Oder besser das Gegenteil. Ich fahre mal die Temperatur runter, damit er einen kalten Arsch kriegt.«

Sanctus hielt Leons Handgelenk fest, als der aufstehen wollte. »Das heben wir uns lieber auf. Überleg mal: Wenn Lengsfeld meditiert, hat er es wohl nötig.«

Leon hockte sich wieder hin und betrachtete den Bildschirm.

Der Manager atmete ruhig, nur ab und zu zuckten die dicken Augenbrauen ein wenig, als ob er stumm ein Mantra wiederholte.

»Sieht nicht gerade nach Panik aus.« Leon klang enttäuscht.

»Nee, nicht wirklich.« Lengsfeld wirkte eher wie jemand, der in Ruhe nachdachte. Sanctus hatte erwartet, dass der um die Welt jettende Topmanager wie eine Wildkatze im Käfig herumtigern würde, weil er Nichtstun nicht aushielte. Wieder lief etwas nicht nach Plan. Dabei hatten sie intensiv Lengsfelds Persönlichkeitsprofil analysiert und sogar seine Jugend recherchiert.

»Er hat getrunken.« Leon deutete auf die elektronische Wasseruhr neben dem Bildschirm. »Ziemlich genau die zweieinhalb Liter, die ein Mensch am Tag trinken sollte.«

Sanctus beugte sich über die Kontrolleinheit und tippte auf die Steuerknöpfe für das Protokoll. »Regelmäßige Abstände, seit drei Stunden …«

»Warum lächelst du?«, fragte Leon.

Sanctus kniff die Augen zusammen. »Er trinkt mehr als nötig. Quasi auf Vorrat. Er hat Angst, dass wir ihm das Wasser abdrehen.« Ihn nicht richtig trinken zu lassen, hatten sie ausgeschlossen, weil Menschen unter Wassermangel zu schnell einen Kreislaufkollaps bekamen und sterben konnten.

»Hunger hat er sowieso.« Leon verschränkte die Hände in seinem Nacken. »Wir sollten ihn schmoren lassen, bis er mit dem Yogazeugs aufhört.«

»Das kann lange dauern.« Sanctus checkte die Anzeige der Vibrationssensoren. Lengsfeld hatte nicht gegen die Wände getrommelt oder getreten. »Vergiss nicht, wir brauchen verwertbare Geständnisse fürs Internet. Vorher kommt er nicht raus.«

»Na, dann wecken wir ihn doch.« Leon warf einen Blick in einen Winkel seines Ladens. »Ich bin für den Trennschleifer als Sirene. Soll ich mal ein Stück Stahlrohr über der Deckplatte durchsägen?«

Für alltägliche Geräusche war die Schallisolierung des Kristalls dick genug, dass hatten Habibi und er ausprobiert, aber der Trennschleifer drang durch. »Noch mal: Wir haben im Plenum beschlossen, nicht zu früh zu eskalieren.«

»Okay.« Leon stieß Luft aus. »Aber reden musst du. Ich bin immer noch stinkig, weil mir der Arsch zig blaue Flecke verpasst hat.«

»Vergiss nicht«, Sanctus zeigte auf das Lautsprechersymbol links oben über dem Videobild, »solange das Icon rot blinkt, ist das Mikro an.« Er nahm das Headset aus dem Fach unter der Steuerkonsole, schob es sich über die Haare und richtete den dünnen Mikrofonbügel vor seinen Mund. »Das Ding ist zwar ganz auf Sprache kalibriert, aber ich kann nicht ausschließen, dass Lengsfeld doch Hintergrundgeräusche hört. Sei also still.«

Leon nickte.

»Und lach nicht, wenn ich jetzt wie der Schiffscomputer aus *Star Trek* klinge, der wie eine ältere Wissenschaftlerin säuselt. Meine Stimme wird vom Programm remoduliert.«

Leon verdrehte die Augen. »Ich quatsche dir schon nicht dazwischen. Du bist der Kommunikator.«

Eigentlich war das Malu, sie sorgte für den Zusammenhalt, menschlich und intellektuell. Leon war noch immer schwer verliebt in sie, das merkte man bei jedem Treffen. Sanctus schob den Gedanken beiseite und konzentrierte sich. Die Modulationssoftware des russischen Geheimdienstes hatte ihm ein bulgarischer Hacker besorgt im Austausch für zwei Zugangscodes zu Nummernkonten der *German Global Credit* in Antigua. »Ich denke, Lengsfeld verträgt harte Sprache.«

»So wie der mit seinen Hedgefonds zockt, bestimmt.«

Sanctus zog langsam die Maus auf den Lautsprecher. »Versuchen wir es vielleicht ein bisschen anders.« Schließlich würde Lengsfeld ihn nur als netten Schiffscomputer hören.

Er ließ ein *Star-Trek*-Rufzeichen erklingen, bevor er die Mikros aktivierte. »Commander Lengsfeld, Sie werden auf der Brücke erwartet.« Er regulierte die Lautstärke.

Der Banker riss die Augen auf, die Hände zuckten vom Herzen weg. Der breite Brustkorb hob sich einmal heftig, bevor Lengsfeld auflachte, ein bisschen hysterisch.

Leon hob neben Sanctus den Daumen.

»Oh, wirklich? Computer, Holo-Deck schließen!«, hörten sie über den Lautsprecher. Er sah sich um, sein Gesicht spiegelte sich in den Kristallwänden. Lengsfeld vermutete richtig, dass die Cams über ihm installiert waren. Er schielte knapp daran vorbei. »Oder schickt mir doch den Fahrstuhl.« Sein amüsierter Ton war verschwunden.

Schon auf der Herfahrt hatte Sanctus sich fest vorgenommen, dass er die Gesprächsführung nicht abgeben würde. »Befehl kann nicht ausgeführt werden.«

»Autorisation Lengsfeld Gamma Delta vier.« Der Banker verlagerte sein Gewicht auf den Hintern und lehnte den Rücken an die Glaswand, gleichzeitig streckte er die Beine aus und verschränkte die Arme vor der Brust.

»Autorisation nicht ausreichend.«

Leon zog die Stirn in Falten.

»Wollen wir noch eine Runde spielen?« Der Banker formte mit Zeigefinger und Daumen eine Pistole und zielte auf die vier Ecken des Kristalls. »Laser auf Betäubung oder scharf?«

Das klang so, als ob Lengsfeld ein Trekkie war. Sanctus zögerte. »Ihre Waffen, Commander, wurden deaktiviert.«

»Glaubt ihr das?« Lengsfeld stand von der Pritsche auf und trat zu seinen aufgeschichteten Kleidern in der Ecke. Er nahm den Gürtel hoch und ließ ihn ausrollen. »Diese nicht.«

Leon kniff die Augen zusammen und deutete stumm auf die Lupenfunktion.

Sanctus vergrößerte den Bildausschnitt auf achthundert Prozent. Eine Gürtelschnalle von *Hermès.* »Scan beendet. Die Waffe ist inaktiv.«

»Ist sie nicht, Arschlöcher.« Lengsfeld klappte die Schnalle zurück und zog einen Metallstift aus dem Leder. Er hielt ihn sich vor die Augen. »Die winzige Diode leuchtet. Der Peilsender ist aktiv.«

»Fuck«, entfuhr es Leon.

Sanctus gab ihm einen Tritt. Aber Lengsfeld hatte offenbar nichts gehört.

»Die Schutzschirme sind bei einhundert Prozent.« Mist. Lengsfeld lächelte dünn. Sanctus hätte nicht so hektisch sprechen dürfen.

»Jetzt ja, das glaube ich euch sogar.« Der Banker verzog den Mund. »Aber auf dem Weg hierher, hattet ihr da welche?«

Leon hieb sich auf das Knie.

Sanctus überschlug schnell die maximale Reichweite eines Peilsenders mit einer Akkugröße von Lengsfelds Pin. Ein paar Hundert Meter maximal, aber bei den Störfeldern in der Stadt … Vielleicht bluffte der Kerl. Er war nicht sicher, dass diese Leuchtdiode wirklich zu einem Sender gehörte. »Negativ. Sie wurden gebeamt.«

»Gute Antwort.« Lengsfeld legte das Metallstück und den Gürtel auf seinen Anzug zurück. »Nur leider falsch. Ich weiß, wie ihr mich hier hineintransportiert habt.«

Leon nahm Sanctus die Maus aus der Hand und klickte die Mikros aus. »Er lügt. Lengsfeld war so schlaff wie ein Sack Sand. Erst als ich ihn mit der Seilwinde in den Kristall hinuntergeschafft habe, ist er zu sich gekommen und hat ein bisschen gebockt.«

»Das erzählst du erst jetzt!« Sanctus holte Luft. Leons ewige Extratouren. Er klickte die Mikros wieder an. »Information unvollständig, Commander. Präzisieren.«

»Das interessiert euch also. Sollte es auch. Von wegen beamen. Ihr habt mich in einem Fahrradanhänger auf eine Industriebrache gerollt und später mit einer Seilwinde hochgezogen und hier herabgelassen.« Lengsfeld wies auf seine Arm- und Fußgelenke und zeigte einen blauen Fleck. »Ich habe mich gewehrt. Dafür habt ihr mich auf den Glasboden stürzen lassen.«

Leon zuckte mit den Schultern. »Er ist plötzlich wach geworden. Ich war froh, dass ich ihn schon am Haken hatte.«

Sanctus presste die Lippen aufeinander. Dann hatte das *Sypialnox* nicht lange genug gewirkt. Oder der Banker war an Schlafmittel gewöhnt. Die Typen nahmen doch alle irgendein Zeugs. Oder ... Lengsfeld war nicht umsonst der Finanzstratege des Konzerns. Vielleicht interpretierte er am Ende nur seine bruchstückhafte, vom Betäubungsmittel vernebelte Wahrnehmung. »Ihr Körper ist irrelevant.«

»Widerstand ist zwecklos, ja ja. Ich kenne die ganzen *Star-Trek*-Sprüche auch. Lasst jetzt den Quatsch.« Lengsfeld lachte kurz. »Ihr seid nämlich keine Borgs. Ich weiß, wer ihr wirklich seid.«

Sanctus zuckte zusammen. Vielleicht pokerte Lengsfeld nur mit Halbwissen. Er rang sich eine neutrale Stimmlage ab: »Präzisieren.«

»Okay, okay.« Der Banker hob die Hände über die Schultern, wie er es wohl vor unzufriedenen Aktionärsversammlungen tat. »Ich habe übertrieben.« Er grinste betont breit zur Glasdecke hoch. »Nicht alle, aber einen von euch habe ich erkannt.«

Sanctus versuchte, in Lengsfelds Gesicht zu lesen, ob er log, aber das leicht spöttische Heben der breiten Augenbrauen konnte er nicht deuten. »Präzisieren.«

»Ich kenne den Jüngeren von euch. Von früher.«

Leon neben ihm wurde bleich. Sanctus klickte schnell das Mikro aus. »Ist es überhaupt möglich, dass der weiß, wer du bist?«

Leon schluckte zweimal. »Meine Mutter hat Gartenpartys gegeben, kurz bevor ich mit Vater aus der Villa gezogen bin.« Er presste seine Hände auf die Wangen. »Das ist aber mindestens zwölf Jahre her.«

Fuck! Lengsfeld sagte irgendetwas, sie sahen nur die Mundbewegungen. Sanctus klickte den Ton wieder an. »Kommunikation wiederholen.«

»Ihr hört mir genau zu, tut nicht so. Aber bitte. Ich habe ein sehr gutes Gesichtergedächtnis. Es hat nur ein bisschen gedauert, bis ich mich richtig erinnern konnte. Außerdem ist es lange her. Euer Kumpel war fast noch ein kleiner Scheißer. Sein Name beginnt mit einem L.«

Fuck und noch mal fuck. Sanctus hieb auf das Regalblech, dass die Kontrollgeräte schepperten. Das Blut schoss ihm ins Gesicht. Sie würden ihre Pläne ändern müssen. Außerdem hatte er Lengsfeld die Gesprächsführung überlassen. Diese Leute waren harte Verhandlungen gewohnt und hatten wer weiß welche Coachings dafür absolviert. Aber dafür hatte Sanctus eine Jugend im dreckigen Pott hinter sich. Lengsfeld saß da unten, war ganz in ihrer Gewalt. *Leck mich.* »Gut ausgedacht, aber ohne Fakten ist das nur eine Behauptung.«

»Verhandelt lieber gleich mit mir.«

»Fakt ist, dass Sie gar keine Forderungen stellen können.«

»Ach, wirklich?« Lengsfeld schob sich den Sack in der Unterhose zurecht. »Der Peilsender hat zumindest auf einer Teilstrecke funktioniert. Wahrscheinlich sogar bis fast hierher.«

»Verarschung.« Sanctus stoppte Leon am Unterarm, weil der die Übertragung abbrechen wollte. »Die Polizei wäre längst hier.«

»Keineswegs.« Lengsfeld legte die Hände wieder in Yogahaltung vor die Brust. »Das Signal geht gar nicht dorthin.«

»Sondern? Langweilen Sie nicht mit Bluffs.«

»Wenn ihr das glauben würdet, hättet ihr das Gespräch schon längst abgebrochen, Arschlöcher. Das Signal geht an Leute, die die Regeln der Bank für etwaige Entführungsfälle ernst nehmen.«

»Und die befreien Sie nicht, obwohl sie könnten?«

»Eine Befreiungsaktion birgt nur Risiken für beide Seiten. Ich biete euch einen Deal an.«

Leon entriss Sanctus die Maus. Er klickte die Mikros wieder aus. »Du gehst ihm in die Falle. Was für einen Deal soll das Schwein uns denn anbieten können?«, flüsterte er. »Schluss jetzt.« Er sprang auf und ging zu den Rohrleitungen an der Rückwand des Ladens. »Ich dreh dem Scheißkerl die Klimaanlage auf vierzehn Grad, damit er kapiert, wer hier das Sagen hat.«

Lengsfeld zählte mit den Fingern die Sekunden und nickte dabei. Bei acht lächelte er und bei zwölf grinste er unverschämt.

Sanctus schaltete die Videoübertragung aus. »Der tut so, als ob es ihm egal sei, wie lange er da unten schmort. Der fühlt sich verdammt sicher.«

»Er hat mich erkannt.« Leon knallte die Faust gegen die Fliesen am Waschbecken. »Aber das wird er niemals auch nur irgendeinem sagen können.« Leon atmete heftig. »Für dieses Schwein geh ich nicht und du nicht und niemand von uns in den Knast«, flüsterte er. Sein Blick hatte sich an einer der Boardsägen verfangen.

Leon war zu impulsiv. Sanctus spürte, wie angespannt seine Nackenmuskeln waren. »Ich glaube nicht an diesen Peilsender«, sagte er schnell. »Die Sensoren hätten den registriert.«

»Genauso wie deine Firewall verhindert hat, dass niemand unsere Pläne klaut, ja?«

Früher oder später hatte der Vorwurf hochkommen müssen. »Keiner ärgert sich mehr darüber als ich.« Leon würde sowieso nicht glauben, dass er immer noch keinen Fehler in seiner Sicherheitsarchitektur hatte entdecken können. Er konnte die Angst kaum verbergen, so wie er blinzelte und blinzelte.

»Wir müssen sofort mit den anderen reden.« Leon zog sein Smartphone aus der Hosentasche. »Ich aktiviere den Chat.«

»Nein.«

»Und wenn …?«

»Gar nichts wird passieren. Sonst wäre die Polizei oder sonst wer längst hier.« Zumindest hoffte Sanctus das. »Du baust deine Skatebords zusammen und ich checke im Netz, wie stark solche Minisender überhaupt sind.«

Leon ging zum Montagetisch und klirrte mit dem Werkzeug. »Action statt Gelaber ist sowieso besser.« Er packte eine Rolle und das zugehörige Skateboard.

Sanctus fingerte den Datenstick an der Nylonschnur aus seinem Hemdkragen und drehte ihn aus der Halterung. Anweisungen im Entführungsfalle … Mal sehen, was seine Spyware in den letzten Monaten von den Servern der Bank gefischt hatte, bevor er sie gelöscht hatte. An der USB-Schnittstelle klemmte der Stick, weil Sanctus ihn falsch herum hielt. Das passierte ihm so gut wie nie. Lengsfelds Reaktion verwirrte ihn mehr, als ihm lieb war. Aber welchen Deal könnte der Banker ihnen überhaupt anbieten?

12

In der Morgensonne schimmerten die Häuser rund um den Bahnhof Zoo golden. Kara genoss nach einer Nacht voller wirrer Stressträume, dass sie sich einen Moment dem herrlichen Panorama überlassen konnte. Achtzehn Stockwerke unter ihr glichen die Bäume des Tiergartens mehr einem flauschigen Ökovlies als einem Stadtpark. Gleich zwei ICE fuhren über die Stadtbahn und schienen zusammenzustoßen, S-Bahnen krochen aus der Station Bellevue. Ein bisschen neidisch war Kara schon, dass die Leute im Bankturm solch einen Blick über Berlin genießen konnten. Wenn sie an den bröckeligen braun-grauen Putz dachte, den sie vor ihrem Bürofenster bestaunen durfte …

»Frau Kommissarin Menzel, ich hatte endlich den CEO unseres Headquarters in Singapur für Frau Doktor Schindhelm an der Strippe. Entschuldigen Sie bitte, dass ich Sie hier habe warten lassen, aber der Konferenzraum ist der einzige, in dem nicht dauernd Telefone klingeln.« Die Frau kam ihr mit ausgestreckter Hand entgegen. Eine schmale Uhr blitzte unter dem Aufschlag der grünen Samtjacke neben zwei Goldarmreifen. »Susanne Gschonnek, Personal Assistant von Frau Doktor Schindhelm. Ich leite das Vorstandssekretariat.«

Im ersten Moment glaubte Kara, ihre Reitlehrerin aus dem Jugendcamp in Vechta 1996 hätte sich hierher verirrt. Der gleiche norddeutsch-aufgeräumte Ton, der gleiche sportliche Schritt. Kara erwiderte den festen Griff. Die persönliche Assistentin trug ihr blondes Haar straff nach hinten gebunden. Sogar ihr längliches Gesicht wirkte frisch, als käme sie gerade von einem Ausritt.

»Bei uns ist die Hölle los, aber das können Sie sich ja denken. Sie haben sicher Fragen?« Ihr Ton ließ keinen Zweifel, dass in ihrem Rennstall niemals Zeit vergeudet würde.

Kara verscheuchte die Erinnerungen an Hufeisen und Striegel und gab sich einen Ruck. »Wir versuchen, die letzten Stunden von Vorstand Fokker zu rekonstruieren.«

»Ich habe für Sie etwas vorbereitet.« Gschonnek trat zu einer flachen Metallleiste neben der Tür und berührte sie. Offenbar fungierte sie als Sensortaste: An der Innenwand rauschte ein grafisch gemusterter Vorhang zur Seite und gab eine Multimediatafel frei. »Hier sehen Sie die von mir geführte zentrale Termindatei, jeweils den Ausschnitt von Herrn Fokker und Herrn Lengsfeld.«

Die Einträge begannen Donnerstag und endeten am gestrigen Montag. Genau der Zeitraum, den Kara brauchte. »Ich bin überrascht.«

»Wieso?« Gschonnek regulierte die Helligkeit.

»Normalerweise müssen wir erst einmal vermitteln, welche Informationen die Polizei braucht.«

Die Andeutung eines Lächelns umspielte Gschonneks rosa Lippen. »Es ist mein Job, mitzudenken und den Vorstand so weit es geht von administrativen Fragen zu entlasten.« Sie schaute zur Multimediatafel. »Es sind nicht ungewöhnlich viele Termine für ein Wochenende.«

Kara las die Spaltenköpfe und Einträge der Tabellen. Kürzel wie SDAP, Cogex und Ortsnamen wie Paris, Milan, Chongching standen neben Telefonhörerzeichen, mal einzeln, mal im Dreieck für Konferenzschaltungen.

»Reicht Ihnen das so?«

Kara ging näher an die Multimediatafel und ließ den Blick über die Einträge gleiten. Allein an den drei Tagen, Wochenende hin oder her, ergaben sich für beide Vorstände wohl an die vierzig Businesstermine, wenn sie die Telefonate mitzählte. Geschäfte machten nicht nur Freunde. All diese Leute sonst wo auf der Welt auf mögliche Motive für einen Mord abzuklopfen, war verdammt viel Arbeit. Kara deutete auf einen Eintrag. *F*L/L309.* »Eine Liste mit Auflösungen der Kürzel wäre hilfreich.«

»Bekommen Sie«, sagte die Vorstandssekretärin hinter ihr.

Die Aufstellung war allerdings bearbeitet worden. »Warum ist die Spalte für Montag bei Lengsfeld nach dem Stiftungstermin in Dahlem leer?«

Gschonnek zog ihre grüne Samtjacke straff. »Vorstand Lengsfeld hat die Angewohnheit, erst im Laufe des Montagmorgens zu synchronisieren. Damit meine ich, er überspielt mir erst dann seine Einträge und Änderungen, die er am Wochenende tätigt. Das hat er am Montag, also gestern, nicht getan.«

Oder die Bank verschwieg einfach ein paar Termine auf Anraten der Londoner Sicherheitsberater. Kara beschäftigte Thures Warnung vor *Kerberos Ten.* Aber was das anging, sollte sie sich besser vorher mit Werchteshaus abstimmen.

Fokker musste etwa gegen 21:15 Uhr in der Tiefgarage überfallen worden sein. Kara deutete zum letzten Eintrag am Freitagabend auf der linken Tabelle. »Was bedeutet der Strich über *AqM* in Fokkers Aufstellung?«

»Dass Vorstand Fokker den ursprünglichen Termin selbst gecancelt hat.«

»Was heißt ›ursprünglich‹?«

Gschonnek spitzte kurz ihre Lippen. »Termine werden schon mal kurzfristig gestrichen. Das ist nicht ungewöhnlich.«

Kara legte den Kopf schief.

»Das Kürzel steht für *Aqua Mundi.* Das ist eine Nichtregierungsorganisation, die sich um die Nachhaltigkeit von Wasserressourcen bemüht. Fokker hatte einen Termin mit dem Sprecher der NGO, Herrn Georg Ducasse.«

»Und? Alles kann wichtig sein.«

»Sie wollen es genau wissen, natürlich. Herr Fokker kam Freitag kurz vor neun zu mir ins Chefsekretariat und murmelte so ungefähr: ›Susanne, du kannst dann gehen. Den Ducasse schicken wir noch mal in die Warteschleife‹. Ich habe Fokker dann noch die Tasche mit den Unterlagen für seine Verhandlungen in Zürich übergeben.« Sie deutete auf die Tabelle. »Samstag, elf Uhr, hätte er im *Dolder Grand* in Zürich ein Mitglied des saudischen Königshauses treffen sollen. Ich habe ausgeloggt und bin nach Hause gefahren.«

»Arbeiten Sie immer so lange?«

»Wie man's nimmt. Ich koordiniere im Vorstand immer die zweite Tageshälfte ab drei Uhr. Die erste gehört meiner Familie. Den Vormittag decken die beiden anderen Assistentinnen und der Herr in meinem Team ab.«

Die Bank war auf der Höhe der Zeit. Jörg sollte mal mit diesen Mitarbeitern sprechen. »Wer wusste noch von der Terminverschiebung?«

Susanne Gschonnek überlegte einen Moment. »Theoretisch jeder, der nach meiner Änderung in den Vorstandskalender geschaut hat. Aber Frau Schindhelm war schon weg zum Empfang beim BDI und Lengsfeld war gar nicht in Berlin. Für andere Mitarbeiter sind die Terminkalender gesperrt.« Sie blickte zur Tabelle. »Georg Ducasse hat es natürlich auch gewusst. Hier oben war er allerdings, zumindest bis ich gegangen bin, nicht. Und da die Mitarbeiter am Empfang von der Terminabsage wussten, weil sie den Zugang zu den Fahrstühlen überwachen, wird er auch später nicht hochgefahren sein.«

»Haben Sie noch am Empfang angerufen, bevor Sie gegangen sind?«

»Nein. Als Herr Fokker den Termin gestrichen hatte, wurde Herr Ducasse von der Software automatisch aus dem Besucherverzeichnis gestrichen. Ich kann Ihnen natürlich nicht sagen, ob er überhaupt noch in die Bank gekommen ist oder ob Fokker ihm per SMS oder telefonisch abgesagt hat.«

Das würden sie nachher checken.

Gschonnek blickte zum Türrahmen des Konferenzraums.

Dort stand Vorstandsfrau Schindhelm in einem grauen, dem Anschein nach sehr schicken Trenchcoat. Kara kannte sich mit Mode nicht so aus. »Joachim war unter anderem verantwortlich für Projekte in der Entwicklungshilfe«, sagte sie mit dunklem Timbre, das gar nicht zu ihrer zierlichen Figur passte. »Guten Tag, Frau Menzel. Ich habe eben von Frau Doktor Werchteshaus erfahren, dass ein Entführer Fokker tatsächlich in der Bank aufgelauert hat.« Schindhelm blieb in der Tür des Konferenzraums stehen. Sie sah sehr müde aus, trotz des sorgfältigen Make-ups.

»Haben Sie eine Idee, warum Herr Fokker den Termin mit Herrn Ducasse von *Aqua Mundi* im letzten Moment verschoben hat?«

»Nein.« Die Bankerin lockerte den Gürtel ihres Trenchcoats. »Ich versuche zwar gerade, Feuerwehr bei den laufenden Deals meiner Kovorstände zu spielen, aber unser Streit mit dem Herrn von *Aqua Mundi* ist auf der Agenda nicht allzu weit oben, muss ich gestehen.« Sie schaute zu Gschonnek. »Ehe ich's vergesse, die Verträge für Guangzhou müssen heute noch zu *Willems & Partner*, die übernehmen das. Und die zweite Verhandlungsrunde wegen FK7 schieben wir nach Paris.« Schindhelm zog den Mantel aus. »Entschuldigen Sie, meine Nacht war sehr kurz. Wie kann ich Ihnen helfen?«

Kara roch ein Parfüm wie nach Frühlingsmorgen. »Wir rekonstruieren noch die letzten Stunden von Herrn Fokker. Der Auslöser dafür, warum er *Aqua Mundi* plötzlich abgesagt hat, könnte wichtig sein.« Sie lehnte sich an den Konferenztisch, wenn man ihr schon keinen Platz anbot. »Warum hat Herr Fokker Herrn Ducasse überhaupt so spät empfangen wollen?«

Schindhelm kam näher und wechselte einen kurzen Blick mit Gschonnek. Wie tausendmal geübt, nahm die ihr den Trenchcoat wortlos vom Arm. Kara war von dem hellroten Kleid, das die Bankerin darunter trug, überrascht. Sie sah direkt fröhlich darin aus.

Schindhelm fing ihren Blick auf und lächelte. »Der Sommer ist zwar fast vorbei, aber Farbe gibt mir Energie.«

»Falls Sie keine Fragen mehr haben, Frau Kommissarin? Wir haben gleich die nächste außerordentliche Aufsichtsratssitzung hier.« Gschonnek legte sich den grauen Trenchcoat über den Arm. »Die Dateien maile ich Ihnen gleich.«

»Danke.« Kara nickte ihr zu.

Im Hinausgehen löschte Gschonnek noch die Tabelle auf der Multimediatafel.

»Puh. Ducasse.« Schindhelm stand im Gegenlicht vor dem Panoramafenster und stemmte die Hände in die schlanke Taille. »Legen Sie mich bitte nicht gleich auf Einzelheiten fest. Es gab einen Rechtsstreit. Bevor Ducasse Sprecher dieser Wasser-NGO geworden ist, hat er für uns gearbeitet.«

Kara blinzelte ins Licht, konnte aber den Gesichtsausdruck der Bankerin kaum erkennen. Diese Information rechtfertigte, dass sie dem Herrn mal auf den Zahn fühlte. Und es machte die später anstehende Diskussion mit Jörg über die nächsten Ermittlungsschritte leichter. »In welcher Funktion war Ducasse hier angestellt?«

»Er war ursprünglich Ingenieur, bevor er ins Banking eingestiegen ist. Wir brauchen Leute, die die technischen Gutachten bei großen Industrievorhaben und so weiter einordnen können. Er war auf der Managementebene direkt unter dem Vorstand angedockt und unterstand Lengsfeld. Es gab Ärger wegen seiner Abfindung, glaube ich. Deshalb versuchte er wohl, mit Vorstand Fokker zu sprechen, der für Personalfragen verantwortlich zeichnete.«

Eine Verbindung dieses Mannes auch zum zweiten Opfer, dem musste Kara nachgehen, das lehrten schon die Grundregeln. »Warum hat sich die Bank von ihm getrennt?«

Schindhelm schaute auf ihre kleine Armbanduhr. »Darf ich Ihnen das raussuchen lassen?« Sie schaute ironisch bittend wie ein Schulkind, das keine Hausaufgaben machen wollte. »Der Aufsichtsrat versammelt sich gerade. Man erwartet mich jetzt.«

»Schicken Sie mir den Vorgang ins LKA. Ich setze bis dahin meine Befragungen der anderen Mitarbeiter fort.« Kara ging zur Tür. Immerhin wusste sie jetzt, dass man einen Banker aus dem oberen Management hinausgeworfen hatte, der sich das nicht hatte bieten lassen wollen. Warum gab Fokker diesem Herrn Ducasse einen Termin, statt den Fall einfach von der Personalabteilung klären zu lassen?

»Warten Sie, Frau Menzel. Ich muss sowieso mit nach vorn.« Schindhelm folgte Kara um den Konferenztisch. »Mir ist noch etwas zu den Schlüsseln für den Vorstandsaufzug eingefallen.«

Sie gingen durch den breiten Flur. Einige Bankmitarbeiter mit Mappen unter dem Arm warteten vor einem anderen Konferenzsaal.

Schindhelm machte Gschonnek mit dem gestreckten Zeigefinger ein Zeichen – nur eine Minute. Die schüttelte vorn am Sekretariat den Kopf und zeigte auf die Saaltür.

»Sie wollten mir noch etwas zu den Schlüsseln sagen?«, fragte Kara schnell. Ohne einen solchen hätte niemand den Vorstandsfahrstuhl im Zwischengeschoss anhalten lassen können, dass hatten ihr die Techniker bestätigt. Es gab keinen Trick.

Schindhelm blieb beim großen Aquarium vor den Fahrstühlen stehen. Zeige- und Mittelfinger teilten präzise die Luft. »Ich lasse es gleich prüfen, aber es könnte tatsächlich Ducasse gewesen sein, der letztes Jahr für Fokker die technische Seite unseres Sicherheitskonzepts aufgearbeitet hat. Das Zwischengeschoss über der Tiefgarage wäre ihm dadurch im Detail bekannt.«

Neben ihr tummelten sich die Fische im Aquarium. »Schicken Sie mir lieber gleich alles, was Sie über Herrn Ducasse haben«, sagte Kara.

»Ob er vor seinem Ausscheiden Gelegenheit für die Anfertigung einer illegalen Kopie des Aufzugschlüssels gehabt hat, kann ich natürlich nicht sagen.«

»Frau Schindhelm.« Gschonnek machte lange Schritte auf sie zu. »Der Vertreter des Kanzleramts hat nur dreißig Minuten«, rief sie halblaut.

Die Bankerin zog ihr rotes Kleid glatt. »Nun, ich muss los.«

Im Weggehen ordnete sie mit der Linken noch mechanisch die Haare. Kara war sich sicher, dass sie dabei schon die Punkte für die Krisensitzung mit dem Aufsichtsrat sortierte.

Gschonnek tippte Kara auf die Schulter. »Tut mir leid, es ist gerade extrem hektisch. Ich habe den Empfangsservice unten informiert. Sie werden Ihnen gern Ihre Fragen beantworten.«

»Danke.«

Mit langen Schritten eilte die Vorstandssekretärin Schindhelm hinterher und griff sich im Vorbeigehen ein Tablet von ihrem Schreibtisch.

Eine gute persönliche Assistentin dachte mit – aber auch gleich an alles? Kara drückte den Knopf und rief den Fahrstuhl. Das waren jetzt ziemlich viele Hinweise auf einen Mann auf einmal gewesen. ›Warteschleife‹ – das Wort war gefallen. Es konnte gut sein, dass die Bank Kara gerade ebenfalls in eine schicken wollte, damit sie ihre Nase erst mal nicht woanders hineinsteckte. Ihr Blick verfing sich im Aquarium. Die hin- und herkreuzenden Fische waren leider stumm. Mal sehen, was Jörg inzwischen bei den Mitarbeitern herausgefunden hatte.

13

Früher hatte Malu Cornflakes gehasst wie alles, was nicht hielt, was es zu sein vorgab. Dann hatte Leon sie mit seiner Leidenschaft für *Wendy's crunchy Knusperwunder* angesteckt, die er von seinem Austauschjahr in Seattle übrig behalten hatte. Es kam außerdem auf die richtige Technik an: nicht zu viel Milch und flache Teller.

»Jemand O-Saft?«, fragte Leon von der Küchenzeile, wo er mit einer Hebelpresse eine Orangenhälfte nach der anderen ausquetschte.

»Zu gesund«, brummte Habibi nur und nahm die Alu-Espressokanne vom Gasherd.

Mitten in der Nacht war Malu hochgeschreckt, mit irrem Herzschlag, hatte geglaubt, jemand hämmere an ihre Wohnungstür. Und dass, obwohl nur ihr Handy neben dem Kopfkissen vibriert hatte. Sanctus hatte mit ihr abgesprochen, dass sie drei sich von jetzt ab erst mal allein treffen müssten. Er würde den engagierten Mitarbeiter spielen und im IT-Center Überstunden machen. Er hatte absolut recht.

Habibi kam mit der Kanne herüber an den Werktisch und warf ein paar Päckchen Zucker auf den Tisch.

Malu reichte ihm ihre Tasse. »Riecht das gut.«

Für einen Moment schien alles so ruhig wie bei ihren Planungstreffen im letzten Dreivierteljahr. Da hatten sie auch erst einmal, über Eck sitzend, gefrühstückt. Aber jetzt fehlte Sanctus und unter ihren Füßen hockte ein Vorstand der *German Global Credit* in seinem gläsernen Gefängnis. Sie hatten keine Zeit zu vertrödeln. Malu ließ den letzten Löffel Cornflakes liegen. »Wie war Lengsfelds Nacht?«

Leon zuckte mit den Schultern in seiner grauen Trainingsjacke. »Er hat wohl geschlafen. Der Wasseruhr nach trinkt er viel und nutzt die Toilette entsprechend regelmäßig. Die Sensoren haben keinen Alarm gegeben.«

Habibi kippte das Zuckerpäckchen aus und zerriss es in immer kleinere Fitzel. »Ich könnte kotzen, dass da draußen einer weiß, was wir machen, und wir uns den Typen nicht vornehmen können.«

Leon stellte sein leeres Glas O-Saft klirrend auf die Tischplatte. »Sanctus hat geschworen, dass uns niemand abhören könnte.«

Das hatte er nicht, dazu war Sanctus viel zu präzise. Allenfalls von an Sicherheit grenzender Wahrscheinlichkeit hatte er gesprochen. Aber Malu ersparte Leon die Spitzfindigkeit. Es war für ihn schon schlimm genug, dass Lengsfeld ihn wahrscheinlich erkannt hatte. »Darum kümmere ich mich bereits.«

»Wie jetzt?« Habibi schnippte die letzten Papierfitzel neben seine Tasse. »Du weißt schon, wer es ist?«

»Einen Beweis habe ich noch nicht. Aber niemand hackt uns

mit irrem Aufwand, ohne vorher zu wissen, dass es sich lohnt.« Irgendwann waren in der Nacht die Kopfschmerzen von dem Kampfgas verflogen und Malu hatte wieder analytisch denken können. Sie war in Gedanken noch einmal die ganzen Monate durchgegangen, seit sie sich entschlossen hatte, nicht allein zu kämpfen. »Es kommt nur einer, höchstens zwei infrage, dem ich solch eine Kaperaktion zutraue.«

»Deshalb hast du dich heute nicht wie eine Maklertusse aufgebrezelt.« Leon zeigte auf ihren Seventies-Retrorock und ihre offenen Haare.

Malu beugte sich über seinen Teller Cornflakes und gab ihm einen Kuss. »Genau, mein Schnellmerker. Wie eine Immobilientusse kann ich bei Toko ja kaum auflaufen, ohne dass er dumme Fragen stellt.«

»Toko.« Habibi drehte seine leere Espressotasse in der Linken. »Falls er überhaupt das Schwein ist.«

»An wen denkst du?« So ein Bedenkenträger war Habibi sonst nie.

Er stand auf, nahm die Kanne vom Tisch und spülte sie aus. Er zuckte nur mit den Schultern.

»Sanctus wollte, dass wir heute früh vor allem entscheiden, was wir jetzt mit Lengsfeld machen.« Leon lehnte sich auf dem Hocker zurück. Er deutete zu seinem Feldbett hinter dem Verkaufsregal mit den Skateboards. »Ich habe heute Nacht auch nachgedacht. Wenn der mich wirklich erkannt hat, brauchen wir erst recht ein Geständnisvideo von ihm und echt belastendes Material gegen die Bank.«

»Und was, wenn den anderen genau dasselbe passiert ist und sie deshalb den Banktypen abgefackelt haben?« Habibi warf die Spülbürste ins Becken.

Leon schaute zum Regal mit den Boards. »Es erklärt vielleicht, warum die anderen unseren Plan nicht zu hundert Prozent kopiert haben.«

»Wir jedenfalls wollen keine Situation schaffen, in der sich die Manager von den Medien zu Märtyrern stilisieren lassen können.« Malu musste sich um Leon kümmern, damit er die Nerven behielt. Sie hätte wissen sollen, dass er instabiler war, als er tat. Aber zu spät. Leon durfte gar nicht erst öffentlich in Verdacht geraten. Um Lengsfeld von einer Aussage gegen ihn abzuhalten, würde ein Skandal allein nicht reichen. Sie brauchten handfeste Beweise gegen den Banker. »Wir werden verhindern, dass Lengsfeld nach einer Freilassung überhaupt jemanden belastet.«

Habibi wusch das Espressosieb aus. »Und das heißt, wir müssen ihm mit irgendwas das Maul stopfen.«

»Richtig«, sagte Malu.

»Ja schon. Aber wie?« Leon verschränkte die Hände und betrachtete seine Daumen. »Du bist doch die große Vordenkerin«, sagte er leise.

»Wir denken erst mal richtig darüber nach, was genau wir tun werden.«

»Wollen wir einfach nur hier rumhocken?«, fragte Habibi.

»Und wenn wir uns mal anhören, welchen Deal Lengsfeld anbietet?« Leon stand auf und ging zum Metallschrank, der die Überwachungstechnik des Kristalls barg.

Malu blickte von Habibi zu Leon. Interesse zu zeigen, verriet Schwäche, aber vielleicht würde es Leon erst einmal beruhigen. »Aber die Ansagen machen wir.« Lengsfeld war schlau, er würde spüren, dass sie gerade um eine Strategie rangen, und sofort auf Zeit spielen, denn die war auf seiner Seite.

Leon öffnete die verkratzten Metalltüren. Auf dem braun lackierten Querblech stand die Überwachungseinheit. Die Anzeigefelder leuchteten.

Habibi nahm das Headset aus seinem Fach. »Du redest mit ihm, Malu.«

»Vergiss nicht: Für Lengsfeld klingst du wie der Schiffscomputer aus *Star Trek*«, sagte Leon.

Malu richtete den dünnen Mikrobügel vor ihrem Mund. »Wir gehen wie ursprünglich geplant vor.« Sie zog sich den Hocker vor den Wandschrank. »Hast du den Haken für den Versorgungskorb vorbereitet?«

Leon nickte Habibi zu. »Hilf mir mal mit dem Tisch und beim Abseilen.«

Malu wartete, bis die beiden mit dem Führungsseil den schweren Haken über der Bodenklappe in Position gebracht hatten. »Stellt euch hinter mich, aber seid ruhig, sonst hört er euch durch mein Mikro.«

»Tut er nicht.« Leon hängte die Lenkkette am Wandhaken ein.

Malu aktivierte die Bildübertragung. Der echte Lengsfeld war von seinen Spiegelungen in den Wänden leicht zu unterscheiden. Er lag in der hinteren linken Ecke auf seinem Anzug, den er unter sich ausgebreitet hatte. Eine Socke schützte seine Augen gegen die Dauerbeleuchtung.

»Sein Bart wächst so schnell wie meiner.« Habibi rieb sich über die schwarzen Stoppeln.

»Psst.« Malu klickte die Audiofunktion an. Der halb nackte, ungewaschene Mann da unten verdiente kein Mitleid. Sie durfte nicht vergessen, dass er ein knallharter Zocker war, dem Renditen und Gehaltsboni sein ganzes Berufsleben lang wichtiger gewesen waren als die Folgen der getätigten Investments. Lengsfeld hatte bestimmt nie einen Gedanken daran verschwendet, was die Finanzierungen seiner Bank für die Menschen in den Entwicklungsländern bedeuteten. Dafür hatte Malu ihn eingebuchtet. »Aufwachen!«

Lengsfeld schreckte zusammen. Die schwarze Socke rutschte von seinen Augen. Er blinzelte und reckte sich ein wenig. »Wie lange habe ich geschlafen?«

»Falls Sie nicht kooperieren, gern auch ewig.« Malu spürte Leons Hand auf ihrer Schulter. Habibi hob den Daumen. »Sie bekommen jetzt Ihre Aufgaben.«

Lengsfeld setzte sich unten auf seiner Pritsche auf und fuhr sich übers Genick. »Da bin ich aber gespannt, was ich hier unten für euch tun könnte.«

»Für Geständnisse ist immer Zeit und Raum.« Malu hatte mit Sanctus die Liste aufgestellt. »Der Libor-Skandal, Swiss-Leaks und die Fälschung der Wechselkurse durch die Großbanken, das sagt Ihnen doch was. Schildern Sie einfach, welchen Anteil die *German Global* daran hatte und an welchen Manipulationen sie aktuell beteiligt ist.«

Lengsfeld lachte. »Das ist nicht euer Ernst.«

Habibi reckte ihm die Faust entgegen, obwohl er sie nicht sehen konnte. Malu schob sie vom Bildschirm weg. »Das ist erst der Anfang, Lengsfeld.«

»Jeder wird wissen, dass ihr mich dazu gezwungen habt. Egal, was ich erzähle, man wird es als Gefasel abtun.«

»Nein. Weil Sie uns ebenfalls die Namen derer liefern werden, die Sie in Regierungen, EU-Kommission und den Parteien auf der Payroll haben, wie es bei euch Bankern heißt. Oder im Klartext: Wen schmiert ihr wie hoch? Sie erklären, wie genau die Zahlungen verschleiert werden. Und welcher Lobbyist von der *German Global* wie viel Geld bekommt. Sie nennen Klarnamen. Ganz einfach.«

»Als ob ich das alles im Kopf hätte.«

»Sind es so viele?«

Lengsfeld blickte nach oben. Ziemlich genau dahin, wo die Cam beim Wasserhahn hoch über der Toilette angebracht war.

»Ich kenne vor allem einen eurer Namen, schon vergessen?«

Arschloch. Malu unterdrückte ihren Impuls. Fokker war tot. Früher oder später brachten es die Medien, wahrscheinlich noch heute. Dann würden erst recht alle in Lengsfelds Berufsleben nach Hinweisen dafür wühlen, was die Entführer motiviert haben könnte. »Ihr Hebel ist kürzer. Sie sitzen da unten. Genau deshalb werden Sie ganz aktuell anfangen und Informationen zum Wasserkonsortium in Usbekistan liefern. Wie Sie uns die Originaldokumente überstellen lassen, erfahren Sie später.«

Wer die Wasserversorgung in Zentralasien kontrollierte, hatte die Macht über die geostrategisch wichtigen Wüstenstaaten. Und jetzt schwangen sich private Investoren unter Führung der *German Global Credit* auf, diese Kontrolle zu bekommen. Egal, was das für die Bauern an den austrocknenden Flüssen bedeutete.

Lengsfeld lachte und schüttelte den Kopf. »Auf keinen Fall.«

Leon beugte sich neben Malu zum Bildschirm vor und zeigte dem Banker stumm den Vogel.

»Vorher kommen Sie nicht frei«, sagte sie.

»Ihr bekommt keine Originalunterlagen der Deals. Niemals. Selbst wenn ihr mich freilasst, würde die Bank mich verschwinden lassen. Oder vorher schon, während einer Befreiungsaktion. Nur um mir alles anzulasten.«

Malu hieb die Fäuste aneinander. Sanctus hatte von Anfang an richtig getippt. Die Usbekistandeals waren einer der größten Scheißhaufen der Bank.

Lengsfeld presste die zusammengelegten Fingerspitzen aneinander. »Ich will euch die Zwickmühle erklären, in der wir sitzen. Ich sage ausdrücklich: wir. Natürlich könnt ihr mich umbringen, richtig. Aber dann bekommt ihr nichts. Und für den Mord wird euch die Polizei verfolgen und was schlimmer ist, die Bank wird euch private Killer bis ans Ende der Welt hinterherschicken. Niemand entführt Spitzenbanker und überlebt das. Die Macht dazu haben wir.«

Habibi hob bloß leicht die Mundwinkel.

»Auch tot sind Sie noch gut zu gebrauchen.«

»Wie denn?« Lengsfeld hob amüsiert die Augenbrauen.

»Sie werden umfassend die illegalen Geschäftspraktiken der Bank darlegen. Die Öffentlichkeit soll erfahren, wie es wirklich läuft.«

Der Banker stand auf. In Slip und Unterhemd lief er die drei Meter des Kristalls in kleinen Schritten ab. »Seid ihr so naiv?« Dann ging er wieder zurück. »Das kann doch nicht sein.« Auf seinem Rücken hatte die Gürtelschnalle, auf der er geschlafen hatte, einen Abdruck hinterlassen.

Sie würden die kriminelle Finanzwelt bloßstellen. Komplett. Bank für Bank. Und das würde etwas ändern. Schon bald würde die Masse der Informationen so erdrückend sein, dass das Vertrauen in Banken komplett zerstört wäre. Das war nicht naiv, das war die Logik des Systems.

»Ich verspreche euch erst gar nicht, dass ich bei einer Freilassung nicht gegen euch aussagen würde. Ihr glaubt es mir sowieso nicht. Mir ist klar, dass ihr ein echtes Druckmittel gegen mich braucht. So wie euch klar sein muss, dass ich die Bank nicht so belasten kann, dass die mich sofort aus dem Weg räumt. Ich biete euch noch mal einen Deal an.«

Malu spielte mit dem Kabel des Headsets. Ihr fiel keine gute Antwort ein, die keine Schwäche verriet.

»So lange Pause? – Okay. Ihr hört zu.«

Leon seufzte leise, Habibi knurrte und wanderte in Malus Rücken durch den Raum.

»Konkrete Namen aus der obersten Regierungsebene, das geht einfach nicht. Es gibt genug Dokumente, die ich euch liefern kann, über korrupte Leute bei anderen Finanzkonzernen und in den Investmentabteilungen der *German Global Credit.* Damit könnt ihr diese Leute schwer belasten und aus ihren Führungsposten herauskicken. Die Skandale wären ein schöner Erfolg für euch.«

Malu klickte die Audiofunktion aus. »Ich fasse es nicht! Dieses raffinierte Schwein will uns selbst jetzt noch dazu benutzen, um seine Konkurrenten wegzukegeln.«

Habibi sprang auf die Bodenplatte und senkte den Daumen nach unten. »Dann haben wir wenigstens nicht den Falschen eingesperrt.«

Lengsfeld reagierte auf dem Bildschirm nicht, die Schallisolierung war zu gut.

»Er redet noch«, sagte Leon.

Malu klickte den Ton wieder an.

»… dieses Rettungsszenario würde mir erlauben, so zu tun, als hätte ich nichts mitbekommen. Die Übergabe könnte über meine Familie laufen.«

Das war zu riskant. »Die wird überwacht«, sagte Malu.

»Möglicherweise, aber sie ist nicht eingesperrt und kann nach meinen Anweisungen handeln.«

»Sie haben es noch nicht verstanden. Sie managen hier gar nichts.«

Lengsfeld blieb stehen. Leider drehte er der Cam gerade den Rücken zu. »Niemand auf Regierungsebene will, dass die *German Global* international ausscheidet. Die Verfolgungsbehörden werden das Verfahren gegen euch versanden lassen.«

»Tatsächlich.« Malu legte so viel Ironie als möglich in ihre Stimme.

»Ich und die Bank werden dafür sorgen. Prozesse rund um meine Entführung, die lange durch die Medien gehen und euch ein Forum bieten, sind in niemandes Interesse.«

In ihrem wäre das schon, das sagte Malu aber nicht. Solange sie keine bessere Idee hatte, blieb sie auf Kurs. »Sie werden liefern. Informationen zu den Wasserdeals in Usbekistan und sonst wo. Danach sind die Energiedeals mit Russland dran. Der ganze Sumpf. Steigerungen fesseln die Medien immer.« Malu setzte eine Pause. »Und jetzt bekommen Sie Frühstück, damit Sie ohne Bauchschmerzen nachdenken können. Und zwar die Tagesration Reis der Dorfleute aus Laos, wo die *German Global* die neue Pestizidfabrik finanziert hat und die Felder unfruchtbar geworden sind. Over.« Malu klickte den Ton off.

»Du willst dem Schwein jetzt schon was zu essen geben?« Habibi lehnte sich gegen den Metallschrank.

»Damit rechnet er nicht. Er soll uns nicht so leicht einschätzen können.« Malu drehte sich auf dem Hocker um und verschränkte die Arme. »Wir machen hier die Regeln, okay?« Sanctus hätte ihm sanft erklärt, dass sie ein Mindestmaß an Kooperation Lengsfelds brauchten, aber taktische Finesse war nicht sein Ding.

Habibi ließ die Schultern hängen. »Okay«, sagte er gedehnt.

Leon holte den Korb. »Ist eh nur eine Handvoll kalter Reis und ein Stückchen gekochter Lauch in der Schale.« Er streckte sich, bis er den Henkel an den Haken gehängt hatte.

»Und jetzt kein Wort, bis die Bodenplatte wieder auf dem Kristall draufliegt.«

Im Halbdunkel wuchteten die beiden anderen die Klappe auf. Leon ließ den Korb am Führungsseil mit dem Elektromotor hinabgleiten.

Lengsfeld ging sofort in einer Ecke in Deckung, hockte sich hin. Er zog die Beine an und verschränkte die Arme vor dem Kopf. Offenbar zahlten Manager viel Geld für Entführungsseminare. Sie hätte am liebsten laut gelacht. Es würde ihm nichts nutzen. Allerdings verlief die erste Aktion schwieriger als geplant. Malu drehte aus dem Kabel des Kopfhörers eine Schlinge. Sie würden den Banker noch zum Reden bringen, notfalls durch Wasserentzug.

Schließlich begriff Lengsfeld, dass er wirklich etwas zu essen bekam. Er löste den Korb.

Malu machte Leon ein Zeichen, der ließ den Haken bis zur Decke hochfahren.

Als er dort anstieß, warfen die beiden Jungs die Bodenklappe zu.

Es donnerte gewaltig im Laden, Malu hielt sich die Ohren zu.

Habibi zog den linken Mundwinkel hoch. »Den Wumms hat er gehört.«

Malu checkte den Bildschirm. Lengsfeld presste tatsächlich die Hände auf die Ohren. Nach kurzem Zögern stopfte der Banker sich vorsichtig etwas Reis in den Mund, prüfte den Geschmack, wahrscheinlich auf Drogen oder Gift, dann aß er schnell den Rest.

Klappe zu, Affe tot – der altmodische Spruch geisterte durch ihren Kopf. Der Affe Mensch da unten war aber noch lebendig und hatte Malu zu denken gegeben. Weshalb fühlte sich Lengsfeld in dieser Lage so verdammt stark?

Sie prüfte, ob die Überwachungssensoren aktiv waren, und schloss den Metallschrank. Sie musste unbedingt mit Sanctus über die Strategie sprechen, Kontaktverbot hin oder her. Malu schnappte ihre Tasche. »Je weniger man uns zusammen sieht, desto besser.«

»Ich halte hier die Stellung, bis Habibi mich heute Abend ablöst«, sagte Leon. Sie rückten zusammen den Arbeitstisch wieder an seinen Platz. »Mir wird schon nicht langweilig. Ich habe genug Aufträge für Boards. Und nicht vor neun Uhr kommen, Habibi. Vorher habe ich Kunden.«

»Ich habe auch welche im Copyshop.« Habibi raffte seine Jacke von der Fensterbank.

»Ich suche jetzt nach den anderen, die uns Fokker weggeschnappt haben.« Malu spreizte die linke Hand. »Allenfalls Vihanati würde ich das noch zutrauen, aber der ist in Kalifornien und versucht, seine neue App zu verhökern.«

»Seine neueste Scheißapp wolltest du sagen«, sagte Leon am Küchentresen. »Der kriecht jedem in den Arsch, der ihm dafür nur ein paar Tausend Dollar gibt.«

Vihanati hatte Leon bei *Battlefield* in seinem Squad entthront. Das verzieh er ihm bis heute nicht.

Malu streifte Leons Wange mit einem Kuss, bevor sie Habibi durch das Ladentor hinausfolgte.

14

Fünfundvierzig Grad, drei Prozent Luftfeuchtigkeit. Allein der Anblick der roten Ziffern der Klimaanzeige der Treibhäuser ließ Kara schwitzen. Ein Leben in der Wüste war extrem. Sie stieß mit der Nase an die Scheibe des Klimahäuschens, fasziniert von der Minilandschaft auf fünfzehn mal zehn Metern, die Mitarbeiter von *Aqua Mundi* darin nachgebaut hatten. Es sah wirklich aus, als hätte man ein Stück aus der Sahara geschnitten und ans Berliner Spreeufer versetzt. Allerdings stand neben der Klimaanzeige *Kysylkum III.* Wo auch immer das war. Kara hatte keine Ahnung, für welche Experimente man diese salzglitzernden Felsen und Sandtäler eigentlich brauchte. Vielleicht verriet es ihr ja Georg Ducasse. Sein Name klang nach einer alten Berliner Hugenottenfamilie.

Die junge Frau mit dem gepiercten Ringelchen in der Augenbraue bewachte im Infoladen die Kasse und hatte Kara einfach aufs Gelände der NGO geschickt. Georg sei gerade beim Detoxbrunnen, einfach geradeaus. Dann hatte sie sich schon wieder in den Computer vertieft und Mails beantwortet.

Kara lief am Wüstenhaus entlang und erspähte zwanzig Meter weiter vor der hohen Backsteinmauer, die das Gelände von der Spree abriegelte, zig Plastikbottiche und einen Minibagger. Jemand saß in der Steuerkabine und ließ den Greifarm arbeiten. Der Erdaushub sprach für den gesuchten Brunnen.

Erst als Kara in die frische, erstaunlich rote Erde trat, bemerkte Ducasse sie.

Er stoppte den Baggerarm hoch in der Luft über dem Loch. »Wird auch Zeit, dass Sie endlich auftauchen.« Er wischte sich mit dem Ärmel des hellblauen *Aqua-Mundi*-Overalls über die breite Stirn. In seinen kurzen Locken schimmerte viel graues Haar. »Der Brunnen muss morgen sprudeln, sonst wird's nix mit eurem Anschlussvertrag. Die Container dort drin müssen heute Abend noch verkabelt werden, sonst ist der Daniel weg auf Mission. Herrgottsakra, arbeitet in Berlin keine Sau richtig?« Er lehnte sich im Sitz zurück und fixierte sie aus seinen hell bewimperten Augen.

Kara war vom harten bayerischen Akzent überrascht. Georg Ducasse sah auch nicht gerade wie ein Hugenottenabkömmling aus, sondern erinnerte sie an den breitschultrigen Exnationaltorwart mit den Sommersprossen, Sepp Maier. Sie stoppte ihn mal lieber gleich. »Kara Menzel, Landeskriminalamt.« Sie stellte sich in höflichem, aber nicht allzu großem Abstand auf. »Ich habe ein paar Fragen an Sie.«

»Ah.« Ducasse dehnte die Silbe. »Die *German Global* hat Sie auf mich gehetzt. Sieht denen ähnlich.« Er schlug mit der Faust auf einen grünen Knauf im Führerstand, der Motor lief an, Ducasse griff zu den Hebeln.

Kara war schneller. »Das lassen Sie mal lieber.« Sie machte zwei Schritte und legte einfach die Hand aufs Schutzblech vor seinen Knien. »Wir können uns beide eine Menge Zeit sparen. Oder muss ich Sie erst vorladen lassen?«

Ducasse schob das Kinn ein wenig vor. Er stoppte den Baggerarm unten in der Grube. Sein Blick glitt ein wenig zu weit über ihr Gesicht nach unten. »Ganz schön taff, die Kleine.«

Auch das noch. »Letzte Warnung.« Sie senkte die Stimme und sprach langsam. »Ich bin Beamtin im Dienst.« Sie ließ das Schutzblech los. »Können wir jetzt?«

»Entschuldigung.« Ducasse breitete die Arme aus. »Echt, sorry.« Er bequemte sich dazu, vom Minibagger abzusteigen.

Kara machte einige Schritte weg vom Erdaushub hin zu ein paar Rosen, die vor einem mit blauen Folien ausgekleideten Gewächshaus rankten.

Ducasse war größer, als sie erwartet hatte. Er schaute auf sie herunter, als er den Overall glatt zog. *Aqua Mundi Berlin* prangte auf den Ärmeln wie ein Offiziersabzeichen. »Seit drei Tagen warte ich auf die Ingenieurin, die mir den Grundwasserbrunnen anlegen soll.« Er deutete mit dem Daumen zu den Containern. »Morgen kommt die UNESCAP-Delegation, denen muss ich was bieten.«

Kara hatte die Stelltafeln vor dem Wüstenlabor nur kurz überflogen. *Aqua Mundi* verfolgte einen holistischen Ansatz und wollte bei Projekten den natürlichen Wasser- und Nährstoffkreislauf berücksichtigen sowie eine nachhaltige Verbesserung der lokalen Situation gewährleisten. Wie bedeutsam die Projekte der Organisation in der Entwicklungspolitik wirklich waren, darum konnte Kara sich immer noch kümmern. »Warum glauben Sie, dass die Bank mich auf Sie hetzt?«

Ducasse zeigte zu einem Plastiktank. »Kommen Sie, hinter dem blauen Ding steht eine Bank, da ist Sonne.«

Also gut. Kara folgte ihm. Die Aussicht auf die Spree unter Trauerweiden hindurch und über einen Bootssteg hinweg war einfach toll. Sie setzten sich. »Nun? Die *German Global Credit?*«

Ducasse schlug das rechte Bein über das Knie. »Fokker ist abgefackelt worden. Das stand eben auf *Spiegel Online*. Mir ist klar, dass es denen am liebsten wäre, wenn sie es mir anhängen könnten.« Sein Blick schweifte zu einem Ausflugsschiff auf der Spree.

Kara musste die Nachricht erst mal verdauen. Entweder hatte Werchteshaus die Strategie geändert und die Medien davon unterrichtet, dass Fokker die Leiche im ausgebrannten Wrack war, oder die Journalisten hatten es selbst herausgefunden. Zumindest hätte die Chefin sie informieren müssen. Kara ärgerte sich, dass nicht wenigstens Jörg sie sofort angerufen hatte. Er hockte doch im LKA am Computer. »Halten wir uns an Fakten. Sie hatten am Freitagabend einen Termin mit Fokker.« Kara zwang Neutralität in ihre Stimme. »Worum ging es da?«

»Um gar nichts. Der Sack hat mich auflaufen lassen.« Ducasse legte den Kopf in den Nacken. »Erst hat er mir gnädig gerade noch einen Spättermin gewährt, Freitagabend um 21:15 Uhr wohlgemerkt, nur um mich am Empfang auflaufen zu lassen.«

»Und dann?«

»Nichts. Die vom Empfang lassen einen ja nicht einfach nach oben gehen. Ich bin stattdessen zu meinem Anwalt, Herrn Pronikas, gefahren und danach sind wir hierhergekommen, einen trinken.« Sein Lächeln erreichte gerade mal die Mundwinkel. »Im *Belles d'Afrique.* Der Club liegt dort hinten, weiter oben am Ufer.« Er zeigte quer an Karas Nase vorbei. »Wir haben zwei Teamleiter, Marion und Kawame, mit einer kleinen Party in den Einsatz verabschiedet.«

Das war erst ein richtiges Alibi, wenn es die Gäste bestätigten. »Warum, glauben Sie, hat Fokker Sie nicht empfangen?«

»Zermürbungstaktik, Zeitspiel, was weiß ich?«

Sie stritten also schon länger. Kara drehte sich ein wenig weiter zu ihm. »Sie kennen ihn doch. Sie waren bei der *German Global* angestellt. Also, was denken Sie?«

»Der Vorstand wollte nicht zahlen, was ich verlangt habe. Banken wollen nie zahlen, wenn sie Schaden anrichten.« Er legte die Hände auf seine Oberschenkel. »Ist Ihnen bestimmt schon mal aufgefallen?«

Allerdings. Kara dachte besser nicht an die endlosen Auseinandersetzungen mit der Bank ihres Vaters um die falsch verwalteten Aktiendepots. Als ob die nicht gemerkt hätten, dass ihr Vater immer mehr geistige Aussetzer erlitten hatte. »Welchen Schaden sollte Ihnen die Bank regulieren?«

Ducasse krempelte einen Ärmel hoch. »Den zum Beispiel.«

Kara erschrak. In der Sonne schimmerten die lockigen Härchen auf seinem Arm rötlich. Vier lange Narben darunter glänzten wie weißer Speck.

»Und den.« Ducasse zog den Overall an der Brust auf und schob den Stoff von der Schulter. Rot geschwollenes Gewebe zog sich kreuz und quer tief durch die Haut, als räkelten sich Würmer darunter. »Soll ich weitermachen?«, fragte er lauter.

Kara fand die Narben richtig abstoßend. Sie schüttelte den Kopf und brauchte einen Moment. »Ich muss leider fragen, woher Ihre Verletzungen stammen und was die *German Global* damit zu tun hat?«

Ducasse zog sich den Overall zurecht. »Ich kann darüber nicht so einfach reden. Nur so viel: Das kommt von fünf Wochen mit zwanzig Mann in einem usbekischen Loch, das den Namen Gefängnis nicht verdient ...« Er sog hart Luft ein. »Sie können die Details in den Gerichtsgutachten nachlesen.«

Kara fürchtete, dass das nötig würde. Ducasses Zorn war nachvollziehbar. Er hatte Grund genug, sich an Fokker zu rächen. »Waren Sie im Auftrag der Bank in Zentralasien?«

»Oh, Sie wissen sogar, wo Usbekistan liegt. Respekt. Ich meine das jetzt nicht ironisch.« Er schaute zum Wasser. »Da wissen Sie schon mehr als Fokker und die anderen Arschlöcher im Vorstand.«

»Streiten Sie mit der Bank um die Abfindung?«

Ducasse hob den Zeigefinger. »Übernehmen Sie nicht so schnell deren Diktion. Ich streite mich um eine Entschädigung. Das ist juristisch etwas ganz anders als ein paar Tausend Euro Abfindung. Die habe ich schon.« Er wies mit dem Kinn zur Seite. »Das meiste davon steckt hier in den Versuchsanlagen von *Aqua Mundi*.«

»Warum will die Bank nicht auf Ihre Forderungen eingehen?«

»Fragen Sie doch die.«

»Welchen Job haben Sie für die *German Global Credit* in Usbekistan übernommen?«

»Refinancing des Water-Energy-Grids und Sustainability-

Projekte. Vielleicht sagt Ihnen die Aralseekatastrophe was? Wir versuchen, das Schlimmste noch abzuwenden.«

Kara erinnerte sich vage an einen Fernsehbericht darüber, dass riesige Flächen Weideland in der Region versalzten. »Wir rekonstruieren bei unseren Ermittlungen, was Fokker zwischen dem mutmaßlichen Todeszeitpunkt und dem Moment, als er zuletzt gesehen wurde, gemacht haben könnte.« Ducasse kniff schon die Augen zusammen. Er war keiner, den man mit Jovialität einfangen konnte. Kara blieb beim sachlichen Ton. »Fokker ist mit dem Vorstandsfahrstuhl zu seinem Wagen in die Tiefgarage gefahren, das wissen wir. In dem Zusammenhang kam die Frage auf, wer alles Schlüssel zu …«

»Diese Schweine. Das haben die Ihnen eingeflüstert.« Er sprang auf. »Ich habe nicht zur Vorstandsebene gehört. Wieso sollte ich einen Schlüssel für dieses Was-sind-wir-wichtig-Exklusivding gehabt haben?« Er stemmte die Hände in die Seiten. »Das ist es doch, was Sie mir unterstellen wollen, auch wenn Sie so blumig rumsülzen.«

Augenhöhe war wichtig. »Ich unterstelle Ihnen gar nichts. Ich suche nach Fakten. Setzen Sie sich.«

Er tat ihr den Gefallen. »Fakt ist, dass die *German Global* seit meinem Ausscheiden dreizehn Monate Zeit hatte, x-beliebig viele Schlüssel in Umlauf zu bringen. Für ihre Fickhäschen und Koksdealer und was weiß ich.« Ducasse winkte ab. »Ich kann Ihnen was ganz anderes erzählen.«

Kara nickte einfach.

»Die Bank hat alles dafür getan, dass die Medien kaum darüber berichtet haben, als Fokkers Sohn mit dem Flugzeug abgestürzt ist.«

Das bleiche Gesicht von Sonya Fokker-Samonowicz flackerte in Karas Erinnerung auf. Das also hatte sie gemeint, als sie von dem Flugschein sprach, den ihr Mann dem Sohn Grzegorz nicht hätte finanzieren dürfen.

»Wenn Sie mich fragen, war eigentlich der Alte das Ziel des Anschlags.«

»Wie kommen Sie darauf?«

»O nein. Bohren Sie ruhig selbst bei den Herren und Damen vom Vorstand nach. Viel Spaß in der Klärgrube.« Ducasse erhob sich und wandte sich zum Gehen. »Ich muss mich um den Brunnen kümmern. Das UNO-Projekt wollen wir unbedingt stemmen.«

Kara lief ihm hinterher, ihr blieb nichts anderes übrig. »Eine Frage noch, dann lasse ich Sie erst einmal in Ruhe.«

Ducasse stieg trotzdem in den Minibagger ein, startete ihn aber nicht.

»Wo waren Sie am Montagmorgen zwischen acht und dreizehn Uhr?«

»Jetzt geht's um Lengsfeld, was? Der ist auch entführt worden, sagt *Spiegel Online*. Nicht, dass der mir groß leidtut, aber da war ich bei meinem Anwalt, Doktor Pronikas. Die Kanzlei sitzt in Zehlendorf. Wir haben die Prozessstrategie besprochen.« Er knallte die Faust auf den grünen Knauf. »Und jetzt Platz hier. Sonst werde ich nie fertig.«

Ducasse biss richtiggehend die Zähne zusammen und hieb das Baggermaul in die Erde.

Kara konnte ihn immer noch vorladen lassen. Ein Motiv für die Entführungen hatte er allemal.

Sie ging am Klimahäuschen *Kysylkum III* vorbei. Hinter den Scheiben wehte ein künstlicher Wind feine Sandsträhnen über die von Salzkrusten überzogenen Wüstenfelsen. Kara war, als blicke sie nicht nur in ein anderes Klima, sondern auch in eine andere Zeit.

Beinahe wäre sie an der Ecke gegen ein Infoschild gerannt. Es war auf Latten genagelt und stand frei. Das Vorbild dieser Wüste lag in Usbekistan. Das Häuschen war erst vor drei Monaten angelegt worden. Kara drehte sich um. Ducasse ließ hinten wieder den Baggerarm arbeiten. Wieso trieb ein so traumatisierter Mann nach kurzer Zeit schon wieder ein Projekt für Usbekistan voran? Trotz der schrecklichen Narben schien ihr sein Zorn auf einmal fast ein bisschen dick aufgetragen. Eigentlich hatte Ducasse ziemlich geschickt eine ganze Menge Fragen gar nicht konkret beantwortet. Genau wie die Banker, gegen die er so heftig austeilte.

Kara ging zum Ausgang, am NGO-Laden vorbei. Die junge Frau mit dem Augenbrauenpiercing begrüßte gerade eine Gruppe Japaner. Es war Zeit, dass sie mit Jörg einen Faktenüberblick erarbeitete.

15

Im Foyer der *German Global* bewachte uniformierte Security die Fahrstühle. Der Hauptsitz der Bank wurde für den Publikumsverkehr geschlossen. Eine Traube von Medienleuten streckte der Unternehmenssprecherin Mikrofone entgegen, die Sanctus so schnell gar nicht zählen konnte. Ein paar Journalisten hielten ihre Kameras über die Köpfe der Menge. Von Frau Alrawi waren nur ein paar dunkle Locken zu sehen. »Lasst uns besser den Hinterausgang nehmen.« Sanctus drehte sich an der Glastür um.

»In Sydney würde das nichts nutzen. Da würde draußen ein Ring von Kamerawagen auf uns warten, an jedem Exit«, sagte Jack.

»Mit Cash in der Hand. Falls einer von den kleinen Angestellten nicht gleich reden will, wenn er aus der Bank kommt«, sagte Joe.

»Deutschland ist anders«, sagte Sanctus.

Sie verließen die Bank durch den Seiteneingang, wo tatsächlich keine Medienleute herumlungerten.

Mit ihren Erlebnissen in Australien bestritten Jack und Joe den Small Talk auf den hundert Metern hinüber in die *Potsdamer Platz Arkaden.* Man müsste ja zusammenarbeiten, sich kennenlernen, am besten bei einem Snack in der Mittagspause.

Sanctus hatte gleich ganz locker zugesagt, auch wenn diese Charmeoffensive von *Kerberos Ten* verdächtig war. Im IT-Center hatten die beiden heute Morgen um acht Uhr noch wortlos an ihren Computerterminals gehockt. Doch nach der Besprechung mit der Schindhelm um zehn Uhr dreißig machten sie jetzt plötzlich auf Kumpels. ›Sorry, ohne offizielles Go unseres Auftraggebers dürfen wir mit niemandem reden.‹ So hatte ihre Erklärung gelautet.

Und nun waren sie gleich draußen unterwegs für den kleinen Hunger zwischendurch. Als ob es keine Lieferservices gäbe.

»Was hat dir 'n Austral'n am bess'n gefall'n?« Jack, der dünne blasse Ire mit dem großen Diamantohrstecker, sprach irre schnell und verschluckte auch mal Silben.

»Strandvolleyball am Bondi Beach. Die Girls da unten haben's einfach drauf. Wenn der Bikini runter ist, wow. So ein weißer Streifen Haut, hey, das ist 'n richtiger Fetisch für mich.« Das stimmte zwar nicht, aber über Frauen zu reden, war einfacher als über das Leben in Australien.

»Easy living Sydneysider.«

Dabei hatte Sanctus die meiste Zeit seiner sechswöchigen Australientour in einem Projekt zum Schutz der Antarktis in Melbourne zugebracht. Die Reise hatte er nur gemacht, damit er wenigstens ein bisschen Ahnung vom Kontinent hatte, auf dem er seiner Fakebiografie nach angeblich länger gelebt hatte.

Die Spezialisten von *Kerberos Ten* hatten Sanctus prompt als jemanden identifiziert, dessen Englisch von seinem Auslandsbachelorjahr überraschend wenig australisch eingefärbt worden war. Wie sie überhaupt alles und jedes sofort begriffen. Nur nicht, dass seine Berufsbiografie von New York über Bangalore und Düsseldorf ein komplettes, aber perfektes Fake war. Denn Sebastian Dannreuther, als der er sich ausgab, existierte wirklich.

In den Arkaden angekommen, überholte er die beiden und stieg auf die Rolltreppe. Je schneller er das Thema wechselte, desto besser. »Die Restaurants sind unten.«

Hinter ihm reckte Joe den muskulösen Hals und strich sich über die raspelkurzen schwarzen Löckchen. Seine Vorfahren kamen aus Jamaika. Die Brauen im fleischigen Gesicht tanzten amüsiert, aber er suchte offensichtlich eine bestimmte Art Essen, so wie er nach den Logos der Fast-Food-Ketten schaute.

Sanctus zweifelte keine Sekunde daran, dass die Namen der beiden falsch waren. Absichtlich auffällig neutral gewählt wie ihre Businessanzüge in Anthrazit.

Im Untergeschoss der *Potsdamer Platz Arkaden* gingen sie zwischen den wenigen Kunden an den Schnellrestaurants vorbei.

Wenn er nur wüsste, was der andere Typ in seinem Büro mit den Bankservern trieb. Der grauhaarige Teamchef der *Kerberos-Ten*-Leute war bei Hellcamp hocken geblieben. Li hieß er angeblich. Wie halb China. Wenn die Londoner nur einen minimalen Datenrest von seinen letzte Woche deinstallierten Spy-Programmen fanden, war Sanctus geliefert.

Eine Promoterin in Pink stellte sich ihnen in den Weg. »Ein *Mango Nogger* oder lieber ein *Cherry Cooler?*«

»Great«, sagten Jack und Joe im Chor und griffen sich ein Minieis.

Sanctus tat einen Moment gelangweilt. Er musste einfach so tun, als habe die ganze Panik im Unternehmen mit ihm persönlich nichts zu tun. Schließlich machten sie ja gerade Pause – und noch dazu außerhalb der Bank. »Was wollt ihr dazu? Pasta, Veggie oder German Wurst?« Sanctus hoffte, dass er trotz seiner Anspannung einen ungezwungenen Ton traf. Er zeigte die lange Reihe von Restaurants entlang. In den meisten saßen nur ein paar Rentner. Hinter den Tresen luden die Angestellten die Pfannen voll oder räumten belegte Baguettes in die Glasvitrinen.

»Lieber Sushi.« Joe war fast zwei Meter groß, er deutete in die entgegengesetzte Richtung. Mit seinen langen Beinen hängte er Sanctus und Jack ab. Joe dehnte im Laufen die Schultern und Arme, als ob er gleich in einen Ring steigen wollte.

»Er war längere Zeit in Japan im Einsatz. Warst du schon mal dort?«

»Nein. Aber ich würde gern mal einen Sumo-Wettkampf live sehen.« Das stimmte zwar auch nicht, war aber das Einzige, was ihm spontan einfiel.

»Tatsächlich?«

Sanctus ließ Jack im Sushiladen den Vortritt am Tresen. Ganz japanisch fuhren dort auf einem Förderband ein paar fertige Schalen im Kreis.

»Any takeaway available?«, fragte Joe in einem Englisch, aus dem Sanctus die Anklänge der Oxbridge-Elite heraushören konnte.

Er achtete nicht darauf, was der Japaner mit dem Papierhütchen auf dem Kopf antwortete. Bei dem Stress war an Fisch überhaupt nicht zu denken, sonst übergab er sich gleich. Geschlafen hatte er kaum. Es machte ihn wahnsinnig, dass diese anderen ihren Plan kopiert, aber abweichend davon Fokker ermordet hatten. Nicht mal ein Bekennerschreiben hatten sie abgesetzt. Nichts. Sie mussten noch etwas vorhaben, das war einfach offensichtlich. Und ihnen vier war eine besondere Rolle zugedacht. Nur welche? Man wollte sie fernsteuern, das war klar. Malu sah es genauso, sie hatten das noch in der Nacht im isolierten Chat besprochen. Aber Mails und Treffen waren von jetzt an erst einmal tabu. Sanctus musste sich auf Malus strategisches Talent verlassen.

In der Vorstandsetage herrschte jedenfalls das gewünschte Chaos, eine Eilsitzung des Aufsichtsrats war anberaumt worden, seit der Tod Fokkers vor Stunden öffentlich geworden war. Wenigstens hatten sie schon erreicht, dass die Medien in der beruflichen Vergangenheit von Fokker und Lengsfeld wühlten.

Jack streifte ihn am Arm. »Sorry.« Er drückte sich zur Seite vor eine Vitrine mit verpacktem Sushi.

Auf einmal schlug Sanctus ein holzig-herber Parfümduft auf den Magen. Er roch Joe, der sich groß und breitbeinig hinter ihm aufgebaut hatte.

»Vier von den grünen Flaschen«, bestellte der. Kein Bier, sondern stilles Wasser.

Apfelsaft hatte Sanctus noch genug im Getränkekasten des IT-Centers. Er zuckte unter dem heftigen Klaps von Joes Pranke.

»Du bist dran.«

»Ich hole mir später was, ich habe gut gefrühstückt«, sagte Sanctus. »German Müsli, you know.« Er strich sich mit einer kreisenden Bewegung über den Bauch. Sanctus tauchte spielerisch an Joes angewinkeltem Arm vorbei, zurück in die Arkaden.

Jack zahlte am Tresen für beide und trug die große Tüte mit Sushi in Plastikschalen hinaus. Die Arbeitsteilung im *Kerberos-Ten*-Team war für Sanctus immer noch undurchsichtig.

»Wie viel machst du denn im Jahr in dem IT-Job?« Joe schloss schnell zu ihm auf.

Sanctus roch wieder das Parfüm. Die klassische Frage, Schwanzmessen auf bankerisch. Sanctus hätte am liebsten zynisch gelächelt. Früher oder später sprachen in Banken alle nur von Geld. Immer. Gerade, wenn sie sich nicht gut kannten. »Kommt auf die Bonuszahlung an.« Mit seinen angeblichen früheren Karrierestationen im gefakten Lebenslauf war er goldrichtig qualifiziert für den aktuellen Job. Aber wirklich erzählen konnte er von den Etappen natürlich nicht.

»Mit deiner Serverarchi'tur würdest du in London in der Topliga spiel'n. Di' doch von dir?«, verhaspelte der dünne Jack die Silben.

»Nicht nur«, sagte Sanctus wahrheitsgemäß, »auch von Hellcamp. Wird das jetzt ein Jobangebot?« Er spielte das Spiel besser mit. »Seid ihr in Wirklichkeit Headhunter oder doch Security Advisors?« Oder gar vom Geheimdienst. Die drei von *Kerberos Ten* hatten gerade mal eine halbe Stunde zugehört und sich dann in der komplexen Datenstruktur, die Hellcamp und er über Monate aufgebaut hatten, bewegt, als hätten sie sie selbst designt.

Sie erreichten die Rolltreppe.

»*Kerberos Ten* sucht immer Topleute wie dich.« Joe kniff das Auge ein wenig zusammen. Ihre Blicke waren auf derselben Höhe, obwohl er zwei Stufen tiefer als Sanctus stand.

Jack ließ die Plastiktüte mit dem Sushi trudeln und schaute einer Studentin in den Ausschnitt, die unter ihnen auf einer der Wartebänke der Arkaden saß.

»Wenn du was mitbringst, kannst du sogar gleich mit einem Erfolgsbonus einsteigen«, sagte Joe. »Einen guten Tipp vielleicht, bei welchen Geschäften oder Kontakten von Fokker wir als Erstes bohren sollten?«

Sanctus ging durch die Glastüren der Arkaden hinaus auf die Alte Potsdamer Straße. Er kalkulierte, wie hoch das Risiko auf Entdeckung wäre, wenn er die Datenanalysen auf bestimmte Bereiche lenken würde. Zeitgewinn war für ihre Aktion wichtig. »Hätte ich einen konkreten Verdacht gegen jemanden, hätte ich ... ich und Hellcamp ...«, schob er schnell nach, »... wir hätten das längst dem Vorstand gemeldet.«

»Loyalität schätzen wir bei *Kerberos Ten.*« Joe lächelte unerwartet freundlich. »Ein Punkt mehr für dich«, sagte er mit Anerkennung in der Stimme.

Jacks Diamantohrstecker blitzte im Sonnenlicht. »Ist es dort unter den Bäumen entlang nicht kürzer zur Bank?« Auch er grinste ihn an, als wären sie alte Freunde.

»Stimmt«, sagte Sanctus.

Sie überquerten die Straße. Sanctus schwitzte mit einem Mal. Ja war er denn blöd? Diese ganze joviale Nummer des kleinen Hungers zwischendurch war reine Berechnung. Jack und Joe hatten ihn einfach weggelockt, damit Li seinen Stellvertreter Hellcamp in die Zange nehmen und aushorchen konnte. Vielleicht hatten sie Sanctus schon im Visier.

Sie gingen am *Weinhaus Hut* vorbei, dem einzigen alten Gebäude in der Ecke, das den Krieg überstanden hatte.

»Mit einem Job bei *Kerberos Ten* kriegst du mit, wer wie Regierungen schmiert, wo Waffenhändler Milliarden bunkern. Bist mal in Buenos Aires, mal in Vancouver, mal in Singapur. Das ist einer der Topjobs, den du in London kriegen kannst. Jeden Monat was Neues. Euer Fokker ist die erste Leiche, mit der ich es zu tun kriege.«

Die Bankmitarbeiter hatten erst vorhin im Intranet per Mail von Fokkers gewaltsamem Tod erfahren, kurz bevor es auf den Nachrichtenseiten gemeldet wurde. War das Psychotaktik?

Sanctus fragte mit betont hochgezogener Augenbraue: »Entführungen habt ihr täglich?«

»Nicht ganz, aber die gibt es häufiger.« Jack zuckte mit der Schulter. »In Afrika oder Südamerika.«

Sie warteten kurz an der Ampel.

»Zur Zeit häufen sich idealistische oder bloß geldgeile Mitarbeiter, die glauben, mit ein paar geklauten Dateien Lux- oder Swiss-Leaks nachmachen zu können. Die fischen wir routinemäßig ab.«

»Aha«, sagte Sanctus nur. Der Snowden-Schock in der Netzgemeinde wirkte noch immer nach, selbst bei den hartgesottensten Hackern. Die waren platt, wie groß die Computerpotenz der amerikanischen NSA und des britischen GCHQ tatsächlich war. Absolut sichere Verschlüsselungsverfahren gab es bei deren Rechnerleistungen nicht, spätestens wenn die Quantencomputer kamen, war es mit Anonymität vorbei. Für alle.

Er wich einem Rentnerpaar aus, das, ratlos über einen Stadtplan gebeugt, mitten auf dem Fahrradweg stand. Jack folgte seinem Beispiel.

Die Hacker, die sich für die Igel im Rennen mit den Konzernhasen gehalten hatten, mussten inzwischen feststellen, dass sie nur Häschen waren, die in den Bahnen liefen, die ihnen die staatseigenen Geheimigel als frei von Kontrolle vorgegaukelt hatten.

Die anthrazitfarbenen Anzüge von Jack und Joe hatten im grellen Tageslicht etwas von Uniformen. *Kerberos Ten* klang sehr britisch-ironisch, einerseits wie der Höllenhund, der die Unterwelt bewacht, aber eben für Nummer zehn, Downing Street, andererseits wie der Authentifizierungsdienst für unsichere Computernetze.

»Und? Was macht ihr dann mit solchen Mitarbeitern?« Sanctus war froh, dass seine Stimmlage gleich blieb, obwohl er fühlte, wie sein Herz schneller schlug.

»*Kerberos Ten* bringt sie geräuschlos zum Schweigen. Die Methode kann sich der Auftraggeber aussuchen. Aber das müsstest nicht du erledigen. Wir haben für alles Spezialisten.«

Sanctus stellte sich vor, wie die Schindhelm mit ihren großen braunen Augen mit dem grauhaarigen Li über die geeignete Entsorgungsmethode für Lengsfelds Entführer verhandelte. Selbst eine solche Entscheidung würde diese beherrschte Frau rein sachlich unter Kostengesichtspunkten abwägen, ob sie sich für das Einbetonieren oder einen simplen Fenstersturz entschied. Sanctus machte unwillkürlich einen schnellen Schritt vorwärts, weil ein links abbiegender Radfahrer die Ampelphase nicht abwartete und hinter ihm knapp vorbeischoss. *Du wirst hysterisch.*

Er beging schon Fehler. Vor gut einem Jahr hatte Sanctus sich in die Bank einschleusen können. Als vor acht Monaten das Sicherheitskonzept verabschiedet worden war, hatte Schindhelm noch in Südamerika für die Bank gearbeitet. Den Vertrag mit *Kerberos Ten* hatte gar nicht sie geschlossen, sondern Fokker, in dessen Augen immer nur blanke Selbstherrlichkeit geglänzt hatte. Und den hatte mit dem Feuer die radikalste aller Entsorgungsmethoden selbst getroffen. In einem Gedankenspiel hätte die Symbolik bei Sanctus für gute Laune gesorgt, nur war es tatsächlich passiert. Und sie konnten sich nicht sicher sein, dass die anderen nicht auch sie vier für ihre Ziele opfern würden.

Sanctus holte tief Luft. Den Witz, den Joe und Jack über ein fettes Ehepaar auf einem Tandem machten, hörte er nur halb.

Sie näherten sich der golden schimmernden Fassade der Bank. Am Seiteneingang herrschte noch immer Ruhe.

»Ich nehme an, die Zugangskontrolle ist jetzt blockiert«, sagte Sanctus.

Joe zückte eine Plastikkarte aus der Brusttasche seines Anzugs und hielt sie vor den Scanner. »Ist sie nicht – für uns jedenfalls.«

»Soll mich das wirklich beeindrucken? Ein paar Zugangscodes gesondert freizugeben, ist kein großer Trick. Das schaffen sogar meine Praktikanten.«

Jack blieb in der offenen Tür stehen. »Welche Praktikanten?«, fragte er hart. Joe drehte sich langsam um, sein Blick aus den dunklen Augen war hochkonzentriert.

Die Praktikanten, die es in seinem wirklichen Leben in seinem echten früheren Job gegeben hatte. Sanctus schob die beiden von der Tür ins Seitentreppenhaus. »Kein Grund zur Aufregung«, sagte er möglichst ruhig. Er brauchte eine gute Lüge, verdammt.

»Moment.« Joe blieb vor der ersten Stufe stehen. »Es gibt keine Praktikanten in den Personallisten.«

Sanctus riskierte es. »Praktikant war zu viel gesagt, sorry. Ich habe eben an den Empfang der Bildungsministerin zu einem *Jugend-forscht*-Event gedacht. Da haben wir einen Raum in der IT aufgemacht und ein paar ausgewählte Kids durften ein bisschen Börse spielen.«

»Wann genau war das?«, fragte Joe ungerührt.

»Vor elf Monaten.« Sanctus hoffte, dass er nicht zu weit danebenlag. »Vor dem großen Serverumbau wegen des neuen Sicherheitskonzepts jedenfalls.«

»Okay.« Joe drehte sich um.

Der Fahrstuhl kam. Sie stiegen ein. Joe drückte die Zwei.

Entweder fuhr Sanctus einfach nur nach oben oder zum Schafott. *Filmtitel, gleiten Sie nicht weg*, hörte er die leise Stimme seines Therapeuten in seinem Kopf. Er durfte sich keinen noch so kleinen Fehler mehr erlauben. Filmsequenzen bestürmten ihn in einem Flash wie in den schlimmsten Phasen früher. Sanctus kniff sich in die Finger. Der kleine Schmerz half. Seine Gedanken fokussierten sich. Wenn er auf den Servern auch nur einen Datenkrümel seiner selbst gestrickten Spy-Programme vergessen hatte, würde er gleich aus der IT-Arena von den *Kerberos*-Datengladiatoren vor den Thron der Imperatrix Schindhelm geschleppt werden. Er verschwamm mit Ben Hur beim Wagenrennen in dem alten Schinken mit Charlton Heston, sah den dunklen Gladiator, der ihn rammte. Sanctus presste seine Fingernägel in die Handballen. Der Schmerz holte ihn zurück. Der Bilderflash verebbte. Er war wieder in der Gegenwart.

Sanctus starrte auf den Spalt zwischen den Fahrstuhltüren. *Cui bono?* – Wem nützt's? –, hatten die alten Römer bei Verbrechen gefragt. Ein Gedanke drang in sein Bewusstsein. Wem nützte die Entführung Lengsfelds und der Tod Fokkers eigentlich wirklich? Zumindest karrieretechnisch profitierte Schindhelm im Vorstand am meisten. Aber vielleicht gab es auch im Aufsichtsrat Leute, die von einer Neuordnung profitieren würden.

Kerberos Ten hatte für alles Spezialisten, hatte Joe gesagt. Falls die Typen ihn enttarnen würden, war Sanctus sich auf einmal nicht mehr so sicher, ob die Bank ihn nicht lieber still und heimlich entsorgen ließe, bevor er Lengsfelds Versteck verraten könnte.

Die Aufzugtüren glitten auseinander.

»Wir sind da«, sagte Joe.

Sie stiegen aus.

Der Rückfall war vorbei. Erleichtert stellte Sanctus fest, dass er wieder ganz präsent war. Im Hier und Jetzt.

16

Caracas, Nairobi, Chicago – Sanctus tippte an seinem Terminal unter Hochdruck. Er kam im IT-Center mit den zusätzlichen Datentransfers kaum hinterher, seit Schindhelm Teile des Geschäfts an die Tochtergesellschaften delegierte. Die Bank war im Ausnahmezustand. Alle Mitarbeiter waren hochoffiziell zum Schweigen verdonnert worden, seit die Medien die Bank belagerten.

»Give me an extra KQ-7«, rief Jack an seinem Sonderarbeitsplatz im Serverraum.

Seit einer Stunde ballerten sich Li und Jack mit Codes zu. Sanctus war froh, dass sie nichts weiter von ihm wollten. Normalerweise gab er nicht viel auf das elitäre Exzellenzgetue, aber die beiden spielten wirklich in der obersten Liga der IT. Solange sie mit ihren Analysetools in den Bankservern wühlten, bestand das Risiko, dass sie Spuren von Sanctus' Manipulationen finden könnten.

»Rebound on 9-P-4.«

Li und Jack sperrten alle Daten, die Lengsfeld und Fokker direkt betrafen. Nur Schindhelm selbst erhielt Zugriff. Höhere Mauern konnte *Kerberos Ten* kaum ziehen. Wie die Bank so ihr Alltagsgeschäft bewältigen sollte, war Sanctus unklar. Aber Schindhelm hatte nicht auf Hellcamps Protest reagiert und sie nur angewiesen, den Vorgaben von *Kerberos Ten* zu folgen.

Sanctus behob eine Störung in der Devisenabteilung. Neue Parameter flossen aus der Datenbank der EZB ein. Er aktivierte die Salden aus dem Back-up. *Done,* meldete das System.

»O Mann, scheiße, der Flat-Hub für Singapur fehlt …« Hellcamp, der sich um den Derivatehandel kümmerte, seufzte vor dem Bildschirm. »Jetzt kann ich noch mal die Extensions … Fuck.«

Sanctus sah aus den Augenwinkeln, wie Hellcamp mit dem Kopf auf die Tastatur sackte. »Die Konzentration lässt halt nach bei dem Workflow.« Leider.

Hellcamp kniff die Augen zusammen, als wäre er kurzsichtig. »Wieso sagst du das?«

»Weil du schon das dritte Mal herumstöhnst.« Sanctus startete den nächsten Datentransfer.

»Ach so.«

»Scan for data protocol in sector DF-260«, rief Li.

In Hellcamps Gesicht arbeitete es. Er spitzte zweimal seinen Mund. In dem Sektor lagen die Personaldaten. Sanctus fing Hellcamps Blick auf und rollte mit dem Stuhl zu ihm ran.

»Warum scannen sie schon wieder die Lebensläufe aller Mitarbeiter?«, flüsterte Hellcamp.

»Tun sie nicht.« Ihre Aktion war viel gefährlicher, zumindest für Sanctus. »Sie analysieren wahrscheinlich die Protokolle unserer Zugriffe auf diese Daten.« Hellcamp kapierte doch sonst alles, was die machten.

»Auch scheiße, wenn du mich fragst.« Hellcamp beugte sich zu seinem Bildschirm vor, wo ein neuer Serverstatus angezeigt wurde. »Jack und Li nehmen sich gerade die Back-ups vor.«

Sanctus zwang sich zu logischem Denken. Das war der Vorteil

von Informationstechnik: Selbst die chaotischsten Datenströme folgten noch stochastischen Regeln. Sanctus drängte sich die, wenn auch geringe, Wahrscheinlichkeit auf, dass Hellcamp die Person sein könnte, die sich auf ihre Fährte gesetzt hatte. Es war immerhin denkbar, dass seinem Kollegen vor ein paar Wochen aufgefallen war, dass Sanctus Spy-Programme installiert hatte. Er könnte aus Neugier der Spur gefolgt und auf eigene Ideen gekommen sein.

»High fly seven x to seven b«, rief Jack. Lis Antworten waren leise und unverständlich.

»Diese Abkürzungen gehen mir auf den Sack. Wir haben einen Zeitfehler im Skript der Handelsplattform. Ich brauche Ruhe, sonst finde ich den nie.«

Hellcamps rheinischer Akzent holte Sanctus auf den Boden zurück. Hellcamp war in seiner Freizeit Drachenflieger. Videos mit der Freundin beim Klettern im Karwendelgebirge hatte Sanctus ertragen. Susanne forschte in einem Labor von *Cell-Tec* an Kosmetika. Hellcamp interessierte sich nicht für Politik und für die kriminellen Machenschaften seiner Arbeitgeberin, der *German Global Credit*, schon gar nicht.

»Undo sector ST-0945 to Z.«

»Tröste dich. Sie sind gleich durch.«

Hellcamp beugte sich wieder über seine Tastatur. »Vielleicht kriege ich ja dann den Zeitfehler geschossen ...«

Ein penetrantes Piepen ertönte aus dem Serverraum, das Sanctus noch nie gehört hatte.

»Seit wann können die solche Töne von sich geben?« Hellcamp sprang auf.

Sanctus lief hinterher.

»Was ist das für ein Teil?« Mit dem Telefonserver war ein Gerät am Boden verbunden, auf dessen Controlpanel es rot blinkte. Hellcamp kniete sich hin. »Das Ding hat *Kerberos* selbst zusammengebastelt.«

Sanctus wurde flau. Das Dumme war, dass er auf dem Telefonserver ein paar Programme versteckt hatte. Wenn das Blinken anzeigte, dass das Teil bei einem Microscan statistisch unwahrscheinliche Bit-Verteilungen gefunden hatte, war er geliefert. Ein elektrisches Kribbeln pochte an die Kniescheibe, seine Wadenmuskeln gaben nach. Sanctus kniete sich hin.

»Hands off!«, brüllte Joe hinter ihnen. »Weg mit euren Ärschen.«

Er rempelte Sanctus an der Hüfte und klappte einen Laptop auf, der auf einem Arbeitstisch neben dem Telefonserver lag. Eine leer gegessene Sushischachtel kippte dabei herunter. »Call coming in.« Mit den Fingern auf dem Touchscreen stellte Joe das Piepen ab. »Die Lengsfelds halten sich offenbar an die Anweisungen und lassen es achtmal klingeln.«

»Ihr überwacht die Familie damit?« Hellcamp zeigte auf das blinkende, kleine Ding.

»Still jetzt!«

Kerberos Ten wartete keinen richterlichen Beschluss ab, um Gespräche abzuhören. Sanctus wagte nicht zu hoffen, dass sie gar nicht den Server selbst scannten, sondern ihn nur als Zugang ins Netz der Telekom nutzten. Er erhob sich.

Im Kreis um den Laptop verteilt, starrten sie auf die Programmierung. Ein rotes Schaltfeld aktivierte sich.

»Bei Lengsfeld.« Die Männerstimme klang sehr abweisend.

»Beatrix Lengsfeld – sofort«, forderte der Anrufer. Es war nicht Leon, nicht Habibi. Sanctus fühlte seinen Pulsschlag im Magen. Was um Himmels willen war in die anderen gefahren? Es war absoluter Standard bei Entführungen, dass die Familie von der Polizei abgehört wurde.

Das Programm scannte die Stimmfrequenzen.

»Wer sind Sie? Was wollen Sie?«, fragte wieder die beherrschte, abweisende Männerstimme.

Scan complete. Joe hob den Mundwinkel zu einem halben Lächeln.

»Die Frau, sofort – oder ihr Mann bekommt kein Wasser.«

Das Programm blendete eine lila eingefärbte Warnung ein. *Artificial modulation.* Joe verzog das Gesicht, als bisse er auf Holz.

So dumm waren die anderen also nicht. Digitale Algorithmen manipulierten die Stimme des Anrufers.

»Beatrix Lengsfeld am Apparat.« Die Frequenzanzeige zitterte parallel zur Stimme der Ehefrau. »Was haben Sie mit meinem Mann gemacht? Wo ist er?«

Joe hob wieder den Daumen. Das hieß, sie tat, was sie sollte: ihn in ein Gespräch verwickeln, damit die Verbindung möglichst lange bestand.

»Überlegen Sie sich, was Ihnen der Hinweis auf den aktuellen Aufenthaltsort Ihres Mannes wert ist.«

»Sie bekommen, was Sie wollen. Allerdings nur, wenn ich sicher sein kann, dass Sie kein Trittbrettfahrer sind«. Die Frequenzen zitterten wieder.

Hellcamp hob die Augenbrauen. »Ganz schön taff, die Alte«, flüsterte er.

Joe rammte ihm den Ellenbogen in die Rippen. Hellcamp hielt sich die Seite.

»Denken Sie nicht zu lange nach. Die Zeit läuft.«

Sanctus brach der Schweiß aus. Falls die anderen wussten, wo sie Lengsfeld versteckt hielten, würden die erst abkassieren, bevor sie sie vier als Sündenböcke vorschoben. Falls nicht, wäre dieser Anruf unlogisch.

»Wie viel wollen Sie …?«

Die Verbindung brach ab, die lila Warnung erlosch. Sie hörten noch einen Moment das sehr angefasst klingende Atemholen von Frau Lengsfeld, dann legte sie auf.

Joe wischte mit den Fingern auf dem Touchscreen herum. »Die Rückverfolgung lief mit«, sagte er gepresst. »Gleich haben wir ihn.«

Die Kontrollanzeigen am Telefonserver reagierten. Das Programm bezog die Daten von einem Fremdserver. An einem grünen Balken zählten Prozentzahlen hoch.

Eine Telefonnummer wurde in Rot angezeigt: *0048* mit gut zehn Ziffern dahinter.

»Zu welchem Land gehört die?«, fragte Joe.

»Die ersten Ziffern sind der internationale Code von Polen«, sagte Sanctus.

»Der Rest entspricht einer polnischen Handynummer«, brummte Hellcamp. »Die Registrierung ist wahrscheinlich falsch oder geklaut. Ihr werdet eine harmlose Privatperson finden.«

Sanctus beschäftigte etwas anderes. Er hielt sich an die Logik. Wenn der andere wusste, wo Lengsfeld steckte, musste er sie überwachen. Dann nützte es nichts, wenn sie Lengsfeld woanders hinschafften. Aber das erklärte nicht, warum der andere über vierundzwanzig Stunden gewartet hatte, bevor er die Familie kontaktierte.

Joe ließ das Überwachungsprogramm arbeiten. »Die Modulation war von einem Zufallsgenerator gesteuert.«

»Asymptotisch exponential verzerren diese Programme die natürliche Stimme. Das kannst du nicht rückrechnen.« Hellcamp zuckte mit den Schultern. »Die Show ist wohl vorbei. Ich kümmere mich besser um den Zeitfehler.«

Sanctus drückte sich vom Stuhl hoch. Er fühlte wieder Kraft in den Beinen. »Mit ein paar Tricks kann das Gespräch leicht reroutet worden sein.«

»Weiß ich selbst.« Joe schob den Laptop auf dem Tisch von sich. »Ohne konkrete Forderungen nützt der Anruf gar nichts.«

Sanctus langte nach der leeren Sushipackung. Den Fischgeruch konnten sie sich im IT-Center sparen. Er drückte den Behälter in den Müllkorb neben dem Tisch.

»Li wird sofort Schindhelm informieren. Der Aufsichtsrat tagt noch. Die müssen erfahren, dass sich der Erpresser gemeldet hat. Danke fürs Wegräumen.« Joe lief raus.

Ihnen vier nützte der Anruf bei genauerer Betrachtung. Er war ein Baustein für die Identifizierung der anderen. Modulation hin oder her. Der Mann, der sich bei Frau Lengsfeld gemeldet hatte, sprach korrektes Deutsch. Auch die vorgeschobene Umleitung über Polen konnte ein Hinweis sein.

»Erledigst du die Serviceanfrage vom Onlinebanking, bitte?«, fragte Hellcamp, als sich Sanctus wieder an sein Terminal setzte.

»Okay.« Nichts war leichter, als verstreute Fehlbuchungen wieder einzusammeln. Sanctus öffnete die Fehlermeldung, las sie kurz und startete ein Korrekturprogramm.

Der Anruf bei Beatrix Lengsfeld ergab nur Sinn, wenn es den anderen um Lösegeld ging. Logische Ketten verknüpften sich. Die Schlussfolgerung fuhr schlagartig Sanctus' Herzschlag hoch. Der Mann hätte einfach eine Summe nennen können. Gerade weil er abgehört wurde und die Umleitung über Polen nicht zu oft riskieren konnte, da man sich darauf beim Tracking einstellen würde. Wenn die anderen ihre Pläne kannten, dann wussten sie wahrscheinlich, dass Sanctus in der *German Global Credit* arbeitete und die Bank ausspioniert hatte. Sie rechneten damit, dass er es immer noch tat und von dem Anruf Kenntnis erlangte. Solange die anderen anonym bleiben wollten, durften sie nur indirekt mit ihnen vier kommunizieren. Die Botschaft des Mannes am Telefon hatte ihnen gegolten!

Fehlermeldungen ploppten auf seinem Bildschirm auf. Mechanisch griff Sanctus zur Maus.

Wenn er nur mit Malu reden könnte, um richtig zu begreifen, was ihnen eigentlich hatte vermittelt werden sollen.

17

»Ich verstehe. Wir takten das ein.« Gschonnek saß hinter ihrem Schreibtisch. Sie klemmte sich den Hörer zwischen Schulter und Ohr, während sie Papiere in eine Mappe sortierte.

Sanctus wartete im weißen Ledersessel am Vorstandssekretariat. Neben ihm hockten zwei Abteilungsleiter. Beide hatten diesen typischen Fünf-Kilo-zu-viel-Bauch unter maßgeschneiderten Anzügen. Beide waren sanft gebräunt und dynamisch, Managerklone bis ins Detail, wenn der eine kein Brillenträger gewesen wäre.

Sanctus war nicht nach Schmunzeln. Irgendetwas stimmte nicht. Warum hatte Hellcamp den Daumenscanner nicht installieren wollen, obwohl er sonst das Equipment des Vorstands betreute? Mit *Kerberos Ten* hatten sie die neue Sicherheitsstruktur bereits verabschiedet, was wollte Li überhaupt noch von Hellcamp? Oder er sah nur noch Gespenster, weil ihn dieser indirekt an sie gerichtete Erpresseranruf ziemlich durcheinanderbrachte.

»Selbstverständlich.« Gschonnek legte den Hörer wieder auf. Die beiden Abteilungsleiter sprangen aus den Ledersesseln auf. Die Vorstandssekretärin schüttelte aber den Kopf so deutlich, dass Sanctus die Silberspange in ihrem straff nach hinten gebundenen Haar aufblitzen sah. »Tut mir leid. Frau Doktor Schindhelm schiebt noch den Herrn aus dem IT-Center dazwischen.«

Mister Investmentbanking und Herr Devisenhandel drehten den Kopf zu Sanctus. Sie nahmen ihn zum ersten Mal in den letzten zwanzig Minuten richtig wahr.

»Der kann warten, Dubai nicht«, kläffte prompt der erste Klon. Er steuerte auf die Vorstandstür zu.

Gschonnek schien fast über ihren Schreibtisch zu springen, so schnell wand sie sich um die Kante herum. Sie vertrat den beiden Klonen den Weg. »Es gilt gerade jetzt im gegenwärtigen Chaos: Wer hier zu welcher Zeit durchgeht, bestimmt allein Frau Schindhelm.«

»Sie braucht keinen Computer während unserer Besprechung. Der kann genauso gut anschließend installiert werden.«

»Nein.« Gschonnek verschränkte die Arme.

»Dubai braucht bis dreizehn Uhr Londoner Zeit Rückmeldung von uns, sonst haben die Chinesen die Finger drin und …«

»Nein.«

Der Klon ohne Brille ließ beide stehen, bog um sie herum und legte die Hand auf die Klinke.

Sanctus hörte, wie die Tür sich verriegelte.

»Ohne Summer geht hier gar nichts.« Gschonnek zog ein Kästchen aus ihrer Jackentasche.

Die Hohepriesterin schützte das Allerheiligste. Sanctus tat so, als ob er das Banklogo auf der geschnitzten Vorstandstür bewundere.

»Wenn der Fuzzi da fertig ist«, der Klon mit den Dubaisorgen deutete mit einer Kopfbewegung zu ihm her, »dann rufen Sie uns. Sofort.«

»Selbstverständlich.«

Die Abteilungsleiter gingen, ihren murmelnden Protest hörte Sanctus nicht, weil die Tür summte.

»Bitte«, sagte Gschonnek.

Gerlind Schindhelm saß aber weder in einem der Sessel links unter der modernen Kunst noch rechts am geschwungenen *Calatrava*-Schreibtisch. »Frau Doktor Schindhelm?« Sanctus schritt langsam über den eisgrauen Teppich. Er hätte nicht sagen können, ob der semitransparente Raumteiler mit beiger Seide bespannt war oder ob ein Hightechglas die Lichtverhältnisse optimal regulierte.

»Gehen Sie ruhig an die Arbeit.« Die tiefe Stimme Schindhelms erklang direkt dahinter.

Das Vorstandsbüro weitete sich L-förmig zu einem Konferenzraum. Die Bankerin hantierte mit Stiften an einem Wandboard und zog konzentriert Linien zwischen Symbolen, die Sanctus wie Mayaschrift vorkamen.

Er sah wirklich Gespenster. Und nahm sich zusammen. Sanctus räusperte sich. »Entschuldigen Sie, ohne Ihre persönlichen Passwörter kann ich nichts an der Konfiguration Ihrer Computer verändern.« Er kannte sich mit Make-up nicht aus, aber ihres erschien ihm wie aufgemalt.

»Sie sind aber doch mein Hauptsystemadministrator?«

Das war Sanctus tatsächlich, oder Hellcamp, je nach Aufgabenbereich. »Natürlich. Aber die gegenwärtige Sicherheitsstufe sieht vor, dass ich ohne Ihre Anwesenheit nicht mal den Rechner anfassen darf.«

»So genau nehmen Sie das.« Sie lächelte mechanisch. »Gut, dass wir wenigstens Topleute in der Bank haben.«

Ihre karminrot geschminkten Lippen zuckten wie die der von Tilda Swinton in *Only lovers left alive* gespielten Vampirin … *Du verlierst den Fokus, du darfst nicht abdriften. Denke ins Jetzt hinein. Sofort!* Sanctus war sich nicht sicher, ob ihn innerlich das Echo von Malu mahnte oder das seines früheren Therapeuten. Hier, hier, hier ging es weiter. »Sicherheit funktioniert nicht ohne Konsequenz«, sagte er schnell.

»Sie ist ein strategischer Vorteil, nicht wahr?« Schindhelm klackte einen grünen Stift an das Board. »Safety first. Also wollen wir schnell umsetzen, was Mister Li von mir fordert.« Sie ging an Sanctus vorbei zu ihrem *Calatrava*-Schreibtisch.

Touchscreen und Tastatur waren in die Oberfläche eingelassen und ergonomisch optimal positioniert. Schindhelm lehnte sich mit der Hüfte an die Kante. »Na, dann zaubern Sie mal.«

Sanctus öffnete mit ein paar Berührungen des Screens die Eingabefenster. »Ihr Passwort, bitte.« Er trat zwei Schritte zur Seite und wandte sich ab.

»Fertig. Mister Li hat mich vorhin mit Details überschüttet. Gibt es eine Kurzfassung, warum an meinem Computer ein Daumenscanner nötig ist?«

Sanctus lud die Software vom Server hoch. »Mister Li möchte jeden Hackerangriff der Entführer ausschließen und absolut sichergehen, dass nur Sie die auf dem Server gespeicherten Daten der Herren Fokker und Lengsfeld abrufen können.« Die Installationsbalken rasten über den Bildschirm. Sanctus spürte, dass Schindhelm ihn von der Seite musterte. Er drehte den Kopf und registrierte gerade noch, wie ihr Gesichtsausdruck von analytischer Distanz zu aufgesetzter Aufgeräumtheit glitt. »Mister Li sagte uns, Sie hätten das angeordnet.«

»Aha.« Ihre braunen Augen blickten kurz zur Decke. »Dann wird das so gewesen sein. Ich habe gerade sehr viel um die Ohren. Also, was ändert sich jetzt für mich?«

Sanctus stellte mit ein paar Fingertipps die Programmoptionen ein. »Eigentlich nichts. Nur wenn Sie auf die Daten der beiden anderen Vorstände zugreifen wollen, reagiert das Programm. Für eine Demo müssten Sie das jetzt tun.«

Schindhelm berührte ihre Schläfe. »Vielleicht die persönlichen Mailkonten? Dann könnte ich gleich checken, ob da noch etwas reingekommen ist, das ich für die Verhandlungen mit ...« Der Rest ging in einem Murmeln unter. »Ich wähle dafür einfach im Vorstandsserver den Bereich *Fokker* oder *Lengsfeld* an, ja?«

Sanctus nickte.

»Was muss ich tun?« Sie winkte ihn näher heran und zeigte auf die Eingabemaske des Daumenscanners.

Der Kontrast zwischen grellem Grün und Rosa verriet einen japanischen Programmierer. »Sie legen einfach Ihren Daumen auf das helle Feld. Der Scan erfolgt automatisch.«

Schindhelm hob die Augenbrauen. »Seit wann steckt da ein Scanner drin?«

»Genau genommen, ist da keiner, Sie haben recht. Ein Screenshot wird zur Datenbank übertragen und mit ihr abgeglichen.«

»Woher hat die IT-Abteilung meine Fingerabdrücke?« Schindhelm wandte ihm den Kopf zu. Auf ihrer Stirn stand eine Falte.

»Entschuldigen Sie, ich habe mich unklar ausgedrückt. Wir haben Ihren Abdruck natürlich nicht. Mit Ihrer ersten Benutzung hinterlegt das Programm eine kryptografierte Aufnahme, nehmen Sie also am besten immer den gleichen Daumen.«

»Eine Bilddatei kann man aber hacken, oder?«

»Schon. Aber gleichzeitig checkt das Programm, ob überhaupt ein Finger auf dem Feld liegt. Das zu manipulieren, ist schwierig.«

»Intelligent.« Schindhelm legte ihren Daumen auf.

»Die Eingabemaske verschwindet gleich und Sie können arbeiten wie gewohnt.«

Ihre braunen Haare fielen elegant vor ihr Gesicht, als sie sich über den Bildschirm beugte. »Wieso blinkt der Eingangsordner, bevor ich ihn geöffnet habe?«, fragte sie. »Das tun die sonst nicht. Ist das eine Störung?«

Sanctus zögerte. Er wollte auf keinen Fall neugierig wirken. Schindhelm zeigte auf den Bildschirm auf das Postfach Lengsfelds. Er beugte sich vor. »Der Eingangsordner blinkt, weil der Absender seiner Mail eine besondere Priorität zugeordnet hat, die unser Programm so umsetzt. Lengsfeld hat diese Option nicht deaktiviert, wahrscheinlich anders als Sie in Ihrem Posteingang, nehme ich an.«

Schindhelm klickte, die Mail sprang auf. Langsam neigte sie sich vor. »Du meine Güte, das kann nur vom Erpresser kommen.«

Sanctus fühlte, wie sich sein Magen zusammenzog, je mehr er begriff, was er mitlesen konnte, weil er knapp hinter ihr stand.

Anweisungen für Beatrix Lengsfeld lautete der Betreff.

Lasst euch helfen. Zehn Millionen Euro in großen Währungen, unmarkierte Scheine. Nach Übergabe erfahren Sie Aufenthaltsort von L. Keine Polizei, keine Überwachung. Sonst verreckt L. Beweis anbei.

»Du meine Güte«, flüsterte Schindhelm. »Es gibt sogar einen Anhang.«

Sanctus schluckte schwer, so trocken war sein Mund. Der andere wollte sie an die Familie verraten.

»Die Mail ist vor einer Viertelstunde eingegangen«, flüsterte Schindhelm. »Können Sie irgendwie feststellen, woher sie stammt?«

»Darf ich?«

Sie rückte zur Seite.

Sanctus tippte. Der Absender hatte als Länderkürzel *tv* in der Domain. »Keine Chance. Tuvalu kooperiert nicht mit Ermittlungsbehörden.« Sanctus hörte seine Stimmlage nach oben wegrutschen, räusperte sich. »Von dem Inselstaat wird das wahrscheinlich noch zigmal weitergeleitet, bis alle Spuren verloren sind.«

Schindhelm betrachtete den Bildschirm. »Aber warum mailt er an Lengsfelds Adresse in der Bank und nicht direkt an meine?« Sie schien mehr mit sich selbst zu sprechen.

Das war leicht. »Der Erpresser geht wohl davon aus, dass Lengsfelds Kommunikation überwacht wird.«

»Sie haben recht. Natürlich.« Sie lehnte sich etwas zurück und schob sich eine Haarsträhne hinter das Ohr. »Es fällt mir schwer, mich in einen Erpresser hineinzudenken.«

Dazu sagte er lieber nichts. Aber er sollte das dringend tun, sich einfühlen. Sanctus spürte auf einmal seine nassen Achseln. Diese Mail war eine Botschaft an sie vier. Es lag nahe, dass der andere nicht wissen konnte, dass *Kerberos Ten* inzwischen mitmischte und Sanctus längst alle seine Spy-Programme vom Server hatte ziehen müssen. Der Erpresser ging davon aus, dass Sanctus noch die volle Kontrolle über die Datensicherheit besaß.

»Dann sollte ich jetzt wohl besser den Anhang öffnen.«

Es war ein Bild. Lengsfeld saß mit müdem Gesicht und mäßigem Bartschatten auf einem alten Holzstuhl. Die Wand hinter ihm war mit fleckigem Putz bedeckt. An seiner Brust lehnte eine Tageszeitung.

Schindhelm vergrößerte die Darstellung. »Das Datum der *FAZ* ist das von gestern!«

Fake. Jemand schickte der Bank einen sehr, sehr gut gemachten Fake. Perfekte Bildbearbeitung. Aber Li und Jack bräuchten trotzdem höchstens ein, zwei Stunden, bis sie das nachgewiesen hätten.

»Ich leite das sofort an Beatrix Lengsfeld weiter. Ihr Mann hat sicher Ihre E-Mail-Adresse gespeichert.« Die Bankerin schickte die Nachricht ab.

Sanctus trat lieber einen Schritt zurück.

»Das muss Mister Li analysieren. Sofort.« Schindhelm griff zum Telefon. »Denken Sie bitte an Ihre Pflicht zur absoluten Verschwiegenheit.«

»Selbstverständlich.«

»Susanne, stelle mich zu Mister Li durch.«

Sanctus ging. Er hörte leider nicht mehr richtig, was die Schindhelm am Telefon sagte. Hinter ihm fiel die Tür des Vorstandsbüros zu. Die Gschonnek schaute nur kurz auf.

Diese Initiative des Erpressers verschaffte ihnen Zeit. Vielleicht war es genau das, was ihr Gegenspieler erreichen wollte. Er versprach der Bank etwas, das aber nur sie liefern konnten, den Aufenthaltsort von Lengsfeld. Vielleicht war das erste Opfer bloß ermordet worden, weil etwas schiefgegangen war.

Vielleicht hätte Fokker gar nicht sterben, sondern mit Lengsfeld zusammen befreit werden sollen, sobald ihr Gegenspieler das Geld abgegriffen und sie vier als Sündenböcke der Polizei ausgeliefert hätte. Polizei und Bank hätten Täter für Gerichte und Öffentlichkeit gehabt. Sie säßen im Knast, der Gegenspieler hätte das Geld.

Sanctus prüfte die Fakten nach den Regeln der Logik. Möglich war auch, dass ihr Gegenspieler Lengsfelds Versteck doch kannte, aber sie vier nicht opfern wollte. Oder warnte er sie nur, damit sie sich rechtzeitig absetzten?

Sanctus wartete auf den Fahrstuhl. Einen Erpresser mit gutem Herzen gab es allerdings nur in deutschen Vorabendserien.

Die Fahrstuhltüren öffneten sich, in der Kabinenecke lehnte der Gebäudemanager Ole Ranke und musterte ihn. »Ganz schön Chaos, wa?«

»Da haben Sie recht.« Sanctus drückte auf die Eins. Der Fahrstuhl sackte nach unten.

18

Sperrhähne aus Messing lagen rechts in den Regalen, links die Badearmaturen. Kara folgte Jörg durch die Gänge im Baumarkt. »Leininger zieht unser Treffen ja richtig konspirativ auf.«

Ihr Kollege blieb an einem Regalkorb mit großen Düsen stehen. »So eine Regendusche hätte ich schon lange gern.« Er nahm prüfend eine in die Hand. »Bei dem Gewicht bricht mir die Wandhalterung aus. Schade.«

»Und du bist dir sicher, dass Kollege Leininger ›bei den Springbrunnen‹ gesagt hat?« Kara erntete nur ein genervtes Brummen. Sie bogen in den nächsten Gang ein.

»Die plätschern ja sogar.« Jörg deutete hin. Der eine war weiß lackiertes Plastikrokoko mit hellblauem Becken, der andere schimmerte in falschem Gold. Die kleinen Fontänen waren identisch hoch. Hinter den Brunnen lehnte Hauptkommissar

Leininger an aufgestapelten Erweiterungsbecken. Sein sonst so straffes Sportlergesicht schmückten Ringe unter den Augen.

»Schön, dass ihr gekommen seid.«

»Ja«, sagte Kara.

»Da kriegt man vom Hinsehen Kopfweh.« Jörg wog einen glasierten Delfin in der Hand, der unerträglich menschlich grinste. »Wer kauft so was als Brunnendeko?«

»Eine solche Ermittlung wäre zur Abwechslung mal einfach.« Leininger nahm ihm das Ding aus der Hand und legte es zu den anderen bunten Meerestieren im Regal. »Du fragst die Verkäufer und weißt es.«

»Ich will gar nicht wissen, wem so etwas gefällt.« Kara drehte den Springbrunnen den Rücken zu. »Ich möchte lieber erfahren, warum wir uns hier heimlich herumdrücken und die Ladendetektive nervös machen.« Der Treffpunkt hatte Kara noch mehr überrascht als Leiningers SMS.

»Weil in unseren Stammlokalen oder den Buden rund ums LKA jetzt die Kollegen Mittag machen. Diese ganze Aufteilung bei den Ermittlungen ist der reinste Quatsch. Wenn es Werchteshaus nicht passt, dass wir uns austauschen, dann soll sie mich doch frühpensionieren.«

»Dich vielleicht.« Jörg lugte durch die Regalfächer und checkte, ob ihnen von der anderen Seite jemand zuhörte. »Immerhin hat Werchteshaus uns unter Sicherheitsstufe drei entsprechend angewiesen.«

Leininger hob nur die Brauen. »Wenn du kneifen willst, kannst du gehen.«

Du Weichei, las Kara aus seinem Blick. Männer. »Nun mal langsam. Jörg und ich sind ja hier. Wir wollen wie du mit den Ermittlungen vorankommen. Und was die Trennung der Teams angeht, das kann ich auch nicht nachvollziehen.«

Jörg stellte sich hinter sie. »Warum macht sie es dann?«

»Frag lieber, warum sie es so machen muss.« Leininger deutete zu den plätschernden Springbrunnen. »Wir treffen uns hier, damit uns auch optisch klar wird, worum es geht.«

Jörg kratzte sich den Bart am Kinn. »Was wird das denn für eine Methode?«

»Kognitive Verankerung. Traust du wohl einem alten Knochen wie mir nicht zu?« Auf seinem gebräunten Gesicht machte sich ein schelmisches Lächeln breit. »Der alte Leininger hat manches auf der Pfanne.« Er nickte zu den Fontänen hin. »Wir haben eine Spur. Lengsfeld betreibt ein Rieseninvestment in Usbekistan.«

»Ich habe was, das dazu passt.« Kara würde ihm von Ducasses *Aqua Mundi* erzählen.

»Umso besser. Jedenfalls kämpfen in Zentralasien alle um Wasser für die Baumwollfelder und die Stromturbinen an den Talsperren.«

»Es ist doch normal, dass eine Bank wie die *German Global* an solchen Projekten beteiligt ist«, sagte Jörg.

»Schon, aber …« Leininger machte eine Pause, bis eine Kundin einen roten Drachen als Dekospeier gewählt hatte und weiterging. »Wir dröseln gerade ein Geflecht von Beratungsfirmen auf, das die Modernisierungsstrategie in Usbekistan umsetzt. In den Registern tauchen immer wieder Baukonzerne und angeblich internationale Ingenieurbüros auf – und jetzt kommt es, Kollegen –, an denen euer Opfer Fokker privat beteiligt war.«

»Der Vorstand machte also Geschäfte mit sich selbst?« Wirtschaftskriminalität war nicht Karas Spezialgebiet.

»So sieht's aus. Wir wissen aber noch nicht, wer von den Topmanagern in der Bank profitiert. Lengsfelds private Beteiligung haben wir noch nicht nachweisen können, sind aber dran.«

Kara fasste für Leininger zusammen, was Georg Ducasse über den Flugzeugabsturz von Fokker junior erzählt hatte. »Ducasse hat gewissermaßen persönlich draufgezahlt. Aus irgendeinem Grund ist er wegen der Projekte in usbekische Haft geraten. Er klang ziemlich traumatisiert.«

Leininger fuhr mit den Fingern seine Stirnfalten nach. »Könnte ein Motiv sein. Was habt ihr noch?«

»Seltsam ist, dass ich zu diesem Flugzeugabsturz nichts in

den Datenbanken gefunden habe. Weder bei uns intern noch bei den Versicherungen, obwohl deutsche Staatsbürger und Flugzeuge betroffen waren«, sagte Jörg.

Leininger legte die Handflächen aneinander. »Und wenn ich euch jetzt sage, dass mein entführter Lengsfeld genau wie euer toter Fokker mit diesem Ducasse einen Gesprächstermin hatte? Und zwar Montagmittag, genau nach dem Stiftungsrat.«

Wow. »Klingt nach einer echten Spur.« Kara überlegte kurz. In Lengsfelds Terminkalender, der ihr von Gschonnek aufbereitet worden war, hatten die Einträge für Montag gefehlt. »Es wundert mich, dass Ducasse diesen Termin vor mir verheimlicht hat, wo er doch wissen muss, dass wir es herausfinden.«

Leininger machte ein paar Schritte von den Brunnen weg, wo ein junges türkisches Pärchen die Verpackungen nach dem Preis absuchte. »Vielleicht setzt Ducasse darauf, dass es gar nicht herauskommen wird, weil er Lengsfeld in seiner Gewalt hat.«

»Verstehe ich nicht«, sagte Jörg.

»Woher hast du die Information zu Ducasses Termin?«, fragte Kara.

»Von Beatrix Lengsfeld. Es war purer Zufall, dass ihr Mann diesen Termin erwähnt hat. Der entsprechende Anruf fiel genau in den Abschiedskuss an der Wohnungstür gestern früh.«

»Wie romantisch.« Jörg schnalzte mit der Zunge. »Ducasse hat vielleicht aus einem anderen Grund geschwiegen.«

Kara drehte sich zu ihm um. »Welchem?«

»Der Kollege hat eine Theorie.« Leininger klang nicht ironisch.

»Überlegt mal. Ducasse führt einen Prozess um Schadensersatz mit der Bank. Es kann gut sein, dass er die Geheimverhandlungen mit der *German Global Credit* nicht weiter belasten will, darauf hofft, dass diese Info untergeht. Gerade jetzt, wo Lengsfeld und Fokker aus dem Spiel sind, wird jemand anderes mit ihm verhandeln.«

»Aber wir hätten vom Termin sowieso erfahren.«

»Wirklich?« Jörg hakte die Daumen in seinen Gürtel ein. »Was, wenn Lengsfeld ihn in keinem seiner Kalender eingetragen hat, weil er selbst mit diesem usbekischen Firmengeflecht die Bank hintergeht, wie Leininger vermutet, und er mit Ducasse als Mitwisser verhandeln muss?«

Leininger deutete zu einem Regal. »Auf dieselbe Muffe passen verschiedene Pumpen. Das heißt übertragen auf unsere Fälle: Dass Investitionsgelder illegal durch das Firmengeflecht von Fokker und oder Lengsfeld abgesaugt worden sind, hat möglicherweise ganz anderen Leuten gar nicht gefallen, die denken, es sei ihr Geld. Möglicherweise Clans usbekischer Minister.«

»Die sich drastisch gerächt haben, meinst du?«, fragte Kara.

»Warum nicht? Ich glaube, wir haben Ansätze genug.« Lengsfeld schaute auf die Uhr. »Ist ja noch zwei Minuten Mittagspause, das reicht für eine Wurst am Wittenbergplatz.«

Das SMS-Signal piepte gleichzeitig bei allen ihren Diensthandys. Kara las. »Von Werchteshaus. Sie schreibt: *In 340 …*«

»*In 340, sofort*«, ergänzte Leininger die Nachricht, »Sie schreibt uns beiden dasselbe!«

»Der Erpresser hat sich gemeldet.« Kara sah Leininger an. »Ducasse?«

Jörg wies mit seinem Zeigefinger auf ihre Smartphones. Er wiegte den Kopf hin und her. »Und was sagt es euch Leitern getrennter Teams, dass Werchteshaus euch beide gleichzeitig einbestellt?«

Karas Blick verlor sich in der Fontäne des Rokokospringbrunnens. »Jedenfalls verheißt es nichts Gutes.«

19

Der Rückruf erwischte Kara vor dem LKA-Haupteingang, sie erkannte die Nummer des Rechtsanwalts von Ducasse auf dem Display, weil sie sie vor dem konspirativen Treffen im Baumarkt selbst noch gewählt hatte. Immerhin konnte sich Ducasse eine der teuersten Kanzleien Berlins leisten, verarmt war er also auch ohne eine Abfindung der *German Global Credit* nicht.

Kara machte Jörg Zeichen, dass er schon hineingehen sollte. Der Rechtsanwalt, Herr Pronikas, war laut seines Sekretariats in einem Berliner Hinterhof im Wedding unterwegs, wo er ein Antigewaltprojekt sponsorte. Straffällig gewordene Jugendliche schweißten Kunstobjekte aus Altmetall. »Hauptkommissarin Kara Menzel.« Tatsächlich zischte es im Hintergrund gewaltig.

»Sie sind die Beamtin, die mich so dringend sprechen will? Entschuldigung, hören Sie mich überhaupt? Die Gasbrenner sind ziemlich laut.«

Die Straße vor dem LKA war auch nicht gerade leise. Kara suchte sich eine ruhigere Stelle an der Fassade. »Ohne eine hohe Brennleistung kriegen Sie das Altmetall nicht geschweißt.«

»Sie kennen sich aus?«

Sie hörte Pronikas' Frage nur recht undeutlich. »Nicht wirklich, es spielte mal eine Rolle in einer Ermittlung.« Die Gesprächspartner sollte man mit Small Talk anwärmen, hieß es immer in den Schulungen. »Vielleicht gehen Sie ein bisschen weiter weg von Ihren Schweißobjekten, ich verstehe Sie tatsächlich schlecht.« Das Zischen im Hintergrund ließ nach, der Empfang stabilisierte sich.

»Wir bauen das Projekt erst auf, Kunsttherapie mit Metallformung. Eisen ist voller Widerstand. Wie viele Teilnehmer auch. Wer von unseren Leutchen hier macht Ihnen schon wieder Ärger?« Pronikas Stimme war sachlich geworden.

»Keiner. Ich brauche eine Auskunft zu Ihrem Mandanten Herrn Ducasse.« Kara registrierte eine kleine Pause.

»Und ich dachte, ich müsste auf eine Wache mitkommen und mich schon wieder umziehen. Wie kann ich helfen?«

»Ihr Mandant Ducasse streitet mit der Bank um Schadensersatz für seinen Gefängnisaufenthalt in Usbekistan. Wie weit waren Ihre Verhandlungen gediehen, bevor Herr Fokker ermordet worden und Herr Lengsfeld verschwunden ist?«

»Schwer zu sagen, welchen Stand wir erreicht hatten. Mein Mandant hätte allen Grund gehabt, die Bank in einem Prozess auflaufen zu lassen.«

Der Anwalt war ja erstaunlich auskunftsbereit. Kara wechselte das Diensthandy ans linke Ohr. »Das heißt?«

»Erst hat Vorstand Fokker uns vor einer Woche ein konziliantes Angebot gemacht, Herrn Ducasse für Freitagabend in die Bank bestellt, um in aller Ruhe die letzten Details einer umfassenden Regelung zu besprechen, auf die wir lange hingewirkt haben. Und dann hat er meinen Mandanten in letzter Sekunde am Empfang abblitzen lassen. Herr Ducasse hat Ihnen das schon erzählt, nicht wahr?«

Kara machte sich gedanklich eine Notiz. Ducasse hatte seinen Anwalt also sofort von ihrem Besuch informiert.

»Mein Mandant ist am Freitagabend direkt von der Bank aus zu mir gefahren und wir haben über eine harte Reaktion bei einer privaten Feier beraten, zu der er mich eingeladen hat. Zwei seiner Mitarbeiter wurden in den Einsatz verabschiedet.«

Kara blickte zur grauen Fassade des LKA und konzentrierte sich. »Wieso hatte Ihr Mandant dann aber doch noch einen Termin mit Vorstand Lengsfeld am Montagmittag?«

»Herr Fokker hatte das überraschenderweise mit seiner plötzlichen Terminabsage verbunden.«

Wie passend. Der war tot. »Tatsächlich?«

»Der Termin sollte in einem Restaurant in Dahlem stattfinden, weil Lengsfeld Montag dort in der Nähe zu tun hatte. Die Herren Fokker und Lengsfeld hatten sicher mehr als ein Problem miteinander zu lösen. Die *German Global* macht mit Usbekistan intensive Geschäfte rund um die Wasserressourcen. Nicht zuletzt wegen der Vorarbeit meines Mandanten, die er in der Zeit als Angestellter der Bank geleistet hat. Herr Fokker wusste das und war letztlich auf Ausgleich aus.«

Den Eindruck hatte Kara bislang nicht. »Und Herr Lengsfeld?«

»Seit das Russlandgeschäft eingebrochen ist und der Nahe Osten bebt, kann wirklich niemand Probleme beim Wassergeschäft brauchen.«

»Womit Sie nach dem geplatzten Termin drohen wollten?«

»Klar.«

»Was würden Sie denn enthüllen, das der *German Global Credit* unangenehm wäre?«

»Oh, ich halte unser Pulver trocken.« Pronikas lachte überraschend sympathisch. »Vielleicht so viel: Wir wollten die Bank zappeln lassen, unterdessen ein paar Journalisten mit Informationen so weit anfüttern, dass die mit unangenehmen Recherchen bei der *German Global* begännen. Der Rest unserer Strategie fällt unter das Mandantengeheimnis, das werden Sie verstehen.«

»Sagen Sie mir noch, warum Vorstand Fokker am Montag Herrn Lengsfeld bei einem weiteren Gespräch plötzlich dabeihaben wollte?«

»Ganz einfach. Er brauchte dessen Unterschrift für den Deal. So sind die Regeln in der Bank.« Pronikas lachte wieder, diesmal aber mit deutlichem Zynismus in der Stimme. »Sie müssen wissen, dass solche Brüskierungen wie am Freitag nicht ungewöhnlich bei harten Verhandlungen sind. Ich habe mit meinem Mandanten am gleichen Abend noch entschieden, dass wir den Spieß umdrehen und unsererseits den Termin mit Lengsfeld und Fokker am Montag platzen lassen würden.«

»Wann haben Sie den beiden Herren das mitgeteilt?« Das ließe sich leicht nachprüfen. Sie hörte den Anwalt schnauben.

»Gar nicht, natürlich. Ducasse hat Montag mit mir an der Friedrichstraße zu Mittag gegessen, wobei wir über das weitere Vorgehen beraten haben.«

»Wann genau war das?«

»Da müsste ich auf die Restaurantrechnung schauen. Wir haben ungefähr von kurz nach zwölf bis kurz nach eins dort gesessen. Das ist so meine Zeit.«

»Haben Sie Ihrem Mandanten geraten, uns den Termin mit Lengsfeld zu verschweigen?« Kara registrierte wieder ein Zögern.

»Ganz sicher nicht.« Er räusperte sich. »Das war leider unklug von ihm. So hat er sich verdächtig gemacht, nicht wahr?«

Vielleicht sogar mit Absicht. »Ermittlungsgeheimnis«, antwortete Kara bloß.

»Nun, hier hinter mir gibt es Probleme mit einem riesigen

Apfel aus altem Eisen, der nicht an der Schweißnaht halten will.« Der Anwalt räusperte sich erneut. »Wenn ich wieder helfen kann, rufen Sie mich in der Kanzlei in Zehlendorf an.«

»Vielen Dank, Herr Pronikas.« Auf eine weitere Floskel verzichtete sie. Ob er ihr geholfen hatte, war noch lange nicht raus. Kara steckte das Diensthandy weg. Aber das musste warten.

Sie spurtete die paar Stufen des LKA-Haupteingangs hoch. Werchteshaus hasste es, wenn man zu spät kam.

Sehr aufrecht schwebte der Berliner Bär im Strahlenkranz des Polizeisterns. Er hatte allerdings keinen Boden unter den Tatzen – wie sie selbst.

Kara merkte auf einmal, dass sie das Berliner Polizeilogo anstarrte, das der Beamer auf die große Leinwand im Konferenzsaal warf. Journalisten belagerten Werchteshaus am Podium und versperrten die Sicht. Diese Pressekonferenz eben hatte Kara die Erdung endgültig genommen.

»Sag mal, bin ich schwerhörig geworden oder hat die gelogen wie gedruckt?« Leininger legte den Kopf in den Nacken und hielt die Augen geschlossen wie unter großen Schmerzen.

»Funktioniert hat es jedenfalls. Kein Wunder, dass wir einen offiziellen Maulkorb verpasst bekommen haben. Die Journalisten balgen sich um jeden Krümel Information, den Werchteshaus rausrückt.«

»Warum, Herrgott noch mal, bestätigt sie das Erpresserfoto von Lengsfeld als echt, obwohl unsere Techniker noch an der Analyse arbeiten?«

»Ich denke, die sind fertig und haben auch Redeverbot.« Kara stieß Leininger an der Schulter an und wies hinüber zur Fensterseite, wo die dicke Hagelüken neben Weißbrodt die Arme verschränkte. »Die ganze Konferenz standen die so da.«

»Ist ja wohl eindeutig.« Leininger ließ seine Fingergelenke knacken. »Das soll Werchteshaus uns erklären. Das ist sie uns als ermittelnden Kommissaren schuldig. Wenigstens lässt sie uns nun zusammenarbeiten.«

»Vorher brauche ich Luft.«

Kara bahnte sich einen Weg durch die Stuhlreihen, die von den Leuten völlig durcheinandergebracht worden waren, zu den Fenstern und riss eins auf. Ein Geruch nach vom Regen feuchtem Asphalt zog herein, gemischt mit einer leichten Spur Motoröl, wahrscheinlich vom Dienstparkplatz. Kara atmete dreimal tief ein und aus. Ein und aus.

»Ganz wie es uns die Trainerin beigebracht hat.« Jörg machte es ihr nach.

»Ich hätte nicht gedacht, dass ich die Akutentspannung zum ersten Mal im LKA einsetzen müsste.« Rhythmisches Atmen half tatsächlich ein bisschen gegen den Zorn.

»Sauerstoffdusche Ende.« Jörg schloss das Fenster. »Wir sollen sofort zu Werchteshaus kommen. Neue Lagebesprechung mit Leininger.«

Im dunklen Flur wartete der Kollege vor der Pinnwand des Personalrats, obwohl Nicole aus Marzahn ihnen vom Sekretariat aus kräftig zuwinkte.

»Keine Lust, mich zu beeilen«, sagte er.

Kara ging es ähnlich nach dem Druck, den die Chefin in der Pressekonferenz aufgebaut hatte. ›Oberste Priorität‹ und ›alle Kräfte aufbieten‹ und noch zig Floskeln mehr hatte sie im Ton größter Sachlichkeit verbreitet. ›Unsere besten Leute‹ – immerhin auch das hatte Werchteshaus von sich gegeben. Aber das Lob war nichts wert, wenn so gelogen wurde. »Du als Ältester hast das erste Wort.«

»Nu abba rin mit euch.« Nicole beschrieb mit dem Arm einen großen Bogen in der Luft und schloss die Tür hinter ihnen.

Zu Karas Verwunderung saß die Chefin nicht hinter dem Schreibtisch, sondern ging mitten im Büro auf und ab, die linke Hand an die Wange gelegt. »Einen Moment noch.«

Jörg stellte sich an die Seitenwand vor die Aktenschränke, die Hand am Gürtel, wie ein stummer Wächter. Kara wechselte einen Blick mit Leininger, der die Fensterfront in den Rücken nahm. Ihr blieb nur die Wand mit der gerahmten Kinderzeichnung.

Das fröhliche Punkt-Punkt-Komma-Strich-Gesicht in Orange und Blau war grotesk unpassend.

Werchteshaus blieb mitten im Raum stehen. »Warum hat der Erpresser so sehr auf den Aufenthaltsort abgehoben? Wundert Sie das nicht?« Sie nahm die Hand von der Wange.

»Mich wundert eigentlich, warum Sie die Bilddatei als ›höchstwahrscheinlich authentisch‹ bezeichnet haben und der Presse zum Nachdruck übermitteln wollen«, sagte Kara.

Die Chefin verschränkte die Hände vor dem Bauch. Statt einer Antwort schaute sie sie reihum an.

»Weißbrodt und Hagelüken haben deutliche Zweifel geäußert und waren gerade dabei, das Bild auf der Pixelebene ...«, sagte Leininger.

»Das ist mir bekannt. Beantworten Sie erst meine Frage.« Werchteshaus blickte abwechselnd Kara und Leininger an.

Er stand breitbeinig vor dem Fenster. »Wie soll ich Fakten einschätzen, wenn ich nicht einmal sicher sein kann, ob mir die Bank das abgefangene Telefonat komplett überspielt hat?«

»Damit befassen wir uns später.«

Leininger streckte den Rücken durch. »Ich denke, wir sollten das jetzt tun. Warum wenden wir, verdammt noch mal, gegenüber diesen Sicherheitsberatern der Bank nicht die rechtsstaatlichen Mittel an, die uns zur Verfügung stehen?«

Werchteshaus ging langsam zu ihrem Schreibtisch zurück und stellte sich dahinter. »Beantworten Sie bitte meine Frage.«

Kara entging nicht, dass sie die Lautstärke leicht erhöht hatte, ohne schrill zu werden.

Leininger senkte das Kinn auf die Brust. »Ich zitiere: ›Überlegen Sie sich, was Ihnen der Hinweis auf den aktuellen Aufenthaltsort Ihres Mannes wert ist.‹ In dieser Aussage steckt die Botschaft an die Familie, dass das Leben Lengsfelds nicht akut bedroht ist.«

Werchteshaus fasste ihren Stuhl an der hohen Rückenlehne. »Nicht akut – heißt das Ihrer Meinung nach, dass sich die Täter die direkte Bedrohung seines Lebens bloß aufheben?«

Kara verhörte sich wohl. »Aber wir haben es mit einem Trittbrettfahrer zu tun!« Die dicke Hagelüken hatte sich noch nie geirrt, seit Kara im LKA Dienst tat. »Die Kollegen hatten den Nachweis doch schon fast fertig, als Sie …«

Die Chefin schlug mit der flachen Hand auf den Schreibtisch. »Gar nichts ist fertig – und schon gar kein Beweis für irgendwas. Weder im Mordfall Fokker noch bei der Entführung.« Sie beugte sich vor und stützte die Hände auf die Holzplatte. »Genau das ist unser Problem!«

Kara hielt den strengen Blick aus. So brauchte die ihr jetzt nicht zu kommen. »Aber deshalb können Sie doch kein gefaktes Foto als echt verkaufen.« In ihr hallten die Fragen der Journalisten nach, die vor lauter Tippen in ihre Computer das Nachdenken vergessen hatten.

»Die Medien werden uns grillen, sobald das rauskommt«, sekundierte ihr Leininger vom Fenster aus. »Warum wollen Sie das?«

»Was ich will ist, dass die Ermittlungsteams maximal mit der Bank und den Familien kooperieren.«

»Dann sorgen Sie dafür, dass diese englischen Typen uns nicht länger hinhalten.« Leininger zeigte drei Finger. »So oft habe ich anrufen müssen. Ich lasse mir das nicht länger bieten.«

»Sie werden sich alles bieten lassen, was die oberste Polizeiführung anordnet.« Werchteshaus klang sehr kalt.

Daher wehte also der Wind, aus der Politik. Jörg hatte ihr während der Konferenz seine Recherchen auf dem Smartphone gezeigt. Die *German Global Credit* und die Vorstände persönlich spendeten großzügig an alle Parteien.

»Trotzdem muss man uns unsere Arbeit machen lassen, wenn man Ergebnisse will«, sagte Leininger hart.

»Wenn man die überhaupt will.« Kara biss sich auf die Lippen, aber es war zu spät.

Werchteshaus macht drei schnelle Schritte hinter dem Schreibtisch hervor und funkelte sie an. »Dass Sie mir Behinderung polizeilicher Ermittlungen unterstellen, habe ich jetzt nicht gehört, Frau Hauptkommissarin.«

Ihr Blick bohrte sich geradezu in sie. Kara war soeben haarscharf daran vorbeigeschliddert, sich ins Karriereaus zu katapultieren. Sie senkte den Kopf.

»So wie Sie drei jetzt auch nicht hören, dass ich möchte, dass Sie ihre Trittbretttheorie nicht zu schnell bestätigen.«

Leininger rang hörbar nach Luft.

»Sonst ist der Fall gleich weg«, sagte Jörg ruhig von den Aktenschränken her. »Habt ihr den Kosslau auf der Konferenz nicht in der ersten Reihe sitzen sehen? Der Kollegentratsch raunt, dass er der Verbindungsmann der Geheimdienste ist.«

»Endlich einer, der mitdenkt!« Werchteshaus klatschte einmal lautlos in die Hände. »Gut, der Mann.« Sie ging hinter ihren Schreibtisch zurück. »Dass Labormäuse wie Weißbrodt und Hagelüken den Weitblick für die Dimension des Falles nicht haben, geschenkt, aber dass meine Kommissare so blind sind, enttäuscht mich.« Sie schüttelte den Kopf. »Gut, dass Ihnen drei die strategische Situation jetzt klar ist.«

Kara wusste nicht, wie sie die Hände halten sollte. Jörg hatte recht. Eigentlich war es offensichtlich. Bei Sicherheitsstufe drei war Werchteshaus nicht frei in der Ermittlungsführung. Der Innenminister wurde täglich unterrichtet.

»Bedenken Sie, dass die Sicherheitsbehörden anders ermitteln werden als wir, sollten sie den Fall an sich ziehen dürfen.«

Leininger rieb sich den Nacken. »Aber wie sollen wir überhaupt ermitteln, wenn wir uns nicht die Fakten beschaffen dürfen, die die Bank längst hat? Wir sollten selbst die Telefonleitungen der Familien anzapfen. Sonst fällt uns das am Ende als Ermittlungsfehler vor die Füße, wenn die Politik einen Schuldigen sucht. Den richterlichen Beschluss haben Sie doch, oder?«

»Ganz der alte Hase. Für alle Datenzugänge, übrigens. Ist schon bereitgelegt in Ihrer Mappe draußen.« Werchteshaus schwenkte ihre Hand wie einen Taktstock. »Aber machen Sie den Kollegen von der Technik klar, dass sie in den Verbindungsknoten zugreifen müssen, sonst registrieren die Sicherheitsberater das sofort.«

»Sie machen uns ja Hoffnungen.« Leininger lächelte unerwartet jungenhaft.

»Berücksichtigen Sie, dass der Einfluss der Familien Fokker und Lengsfeld sehr weit reicht. Sie vertrauen auf die Sicherheitsberater der Bank.« Werchteshaus klang entspannter. »Das sichert uns übrigens vorerst den Fall, weil die Berater lieber uns im Boot haben als ... Sie wissen schon wen.« Ihre Lippen zuckten seltsam.

Kara wechselte einen Blick mit Leininger. Sie musste ganz vorsichtig vom Eis herunter. »Ich bleibe an Ducasse und dem dichten Firmengeflecht zwischen Bank, NGO und den Usbeken dran.«

»Gut. Belastbare Ergebnisse sofort an mich.« Werchteshaus winkte sie nach draußen.

Leininger pfiff leise im Flur. »Mein Gott, Kara, du bist doch lange genug dabei. Vorgesetzte ticken wie Vorgesetzte, egal ob Mann oder Frau.«

»Das war verdammt knapp«, flüsterte sie. Und sehr peinlich.

»Machen wir weiter.«

Jörg blieb im dunkelsten Teil des Flurs stehen. »Wir halten Frau Lengsfelds Anrufer für einen Trittbrettfahrer. Mich beschäftigt die ganze Zeit, wieso er Bilder fabrizieren kann, die die Familie für echt hält?«

Sie hatten es in der Pressekonferenz aus dem Munde der Chefin gehört.

»Ihr könnt bei Werchteshaus jetzt unmöglich nachfragen, wie belastbar diese Aussage ist.« Leininger bog am Treppenhaus Richtung Kantine ab. »Ich brauche einen Kaffee.«

Jörg lief die Treppe vor Kara nach unten. »Ich könnte jetzt einen von Erkans XXL-Dönern vertragen.«

Etwas im Magen zu haben, konnte nicht schaden, bei der Unmenge Arbeit, die sie noch vor sich hatten. Ein schneller Ermittlungsfortschritt würde ihren Patzer hoffentlich vergessen machen. »Ich komme mit.«

Eine Straßenecke vor Erkans Imbiss bog Jörg plötzlich in eine Drogerie ab. »Was wird das jetzt?«, fragte Kara. »Ich denke, du hast Hunger.«

»Ich brauche noch Kondome.« Jörg zwinkerte ihr zu.

»Echt?«

Durch die Schiebetüren kam ihnen eine verschleierte Frau mit einem Kind auf dem Arm entgegen, das an einer Orange nuckelte.

»Ich habe tatsächlich ein Leben jenseits der Polizei.« Jörg reckte drinnen den Kopf über die Regale und suchte die richtige Abteilung.

Kara überlegte kurz, was ihre Nachttischschublade für den Fall der Fälle noch bereithielt.

Sie fand Jörg vor dem Regal mit dem Rasierzeug. Sie waren auf dem kurzen Weg vom LKA hierher nicht ganz mit der Einordnung des Anrufs fertig geworden. »Dieser Rechtsanwalt lügt vielleicht nicht, aber die Wahrheit sagt er uns auch nicht. Dieses ganze Entwicklungshilfeding für Usbekistan stinkt.«

Jörg prüfte den Preis einer Packung Rasierklingen. »Erst stürzt Fokkers Sohn in Zentralasien ab, dann taucht Ducasse auf, der angeblich usbekische Verliese von innen kennt, aber als Freund und Helfer dort die neueste Wassertechnik in die Wüsten bringen will, und hinter allem steht die Bank, die ...«

»Nicht zu schnell vereinfachen.« Kara holte aus dem Regal eine Packung Doppelklingen. »Nimm die, die anderen taugen nichts.«

Jörg schaute sie aus blauen Augen an wie ein Kind den Weihnachtsmann. »Rasierst du dir etwa die Beine damit?«

Kara lachte laut. »Nee, meine Beine sind naturglatt.« Sie wussten es sowieso alle. »Aber Thure schwört drauf. Und der hat dreimal so viel Bart wie du.«

»Dein Schwede muss es ja wissen.« Jörg legte die andere Sorte zurück ins Regal. »Wieso vereinfache ich?«

»Weil du immer ›die Bank‹ sagst.« Kara ging zur Kasse voraus. »*Aqua Mundi* und der ganze Streit um die Entschädigung ... Es ist ein bisschen zu praktisch für Ducasse, dass Fokker den Termin gemacht haben soll. Der ist tot und Lengsfeld können wir nicht fragen.«

»Überhaupt beruht das ganze Alibi nur auf der Aussage des Anwalts, Ducasse sei bei ihm gewesen.«

»Du kannst Gedanken lesen.« Kara freute sich, dass sie in gleicher Weise tickten. »Überprüfe das.«

»Nicht drängeln, junge Frau.«

Kara ignorierte den Rentner mit der Baskenmütze, stellte sich aber in der Warteschlange zur Seite. »Was ist, wenn Ducasse mithilfe seines Anwalts die beiden Manager gegeneinander ausspielen wollte, weil er über Fokker etwas weiß, das er Lengsfeld teuer verkaufen kann?« Kara sprach bewusst leise. »Machtkämpfe in den Vorstandsetagen sind notorisch.«

»Mag sein. Und was ist mit Frau Schindhelm?« Jörg legte hinter dem Rentner das Rasierzeug aufs Band, bevor er noch vier *Snickers* aus dem Süßregal vor der Kasse zog. »Müsste die dritte Person im Vorstand nicht ebenfalls einem solchen Deal zustimmen?« Jörg zückte seinen Geldbeutel.

»Usbekistan.« Kara nahm den Trenner des Vorkunden und legte ihn hinter Jörgs Zeug wieder aufs Band. »Der ausgetrocknete Aralsee, zu wenig Wasser und zu viel Wüste. Ein Firmengeflecht, das Hightechlizenzen vermarktet und Banker privat bereichert. Ein Entwicklungshelfer, der um eine Riesenentschädigung kämpft.«

Das Band rückte vor.

»Elfachtunddreißig.« Die Kassiererin schnappte sich mit grünen Glitzernägeln den Zwanzigeuroschein, den Jörg ihr hinhielt.

»Und weg isser«, sagte er.

Die Kassiererin legte das Rückgeld auf die Plastikschale. Sie schaute mit einem gelangweilten Gesicht zum nächsten Kunden.

»Letztlich ist die Frage entscheidend, wer wusste, dass Fokker Geld auf Kosten der Bank einsackt.« Jörg stopfte die Rasierklingen in eine Plastiktüte.

»Dieser jemand hat sich einen Schlüssel zum Zwischengeschoss der Bank besorgt, um auf Fokker zu warten und ihm die Rechnung für den Beschiss zu präsentieren.« Kara ging durch die Schiebetür voraus. »Genug geshoppt. Gehen wir kurz essen. Wir haben noch mächtig zu tun, wenn wir den Täter bald aufspüren wollen.«

20

In ihrem Büro tastete Kara auf dem Schreibtisch herum, während sie die Treffer in der Europoldatenbank zählte. Die fünf Links waren blau unterlegt, die hatte sie vorhin bei der internen Suche noch nicht erwischt. Erst als Kara registrierte, dass die Verpackung neben dem Bildschirm unter ihren tastenden Fingern raschelte, merkte sie, dass die Schokolade längst aufgegessen war. Kara seufzte.

Noch konnten sie die letzten Stunden von Fokker nicht vollständig rekonstruieren. Jörg hatte die Angaben aus der Vorstandsetage überprüft. Gschonnek war um 21:17 Uhr beim Auschecken erfasst worden. Die Überwachungscam in der Halle zeigte die Vorstandssekretärin, wie sie sich von den Kolleginnen am Empfang verabschiedete. Schindhelm selbst war bereits um 20:58 Uhr durchs Bild gegangen. Ohne auszuchecken, aber das brauchten Vorstände nicht. Jörg hatte im Netz viele Bilder vom Empfang des Bundesverbandes der Deutschen Industrie gegoogelt, zu dem die Schindhelm tatsächlich mit dem Taxi gefahren war.

Durch ein paar Klicks im Netz hatte sich auch ein Alibi der Witwe Fokkers ergeben. Kara schob Bilder aus der polnischen Botschaft vom Freitagabend in den passenden Ordner. Auf allen stand Sonya Fokker-Samonowicz im Zentrum, in einem körperbetonten Kleid aus grüner Seide mit Lederapplikationen. Sie förderte aktiv junge polnische Modedesigner und lief sogar als Model auf Shows in Warschau mit.

Neben Karas Platz rumpelte es, weil Jörg mit einem Beamer an die Schreibtischkante stieß. »Was wird das jetzt?«

»Großes Kino.« Er schob das Gerät mitten ins Büro.

»Wir haben keine freie Wand.« Auf der einen Seite hing die obligatorische Berlinkarte, auf der anderen hatten sie Tatortskizzen und Fotos der Bankmanager Fokker und Lengsfeld angepinnt. »Warum gehen wir nicht in den Konferenzraum?«

»Weil nicht jeder mitbekommen soll, woher ich die Aufnahmen habe.« Jörg richtete den Beamerkopf so aus, dass das Bild auf die Rückseite der Bürotür projiziert wurde. »Alles wird halt ein bisschen kleiner, dafür schärfer.« Er betonte das letzte Wort ironisch.

»Hast du Pornos mit den Bankern aus dem Netz gezogen?« Kara drehte sich auf dem Stuhl um. »Wir hatten ja auch schon Formel-1-Manager mit Hang zu harten Dominas und Bundestagsabgeordnete mit der Nase in Crystal Meth.«

»Hör auf.« Jörg schaltete den Beamer ein. »Die Monate bei der Soko Kinderpornografie reichen mir bis zur nächsten Steinzeit.«

»Okay«, sagte Kara nur gedehnt. Sie wartete, während er seinen Computer anschloss. Jörgs Gewusel machte ihr gute Laune. Ganz abgesehen davon, dass sie einen Oberkommissar mit wirklich hübscher Rückenlinie im Team hatte.

Jörg klickte herum. »Verdammt, wo habe ich das hingespeichert?«

Ihr O-Saft war auch schon alle. Sie wartete. Jede Ermittlung verlief anders. Kara faszinierte das. Selbst wenn es bedeutete, dass sie stundenlang in Zeugenaussagen, Medienmeldungen oder Datenbanken wühlte. Auch die häufigen Familiendramen aus Eifersucht oder wegen Erbschleicherei unterschieden sich jedes Mal.

»Bin gleich so weit.«

Immer waren Kara und ihr Team auf der Suche nach einem Bruch im Leben der Menschen, die mit dem Mordopfer länger zu tun gehabt hatten. Bei irgendeinem gab es stets eine Abweichung von der Normalität. Die führte zwar nur selten direkt zu demjenigen, der den Mord ausgeführt hatte, auf Umwegen aber meist schon. Denn auf diese Störung der Normalität reagierten unbewusst alle Menschen im Umfeld, wenn auch nicht mit der ultimativen Gewalt des Täters.

Kara kopierte die blauen Links aus der Datenbank in ihre Rechercheliste.

»Die Streams habe ich von einer Freundin, die, sagen wir mal, Zugriff auf das Archiv eines großen Hamburger Medienkonzerns hat.« Jörg zwinkerte Kara zu.

Sie zweifelte nicht daran, dass die Quelle einer seiner ereignisreichen Clubnächte zu verdanken war. »Und?«

Latinopop krächzte aus dem Lautsprecher. Die Rückseite ihrer Bürotür wurde grün angestrahlt. Jörg hantierte am Beamerkopf und fokussierte das Bild. Das verschwommene Grün wurde scharf. Kara erkannte bloß Dschungel. »Höre ich Portugiesisch?«

»Die brasilianische Variante. Das ist ein acht Monate alter *YouTube*-Clip, in dem es um den Schutz des Regenwalds geht.« Jörg deutete zur Tür. »Sieh mal, wen wir da haben.«

Schindhelm schnitt ein Band vor einer Fabrikanlage durch. Rohrwerk im Hintergrund ließ auf eine Raffinerie schließen.

»Die *German Global* hat in einem abgelegenen Bundesstaat eine riesige Biospritanlage finanziert.«

Der Soundtrack wechselte vom Latinopop zu schmalbrüstigen Gesängen. Schindhelm stand in Trekkingkleidung auf rotem Sand in einem Urwalddorf. Sie kniete sich neben einen Dorfältesten oder was immer dieser Mann mit den bunten Federn im Haar für eine Funktion hatte. »Meine Güte, wo ist das denn?« Die Sonnenbrille auf dem faltigen braunen Indianergesicht brach den Eindruck einer Zeitreise.

»Ich kann kein Portugiesisch. Allerdings finanziert die *German Global Credit do Brazil* Forschung, um die Geheimnisse der indigenen Medizin zu vermarkten.« Jörg schaute in eine Notiz. »Es geht um Gegengifte aus Pflanzencocktails, wenn die Leute von giftigen Insekten gebissen werden. Und natürliche Blutdrucksenker.«

Kara hob die Augenbrauen. »Das Leben im Urwald ist stressig?«

»Möchtest du bei neunundneunzig Prozent Luftfeuchtigkeit leben?«

Ein neuer Clip lief an. Schindhelm stand vor einer Schulklasse. Schnitt. Schwenk über eine Favela auf einem grün überwucherten Hang, unverputzte selbst gemauerte Häuser unter einem Wirrwarr von Kabeln und Satellitenschüsseln. Schnitt. Das Logo der *German Global Credit do Brasil* prangte auf einem Schild, dahinter sah man Kinder in Schuluniformen, diesmal wirkte die Landschaft eher kahl. »Das ist ein Werbefilm der Bank. Worauf willst du hinaus?«

»Schau dir erst das an.« Jörg klickte die Dateien weg. Einen Moment blieb der Lichtfleck auf der Tür weiß. Plötzlich redeten fünf Amerikaner durcheinander. In einer Talkshow saß nicht Schindhelm, sondern Lengsfeld. Die Männer und eine Frau kannte Kara nicht. Die Schnitte sprangen schnell zwischen dem Moderator und seinen Gästen. In das Gesicht Lengsfelds war eine Art Dauerlächeln eingefräst. »Ist das aus diesem Jahr? Er wirkt so viel jünger.«

»Wahrscheinlich der Effekt der TV-Schminke.« Jörg klickte den Ton weg. »Die alte Lady neben unserem Entführungsopfer ist die Ikone der Friedensbewegung in Kanada«, sagte Jörg sachlich. »Lengsfeld verteidigt in der Talkshow die Finanzierung privater Sicherheitsunternehmen durch die *German Global Credit*. Es geht um die Spezialunternehmen, die im Irak und der Ukraine eine dubiose Rolle spielen.«

Warum war diese Verwicklung der Bank nie Thema in deutschen Talkshows? »Und was schließt du aus den Clips?«

»Erst die Fakten.« Jörg öffnete ein paar Tabellen. »Auf den Tortenstücken siehst du die Anteile der Geschäftsfelder der Bank am Rohgewinn. Und jetzt zeige ich dir die Veränderung, seit Lengsfeld den Vorstandsposten übernommen hat.«

»Acht Prozent Steigerung in seinem Bereich?«

»Heute finanziert man private Sicherheitsunternehmen, früher kaufte man Söldnertruppen.«

»Und wer zahlt für die Kredite der Bank?«

Jörg öffnete eine Grafik. Zig Verbindungslinien gingen von einem Firmennamen aus. »Das Zentrum ist die Tochter eines deutschen Rüstungsunternehmens, das Panzer baut. Die verdienen ihr Geld beim Steuerzahler.«

»Zeig noch mal die Tortenstücke mit der Gewinnsteigerung, bitte.«

Jörg hob den Daumen.

»Fokkers Anteil ist um drei Prozent gefallen.« Kara deutete ins Licht und zeigte mit der Schattenhand auf ein blaues Feld. »Wofür steht das?«

»Das ist das Segment, das Schindhelm verantwortet.«

»Immerhin zwei Prozent mehr.«

»Und das, obwohl sie es erst vor neun Monaten übernommen hat, seit sie vom Posten in Südamerika zurück ist.«

»Brauche ich jetzt einen Schnellkurs in Bankbetriebslehre oder sagst du mir, was du daraus schließt?«

»Ich habe mit meiner ... Quelle telefoniert.« Jörg ging zur Wand mit den Tatortfotos. »Auf den Punkt gebracht, können wir von einem harten Machtkampf zwischen Fokker und Lengsfeld um die Führung der Bank ausgehen. Das schreiben jedenfalls einige Wirtschaftsjournalisten. Es ging um die grundsätzliche Ausrichtung der *German Global:* entweder mit Fokker auf Großinfrastrukturprojekte wie in Usbekistan oder mit Lengsfeld auf Rüstung und militärische Konflikte.«

»Ich dachte immer, Großbanken machen sowieso alles.«

»Stimmt. Die Schwerpunkte definieren aber die Wachstumsmärkte, die die Bank sich sichern will.«

»Und welche Rolle hat Schindhelm in dem Kampf, deiner Quelle nach?«

»Sie ist den beiden vom Aufsichtsrat als Gegengewicht vor die Nase gesetzt worden. Beide haben sie bekämpft. Sie will die Bank angeblich diversifizieren und verstärkt auf Social Mainstreaming ausrichten.«

»Social was?«

»Dafür gibt es keine richtige Übersetzung. Soziale Netzwerke und so, Internetkram halt, der in der Masse bedeutsam wird. Stell dir vor, es gäbe ein neues *Facebook.* Oder eben der nächste Big-Data-Hammer, so was. Deshalb hat die Schindhelm einen Bereich aufgebaut, um Start-ups zu finanzieren, die mehr auf Sicherheitstechnik für jedermann setzen.« Jörg zeigte auf das Foto der Bankerin an der Querwand. »Der brasilianische Urwaldclip war ein Ausschnitt aus ihrem offiziellen Bewerbungsvideo als Vorstand.« Jörg kniff ein Auge zu. »Wie meine Hamburger Quelle an das interne Video gekommen ist, will ich lieber nicht wissen.«

Journalistinnen hatten ihre eigenen Methoden. Kara war das egal. »Wieso hat der Aufsichtsrat Schindhelm überhaupt als Aufpasserin installiert? Lengsfelds Wachstumszahlen waren doch okay. An Skrupel wegen Waffengeschäften glaube ich nicht.«

»Es kommt darauf an, wie du nachhaltiges Wachstum einer Bank definierst. Die Finanzkrise hat manche in Politik und Wirtschaft zum Nachdenken gebracht.«

Vielleicht sogar in Banken. Kara stand auf und ging zur Pinnwand. »Unser Verdacht richtet sich im Moment auf Ducasse. Wenn die Verhandlungen um die Entschädigung so gelaufen sind, wie der Anwalt behauptet, hätte Ducasse gar kein Interesse daran, Fokker zu ermorden.«

»Oder eben gerade, falls Fokker aus eigenem Interesse gebockt hat. Vergiss nicht, er steckt in dem usbekischen Firmengeflecht mit drin, das Gelder auf private Konten umleitet.«

»Für seine Beteiligung an der Korruption haben wir bislang keinen Beleg.«

»Den finde ich noch.«

Die Tortenstücke der Bankumsätze verwackelten, als die Bürotür aufging. Gerberts Gesicht verschmolz mit bunten Segmenten. Er hielt sich geblendet die Hand vor die Augen.

Jörg schaltete den Beamer ab.

»Ich habe was für euch. Kommt mit ins Labor.«

»Gern.« Kara machte innerlich drei Kreuze. Fakten von der Spurensicherung waren belastbar.

21

Eigentlich war es völlig logisch, dass die Spurensicherung, die im Erdgeschoss untergebracht war, auch über eine Garage verfügte. »Wie habt ihr den überhaupt reingefahren?«, fragte Kara. Das verkohlte Wrack des ausgebrannten Mercedes schimmerte unter den Neonlampen wie ein schwarzblauer Meteorit.

Gerbert schob sich eine weiße Haarsträhne aus der Stirn. »Durchs Tor, wie sonst?«

Karas Orientierungssinn war nicht besonders gut. Die vielen Treppenhäuser, Innenhöfe und Nebengebäude des preußischen Verwaltungsbaus verwirrten sie noch immer. »Über den Parkplatz?«

»Wollen einen Mord ermitteln und kennen die eigene Dienststelle nicht.« Gerbert zog sich blaue Latexhandschuhe über. »Hinter den Mülltonnen geht's rechts rum weiter, an der Mauer entlang und noch mal rechts.«

»Wir müssen leider draußen parken.« Jörg hob die Hände wie ein Hündchen die Pfoten.

Es war ungeschriebenes Gesetz, dass nur die Dienstältesten auf den raren Plätzen in den Hinterhöfen parken durften und auch nur, wenn sie wirklich was geleistet hatten.

»Schmeichler.« Gerbert drohte Jörg mit dem blauen Finger. »Wäre besser, ihr beschäftigt euch gründlich mit meinen Ergebnissen, sonst lauft ihr noch in dreißig Jahren von der U-Bahn hierher.«

Kara stellte sich links vom Kofferraum des Wracks auf, Jörg rechts. »Aye, aye, Sir.«

»Genau hinschauen.« Gerbert ging etwas in die Knie. »Hier rechts. Dank den verbogenen Halterungen über den Radkästen haben drei Fasern das Feuer überlebt.«

»Überlebt?«, fragte Jörg.

»Das Metall hat die Hitze absorbiert, als es sich verbogen

hat. Die physikalischen Details erspare ich euch.« Gerbert zeigte zur anderen Seite des Kofferraums. »Gut für euch.«

Kara hätte selbst mit einer Lupe an den kohleglänzenden Strukturen keine Unterschiede ausgemacht. »Die DNA im Haarkanal auch?«

»Dazu komme ich gleich. Prägt euch mal ein, wie der Kofferraumdeckel hier offen steht, und seht euch den Boden an.«

Das verbeulte Ding ragte in einem Fünfundvierzig-Grad-Winkel auf. Ungefähr. Darunter erkannte Kara nur verrustes Blech.

»Was ist damit?«, fragte Jörg.

Gerbert streckte sich wieder aus den Knien hoch und stöhnte. »Mein Kreuz ist nicht mehr das Neueste. Die von der Hitze verbogene Metallfläche hier bildet nicht den eigentlichen Kofferraumboden, sondern gehörte zu einer Hebevorrichtung.« Er lächelte fein. Da war noch was.

Kara schaute in das ausgebrannte Wrack. »Die Halterungen, was halten die eigentlich?«

»Gut, sehr gut.« Gerbert legte die blauen Latexhände vor seinem weißen Kittel ineinander. »Selbst wir haben es nicht auf Anhieb erkannt. Obwohl wir öfter mal ein Wrack hier haben.« Er drehte einen imaginären Lenker in der Luft und beugte sich vor und zurück.

Jörg war schneller. Er schnippte mit den Fingern. »Sie meinen Segways, diese Touristenroller mit zwei Rädern.«

»Genau. Die Bank hat tatsächlich für die Vorstände solche Dinger gekauft, die im Kofferraum bereitliegen, falls man mal ganz, ganz schnell von einem Parkplatz durch eine Fußgängerzone zu einem Termin muss.«

»Die Dinger sind aus Metall. Die Reifen können verbrennen, aber das Gestänge müsste übrig sein«, sagte Kara. »Ich sehe hier nichts dergleichen.«

»Gut kombiniert. Die Segways waren am Freitag für drei Tage in Inspektion.« Gerbert zeigte zu seinen Mitarbeitern weiter hinten in der Garage. »Wilfried und Angelika haben es bei einer Mercedes-Vertretung mit einem Dummy ausprobiert. Das

Hebeblech für den Segway wuchtet einen bewusstlosen Körper hoch genug. Wenn man diesen gleichzeitig, Kopf nach vorn, am Oberkörper hineinstößt und dabei einen Arm und ein Bein herumhebelt, kann man den ganzen Mann leicht mit dem Blech hineinheben lassen, auch wenn Fokker schon tot oder bewusstlos war. Platz für einen Mann seiner Größe ist im Kofferraum.«

Kara vollzog das in Gedanken nach. In ihrem Hirn formte sich eine Schlussfolgerung, die sie nicht ganz fassen konnte. Sie ging langsam um das ausgebrannte Autowrack herum. »Der Täter hat sich also vorher Gedanken gemacht, wie er Fokker wegschaffen konnte.«

»Falls er überhaupt drin lag«, sagte Jörg.

»Die Fasern. Das Haar.« Kara blickte bittend zu Gerbert.

»Das wenigstens steht fest. Fokker lag da drin. Die DNS des halben Haars ist mit seiner identisch. Wir haben sie mit Haaren aus seiner Wohnung abgleichen können. Und zwei der drei Fasern stimmen mit denen eines Anzugstoffes überein, die wir in großer Zahl auf dem Sitz seines Schreibtischstuhls in der Bank gefunden haben.«

Wieder bekam Kara dieses Gefühl zwischen leichtem Krampf und Kribbeln im Magen, wenn ihre Intuition unbedingt zu einem klaren Gedanken werden wollte, es aber nicht schaffte. »Damit stellt sich die Frage, warum der Täter sich die Mühe gemacht hat, Fokker hinauszuschaffen und das Risiko einer Entdeckung einzugehen. Warum hat der Täter Fokker nicht einfach in der Tiefgarage ermordet und liegen lassen, statt ihn später abzufackeln?«

Gerbert hob den Zeigefinger. »Weil Fokker länger leben sollte.«

»Sicher?«

»O ja.« Gerbert ging zu den Arbeitstischen weiter hinten.

»Hoffentlich weiß er auch, wann Fokker tatsächlich gestorben ist«, flüsterte Jörg Kara zu und trat ihr beinahe in die Hacken.

Gerbert breitete über seinem Arbeitstisch die Hände aus wie ein Obsthändler am Markt. »Alles frische Beweise aus Berliner Zucht.«

»Als da wären?« Kara sah bloß die grauen undurchsichtigen Plastiksäcke der Spurensicherer.

»Verkohlter Mageninhalt Fokkers mit erstaunlichem Rest.«

»Beweist er, dass Fokker länger gelebt hat?« Jörg klopfte sich auf den eigenen Bauch. »Er kann Freitagmittag gegessen und schlecht verdaut haben.«

Gerbert schaute ihn über seinen Brillenrand hinweg an. »Zuhören. Die verkohlten Mageninhalte beweisen gar nichts mehr. Aber ein Rest darin, den wir gefunden haben, tut es.« Er zog einen Ausdruck unter dem ersten Plastiksäckchen hervor. »In der Vergrößerung ist es eindeutig. Daneben seht ihr das Original ohne die Verfärbung durch das Feuer.«

»Metallstreifen mit Buchstaben?« ΕΥΡΩ. »Griechisch.«

Jörg beugte sich über ihre Schulter. »Der Schnipsel eines Euroscheins.«

»Nicht einer. Mindestens drei verschiedene.« Gerbert zog ein weiteres Ergebnisprotokoll unter einem grauen Säckchen vor. »Es waren ein Zweihunderter, ein Fünfziger und ein Zwanziger. Wir haben die Reste der in den Scheinen eingearbeiteten Metallstreifen analysiert und mit der Zentralbank abgeglichen. Die Scheine waren echt.«

»Auch das noch.« Jörg schlug sich an die Stirn. »Jemand hat Fokker vor seinem Tod mit echten Scheinen gefüttert.«

»Das ist euer Part.« Gerbert zuckte mit den Schultern. »Ich kann es zwar nicht beweisen, aber ich habe schon viele Mageninhalte mit unseren Destillen analysiert. Bei dem kleinen Volumen vermute ich stark, dass man ihm außer Geldscheinen nichts gegeben hat, nicht mal Wasser.«

Kara beschlich ein unguter Gedanke. »Sollen wir das nun als politisches Zeichen verstehen oder als eine perfide Art von Rache?«

»Oder Strafe?« Jörg setzte sich auf einen Arbeitsstuhl und blies die Backen auf. »Durchgeknallt genug ist es.«

Kara legte die Ausdrucke auf die grauen Plastiksäcke zurück. »Wie viele Stunden kann ein Mann wie Lengsfeld überleben, wenn er außer Euroscheinen nichts zu essen und zu trinken bekommt?«

»Maximal fünf Tage, bewusstlos wird er vorher«, sagte Gerbert sachlich.

Nun hatten sie ihre handfesten Fakten, die Kara aber erst recht ratlos machten. »Danke. Wir müssen sofort Leininger informieren.«

Jörg zückte sein Smartphone.

»Moment!« Gerbert stellte sich Kara in den Weg. »Erst macht ihr noch einen Umweg bei den Mikroskopen.«

Es klickte in Karas Kopf. »Die dritte Faser, die ihr im Wrack gefunden habt.«

Gerbert lächelte nur kurz über die Schulter und knipste am übernächsten Tisch ein Mikroskop an. »Den Ruß haben wir abgetragen. Die Farbe ist echt.«

Kara beugte sich im Stehen über das Okular. In der Vergrößerung war die Faser deutlich silbergrau. Auch ein wenig rau. »Sieht fast aus wie das Bruchstück einer Vogelfeder.« Sie wechselte mit Jörg den Platz.

»Sie ist nicht natürlichen Ursprungs. Dazu gibt es zu viele, noch kleinere Querstrukturen.« Jörg rieb sich das Auge, nachdem er sich wieder aufgerichtet hatte. »Ich denke, es ist eine synthetische Faser.«

»Das stimmt. So viel wissen wir schon.« Gerbert schaltete das Mikroskop wieder aus. »Auch dass die Faser feuerresistent ist. Im Spektralphotometer zeigen sich seltene Metallverbindungen. Es ist eine Hightechfaser neuester Produktion. Wir sind noch dabei, den Hersteller zu ermitteln. Mercedes oder seine Zulieferer waren es leider nicht. Sobald ich was habe, sage ich Bescheid.«

»Besten Dank.«

Jörg folgte Kara aus der Laborgarage zurück ins LKA. »Wie wohl Euroscheine schmecken?«

»Eklig. Hätte sonst der Entführer Fokker damit gefüttert, wenn er ihn schon verdursten lassen wollte?«

»Das erinnert irgendwie an Wüste und den Aralsee, oder?«

Ducasse. Jörg hatte recht. »Sein Alibi kann nicht stimmen. Bohren wir nach.«

»Da lang!«

Jörg führte sie durch das Treppenhaus F nach oben, das sie noch nie benutzt hatte.

»Euroscheine verfüttern … Das ist wirklich ein eigenständiges Merkmal.« Jörg nahm immer zwei Stufen auf einmal. »Erinnerst du dich?«

»Der Profilerkurs im Fortbildungszentrum Eschwege.« Kara blieb auf dem Treppenabsatz vor einem Feuerlöscherkasten stehen. »Der belgische Experte hat uns einige Fälle vorgelegt. Dutroux ist ja nur der bekannteste. Extreme Gewalterfahrung verbiegt Menschen in oft seltsamer Weise. Das könnte sogar Ducasses Schwenk zum Entwicklungshelfer rechtfertigen.«

»Der die verdursten lässt, die das Land verdursten lassen.« Jörg klang nicht überzeugt.

Kara ging die Treppe weiter nach oben. »In der Wahrnehmung der Täter verzerren sich die Maßstäbe zu einer anderen moralischen Wirklichkeit.«

»Trotzdem muss selbst der durchgeknallteste Täter einen Schlüssel zum Fahrstuhl gehabt haben.«

»Richtig.« Die Gesamtliste aller angefertigten Schlüssel zu ermitteln, war Basisarbeit. »Teilen wir uns auf.«

Sie kamen hinter dem Archiv auf ihrem Stockwerk raus. Kara blickte schnell zur Nummer an der nächsten Zimmertür. *407.* Das Treppenhaus F war tatsächliche eine Abkürzung hinunter zur Spurensicherung. Wieder was gelernt.

22

»Ist das der deutsche oder der französische Dom? Ich verwechsele das immer.« Kara stand am bodentiefen Fenster im großzügigen Eingangsbereich des Penthouses und schaute hinüber zur Kirche.

»Der deutsche Dom«, sagte Marie-Luise Voigt.

Mit dem blauen Businesskostüm und der strengen Haarrolle wirkte sie arg auf seriös gebürstet und wie eine dieser überstressten Karrierefrauen aus amerikanischen Serien. Kara vermutete, dass genau dieses Styling bei den Luxuskunden der Maklerin zog. *Andjel & Popp* war eine ziemlich exklusive Immobilienfirma.

»Entschuldigen Sie, ich muss kurz den Sicherungskasten checken.« Voigt legte einen orangenen Ordner auf eine Stufe der Wendeltreppe, die nach oben zur Dachterrasse führte. »Bei den letzten Interessenten gingen angeblich die Downlights über dem Whirlpool nicht. Ich müsste gegebenenfalls sofort Elektriker beauftragen.«

Im LKA hatte Kara mit Leininger kurzfristig abgesprochen, dass sie die Befragung der Entführungszeugin übernehmen würde, damit er mit Jörg die Ergebnisse der Spurensicherer diskutieren konnte. »Es kommt mir nicht auf eine Minute an.«

»Mir schon. Ich habe gleich noch einen Termin in Charlottenburg.« Die junge Maklerin verschwand über das helle Parkett in einem Seitenflur.

Vor dem Fenster stürmte eine Touristengruppe, offenbar Chinesen, die Freitreppen des Konzerthauses. Für Kara war es der schönste Platz Berlins.

Schon der kurze Weg durch die Stadt hatte ihr beim Nachdenken geholfen. Der Fall bekam Konturen, Besonderheiten, an denen Kara sich abarbeiten konnte. Eine hatte sie hierhergeführt: Marie-Luise Voigt war eine der seltenen Zeuginnen, die sich nicht mindestens eine Woche krankschreiben ließen oder psychologisch betreut werden mussten. Die Maklerin arbeitete bereits einen Tag nach der Entführung wieder. Die Polizeipsychologin hatte dieses Verhalten bei Karas Rückfrage als persönlichkeitsadäquate Bewältigungsstrategie gedeutet.

»Es tut mir leid, der Lampencheck dauert ein bisschen«, hörte sie Voigt rufen. »Kommen Sie besser her.«

Im Bad fand sich Kara fünfmal gespiegelt. Mal vor und mal

hinter der jungen Maklerin. Das störte sie weniger als diese goldenen Armaturen und der Löwenkopf am Whirlpool.

Voigt lehnte mit der Hüfte am Einstieg und tastete die Wand hinter dem Becken ab. »Die Sensorfläche reagiert nicht«, sagte sie. »Dimmt man die Downlights, fallen drei davon aus.« Sie verdrehte die Augen. »Ihnen kann ich es ja sagen. Diese Leuchtsysteme sind ein bisschen zu wartungsanfällig für ihren Preis.« Voigt drückte sich vom Rand des Whirlpools ab. »Was kann ich überhaupt für Sie tun, Frau Kommissarin? Ich habe schon Ihrer Kollegin im Krankenhaus alles gesagt, was ich weiß.«

Kara hätte nicht sagen können, durch welchen der fünf Spiegel – oben, hinten, vorn – Voigt sie beobachtete, die auch demonstrativ ihre Armbanduhr checkte. »Manchmal kommt die Erinnerung nach einem Schock später zurück. Das erleben wir oft bei Ermittlungen.«

»Mag sein. Wenn man nicht betäubt worden ist wie ich.« Die Maklerin setzte sich auf den Rand des Whirlpools. »Ich fürchte, ich werde Ihnen nicht viel Neues sagen können.«

»Bitte versuchen Sie es. Jedes Detail kann wichtig sein, um die Entführer zu finden.«

»Natürlich.« Voigt lächelte mit dem ungeschminkten Mund, aber ihre Augenwinkel spielten nicht mit. »Gehen wir nach vorn.«

Die Schalldämmung war so gut, dass man auf dem Parkett ihre Schritte kaum hörte.

Die Maklerin blieb an der Wendeltreppe im Eingangsbereich stehen. »Wir hatten gerade die Sitzung des Stiftungsrats beendet und gingen durch die Halle mit den Mosaiken. Ich war ganz ins Gespräch mit Herrn Lengsfeld vertieft und da hat es auf einmal geknallt. Ich bin furchtbar erschrocken, weil von allen Seiten roter Rauch aufwallte.« Sie nahm den orangenen Aktenordner von der Treppenstufe. »Ich weiß nur noch, dass ich mich an Herrn Lengsfeld geklammert habe, weil ich schreckliche Angst hatte zu ersticken. Von dem Moment an ist alles weg.« Die Maklerin zuckte mit den Schultern und sah Kara direkt an. »Vielleicht ist das auch besser so.« Ihr Blick wanderte weiter zum bodentiefen Fenster. »Ohne konkrete Erinnerungen bleibt das alles so unwirklich. So wie ein Alptraum, den man einfach vergisst.«

Zeugen erlebten Gewalt sehr unterschiedlich. Kara hatte das Gefühl, dass sie hier ihre Zeit verschwendete. »Haben Sie irgendetwas Besonderes bemerkt, kurz bevor sie diesen Knall gehört haben?«

»Nein.« Voigt umfasste den Ordner mit beiden Armen. »Ich war ganz auf Herrn Lengsfeld konzentriert.«

»Dieser Knall, der Sie überrascht hat, können Sie das Geräusch beschreiben?«

»Sie stellen Fragen … Er war sehr, sehr laut. Aber unterscheiden sich solche Geräusche überhaupt?«

Es könnte wie ein Schuss klingen, wie ein platzender Schlauch. »Ich möchte Ihnen nichts suggerieren. Ergänzen Sie einfach spontan.« Kara machte eine Pause. »Es klang wie …«

»Wie ein … ein platzender Autoreifen.« Die Maklerin zuckte mit den Schultern. »Da war noch ein Zischen, glaube ich.«

Anzunehmen. Das Betäubungsgas musste mit hohem Druck ausgeströmt sein. »Wissen Sie noch, worüber Sie mit Herrn Lengsfeld gesprochen haben?«

Voigt wiegte den Kopf ein wenig. »Ehrlich gesagt, nicht mehr genau. Ich wollte mit ihm Einzelheiten eines Sponsorings besprechen, glaube ich. Ein Hersteller von Drehbänken will der Cornelius-Hofmeister-Stiftung eine für Ausbildungsprojekte schenken.«

»Hat Herr Lengsfeld vor oder während der Sitzung Termine erwähnt, die er im Anschluss wahrnehmen wollte?«

»Herr Lengsfeld spricht mit uns nur über Stiftungsbelange.«

Kara und Jörg waren sich einig, dass auch der Stiftungsrat über Lengsfelds genauen Aufenthaltsort am Montagmorgen vorab informiert war. Eines der Mitglieder hätte die Tat planen können. Feinde konnte man sich überall machen. »Können Sie sich vorstellen, dass seine Entführung mit der Stiftung zu tun hat?«

»Wie bitte?« Die Maklerin riss überrascht die Augen auf.

»Das Echo auf die sozialen Stiftungsprojekte ist durchweg positiv. Sie können gern auf unserer Website nachschauen. Haben Sie etwa eines der Mitglieder in Verdacht?«

»Dazu darf ich Ihnen nichts sagen.«

»Natürlich.« Voigt blickte auf den Ordner, den sie mit den Armen umschlungen hielt. »Sie haben doch Erfahrung«, sagte sie leise. »Ich ... habe keine Nachrichten sehen wollen, schon um alles zu verarbeiten. Aber man entkommt der Medienflut gar nicht mehr. An jedem Kiosk hängen Schlagzeilen aus, in den U-Bahn-Wagen laufen die News über die Bildschirme. Die wildesten Verschwörungstheorien kursieren im Netz ...« Sie schüttelte sich. »Meinen Sie, dass man Herrn Lengsfeld ebenso umbringen wird wie Herrn Fokker?«

Genau darüber hatte Kara im LKA mit Leininger und Jörg diskutiert. Manchmal ging bei Entführungen etwas schief. Manchmal töteten Entführer die erste Geisel, damit extreme Lösegeldforderungen bei der zweiten akzeptiert wurden. »Sie können die Antwort nicht aus der Statistik ableiten.« Werchteshaus hatte die Information ja für die Öffentlichkeit freigegeben. »Es hat inzwischen einen Erstkontakt des Entführers mit der Familie gegeben, falls Sie das noch nicht wissen.«

Die Maklerin holte hörbar Luft. »Dann lebt Herr Lengsfeld noch.« Sie senkte den Kopf. »Wir machen uns in der Stiftung große Sorgen.«

Kara brauchte Fakten. Das gefälschte Foto des Trittbrettfahrers könnte aus dem Stiftungsumfeld geklaut worden sein. »Haben Sie die Nerven, sich ein Bild anzuschauen, das der Familie zugespielt wurde? Sie könnten es eventuell einordnen.«

Voigts Wangen zuckten. Eine starke Frau sein zu wollen, konnte eine Falle werden. Kara wusste das nur zu gut. »Sie brauchen das nicht zu tun. Muten Sie sich lieber nicht zu viel zu. Sie dürfen ruhig ein paar Tage ausspannen.«

»Ich weiß.« Die Maklerin setzte ihr Businessgesicht wieder auf. »Ich schaue mir das trotzdem an, weil es gegen den Kontrollverlust hilft, den man verspürt, wenn man so ausgeliefert gewesen ist.« Sie lächelte schwach. »Ich entscheide wieder selbst, wer mir wie viel zumuten darf, verstehen Sie?«

Kara nickte, auch wenn man sich bei den eigenen Belastungsgrenzen ebenso irren konnte wie in allem anderen. Aber sie war nicht die Therapeutin dieser Zeugin.

»Die Polizeipsychologin hat mich darin bestärkt. Aktivität im Alltag ist eine positive Bewältigungsstrategie. Ich will nicht, dass der Entführer Macht über mein Leben bekommt. Nicht einmal durch ein Bild.«

Kara wischte mit dem Daumen über ihr Smartphone, bis sie das richtige Verzeichnis hatte. Sie hielt Voigt das Bild aus der Mail des Trittbrettfahrers hin. »Achten Sie vor allem auf Details.«

Das junge Gesicht wurde hart. Nur die Unterlippe zuckte einmal. »Wann hat die Familie das Foto bekommen?«, fragte die Maklerin.

»Vor einigen Stunden.« So viel durfte Kara verraten. »Aber warum fragen Sie?«

Voigt drehte das Smartphone in Karas Hand ein wenig für einen besseren Lichteinfall. »Herr Lengsfeld war in der Sitzung rasiert, hier hat er schon einen Bartschatten. Dann ist das Bild eher gestern am späten Abend oder sehr früh heute Morgen aufgenommen worden.«

Der Bartwuchs war Jörg auch gleich aufgefallen. »Schauen Sie ruhig länger.«

»Ich bin nicht ganz sicher …« Eine steile Falte zeigte sich auf ihrer Stirn.

»Ja?«, fragte Kara möglichst neutral.

»Vielleicht weiß Frau von Delitzsch es noch. Ich glaube, Lengsfeld trug gestern bei der Sitzung ein anderes Hemd.«

Es wäre nicht ungewöhnlich, wenn man ihm die eigenen Kleider weggenommen hätte. »Erinnert Sie der Hintergrund an einen bestimmten Ort?« Die Wand hinter dem Banker zeigte immerhin einen Riss, der wie eine zackige Fieberkurve nach unten reichte, und ein altes Leitungsrohr fast am Bildrand. Es war in der gleichen Farbe wie die Wand gestrichen.

»Der Putz hinter Lengsfeld ist alt. Kaiserzeit würde ich sagen.«

»So genau können Sie das einordnen?«

»Das bringt der Beruf als Maklerin mit sich. Leere Wände sind unser Alltag.« Voigt lächelte matt. »Früher gönnten sich die Villenbesitzer teuren Muschelkalk von der Ostsee. Die Handwerker waren solider als heute. Es gibt gut hundert Jahre später immer noch kaum Risse in den entsprechenden Wänden.« Die Maklerin reichte Kara das Smartphone zurück. »Die Farbe sieht wie das Standardbeige aus, das man in den Dreißigerjahren gern in Arbeitsräumen wie Küche, Garage und so weiter gestrichen hat, plus Patina natürlich. Passt das zu Ihren Ermittlungen?«

Wände mit altem Putz aus der Kaiserzeit gab es in Berlin wie Bäume im Wald. Die Bilddetails würden sie kaum zum Trittbrettfahrer führen. »Ihre Aussagen helfen uns jedenfalls weiter.« Kara steckte ihr Smartphone weg.

»Gern.« Voigt zeigte an der Wendeltreppe nach oben. »Wollen Sie die Dachterrasse sehen, wenn Sie schon hier sind? Fünf Minuten hätte ich noch. Das Glasdach erlaubt einen Panoramablick über Berlin Mitte.«

Die Maklerin klang wieder geschäftsmäßig. Kara wäre gern hinaufgestiegen. »Danke, aber ich bin dienstlich hier.«

»Wie Sie wollen.« Voigt kramte nach den Schlüsseln in ihrer blauen Handtasche. »Ich lasse Sie schon mal raus. Den Fahrstuhl finden Sie rechts.«

»Soll ich Sie eventuell mitnehmen? Mein Dienstwagen steht unten.«

Die Maklerin deutete auf den orangefarbenen Ordner. »Ich vervollständige noch die Mängelliste für den Elektriker. Wahrscheinlich funktioniert hier einiges mehr nicht so, wie es soll. Ein Rundgang durch alle Räume ist erfahrungsgemäß besser.«

Kara bemerkte im Hinausgehen die teure französische Marke des Lederrucksacks neben der Tür, aus dem ein Stück bunter Kleiderstoff herauslugte.

Neben dem Fahrstuhl gab ein Fenster den Blick auf den

Gendarmenmarkt frei. Touristengruppen standen vor den beiden Domen. Wenn es mit den Ermittlungen so weiterging, lief Kara die Zeit davon. Die Befragung der Zeugin hatte nichts Neues gebracht.

Nichts wie weg hier. Mäkeligen Luxuskunden den ganzen Tag Marmorbäder und Panoramablicke zeigen, was war das für ein Beruf? Kara war froh, dass sich in ihrem nicht alles um Sensortasten, Downlights und das richtige Edelholzparkett drehte. Der Kampf gegen Gewalt und Verbrechen fühlte sich wesentlich eher an wie das richtige Leben.

23

Unter den Parkbäumen quietschten die Kinderschaukeln. Der Berliner Nachwuchs krabbelte in einem Netz aus blauem Sicherheitsseil. Auf anderen Bänken quatschten Eltern und sammelten dabei Spielzeug in die Kinderporsches. Jörg mampfte. Kara baute sich vor ihm auf und schaute ihn fragend an.

»Meine Oma sagte immer: ›Erst mal etwas gegessen, geschafft ist gleich.‹«

Er kaute so kräftig auf seinem dritten Döner für heute, dass Kara nicht sicher war, ob er frech grinste. In der Styroporschachtel auf der Bank glänzte ein Zwiebelring in Salatsoße. Kara schnappte das Ding und warf es in den Papierkorb, bevor sie sich neben Jörg setzte.

»He! Da ist noch eine Serviette drin gewesen.«

»Nee. Nimm die.« Kara deutete auf das weiße Papier, das er sich zwischen die Knie geklemmt hatte.

Jörg lachte laut. »O Mann. Ich bin reif für die Überlastungsanzeige, fürchte ich.« Er fischte mit der Zunge ziemlich unerzogen nach einem Schnipsel Rotkohl in seinem Mundwinkel.

Kara schaute auf die Armbanduhr: 17:45 Uhr. »Wieso hast du mich ausgerechnet auf den Kinderspielplatz gelotst?«

Jörg nuschelte unverständlich.

»Kau erst mal zu Ende.«

Er knüllte die Serviette. »Das tat gut.« Er traf sogar den Mülleimer neben der Bank. »Komm mit.«

Der Sandkasten war groß genug, dass sie keine Kinder störten. Jörg griff sich das erstbeste heruntergefallene Ästchen und ging in die Knie. »Pass auf.« Er zog ein paar Linien in den Sand. »Das sind die Grenzen von Usbekistan.«

»Sieht aus wie ein nach rechts springender Puma, der mit den Vorderpranken auf der Erde auftrifft.« Der Kopf war allerdings ein bisschen klein.

»Findest du?« Jörg fügte rechts unten Zacken an. »Das ist das Pamirhochgebirge. Darüber führt der höchste Pass der Seidenstraße.« Links außen bohrte er ein Loch.

Kara las ein großes A, das Jörg daneben in den Sand schrieb. »Wie Aralsee. Beziehungsweise die Pfütze, die von ihm übrig ist.«

»Die zwei Linien sind die Flüsse Syrdarja und Amurdarja. In der Ebene dazwischen wächst das Hauptexportprodukt Baumwolle.« Jörg schraffierte eine Fläche. »Hier wird demnächst noch viel mehr angebaut werden, falls«, er zog das Ästchen über weitere Flächen, »falls die Bioreaktoren wirklich funktionieren, die Boden- und Grundwasser entsalzen sollen.« Er zog einen Kreis im Westen des Landes. »Hier läuft aktuell der Feldversuch. Wenn die Bioreaktoren mittelfristig Erfolg haben, werden die Patente Milliarden bringen. Anbauflächen, die von Versalzung bedroht sind, gibt es nicht nur in Usbekistan.«

Kara erinnerte sich vage an Filmberichte über das australische Outback. »Du grinst. Sag bloß, die Bank steckt im Feldversuch mit drin?«

»Jepp. Die Bank finanziert zudem große Infrastrukturprojekte. Sperrwerke, Dämme, viele Kanäle aus sowjetischen Zeiten müssen erneuert werden.«

»Welche Rolle spielte Fokker dabei?«

»Er hatte privat die Finger in allem drin.« Jörg bohrte das Ästchen an der Grenze im Osten tief ein. »Hier liegt die

Hauptstadt Taschkent. Fokker war Berater des zuständigen Ministers.«

»Klassische Korruption.«

Jörg zeichnete mit zwei Fingern ein paar wirre Linien um Usbekistans Ostgrenze herum.

»Was soll der Kringel darstellen?«, fragte Kara.

»So verschlungen sind die Staatsgrenzen im Ferganatal wirklich. Hier grenzen Usbekistan, Kirgistan und Tadschikistan an- oder besser ineinander und ein paar Enklaven gibt es auch noch. Das Problem ist, dass die einen oben in den Bergen das Wasser haben, die anderen unten im Tal die entwickelte Wirtschaft. Und im Winter müssen die am Berg sogar Energie importieren, weil das Wasser gefriert und die Stromturbinen nicht laufen. Also gibt es endlosen Streit darum, wer wem wann wie viel liefert und zu welchem Preis Wasser und Strom miteinander verrechnet werden.«

Kara betrachtete den Wirrwarr aus Linien im Sandbild Zentralasiens. »Woher weißt du das alles?«

Jörg klopfte sich Sand von den Fingern. »Ich habe Glück gehabt. Der Wirtschaftsattaché der deutschen Botschaft in Usbekistan war gerade in Berlin. Ich habe ihn ans Telefon gekriegt. Dafür war die Sicherheitsstufe drei gut.«

»Wenigstens einmal.« Kara begriff nur, dass es um sehr viel Geld ging, das Fokkers Firmengeflecht an der Bank vorbei in private Taschen kanalisierte.

»Der Vortragende Legationsrat Erster Klasse, so heißt das wirklich, hat natürlich das Mediengewitter seit dem Mord und der Entführung mitgekriegt. Der Mann hat mir von Gerüchten in Taschkent erzählt. Angeblich hatte Fokkers Sohn eine echte Liebesaffäre mit einer Ministertochter.«

Nichts war wertvoller für solche Deals als familiäre Beziehungen. »Das greift ziemlich gut ineinander.«

Jörg drückte sich aus den Knien hoch. »Leider wird es nicht einfach für uns werden, das zu beweisen. Leininger versucht, das Firmengeflecht Fokkers aufzudröseln. Wir wissen noch nicht, welche Unternehmen genau die milliardenschweren Patente besitzen.« Er klopfte sich den Sand von der Hose. »Diesen Bankern ist Risiko wurscht. Wenn ihre Deals schiefgehen, drücken sie die Verluste an uns Steuerzahler ab.« Jörg klang auf einmal, als hätte er in verschimmeltes Brot gebissen.

»So kenne ich dich ja gar nicht.«

»Liegt wahrscheinlich an der Gehaltsabrechnung in meinem Fach.« Er rieb sich über die Nase. »In irgendeiner Scheiße wühlen wir bei jeder Ermittlung, wo irgendwer Riesensummen abzockt.« Er seufzte. »Jedenfalls müssen wir die Kollegen von der Wirtschaftskriminalität einschalten.«

»Werchteshaus muss das tun.« Kara war sich noch nicht sicher, ob sie den Vorschlag machen sollte, solange sie nicht wussten, wer die Patentrechte besaß. »Der Fall ist viel zu politisch, als dass wir der *German Global* oder gar dem entführten Lengsfeld etwas Illegales unterstellen können, ohne Beweise zu haben.«

Jörg zog die Stirn kraus. »Warum so vornehm, Kara? Es könnte gut sein, dass Fokker jemandem aus der Machtsphäre das Wasser«, er lächelte, »oder besser das Geld abgegraben hat. Wer weiß, wer noch gern am Milliardengeschäft beteiligt worden wäre, aber nicht zum Zuge kam?«

Kara ging um das in den Sand gezeichnete Usbekistan herum. Sie hätte gern über diesen Linien meditiert, auch wenn es auf dem Spielplatz nicht gerade leise war. »Wie passen deine Erkenntnisse zu den Kameraaufnahmen? Als Fokker aus der Tiefgarage entführt wurde, hatte der Fahrer des Mercedes eine Guy-Fawkes-Maske auf.«

»Es könnte alles nur Tarnung sein. Auch in Usbekistan gibt es Internet. Die junge Generation der Oberschicht ist in London und sonst wo ausgebildet. Die wissen genau, was in der Welt läuft.«

Kara berührte mit der Fußspitze die Nordgrenze des Landes. Alles lag falsch herum vor ihr im Sand. »Warum sollte jemand aus Usbekistan so viel Aufwand treiben, wo man ganz einfach bei Fokkers nächster Reise ins Land einen Unfall hätte inszenieren können? Nein.«

Ein grüner Kinderball rollte über Usbekistan und blieb bei der Hauptstadt liegen. Jörg warf ihn zu einem kleinen Jungen zurück, der sie mit hängenden Schultern betrachtete.

»Danke«, rief von weiter hinten eine Frauenstimme.

»Usbekistans Machtelite auf Rachezug, ich weiß nicht. Wie passt die zu den Euroscheinen, die wir in Fokkers Magen gefunden haben?«

Jörg betrachtete das vom Ball verwischte Land. »Wie du weißt, habe ich in den Datenbanken keinen vergleichbaren Fall gefunden. Geld wird höchstens mal einem Opfer ins Maul gestopft, wenn es um Schutzgeld geht.«

Symbolische Handlungen verrieten etwas über Täter. Auch wenn die Symbole schwer zu deuten waren.

Jörg kniete sich in den Sand und verwischte ihn. »Anderes Thema.« Er zeichnete ein F und ein L in die glatt gestrichene Fläche. »Wir arbeiten noch an der Liste, wer alles Schlüssel für den Vorstandsfahrstuhl gehabt hat.«

Er wollte auf eine Weitergabe hinaus, das war ihr klar, aber Kara ließ ihn machen. Niemals den Ideenfluss im Team stoppen, hatte man ihr bei den internen Schulungen eingetrichtert.

»Weißt du, was mich die ganze Zeit am meisten stört?« Jörg suchte ihren Blick.

Kara drehte ihm als Antwort ihr linkes Ohr hin.

»In Deutschland kommen Entführungen höchst selten vor. Unser Täter stößt uns aber mit der Nase direkt auf zwei gleichzeitig. Obwohl er Fokker ein paar Stunden früher in dem Mercedes im Wald abgefackelt hat, arrangiert er es per anonymen Anruf so, dass wir die Leiche genau dann finden, als er Lengsfeld spektakulär aus der Villa in Dahlem entführt.«

»Hm«, machte Kara nur. Wie sicher hatte der Täter sein können, trotz halbwegs präziser Wegbeschreibung, dass man den Wagen nach seinem Anruf gleich fand?

Jörg zeigte auf das L im Sand. »Auch Lengsfeld kann der Täter sein. Er war Freitagabend nicht in Berlin, sondern in Mailand, das habe ich gecheckt, okay. Aber ein brillanter Banker wie er wäre nicht so dumm, eine Entführung selbst zu erledigen. Zumal er reich genug ist, einen Auftragskiller zu bezahlen. Lengsfeld könnte also einen Helfer gehabt haben, der Fokker beseitigt, zum Beispiel aus dem Ferganatal oder Russland, warum nicht, bei seinen Geschäftsbeziehungen? Dann lässt Lengsfeld sich gleichzeitig spektakulär genau an dem Tag entführen, an dem wir das Opfer Fokker finden, und ist über jeden Verdacht erhaben.«

Kara fühlte wieder den gleichen Unglauben, den sie im LKA empfunden hatte, als sie von Lengsfelds Entführung erfuhr. Der Kinderlärm schwoll ab, sogar Jörg verschwand eine Sekunde aus ihrer Wahrnehmung. Seine letzten Worte hallten in Kara wider. Eine Intuition regte sich. Aber sie konnte den Gedanken nicht fassen. »Weiter.«

Jörg zog Striche wie bei einer Krone über dem Buchstaben L. »Lengsfeld schafft sich einen Heldennimbus, indem er sich als Opfer inszeniert. Dazu passt auch«, er malte ein Quadrat neben den Buchstaben, »das an seine Familie gesendete Foto. Die Trittbrettfahrermail ist punktgenau eingegangen. Selbst in seiner Forderung spricht der angebliche Entführer erst mal nur von Freilassung. Wie viel Geld gefordert wird, wissen wir noch gar nicht.«

»Das ist aber unnötig umständlich, findest du nicht? Und welche Rolle spielt Georg Ducasse von *Aqua Mundi* in deinem Szenario?«

»Wir wissen nicht genau, ob Ducasse nicht eine Show abgezogen hat, aber selbst den Termin bei Fokker hat platzen lassen. Vielleicht, weil Lengsfeld ihm inzwischen mehr geboten hat. Die Verbindungsnachweise belegen ja nur das Telefonat Fokker-Ducasse.«

Jörg verrannte sich. Kara wollte das gleich sortieren. »Langsam, langsam. Die Vorstandssekretärin hat bestätigt, dass der Termin von Fokker gecancelt worden ist.«

»Aber Sie wusste nicht warum.« Jörg hob sogar beide Zeigefinger. »Pass auf, nur mal als Gedankenspiel: Lengsfeld hat Fokker einfach unter einem Vorwand darum gebeten, den Termin platzen zu lassen, damit er Ducasse später belasten könnte. Der Killer hätte im Zwischengeschoss einfach nur länger auf Fokker warten müssen, falls der den Termin doch wahrgenommen hätte. Sicherheitshalber hat Lengsfeld selbst einen Termin mit Ducasse am Montag vereinbart, damit wir sehr schnell auf ihn stoßen. Lengsfeld serviert uns so einen Mann, der in einem Rechtsstreit mit der Bank liegt, traumatisiert ist und das nächstliegende Motiv hat.« Jörgs blaue Augen glänzten. Er war zu begeistert, als dass Kara ihn bremsen konnte. Er zählte mit den Fingern auf. »Darüber hinaus erledigt die Verhaftung von Ducasse die unbequeme Nichtregierungsorganisation *Aqua Mundi* gleich mit. Du wirst sehen: Lengsfeld wird demnächst auf wundersame Weise befreit. Dann ist er richtig berühmt und ein großer Held. Der Aufsichtsrat feiert ihn. Und als Entschädigung übernimmt Lengsfeld die Führung der Bank.«

Kara fiel Tante Kirsten ein und ihre haarsträubenden Geschichten aus dem Reihenhausblock in Gymnich. Es wimmelte dort angeblich von Dealern, die sich als Hartz-IV-Familien tarnten, und nymphomanen Nachbarinnen, die den jungen DHL-Boten bei sich duschen ließen.

»Banker sind verdammt gut darin, die Kosten für ihre Gewinne auf andere abzuwälzen.« Jörg verwischte die Buchstaben mit dem Fuß. »Wie im Großen so im Kleinen. Lengsfeld katapultiert sich mit seiner eigenen Entführung in die Liga der Banker, deren Namen man auf der ganzen Welt kennt. Das Medienecho reicht jetzt schon bis Schanghai. Unbezahlbar für eine internationale Karriere, so ein Status.«

Kara trat aus dem Sandkasten heraus. Das Argument hätte von Tante Kirsten stammen können. Wenn sich die Dealer als WG von Kraftwerkstechnikern herausstellte und die Nachbarin tatsächlich die ältere Schwester des DHL-Boten war, meinte Tantchen nur: Seht ihr, wusste ich doch, dass die zusammengehören. Kara streckte die Arme hinter sich aus und ließ die Gelenke knacken. »Dir ist klar, dass wir solch eine Theorie erst verfolgen dürfen, wenn wir alles andere rund um Ducasse abgeklärt haben. Werchteshaus hört dir sonst nicht einmal bis zum zweiten Satz zu.«

Jörg schwieg. Er senkte den Blick und kickte mit der Fußspitze ein Stöckchen weg. »Du kannst sagen, was du willst, die beiden Familien kooperieren nicht richtig mit uns. Sonya Fokker-Samonowicz hat sich sehr seltsam benommen.«

Er war beleidigt. Kara hörte es genau. Trotzdem war es kein überzeugendes Argument. Die Witwe hatte sich sogar auf Sicherheitsvorgaben der Bank berufen. »Wie würdest du dich verhalten, wenn dein Sohn im Flieger abstürzt und dein Mann in seinem Wagen verkohlt?«

»Werde jetzt nicht pädagogisch. Frau Lengsfeld hat Leininger auch nur einmal empfangen.«

»Das liegt an *Kerberos Ten.*«

Jörg streckte das Kinn vor. »Diese tollen Sicherheitsberater haben übrigens auch Lengsfeld und Fokker mit ins Boot geholt. Vor ein paar Monaten.«

»Das beweist noch nichts.«

»›Noch‹ ist richtig.« Er schob die Unterlippe vor. »Aber ›nichts‹ nicht.«

Vom Kletternetz her flitzten acht, neun Kinder auf sie zu. »Machen wir mal Platz.«

Jörg folgte Kara schweigend über den Rindenmulch, der den Bereich zwischen Sand und den Spielgeräten abdeckte, zum nächsten Parkweg.

Der Fall war zu wichtig. Sie hatten keine Zeit für schlechte Stimmung. »Wenn man bloß Fokker hat ermorden wollen, hätte man es sich wirklich leichter machen können.«

Jörg schloss neben ihr auf. »Ein planender Täter geht so wenig Risiko als möglich ein.«

Er zitierte bloß Grundwissen. Sprach überhaupt etwas dafür, dass Lengsfelds Entführung gar keine war?

Fakten, Baby, Fakten. Der Ausbilder war zwar grässlich sexistisch gewesen, aber vergessen hatte sie es nie. *Erst muss Vati auf die Mutti, dann ist Kamasutra.*

Kara zeigte über eine Wiese im Tiergarten hinüber zu den Hochhäusern am Potsdamer Platz. »Ich bin dafür, dass wir *Kerberos Ten* in der *German Global* einen kollegialen Besuch abstatten.« Sie hatten noch ein Hühnchen zu rupfen.

Jörg joggte auf der Stelle. »Wie wär's mit ein bisschen Polizeisport, Kollegin? Sauerstoff hält fit und bläst das Hirn durch.«

Das hatten sie zwar gestern schon gemacht, aber es war gut fürs Team. Kara fiel in den Takt. »Eins, zwei ... los!«

24

In Friedrichshain trugen die Männer alle Bart; die Frauen kleideten sich in auffällige bunte Muster. Eine farbige Mütze war bei beiden Geschlechtern obligatorisch genau wie Brille, Tasche, Sneakers – alles wurde möglichst schräg kombiniert. Auf diese Hipsterart unkonventionell auszusehen, war längst Mainstream, aber es tat Malu richtig gut, einfach mitzuschwimmen. Ihr Seventies-Retrorock war bequemer als das anthrazitfarbene Businessoutfit, mit dem sie sich sonst als konservative Immobilientusse tarnte. Außerdem entstresste es sie ein wenig, mit offenen Haaren statt Hochsteckfrisur herumzulaufen.

Malu bog in einen Hof mit Fassadenbepflanzung ein. Sie vier wollten mit ihren Aktionen Bewusstseinswandel erreichen. Malu würde es nicht zulassen, dass irgendwer sie als Sündenböcke für einen Mord missbrauchte. Sie hatte nur sehr wenige Leute in ihre radikalen Pläne eingeweiht, was den Kreis der Verdächtigen klein machte. Nach durchdiskutierten Nächten in den Unterstützercamps bei G-20-Antigipfeln oder bei Occupy war Malu klar geworden, dass den meisten Aktivisten das sozialromantische Gruppending untereinander wichtiger war als eine Veränderung der Machtverhältnisse. Für Gewalt waren sie zu feige. Aber ohne die würde sich niemals etwas ändern.

Malu querte den Hof. Letzten Endes hatte sie nach Sanctus Habibi angesprochen, über den sie dann auf Leon gestoßen war. Nun, ihr Lover war ein Sonderfall. Wie im gewissen Sinne Toko auch, den sie jetzt abklopfen würde. Der ehemals radikale Hacker hatte sich zu einem Unternehmer gewandelt. Er war der wahrscheinlichste Kandidat für die Entführung Fokkers.

Ihr intensiver Kontakt war jetzt gut zwei Jahre her. Sie war Toko bei der Konferenz des *Chaos Computer Clubs* SIGINT zur technischen und sozialen Dimension der digitalen Gesellschaft begegnet. In der Hackerszene war er gerade bekannt geworden. Sie hatte ihn in Gedankenspiele verwickelt, wie tatkräftige Aktionen gegen die Bankenmacht aussehen könnten. Toko war einiges eingefallen.

Die Firmenlogos am Treppenaufgang erinnerten an die farbigen Kacheln der *Windows*-Nutzeroberfläche. Eines stach heraus. *Prussia Animation* leuchtete in einer grellgrünen Schrift, die wohl in der Kaiserzeit en vogue gewesen war. Es anders als die anderen zu machen, das passte zu Toko.

Oben am Empfangstresen wiederholte sich das Logo. Im Büroloft hockten an acht Schreibtischen Grafiker und Webdesigner. Auf einem großen Screen lief eine Animation, die Tokos Firma anscheinend für einen Autokonzern produziert hatte.

So schnell machte niemand so viel Geld, wie man für den ganzen Zirkus hier brauchte, jedenfalls nicht legal.

»Kann ich helfen? Wen suchen Sie denn?«, fragte die junge Frau hinter dem Empfangstresen.

»Danke, schon gefunden«, sagte Malu, obwohl sie noch nicht sicher sein durfte, dass Toko die zweite Aktion gekapert hatte. »Ich sehe Herrn Divanga schon.«

»Haben Sie einen Termin?«

»Selbstverständlich«, log Malu. Sie steuerte einfach quer an den Arbeitstischen vorbei auf Toko zu, der keine Chance hatte, optisch in der Masse unterzugehen. In seinem Gesicht konnte man, je nach Betrachtungswinkel, die verschiedenen Kontinente erahnen, auf denen seine Vorfahren gelebt hatten. Seine Mutter war eine blonde Polin, der Vater ein Brasilianer, der bestimmt Ahnen aus dem ganzen portugiesischen Kolonialreich gehabt hatte. Toko drehte sich langsam wie ein Samurai zu ihr um.

Sein transkontinentaler Genpool verschaffte ihm einen ungewöhnlichen Körper. Muskulös, mit einer sehr hellen karamellfarbenen Haut, aber Kräusellöckchen in Blond. Überall. Seine Augenfarbe reichte von extrem dunklem Blau beim Sex bis zu einem verwässerten Schwarz, wenn er zu viel eingeworfen hatte. Toko feierte wie ein Latino, hatte ein Gespür für Geschichte wie die Polen. Seine vielen Facetten hatten Malu so fasziniert, dass sie beinahe zu spät gemerkt hatte, dass sein Interesse an ihren Aktionen nur vorgeschoben war, um sie in die Kiste zu kriegen.

Auf seinem grauen T-Shirt baumelte indianischer Muschelschmuck an Silberketten. »Du kommst in mein Reich?« Er ließ den Blick über ihren Seventies-Rock gleiten. »Wieder ganz die Alte. Wo ist denn die strenge Marie-Luise Voigt geblieben?«

Er wusste genau, dass sie ihren Vornamen nicht mochte.

»Wer hat dich heute so verkleidet?«

»Ich bin immer Madame Ich selbst«, sagte Malu. Toko hatte ihr Selbstbewusstsein gereizt. »Ich bin neugierig geworden, weil ich so ganz Verschiedenes von dir gehört habe.« Sie tat so, als ob sie das Loft interessiere. »Hab zufällig auf der Straße dein Logo gesehen.«

Toko trat auf sie zu und prüfte den Stoff ihres bunten Seventies-Rocks. »Trägst du nicht inzwischen Samt und Seide?«

Ein paar seiner Leute schauten von den Computern auf. Sonst ließ Malu sich nicht begrapschen. Toko suchte also noch immer die klare weibliche Kante. Sie fuhr ihm mit der Faust über die Brust bis an die Gurgel. »Erzähl mir nicht, du seiest nicht ausgelastet«, flüsterte sie mit einem Lächeln.

Toko ließ ihre Hüfte los. Einer seiner Leute kicherte. Er drehte sich zu den Tischen und beschrieb mit dem Arm einen großen Bogen. »Kino ist vorbei. Ihr arbeitet schön an euren Szenen weiter«, sagte er laut.

»Holu-u-under-eis«, quäkte eine bescheuerte Animationsstimme in einem Computer.

Malu rollte gegen ihren Willen mit den Augen.

Weiter hinten im Loft diskutierte eine japanisch gestylte Frau mit einem Neo-Romantic-Typ, auf dem Stehtisch neben ihnen standen flache Teeschalen. »Ein buntes Reich hast du ...«

»Mit immer mehr Untertanen. Der Laden läuft.«

Durch die Fenster konnte man den Berliner Fernsehturm hinter der oberen Kante einer Stellwand erkennen. Malu ließ sich von Toko an der Hand durch den Raum führen, bis sie außer Hörweite waren. Sie standen in einer Ecke vor Lichttischen.

Malu wartete. Toko brauchte das Gefühl, dass er die Ansagen machte. In allen Camps, ob in Wien oder an der Puerta del Sol, war Toko einer der Wortführer gewesen.

Er trat nahe an sie heran. »Warum machst du ausgerechnet in Immobilien?«

»Mit Ethnologie und Portugiesisch war das leider nicht so einfach.« Malu roch ihn, Aftershave plus, so hatte sie es damals genannt. Ein Parfüm mit Sandelnote und er selbst, nicht schweißig, sondern einfach gut. Erinnerungen an die Morgen im Bad tauchten auf, wenn er sich nackt nach dem Rasieren einsprühte. Malu gestand es sich nicht gern ein, aber Toko war ein irre guter Liebhaber gewesen. Ganz anders als ihr zärtlicher Leon hatte Toko im Bett zugepackt. Und konnte sich gleichzeitig aber auch in eine scheinbare Passivität fallen lassen, über ihr, unter ihr, in ihr. Nur um sie beide kurz darauf mit akrobatischen Verrenkungen ins Nirwana zu rammeln. *Du weißt aber auch, wie rücksichtslos er sein kann.*

Malu drehte sich weg. »Ich brauche einfach Geld. Für einen Neustart in Afrika.« Das war nicht einmal komplett gelogen. Dort unterzutauchen, falls alles schiefging, war Teil ihres Plan D.

»Lass mich raten, du willst nach Abidjan.«

Malu zwang sich ein Lächeln ins Gesicht, obwohl sie erschrak. Sie hatten sich darüber ein einziges Mal im geheimen Viererchat ausgetauscht. Toko wusste allerdings, dass sie mit ihren Eltern als Kind von Projekt zu Projekt für die Deutsche Gesellschaft für Technische Zusammenarbeit über den ganzen Kontinent gezogen war.

»Bei welcher Firma arbeitest du eigentlich?« Er lehnte sich mit der Hüfte an den Lichttisch, auf dem ein paar Zeichnungen herumlagen.

»Ich bin Maklerin von Luxusimmobilien bei *Andjel & Popp*.«

Toko pfiff durch die Zähne. »Dort? Du lässt dich herab, die richtig reichen Kunden zu hätscheln?«

Anstrengend waren vor allem die Kundinnen. »Geld müssen wir alle verdienen.«

»Good girl.« Toko streckte den Arm langsam aus. Der Muschelschmuck vor seiner breiten Brust klimperte leise. »Gisbert sieht das aber strenger.« Tokos Finger landete neben ihr auf dem Lichttisch auf einer Animationsfigur. Ein rundes Gesicht, blass und mit kleinem Samuraizopf auf dem Hinterkopf. Das Männchen mit dem schwarzen Janker erinnerte fatal an Sanctus. »Wird ein Clip für eine Art Fundraising Campaign, weißt du?«

»Für wen?«, fragte sie schnell. Malu spürte neue Energie in sich. Die Ähnlichkeit der Figur konnte natürlich reiner Zufall sein. »Sieht überhaupt hier nach dem großen Rad aus«, sie nickte zum Loft hin. »Wie viele von den Leuten hast du fest angestellt?«

»Sechs. Alles Spezialisten für Animation und Motion Design. Wir produzieren Erklärvideos, Produktvideos, Imagefilme und Viral Clips fürs Internet.« Toko machte langsame Schritte am Lichttisch entlang zum Fenster hin. »Welches Townhouse hast du heute welchem drögen Topmanager angedreht?« Er strich sich mit dem Daumen über das Kinn. »Wir könnten uns zusammen vielleicht weniger langweilen.«

Wieso sprach er von Managern? »Es kann gar nicht sein, dass du nur an Sex denkst. Sonst liefe deine Firma nicht.«

»So ist es.« Toko lehnte sich an die Fensterbank. »Leider muss ich inzwischen häufiger an Geld denken.«

Etwas stimmte an seiner Tonlage nicht, die abgesunken war. Malu folgte seinem Blick über die Animationsfiguren auf dem

Lichttisch. In der Mitte prangte eine, die mit dem Krummdolch als Brustschmuck als Araber klischiert war. So eine Halskette trug Habibi manchmal wirklich … Das war kein Zufall mehr. Aber wenn die Figuren hier so alltäglich ausgebreitet lagen, dann hatte Toko damit gerechnet, dass Malu vorbeikommen würde.

Sie spürte ihn hinter sich stehen. Sein warmer Atem streifte ihren Nacken. »Die Nacht in der *Flora* in Hamburg vergesse ich nie. Du warst die fantastische Frau, die eine Hundertschaft Bullen so angefaucht hat, dass wir vor lauter Deeskalationsgelaber rechtzeitig dem Polizeikessel entkommen sind«, flüsterte er.

»Und du warst der Hacker, der die Securityfirmen vor den Gipfeln abgefischt hat.« Und vielleicht jetzt gegen Cash bediente. Irgendwo musste das Kapital für diesen Laden hergekommen sein.

»Immer das letzte Wort …« Toko drehte sie an den Schultern herum. Das dunkle Blau seiner Augen changierte ins Schwarz. Sein Lächeln sollte wohl wie Anmache aussehen, aber er hob die Mundwinkel anders als sonst, asymmetrisch.

Warum sprach er nicht von der unterdrückten Demo vor der Europäischen Zentralbank in Frankfurt, als sie ihn beinahe eingeweiht hätte? Da war er von den Grenzen der demokratischen Teilhabe ernüchtert gewesen, wie alle im Polizeikessel. »Und diese Comicfiguren da?« Malu deutete auf eine Lady im grünen Kleid, für die sie vielleicht sogar selbst die Vorlage war. »Wie hältst du es mit den Konzernlenkern aus?«

Toko beugte sich zu ihr runter, bis seine Stirn an ihre stieß. »Wer die Regeln setzt, spielt damit und profitiert.«

Er hatte längst die Seiten gewechselt. »Falsch. Am meisten profitieren die, die keine Regeln anerkennen. Das weißt du genau.«

»Ich habe polnische Vorfahren, denen ist nichts heilig außer Gott. Ich gewinne die Spiele, die ich anfange.« Er hob seine Hände auf Brusthöhe und drehte die Handflächen so, als wolle er ihr etwas predigen. »Come on, Malu.« Er kniff seine Augen zusammen wie ein alter Indianer. »Komm wieder zu mir. Ich habe große Pläne, nicht nur mit der Agentur. Du bist genau die Frau, die ich brauche, um das alles zu rocken. Das habe ich dir schon mal gesagt.«

Für einen Moment klang das echt. Als Toko furchtbar verliebt in sie gewesen war, hatte er mehr als einmal von Kids, Haus und dem großen Datenunternehmen gefaselt. Toko, der neue Zuckerberg. Sie musterte seine blonden Löckchen. Doch in den so dunklen blauen Augen glomm kein Funken Liebe mehr.

Die Animationsfiguren auf dem Lichttisch waren kein Zufall. Malu musste herausfinden, wozu er sie vier benutzen wollte. »Vielleicht erreichen wir auf getrennten Wegen das gleiche Ziel.«

»Und das wäre?« Er ließ die Arme sinken.

»Unabhängigkeit, Freiheit. Das war dir immer wichtig.«

»Ich war noch nie so frei wie jetzt. Niemand schreibt mir mehr etwas vor.« Die Silberkette klirrte, als er seine große Hand vor die Figuren auf den Lichttisch legte. »Malu«, sagte Toko ganz leise.

Er sagte es in einem seltsamen Zwischenton, nicht wirklich mitleidig, nicht wirklich genervt, eher … mahnend?

Sein Blick tastete ihr Gesicht ab. »Die Betäubung mit Gas muss dich doch halb umgebracht haben.«

Malu blickte unwillkürlich zu Boden. Das war der Beweis. Das konnte Toko unmöglich schon aus den Medien wissen. Nur die Ärzte in der Charité und wahrscheinlich die Polizei wussten überhaupt, dass sie mit Gas betäubt worden war. Sie hatte auf dem Weg hierher die Newsseiten im Netz gecheckt wegen des Kontakts zur Familie, den irgendwer aufgenommen hatte, der sich für sie vier ausgab.

Wieder tastete Tokos Blick über sie. Diesmal glitt er vom Hals über ihren Körper abwärts. »Du hast abgenommen. Bist du sicher, dass du es allein schaffst?«

Jetzt, wo sie wusste, dass Toko derjenige war, der ihre Aktion für eine eigene Agenda nutzte, würde sie es bestimmt. »Zweifelst du etwa daran?« Malu streckte sich.

»Deine Power hat mich immer fasziniert.« Er schaute in seine linke Handfläche, als hielte er darin eine Glaskugel. »Ich finde dich, wenn ich will.«

Dass Toko ihr Gegner war, machte es am Ende leichter. »Schade, dass wir nicht dasselbe wollen.« Welches Spiel er wirklich mit ihnen vorhatte, würde Malu mit Sanctus', Leons und Habibis Hilfe herausfinden.

Sie zog aus der Seitentasche ihres Rockes ihre Visitenkarte. »Wenn du mal neue Räume brauchst, rufe mich an.«

»Überlege es dir. Manche Chancen kommen nur einmal, Malu.« Toko nahm die Karte und knickte sie einfach mit der Linken zusammen.

»Nicht alles ist ein Spiel im Leben, Toko.« Malu ließ ihn einfach stehen.

Sie vier kontrollierten Lengsfeld, nicht er. Hätte Toko gewusst, wo der Kristall verborgen war, er hätte sich den Banker schon lange geholt.

Sie ging quer durch das Loft, wo vor den Bildschirmen heftig getippt wurde. Malu hatte sich längst entschieden. Gegen Business und Geld in dieser wunderbaren Welt der digitalen Revolution – weil sie nicht vergessen konnte, wer die Rechnung dafür bezahlte. Nicht nur in Afrika.

25

»Unser vorläufiges Headquarter.«

Der vornehme britische Akzent passte gar nicht zu diesem bulligen Mann. Joe lächelte so einladend, als wäre er der Butler der Queen persönlich. Kara gab ihm förmlich die Hand.

Der von *Kerberos Ten* im IT-Center der *German Global Credit* genutzte Raum wirkte nicht wie ein Provisorium. Mindestens acht Bildschirme waren über mehrere Schreibtische verteilt.

Teamchef Li nickte ihr zu, stand aber nicht auf. »Der Vorstand hat uns beauftragt, die Sicherheit der Bank und ihrer Mitarbeiter zu gewährleisten.« Er beugte sich wieder über Listenausdrucke. Der blasse, dünne Jack hackte mit irrer Geschwindigkeit auf einer Tastatur herum und scherte sich nicht um ihre Anwesenheit.

»Wie können wir helfen?«, fragte Joe.

Kara blieb einfach zwischen den Tischen stehen. »Wir vermuten, dass wir nicht alle Aufzeichnungen der Überwachungscams der Bank überspielt bekommen haben.« Genauer gesagt, Jörg vermutete das, und bestimmt nicht zu Unrecht.

»Es fehlt ein Bereich von ungefähr vierzig Grad links der Fahrstühle aus der Eingangshalle«, sagte er.

Joe legte die Stirn in Falten. »Das muss ein Versehen sein.«

Es klang nicht wie eine Lüge. »Ich wollte es erst einmal nicht Unterlassung nennen«, sagte Kara betont milde. Obwohl es das natürlich war. Aber juristischer Kleinkrieg bremste jede Ermittlung. Nicht einmal drei Minuten hatte es gedauert, bis Joe sie und Jörg am Empfang abgeholt hatte. Kara hatte sich beim Herjoggen durch den Park bereits auf ein Hickhack mit einem Herrn aus der Rechtsabteilung eingestellt, stattdessen wurden sie von *Kerberos Ten* mit Höflichkeit eingeseift.

»Setzen Sie sich einfach an diesen Tisch.« Joe klang unerschüttert verbindlich. Er klickte drei-, viermal, bevor er Kara sein flaches Ultrabook hindrehte. »Ich habe Ihnen die betreffenden Aufnahmen aufgerufen.«

Eine schwere Uhr schmückte sein Handgelenk. Kara kannte sich nicht aus, aber das mattgoldene Ding war mit Sicherheit eines der unbezahlbar teuren Statussymbole der Londoner City.

Das Video erfasste neben den Mitarbeitern am zentralen Empfangstresen auch den Winkel vor den Fahrstühlen, wo noch weitere Türen abzweigten, eine davon ins Treppenhaus.

»Mit den Pfeiltasten können Sie vorwärts- und rückwärtsspulen.«

»Darf ich?« Jörg langte an Kara vorbei zum Ultrabook.

»Okay«, sagte sie.

Jörg ließ die Aufnahme rückwärtslaufen.

»Sie überprüfen den letzten Abend von Mister Fokker, nicht

wahr? Wäre uns etwas aufgefallen, hätten wir Sie selbstverständlich informiert.«

»Wieso sind Sie sicher, dass wir dasselbe suchen?«, fragte Jörg.

Joe blinzelte nicht einmal. »Wenn Sie noch etwas brauchen …« Mit sehr entspannten Bewegungen ging er zu seinem blassen Kollegen und stützte die Hand auf Jacks Stuhlrücken wie ein Coach.

Jörgs Fuß stieß Kara unter dem Tisch an. »Schau mal, wer da vom Empfang her durchs Bild läuft.«

»21:07 Uhr.« Ducasse ging in einem blauen *Aqua-Mundi*-Overall bis zur Tür des Treppenhauses, noch hinter den beiden Fahrstühlen. »Das ist eine Viertelstunde, bevor Fokker die Vorstandsetage verlassen hat.«

»Schade, dass wir keinen Ton haben.« Jörg verlangsamte die Aufzeichnung. »Er kommt ein paar Schritt bis zu den Fahrstuhltüren zurück und ruft offenbar der Frau am Empfang etwas zu.«

Ducasse hob die Hand auf Schulterhöhe und spreizte den Daumen ab wie zum Drücken eines Knopfs. Die tiefe Falte zwischen den Brauen verriet seinen Zorn. Die Frau am Empfang musste etwas geantwortet haben, weil Ducasse eine wegwerfende Bewegung machte. Er drehte sich auf dem Absatz um und verschwand sehr schnell zurück in den Winkel, den die anderen Aufnahmen nicht erfasst hatten, wartete kurz und ging durch eine Tür.

»Warum geht er nicht einfach durch den Haupteingang hinaus?« Jörg ließ die Sequenz noch einmal ablaufen. »Es sieht fast so aus, als hätte Ducasse gewusst, dass er in dem Winkel nur kurz erfasst wird.« Jörg rieb sich die Nasenspitze. »Mir ist zwar beim Sichten der anderen Videos aufgefallen, dass die Angestellte am Empfang sich mal komisch umdreht, aber in der ganzen Hektik habe ich's vergessen.« Er machte eine schuldbewusste Miene. »Die Aussage der Zeugin hätte ich natürlich besorgen müssen. Sorry.«

Kara ließ die Finger über den Rand des Ultrabooks gleiten.

»Hole es nach. Wichtiger ist, dass Ducasse mich auf seinem Bagger bei *Aqua Mundi* angelogen hat. Er hat nur gesagt, dass sein Termin im letzten Moment am Empfang abgesagt worden sei, aber nicht, dass er noch im Treppenhaus der Bank gewesen ist und …«

»Das ist aber erstaunlich dumm für einen planenden Täter.«

Hoher Ton, tiefer Ton. Beim Vernehmen der britischen Intonation schrak Kara auf ihrem Stuhl herum. Joe schaute milde lächelnd auf sie herab. »Schleichen Sie sich immer so an?«

»Der Teppich ist extrem lärmdämpfend.«

»Dumm ist Ducasse bestimmt nicht, sonst hätte er nicht für die *German Global* gearbeitet«, sagte Jörg. »Wie auch Sie.«

»Aha.« Mehr sagte Joe nicht.

Für Kara machte der Brite ein bisschen zu sehr einen auf besorgter guter Freund.«Warum haben Sie uns nicht darüber informiert, dass Ducasse am Freitagabend im Treppenhaus gewesen ist?«

»Weil wir diesen Mann für einen Mitarbeiter gehalten haben, für jemanden von der Haustechnik. Er trägt ja einen Overall.«

»Sie sind nicht farbenblind, oder?« Jörg deutete zur Einfassung des Smartboards an der Wand gegenüber. »Die Corporate-Identity-Farbe der Bank ist Grün und nicht dieses helle *Aqua-Mundi*-Blau.«

»Sie haben recht.« Joe drehte die Handflächen entschuldigend nach oben.

Was für eine blöde Show. Also hatte *Kerberos Ten* Ducasse bislang gedeckt. Entweder wegen der Entschädigung, über die ja noch nicht entschieden war, oder weil die Bank die Verstrickung der Vorstände in die Patentauswertung verschleiern wollte. Kara schaute von Joe zu Jack und Li. Stopp. Es war Tante-Kirsten-mäßig absurd, wenn sie die IT-Experten als Auftragskiller verdächtigte. *Fakten, Baby, Fakten.*

»Dieses Treppenhaus will ich sehen.« Es hatte einen Grund, dass Ducasse dort und nicht durch den Haupteingang hinausgegangen war.

Jörg folgte wie auch Joe.

Kara griff zum Einsatzton. »Sie bleiben hier.« Der Brite kniff wie unter Schmerz das linke Auge zu. Sie mäßigte ihren Ton trotzdem nicht. »Mailen Sie uns die Aufzeichnungen sofort ins LKA.«

Kara kam sich im Keller der Bank vor wie in einem Baumarkt.

»Wir verfügen in der Werkstatt über ziemlich alles, wovon ein Schrauber nur träumen kann.« Ole Ranke, der Gebäudemanager, wies zur langen Wand. Sauber aufgereiht hingen zahllose Werkzeuge und Materialbehälter an einem Stahlregal. »Ob da was fehlt? Puh. Da müsste ich Inventur machen und die dauert jedes Jahr vier Tage. Muss das unbedingt sein?« Er schenkte Kara einen langen Blick aus seinen grünen Augen. »Für Sie mache ich das natürlich.«

»Nee, erst mal keine Inventur.« Sie ging aus der Werkstatt und schaute sich noch mal um, aber Jörg stand in der Blickachse.

»War die Werkstatt abgeschlossen?«

Er hatte recht. Wandten sie ihre üblichen Methoden konsequent an, ergaben sich vielleicht Indizien, die sich am Ende zu einem Beweis fügten.

Ranke hielt einen Chip an einem Schlüsselbund hoch. »Der ganze Keller ist der Bereich der Haustechnik. Die einzige Zugangssperre ist die oben am Treppenhaus, weil wir dauernd mit irgendwelchem Zeug hier rein- und rausmüssen. Sie glauben gar nicht, wie viel in einem Hochhaus jeden Tag kaputtgeht.«

Kara ging zurück. »Waren Sie oder einer Ihrer Kollegen Freitagabend noch im Dienst?«

»Ich habe ungefähr neunzehn Uhr ausgeloggt, als Letzter.«

Der Haustechniker wusste sowieso von den Spuren des Täters im Zwischendeck. »Herr Ranke. Nehmen wir einmal an, Sie wären Ducasse und wollten sich Zugang zur Vorstandsetage verschaffen, wo man gerade im letzten Moment Ihren Termin verschoben hat. Was würden Sie tun?«

»Erst mal die Frauen am Empfang dazu bringen, dass sie den

Seitenzugang freigeben. Das war bestimmt nicht schwer, weil Ducasse immer durch den Serviceeingang abgekürzt hat, wenn er zur U-Bahn wollte.« Ranke hängte die Daumen in seine Hosentaschen ein.

»Weiter«, sagte Kara nur.

»Ich wäre einfach im Treppenhaus die achtzehn Stockwerke nach oben gejoggt. Wenn man fit ist, dauert das gar nicht so lange.«

»Und dazwischen gibt es keine Sicherheitssperre mehr?«

»Nein. Auch keine Kameras. Der Zugang wird ja von den Ladys vom Empfang sehr konsequent kontrolliert.« Ranke ging an ihnen vorbei. »Ich zeige es Ihnen.«

Am Ende des neonhellen Flurs drückte der Haustechniker an einer weiß lackierten Stahltür auf die Klinke. »Sehen Sie?«

Das Treppenhaus dahinter war dunkel.

»Wir reinigen das nur einmal im Monat. Es benutzt ja niemand, außer bei der jährlichen Brandschutzübung. Wollen Sie rauflaufen?«

»Ducasse wirkte ziemlich durchtrainiert.« Kara lächelte. »Also, Jörg, wie wär's?«

Er schob die Manschette zurück und nestelte an den Knöpfchen seiner Armbanduhr. »Wozu habe ich das gute Stück? Ich stoppe die Zeit.«

Die Beleuchtung flammte auf.

»Bis gleich.« Jörg rannte los. Er nahm immer zwei Stufen pro Schritt.

Kara beugte sich über das schwarz lackierte Geländer und schaute nach oben. Zig identische Treppenabsätze aus Pressstein vor taubenweißen Wänden verjüngten sich zu einer abstrakten Spirallinie. »Mal sehen, ob wir im Fahrstuhl schneller sind.«

»Wir haben die schnellsten, die es auf dem Markt gibt.« Ranke ließ die Tür zum Treppenhaus hinter ihnen ins Schloss klicken. »Einmal *Otis*, immer *Otis*.«

Trotz der zwanzig Meter vom Ende des Kellers und einer kleinen Wartezeit am Fahrstuhl langten sie tatsächlich vor Jörg an. Jedenfalls stand er nicht im Empfangsbereich vor den Vorstandsbüros.

»Hier hinter dem Aquarium mündet das Treppenhaus.« Ranke zeigte auf ein Schildchen mit der Aufschrift *Notausgang.* »Verschwindet optisch in der Holztäfelung.« Er hielt Kara die Tür auf.

Von oben sah die Treppenspirale anders aus, aber ebenso abstrakt. Auf Etage sechzehn oder siebzehn hangelte sich Jörg, die Hand am schwarzen Geländer, von Absatz zu Absatz nach oben. Kara hörte ihn nach Atem ringen.

Oben angekommen, stoppte er mit seiner Armbanduhr die Zeit. »Sieben Minuten dreiundfünfzig.« Jörg beugte sich vor und stemmte die Hände auf seine Knie. »Kondition braucht man für diese Nummer.«

Kara ließ ihm einen Moment Ruhe, bevor sie zurück in die Vorstandsetage ging. Die indirekte Beleuchtung war subtil hinter Leisten versteckt.

»Hier gibt es keine Cams, falls Sie die suchen. Wozu auch? Wer hier vorgelassen wird, ist ja schon zigmal erfasst«, sagte Ranke.

Jörg drückte sich an der Wand entlang bis zu den Aufzügen. »Was meint ihr? Kann man mich vom Sekretariat aus sehen?« Er stand beim besonderen Vorstandsfahrstuhl und drückte den Rufknopf.

Ranke hielt sich die Hände wie ein Fernglas vor die Augen. Er schüttelte den Kopf. »Das Aquarium steht dazwischen.«

Kara überzeugte sich lieber selbst. Sie stellte sich in die Blickachse. Im Sekretariat saß gerade niemand. Nur aus einem Raum weiter hinten drangen Stimmen, wie von einer Besprechung, in der es hoch herging.

»Geh noch mal hin und her«, rief Kara Jörg halblaut zu.

Das Aquarium stand tatsächlich im Weg. Sie erkannte nur vage eine Bewegung, die ebenso gut von den Fischen herrühren konnte, die im Becken schwammen.

»Brauchen Sie mich noch?« Ranke blockierte den Sensor der Fahrstuhltür mit der Hüfte. »Wollen Sie bleiben oder mit runter?«

Er deutete mit dem Daumen über die Schulter. »Ich bin schon überfällig. In der Poststelle untersuchen diese Londoner Sicherheitsleute jeden Kabelschacht auf Wanzen.«

»Fahren Sie ruhig.« Kara schenkte ihm ein Lächeln. »Wir holen Sie gegebenenfalls zur Aussage ins LKA.«

»Gern.« Ranke verschwand im Fahrstuhl.

Kara mochte es, wenn einer unbekümmert Interesse an ihr zeigte.

Jörg tat so, als hätte er nichts mitgekriegt. Er lehnte mit dem Rücken an der Holztäfelung. »Ducasse war am Tatort und hatte Gelegenheit. Wir müssen ihm allerdings nachweisen, dass er über einen Schlüssel zum Vorstandsfahrstuhl verfügte.«

Kara überlegte. »Selbst die kann man kopieren, wenn man ein Original mit Lasern ausmisst. Vielleicht reichen die Indizien unter Sicherheitsstufe drei für einen Durchsuchungsbeschluss bei ihm. Werchteshaus könnte das eintüten.«

»Willst du einen beantragen?« Jörg tippte seine Fingerkuppen aneinander. »Es gibt da noch ein klitzekleines …«

Kara sah das Problem plötzlich selbst. »Unsere Theorie setzt voraus, dass Ducasse den Entführungsplan schon gefasst hat, als er noch Mitarbeiter der Bank war. Wir argumentieren aber, dass sein Motiv mit dem Streit um die Entschädigung für die Haft in Usbekistan zusammenhängt.« Sie wandte sich um und betrachtete die Fische im Aquarium. »Allerdings weiß ein Raubfisch unter Raubfischen, dass er schnell Beute werden kann, wenn er nicht zuerst zubeißt.«

»Ducasse hat vielleicht aus spontanem Zorn einen vorhandenen Plan an die neue Sachlage angepasst.«

Die Argumentation ging nicht ganz auf. Kara spürte es genau. »Irgendetwas übersehen wir.« Im Aquarium vor ihr sausten auf einmal die Fische in eine Ecke und drängten sich um Futterflocken zusammen. »Aber was?«

26

Der Geruch von Lack und Farbspray stach Malu in die Nase. Die Routineaufgaben taten ihnen allen gut. Sanctus checkte die Anzeigen der Überwachungstechnik des Kristalls. Leon räumte bereits reparierte Skateboards aus dem Weg und verstaute sie in den Regalen, bevor er ein paar Ordner schloss und sie in die Büroecke räumte. Habibi stellte Lengsfelds Nahrungsration aus dem Kühlschrank zusammen.

Malu packte ihren Rucksack in eine Ecke und wechselte aus den Businesspumps in ihre Sneakers. Diese Kommissarin hatte sie nervös gemacht. Die Befragung abzusagen, hätte nicht zur Rolle der taffen Zufallszeugin gepasst. Schlimmer war, dass sie die mit Sanctus vereinbarte Funkstille hatte brechen müssen. Aber sie mussten zusammen entscheiden, wie sie nun an zwei Fronten kämpften: gegen Toko draußen und Lengsfeld hier drinnen.

Malu knotete die Schnürsenkel fest. Mit jeder gemeinsamen Minute schwand ihr Magendrücken weiter.

Sie hatten Sanctus an der Frankfurter Allee zusteigen lassen und waren zu dritt in Habibis Lieferwagen hergefahren. Er hatte so vor dem Skaterladen geparkt, dass niemand in den anderen Ateliers sie hatte aussteigen sehen können.

Die Diskussion unterwegs war heftig gewesen, nicht nur weil sie zwischen den ganzen Kisten voll Kopierpapier und Toner im Laderaum ziemlich unbequem gehockt hatten. Habibi war dafür gewesen, den Medienhype endlich zu nutzen und mit ihren Forderungen an die Öffentlichkeit zu gehen. Malu bewertete aber wie Sanctus die Situation so, dass gerade ihr Schweigen Erfolg zeigte. Die Unsicherheit, welche anonyme Gruppe hinter der Entführung stand, brachte die Medien von der *Tagesschau* über die diversen Tageszeitungen bis hin zu Blogs erst recht dazu, nach Fokkers und Lengsfelds Managementsünden zu forschen. Die Journalisten arbeiteten gerade brav heraus, welche riesige Spinne im Finanznetz der Welt die *German Global Credit* wirklich war.

Malu nahm eine Cola aus dem Kühlschrank und trank ein Glas. Nur dass Toko hinter dem gefakten Bild von Lengsfeld steckte, darin waren sie sich schnell einig geworden. Wenn jemand mit Bildbearbeitungsprogrammen umgehen konnte, dann Toko und seine *Prussia Animation.* Außerdem schwafelte er gern zwischen den Zeilen wie dieser angebliche Entführer. Er wollte mit ihnen verhandeln. Nur worüber? Bevor sie das nicht beantwortet hatte, durfte Malu sich auf nichts einlassen. Oder galt das Angebot nur ihr? Überleg es dir, hatte Toko bei ihrem Besuch gesagt.

Habibi stellte für sie alle Stühle vor dem Wandschrank mit der Überwachungstechnik auf.

»Lassen wir diesmal Malu über den Deal reden«, sagte Sanctus. Über die Schulter zwar, aber immerhin.

Leon brummte zustimmend. Er hängte das Schild mit der Aufschrift *Sorry, we're closed* außen vor die schwere Metallfalttür von *Scary Boards*.

»Welche Tageszeit hat er gerade unten?«, fragte Habibi.

Sanctus schaute auf die Anzeige. »Volles Licht, seit vier Stunden.«

Malu setzte sich zu Sanctus und Habibi vor die Steuerungen. Leon blieb auf dem Barhocker an der Küchenfront sitzen.

»Siehst du überhaupt was von dort?«, fragte Habibi.

»Mir reicht, wenn ich ihn höre.« Leon packte ein Snickers aus.

»Quatscht nicht dazwischen. Ich lasse es bewusst langsam angehen, okay?« Malu schaltete den Überwachungsbildschirm ein.

Lengsfeld saß in Unterhose und Unterhemd auf seiner Pritsche. Das eine Bein hatte er ausgestreckt, das andere so auf dem Rand des Gestells angewinkelt, dass er seine beiden Hände auf das Knie stützen und darauf noch das Kinn ablegen konnte. In dieser seltsamen gestreckten und doch kauernden Haltung stierte er auf seine graue Zudecke. Er hatte Vertiefungen eingedrückt, sechs, sieben Kuhlen, in unregelmäßigen Abständen.

»Was wird das denn?« Habibi kniff die Augen zusammen.

»Still!«

Sanctus lachte kurz. »Oben links im Programmfenster immer auf das daumennagelgroße Lautsprecherzeichen achten: Rot heißt off, Grün on.«

Malu verkniff sich einen Kommentar. Sie brauchte Sanctus.

»Komische Dehnübung«, sagte Leon.

»Von wegen. Er knobelt an einer Strategie.«

Sanctus wechselte einen Blick mit ihr. »Jede eingedrückte Kuhle steht für eine Option, meinst du?«

»Oder eine Person.« Malu fummelte am Headset herum, bis es bequem auf den Ohren saß. »Haltet jetzt die Klappe!«

Unten gab es Bewegung. Lengsfeld hob das Kinn und streckte langsam die Linke zur grauen Zudecke aus. Wie ein unentschlossener Schachspieler ließ er den Arm ein wenig schweben, bevor er links oben zu zwei Kuhlen noch eine dritte drückte, ein wenig abseits von den anderen.

Malu machte sich klar, dass Lengsfeld die Computerstimme aus *Star Trek* hören würde. Er könnte sie allenfalls an der Wortwahl erkennen. Erst hatte Malu diese Identität für eine Nerd-Spielerei gehalten, jetzt war sie Sanctus dankbar. Malu aktivierte die Sprechfunktion. »Diese Konstellation entspricht keinem kartografierten Sternbild.«

Lengsfeld zuckte zusammen. Langsam nahm er das angewinkelte Knie vom Liegenrand. *»Doch«,* sagte er. »Es ist das Haar der Berenike.«

Seine Stimme klang unerwartet müde, fast schon zu betont. Malu zählte seine Atemzüge, nach dem vierten ergänzte sie: »Präzisieren.«

»Berenike war die Gemahlin des Pharaos Ptolemäus III. Als dieser in den Krieg zog, versprach sie, der Liebesgöttin Aphrodite ihr prachtvolles Haar zu opfern, sollte ihr Gemahl siegreich und unversehrt heimkehren.«

Malu hörte Leon hinter sich vom Barhocker springen, er reichte Sanctus neben ihr sein Tablet. Sanctus war schneller im Recherchieren.

Malu zählte Atemzüge, zu lange durfte sie mit einer Antwort nicht warten. Sanctus hielt ihr einen Wikipedia-Eintrag unter die Augen. Ptolemäus hatte gesiegt, Berenike ihr Haar abgeschnitten und in einem Tempel geopfert. Als der Haarschopf am nächsten Tag verschwunden war, hieß es, die Götter hätten die Haarpracht am Himmel verewigt. »Ptolemäus III. war Sieger des dritten syrischen Kriegs der terranischen Antike, Lengsfeld wird keiner sein im gegenwärtigen Krieg der Finance gegen die Menschheit.«

Der Banker lachte. »Schöne Verschwörungstheorie. Habt ihr es nicht eine Nummer kleiner?« Er kreuzte die Beine zum Lotussitz, die Füße ruhten auf den gegenüberliegenden Schenkeln. Er verschränkte die Hände zu einem Mudra. »Weder ist die *German Global Credit* die Finanzwelt schlechthin, noch seid ihr die Rächer der Menschheit. Niemand hat euch legitimiert. Ihr sprecht nur für euch.«

Habibi zeigte ihm den Stinkefinger.

Malu ließ sich nicht provozieren. »Aussage irrelevant.« Und schon gar nicht ließ sie sich auf eine Diskussion ein. Die Tatsache, dass Banker wie Lengsfeld mit ihren Entscheidungen ganze Völker ins Elend stürzten, war Legimitation genug, um sie zur Rechenschaft zu ziehen, wenn es sonst keiner tat. Lengsfeld verharrte regungslos. Dieses Verhalten sollte sie wohl in Zugzwang bringen, aber Malu wollte sowieso nicht lange fackeln. »Analyse der Situation des Gefangenen Lengsfeld in Sektor 47p, Sternzeit 4567.« Sie machte eine Pause und zählte bis acht. »Isolation von Außenwelt auf unbegrenzte Zeit möglich.« Malu registrierte, wie der Banker ein winziges bisschen den Kopf anhob. Ihre Drohung wirkte. Sie zählte bis neun, zehn.

»Bluff. Die Zeit spielt gegen euch.«

»Aussage statistisch negativ.«

»Ihr habt nichts davon, wenn ihr mich lange festhaltet.«

»Aussage unlogisch.« Malu wurde noch ruhiger. Lengsfeld redete zu viel für einen coolen Yogi.

»Alle Entführer wollen ihr Opfer gegen etwas tauschen.«

»Wollen ja, müssen nein«, sagte Malu, auch wenn sie damit die *Star-Trek*-Diktion brach.

Lengsfeld legte den Kopf in den Nacken. Sie sollten seine Augen sehen. Er wollte offen wirken. »Meinen Ausweis habt ihr – aus der Ausweisnummer mal Pi gekürzt auf zehn Stellen hinter dem Komma könnt ihr den Zugangscode für mein Nummernkonto in Panama generieren. Gut dreizehn Millionen liegen dort und …«

Sanctus klickte die Tonübertragung weg. »Er hält uns wohl für blöd. Wer weiß, welche Maßnahmen in Panama abgesprochen sind, wenn jemand versucht, mit dieser Ziffernfolge Geld zu transferieren. Und die Geheimdienste haben die Steueroasen sowieso auf dem Schirm.«

Habibi deutete auf Lengsfeld. »Sagt mal, kapiert der's nicht?«

»Gleich kommt er wieder damit an, dass er mich erkannt hat«, sagte Leon und lachte unecht.

Malu schaltete die Übertragung an. »Tun Sie nicht so, als hätten Sie uns nicht verstanden.«

Unten lehnte sich Lengsfeld mit dem Rücken an die Glaswand. »Ihr könnt mich nicht ewig festhalten, dazu fehlt euch höchstwahrscheinlich die Logistik, auch wenn ihr keine Mühen gescheut habt mit diesem Hightechgefängnis.« Sein Blick wanderte langsam bis zum Wasserhahn über dem Klo. »Das verrät euren Idealismus. Ihr rechtfertigt die Entführung vor euch selbst moralisch; ihr werdet euch nicht mit einem Mord belasten.«

»Es sei denn, Sie zwingen uns zu einer Art Notwehr, indem Sie nicht kooperieren.« Und Pause.

Leon hob den Daumen wie Habibi.

Lengsfeld atmete kürzer, Malu achtete genau auf seinen Bauch. »Zumal Sie behaupten, jemanden erkannt zu haben.«

»Tot nütze ich euch gar nichts.«

Sie legte eine Extraportion Ironie in Ihre Stimme. »Wirklich? Das Risiko, erkannt zu werden, sinkt dann gegen null.«

Acht, neun, zehn …

»Okay. Lasst uns über einen Deal verhandeln.«

Malu rieb sich kurz das linke Ohrläppchen. »Nicht über die Inhalte, nur über die Abwicklung.«

Sanctus tippte neben ihr etwas auf sein Tablet.

Malu las schnell. »Sie werden ausführlich darlegen, in welcher Weise die Bank die Währungsmärkte …«

»Ihr wisst genau, dass Fokker und Schindhelm alles dementieren werden, was ich sage, und es auf meinen psychischen Zustand, zum Beispiel ein Stockholm-Syndrom, schieben werden.«

»Sie verstehen nicht. Sie legen Geständnisse ab und überlassen Dokumente, die Sie selbst so belasten, dass Sie nach einer Freilassung über ihre Entführung schweigen werden.«

»Wenn ihr ein Geständnis und Dokumente wollt, werdet ihr sie veröffentlichen. Wahrscheinlich nachdem ihr geflohen seid. Warum sollte ich euch die Macht geben, meine gesellschaftliche Existenz zu zerstören?«

Leon war hinter Malu getreten. Er legte ihr die Hand auf die Schulter. Sie griff danach. »Öffentlich wird nur, was die Bank belastet, aber wir brauchen eine Absicherung. Ohne einen echten Trumpf kommen Sie nicht frei.« Malu schaute Sanctus und Habibi an. »Die Beweise müssen Sie selbst so belasten, dass Sie glaubwürdig niemals in Versuchung kommen werden, sich medienwirksam an Ihre aktuelle Situation zu erinnern. Das ist die Vorbedingung für einen Deal.«

»Okay.« Lengsfeld strich die Bettdecke rechts und links von seinen Knien glatt und erhob sich aus dem Yogasitz. »Beatrix und die Bank werden sicher zu sehr abgeschirmt. Kontaktiert Tobias, meinen Sohn aus erster Ehe. Am besten direkt und nicht per Telefon oder online.«

Habibi malte ein fettes Fragezeichen in die Luft.

Malu fing Sanctus' warnenden Blick auf. »Wie denn dann?«

»Ihr habt mein Smartphone. Lest seine Telefonnummer und Adresse aus. Das werdet ihr können.«

Sanctus zeigte ihm den Vogel.

»Das Einschalten des Phones aktiviert den Chip und es wird geortet. Lassen Sie die Tricks.«

»Sorry. Sorry, ich habe nicht so weit gedacht. Natürlich geht das nicht.« Er stand auf und legte die Hände an die Wand, als wolle er sich zu Dehnübungen abstützen. »Also schreibe ich einen Zettel. Neutrales Papier werdet ihr auftreiben können. Tobias kennt meine Handschrift und wird sich mit Beatrix in Verbindung setzen. Es ist unwahrscheinlich, dass er sich bei meiner Frau aufhält. Er hat ihr immer die Schuld an meiner Scheidung von seiner Mutter gegeben. Sie sprechen seit Jahren nicht miteinander.«

Malu deutete auf das Tablet.

Sanctus suchte im Netz.

Habibi beugte sich über die Steuerkonsole und klickte die Übertragung aus. »Das gefällt mir nicht, diese ganze Böse-Stiefmutter-Soße. Da kann ich gleich Arab-TV glotzen. Der Typ soll uns erst mal die Zugangscodes zu der Villa geben, wo seine Alte mit den Kids sitzt und ...«

»Das hilft nichts. Die sind längst geändert.« Leon ließ Malu los und tigerte hinter ihr auf und ab. »Wir gehen ein großes Risiko ein, falls der Sohn von den Bullen überwacht wird.«

»Wie willst du sonst an Beweise kommen, die dich vor ihm schützen?«, fragte sie. »Wir müssen früher oder später eine Übergabe machen. Es gibt keine Alternative.«

»Die Londoner Sicherheitstypen haben Tobias Lengsfeld aktuell nicht auf dem Schirm, das weiß ich aus der Bank. Sie denken, er promoviert in Sankt Gallen, telefoniert einmal am Tag mit Lengsfelds Anwälten und erfragt den neuesten Stand.«

Malu hob den Zeigefinger, bevor sie die Tonübertragung wieder aktivierte. »Ihr Sohn promoviert in der Schweiz.«

Lengsfeld verriet sich mit einer kleinen Kopfbewegung, als richte er sein Ohr aus. »Offiziell, er ist aber in Berlin. Ich habe ihm vor zwei Monaten ein Praktikum vermittelt. Tobias arbeitet zur Zeit jeden Tag beim Vorstand von *Absolute-Oil* in der Zentrale am Hauptbahnhof. Er wohnt am Lietzensee. Die Adresse findet ihr auf der Homepage der *Lengsfeld & Lengsfeld Grundstücksverwaltung Berlin*. Mein Sohn ist Frühaufsteher wie ich und geht vor Mitternacht ins Bett.«

»Sie hören von uns.«

»Eine Bitte noch. Könntet ihr diesen Kerker mal lüften? Es stinkt verdammt nach Holzlack.«

Habibi unterbrach ruckartig die Übertragung und schaltete aus Versehen den Bildschirm gleich mit aus. Lautsprecher- und Screen-Symbol waren rot. »Der Kerl verscheißert uns immer noch.«

Malu riss sich das Headset vom Kopf. »Mann! Fall nicht gleich auf jede Verunsicherungsstrategie rein. Nach Lack riecht es in Berlin an zigtausend Orten.«

Habibi hob die Hände. »Okay, okay.« Er stand auf. »Mich kotzt nur an, dass wir überhaupt mit diesem korrupten Schwein verhandeln müssen.«

»Papier haben wir. Die Adresse habe ich schon ermittelt. Wer bringt den Brief an den Lietzensee?«, fragte Sanctus. »Das ist in Charlottenburg.«

»Na, ich.« Leon kniete sich hin und zog die Schnürsenkel straff. »Ich brauche von uns die Absicherung am meisten.«

»Wir alle brauchen die.« Malu drehte sich vor dem Überwachungsschrank um. »Bevor es halbwegs dunkel ist, fährst du nirgendwo hin. Außerdem stört mich etwas an Lengsfelds Vorschlag.«

Leon hockte sich im Schneidersitz auf den Werkstattboden. »Was meinst du?«

»Leute, keine Schnellschüsse. Irgendwelche Kommentare?« Malu machte es wie immer in den Planungsrunden und sah sie der Reihe nach an.

»Okay, die Deutschen sind kalt, aber warum hat der Typ überhaupt keine Angst?« Habibi schlug sich auf den Bauch. »Kriegt drei Tage kaum was zu fressen, liegt mal im grellen Neonlicht, mal im absoluten Dunkel, hat absolut nichts zu tun – aber dreht nicht durch. Kapier' ich nicht.«

Sanctus schaute zur Decke, wie so oft, wenn er nachdachte.

Malu ließ ihm Zeit, bis er das Haargummi an seinem Samuraizopf gerichtet hatte.

»Harte Verhandlungen sind für einen Bankmanager der Normalfall. Ich habe lange genug die Vorstandsmails mitgelesen. Sexistisch platt rotzen die einander an, wenn's hart kommt. Und weil Lengsfeld Leon erkannt hat, glaubt er an ein strategisches Patt.«

»Du meinst 'ne Zwickmühle? Er kommt ohne uns nicht raus und wir können mit ihm nirgends hin«, sagte Leon.

Das war es nicht, was Malu störte. Diese Mulden, die Lengsfeld beim Nachdenken in die Decke auf seiner Pritsche gedrückt hatte, waren es. »Banker wie Lengsfeld müssen ihre Lektion erst lernen. Er glaubt, die Zeit spiele für ihn. Er glaubt, dass die Bank Himmel und Hölle in Bewegung setzt, um ihn zu finden.«

»Zweifelst du daran?« Leon klaubte einen Rest Klebefolie vom Boden.

Es brachte nichts, wenn sie nervös wurden. »Sie kriegen uns nicht, Leon. Du hast selbst den Weg von Dahlem hierher ausgetüftelt. Niemand hat uns gesehen.«

»Aber womöglich gepeilt.«

»Nein, sonst wären die längst hier, Alter.« Habibi kniff ein Auge zu. »Niemand wird dich sehen, wenn du Lengsfelds Sohn den Brief seines Alten zusteckst, okay? Ich kenne da …«

»… einen libanesischen Trick«, sagten sie im Chor und lachten. Es war so befreiend.

»Wir checken natürlich, was er schreibt«, sagte Sanctus.

»Damit rechnet er. Aber nicht damit, dass wir sofort handeln.« Malu reichte Sanctus das Tablet. »Zieh uns mal den Stadtplan mit dem Viertel am Lietzensee groß auf. Wer von euch kennt sich dort aus?«

»Ich habe in der Gegend mal jemanden gekannt.« Leon kam zu Malu und umschlang ihre Taille. »Lange vor dir.« Er küsste sie aufs Ohr. »Haben wir schon die Adresse?«

Sanctus legte das Tablet auf den Werktisch. An der Nordseite des Sees blinkte ein roter Kreis im Stadtplan. Sanctus schaltete auf *Streetview* um.

Der Edelbau mit Säulchen an den Balkonen und hohen

schwarzen Gittern strahlte frisch renoviert. »Luxuswohnungen mit Seeblick. Wundern wir uns, dass der Junior da wohnt?«

»Die Hauseingänge werden garantiert überwacht. Briefkasten scheidet aus.« Leon legte seine Wange auf Malus Schulter und zog sie fester an sich. Malu ließ es zu, obwohl sie dadurch fast auf einem Bein stand.

»Du musst ihn abpassen und in den Park auf der anderen Straßenseite locken. Da deckt dich das Gebüsch.«

»Es gibt aber ein Café mit Terrasse in der Straße. Wer weiß, wann die schließen. Und die vielen Gassigeher?«

»Lass das mal meine Sorge sein.« Habibi hielt sich die offenen Fäuste wie ein Fernglas vor das Gesicht. »Alles einfach, alles *chiche.*«

Malu knuffte ihn auf den Oberarm. »Na los, verrate uns deinen Trick.«

27

Irgendetwas stimmte nicht. Kara stand mitten in ihrem Wohnzimmer. Die drei DVDs der neuesten Serie, die ihre Freundin Monika empfohlen hatte, lagen noch genau wie heute Morgen vor dem Fernseher. Der Teebeutel war am Rand der Frühstückstasse eingetrocknet. Vor der Holzschale mit den Kugelschreibern wartete noch die Post aus Vaters Pflegeheim auf Bearbeitung.

Kara legte langsam ihre Tasche aufs Sofa, die sie sonst hingepfeffert hätte. Normalerweise hätte sich Kara auf den Boden gelegt und einfach fünf Minuten alle viere von sich gestreckt. Aber irgendwas stimmte nicht. Definitiv.

Der Geruch! Es roch einen Tick zu feucht und nach Lavendel. Ihr Badezusatz war unmöglich von allein aus dem Holzschränkchen unter dem Waschbecken herausgekippt. Kara schlich auf Zehenspitzen zurück in den Flur. Vor der Badezimmertür leuchtete ein Teelicht auf dem Boden.

Kara merkte erst nach ein paar Sekunden, dass sie es anstarrte. Sie machte zwei Schritte auf die Tür zu und hob den Arm, bevor sie in der Bewegung innehielt. Teelichter, als ob Einbrecher so etwas täten. An ihrem eigenen Bad zu klopfen, war so blödsinnig, wie die Tür wie bei einem Polizeitraining einzutreten.

Kara öffnete. In der Badewanne schaukelten Schwimmlichter zwischen Rosenblättern. Das Flackern streifte den weißen Schaum. In dem ruhten ein haariger Unterarm, ein Knie und das fetteste Grinsen, das Kara je gesehen hatte. »Du!«

»Ich habe ein paar Stunden dienstfrei. Genug für den letzten Flug nach Berlin. Und morgen früh den ersten zurück nach Stockholm.« Thure trug einen weißen Bart aus Schaum wie der Weihnachtsmann höchstpersönlich. »Es war so kalt ohne dich in Schweden.« Das Wasser gluckerte um ihn herum. »Bei uns liegen Wohnungsschlüssel unter der Fußmatte. Bei euch leider nicht.«

Er wusste genau, was sie dachte. »Das lernt man also bei der Rikspolisen. Wie man unangemeldet in die Wohnung einer Frau eindringt.«

Thure tauchte tiefer und hielt die schaumbewehrten Hände über den nassen Kopf. Im milden Kerzenschein wirkte sein Blick gefährlich unschuldig. »Einbruch ist es sowieso und der Rest wird bestimmt nach zwanzig Paragrafen bestraft.« Er lugte zwischen den Fingern durch. »Strafmaß dir überlassen. Bitte um sofortige Eggschekuschjon.«

So süß sein schwedischer Akzent war, manchmal redete Thure schräges Zeug. Kara trat an den Wannenrand und ärgerte ihn mit ein paar Wasserspritzern aufs Gesicht. »Du weißt genau, dass ich keine Dienstwaffe zu Hause habe.«

Er musterte sie wohlwollend. »Du hast immer dabei, was du brauchst, um mich umzulegen.«

Kara wich seiner nassen Pranke gerade noch aus. Er rollte sich zur Seite, seine Hüfte tauchte halb aus dem Wasser, dann seine Brust. Alles, was Kara an einem Mann und an Thure ganz besonders mochte, streckte sich vor ihr im Schaum.

»Deine Wanne hat Platz für zwei.«

Thure hatte nicht hundertprozentig sicher sein können, dass sie kein Theater wegen seines Einbruchs machen würde. Streng genommen, riskierte er sogar einen Eintrag in seine Dienstakte. Die Schweden waren bei Geschlechterbelangen sehr streng. Kara lächelte. Wenn sie einen Liebesbeweis nicht mehr von einer Straftat unterscheiden könnte, sollte sie sofort den Dienst quittieren. Sie knöpfte ihre Bluse auf. »Nachher verrätst du mir aber, wie du hier hereingekommen bist.«

»Nur wenn ich einen Schlüssel kriege.«

Darüber würde Kara später nachdenken. Überhaupt war es besser, jetzt nicht viel zu denken. Sie ließ die Jeans fallen. Und auch die anderen Kleidungsstücke sanken unter Thures streichelndem Blick auf die Bodenfliesen.

Es war ihr egal, dass das Wasser überschwappte. Mit dem Schaum strichen seine Brusthaare weich über ihre Haut. Ihre Badewanne schien ihr mit einem Mal gar nicht so eng wie sonst. Aber das lag an Thure, der seine Arme, die Beine so um sie schlang, dass es genau passte. Aneinander, ineinander. Und überhaupt. Sein Kuss schmeckte leicht nach Lavendel. Dann stark nach mehr. Viel mehr.

Kara kuschelte mit Thure unter der Bettdecke. Er lag auf der Seite und hielt sie einfach im Arm. Sie hatte für ihn die bisherige Ermittlung zusammengefasst.

»Ich finde vor allem die an den Manager verfütterten Euroscheine seltsam«, sagte Thure leise in ihr Ohr.

»Wir haben im Team darüber diskutiert, bis mir der Kopf geschwirrt hat.«

»Das ist nicht so schlimm. Chaos ist kreativ.« Thure legte seine warme Hand auf ihren Bauch. »Du schaust dadurch anders auf die Fakten. Und irgendwann stimmt der Blick.«

Hoffentlich. Kara seufzte. »Was fällt dir spontan auf?«

»Dieser wohltätige Exbanker, der plötzlich das Wasser der Welt retten will, schmeckt mir nicht. Irgendetwas hakt bei diesem Ducasse.« Thure schaute gern in die Abgründe der Menschen.

Kara genoss einen Moment die Wärme seines Atems. Thure bestärkte ihr Gefühl, dass sie noch nicht ganz zum Kern des Falles vorgedrungen war. »In Fokkers Umfeld häufen sich seltsame Ereignisse. Ich muss einfach wissen, ob er selbst bei diesem Flugzeugabsturz in Usbekistan hätte abstürzen sollen.«

»Ich könnte dir dabei helfen, wenn du willst.«

Kara drehte sich herum und fuhr Thure zärtlich über die Brust. »Das ist lieb von dir. Aber ich möchte nicht, dass du meinetwegen Probleme bekommst, wenn du in eure Computer guckst.«

»Das würde nicht nur die NSA mitbekommen, sondern auch unsere interne Sicherheitsabteilung.« Er tippte auf ihre Nasenspitze. »So dumm bin ich nicht.«

»Woran denkst du?«

»Jemand schuldet mir noch einen Gefallen.«

»Deine Kontakte brauchst du selbst.«

»Jetzt brauchst du sie mehr.«

Kara ließ sich gern küssen.

»Das einzige Problem wäre, dass du nach Polen fahren müsstest. Und zur Tarnung solltest du vorher ein paar Routineanfragen an einen polnischen Kollegen schicken.«

»Das lässt sich machen.« Die Grenze war nicht weit von Berlin.

»Gut.« Thure suchte mit seiner Hand ihre. »Da ist noch etwas.«

Kara verschränkte ihre Finger mit seinen. »Ja?«

»Mein Antrag für das Austauschprogramm ist genehmigt. Ab Oktober habe ich ein Dienstbüro am Spreebogen.«

»Du hast das durchgesetzt?« Kara fühlte, wie ihr Herz schneller schlug. »Wahnsinn.«

»Tja, jetzt brauche ich nur noch ein kleines Zimmer in Berlin. Der Markt soll ja schwierig sein. Außerdem schnarche ich manchmal. Den Müll trage ich allerdings runter, das hat mir meine Mutter beigebracht.«

Von Wort zu Wort wurde Kara immer klarer, dass sie Platz

genug für einen Mann wie Thure hatte, nicht nur in ihrer Wohnung, auch in ihrem Leben. Sie beugte sich über ihn und küsste ihn. »Okay, okay. Du kriegst deinen Schlüssel.«

28

Leon stieg an der Station Messe Nord aus der fast leeren S-Bahn. Parallel zu den Gleisen rauschte der Verkehr auf der Stadtautobahn vorbei. Er ging die Treppen nach oben. Die handgeschriebene Botschaft Lengsfelds an den Sohn steckte in der Brusttasche seines Trenchcoats. Dreimal hatten Sanctus und Malu die Formulierungen umschreiben lassen. Habibi mit seinem Sinn fürs Praktische hatte auf der Unterschrift von Lengsfeld bestanden.

Bitte übergebt Ordner und Datensticks in Kassette V und IX aus dem Haussafe – so wie ich es euch mitteilen werde.
Dein Vater.

Der Nieselregen war günstig, kaum jemand war unterwegs. Leon ging Richtung Lietzenseepark. Er schwitzte unter der Perücke blonder Dreadlocks. Keine Ahnung, wo Habibi das Teil auf die Schnelle aufgetrieben hatte. Genauso wie die Brille mit dem dicken schwarzen Rand. Es war auch egal, kein Mensch würde ihn in dieser Verkleidung erkennen.

Es piepte in seiner Hosentasche. Sanctus hatte ein Programm auf sein Smartphone gespielt, das ihm auf fünf Meter genau den Aufenthaltsort von Tobias Lengsfeld anzeigte. Wie Sanctus dessen Ortungsdaten hackte, war Leon egal. Er blieb an der nächsten Ecke stehen. Das Programm zeigte einen Ausschnitt des Berliner Straßennetzes. Ein roter Punkt pulste und zeigte an, dass Tobias Lengsfeld eine Anwaltskanzlei verließ und auf dem Kurfürstendamm stadtauswärts lief. Hoffentlich war er allein und ging jetzt nicht mit dem Anwalt noch einen trinken.

Aber nach allen Infos, die Malu aus dem Netz gezogen hatte, war Tobias ein karrieregeiler Typ. Einer, der nach ganz oben wollte – in die Konzernlenkerklasse. Die Lengsfelds gaben sich nicht mit der popeligen deutschen Society zwischen Starnberg und Sylt zufrieden. Lengsfeld junior war auf den richtigen Privatschulen in England gewsen, den richtigen Eliteunis Cornell und Sankt Gallen, hatte Exfreundinnen aus Mailänder Geldadel, betrieb den richtigen Sport, Katamaran-Segeln. Er kannte die richtigen Dresscodes, egal, ob er bei einer Party fotografiert wurde oder beim Trekking in Peru. So jemand gab sich nicht mit den Dienstleistern ab, die er bezahlte. Und wenn es Anwälte waren.

Leon hatte diese Typen schon als Kind gehasst, wenn sie mit der Jacht von Papa prahlten. Da hatte er noch mit dem Haus auf den Antillen gekontert, das Mutter inzwischen verkauft hatte. Mit vierzehn war ihm das zu blöd geworden. Außerdem hasste er Lagunenschnorcheln und weißen Sand in den Schamhaaren.

Typen wie Tobias Lengsfeld kamen nicht auf den Gedanken, dass sie selbst gar nichts Besonderes waren, nur weil Mami oder Papi irgendwo mit irgendwas unendlich viel Geld verdiente.

Der pulsende rote Punkt im Ortungsprogramm bewegte sich recht schnell den Kurfürstendamm entlang und bog am Adenauerplatz ab. »Scheiße.« Tobias Lengsfeld fuhr mit dem Taxi nach Hause. Leon beeilte sich.

Durch den Park war es nicht weit. Lengsfeld wohnte natürlich an einer richtigen Adresse: im alten Reichsmarinegericht, das man in Luxuswohnungen umgewandelt hatte. Ruhige Seelage, aber citynah, garniert mit einem unverbaubaren Blick auf den alten Berliner Funkturm. Das Nieseln lies nach.

Leon suchte sich die nächstgelegene Parkbank. Er wischte sie mit dem Ärmel trocken und kramte in seiner Hosentasche nach dem Feuerzeug. Habibis Idee hatte sogar Malu sofort überzeugt. Leon zündete sich den vorbereiteten Joint an und ließ ihn im Halbdunkel schön duften, damit alle nächtlichen Spaziergänger an einen verpeilten Kiffer glauben konnten, der über den Lietzensee glotzte, weil in der Ferne der angestrahlte Funkturm so schön surreal leuchtete.

Etwas stupste an Leons Schienbein. Er ließ fast das Smartphone fallen. Aber nur ein Hündchen schnupperte an seinen Füßen.

»Da haste ja wat Jutet im Tütchen«, rief unweit eine dicke Frau im Wallekleid.

Leon grüßte mit einer schlaffen Handbewegung. »Willste mal?«

Das Hündchen hob einige Bäume weiter das Bein.

Die dicke Frau pfiff. »Erst mal muss die Elfi rum ummen See.«

Später war er weg. So oder so.

Der rote Punkt hielt an. Tobias Lengsfeld stieg am Sophie-Charlotte-Platz um die Ecke aus. Gleich war er hier.

Leon warf den Joint auf den Kies und trat ihn aus. Er steckte das Smartphone weg.

Der nächste Parkweg endete zwischen Fliederbüschen, fast genau gegenüber vom alten Marinegericht. Leon drückte sich in die Blätter.

An der Straßenecke stand Tobias Lengsfeld unter der Markise eines Cafés, mit seinen eins dreiundneunzig unübersehbar. Er quatschte mit einem Paar, das ihm zuprostete. »Scheiße.« Wenn er sich dazusetzte, stand Leon ewig hier im Regen. Länger als eine Stunde durfte er nicht warten, das hatten sie beschlossen.

Zwei Autos fuhren am Park entlang, hielten aber nicht.

Leon hatte Glück, Lengsfeld ließ sich nicht auf einen Drink einladen. Tobias trug keinen Schirm, nur einen grauen Businessanzug, seine Hände steckten in den Taschen. Wie er mit eingezogenem Kopf lief verriet, dass er nicht sonderlich wachsam war, sondern nur aus dem Nieselregen raus wollte.

Leon fingerte die Karnevalsmaske des Finanzministers aus der Seitentasche des Trenchcoats. Er schaffte es nicht, hinter den vielen Dreadlocks der Perücke einen Knoten in die Halteschnüre zu binden.

Tobias Lengsfeld näherte sich, noch ein paar Schritte, dann wäre er wieder am Versteck vorbei.

Die Maske hielt endlich. Leon rückte sie zurecht, um genug durch die beiden Augenlöcher zu sehen. Er kam ohne Geräusch aus der Deckung des Fliederbuschs, querte zwischen parkenden Autos die Straße, erreichte fünf Meter hinter Lengsfeld den Bürgersteig. Niemand war in der Nähe. Leon zog die Nachricht aus der Brusttasche und rannte Tobias hinterher.

Nur hörte der zu früh die Schritte auf dem nassen Pflaster und drehte sich um.

Leon fuhr den Ellenbogen aus und wollte Lengsfeld zu Boden reißen. Sie prallten aufeinander. Der Schwung des Sprints verpuffte. Der Typ war einfach zu schwer.

Lengsfeld blieb stehen. »Idiot!«, rief er. Und reagierte sofort. Er stieß Leon mit der rechten Faust vor die Brust und von sich weg.

Leon sackte auf ein Knie. Er riss das Papier zwischen sich und Lengsfeld hoch. »Lies das«, presste er heiser heraus.

Der hörte nicht. »Verpiss dich!«

Beinahe hätte er die Maske zu fassen bekommen. Leon machte aus den Knien einen Satz rückwärts. »Nachricht von deinem Vater«, stieß er hervor und hielt das Stück Papier wieder auf Gesichtshöhe zwischen sie.

Tobias keulte ihm mit dem Unterarm die Hand weg. »Was faselst du da?«

»Lengsfeld ist doch dein Vater.« Leon warf ihm das Blatt vor den linken Schuh und machte zwei Schritte rückwärts. »Besser du liest gleich, wenn du ihn lebend wiedersehen willst.«

Lengsfelds Sohn starrte zum weißen Stück Papier vor seinen Füßen.

Nichts wie weg. Leon rannte los. Seine Sneakers rutschten auf dem nassen Bürgersteig, sodass er mit dem Fuß umknackste. Leon ignorierte den Schmerz. Er rannte an den geparkten Autos entlang, nutzte eine Lücke und preschte zwischen den Büschen in den Park. Im Schutz der Blätter riss er sich die Finanzministermaske und die Perücke herunter, warf seinen Trenchcoat zu Boden, schmiss das Zeug auf den Mantel. Aus seiner Jeans zog er eine Plastiktüte von *Aldi,* in die er alles stopfte. Die Kapuze seines Shirts zog er sich tief ins Gesicht.

Tobias Lengsfeld folgte ihm nicht. Er hatte wohl die Handschrift seines Vaters erkannt und die Anweisung auf der Rückseite befolgt – Leons eigene Idee: *Folge dem Boten nicht!* Das war schon mal ein guter Anfang für einen Deal.

Auf dem Rundweg um den Lietzensee kam ihm die Dicke entgegen. Die pfiff nach dem Hündchen, das ihn ankläffte. »Elfi, nicht, weg da.«

Ein paar Meter weiter musste Leon einfach leise lachen und genoss den kalten Nieselregen auf seinem Gesicht. Habibi hatte recht behalten. Libanesen kamen immer durch den Zoll. Menschen waren so leicht zu täuschen. Er schwang die *Aldi*-Tüte und ging zur S-Bahn. Gemeinsam waren sie vier das beste Team ever.

29

Sie waren am falschen Ort zur falschen Zeit. Das galt für diesen grauhaarigen Mister Li noch mehr als für Werchteshaus und die anderen Kollegen. Kara blickte zur preußischen Kastendecke des Besprechungsraums empor. Es lag nicht an der Uhrzeit, dass sie schlecht gelaunt war. Acht Uhr morgens war nicht besonders früh. Es lag daran, dass dieser undurchsichtige Teamleiter von *Kerberos Ten* vorne große Reden hielt, während sie, auf Holzstühlen hockend, kuschen mussten wie Polizeianwärter. Kara hätte gern gewusst, auf welcher Rechtsgrundlage Mister Li sich eigentlich über ihre Ermittlungsstrategie verbreiten durfte. Aber unter Sicherheitsstufe drei war offenbar alles möglich. Sie tauschte einen Blick mit Jörg, der demonstrativ den linken Arm auf die nächste Stuhllehne gelegt hatte, als hinge er bei einem langweiligen Film im Kino ab.

»Ich teile Ihre Sicherheitsbedenken gegen eine Onlineübertragung«, sagte Werchteshaus. Sie saß rechts neben Kara. »Danke, dass Sie das Material persönlich für uns analysieren.«

Die Chefin tat auch noch so, als sei es ein Gnadenakt von *Kerberos Ten*, dass sie mit ihren nächtlichen Recherchen ins LKA gekommen waren.

»Schön und gut.« Leininger hatte die Ellenbogen auf die Knie gestützt. »Ich wüsste gern, warum wir für Ihren Besuch alles haben stehen und liegen lassen müssen?«

Sie verloren hier nur Zeit. Nicole aus Marzahn hatte Kara zu Dienstbeginn eine Gesprächsnotiz hereingereicht. Aus Dahlem hatte sich eine Nachbarin der Hofmeister-Stiftung gemeldet. Jörg hatte gerade zurückrufen, Kara selbst Werchteshaus die Auswertung der Telefondaten von Lengsfeld und Fokker vorstellen wollen. Thure hatte sie darin bestärkt, bei diesem Thema nachzubohren, als sie ihn um sechs Uhr bis zum Flughafengate gebracht hatte.

Li klappte seinen Laptop auf. »Voilà.« Er lächelte unerwartet charmant. »Verzeihen Sie die wenigen Minuten für den Aufbau. Ich kann Ihnen die Ergebnisse so leichter demonstrieren.« Auf einmal klang Li wie ein Franzose, der deutsch sprach.

Vor ihnen warf der Beamer den Berliner Stadtplan auf die Projektionswand. Ein grünes Kreuzchen blinkte in Dahlem, wo Lengsfeld entführt worden war.

»Kerberos Ten stattet auch die Vorstandsmitglieder mit Sicherheitstechnik aus, das ist Teil unseres umfassenden Konzepts. Vorstand Fokker hat den von *Kerberos Ten* programmierten Peilsender leider in seiner Schreibtischschublade liegen lassen.« Li blickte auf. »Zu unserem Glück trug Herr Lengsfeld seinen Sender tatsächlich bei sich.«

Kara zuckte zusammen. »Das verraten Sie uns erst jetzt?«

Werchteshaus richtete sich auf dem Stuhl ganz auf. Ihre Stirn legte sich in Falten. »Wo ist Lengsfeld?«

»So einfach wird es leider nicht.« Li machte einen Schritt zur Projektionswand hin. »Der Peilsender arbeitet im Prinzip wie ein Smartphone, ist aber keines. Sein Signal wird dennoch von den Funkmasten aufgefangen und kann in einem komplizierten Prozess aus den technischen Messdaten der Funkmasten ausgelesen und rekomponiert werden. Der bürokratische Aufwand für die Rohdaten ist groß, weil wir uns erst über komplizierte Verfahren aufgrund komplizierter Verträge ...«

»Sagen Sie doch gleich, dass Sie Kontakte zum MI5 oder Nummer was weiß ich haben, Mann.« Leininger lehnte sich auf dem Stuhl zurück und stemmte die Hände in die Seiten.

»Wir haben inzwischen die Signalspur auswerten können.« Li klickte. Von dem grünen Kreuzchen strichelte sich eine grüne Spur auf dem Plan die Straßen entlang. »Diesen Weg hat Herr Lengsfeld – ganz präzise gesagt, der in seinem Gürtel versteckte Peilsender – genommen.«

»Nur Seitenstraßen«, murmelte Jörg.

Das stimmte. Kara verfolgte die sich aufbauende Linie durch die Berliner Stadtviertel nach Osten.

»Die Geschwindigkeit der Darstellung entspricht eins zu zehn proportional zum realen Zeitverlauf«, sagte Li sachlich.

»Womöglich geht hier nur jemand mit Lengsfelds Gürtel spazieren«, sagte die Werchteshaus.

»Gewiss nicht.« Li lächelte höflich. »Aus den Daten errechnen wir eine höhere Bewegungsgeschwindigkeit. Zwanzig bis fünfunddreißig Stundenkilometer.«

»Zu wenig für ein Auto, oder?«, fragte Leininger.

»In diesen vollgeparkten Nebenstraßen nicht.« Kara fühlte, wie ihre schlechte Laune verging, der Ansatz war ausbaufähig.

»Tempelhof, Richtung Neukölln. Immer durch Nebenstraßen.« Jörg betrachtete die grünen Striche auf der Karte, die immer weiter in die östlichen Stadtteile wanderten. »Die Entführer haben die Ruhe weg gehabt.«

Die grüne Strichelspur stoppte in Berlin-Adlershof. Das Ende verwandelte sich in ein großes, blasses Wabengebilde.

»Dies ist der Wahrscheinlichkeitssektor.« Li legte die Handflächen aneinander. »Ab dieser Stelle werden die Signaldaten instabil. Wir können nur sicher sein, dass der Sender sich zuletzt im Empfangsbereich dieser drei Funkzellen befunden hat. Leider entstehen technische Streufelder durch die Wasserflächen der Spree, zudem stören die Funkanlagen von Forschungseinrichtungen die Peilfrequenz.«

Jörg legte sich die Hände auf den kahlen Schädel. Er stöhnte. »Ein Stück von Neukölln, von Adlershof bis rüber nach Schöneweide, in dem Gebiet wohnen grob geschätzt achtzigtausend Menschen.«

Leininger räusperte sich. »Übersehr nicht die Stadtautobahn. Wer weiß, wohin die Entführer Lengsfeld gefahren haben.«

»Das ist unwahrscheinlich. Der Sender hat die Funkwaben bis gestern um 4:42 Uhr nicht verlassen. Das Ende der Datenreihe korrespondiert mit der Leistungsdauer des Akkus.«

Karas Orientierungssinn war nicht sehr gut. »Können Sie eine Adresse anzeigen?«

»Selbstverständlich.«

Kara diktierte. Li tippte mit. An der nordwestlichen Ecke des Wabengebildes blinkte ein blaues Kreuzchen. »Dort befindet sich das Gelände von *Aqua Mundi.*«

»Wenn wir schon bei Adressen sind, zeigen Sie uns bitte diese.« Jörg wischte mit dem Daumen über sein Smartphone. Er zeigte Li die Einträge.

Ein gelbes Kreuzchen blinkte weit außerhalb in Tiergarten. Ein orangenes tauchte innerhalb des Wabenfelds auf.

»Wow«, flüsterte Jörg und setzte sich wieder.

Werchteshaus rieb ihren Perlenohrring. »Und?«

»Das gelbe entspricht der usbekischen Botschaft, das orangene Kreuzchen steht für die Residenz des Abgesandten.«

Die Chefin kräuselte die Lippen. »Was für eine Theorie wird das?«

Kara holte tief Luft. »Wir schließen nur nichts aus. Die Bank ist unter Fokkers Führung in Usbekistan in mehreren umstrittenen Infrastrukturprojekten engagiert und …«

Werchteshaus winkte ab. »Geheimdienste füttern keine Opfer mit Euroscheinen. Das sind allenfalls Mafiamethoden.«

»Als ob die Regierungen in Zentralasien keine Staatsmafia wären.« Leininger gab einen verächtlichen Ton von sich.

Kara hielt den missbilligenden Blick ihrer Chefin aus. »Die Entführung ist offensichtlich genau geplant worden. Auch dass man ein relativ hohes Risiko eingegangen ist, passt zu Geheimdiensten. Die Guy-Fawkes-Maske, die sich der Fahrer des Mercedes aufgesetzt hat, wie die Euroscheine in Fokkers Magen können ein gezieltes Ablenkungsmanöver sein.«

»Darüber reden wir noch«, sagte Werchteshaus.

»Ich schlage vor, dass Sie die Spur des Peilsenders mit Daten aus Kameras am Wegesrand abgleichen.« Li klickte auf seinen Computer. An der ganzen gestrichelten Linie entlang leuchteten fünfzig oder mehr rote Punkte auf. »Jedenfalls kommen Sie als Polizei schneller an die Daten der Verkehrsüberwachung oder die von privaten Gebäudekameras als wir.«

Das war zwar grässlich viel Arbeit, versprach aber einen wichtigen Fortschritt. »Anhand des Zeitverlaufs müssten wir das Fahrzeug isolieren können«, sagte Kara.

Werchteshaus stand auf. »Das scheint allerdings ein vernünftiger Ermittlungsansatz. Menzel, Leininger. Sie übernehmen das. Mit etwas Glück können wir den Wagen ausmachen, in dem Lengsfeld transportiert worden ist. Bringen Sie anschließend die Kollegen von der Verkehrspolizei auf Trab. Fokus auf diese Funkzellen.«

»Warten Sie.« Leininger erhob sich. »Hat das Labor nichts Neues? Irgendwas ist an der Hightechfaser dran. Das sagt mir mein linker kleiner Zeh.«

»Wie bitte?« Werchteshaus lachte kurz.

Kara war sich nicht sicher, ob die Chefin sich verscheißert vorkam.

Leininger deutete zur Projektionswand. »Das sind nicht die einzigen Spuren der Entführer. Wir müssen auch die Faser aus Fokkers Kofferraum ernst nehmen.«

Li räusperte sich. »Möglicherweise können wir helfen. Haben Sie eine technische Beschreibung aus dem Labor?«

Leininger wartete nicht auf ein Okay von Werchteshaus. Er zog ein Papier aus seiner Mappe. »Einige Bestandteile der Faser liegen im internationalen Chemikaliencode vor.«

Li legte das Blatt neben seinen Laptop und tippte.

Der Stadtplan verschwand. Der Hintergrund wurde grau. In weißer Schrift las Kara *Data Processing*.

»Bitte«, sagte Li neutral. Er blendete eine Tabelle ein.

Warum können wir das nicht? Kara war sich sicher, dass sie alle das Gleiche dachten. Der Mund der Werchteshaus stand sogar ein wenig auf.

»Die Wahrscheinlichkeit einer richtigen Zuordnung beträgt 97,4 Prozent. Diese chemischen Verbindungen werden bei der Erzeugung von Fasern genutzt, die Oberflächenbeschichtungen im Brandschutz ermöglichen.« Lis rechtes Lid zuckte. »Sie sind sehr teuer, aber nicht nur feuerresistent, sondern auch antiallergen. Deshalb werden sie häufig für die Wandbeschichtungen von Panikräumen eingesetzt.«

»Leiten Sie das bitte ans Labor weiter.« Die Werchteshaus verschränkte die Arme. »Das macht Sinn. Man hat Fokker entführt und in einem Panikraum gefangen gehalten. Dort hungerte er, bis er sogar Euroscheine aß. Erinnere ich mich richtig, dass Fokker sonst nichts im Magen hatte?«

Ihre Chefin geriet in Fahrt, sie stolzierte vor Lis Equipment herum. »Ein perfektes Gefängnis für einen Entführten.« Ihr Blick suchte einen Moment Hilfe bei der alten preußischen Kastendecke.

Kara sprach bewusst leise. »Panikräume passen allerdings mehr zu Botschafterresidenzen als zu Umweltschützern.«

»Herrgott, und wenn schon.« Werchteshaus hob einen Arm. »Erst die Kameraauswertung.«

»Es gibt noch etwas Handfestes«, sagte Kara schnell, weil Werchteshaus eine SMS tippen wollte.

Sie ließ ihr Smartphone sinken. »Ja?«

»Jörg hat Fokkers Telefonverbindungen überprüft.« Kara nickte ihm zu. Er sollte für seine Arbeit ruhig gewürdigt werden.

»Fokker hat vor dem Verlassen der Bank zwei Anrufe angenommen. Einen von seiner Exfrau und einen aus …« Jörg hob die Handflächen wie Schilde vor seinen Bauch. »Ich habe mir das nicht ausgesucht – der letzte Anruf, den Fokker angenommen hat, kam aus Usbekistan.«

Werchteshaus war ganz Ohr. »Weiter.«

»Die Funkzelle hat Weiterleitungen an Fokkers Bankhandy um 21:18 und 21:26 Uhr geschaltet. Die Verbindungsdauer deutet auf sehr kurze Gespräche hin.«

Kara hätte am liebsten den Verlauf auf dem Beamer eingeblendet, den sie in ihrem Büro an der Tafel erstellt hatte. »So weit wir wissen, hatte Fokker zum Zeitpunkt der Telefonate bereits die Vorstandsetage verlassen. Vier Minuten später fuhr der Mercedes aus der Tiefgarage. Fokker war im Kofferraum eingesperrt, das hat die Spurensicherung einwandfrei bestätigt.«

»Wenn Fokker die Gespräche im Fahrstuhl angenommen hat?«, fragte Werchteshaus.

Jörg schüttelte den Kopf. »Die Zeit, zumindest nach dem zweiten Gespräch, ist zu knapp, um ihn danach im Zwischengeschoss zu stoppen, zu überwältigen und in den Kofferraum zu bugsieren.«

»Das spricht dafür, dass der Entführer den zweiten Anruf entgegengenommen hat.« Leininger hob den Zeigefinger. »Was sofort die Frage aufwirft, warum er das überhaupt getan hat.«

»Es sei denn: Nur Fokkers Anzug lag im Kofferraum und er ist gar nicht wirklich in der Weise entführt worden, wie wir denken. Er könnte sogar mitgespielt haben«, ergänzte Kara die Variante, die sie am wenigsten mochte.

»Nicht schon wieder eine abwegige Theorie«, sagte Werchteshaus.

»Moment.« Leininger tippte auf die Stuhllehne vor ihm. »Wir müssen alles in Erwägung ziehen. Was Menzel sagt, würde zum einen das Schlüsselproblem lösen. Fokker könnte ihn selbst aus dem Tresor genommen haben. Zum anderen würde es erklären, wie der Mercedes überhaupt hat gestartet werden können. Die Bank sichert die Wagen mit einem Daumenscan.«

»Das bedeutet aber, dass Fokker sich diese Guy-Fawkes-Maske aus dem Zwischengeschoss geholt, sie sich selbst aufgesetzt und seine eigene Entführung nur inszeniert hätte. Warum um alles in der Welt«, Werchteshaus dehnte die Silben, »sollte Fokker solch eine Show abziehen? Mal ganz abgesehen von der Frage, wer ihn dann abgefackelt hat. Das wird er ja wohl kaum selbst getan haben.«

Li projizierte ein Flussdiagramm der skizzierten Handlungskette an die Wand. An allen Elementen stand *Motivation?*

»Diese Frage nach dem Motiv für den Mord und die Entführung ist zentral. Da sind wir nicht weit genug.« Werchteshaus drückte den Rücken durch. »Sie arbeiten die unserer Erfahrung nach wahrscheinlichsten Varianten zuerst ab. Herr Ducasse von *Aqua Mundi* hat ein sehr nachvollziehbares Motiv: Rache.« Sie deutete auf Jörg und Kara. »Grillen Sie ihn noch mal.« Die Chefin hob sogar den zweiten Zeigefinger für Leininger. »Von Repräsentanten Usbekistans lassen Sie alle die Finger. Ohne eine Zustimmung von ganz oben werden wir die diplomatische Sphäre nicht antasten.«

Werchteshaus drehte sich um und streckte Li die Hand zum Dank hin. »Wegen der Verkehrsüberwachung werde ich die zuständige Abteilung …« Sie dämpfte die Stimme und zog Mister Li außer Hörweite in die Ecke des Besprechungssaals.

»Kriminelle Botschafter, das fehlt mir noch in der Tätersammlung«, murmelte Leininger. Er nahm seine Jacke vom Stuhl und spurtete hinaus. Wahrscheinlich direkt draußen eine rauchen.

Kara betrachtete das Flussdiagramm.

»Der hat das Ding überhaupt nicht so schnell zeichnen können, sondern einfach bloß hochgeladen und ergänzt. Wenn du mich fragst, knobelt *Kerberos Ten* genau wie wir alle denkbaren Varianten durch«, flüsterte Jörg hinter ihr.

»Klar, als Profis.« Kara beschäftigte ein Detail auf dem Diagramm. Sie zeigte auf das kleine Plural-S des Wortes *perpetrators*. »Sie spielen sogar Varianten mit mehreren Tätergruppen durch.«

»Lass dich nicht blenden. Das ist nur das kleine Einmaleins theoretischer Fallanalyse, die Programme geben das vor.« Jörg tippte auf ihre Schulter. »Lass uns lieber die Kamerabilder der Strecke besorgen, die der Peilsender zurückgelegt hat. Mit etwas Glück finden wir Lengsfeld.«

Kommissar Glück war leider noch seltener im Dienst als Kommissar Zufall.

30

Der Parcours im Kletterwald Wuhlheide machte Malu fertig. Mit jedem Schritt auf der schwankenden Lattenbrücke zwischen den Bäumen steigerte sich ihr Brechreiz. Sie hangelte sich am Handseil entlang bis zur nächsten Plattform und sank mit dem Rücken an die Bretter des Ausgucks. Beinahe übergab sie sich, aber der feste Halt unter den Füßen nahm dem Impuls die Spitze.

Von Atemzug zu Atemzug milderte sich die Übelkeit. In den Blättern um sie herum schimmerte das Mittagslicht. Ihr Gleichgewichtssinn war von den Nachwirkungen des Betäubungsgases beeinträchtigt. Aber auf ihren Körper konnte Malu jetzt keine Rücksicht nehmen. Große Auswahl an unauffälligen Treffpunkten hatten sie nicht.

Aus der anderen Richtung kam Sanctus über die Lattenbrücken zwischen den Baumkronen heran. Leon tat zwanzig Meter weiter an einer Erklärtafel so, als interessiere er sich für Vögel, die in der riesigen Eiche nisteten.

Malu war froh, dass sie bei der Planung an halbwegs diskrete Treffpunkte gedacht hatten. Kurz vor Mittag waren sie allein bis auf ein älteres Paar viel weiter vorn im Parcours. Das griff eben nach dem Rollenbügel, mit dem man an einem Stahlseil nach unten auf den Waldboden gleiten konnte.

»Wenigstens seid ihr pünktlich.« Sanctus beugte sich über das Geländer des Ausgucks und checkte, ob jemand unter der Buche herumlief.

»Möchte jemand Wasser?« Leon holte eine Thermosflasche

aus seinem Rucksack. Mit einem Ächzen hockte er sich auf den Plattformboden zu Malus Füßen.

Sie bediente sich und nahm einen Schluck.

»Lengsfeld macht alle paar Stunden Yoga. Die übrige Zeit liegt er mit geschlossenen Augen auf seiner Pritsche«, sagte Leon.

Sanctus legte entspannt den Arm aufs Geländer, wohl damit ihr Treffen aus der Ferne für einen Beobachter nach einer Wanderpause aussah.

»Habibi hat mich eben abgelöst. Er wird in unregelmäßigen Abständen die Beleuchtung des Kristalls dimmen oder auf Nacht umstellen, damit Lengsfeld die zeitliche Orientierung verliert.« Leon nahm die Thermosflasche zurück.

»Okay.« Das war so abgesprochen. »Warum hast du uns hierherdirigiert, Sanctus?«, fragte Malu.

»Ich habe nicht viel Zeit. Um dreizehn Uhr beginnt meine nächste Sechs-Stunden-Schicht. *Kerberos Ten* schirmen sich völlig ab, aber Li war heute früh bei der Polizei. Unterdessen hat mir mein Kollege gesimst, weil wir uns gegenseitig auf dem Laufenden halten«, Sanctus trommelte mit den Fingern auf dem Geländer, »dass Toko sich wieder als der angebliche Entführer gemeldet hat.« Er schloss die Augen. »Im Header stand: *Anweisungen für Beatrix Lengsfeld*. Und dann im Text: *Lasst euch helfen. Zehn Millionen Euro in großen Währungen, unmarkierte Scheine. Nach Übergabe erfahren Sie Aufenthaltsort von L. Keine Polizei, keine Überwachung. Sonst verreckt L.*«

»Scheiße.« Leon hieb neben Malus Füßen auf die Bretter. »Toko will bloß Geld abzocken.«

»Das ist gar nicht so schlimm.« Solange Toko indirekt mit ihnen kommunizierte, jedenfalls.

»Hä?« Leon hob den Kopf und sah Malu an.

Sie war nicht sicher, ob in seiner Stimme ein Anflug von Panik mitschwang. Malu strich ihm über das Haar. »Toko hätte die Mail direkt an Frau Lengsfeld schicken können. Er wollte aber, dass Sanctus mitliest. Toko schreibt ja: *Lasst euch helfen.*

Und nicht *Lassen Sie sich helfen*, obwohl er Frau Lengsfeld später siezt.«

Sanctus nickte.

»Und was soll die Scheiße?« Leon wechselte in den Schneidersitz. »Warum redet er nicht direkt mit dir?«

»Weil Toko möchte, dass wir ordentlich Schiss kriegen.«

Sanctus schaute einem Käfer nach, der auf dem Geländer davonkrabbelte. »Passiert aber nicht. Sein indirekter Kommunikationsweg verrät, dass Toko sich nicht hundertprozentig sicher ist, ob Malu die Entführung wirklich mit mir stemmt. Denn falls er sich irrt, schadet es seinem und dem Image seiner Firma. Das Risiko scheut er. Außerdem hat er selbst genug zu verbergen als Trittbrettfahrer.«

»Trotzdem macht Toko uns ein Angebot«, sagte Malu.

»Kann nur ein Scheißangebot sein.«

»Beruhige dich. Manche machen alles für Geld. Wir nicht.« Auch wenn neunundneunzig Prozent der Leute passiv blieben, sie vier würden sich wehren. Gegen das eine Prozent Menschheit, das über dem Gesetz stand und sich alles herausnahm. Denen egal war, ob ihre Spekulationen die griechischen Mütter ohne Geburtshilfe verrecken ließen, oder die es ermöglichten, dass Fracking halbe Kontinente verseuchte.

Sanctus kreuzte die Beine. »Toko spekuliert darauf, dass er ein Lösegeld festlegen kann, und zwar zigmal höher, als es die offizielle Prämie der Managerversicherung für einen richtigen Tipp wäre. Toko sagt uns indirekt: ›Tauscht Lengsfeld gegen Geld, gebt es mir und ich verrate niemandem, dass ihr die Entführer seid.‹«

Malu strich durch Leons Haar. »Toko weiß nicht, dass Lengsfeld dich erkannt hat und wir ihn nicht einfach so freilassen können.«

»Noch einer, der mit uns dealen will.« Leon hielt Zeigefinger und Daumen in minimalem Abstand voneinander. »Toko traue ich nicht so weit über den Weg. Die Bank oder Lengsfeld selbst werden ihm hinterher noch mal die gleiche Summe zahlen, um sich an uns rächen zu können.« Leon hieb die Faust in seinen Rucksack. »Toko verrät uns auf jeden Fall.«

Malu drückte sich vom Holz ab, ihr tat der Rücken weh. »Du vergisst, dass er Fokker nach unserem Plan entführt, aber abgefackelt hat. Er hängt mit drin und kann sich nicht leisten, dass wir damit kontern, dass wir für das Wochenende ein Alibi haben und er nicht.«

»Also müssen wir gar keinen Deal mit Toko machen. Verdammt, warum reden wir überhaupt darüber?« Leon rappelte sich von den Planken auf und fiel fast über seinen Rucksack.

Malu wollte schon antworten, als sich Sanctus' Augenbraue kurz warnend hob.

Er schaute auf seine Uhr. »Lassen wir Toko einfach auflaufen. Ohne uns kann er nicht liefern, und wirklich anzeigen kann er uns auch nicht, ohne dass er sich selbst gefährdet.«

Malu nickte, wie Leon auch.

»Aber wir dürfen Toko unter keinen Umständen ein Druckmittel in die Hand geben.« Sanctus fasste Leon an der Schulter. »Er weiß bestimmt, dass du mit Malu zusammen bist. Hast du gestern oder heute neue Kunden gehabt? Oder sind sonst wie schräge Vögel im Laden aufgelaufen, die Toko uns als Spione auf den Hals geschickt haben könnte?«

Leon schüttelte den Kopf. »Nur zwei harmlose Poser, die ein Slalomboard abgeholt haben.«

Malu war froh, dass er wieder lächelte.

»Ansonsten habe ich mich mit Lieferlisten und der Nebenkostenabrechnung rumgeschlagen.«

»Wenn neue Kunden auftauchen, wimmele die Typen ab.« Sanctus klang ungewohnt hart.

»Okay.«

»Konzentrieren wir uns auf unser eigentliches Ziel.« Sanctus streckte die Hand aus.

Sie klatschten sich ab. Sanctus hatte recht, wie immer. Sie durften nicht aus den Augen verlieren, was sie mit der Aktion erreichen wollten.

Malu hakte sich bei Leon unter. »Plan B läuft weiter. Kümmern wir uns jetzt um den Deal mit Lengsfeld. Am besten heute noch.«

»Habibi ist gegen irgendwelche Deals.«

»Ihr müsst ihn überzeugen. Wir holen uns die Kontrolle über den Verlauf der Aktion zurück.« Sanctus fischte einen USB-Stick aus der Hosentasche. »Spielt die Software auf das Tablet im Skaterladen. Damit könnt ihr SMS an Lengsfelds Sohn schicken, die man nicht zurückverfolgen kann.«

Malu spürte wieder die Kraft, die ihr der Moment gegeben hatte, als die Kartusche zischte, als die Aktion real wurde. Es gab keinen Weg zurück.

»Sobald Lengsfeld seinem Sohn eine SMS schickt, kapiert die Familie, dass wir den Banker kontrollieren. Und nicht Toko. Dann ist er mit seinen Mails als Faker entlarvt.«

»Toko wird Ruhe geben.« Leons Augen wurden zu Schlitzen. »Der riskiert nichts, was ihm seine feine Firma kaputt macht, wo er seine Praktikantinnen durchziehen kann.«

Das war für Toko sicher ein nicht zu vernachlässigender Aspekt. »Ansonsten bleibt es beim Bewachungsplan wie besprochen?« Leon nickte, Sanctus nicht. »Was ist?«, fragte Malu.

»Man beobachtet uns«, flüsterte Sanctus. »Macht ein bisschen Tarnungsshow.«

Leon richtete den Blick hinauf in die Baumkronen. Malu tat es ihm nach, wie vom Blattwerk fasziniert. Vier Plattformen weiter schwankten die Lattenbrücken unter drei dicken Männern mit Ferngläsern.

Sanctus hob seine Jacke auf. »Auch wenn wir Toko auflaufen lassen, müsst ihr für die Planung wissen, wie Frau Lengsfeld auf die Erpressermails reagiert hat. Kerberos Ten schirmt die Familie perfekt ab. Ich kann mich nicht in ihre Mails reinhacken, das ist zu riskant.« Sanctus legte Leon die Hand auf die Schulter. »Sorry, du musst mit Schindhelm reden. Irgendwie. Möglichst bald. Wir müssen einfach wissen, was zwischen Bank, Familie und Polizei läuft. Und was deine Mutter wirklich zu tun gedenkt.«

Leon verdrehte die Augen. »Scheiße.« Die Bankerin seine Mutter zu nennen, hatte er sich während der Planungen verbeten. Für ihn war sie die Frau, die die Nannys bezahlt hatte und alles andere auch.

Malu wollte jetzt keine von Leons Litaneien hören. Sanctus hatte absolut recht. »Es muss sein.« Sie legte kurz ihre Wange an Leons Schulter und strich ihm über den Rücken. »Mit diesem Informationsvorsprung erkämpfen wir uns mehr Handlungsoptionen.«

Er rieb sich über das Gesicht. »Okay, wenn ihr meint.«

»Die dicken Typen kommen mir langsam zu nahe.« Sanctus legte sich seine Jacke über die Schulter. »Ich vertraue euch, egal, was ihr beschließt. Weiteren Kontakt mit mir nur im äußersten Notfall. Nach dem Schichtwechsel komme ich in Leons Laden.« Sanctus ging in die vorgeschriebene Richtung des Parcoursverlaufs über die Lattenbrücken davon.

Leon wartete an der Leiter, die an der Plattform angenagelt war. »Lass dich von den Dicken nicht anquatschen.« Seine Finger drückten Malus sanft.

Sie schüttelte den Kopf. »Ich lass euch ein paar Meter Vorsprung.«

Leon kletterte nach unten. Noch mal über die schwankenden Lattenbrücken zu gehen, wollte Malu ihrem Magen nicht zumuten.

Sie wartete zwei Minuten, bevor sie sich hinkniete und mit dem Fuß nach der ersten Sprosse tastete. Bei der zweiten begriff sie Sanctus' Worte erst richtig. Er hatte Leon nicht die ganze Wahrheit gesagt: Ihr Freund sollte seine Mutter aushorchen, damit Malu einen neuen Plan fassen konnte, für den Fall, dass Toko sie vier doch verriet.

Nach weiteren zwei Sprossen schwankte die Leiter unter ihrem Gewicht so sehr, dass Malu gegen einen Brechreiz ankämpfte. Endlich knackten Ästchen unter ihrem Fuß. Erst der fünfte Schritt auf dem Waldboden erdete sie wirklich.

31

Seit einer Viertelstunde standen sie zu dritt an der Spreepromenade direkt vor den Treppenanlagen zum U-förmigen Hof des Bürogebäudes. Kara fühlte sich wie die riesige Marmorkugel, die sich in dem Brunnen hinter ihnen auf einem Wasserstrahl unaufhörlich um sich selbst drehte und doch nicht vom Fleck kam. So viel hielten also die Beamten der Bundesebene von der Berliner Polizei, dass Kara und Werchteshaus eben mal schnell draußen abgefertigt wurden. Zwar hatte Werchteshaus ihre Meinung geändert, aber ein Rechtshilfeersuchen an Usbekistan für weitere Hintergrundermittlungen im Falle Fokker würde nicht unterstützt, so viel stand fest.

Kara musste stumm dabeistehen. Gerade mal einen Unterabteilungsleiter hatte man Werchteshaus geschickt. Ein nicht mehr ganz junger Schwiegersohntyp im grauen Anzug mit sauber gestutztem Bart, wie sie zu Hunderten in den Ministerien herumliefen.

»Solche Anfragen werden nicht nötig sein«, sagte Herr Müller.

»Wirklich?« Werchteshaus wechselte das Standbein und hob die Spitze ihres Pumps. »Falls doch, wird uns das als Ermittlungspanne angelastet. Stellt man sich das bei Ihnen so einfach vor? Wir sind keine Idioten.«

Na endlich. Kara erkannte ihre Chefin nicht wieder. Unter dem Wangenrouge war sie bleich vor Wut geworden.

Müller lächelte den Angriff weg. »Sie können für Ihre Ermittlungen davon ausgehen, dass sowohl Herr Fokker als auch Herr Ducasse an verschiedenen Firmen beteiligt sind, die Wasserentsalzungspatente für Usbekistan besitzen.«

»Das macht keinen Sinn.« Kara hielt es nicht mehr aus. »Ducasse hat Rechtsanwälte beauftragt, weil die Bank ihm eine Entschädigung für den Gefängnisaufenthalt verweigert.«

Müllers Lächeln wurde herablassend. »Möglicherweise hatten

Herr Ducasse und Herr Fokker in Wirklichkeit einen anderen Dissens.«

Werchteshaus hielt die Arme vor der Brust verschränkt. Ihre roten Fingernägel spielten auf ihrem Oberarm. »Ich brauche Ihre Informationen gerichtsfest, das wissen Sie genau.«

Herr Müller schaute kurz über Kara und Werchteshaus hinweg zum Restaurantschiff am Spreekai. Die perfekte Pose eines Visionärs. »Man hat nicht umsonst die Sicherheitsstufe drei ausgerufen. Es wird keinen Prozess geben, der ein Firmengeflecht der usbekischen Führung ausleuchtet. Niemand möchte, dass am Ende die Chinesen zum Zuge kommen, statt des deutschen Konsortiums unter der Führung der *German Global*. Definitiv, gerichtsfest gibt es nichts.«

Wozu wurden sie in der Ausbildung mit allen Feinheiten der Gewaltenteilung zwischen Staatsanwaltschaft, Polizei und Gerichten traktiert, wenn diese keine Rolle spielte, sobald es um Machtfragen ging? Kara unterdrückte einen Einwurf. Müller stand ganz entspannt da, die linke Hand in der Hosentasche. Sie ballte offen die Faust.

Müller blickte unvermittelt auf seine Armbanduhr. »Es wäre begrüßenswert, wenn Sie die Täterschaft von Herrn Ducasse oder *Aqua Mundi* recht bald beweisen könnten.« Er deutete ein Kopfnicken an. »Mehr können wir Ihnen nicht sagen. Guten Tag.«

Der Beamte ging über die Promenade Richtung S-Bahn-Station Bellevue davon.

»Was war das denn jetzt?«, fragte Kara.

»Ein Schachzug.« Werchteshaus' Blick wanderte die Glasfassaden entlang zur obersten Etage. »Aber die Herren und Damen da oben vergessen, dass wir keine Schachfiguren sind, sondern selbst laufen können. Kommen Sie, Menzel.«

Sie schlenderte über die Promenade, wo Kellner eines Hotels weiße Decken auf billigen Terrassenmöbeln ausbreiteten. Auf der Spreebrücke sahen sie den Beamten telefonieren.

Kara begriff es plötzlich. »Der gehört gar nicht ins Innenministerium.«

Werchteshaus blieb an einem Messinggestell stehen, auf dem die Restaurantkarte des Hotels auslag. »Wenn ich Ihnen sage, dass ich Ihnen nicht sagen darf, wer mir diesen Herrn ausgerechnet hierhergeschickt hat, dann wissen Sie auch, zu welchem Laden er gehört.« Sie zeigte die Zähne. »Und dann der Name Müller. Mein Gott, wie platt.«

»Wie nett von ihm, dass er uns nicht beim Bundesnachrichtendienst am Nordbahnhof abgefertigt hat. Da ist es öder als hier bei Schiffen und alten Weiden.«

»Menzel. Übersehen Sie da nicht was?« Werchteshaus deutete auf die sich im Brunnen drehende Marmorkugel.

Kara stöhnte. Müller war aus Richtung des Innenministeriums gekommen. »Wir haben also keinerlei Unterstützung von oben.«

Werchteshaus zog sie am Ärmel. »Habe ich Sie also nicht umsonst befördert.« Sie lachte knapp und wies mit dem Kinn zur Spree hin. »Haben Sie die grauen Bronzeköpfe in der Grünanlage bemerkt? Hannah Arendt, Forscher, deutsche Denker. Halten Sie mich ruhig für pathetisch, aber die Wahrheit muss ans Licht.« Werchteshaus ging vor bis an die Ufermauer. »Wenn wir nicht ein paar Tricks draufhätten, könnten wir unseren Job gleich lassen.« Sie setzte sich mit ihrem Kostümrock einfach auf den nicht ganz sauberen Mauerrand.

Kara lehnte sich neben ihr an die Steine.

»Einen Moment, bitte.« Ihre Chefin holte ihr Smartphone aus der Handtasche und fotografierte das Restaurantschiff auf der Spree. »Ist privat. Ich will meine Studienstiftlerinnen noch einladen.« Sie steckte es wieder weg. »Wir arbeiten bereits unter Sicherheitsstufe drei. Warum macht Müller sich dennoch die Mühe, uns persönlich fast nichts zu sagen?«

Kara vergrub die Hände in den Hosentaschen. »Ehrlich gesagt, das Thema ›politische Abgründe‹ hatten wir noch nicht in der Polizeiakademie.«

»Learning by doing.« Werchteshaus lachte kurz. »Jemand aus den höheren Etagen hat sein Gesicht nicht zeigen wollen und uns diesen Knilch geschickt, damit er uns die Marschrichtung bläst.«

Die Narben an Ducasses Körper kamen Kara in den Sinn. Sein Zorn war echt gewesen. »Wenn Ducasse, trotz des ganzen Getues um *Aqua Mundi*, doch mit Fokker an diesen Patenten verdiente, wie Müller behauptet, warum hat er die Bank verklagt?«

Werchteshaus brummte leise, bevor sie sprach. »Soweit ich aus Ihren Berichten schlau geworden bin, war es doch so, dass Lengsfeld kein Arrangement wollte, Fokker aber schon, auch wenn er am Freitagabend die Nummer mit der brüskierenden Terminabsage mitgespielt hat.« Sie schlug ein Bein über. »Wissen wir gesichert, dass uns dieser Anwalt und Ducasse die Wahrheit sagen? Die Entschädigungsverhandlungen waren vielleicht nur ein Schirm, hinter dem ganz andere Verhandlungen liefen. Auch verschleiernde Firmenkaskaden müssen von jemandem organisiert werden. Dem Anwalt vielleicht? Und für das Finanzamt braucht man einen legalen Ausgabentitel, nicht vergessen. Da passen Entschädigungen ganz gut.«

Bei Banken durfte man mit allem rechnen, das hatte Kara der Streit wegen der Beratungsprotokolle gelehrt, die ihr Vater schon halb dement unterschrieben hatte.

»Wir müssen noch mal ganz genau hinschauen.«

»Sie beziehen das auf das deutsch-usbekische Konsortium für die Wasserentsalzung?«

»Lengsfeld wollte einen anderen Kurs für die Bank. Mehr Rüstungsgeschäft, weniger Infrastruktur.« Die Chefin hielt den linken Daumen hoch. »Erstens: Warum ist man im Ministerium so besorgt um Diskretion für Usbekistan? Ich kann nicht sagen, dass mir Ihre usbekische Theorie sympathisch ist, aber vielleicht liegen Sie doch richtig.« Sie streckte auch den linken Zeigefinger. »Zweitens: Warum sollen wir partout nicht in diesem bankinternen Führungsstreit herumstochern?«

Wollte die Chefin ihr wirklich nahelegen …? »Weil er möglicherweise zu sehr eskaliert ist.« Kara knöpfte sich die Jacke auf. »Deshalb gibt es keine richtige Forderung des eigentlichen

Entführers, nur dieses Foto, das ein Trittbrettfahrer gefälscht hat. Weil die eigentlichen Entführer genau wissen, dass die Bank weiß, was sie wollen.«

»Und wir und andere es nicht erfahren dürfen.«

»Aber dann hätte Jörg recht mit der Karrieretheorie. Dann könnte Lengsfeld der Mann sein, der Fokkers Entführung inszeniert und eventuell gar dessen Tod zu verantworten hat. Lengsfeld hätte einem Täter eine Schlüsselkopie zur Tiefgarage geben können – während er sich selbst ein Alibi in Mailand verschaffte.«

Werchteshaus wiegte den Kopf. »Nicht, dass mir diese Theorie jetzt sympathischer ist als die Politschiene. Keine Seite gönnt der anderen die Butter auf dem Brot in Politik oder Wirtschaft.« Sie blinzelte in die Sonne. »Oder beides stimmt: Lengsfeld hat Fokker ausgeschaltet, dafür ist er im Gegenzug von Ducasse und beziehungsweise oder den Usbeken entführt worden, die mit der Ausrichtung seiner Geschäftsmodelle nicht einverstanden waren. So entscheidet er nichts mehr, sondern Frau Schindhelm.«

»Die lässt *Kerberos Ten* schwer rödeln, damit man Lengsfeld findet. Diese Aufzeichnungen des Peilsignals halten Sie für echt?«

»Natürlich. So dumm sind die nicht. Das könnten wir technisch überprüfen. Die brauchen uns vielleicht ja noch, falls sie Lengsfeld doch in einer usbekischen Botschafterresidenz orten.« Wenigstens wischte Werchteshaus Karas Überlegungen nicht mehr in Bausch und Bogen vom Tisch. »Spekulieren hilft nicht weiter. Wir brauchen Fakten. Wie weit sind Sie mit den Bildern der Verkehrsüberwachung?«

»Wir brauchen noch zwei, drei Stunden. Wenn wir einen Gerichtsbeschluss hätten, ginge es schneller.«

»Ich kümmere mich darum. Ich nehme die S-Bahn.« Die Chefin hielt ihr den Schlüssel des Dienstwagens hin. »Fahren Sie den Wagen ins LKA.« Sie erhob sich von der Mauer, nickte und ging einfach los. Wohin sie wollte, sagte sie nicht.

Ein Jazz-Dreiklang ertönte in Karas Jacke. Sie checkte die

SMS. Ihr Herz tat einen Extraschlag. Thures Kontaktmann aus Polen meldete sich und nannte Geodaten und eine Uhrzeit. In Berlin lag der Treffpunkt jedenfalls nichts, so viel erkannte sie sofort. Halb vier könnte sie mit dem Dienstwagen nur schaffen, wenn der Treffpunkt nicht zu weit weg lag.

Thure hatte seine Verbindungen spielen lassen. Er hatte Wort gehalten. Wie immer. Sie hörte in ihrem Kopf seine Stimme: *So langsam wird es ernst.*

Kara ging in den Schatten der nächsten Bäume und kopierte die Geodaten in *Google Earth*. Die Website zeigte das Ziel: ein Fluss, eine Brücke. Beides mochte Kara. Wenn das kein gutes Omen war.

32

Leon hasste die Villa seiner Mutter, die Designermöbel, die italienischen Lampen, die ganze Einrichtung bis hin zu den Sofakissen. Alles war teuer, von irgendeinem Innenarchitekten herangeschleppt worden und wirkte unbenutzt. Wie tot. Er hätte sich geweigert, zu seiner Mutter in den Grunewald zu fahren, wenn Lengsfeld ihn nicht erkannt hätte.

»Also? Was verdanke ich deinen Besuch?«, wiederholte Mutter ihre Frage.

Weil er sie wieder ausspionieren musste, nur deshalb. »Ich ... ich wollte einfach mal sehen, ob ... ob ich etwas für dich tun kann.« Leon lehnte am Säulenbogen, der den großen Salon mit der Halle verband. Seine Mutter schien ihm in ihrem dunkelroten Kostüm noch schmaler als vor zehn Monaten. Da hatte er im Erkerzimmer ihr privates Büro gefilzt, als sie ihr Bad genommen hatte. Aber jetzt musste er für die Informationen, die sie brauchten, mit ihr reden. »Gleich zwei ...«, Leon suchte nach neutralen Worten, »... Vorstandskollegen entführt. Du wirst wahnsinnigen Stress haben.«

»Das kann man so sagen, ja.« Sie sortierte im Salon Unterlagen von ihrem großen Glastisch in eine rote *Hermès*-Aktentasche. Dahinter lagen Gartenzeitschriften und ein Give-away-Block mit dem silbernen Aufdruck *Hortus Conclusus.* Pflanzen waren Mutters Hobby gewesen, als sie noch Gedanken für etwas anderes als Geld übrig gehabt hatte.

Fleurs sauvages lag in der Luft, ihr Lieblingsparfüm. Seine Mutter roch unaufdringlich nach Sommer. Das war das Einzige, was Leon immer an ihr gemocht hatte. Damals. Das lag sein halbes Leben zurück. Als Mutter ihr ganzes Erbe von hannoverschen Stadthäusern für die Villa mit Seezugang umgerubelt, den großen Karrieredurchbruch geschafft und Vater noch immer geglaubt hatte, dass er als Studienrat für Geschichte und Französisch an ihrer Seite glücklich werden könnte. Beziehungsweise sie an seiner.

Leon wartete. Aber sie sortierte nur weiter Dokumente in die rote Aktentasche.

In der Villa erinnerte nichts mehr an früher. Aus Vaters Bibliothek war eine Galerie für Indianermasken und Federzeug geworden. Seit ihrem Job in Südamerika stopfte sie die Villa damit voll.

Leon wandte den Kopf. Die alten Klingelanlagen fürs Personal waren verschwunden. Auch in den Ecken hing geflochtenes Schamanenzeug an der Wand. Als er vor acht Monaten hier herumspioniert hatte, waren es noch Aquarelle gewesen. Selbst im Wintergarten gab es keine Palmen mehr. Nur das Jugendstilgitter am Kellerzugang in der Halle hatte sie aufarbeiten lassen, allerdings war es jetzt scheußlich grau lackiert.

»Schickt dein Vater dich?« Sie schaute nicht einmal auf.

»Ich bin durchaus fähig, allein zu handeln.« Auch wenn es dir nicht passt, verschluckte er gerade noch. Egal, was sie sagte, es brachte ihn immer gleich aus der Fassung. »Ich dachte nur …« Verdammt, ihm fiel nichts ein, nichts von dem, was er sich vorher überlegt hatte.

»Was dachtest du?« So blass und müde ihr Gesicht war, ihre braunen Augen blickten energiegeladen. »Was, Leon?«

Ihr Blick war so bohrend wie ganz früher, wenn er sich als Kind das Knie aufgeschürft hatte. ›Tut es sehr weh?‹, so etwas hatte sie nie gefragt, sondern gleich Jodzeug auf seine Haut gebrannt.

»Was soll das, Leon?« Sie knallte eine Dokumentenmappe auf den Tisch. »Du rufst mich mitten in einer schwierigen Verhandlung an und nötigst mir ein Treffen auf. Als ob ich nicht schon genug am Hals hätte! Liest du überhaupt mal Nachrichten?«

Gut, er hatte auf privat und extrem wichtig gemacht, bis die Sekretärin zu ihr durchgestellt hatte. Auch wenn er kotzen könnte, für Malu und die anderen machte er es, schleimen: »Deshalb weiß ich ja, was alles auf dich einprasselt. Vielleicht brauchst du ausnahmsweise einmal Hilfe. Vielleicht sogar ausnahmsweise mal von deinem Sohn.« Leon stieß sich vom Säulenbogen ab.

Ihre Wange zuckte.

Sonnenlicht flutete von der Terrasse herein.

»Mir scheint eher, dass ich dir helfen muss, Leon.« Sie legte die Hand an den Halskettenanhänger mit dem kleinen Tiergesicht. »Reicht dein Geld nicht für den Skaterladen?«, fragte sie langsam.

Geld, immer redete sie nur von Geld. Auch mit Vater, über Unterhalt, Vermögensanlagen, Steuersparmodelle. »Nein. Der Laden wirft genug ab.« Nach seinen Maßstäben jedenfalls, nach ihren nicht.

»Also?«

Sie kaufte ihm seine Besorgnis nicht ab. Aber sie musste. Leon breitete die Arme aus. »Da verbrennt ein Bankvorstand, der zweite wird entführt, die nächste an der Reihe wärst du! Reicht das nicht als Grund, dass ich mal frage, ob ich was für dich tun kann?«

Ihr Blick veränderte sich, tastete sein Gesicht ab, als hätte sie vergessen, wie er aussah. Langsam streifte sie mit der Hand über die Glasfläche. »Bist du gekommen, weil du glaubst, dass ich in Gefahr bin?« Ihre Lider sanken ein wenig herab und zeigten sanften braunen Lidschatten. »Die Bank schützt mich außerordentlich gut, vergiss das nicht.«

Umso besser, wenn sie das Thema von allein anschnitt. »Hast du genug Bodyguards? Hoffentlich«, schob er nach.

»Meine persönliche Sicherheit wird umfassend gewährleistet.« Sie legte den Kopf leicht schräg. »Das dürfte den Entführern klar sein. Man beschützt mich rund um die Uhr.«

»Schön. Hat die Polizei schon eine Spur, wer ...?«, fragte Leon schnell.

Seine Mutter blies eine Haarsträhne aus dem Gesicht zur Seite und seufzte. »Da ist eine junge Kommissarin bei mir gewesen, die sich auf Ducasse, einen unserer früheren Abteilungsleiter, einschießt, weil der unverschämte Forderungen für eine Entschädigung gestellt hat.«

Leon merkte sich den Namen. »Glaubst du, dass da was dran ist?«

»Solche Erpressungsversuche erleben wir oft. Im Vorstand waren wir noch nicht ganz einig, wie wir mit ihm verfahren sollen.«

»Hast du dich quergelegt?« Das würde zu seiner Mutter passen. Sie mochte es nicht, Geld ohne Leistung zu zahlen.

»Kann sein. Um die richtige Strategie wird im Vorstand immer gestritten, das ist normal.« Sie winkte ab. »Ich habe so viel um die Ohren, dass ich langsam Mühe habe, auseinanderzuhalten, was ich wann in welchem Projekt befürwortet habe oder nicht.« Ihr Blick streifte über den Glastisch. »›Management by muddling through‹ würde ich das nennen. Es gibt für meine Situation kein Beispiel, wie man das bewältigt.«

Leon las im Netz alles über die *German Global.* Mutters Aufsichtsrat suchte bereits hektisch nach Ersatz, zumindest für Fokker. »*Spiegel Online* schreibt, der Entführer hätte sich gemeldet. Werdet ihr nachgeben?«

Sie schlug dreimal mit den Augenlidern. »Das kann ich dir noch nicht sagen.«

»Aber du bist doch jetzt die Bank.«

»Das macht solch eine Entscheidung nicht leichter. Wem

gegenüber soll ich loyal sein, der Bank oder der Familie des Opfers?« Sie strich sich über die Augenbrauen, als hätte sie Kopfschmerzen. »Geld wäre nicht das Problem. Verlässliche Modalitäten zur Freilassung, darauf kommt es an.«

Mutters Loyalität hatte bisher ausschließlich ihrer Karriere gegolten. »Die Medien spekulieren, dass sich die Mafia an Fokker gerächt habe.«

»Nur weil ich jetzt zur Regierung nach Taschkent fliege und das in solchen Ländern fast dasselbe ist?« Ihr Auflachen verunglückte zu einem amüsierten Seufzer. »Ich kann mir vorstellen, dass du das gern glauben willst.«

Sie hielt ihn bloß für einen, der sie aus lauter unverdautem Psychokram mit linken Thesen provozieren wollte. Dabei hatte Leon schon mit sechzehn gespürt, dass das Geldbusiness in seinen Strukturen halb kriminell war. Auf den Gartenpartys seiner Kindheit hatten die Freunde seiner Mutter am dreckigsten gelacht. Mutter hatte Leon nie schlüssig beantwortet, warum die Verluste der vielen Spekulationsblasen, von der längst vergessenen Dot.com-Ära bis zur Eurokrise, immer nur von der Bevölkerung, aber nie von den Bankleuten selbst bezahlt wurden.

»Vergiss, was irgendwo im Netz steht oder in der Zeitung, Leon. Die Journalisten wissen gar nichts. Dafür aber …«

»Die Polizei?«

»Die doch nicht …« Sie schloss den Aktenkoffer auf dem runden Glastisch.

Leon fühlte ein unschönes Ziehen im Magen. »Sondern?«

»Meine Sicherheitsberater arbeiten an etwas.«

»Das …« … war scheiße. »Klingt doch gut«, log er.

»Sie verfolgen die Spur eines Peilsenders …«

Leon spürte, dass er blass wurde. Er wandte schnell den Blick ab. Das Ding in Lengsfelds Gürtel hatte funktioniert, verdammt.

»Die Spur reißt leider zu früh ab. Sie können den Bereich aber eingrenzen.«

Leons Herz pochte. »Aha?«

»Wahrscheinlich spüren sie Lengsfeld bald auf.« Sie stand genau vor einer Indianermaske an der Erkerwand. Der türkis schillernde Federkranz biss sich mit dem Dunkelrot ihres Kleides. »Dann wird es hart für uns alle.«

»Wie meinst du das?« Sein Mund wurde trocken.

»Zwei Männer von *Kerberos Ten* sind ehemalige britische Agenten. Sie werden auf nichts und niemanden Rücksicht nehmen, um an Lengsfeld heranzukommen.« Sie drehte sich weg und schaute zu den Skulpturen draußen im Garten. »Falls die Entführer Lengsfeld bis dahin nicht schon zum Schweigen gebracht haben.«

Sie würden keinen Mord begehen. Da waren sie vier sich einig. Für den Fall, dass sie entdeckt würden, gab es einen heftigen Plan D. »Wirst du sofort informiert, wenn sie ihn aufspüren?«

»Selbstverständlich.«

Mutter würde sofort alles begreifen, das ganze Ausmaß seines Verrats. Dass die Gründung von *Scary Boards*, die zwei gemeinsamen Abende für den Businessplan, die Steuerkonstruktion, dass alles pure Berechnung gewesen war. Und dass Leon in ihren Papieren geschnüffelt hatte.

Später würde sie vielleicht kapieren, dass er die Haltung, konsequent nach seinen Überzeugungen zu handeln, von ihr geerbt hatte.

Leon wusste nicht, wo hinsehen, und drehte sich zu den Schamanenmasken um.

Vater wäre richtig enttäuscht von ihm, aber vielleicht würde er ihn irgendwann verstehen, schließlich war er selbst in Nicaragua Unterstützer vieler gemeinnütziger Projekte gewesen, als Mutter schon in Frankfurt Yens und Dollars gehandelt hatte. Leon hatte nie verstanden, was seine Eltern überhaupt aneinander gefunden hatten. Vielleicht war er deshalb so selten in einem inneren Gleichgewicht.

Ein Harfenton erklang aus Mutters Smartphone. »Ich muss los«, sagte sie leise, mehr zu sich als zu ihm. Sie drehte sich von den Gartenfenstern weg. »Ich habe übrigens jede Hilfe, die ich brauche. Margarita kommt dreimal die Woche. Wenn du etwas für mich tun willst, rufe mir jetzt ein Taxi.«

»Ich kann dich nach Tegel fahren.« Vielleicht erfuhr er unterwegs noch etwas. »Autos hast du doch genug. Ich stelle den Wagen auch brav wieder in die Garage.«

»Leonhard, du denkst die Dinge nie richtig zu Ende.« Ihr Mund verzog sich zu einer Art verzweifeltem Lächeln, das ihre Lippen noch dünner aussehen ließ. »Ich fliege selten Linie, schon gar nicht nach Taschkent. Ich muss zum Militärflughafen nach Strausberg, der Bundesminister nimmt mich in der Flugbereitschaft mit. Was sollst du zwei Stunden quer durch die Stadt fahren?«

Ihm fiel nichts ein. »Okay.«

Sie klapperte mit dem Schlüsselbund. Auf dem Glastisch ließ sie die rote Aktentasche stehen. Viel hatte Leon nicht erfahren. Wenn er hier nur in Ruhe schnüffeln könnte. Vielleicht besaß sein Vater einen Zweitschlüssel. Aber ihn zu hintergehen, würde echt schwerfallen.

Sie gingen durch die Halle. Mutter zog hinter ihnen die dreifach verstärkte Haustür zu. Sie war kein ängstlicher Typ. Die Armierung diente nur zum Schutz ihrer Indianerkunst.

»Was ist nun mit dem Taxi?«

Leon suchte in seinem Smartphone nach der App. »Kommt.«

Sie gingen schweigend die Stufen hinunter und über das alte Kaiserzeitpflaster in der Auffahrt bis zum Tor.

»Ich kann dich nicht mitnehmen. Ich muss gleich auf die Stadtautobahn, sonst verpasse ich die Maschine.«

Sie hatte nicht einmal gefragt, wohin er wollte. »Ich komme schon klar.«

Das Taxi fuhr unter den alten Bäumen vor.

Leon öffnete ihr die hintere Wagentür. Sie stieg ein. Das eine Bein noch draußen, beugte sie sich noch einmal zurück. Sie griff nach seinem Arm und erwischte ihn über der Armbanduhr. »Es gibt doch etwas, dass du für mich tun kannst. Sag deinem Vater, dass er mir unbedingt die Urkunde hierherschicken soll. Er weiß schon.« Sie ließ ihn los, die Wagentür klappte zu. »Strausberg, Militärflughafen«, hörte Leon noch dumpf durch die Scheibe. »Eilig.«

Das Taxi preschte davon. Am Handgelenk spürte er eine Art Echo. Es war das erste Mal seit Jahren, dass sie ihn berührt hatte. Er wusste gar nicht, wie lange es wirklich her war.

33

»Nu drängeln se ma' nich so!« Die Oma vor ihm stützte sich auf ihre zwei Krücken. »Bin schwerbehindert«, keuchte sie und wuchtete ihre hundert Kilo vorwärts.

Diese Sorte keifte sowieso immer, egal, ob er was machte oder nicht, bloß weil er nicht deutschmäßig genug aussah. Und heute hatte Habibi zudem noch schweren Gangsta-Bartschatten. Im Weg standen die alten Weiber auch immer. Egal, ob vorm Kiosk oder wenn er mal schnell ein paar Kiwis beim Gemüseonkel holen wollte. Habibi tippte sich an die graue Zustellerkappe und grinste supernett.

Ein bisschen war ihm sogar danach. Alles lief nach Malus neuem Plan. Ihre letzte SMS *On* bedeutete, dass Lengsfeld junior auf ihre anonymen SMS-Anweisungen reagiert hatte, in der U-Bahn saß und vom Alexanderplatz hierherfuhr. Malu ortete ihn von *Scary Boards* aus.

Habibi wartete hinter der Oma, bis die Fahrstuhltüren aufgingen, bevor er seinen Zustellerwagen in die Kabine schob.

Die anderen drei hatten sich am Mittag im Kletterpark getroffen und entschieden, dass Leon vor Habibis Einsatz seine Mutter im Grunewald abchecken sollte. Sanctus war jetzt in der Bank. Eine Stunde hatte Habibi allein mit Malu herumgestritten, wie sie die Dokumentenübergabe hinkriegen würden, ohne dass die Bullen sie einfach schnappen könnten. Aber auf einmal war alles ganz glattgegangen, weil Leon von seiner Mutter zurück war. Die Bank wartete konkrete Übergabebedingungen ab.

Malu hatte sie überzeugt, dass der Deal sofort laufen musste. Habibi hatte nur ein bisschen gestört, dass Lengsfeld senior sofort kooperiert und belastende Dokumente aufgelistet hatte.

Der Fahrstuhl stank nach Hundekacke.

Malu schickte seit einer Stunde SMS aus dem Internet, die angeblich keiner zurückverfolgen konnte. Sie zwang damit Lengsfeld junior, im U-Bahn-Netz an großen Stationen mit vielen Linien umzusteigen, bis etwaige Beschatterbullen seine Spur definitiv verloren hatten.

Habibi grinste die fette Oma noch mal an, als sie auf Straßenniveau ankamen.

Ein paar Jungs schlurften auf dem Bürgersteig vorbei, einer ließ aus einem schlechten Handylautsprecher Musik scheppern.

»Nur noch Kaffern hier.« Die Oma setzte Krücke für Krücke durch die offene Fahrstuhltür.

Habibi hatte die paar Minuten Zeit, die Lengsfeld junior vom Alexanderplatz bis zur Haltestelle Boddinstraße brauchte. Er zog zur Tarnung die Zustellernummer durch. Wenigstens passte ihm die hellgraue Arbeitskleidung des Postservices mit den grünblauen Streifen richtig, bis auf die drei Extrazentimeter am Hosenbein. Den umgeschlagenen Rand hatte er lieber festgetackert, damit er nicht im falschen Moment stolperte. Aber das fiel nicht auf. Zustellung war ein Billigjob. Keiner von den Jungs nahm es mit den Uniformen streng.

Die Oma humpelte nach links davon. Habibi schob den Zustellerwagen in die andere Richtung. Er schlug die Taschen auf, in die er die Werbeflyer der Pizzeria gepackt hatte, die im Copyshop nicht abgeholt worden waren.

Habibi checkte die Boddinstraße. Wie jeden Nachmittag hingen an der Dönerbude Jungs ab. Vor einem Klamottenladen begrapschten Schleierfrauen Blusen. Im *Vegan Paradise* verfraßen Lehrerinnen ihr Staatsgehalt. Vor dem Telefonladen hockte ein Hund ohne Leine und schiss knapp neben die Eingangstür.

Habibi hatte die abgewrackte Gegend keine Sekunde vermisst. Das ganze Dein-Kiez-ist-deine-Heimat-Geschwätz kotzte ihn an. In der Rollbergsiedlung änderte sich nichts. Hier sah es noch genauso aus wie vor zwölf Jahren, als Habibi von der UN als Bürgerkriegsflüchtling in Berlin abgekippt und vergessen worden war. Aber das war jetzt ein Vorteil, weil er hier jeden Winkel kannte.

Habibi schob seinen Zustellwagen an einer türkischen Bäckerei vorbei. Es roch nach Sesam und frischem Brot. Er hatte Glück bei der nächsten Haustür, da der Summer dauersurrte. Für etwaige Zeugen musste alles echt aussehen. Malu hatte darauf bestanden, dass er wirklich Flyer austrug. Ein paar steckte Habibi in die Briefkästen im Hauseingang, wo es nach Katzenpisse stank. Praktisch war, dass Zusteller sowieso zu allen möglichen Uhrzeiten kamen. Schnell wieder raus auf die Straße. Die klauten hier alles.

Aber sein Zustellerwagen war noch da. Die ganze Ausstattung hatten sie eigentlich für die geplante Aktion gegen Fokker zusammengestellt. Leon hätte damit am Potsdamer Platz bis zur Tiefgarage im Banktower laufen sollen. Aber dann hatte dieses Arschloch Toko ihre Pläne geklaut.

Habibi umkurvte mit dem Wagen einen Ständer Billigshirts vor einem *Preis-Inferno*-Laden. Beim Schuhladen vibrierte sein Smartphone in der Hose. Habibi checkte die SMS. *Go.* Endlich. Er atmete noch einmal durch. Vor den Körben mit Billiglatschen kramte er umständlich in den Wagentaschen und checkte die Straße Richtung U-Bahn-Ausgang ab.

Einige Autos hielten vor der Ampel. Eine junge Familie mit Kindern kam ihm entgegen, die an einem weißen Luftballon zerrten. Einer blonden Frau mit roten Ohrclips fiel ein Joghurtbecher aus der Einkaufstüte. Habibi hörte es knacken, sie drehte sich kurz danach um, zuckte mit den Schultern und ging weiter.

Ein paar Leute kamen die U-Bahn-Treppen hoch. Lengsfeld junior fiel total auf. Hellblaue Hosen trugen in dieser Gegend bloß Schwule. Er hatte einen Rucksack geschultert. Darin steckte hoffentlich der Aktenordner mit den Dokumenten und den Datensticks, die ihnen Lengsfeld senior als Tauschmaterial versprochen hatte. Junior drehte unschlüssig den Lockenkopf. *Ausgang Boddinstraße, oben an den Treppen warten,* hatte Malus letzte SMS geheißen.

Habibi zog den Wagengriff näher an seinen Bauch. Er drückte auf den Pager in seiner linken Hosentasche, den Malu ihm gegeben hatte. Damit schickte er die von ihr vorgetextete nächste SMS an Lengsfeld junior. Habibi behielt ihn im Auge. Lengsfelds Sohn stierte gerade auf sein Smartphone. Habibi wusste, was er jetzt las:

Boddinstraße 4, geh in den Sexshop. Warte vor den Pussys.

Er suchte nach dem Straßenschild an der Ecke und blickte die Boddinstraße entlang.

Der Sexshop befand sich im dritten Gebäude, seine Schaufenster mit den in Dessous gesteckten Puppen waren nicht zu übersehen. Der beste Ort, um Junior zu parken. Da drin würde er nicht angequatscht, weder von den Verkäuferinnen noch den Kunden. Das war Habibis Idee gewesen, er hatte lange genug bei der Sexkette gejobbt.

Lengsfeld war zu gut angezogen für die Gegend. Aber auch Männer mit Edelschals kauften Sexspielzeug. Für die Leute hier in der Straße war das Alltag, deshalb würde keiner drüben im Telefonladen groß gucken. Da müsste schon eine Türkenmutti mit Kindern ins Pornokino reinwackeln.

Habibi rollte langsam mit dem Zustellwagen weiter. Er ließ Junior überholen, der mit großen Schritten am Schaufenster entlangging, in dem sich eine Latexdomina räkelte. Eine weitere Puppe kniete im Schürzchen vor einem Riesendildo. Lengsfeld schlüpfte durch den roten Vorhang in den Sexshop.

Habibi hielt mit dem Zustellwagen genau davor, am Straßenrand vor der Laterne. Er nahm einen Packen Flyer in den Arm und ging zum nächsten Hauseingang, ein paar Meter weiter.

Dort stellte er sich so vor das Klingelschild, dass er seinen Wagen und den Sexshop im Auge behalten konnte.

Von der U-Bahn kam ein großer, durchtrainierter Schwarzer die Straße entlanggeschlendert, in einem grauen Trainingsanzug und fetten orangenen Sneakers, wie sie gerade angesagt waren. Der Typ ging so federnd und breitbeinig wie die ganz coolen Jungs, wenn sie dicke Eier hatten. Er bog direkt in den Sexshop ab. Mit den Videokabinen machten die immer noch Geschäft.

Habibi drückte den Pager.

In ein paar Sekunden würde Lengsfeld vor dem Regal mit den Plastikpussys lesen:

Leg den Ordner in die rechte Tasche des Zustellwagens vor dem Sexshop. Geh sofort zurück zur U-Bahn. Dreh dich nicht um! Fahr zurück zum Alexanderplatz.

Habibi fühlte seinen Puls heftig in der Schläfe pochen. Trotzdem musste er gleich ganz cool weiter durch die Straße rollen.

Lengsfelds Sohn tauchte aus dem Sexshop auf. Er stürzte auf den Zustellwagen zu, riss sich den Rucksack von den Schultern. Er nestelte an den Reißverschlüssen und zog einen dicken Ordner heraus, klappte die Abdeckplane der Wagentasche um und steckte das Ding hinein.

Auffälliger ging's nicht. Habibi zwang sich zu langsamen Bewegungen. Er legte ein paar Pizzaflyer auf die Treppe unter das Klingelschild. Während Lengsfeld ganz schnell zur U-Bahn zurücklief, ohne sich umzudrehen, schlenderte Habibi zum Zustellwagen zurück. Niemand würde ihn erkennen. Er sah aus wie tausend andere Migrantentypen auch.

Am Wagen stopfte er die restlichen Flyer in die Taschen. Heute Nacht würde er das Teil einfach abfackeln. Habibi drückte den Bügel und rollte an den Schaufenstern des Sexshops vorbei. Eine Puppe steckte in himmelblauem Nylonzeug mit fluffigem Federbesatz. Keine Ahnung, wer bei so was einen hochbekam.

Als Habibi zwei Schritte am Eingang vorbei war, sah er aus den Augenwinkeln, dass der große Schwarze durch den roten Vorhang trat. Sein Hals war gereckt, er checkte erst die Straße ab, der ganze massige Körper war angespannt …

Scheiße! Habibi schnappte sich den Ordner und rannte los, schoss durch die erste Lücke zwischen den parkenden Autos, lief quer über die Fahrbahn. Bremsen quietschten hinter ihm scharf. Es knallte dumpf. Auffahrunfall.

Er riskierte einen Blick über die Schulter. Einem roten Toyota war ein weißer Lieferwagen draufgefahren. Der Schwarze wich vor einem grünen Golf auf der Gegenfahrbahn zurück, aus dessen Fahrertür sprang ein junger Türke. »Keine Augen in der Fresse, oder was?« Er packte den Schwarzen am Oberarm.

»Fuck you!« Der Typ drehte sich wahnsinnig schnell um, ruderte einmal mit dem rechten Arm und schlug in einer ausladenden Bewegung die Hand des Türken weg. Mit der Linken versetzte er ihm einen Kinnhaken, dass er nach hinten wegbrach.

Aus dem weißen Lieferwagen sprangen zwei dicke Kerle in Blaumännern, einer schwang eine Rohrzange. *»Gorno«*, fluchte der laut.

Es war kein Türkisch, kein Arabisch, irgendwas aus dem Osten. Der Schwarze ging in Stellung, der Rumäne oder was auch immer holte aus …

Scheißegal, wer draufgeht, du nicht. Habibi hörte Schläge. Ein Knirschen? Hinter ihm brüllten Männer vor Schmerz. Die Rohrzange schlidderte an seinen Füßen vorbei über die Boddinstraße.

Weiter, weiter, weiter. Er musste rüber in die Rollbergsiedlung. Irgendwie. Zwischen Parkebenen, Häusern, Aufgängen gab es genug Winkel, Treppen, Abgänge, da schaffte er es vielleicht.

Wenigstens war er schnell. Habibi presste den Aktenordner unter den Arm, sprang über das Mäuerchen eines Firmenparkplatzes, schlängelte sich durch die abgestellten Autos. *Renn.*

Er steuerte auf die Hochhäuser zu. Der Ecktrick, wie damals. Sonst verarbeitete der Typ ihn zu rohem Fleisch. Besser nach links zu den Parkdecks der Großsiedlung. Irgendwelche Leute am Straßenrand riefen etwas.

Habibi fühlte seine Füße kaum noch aufsetzen, schrammte an einer Schranke entlang und bog scharf um die Ecke der Zufahrt. Gleich kam die Rampe zur nächsten Ebene, die verpisste Treppe dahinter müsste …

Jetzt.

Habibi warf sich auf die unterste Stufe, die Schienbeine schlugen hart an die Betonkante. Er fühlte den Schmerz und fühlte ihn doch nicht. Und presste sich auf den Boden, so klein wie es nur ging.

Der Typ preschte an ihm vorbei, keuchte wie blöd. Seine Schritte hallten auf der Rampe zum nächsten Parkdeck. Sie wurden langsamer, zu langsam.

Habibi hob den Kopf. Quer über die fünfzehn Meter Abstand und die Betonmauern kreuzte sein Blick den des Typen.

Der griff an sein Holster.

Der Fremde verwandelte sich, wurde zu drei Kämpfern in Uniform der Hisbollah, Blut spritzte über Habibis Gesicht, er fühlte es genau, ganz heiß und nass. Aber das war nicht echt, war bloß Erinnerung. Der Typ hier erschoss ihn gleich. Habibi kam mit einem Satz auf die Füße, nahm je drei Stufen auf einmal, hoch zur nächsten Ebene der total verbauten Parkgeschosse, wo die Fußgängerbrücke direkt zu den Hauseingängen führte.

Die Treppe wollte nicht enden. Habibi hörte den Typ unten hinterherkeuchen.

Rechts zur Autorampe, links zu den Müllcontainern oder durch die Mitte zu den Häusern? Weiter vorn auf der Fußgängerbrücke übers Parkdeck lief eine Frau im langen dunklen Mantel, die bot ein wenig Schutz. Die kieseligen Platten waren rutschig, er durfte jetzt nicht auf die Fresse fallen. Er streifte die Frau am Arm.

»Scheiße, schon wieder Razzia!«, rief jemand.

Über ihm beugte sich ein junger Typ mit weißem Käppi über die Brüstung des Umlaufgangs.

Das Keuchen kam näher, näher.

Habibi hielt auf den Hauseingang zu, die schimmernde Wand mit den zig Alubriefkästen.

»*Chiche, chiche*«, rief ein schlankes Ghettokid in einer grellgrünen Bomberjacke und winkte Habibi zu sich. »Schnell!« Er hielt die Tür von innen auf.

Habibi bog ab. In den Rollbergen hatten alle immer zusammengehalten. Damals. »Tür zu«, brüllte er und rannte hindurch.

Die Glastür fiel hinter ihm krachend ins Schloss. Habibi kam erst vor den zerkratzten Fahrstühlen zum Stehen. Er umklammerte den Ordner und japste nach Luft.

Das Kid in der grünen Bomberjacke lachte, weil der große Schwarze die letzten Schritte mit hochgezogenen Knien wie ein Dressurpferd abbremsen musste und mit der Schulter gegen das Glas knallte.

Der Typ zog das Sweatshirt über den massigen Oberkörper. Seine Muskeln glänzten unter dem Lederholster. Er wickelte seine Waffe in das Shirt, schwang es wie ein Lasso vor der Glasscheibe.

»Duck dich!«, schrie Habibi.

Bomberjacke riss die Arme hoch, drehte sich, aber weiß regneten die Glassplitter über ihn herab.

Der große Schwarze griff durch das Loch in der Scheibe und hakte die Tür auf. Er sprang über den Scherbenhaufen.

Weg. Du musst weg. Habibis Füße glitten auf den Fliesen aus. Er schaffte aber die Kurve um die Fahrstühle, gewann Abstand, am Treppenabgang zum Keller vorbei, noch zehn Meter, noch acht. Hinten gab es einen Ausgang zu den Spielplätzen.

Klack, klack, der Typ lud durch!

Habibi lief im Zickzack, glitt links weg, stürzte auf die Hüfte. Die Kante des Ordners rammte sich ihm in den Magen.

Der Schuss war so laut, dass er taub wurde. Habibi rollte herum.

Der große Schwarze zielte. Auf seinen Kopf! Und schielte auf den Ordner.

Die Beute, es ging immer nur um die Beute. Habibi schleuderte die Akten zur Seite. Sie knallten gegen ein Geländer, prallten ab und polterten auf die Kellertreppe.

Die Augen des Typen folgten der Beute. Sonst wäre Habibi tot. Er rollte auf die Knie, drücke sich hoch, rannte durch die Hintertür raus auf den Spielplatz, als der nächste Schuss das Glas hinter ihm splittern ließ.

Wohin jetzt? Scheiße, scheiße.

»Hinter die Mülltonnen und rein bei Ilonka!«, rief ihm von den Sitzbänken am Sand eine Frau in Lederjacke zu. »Die Bullen sind schon aufm Parkplatz.«

Mit letzter Luft schaffte er es zu dem schmalen Durchgang zwischen Gartenanlage und Ladenzeile. Habibi musste grinsen, weil es den Assi-Puff im Kiosk der Russin immer noch gab, obwohl er hätte heulen können, weil er den Ordner hatte opfern müssen, mit dem sie Leons Sicherheit hätten garantieren können.

Die Hintertür des Kiosks stand offen. Ilonka hatte die Hand auf der Klinke. Auf ihrem grünen T-Shirt schimmerten goldene Streifen.

Habibi warf sich in ihre Arme und drückte sein Gesicht tief in ihren Busen. Am liebsten wäre er ganz in dieser üppigen Weichheit verschwunden.

Die Tür hakte zu. Ilonka lachte rau. »Keine Sorge, Kleiner. Bullen tauchen hier nur nach Dienstschluss auf.« Sie schob ihn von ihrer Brust weg und drehte den Kopf über die Schulter. »Mona, das Bad machst du später, hier ist einer für dich.« Sie schob Habibi von sich den Gang entlang. »Zweite Kabine links.«

34

»Sie haben Ihr Ziel erreicht«, hörte Kara die neutrale Frauenstimme des Navis. Sie warf einen Blick auf die Anzeige: *Frankfurt/Oder Stadtbrücke.*

Beim Aussteigen checkte Kara, ob sie in einem Halteverbot

stand. Sonst kam nachher durch einen dummen Zufall heraus, dass sie inoffizielle Informanten kontaktierte, noch dazu im Ausland.

Die Oderbrücke war nicht weit. Sie ging an lieblos renovierten Fassaden vorbei. Nach dem Krieg hatte man die Stadt im sozialistischen Blockstil aufgebaut und nach der Wende billig aufgehübscht. Wenigstens zu bunten Farben hatte es bei den Häusern gereicht. Hinter einem *Spar*-Markt bog Kara Richtung Polen ab.

Am Brückendamm standen grau gestrichene Abfertigungsgebäude. Zwei Frauen kamen ihr auf der Fußgängerseite mit Kinderwagen entgegen. Jede hatte ein Tüteneis in der Hand. Sie unterhielten sich auf Polnisch.

Noch drei Minuten. In den Zollhäuschen saß niemand. Kara spazierte auf die eigentliche Brücke und schaute nach Süden über den Fluss.

Ein Seitenarm trennte eine flache Insel ab. Ein paar Wasservögel ruhten am Ufer. Die Oder rann mit Niedrigwasser der Ostsee entgegen. Die alten Häuser von Slubice hinter den Schwemmwiesen waren weit zurückgesetzt und wirkten von hier wie Berliner Gründerzeitblöcke.

Kara ging am blau gestrichenen ersten Bogen, an dem die Brücke aufgehängt war, entlang. Am Geländer waren in Höhe des ersten Pylons zwei handtellergroße Plaketten angebracht. Zwei Adler, einmal polnisch rot-weiß und einmal mit Bundesgefieder. Kara blieb stehen. Die Grenze lag gar nicht in der Mitte der Brücke. Da sie im Dienst war, durfte sie ohne Erlaubnis nicht weitergehen, außer bei Gefahr im Verzug.

Ob Polen pünktlich waren?

Ein junges Pärchen rollte mit Mountainbikes heran. Ihre T-Shirts machten Werbung für irgendeinen Popstar. Ein Rentner mit beiger Jacke zog seinen Einkaufstrolley hinter sich her und hatte nicht mal die Abdeckplane über die Zigarettenstangen gelegt. Ein weißer Honda fuhr nach Deutschland. Zwei VW nach Polen.

Am gegenüberliegenden Geländer rauchte ein junger Mann in roten Hosen und blauem Anorak. Der rostbraune Ridgeback an seiner Leine saß brav auf dem Bürgersteig und äugte zu Kara herüber. Herrchen warf jetzt die Zigarette in die Oder, drehte sich um und checkte die Straße. *»Chodź!«* Der Hund sprang auf und spannte die Leine. Eine halbe Minute später schnüffelte er an Karas Beinen.

»Winka beißt nicht.« Der junge Typ trug einen nussbraunen Bart in einem Gesicht mit Sommersprossen. Er zog seine Hündin mit einem Ruck von Kara zurück. Der Ridgeback setzte sich genau vor die beiden Adler.

Kara legte eine Hand aufs Brückengeländer, als wolle sie die Aussicht genießen. »Ich glaube, wir haben einen gemeinsamen Freund.«

»Eigentlich wollte ich ihm sogar den Gefallen tun und zu dir nach Berlin fahren. Aber seit den Ereignissen in der Ukraine haben wir mehr zu tun als sonst.« Thures Kontaktmann holte eine Packung *Lucky Strike* heraus und hielt sie ihr hin. »Möchtest du eine?«

Nervös genug war Kara. »Seit drei Jahren nicht mehr …«

»Okay.« Er steckte eine an und nahm einen tiefen Zug. »Der Flugzeugabsturz von Fokkers Sohn interessiert dich. Vergiss alles, was du in den Datenbanken gefunden hast. Die Maschine ist nicht in Usbekistan abgestürzt, sondern bei uns in Polen. Was noch ein Glück war, ums Haar wäre sie in Weißrussland runtergekommen. Es war die Privatmaschine eines usbekischen Ministers, der genug Feinde im eigenen Land hat. Für dich ist nur wichtig, dass eigentlich Bankvorstand Joachim Fokker mit dem Minister in der Maschine hätte sitzen sollen. Die beiden haben im letzten Moment mit Sohn und Tochter getauscht, die nach Wien wollten, wo sie beide Jobs bei der OFID hatten, dem Entwicklungsfonds der ölexportierenden Länder. Die Tochter des Ministers hat den Absturz überlebt, allerdings schwer verletzt. Ihr Lover, Fokkers Sohn, wurde zerschmettert.« Thures Freund aschte über das Brückengeländer ab.

Kara musste an die weiße Witwe denken. »Was wisst ihr über die Absturzursache?«

»Es war definitiv Sabotage. Da hat sich jemand mit Flugzeugtechnik gut ausgekannt und die Safety-Checks überlistet.«

Das hieß, die Deals zwischen Fokkers *German Global Credit* und dem usbekischen Minister waren so weit eingetütet gewesen, dass man sie nur noch mit Gewalt hatte stoppen können. »Eine Ahnung, wer verantwortlich ist?«

Der Pole blies den Rauch vor seinem Gesicht hoch. »Es kann nur jemand sein, der in Usbekistan Leute hat, die auf dem Regierungsflughafen in die Hangars der Privatmaschinen marschieren können.«

»Warum wurde der Absturz von Polen vertuscht?«

»Damit niemand fragt, wer noch in der Maschine saß.« Er beugte sich zur Hündin hin und streichelte ihr mit beiden Händen den Kopf.

»Verstehe.« Hier ging es um irgendeine Sache, die Polens Interessen betraf, bei einem Flug nach Wien mit seinen zig internationalen Organisationen war das plausibel.

Kara ließ den Blick über die vom Fluss grau gewaschenen Steinbefestigungen schweifen, die im Niedrigwasser in der Sonne bleichten. »Man hat also nachgelegt und Fokker definitiv beseitigt.« Kurz bevor der große Deal rund um die Wasserentsalzung unterzeichnet werden sollte. Kara hatte keine Ahnung, ob die Bank unter Schindhelms Führung das Geschäft würde retten können.

»Ein Magen voller zerkauter Euroscheine könnte zum Rachetrip eines Oligarchen passen.« Thures Freund schnippte wieder Asche weg. »Es scheint mir aber fast ein bisschen harmlos. Oligarchen lassen ihren Opfern eher bei lebendigem Leib die Haut abziehen oder die Eier zu Matsch schlagen.« Er blickte an ihr vorbei. »Jedenfalls habe ich genug unappetitliche Leichen gesehen, die auf ihr Konto gehen.« Er warf die Zigarette auf die Fahrbahn und trat sie aus.

»Fokkers Leiche war blauschwarz verkohlt und seltsam eingeschrumpft. Auch nicht gerade hübsch.«

»Vielleicht hat ihnen das den Rachekick gegeben. Die *German Global Credit* hat unter Fokkers Führung ein russisch-kasachisches Konsortium bei der usbekischen Regierung ausgebootet.« Er rieb Daumen und Zeigefinger aneinander. »Wer weiß, ob man sich jetzt noch an den Deal halten will. Die übrig gebliebene Vorstandsfrau Schindhelm fliegt«, er deutete in den Himmel, »gerade jetzt mit eurem Minister nach Taschkent. Sie muss dahin, weil sie den Deal um die Wasserentsalzung für die Bank vielleicht noch retten kann, wenn sie die beteiligten Regierungen von einer russischen Minderheitsbeteiligung überzeugt.« Er lächelte und zog den rechten Mundwinkel weit hoch.

»Was du sagen willst, ist: Schindhelm muss es an Fokkers Stelle gelingen, die richtigen Leute zu bestechen. Mit Anteilen an den Ingenieursfirmen, die die Patente halten.«

»So ungefähr, ja.«

Kara überlegte. Ging es Schindhelm um das Geschäft oder um Lengsfeld, den sie nicht anders retten konnte, als dadurch, dass sie nun die Interessen der russischen Oligarchen durchdrückte? Die Ereignisse um die Ukraine steckten allen in den Knochen. Keiner wusste mehr, was wer in Russland wirklich wollte. Oder die Usbeken hatten von der Rache der Russen an Fokker Wind bekommen und mit der Entführung von Lengsfeld zurückgeschlagen. Spione gab es überall. Kara rauchte der Kopf. Verschwörungstheorien waren eigentlich das Spezialgebiet von Tante Kirsten.

Thures Freund zog ein Leckerli aus dem blauen Anorak und verfütterte es an Winka. »Hilft dir das bei deinem Fall?«

»Wenn die Geheimdienste oder die Oligarchen drinhängen, haben wir keine Chance zu ermitteln. Dann können wir allenfalls den Entführten finden, bevor sie Lengsfeld …«

Die Hündin zeigte beim Kauen ihre rote Zunge.

Er tätschelte ihr den Kopf. »Wenn du Glück hast, lassen sie Lengsfeld laufen, nachdem sie die Bank erfolgreich erpresst haben.«

»Wie kommst du darauf?«

»Russische Großzügigkeit. Das ist in den neuen Republiken dahinten«, er wies vage nach Osten, »nicht anders.«

»Ist das jetzt nicht das Klischee von der grroßään ruußischään Säälä?«

»Nie, nie. Nur Erfahrung.« Er räusperte sich und wechselte den Ton. »Etwas wird man mit der Entführung ja erreichen wollen.«

»Die nächsten Schritte der Bank werden es uns verraten.« Kara wartete, bis ein paar Autos vorbeigefahren waren. »Sagt dir der Name Georg Ducasse etwas? Er leitet die Entwicklungshilfeorganisation *Aqua Mundi*.«

»Das ist lustig.« Er holte wieder die *Lucky-Strike*-Packung vor, überlegte es sich aber anders und steckte die Zigaretten weg. »Der Mann war für die Bank in Usbekistan tätig. Er hat die Regierungsmitglieder, wie man so sagt, angewärmt und die Bank in der Elite mit Großspenden und Stiftungsgeldern beliebt gemacht.«

»Ducasse behauptet, er habe dort im Gefängnis gesessen und die *German Global Credit* habe ihn hängen lassen.«

»Jedenfalls war es Fokker, der ihn mit seinen privaten Kontakten rausgehauen hat.«

»Aber warum hat man Ducasse überhaupt ins Gefängnis geworfen?«

Er steckte seinen Daumen zwischen Zeige- und Mittelfinger. »Berufliches und Privates sollte man trennen. Ducasse hat die Hände nicht von einer *Kochanka* lassen können. Ein Direktor der usbekischen Investitionsbank, mit Macht und Einfluss, hatte die junge Lady aber bereits in seinem Bett. Der ist inzwischen Botschafter in Peking, wohingegen die junge Frau – egal. War nicht schön, was sie mit ihr gemacht haben.«

Eine SMS ging auf ihrem Smartphone ein, aber Kara konnte jetzt nicht.

Thures Kontaktmann fummelte eine Karte aus der Brusttasche seines Anoraks. »Das ist die polnische Dienststelle, die internationale Anfragen bearbeitet.«

Den polnischen rot-weißen Adler erkannte Kara. Die Wörter

darunter schienen allerdings nur aus Rs, Zs, Ys und Cs zu bestehen.

»Stelle eine Anfrage zu Joachim Fokkers Witwe, vielleicht können wir noch was tun.«

»Das hättest du nicht machen müssen. Danke für alles.«

Er zerrte seine Hündin an der Leine. »*Nie szkodzi.* Grüße unseren gemeinsamen Freund.« Er winkte mit der freien Hand. »Ich muss los. *Warszawa* ist weit.«

Kara stand immer noch auf der Seite des Bundesgefieders vor der unsichtbaren Grenze. Und der Pole war auch nicht herübergekommen. Insofern war formal alles korrekt geblieben. Kein unerlaubter Übergang in ein fremdes Hoheitsgebiet. Kara ging zu ihrem Dienstwagen zurück. Die neuen Infos legten nahe, dass sie doch alle Firmen und Liegenschaften osteuropäischer Oligarchen oder Usbeken in dem Bereich ausfindig machen mussten, in dem Lengsfelds Peilsignal streute.

Im Gehen checkte sie die SMS von vorhin. Das Pflegeheim.

Bitte kommen Sie heute noch, Ihr Vater hat einen Rückfall. Theweßen.

Auch das noch. Ging es wieder los, dass sich ihr Vater nur von ihr beruhigen ließ …

Kara suchte mit dem Blick ihren Dienstwagen in der Reihe der geparkten Autos, streifte dabei eine Hausnummer. Vierzig. Kara blieb mitten auf dem Gehweg stehen. Irgendetwas störte sie an der Zahl. Tief in ihrem Hirn regte sich ein Gedanke und wollte unbedingt in ihr Bewusstsein dringen. Geschönte Listen … Aber Kara konnte sich nicht vorstellen, dass diese Chefsekretärin in der Bank die Termine oder Anrufe falsch eintrug. Das hätte keinen Sinn. Das war es nicht. Außerdem hatte Jörg sie mit der Telefonanlage abgeglichen.

Kara reckte den Kopf zur Häuserfront. *40, 41, 42,* je eine Zahl in schwarzen Ziffern auf quadratischen weißen Schildern neben den Hauszugängen. Sie drehte sich um.

»Können Sie nicht aufpassen?«, fauchte eine dicke Frau in rosa Strickjacke, die Kara mit ihrer abrupten Bewegung auf dem Gehweg beinahe umgerempelt hätte.

»Entschuldigung«, sagte sie mechanisch und machte einen Schritt zur Seite. Die Frau schnaubte nur, ihr stechender Blick folgte Kara aber noch einen Moment.

Der Dienstwagen stand zwei Parkhäfen weiter. Sie ließ mit der Fernbedienung das Schloss klacken. Mit dem Geräusch rutschte der Groschen endlich. »Das war es!« Kara schlug sich mit der Hand an die Stirn. Die Zeugin, die alte Dame aus der Nachbarvilla in Dahlem, die sogar noch einmal bei Nicole im Sekretariat angerufen hatte, musste morgen unbedingt befragt werden.

Kara sprang in den Dienstwagen und tippte gleich eine SMS für Jörg. Nach dem Pflegeheim würde sie es nur vergessen. Ihren Vater so hilflos wütend zu sehen, machte sie jedes Mal völlig fertig. Aber trotzdem müsste sie jetzt die Geschwindigkeitsbegrenzungen auf der Autobahn beachten, sonst war ihr Inkognito am Arsch.

35

Habibi wäre gern cooler gewesen, aber dieser Scheißkerl hatte auf ihn geschossen. Einen anderen Nottreffpunkt als den bei der Tischtennisplatte im Park am Gleisdreieck hatten sie nicht. Hoffentlich funktionierte ihre Tarnung. Er riss im Abendlicht den Schläger hinter der Plattenkante hoch. Der weiße Ball schoss an seiner Hüfte vorbei.

Malu kniff die Augen zusammen. »Eins nach dem anderen. Über Toko reden wir gleich.«

Wenigstens hatten die beiden ihn nicht wegen der verlorenen Dokumente angemacht.

Sanctus stand am Alugitternetz der Steinplatte und hielt Habibi sein Tablet unter die Nase. »War es der Typ?«

»Fuck, ja.« Sanctus war einfach schlauer als er. Habibi ließ den Schläger sinken. »Der hätte mich beinahe plattgemacht.«

»Die riskieren das Leben der Leute aus dem eigenen Team«, sagte Malu von der anderen Seite der Steinplatte her.

»*Kerberos Ten* macht nichts, ohne dass die Bank ihr Okay gibt.« Sanctus wischte das Bild weg. »Oder seine Frau und der Sohn entscheiden über Lengsfelds Leben, falls sie laut Sicherheitskonzept das letzte Wort haben.«

Malu sah überrascht zu ihm hin. »Entschuldige bitte?«

Habibi bückte sich schnell nach dem weißen Ball in einem Büschel Gras, das zwischen den Rissen in den Platten wuchs.

»Schaut selbst.«

Sanctus' App zeigte vier Fotos. Auf einem hielt Tobias Lengsfeld seine junge Stiefmutter Beatrix im Arm, sie standen in Galaklamotten auf einem roten Teppich.

»Münchner Filmparty letztes Jahr. Papa Lengsfeld investiert übrigens privat in Postproduktionsfirmen«, sagte Sanctus.

Auf Bild drei und vier gab es das gleiche Posing. Nur begrapschte diesmal Lengsfeld senior den Hintern seiner jungen Frau. Die beiden standen an einem weißen Strand vor türkisblauem Meer.

»Die Hochzeit auf Saint-Barthélemy vor sechs Jahren.«

Malu tippte auf das Tablet. Das Bild zoomte so stark heran, dass nur noch ein gelbes Segel im Hintergrund zu sehen war.

»Die hat sich den Alten geschnappt, weil der mehr Kohle hat. Klar.«

»Spekulieren hilft uns nicht weiter. Vielleicht waren sie bloß zu dritt beim Filmfest und Lengsfeld kam einfach zu spät für den Auftritt auf dem roten Teppich.« Malu nahm Habibi den Ball aus der Hand und warf ihn wie zum Aufschlag hoch, ließ ihn aber nur auf dem grünen Schläger hüpfen. »Meint ihr, es könnte etwas bringen, wenn ich mich mit Beatrix Lengsfeld treffe? So von Entführungsopfer zu betroffenem Familienmitglied. Angeboten hat sie das über die Polizeipsychologin, die hat mich heute angerufen.«

Habibi hörte, dass Malu zwar ›ihr‹ sagte, aber bloß Sanctus meinte.

Der trommelte mit den Fingern auf das Alugitter und dachte einen Moment nach. »Nein, das wäre zu auffällig. Du hast gerade dieser Kommissarin verkauft, dass du zur Traumabewältigung deinen regulären Alltag fortsetzt. So ein Treffen bringt die nur auf dumme Nachfragen. Spielt besser weiter.« Sanctus trat zwei Schritt zurück, hob das Tablet und tat so, als ob er Fotos machte.

Habibi ging in die Knie und wartete auf Malus Aufschlag. Der kam, hart angeschnitten, Mitte links, so knapp setzte sie ihn quer übers Alugitter. Er konterte.

»Eines wissen wir jetzt wenigstens: Nicht die Polizei hat dich verfolgt, sondern die Typen von *Kerberos Ten.*«

Der Ball war im Aus. Habibi fing ihn mit dem Schläger ab.

Malu stellte sich an der anderen Plattenseite in Position. »Sanctus, ich kann keine Gedanken lesen. Soll das jetzt heißen, dass sich zwar die Familie Lengsfeld an unsere Vorgabe gehalten hat, nicht aber die Bank?«

Sanctus ging in die Hocke und stützte ein Knie auf den Asphalt. »Eins ist klar: *Kerberos Ten* muss Tobias Lengsfeld so gut überwacht haben, dass wir sie mit unseren SMS in der U-Bahn nicht haben abschütteln können, sonst hätte Joe nicht so schnell auftauchen können.«

Malu rettete den Ball, der vorn quer an der Kante abprallte. Habibi erwiderte ihren Konter.

»*Kerberos Ten* sind absolute Profis.« Sanctus fing den Ball mit der Linken aus der Luft. »Ich bekomme leider nichts mit, obwohl sie bei uns im IT-Center hocken. Außerdem muss ich ziemlich viel arbeiten.«

Er ließ den Ball über die Steinplatte auf Habibi zurollen. Ihm ging das Spiel auf die Nerven, aber sie wollten wie Leute aussehen, die einfach easy am Abend im Park abhingen.

»Wir haben viel riskiert und nichts erreicht.« Malu spielte den Ball wieder in die andere Ecke.

Habibi machte einen Ausfallschritt. »Es ist meine Schuld.« Er packte den Schläger so fest, dass ihm das Handgelenk wehtat, und gab ihr ein paar fiese Bälle zurück. Beim nächsten Aus schaute er die beiden anderen an. »Wäre ich doch nur gleich in die Rollbergsiedlung und nicht in die Parkdecks gerannt. Scheiße noch mal. Der Typ hat mich gesehen. Ich kann nicht noch eine Übergabe machen.«

»Sanctus erst recht nicht.« Malu legte ihren Schläger auf die Platte. »Und ich bin seit der Entführung aktenkundig.«

»Die sind mit Technik hochgerüstet, sagst du.« Habibi lehnte sich mit dem Bauch an die Plattenkante. »Was ist, wenn der Typ mich irgendwie fotografiert oder gefilmt hat?«

Sanctus zog die Stirn in Falten, sein Mund wurde klein und hart. »Unwahrscheinlich«, sagte er langsam. »Sie hätten dich über Gesichtserkennung längst identifiziert und im Copyshop geschnappt.« Er lächelte plötzlich. »*Kerberos Ten* ist demnach auch nicht perfekt.«

»Wenigstens das.« Malu setzte sich mit dem Hintern auf die Steinplatte und drehte den Schläger in der Hand.

»Aber was tun wir jetzt? Wie wollen wir einen sicheren Deal mit Lengsfeld hinkriegen, damit er die Schnauze hält und Leon nicht verrät?«

Sanctus drückte sich aus den Knien hoch. »Sag es ihm.« Er sprach hochdeutsch, richtig durch die Nase.

Habibi hasste diesen Deutschkinderton. Er blickte zu Malu. »Du sagst mir was?«

Sie wischte sich mit dem Handrücken über die Augenbrauen. »Ich halte es für denkbar, dass die Bank überhaupt kein Interesse daran hat, dass wir Lengsfeld freilassen. Selbst wenn sie uns schnappen wollen, um uns auszuschalten.«

Habibi warf seinen Schläger auf die Platte. »Dann sitzen wir komplett in der Scheiße!«

»Falls die *German Global* ihn opfern will, weiß Lengsfeld genau warum. Wir müssen ihn dazu bringen, uns etwas gegen die Bank, also im Moment heißt das gegen Schindhelm, zu liefern, damit …«

»Heißt das jetzt, die Bank bestimmt, wie es läuft? Wollt ihr mir das sagen?« Habibi verschränkte die Arme. »Habt ihr sie noch alle?«

»Nicht so laut, verdammt«, zischte Malu.

Es war Habibi scheißegal. »Wir bestimmen, nicht die. Sonst läuft das nicht.«

Malu nahm ihren Schläger wieder auf. »Natürlich. Und was sollen wir deiner Meinung nach als Nächstes tun?«

»Was weiß denn ich? Ihr seid doch die großen Planer.« Habibi legte den Kopf in den Nacken und starrte in den Himmel. Im Libanon hatten zig Gruppen mit- und gegeneinander gekämpft. Ständig wurden die Seiten gewechselt. Wer dabei nicht schnell genug war, explodierte schon mal im Auto. »Wenn ihr mich fragt, müssen wir erst einmal Toko loswerden. Was ist, wenn der mit *Kerberos Ten* redet?«

Malus Blick wanderte über die Platte. »Habibi hat recht. Wir müssen Toko loswerden, während du gleichzeitig in der Bank versuchst rauszufinden, ob die *German Global* Lengsfeld gar nicht retten will.«

Sanctus nickte und drehte die Zeigefinger seltsam in der Luft. »Moment, ich habe es gleich ... Machen wir einen unerwarteten Schachzug. Toko will nur Geld. Das ist unsere Chance, wenn ...«

Habibi dämmerte was. Sanctus war einfach genial. »Du meinst, wir bestechen Toko selbst?«

Sanctus deutete mit dem Zeigefinger auf ihn. »Genau. Wenn nicht unser Gefangener an Geld kommen kann, wer dann? Melken wir ihn.« Sanctus warf Malu den Ball zu. »Spielt weiter. Ich muss kurz nachdenken.« Er senkte den Kopf.

Und ping, und pong. Habibi wartete wie Malu darauf, dass Sanctus endlich weiterredete. Und pong, und ping.

»Auf Lengsfelds Privatkonten dürfte genug Kohle sein, damit Toko erst mal anbeißt. Wenn er aber aus Gier das Geld nimmt ...«

»Und das wird er, da bin ich sicher ...« Habibi nickte. Jungs, die es nie bei einer Line belassen konnten, waren gierig. Egal, worum es ging.

Sanctus grinste plötzlich schief. »Ich muss zwar noch mal genau überlegen, wie ich das Ganze umsetze, aber dem alten Hacker zeige ich's gern noch mal.« Er ließ seinen Blick über den Park schweifen. »Wir könnten Lengsfelds Geld direkt an Toko überweisen lassen. Mit einer der üblichen Geldwäschekaskaden, anonym. *Kerberos Ten* und die Polizei registrieren dann nur den Geldabfluss. Toko wird sich anschließend nicht mehr an die Bullen oder *Kerberos* wenden, weil wir ihm noch eine zweite Tranche nachschieben lassen. Dann wartet er auf die dritte, die nie kommen wird.«

»Okay.« Malu lehnte sich mit der Hüfte an die Steinplatte. Sie hatte den Ball vergessen, der langsam zum Rand trudelte. »Leon wird einverstanden sein, auch wenn es erst einmal sein Problem nicht löst.«

Sanctus legte den Kopf schräg. »Unser Problem.«

»Natürlich ist es unseres.« Malu hob kurz die Augenbrauen, aber ihr Blick glitt zum Tablet in Sanctus' Händen.

»Das lösen wir anschließend.« Er nickte ihr zu.

Deutschkindernäseln. Der weiße Ball kippte über den Rand der Steinplatte. »Lass Lengsfeld neues Material rausrücken. Er braucht nicht zu wissen, dass die Übergabe gescheitert ist. Behauptet einfach, die Dokumente wären nicht vollständig gewesen. Er hat mithilfe der Bank bestimmt noch mehr beschissene Projekte finanziert, die ein paar Tausend Leuten das Leben gekostet haben.«

Habibi reichten die Anlagen in Syrien, von denen die Bomben gekommen waren, die seine Eltern im Libanon getötet hatten, deren zerfetzte Glieder er hatte aufsammeln müssen. Wie immer wieder im Traum. Da waren seine zwei Schwestern, die erstickt im Schutt gelegen hatten. Die er ausgegraben hatte, mit eigenen Händen, bis man ihn selbst verletzt ins Hôpital Saint Joseph geschafft hatte. Jetzt war er ganz allein. Und hatte auch keine Onkel und Tanten mehr im Libanon, wie er Malu,

Sanctus und Leon vorgemacht hatte, damit sie ihn nicht noch mehr bedauerten.

»Hörst du mir zu, Habibi?« Malu steckte ihren Schläger in den Rucksack. »Getrennte Wege, schlage ich vor. In zwei Stunden treffen wir uns am Kristall. Und quetschen Lengsfeld aus.«

Es kotzte ihn an, dass alles so kompliziert wurde. »Okay.« Seine Familie durfte nicht umsonst gestorben sein. Habibi musste erst zurückschlagen. Und die wahren Verantwortlichen treffen, die alles in der Hand hatten. Die Schweine, die steuerten, wo die Kriege geführt, wo die Waffen verkauft wurden, wo Blut und Bomben nie aufhören sollten. Die Banker waren es, die das Scheißspiel ums große Geld machten, in dem sie alle, alle gefangen waren. Selbst die Israelis. Er hatte lange gebraucht, bis er das begriffen hatte.

Malu ging über den Parkweg hinter der Tischtennisplatte davon.

Sanctus zeigte Richtung Birkenwäldchen. »Muss noch pissen.«

»Alles klar.« Habibi suchte den Ball auf der Platte. Als er sich umdrehte, knirschte er unter seinem Fuß.

36

Es tat gut, Lengsfeld so toben zu sehen. Endlich verlor er die Nerven.

»Diese Arschlöcher lassen mich mit Absicht verrecken.« Der Banker hieb mit beiden Fäusten gegen die verspiegelte Wand des Kristalls, genau unter der Cam. Die Haare auf seinem Hinterkopf waren längst verklebt. Zum Waschen hatte Habibi ihm nur eine kleine Packung feuchte Tücher in den Versorgungskorb geschmissen.

Habibi saß mit Malu und Leon auf Hockern vor der Überwachungsanlage. Auf dem Bildschirm konnten sie verfolgen, wie Lengsfeld die drei Meter an der Schlafpritsche entlangwankte, immer wieder vor und zurück. »Aber vorher mache ich euch fertig, ihr verdammten Bastarde.«

Vor ein paar Minuten hatte Malu mit der gefakten Computerstimme weitere Dokumente verlangt und keine von Lengsfelds Fragen beantwortet.

»Der hört ja gar nicht mehr auf zu fluchen.« Leon nahm einen Schluck aus seiner *Sprite*-Dose.

»Lengsfeld schnallt gerade, dass die Bank ihn hängen lässt.« Malu drehte den Ton ab. »Er rastet aus, weil er uns zutraut, dass wir ihn deswegen umbringen.«

Leon reichte Malu an Habibi vorbei die *Sprite*. »Vielleicht sollten wir ihn wirklich verrecken lassen.«

Sie setzte die Dose von ihrem Mund ab.

»Schon gut, schon gut.« Leon stand auf und ging zu seinen Boards.

Lengsfeld ex und tot – wäre aber scheiße. Sie hätten eine Leiche am Hals und müssten erst recht aus ihrem jetzigen Leben verschwinden. Habibi stieß Malu an der Schulter an, weil sie immer noch Leon nachglotzte, der in seinen Werkzeugkisten kramte. »Wie willst du Lengsfeld jetzt Stress machen?«

»›Wir‹ meinst du wohl«, sagte Leon laut, ohne dass er richtig von seinen Rollen aufsah.

»Wir«, betonte Malu. Sie rückte den Hocker zurecht und griff nach dem Sprechset. »Also: Was wollen wir?« Ihr Blick hing an Leon, der Rollen sortierte.

Das betonte ›wir‹ hallte in Habibis Kopf wieder.

»Also?«, fragte Malu noch einmal.

Die Aktion zählte, sonst nichts. »Lass Lengsfeld erst mal was anbieten. Er muss uns neue Dokumente liefern.«

»Hm«, brummte Leon. Er nickte aber kurz, während er die nächste Schraube festdrehte.

»Okay. Ich geh on.« Malu drückte die Tasten.

Unten stand Lengsfeld in Slip und Unterhemd noch immer mit beiden Händen an die Glaswand gestützt.

»Sie wollten verhandeln. Was bieten Sie für eine neue Runde?«

Lengsfeld zuckte mit dem Kopf zwischen den Schultern. »Neue Informationen.«

Malu stellte den Ton lauter. »Welche?«

»Währungsmanipulation, das sagt euch was. Die Banken haben nicht nur die Referenzsätze wie den Libor und den Silbermarkt manipuliert, sondern auch die Handelsplattformen. Es gab Absprachen. Ich weiß, wer da alles drinhängt.«

Malu hob den Daumen. »Sie werden ein Geständnis aufnehmen.«

Lengsfeld nickte unten.

»Aber nicht alles auf einmal, damit Sie sich nicht zu viel immunisieren.«

Habibi drückte die Übertragung off. »Was meinst du damit?« Ihm war egal, dass Lengsfelds Antwort unterging.

»Fingere mir nicht dazwischen!«

»Reg dich nicht gleich auf«, sagte Leon.

Habibi hörte, wie er am Werktisch hinter ihnen Metall auf Metall fallen ließ.

»Ich versteh's auch nicht.«

Malu rollte mit den Augen. »Wenn wir nur einen Clip mit ihm machen, packt er alles, was ihn und die Bank belasten kann, in das Geständnis rein. Dann können wir anschließend mit den Informationen nicht mehr an die Öffentlichkeit, weil wir ja Leon damit raushauen wollen. Wenn wir mehrere Aufnahmen machen …«

»Können wir doch auch keine davon veröffentlichen, weil er mich sonst hochgehen lässt.« Leon warf seinen Schraubenzieher zurück in die Kiste, dass es schepperte.

»Einzelne Clips können wir thematisch so gestalten, dass andere Banker drinhängen. Das wäre Lengsfeld sogar recht.«

»Wir machen nicht die Drecksarbeit für ihn.«

»Natürlich nicht.« Malu presste die Lippen aufeinander. »Trotzdem bin ich für einzelne Clips. Für Lengsfeld ist das viel gefährlicher, weil er detaillierter erzählen muss. Und kurze Clips sind ideal für eine virale Aktion …«

Streuen im Internet, *YouTube* und so weiter … »Das hätten wir längst durchziehen sollen.« Irgendwie kostete das Gequatsche zu viel Zeit. Habibi konnte nicht ruhig herumhocken. »Mach nicht so lange Pause, sonst denkt er, wir werden weich.«

Malu beugte sich vor und aktivierte den Ton. »Sie werden fünf verschiedene Beispiele der von Ihrer Bank organisierten Finanzkriminalität in allen Einzelheiten schildern.«

Lengsfeld saß wieder auf seiner Pritsche. »Neue Dokumente sind von höherem Wert für euch.«

»Welche Art Dokumente?«

»Leute in den Aufsichtsbehörden, die wir füttern. Wer die Banken vorwarnt, zum Beispiel. Mit diesen Namen könnt ihr ein politisches Erdbeben auslösen. Das müsste euch doch Spaß machen.« In seinem struppigen Bart versackte sein Lächeln böse.

»Spaß ist keine Kategorie«, sagte Malu kühl.

»Okay. Dann eben Effizienz. Ihr habt schon viel riskiert. Ihr wollt, dass es sich für euch lohnt, oder?«

»Oder«, sagte Malu absolut neutral, machte aber den Rücken gerade.

Leon hing mit dem Blick an ihrem seltsamen Lächeln. Es sah fast aus, wie auf dem berühmten Bild in Paris.

Habibi hörte Lengsfeld durch die Lautsprecher atmen. Es klang ziemlich rau. Der Sack heulte gleich.

»Lasst mich noch einen Brief an meine Frau schreiben.«

»Wozu?« Malus gelangweilte Stimme machte Lengsfeld sichtlich nervös.

Er sank mit den Schultern an die Glaswand hinter der Pritsche. »Ich … ich habe befürchtet, dass es nicht klappt. Ich habe über eine sichere Form der Übergabe für euch nachgedacht. Zeit dazu hatte ich ja genug.«

»Präzisieren.« Malu winkte Leon mit der freien Hand heran und deutete auf den Bildschirm. Lügen erkannte man am besten an der Körpersprache.

Habibi rückte mit seinem Hocker näher an Malu heran, damit Leon Platz hatte.

»Eröffnet ein Postfach, am besten in Jersey. Da geht das anonym und übers Netz. Ich übersetze meine Anweisungen in

Anspielungen aus dem Familienleben, die nur mein Sohn, aber nicht die Bank verstehen kann. Er wird begreifen, was er tun soll: Tobias wird zur Ablenkung hundert identische Umschläge an hundert verschiedene Adressen über möglichst viele verschiedene Postkästen und Postdienste verschicken. Das dürfte die Polizei sowohl personell als auch bürokratisch überfordern.«

Malu wiegte den Kopf. »Ihr Vorschlag wird geprüft.«

»Moment. Bitte!« Lengsfeld robbte mit dem Hintern an die Kante des Pritschenbettes vor. »Ich gebe euch den Code für ein Nummernkonto in Jersey.«

»Geld ist kein Hebel für Sie.«

»Aber für euch. Damit könnt ihr Leute mit weißer Weste bestechen, die für euch die Dokumente am Postfach in Jersey abholen. Baut eine Kette von Übergaben, die ihr allein überwacht.«

So machten es die Großdealer auch. Die Aktion lief wie ein Film in Habibis Kopf ab, wie noch jedes Mal, wenn ein Plan endlich gut gewesen war. Ein versiegelter Umschlag, den man weiterreichte für einen fetten Schein. Er stieß Malu mit der Schulter an und nickte extra tief mit dem Kopf.

Malu drückte die Tonübertragung weg. »Das ist nicht euer Ernst.«

»Warum nicht? Ich habe genug Kumpels, die dringend Geld brauchen und nicht nachfragen, die auch wieder Typen kennen, die nicht fragen. Der Plan ist gut.«

»Es ist aber *sein* Plan«, sagte Malu. »Das hat dich doch gerade noch gestört.«

»Wir behalten aber die Kontrolle darüber, wer wann was tut.« Leon verschränkte die Arme. »Mir passt eher diese Übersetzung in den Familiencode nicht.«

»Wieso? Er muss uns jede einzelne Übersetzung genau erklären. Was uns nicht passt, darf er nicht schreiben. Ewig können wir ihn nicht hierbehalten«, sagte Habibi.

»Aber auf jeden Fall lange genug, um jetzt keinen Schnellschuss machen zu müssen.«

»Vergiss es, Malu.« Habibi sprang auf. Der Hocker kippte

um und traf mit der Kante seinen Fuß. »Scheiße.« Es tat richtig weh. »Dieser Typ von *Kerberos Ten* hat auf mich geschossen. Wenn die Arschlöcher nur den Fitzel einer Spur zu uns finden, machen die uns kalt.« Habibi stand halb zwischen Malu und Leon. »Richtig tot, kapiert ihr das?«

Sie schwiegen.

Malu nahm das Headset vom Kopf.

Habibi langte es. »Sanctus hat auch gesagt, dass wir neue Dokumente brauchen.« Er lief zur Ecke, in der die Kette des Versorgungskorbs verankert war. »Weil wir mit denen Lengsfeld erpressen, damit er das Maul hält und zwar für immer. Anders können wir ihn nicht aus dem Kristall lassen.«

Leon ging zum Werktisch. Er griff sich Boardrollen und ließ sie über seine Handfläche surren.

»Ja, sicher, aber wir wollten auch Toko mit Geld ködern.« Malu kniff den Mund zusammen. Sie starrte auf den Bildschirm. Lengsfeld hockte reglos auf der Pritsche und wartete.

»Kein aber.« Leon warf die Rollen mitten auf die Arbeitsfläche. »Stimmen wir ab, ob wir es mit dem Postfach in Jersey versuchen.«

Malu drehte sich langsam um. In ihren Blick schlich sich etwas, das Habibi bei ihr noch nie gesehen hatte. Angst. Um Leon, um sie alle. »Keine Ahnung, wie lange man braucht, um nach Jersey zu fliegen«, seufzte sie schließlich. »Wir können später immer noch in Ruhe darüber nachdenken, wie wir Lengsfelds Plan sicherheitshalber abändern sollten.« Sie griff wieder zum Headset und atmete noch einmal durch. »Nennen Sie den Code und die Zugangsdetails.«

Lengsfeld hob den Kopf und blinzelte wie gegen Regen. Er lächelte nicht. »Hört genau zu.«

Habibi deutete auf die Funktion *Aufnahme.*

Malu drückte auf die Zusatztaste, das kleine Symbol oben rechts leuchtete rot. Auf Sanctus' Technik konnten sie sich verlassen.

»Nehmt die Quersumme der Ziffern meines vollständigen Geburtsdatums, multipliziert sie mit siebenundzwanzig, addiert dazu die Zahl 12345678, zieht davon die achtstellige Zahl ab, die mein Geburtsdatum ergibt. Das ist der Zugangscode bei der *Royal Bank* in Jersey. Das reicht als Nachweis.«

»Welches Limit hat das Konto?«

»Das Konto valutiert in Britischen Pfund. Hebt maximal fünf Millionen ab. Ihr könnt euch das in Euro auszahlen oder sonst wohin überweisen lassen. Was ihr damit macht, ist eure Sache.«

Malu fuhr sich mit dem kleinen Finger über die Stirn.

Habibi beugte sich vor. »Nein, Ihre.« Er sprach ohne Vorwarnung aufs Mikro an Malus Kinn drauf. »Wir können Sie da unten auch einfach vergessen.«

Malu zuckte zusammen und schaltete die Übertragung weg. »Bist du bekloppt?« Sie boxte ihn in die Schulter. »Wenn er deine Stimme erkennt! Wir haben schon genug Probleme wegen Leon.«

Der umarmte Malu von hinten. »Hasi, keine Panik. Das System moduliert jede Stimme zum Bordcomputer.«

Malu stöhnte leise und ließ ihren Kopf gegen Leons Arme sinken. Sie hob den Kopf für einen Kuss. »Sorry«, hauchte sie. »Habe ich gerade echt vergessen.« Leon küsste Malu.

Es wurde verdammte Zeit, dass sie die Aktion durchzogen, wenn selbst Malu so hektisch wurde. »Stellen wir dem Arsch da unten das Licht ab.« Habibi lief zum Steuerungskasten und legte den Hebel der Sicherung um. Der Bildschirm wurde schwarz. Irgendwie tat ihm das gut.

Leon ging zur Küchenzeile und nahm sich einen Schokoriegel. »Jemand muss Wache halten. Wer von uns dreien fliegt jetzt nach Jersey? Du?«

Malu hielt sich die Schläfe. »Einen Kurztrip nach London am Wochenende könnte ich als Ablenkung verkaufen.«

Einer der Sprüche seines toten Onkels fiel Habibi ein, der so gern gewettet hatte wie die Briten: ›Lass deine Feinde die Drecksarbeit machen.‹ »Keiner von uns.« Habibi hob den Zeigefinger. »Toko wird fliegen.«

Malu hob die Augenbrauen. »Interessante Idee.«

»Toko ist ein Zocker.«

Malu ließ ihren Blick über die alten Leitungen unter der Werkstattdecke gleiten. »Toko will uns eigentlich nicht ans Messer liefern, sondern nur über uns ans große Geld kommen.« Sie wiegte den Kopf. »Außerdem: Der Plan war ja, ihn zu bestechen.«

»Warum spricht Toko eigentlich nicht offen mit uns? Oder wenigstens mit dir?«, fragte Leon.

»Das hat er eigentlich schon, wenn ich es richtig überlege.« Malu stand vom Hocker auf. Am Küchentresen nahm sie ihm den halben Schokoriegel aus der Hand und biss hinein. »Toko steht auf Machtspiele. Er wartet nur drauf, dass ich den ersten Schritt mache. Oder wir.«

Leon grinste Malu an, als würde er sie gleich hier auf dem Werkstatttisch flachlegen. »Mir gefällt der Gedanke, dass wir mit dem Postfach in Jersey Toko zum Schweigen bringen. Wir haben doch recherchiert, wann Lengsfeld geboren ist, oder?«

»Das weiß sogar *Wikipedia.«*

»Rechne mal den genauen Code aus, Kumpel. Ich bin da nicht so gut.« Habibi schnappte Malu den restlichen Schokoriegel aus den Fingern. »Dafür übernehme ich später und bringe unser Angebot an den Mann.«

37

»Wahnsinn!« Malu drehte die kalte Getränkedose in ihrer Hand. »Das ist ja Bangui. Weißt du, wie lange ich das nicht mehr getrunken habe?«

»Ziemlich genau so lange, wie wir zusammenwohnen. Gab's bei der Einweihungsparty.« Leon lehnte am offenen Kühlschrank und fischte sich eine simple *Coke Zero* heraus. »Habe ich extra aus dem Afro-Food-Shop am Ostkreuz geholt. Ich glaube, ein paar Goodies haben wir verdient.«

»Allerdings.« Sie konnte immer noch kaum fassen, dass die Übergabe schiefgelaufen und Habibi fast draufgegangen war.

Sie müssten morgen entscheiden, ob sie Toko wirklich nach Jersey locken sollten. Malu trank einen großen Schluck zur Ablenkung. »Herrlich.« Sie liebte diesen bittersüßen Palmensaft, seit sie ihn das erste Mal in Côte d'Ivoire getrunken hatte. Damals hatte sie die ersten Freundinnen im Dorf gefunden, weil sie das Zeug mochte und nicht wie die anderen weißen Mädchen die Nase verzog.

Leon trank aus und warf die Dose in den Mülleimer unter der Arbeitsfläche. Er betrachtete einen Moment die Spitzen seiner Turnschuhe. »Meinst du wirklich, dass wir Lengsfeld langfristig zum Schweigen zwingen können?«

Malu trank den letzten Schluck und schloss die Augen, damit sie wenigstens noch einen Moment lang in der feuchten Hitze von Abidjan tanzte und sich auf gegrilltes *Pokojé* freute. Kandés Gesicht tauchte auf … Das Schicksal ihrer während der Wahlfälschereien verschwundenen Freundin hatte Malu gelehrt, dass sie genau hinsehen musste.

So wie Leon dastand, hatte er richtig Angst.

»Glaubst du, ein Managertyp wie Lengsfeld opfert seine zukünftige Karriere und den nach der Freilassung erlangten Heldennimbus, nur um sich für die paar Tage Gefangenschaft zu rächen? Nein.«

Leon schwieg immer noch. Malu zog die Pumps in der Küche aus. »Ich hasse diese Dinger.« Wie das ganze Makleringetue, das sie tagsüber abspulte. »Mich kotzen diese verwöhnten Erbinnen an. Ich schwöre dir, die haben immer Riesentüten von irgendeinem Designer am Arm hängen. Morgen sucht eine 'ne Dachgeschosswohnung mit Extrabad samt integrierter Hundewanne.« Sie umschlang seine Hüften.

»Die Sicherheitsleute der Bank hätten Habibi beinahe erschossen«, sagte Leon matt.

»Es sind genug Aktivisten bei seltsamen Unfällen umgekommen. Erinnere dich mal an Sayad.« Malu überfiel immer noch die kalte Wut darüber, wie Staatsanwaltschaft und Polizei die Ermittlungen eingestampft hatten. Wen interessierte schon ein verschwundener Iraker, waren doch alles verkappte Islamisten. Das System würde niemals gegen sich selbst ermitteln. »Seit der Einkesselung von Blockupy-Aktivisten in Frankfurt wissen wir alle, dass die Banken zur Gewalt greifen. Wenn sie die Polizei nicht einspannen können, kaufen sie sich halt Securitytypen.« Malu strich an seinem Rücken entlang. »Habibis Instinkt ist bewundernswert. Ich wäre nicht so schnell auf den Fluchtweg über das Parkdeck gekommen.«

»Einfach in einen Puff rennen, bei dem eine Tür aufsteht …«

»Das hättest du auch gebracht.«

»Klar.« Leon lächelte schief. »Ich wäre froh, wenn wir es hinter uns hätten.« Er legte seinen Kopf auf ihre Schulter.

»Geduld. Lengsfeld war heute richtig mürbe. Noch einen Tag und er ist weichgekocht. Dann gibt er uns alles, was wir verlangen.« Malu strich Leon über den Rücken. »Bald fliegen wir nach Abidjan. Du musst die Elfenbeinküste einfach kennenlernen.«

»Komm.« Er zog sie bei der Hand aus der Küche und durch den Flur.

Nur eine Leselampe erhellte das Schlafzimmer. Malu ließ ihren Businessrock einfach zu Boden gleiten und stieg hinaus. Leon stand hinter ihr und knöpfte langsam ihre Bluse auf, seine Unterarme strichen über ihre Taille und höher.

Er löste ihren Haarkamm und blies Malu sanft in den Nacken. »Das alles stresst mich ganz schön, weißt du?« Sein warmer Atem strich über ihre Haut. »Dich auch?«

Sie wollte nicht darüber nachdenken. Malu genoss lieber, dass er seine Nasenspitze an ihrem Ohr rieb. Sie summte leise einen Ton, zwischen ›Ja auch‹ und ›Nicht so‹. Sie kannte Leon inzwischen gut genug. Er brauchte sie jetzt. Malu legte ihr Bauchgefühl in ihre Stimme: »Wir schaffen das.«

Seine Hände ruhten schwer auf ihren Brüsten. Er küsste sie in den Nacken.

Leons Mut war schwankend, aber überraschend groß. Damals in Frankfurt hatte er sich vor die anrückenden Bullen geworfen, damit sie das Tränengas nicht abbekam. Auch wenn es sinnlos gewesen war, es war das erste Mal, dass einer von den Jungs Malu verteidigt hatte, einfach so. Wahrscheinlich hatte sie sich in diesem Moment in Leon verliebt, so wehleidig und launisch er manchmal auch sein konnte.

Leon rieb langsam seine Daumen über die beiden Muskelstränge in ihrem Nacken.

Malu spürte, wie verspannt sie war. »Uns kriegen sie nicht.« Sie drückte ihren Kopf gegen seine Hände. »Sanctus passt auf und warnt uns rechtzeitig.«

Leon drehte sie zum Bett hin. »Hoffe ich.«

Immer voller Zweifel. Malu hatte erst nach einiger Zeit begriffen, dass sein Genöle eine Art Scheidungsspätfolge war. Leon steckte voller Unsicherheiten, obwohl fast alles, was er anfing, klappte. »Wenn auf jemanden Verlass ist, dann auf Sanctus.«

Leon sah sie an. »Und auf dich.« Sein Blick war auf einmal sehr weich. Nicht feminin, sondern voll von einer Zärtlichkeit, die nur wenige Männer aufbrachten. Er wusste instinktiv, wie viel sie gerade an männlicher Nähe ertrug – oder brauchte. Malu ließ sich von ihm aufs Bett drücken.

Er kniete sich vor sie hin und schob ihr den Slip von den Hüften, nur um sie auf den Nabel zu küssen. »Ich weiß, wir sollten besser schlafen, aber …« Seine Stimmlage dunkelte ab. Er ließ seine Lippen über ihren Körper wandern.

Malu verschränkte ihre Hände in seinem Haar und hörte wie er seinen Reißverschluss aufzog. Sie ließ sich nach hinten sinken. Malu hatte vor ihrem Leben mit Leon einfach nicht gewusst, dass ihr Nabel so empfindlich, dass sie da so erregbar war, wenn er seine Zungenspitze unendlich langsam am Nabelrand spazieren führte.

38

Im exklusiven Fünf-Sterne-Wellnesscenter, in dem Sonya Fokker-Samonowicz trainierte, blendete Kara das Morgenlicht. Vor den

Fenstern lagen einem die Dächer der City-West zu Füßen. Dagegen war ihr Schöneberger Studio die reinste Schimmelbude.

Kara hatte nach dem Stress im Pflegeheim geschlafen wie ein Stein. Sie hatte keine Ahnung, wie Thure es bewerkstelligt hatte, aber dass er der Absender des Briefes war, den sie am Morgen vor ihrer Wohnungstür gefunden hatte, daran bestand kein Zweifel. Der Stick im Umschlag hatte die Form eines Elchs, der mit herausgestreckter roter Zunge schielte. Kara hatte angesichts der Dateien nicht lange gefackelt. Sie hatte gar nicht damit gerechnet, dass Sonya Fokker-Samonowicz ihr sogar einen Termin geben würde: entweder gleich hier an den Maschinen oder gar nicht. Also war sie um halb acht nicht direkt ins LKA gefahren.

Die gut zehn Maschinen im Saal standen still. Nur weiter hinten sausten an einer gelb lackierte Gegengewichte zwischen Stahlstangen auf und ab.

Die Witwe Fokkers lag auf dem Rücken in der Maschine und hob mit dem Spann einen darübergelegten Bügel hoch. Diesmal war sie nicht in Weiß gehüllt, sondern in lila-schwarze Sportswear, die ihr sehr gut stand. »Also?«

Kara zog ihr Tablet mit Thures Daten aus der Fleecejacke.

»Legen Sie es auf die Sitzbank.« Ihre Stimme war befehlsgewohnt. Kara schien der polnische Akzent heute stärker.

Fokker-Samonowicz stieg aus dem Trainingsgerät aus und wischte sich mit dem Schweißband über die Stirn. Sie griff nicht gleich zum Tablet, sondern betrachtete es. »Ich habe Sie gewarnt.« Ihr vor Anstrengung gerötetes Gesicht verhärtete sich.

Kara war das Risiko eingegangen: Beweise zum Flugzeugabsturz ihres Sohnes im Tausch dafür, dass sie über ihren Exmann und seine Geschäfte redete. »Schauen Sie selbst.«

Sonya Fokker-Samonowicz drehte Kara halb den Rücken zu, während sie die Dokumente und Bilder betrachtete.

»Grzegorz' Ohrstecker!« Der Rücken der Society-Lady wurde runder, kleiner. »*Wielbi dusza moja Pana …*«, flüsterte sie und wischte mit den Fingern so vorsichtig über das Tablet, als wäre es glühend heiß.

Kara ließ der betenden Mutter Zeit. Die Luftaufnahmen zeigten die Absturzstelle in einem gottverlassenen Sumpf in Ostpolen vor abrasierten Kiefern. Die Nahaufnahmen dokumentierten Stahlbleche mit den Hoheitszeichen Usbekistans sowie die Flugzeugkennung. Die zerschellte Maschine hatte seltsamerweise nicht gebrannt. Die Ladung von Koffern und Containern lag weit verstreut wie auch die Leichen. Wahrscheinlich fünf oder sechs. Zwei Aufnahmen zeigten den zerrissenen, blutigen Leib von Grzegorz Fokker und die schwer verletzte Tochter des usbekischen Ministers.

»Ich habe genug gesehen.« Die Witwe legte das Tablet vorsichtig zur Seite, als wäre es aus dünnem Glas. »Joachim hat mich belogen, immer nur belogen. Wie kann ein Vater das im Angesicht der Leiche seines Sohnes tun?« Ihre Augen verloren jeden Ausdruck. Sie saß einfach nur da.

Kara schwieg, nur vorn am Empfang säuselte fröhliche Loungemusik.

»Danke«, sagte Sonya Fokker-Samonowicz auf einmal mit fester Stimme. »Sie wissen nicht, was es für mich bedeutet, dass mein Sohn nicht selbst das Flugzeug gesteuert hat. Ich war immer gegen seinen Pilotenschein.«

Kara setzte sich auf das Trainingsgerät gegenüber.

»Natürlich war es kein Unfall.« Der Blick der Witwe schweifte über die Dächer der City-West. »Man hat mit dem Absturz damals schon meinen Mann umbringen wollen, nicht wahr?«

»Der Schluss liegt zumindest nahe. Ihr Sohn wollte mit seiner Freundin zurück nach Wien, wo sie beide arbeiteten. Ihr Mann hat die Privatmaschinen getauscht, weil er ihnen einen Gefallen tun wollte.«

»Allenfalls aus Berechnung. Alija hat großen Einfluss auf Ihren Vater. Sie hat wirklich Ahnung vom Energiegeschäft.« Sonya Fokker-Samonowicz presste die Faust vor ihren Mund und schloss die Augen.

Kara ließ ihr Zeit.

»Ich war immer dagegen, dass mein Mann sich auf die Kurswende der Regierung einließ. Was es heißt, Russland zum Feind zu haben, dass wissen wir Polen.«

»Sie meinen …?« Kara ließ die Frage bewusst in der Luft hängen.

»Er hätte nicht die russischen Oligarchen ausbooten und die *German Global Credit* als Konsortialführerin bei der usbekischen Wasserentsalzung installieren dürfen.«

Die Witwe war also doch über die Geschäfte informiert. Diese neue Technologie zur Wasser- und Bodenentsalzung war Milliarden wert.

»Wer meinen Mann umgebracht hat, der ist auch der Mörder meines Sohnes.« Sie stand auf und hielt sich an einer Stange des Trainingsgeräts fest. »Und ich will wissen wer!« Kraft war in diese Stimme zurückgekehrt.

»Wenn Sie noch Informationen haben …« Kara versuchte es mit neutraler Milde.

»Sie bekommen etwas von mir. Das verspreche ich. Zuerst muss ich genau nachdenken.« Fokker-Samonowicz glitt mit den Fingern über die gelben Gegengewichte. »Das letzte Mal habe ich am Freitagabend mit Joachim gesprochen. Es war um 21:08 Uhr. Ich weiß es so genau, weil ich dabei auf meinem Bett vor dem Nachttischwecker saß. Joachim war sogar in Plauderlaune, er fragte nach der Befestigung am Bootssteg und den Wasserspeiern …. Wir sprachen wegen seiner Villa in Locarno, die ich weiter nutzen durfte. Ich wollte ein paar polnische Künstler zum Filmfestival einladen. Die Termine sollten nicht kollidieren, falls er wieder Geschäftspartner aus den Ölstaaten eingeladen hätte.« Die Witwe legte die Fingerspitzen aneinander. »Er sagte irgendetwas, das mich nicht weiter interessiert hat, weil ich mit ihm um den Bentley stritt, den er mir in der Garage stehen lassen sollte. Was war es nur?«

Die Erfahrung lehrte Kara, dass sie besser schwieg. Sie nahm nur leise das Tablet an sich.

Sonya Fokker-Samonowicz ließ die Hände sinken. »Joachim sagte so etwas wie: ›Ich stehe hier am Fahrstuhl. Du, ich bin schon spät dran, weil ich noch eine Nervensäge abschießen musste. Okay, ich rufe dich zurück, wenn ich im Auto sitze, in der Tiefgarage ist der Empfang schlecht.‹«

»Hat er Sie zurückgerufen?«

Die Witwe schüttelte den Kopf. »Es war so typisch. Ich war nicht einmal richtig zornig. Außerdem hatte ich Gäste. Deshalb habe ich es erst wieder am Samstagmittag versucht. Aber da erreichte ich nur seine Mailbox. Kurz danach traf die Warnung der Bank ein, dass er vermisst werde.«

Das fügte sich in Karas Wissensstand ein. »Also wollte Ihr Mann noch zu einem weiteren Termin.« Darauf hatte Jörg aber keinen hinweis in den Kalendern gefunden. Vielleicht wusste die Witwe doch etwas über den Streit ihres Mannes mit Ducasse. Immerhin beruhte dessen Alibi nur auf den Aussagen des Anwalts. Das Verhältnis könnte eng genug sein, sodass jener als Komplize infrage käme. »Sagt Ihnen der Name Pronikas etwas?«

»Meinen Sie den Anwalt? Er ist der Mann meiner Freundin Rebecca Vanderbuykens. Er kauft immer, wenn ich junge polnische Maler ausstellen lasse.«

In den hohen Etagen der Wirtschaft kannten sich alle. Und irgendwie steckten auch alle unter einer Decke.

Karas Smartphone vibrierte. *Jörg* leuchtete die Anzeige. »Ja?«

»Verdammt noch mal, wo bleibst du? Hier brennt der Laden.«

»Komme sofort.« Kara legte auf; was los war, erfuhr sie früh genug im LKA.

»Gehen Sie ruhig.« Die Witwe legte sich auf ein gepolstertes Brett und hakte die Beine für die Hebeübungen unter. »Sie werden den Mörder meines Sohnens finden.« In der Stimme vibrierte die schwarze Energie der Rache. »Ich brauche Zeit zum Nachdenken, wie ich Ihnen dabei helfen kann.«

»Rufen Sie mich an.« Kara legte Sonya Fokker-Samonowicz ihre Karte einfach auf den Bauch.

39

»Wir hätten den Zugriff machen müssen, nicht Sie!« Kara kam ins IT-Center und schlug mit der Hand auf den erstbesten Server. Es schepperte richtig. Jörg zuckte einen Schritt zurück. Ob die teure Technik litt, war Kara herzlich egal. »*Kerberos Ten* nimmt sich definitiv zu viel heraus.«

Der weißblonde Jack schrak hinter seinem Bildschirm auf.

Li, der Chef des *Kerberos-Ten*-Teams, stand an der Wand vor einem Berliner Stadtplan. Er steckte sehr ruhig einen blauen Pin hinein. »Sie können einem ehemaligen Officer der *United Kingdom Special Forces* diesen Einsatz zutrauen und ...«

»Sorry, das ist mir wurscht.« Kara stellte sich mitten in den Raum. »Wir sind in Deutschland. Hier gelten unsere Gesetze und Spielregeln, die ...«

»Die zu nichts führen vor lauter internen Abstimmungsregeln.« Der Zweimetermann Joe tauchte hinter dem surrenden Serverturm auf. Dabei wedelte er mit den Fingern, als verscheuche er Mücken. »Und Dienst-vor-schrif-ten«, ätzte er, jede Silbe überkorrekt betont. »Genau deshalb wendet sich die *German Global Credit* an Profis wie uns und nicht an euch. Wir hatten den Entführer fast.« Er stellte sich breitbeinig vor Kara auf wie ein Krieger auf dem Weg in den Irak.

Das Gehabe hatten Karas Kumpels von der GSG9 besser drauf. »›Fast‹ haben wir ihn auch.« Sie trat mit Absicht in Joes Distanzzone, so nahe, dass sie die Poren seiner braunen Haut hätte zählen können. »Kerberos Ten liefert jetzt. Und zwar: Zeitpunkt, Inhalt und Umfang der Absprachen von Familie Lengsfeld mit den Entführern, einfach alles. Sonst besorge ich mir einen Haftbefehl gegen Sie wegen Behinderung der Ermittlungstätigkeit.«

Joe lachte laut. »Machen Sie sich nicht völlig lächerlich.«

Nicht mal ein Showlachen war das; es war siegessicher wie das eines Cowboys, der sein Rind längst am Seil hat. Aber wie hieß es so schön: Wer zuletzt lacht … »Also.« Kara wandte den Blick zum Stadtplan. »Was genau ist an der Boddinstraße gelaufen?«

»Nichts, was nicht von der mit der Bank vereinbarten Strategie gedeckt wäre«, säuselte Li.

»Der Zugriff war also nicht mit der Familie abgestimmt?«, fragte Jörg dazwischen.

»Die Familie ist nicht unser Vertragspartner«, sagte Mister Li.

»Die Polizistin begreift es nicht«, meinte Jack und stützte die Ellenbogen auf den Tisch. »Also. Ganz langsam.« Er holte wie gelangweilt Luft. »Wir von *Kerberos Ten* kaufen immer. Egal, wie beschissen oder idiotisch ein Deal ist, den Entführer anbieten. Natürlich tun wir das nur, um die Erpresser zu fassen, wenn diese an das Geld wollen. Die Übergabe ist der schwächste Punkt in jedem Plan.«

»Lernstoff zweites Jahr Polizeiakademie«, imitierte Kara seinen mitleidigen Ton. »Wir sind keine Idioten.«

»Soweit ich weiß, ist Ihre Aufklärungsquote, nun, sagen wir es mal höflich, eher mäßig.« Mister Li schenkte Kara ein asiatisches Lächeln zwischen Verachtung und Mitleid. Seine Augen verengten sich. »Unsere Quote ist den Kriminellen von unserer Homepage bekannt. Die Kunden von *Kerberos Ten* werden allein deshalb zu dreißig Prozent weniger oft entführt als die anderer Unternehmen unserer Branche.«

Zahlen, Quoten, Prozentpunkte – als ob sich die Leistung guter Sicherheitsarbeit auf drei Kommastellen berechnen ließe. Li kam Kara vor wie ein Beamter aus dem Innenministerium, der außer Dienststellenreduzierung und Dienstplanberechnungen nichts im Hirn hatte.

»Lenken Sie nicht ab.« Jörg richtete den Zeigefinger auf Li. »Fakt ist: *Kerberos Ten* hat einen Fehler gemacht. Der Entführer ist Ihnen im letzten Moment entwischt, weil …« Jörg blickte zu Kara.

Er hatte recht. Sie durfte sich nicht verkämpfen, nur weil sie unsicherer war, als sie zugeben wollte. Kara nickte Jörg zu.

Seine blauen Augen leuchteten böse. »Der Entführer ist Ihnen entwischt, gerade weil sie eine Bedingung gebrochen haben: keine Überwachung.«

Bei Jörg war der Lehrgang weniger lange her. Kara erinnerte sich wieder an die Studieneinheit auf der Polizeiakademie. »*Kerberos Ten* hat den Entführer offensichtlich zu deutlich merken lassen, dass Sie ihn doch überwacht haben.«

Die drei Londoner Sicherheitsexperten schwiegen einfach, Joe und Li standen entspannt herum, Jack wartete am Tisch. Ihre Körpersprache war aber zu betont passiv, als dass Jörg nicht recht gehabt hätte.

Kara beließ die Härte in ihrer Stimme: »Noch mal von vorn. Ihr aggressiver Zugriff war mit der Familie Lengsfeld also nicht abgesprochen?«

Die drei Sicherheitsleute wandten gleichzeitig den Blick an Kara vorbei zur Tür.

»Natürlich nicht. *Kerberos Ten* ist unser Vertragspartner.« Vorstand Schindhelm betrat das Sicherheitscenter, begleitet von einem nerdigen Mitarbeiter mit einem japanischen Zopf. Obwohl ihr Make-up die Augenringe überschminkte, wirkte sie einfach nur fertig.

»Soll das heißen, die Bank hat weder die Familie Lengsfeld noch uns darüber informiert, dass Sie solch eine Übergabeaktion mit dem Entführer sprengen wollte?«

»Unser Sicherheitskonzept, das *Kerberos Ten* für die Bank entwickelt hat, umschließt alle Eventualfälle. Es ist vom Vorstand, also Fokker, Lengsfeld und auch mir, ausführlich diskutiert und dann von allen unterschrieben worden.«

Schindhelm hatte Kara die Kooperation der Bank zugesagt. »Das ist formalistische Augenwischerei. Sie riskieren mit so etwas bloß, dass …«

»In diesem Ton geht es schon mal gar nicht weiter.« Die Bankerin gab den drei Männern von *Kerberos Ten* ein Handzeichen.

Die reagierten sofort. Der große Joe wand sich elegant zwischen den Tischen durch und verschwand hinter den Servertürmen. Li drehte sich um und pinnte Plastikstifte auf den Stadtplan an der Wand. Jack beugte seinen Kopf über den Computer.

Schindhelm hob leicht das Kinn und maß Kara mit einem dieser taxierenden Blicke, den Frauen für Frauen aufsparten, irgendwo zwischen geheuchelt-mitfühlender Schwesterlichkeit und Ekel. »Nun mal halblang, Frau Kommissarin. Sie arbeiten unter der Sicherheitsstufe drei. Ich bin nicht verpflichtet, mit Ihnen zu reden, nicht einmal mit Ihrer Vorgesetzten Frau Doktor Werchteshaus. Wenn ich will, kann ich jederzeit den Innenminister persönlich erreichen.« Ihre Mundwinkel sanken leicht ab.

Kara wusste, was das bei den Machtfrauen bedeutete. Wenn sie nicht nachgab, täte die Bankerin genau das. Leider stimmte, was Schindhelm sagte. »Korrekt.« Mehr konnte sich Kara nicht abringen.

»Konzentrieren wir uns aufs Wesentliche. Herr Dannreuther, bitte. Zeigen Sie der Kommissarin, was Sie gefunden haben.«

Kara roch ein gutes Aftershave und leichten Stressschweiß, als der IT-Mann sich an den Tisch setzte und einloggte. Der japanische Zopf war richtig festgezurrt, das Haar drumrum kurzgeschnitten. »Die Daten der Überwachungskameras hat mir *Kerberos Ten* zur Verfügung gestellt. Die Cams befinden sich an dem Straßenverlauf, der sich aus der Signalspur des Peilsenders von Herrn Lengsfeld ergibt. Es existieren allerdings mehrere Lücken.«

»Das heißt?«, fragte Kara.

»Für manche Wegabschnitte liegen keine Kameraaufnahmen vor. Entweder weil die Daten nicht übergeben wurden oder es gar keine Cams gibt.« Er wartete, bis Kara nickte. »Aus der Signalfolge lässt sich eine Geschwindigkeit von unter dreißig Stundenkilometer errechnen. Das passt zu einem Auto, das sich konsequent an Tempo Dreißig in den Wohngebieten hält.«

Jörg trat hinzu und stellte sich neben Kara. »Das wissen wir schon von Mister Li. Seit gestern früh.«

»Machen Sie einfach weiter.« Schindhelm reagierte auf den fragenden Blick ihres Mitarbeiters. »Ihre Auswertung ist neu.«

Dannreuther schaltete einen Beamer zu. Auf der Wand neben dem Stadtplan blendete das Standbild einer Straße auf: Kleinpflaster auf den Gehwegen, gesäumt von Gaslaternen, hohe alte Bäume, unter denen teure Neuwagen parkten.

»Wir haben mit Bilderkennungssoftware … Soll ich das überhaupt erklären oder kennen Sie alle die Technik?« Der IT-Mann ließ die langen Finger über der Maus schweben.

»Ein Screening, ist schon klar.« Die Bank hatte ihnen diesen Ermittlungsschritt abgenommen, so weit kooperierte sie also, wie gestern versprochen.

Über den Beamer liefen Verkehrsaufnahmen der Berliner Straßen. Die Blickwinkel veränderten sich mit den Kameras, nur Farb- und Helligkeitswerte blieben konstant. Offenbar wurden die von einer Software vereinheitlicht.

»Also, ich habe drei Fahrzeuge isoliert, die als Transportmittel für Herrn Doktor Lengsfeld infrage kommen, weil diese Autos im kritischen Zeitraum fast auf der ganzen Strecke von Kameras erfasst worden sind.«Vorn an der Wand fror eine Straßenszene ein. »Hier sieht man die Wagen am besten.«

»Wo ist das?«, fragte Schindhelm.

»Eine große Kreuzung zwischen Adlershof und Schöneweide. Achten Sie auf die breite Straße links.« Der IT-Mitarbeiter zoomte manuell das Standbild heran. Ein Radfahrer mit blauem Regenumhang und Fahrradanhänger rutschte mit den Straßenbäumen aus dem Bildausschnitt. Dafür vergrößerte die Darstellung drei Wagen vor der Ampel so sehr, dass man das Nummernschild des ersten lesen konnte.

»Ein Toyota, ein VW und ein Mercedes«, sagte Jörg einfach. »Haben Sie den Halter des Toyotas schon ermittelt?«

Dannreuther schüttelte den Kopf, der japanische Zopf wackelte. »Ich habe keinen Zugriff auf die Melderegister, aber Mister Li sagte mir, dass …«

»Wir haben das erledigt.« Li ging durch das Beamerlicht und kam heran. »Lachen Sie jetzt nicht. Es ist kein Scherz. Der Wagen gehört Nonnen vom Karmel Regina Martyrium.«

»Auch das gibt es in Berlin.« Schindhelm zuckte mit den Schultern.

»Aha«, machte Jörg bloß.

»Und die beiden anderen Wagen?«, fragte Kara.

Li beugte sich zum IT-Mitarbeiter. »Zeigen Sie die Situation drei, vier Sekunden später, bitte.« Das Standbild sprang ruckartig weiter. Der Radfahrer rollte mit dem Fahrradanhänger durch den unteren Bildbereich. Drei Fußgänger ignorierten das Rot ihrer Ampel und zwangen das Auto am Überweg, hart zu bremsen. »Das Kennzeichen erkennen Sie hier.«

Der IT-Mitarbeiter klickte ein paar Mal. »Jack schickt gerade eine Datei … Hier. Der Wagen gehört einer Blumenhändlerin aus Friedrichshagen. Jack hat ihn rückverfolgt. Das Auto kam vom Großmarkt und fuhr direkt ins Geschäft.«

Schindhelm deutete auf einen Mercedes. »Bleibt der übrig. Mister Jack ist noch dran, wie Sie ja lesen können. Ich werde ihn anweisen, Ihnen alle Daten zur weiteren Ermittlung zu übergeben. Danke, Herr Dannreuther.«

Der IT-Mann nickte. »Entschuldigung«, sagte er leise und ging mit respektvollem Abstand um Schindhelm herum, bevor er den Raum verließ.

Die Bankerin blickte auf die Armbanduhr. »Ich muss nach oben, Fokkers Verhandlungen zu Ende bringen. Katarer warten höchst ungern.«

Kara überlegte. »Eine Frage noch.«

Schindhelm hob die Augenbrauen. »Aber nur eine.«

»Warum haben Sie uns nicht gesagt, dass Herr Lengsfeld sich mit Georg Ducasse am Montagmittag treffen wollte?«

Ein müdes Lächeln umspielte die dunkelroten dünnen Lippen. »Weil ich es noch nicht wusste, als Sie mich fragten. Frau Gschonnek hat es danach erwähnt.« Sie wandte sich zur Tür. »Wenn Lengsfeld den Termin vereinbart hat, dann wird er wohl einen Grund dafür gehabt haben.«

»Den Sie nicht kennen?«, rief Jörg.

»Das ist schon Ihre zweite Frage.« Die Bankerin schüttelte

den Kopf. Die braunen Haare schwangen um das müde Gesicht. »Die Geschäfte müssen trotz allem weitergeführt werden. Die Katarer sind Miteigentümer und genießen Vorzugsbehandlung.« Schindhelm drehte sich auf dem Absatz um.

Kara holte sie mit zwei Schritten ein. Sie konnte sich gerade noch bremsen, dass sie die Vorstandsfrau nicht am Ellenbogen festhielt. »Wussten Sie, dass Fokker und Ducasse an Firmen beteiligt sind, die Patente einer neuen Technologie für Wasserentsalzung besitzen?«

»Frage Nummer drei.« Schindhelm ging einfach weiter. »Das Projekt genießt höchste Geheimhaltung.« Ihre Stimme klang fast metallisch. »Was ich dazu weiß oder nicht weiß, bespreche ich allenfalls im Kanzleramt. Aber bestimmt nicht mit Ihnen.«

Die Frau Vorstand stolzierte durch den Flur des IT-Centers davon.

Jörg atmete tief ein und ließ die Luft durch die gespitzten Lippen ausströmen. »Dagegen ist die Werchteshaus ja die nette Tante von nebenan.«

Schindhelm drehte sich noch einmal im Flur um. »Machen Sie einen Termin mit Gschonnek. Dann reden wir über alles andere«, rief sie, schon fast am Fahrstuhl.

Kara dachte jetzt lieber nicht darüber nach, ob die Frauenquote in Führungsetagen die Menschheit weiterbrachte. »Klare Ansage. Auf jeden Fall.«

»Dafür ist die Lady bekannt.« Der große Joe tauchte wie aus dem Nichts hinter ihnen auf. Er drehte lässig einen Datenstick zwischen Zeigefinger und Daumen. »Das dürfte Sie interessieren.«

»Noch mal Showtime?«, versuchte es Kara mit einem Scherz.

Joe grinste wie unter Zahnschmerzen. »Noch mehr Cam-Aufnahmen. Stammen diesmal alle aus einem Radius von fünfhundert Metern um die *German Global Credit*. Sozusagen Nachbarschaftshilfe. Drauf ist der ganze Potsdamer Platz samt den U-Bahn-Zugängen. Die Aufnahmen decken die Zeit von Freitag neunzehn Uhr bis dreiundzwanzig Uhr ab.« Joe hielt den Stick wie eine Zigarre zwischen zwei Fingern.

Kara tat ihm den Gefallen. »Und, was davon ist wichtig?«

»Wir haben Ducasse von vorne, von der Seite, von hinten. Vor der Bank, hinter der Bank.«

Jörgs Mund stand ein bisschen offen. Kara wurde flau. Irgendetwas hatte *Kerberos Ten* ihnen bewusst vorenthalten.

»Wir hatten die gleiche Überlegung wie Sie. Ducasse hatte ja einen Termin mit Fokker. Da lag es nahe zu überprüfen, ob er die Bank wirklich verlassen hat, nachdem er am Empfang abgeblockt worden ist.«

»Schön, dass Sie kooperieren.« Kara schnappte Joe einfach den Stick aus der Hand. »Welcher Computer ist jetzt für uns frei?«

40

Sanctus rutschte auf den Knien vor den Slavetürmen entlang. Wenigstens fiel so nicht auf, wie nervös er war. Er hatte nur ein bisschen tricksen können, damit *Kerberos Ten* nicht merkte, dass Leons Fahrrad mit dem Anhänger auch über die ganze Strecke erfasst worden war. Dass Joe ihm die Auswertung der Kamerabilder überlassen hatte und nicht Hellcamp, war das reinste Glück gewesen.

»Ist Staub an den Verbindungskabeln?« Als Hellcamp rückwärts hinter den Masterserverturm robbte, rutschte ihm das gelbe Poloshirt über den Bauch hoch.

Sanctus checkte die Verbindungskabel. Auf jedem schimmerte der Staub gleichmäßig verteilt. »Hier ist alles okay.«

»Moment, ich muss noch …« Hellcamp stöhnte irgendwas.

Die Überlegung war so simpel wie naheliegend: Wenn die Londoner heimlich Spy-Hardware in die Server eingebaut hatten, als Hellcamp und Sanctus oben bei Schindhelm über die Kooperation mit *Kerberos Ten* instruiert worden waren, musste es im Dreck hinter den Anlagen Spuren geben. Für die Reinigungskräfte war dieser Teil des IT-Centers tabu.

Sanctus kroch weiter. »Hier ist auch alles okay.« Er war froh, dass Hellcamp *Kerberos Ten* ebenfalls nicht traute. Trotzdem zitterten seine Finger an den Kabeln.

Leon hatte nicht allen Überwachungskameras ausweichen können, dafür gab es zu viele in der Stadt. Sanctus hatte die Aufnahmen nicht einfach löschen können. Er hatte die Aufmerksamkeit der Polizisten auf die Autos gelenkt und die Durchschnittsgeschwindigkeit zu hoch für einen Fahrradfahrer berechnet. Auch hatte Sanctus die Aufnahmen springen lassen, damit Leon mit dem Anhänger schnell aus dem Fokus war. Hoffentlich hatte das gereicht.

Er hustete. »Wenn hier wieder Ruhe ist, sollten wir hinter den Servern echt mal staubsaugen.«

»Diese Scheißkerle. Dachte ich es mir doch!«, fauchte Hellcamp.

»Was?« Sanctus krabbelte zurück. Auf der anderen Seite des Masterturms wuchtete sich Hellcamp weiter die Wand entlang.

Sanctus lugte über den eingequetschten Körper des Kollegen. Ein einzelnes Bauteil ragte ein paar Milimeter über die anderen hinaus. »Kannst du erkennen, was es ist?« Bitte, bitte keine *Merlin Mirage* oder wie das geheimnisumwitterte Teil der NSA wirklich hieß, das alles, alles protokollierte. Dann wäre Sanctus geliefert.

»Jedenfalls keines der Teile von den Japsen, die wir eingebaut haben. Die sind dunkler als das hier. Merk dir mal 4RX74-QV89.«

Klang nach einem Hauptsektor. »Die machen sich nicht viel Mühe.«

»Nee.« Hellcamp hustete.

Sanctus rappelte sich auf. Am Steuerpanel tippte er den Code ein. Über die physische Lokalisation der realen Bauteile ließ sich manchmal was machen, wenn Tarnkappen programmiert waren. Diese zu verschleiern, vergaßen die meisten, weil sie nur noch virtuell dachten. »Kriege nur eine unbekannte Kennung. Der Serverteil ist angeblich dysfunktional gesperrt.«

»Wir bauen das Ding erst mal nicht aus«, sagte Hellcamp. »Lege mal das Sicherheitspaket fünf drüber. Passiert was?«

Sanctus sah zu, wie im Steuerungsfenster die Scanbalken rasten. »Nein.«

»Scheiße.«

»Kannste laut sagen.« Sanctus konnte Hellcamp keines seiner Geheimtools vorschlagen. »Da haben wir wohl feinste britische GCHQ-Software auf dem Server.«

Hellcamp robbte langsam zurück.

Vorn im IT-Center raschelte es. Gschonnek stürmte herein. »Herr Dannreuther ...« Sie stolperte fast über Hellcamps Beine. »Herrje! Was machen Sie denn da?«

»Wartung«, sagte Sanctus einfach. Er klickte auf eine entsprechende Funktionsleiste, auch wenn er nicht glaubte, dass die Vorstandssekretärin auf seinen Bildschirm schauen würde.

»Haben Sie nichts Wichtigeres zu tun?«, fragte Schindhelm mit dunkler Stimme. Sie kam hinter Gschonnek herein. Ihr Blick streifte die grau lackierten Blenden der Servertürme. »Ich hätte mir diese Teile anders vorgestellt. Irgendwie größer.« Auf ihrer Stirn stand eine schmale Falte. Waren die Katarer schon wieder weg? Und warum bequemte sich Schindhelm in das IT-Center?

»Diese hier bewältigen nur die hausinternen Daten und den Transfer in unser Rechenzentrum.« Hellcamp setzte sich auf.

»Verstehe.« Schindhelm strich mit der Hand über die graue Lackfront. »Ganz schön warm. Die Kühlung warten Sie anscheinend nicht.«

Sie wusste genau, dass das der Hersteller tat. Schindhelm hatte noch zu jedem von Sanctus' Datenkonzepten die richtigen Nachfragen formuliert.

»Was tun Sie hier wirklich?« Ihr Ton kühlte ab. »Gerade jetzt, wo es überall in der Bank brennt?«

»Ehrlich gesagt, machen wir ein Monitoring dessen, was *Kerberos Ten* mit unseren Daten veranstaltet.«

Schindhelm verschränkte die Arme. »Muss ich Sie beide daran erinnern, dass Sie unsere Sicherheitsberater unterstützen und nicht belauern sollen?«

Hellcamp zog sein gelbes Poloshirt glatt, stopfte es aber nicht in die Hose. »Wenn die Herren mit uns endlich reden würden, täten wir das auch. Dann bräuchten wir nicht selber nachsehen, was die eigentlich den ganzen Tag machen.«

»Wir haben keine Zeit für Machtspielchen.« Schindhelm drehte sich um. »Ich brauche Sie beide jetzt woanders.« Sie ging an Gschonnek vorbei hinaus.

Sanctus kannte dieses Augenflattern selbst. Wenn er zu viel und zu lange programmiert hatte, sprangen im Kopf die Gedanken durcheinander.

Gschonnek trug einen Packen Unterlagen und schaute dabei streng an Hellcamps Hose herunter. Der stopfte sich prompt das Shirt hinter den Bund. »Kommen Sie endlich.«

Im Flur blieb Schindhelm stehen und schloss für zwei Sekunden die Augen. »Hellcamp. Sie schalten mir für siebzehn Uhr eine Videokonferenz mit Schanghai, Chicago und São Paulo.«

»Und Sydney«, ergänzte Gschonnek mit neutraler Stimme.

»Australien, ja natürlich.« Schindhelm seufzte.

Das war gegen die Routine. Sanctus spürte seine Nervosität richtiggehend aufwallen, sodass er kaum ruhig stehen bleiben konnte.

»Wie Sie wollen.« Hellcamp strich sich über den Kopf und sah zu Sanctus herüber. »Aber Videokonferenzen sind eigentlich das Paradefeld meines Kollegen.«

»Herr Dannreuther soll *Kerberos Ten* helfen, die Mitarbeiterüberprüfung abzuschließen.« Die Bankerin blickte den Gang entlang zum großen IT-Raum, wo man Li, über seinen Computer gebeugt, hocken sah. »Tun Sie's einfach. Ich habe keine Lust auf weitere unproduktive Reibereien zwischen meiner IT und den Sicherheitsberatern.«

»Wie Sie möchten«, sagte Sanctus.

Hellcamps Brustkorb weitete sich, aber er sagte nichts mehr.

Schindhelm legte sich die Hand an die Stirn. »Li wollte etwas Bestimmtes ... Genau. Filtern Sie alle Mitarbeiter der Bank heraus, die in den letzten sechs Monaten Mailkontakt mit Vorstand Fokker oder Vorstand Lengsfeld wegen einer Wasserentsalzungstechnologie hatten. Oder beiden. Bilden Sie eine Schnittmenge mit allen Mitarbeitern, die in irgendeinem Bezug zu den relevanten drei Funkwaben in Adlershof oder Schöneweide stehen. Sei es, dass sie dort wohnen oder dort mal ein Projekt finanziert haben. Whatever. Das alles hat Priorität. *Kerberos Ten* leitet die Ergebnisse an die Polizei weiter, das müssen Sie nicht tun.« Schindhelm nickte kurz. »Es gab wohl einen erneuten Kontakt zwischen Familie Lengsfeld und den Entführern. Ich verlasse mich auf Ihre analytische Begabung. Mister Li hat völlig recht. Wir müssen der Polizei zuvorkommen, sonst schicken die uns einen Trupp Ermittlungsbeamter zu Befragungen ins Haus.« Schindhelm rollte mit den großen Augen. »Das bringt mir die Leute nur noch mehr durcheinander.«

›Erneuter Kontakt‹, hallte es in Sanctus' Kopf wider. Versuchten Toko oder Malu einen Deal?

»Gibt es jetzt konkrete Forderungen?«, fragte Hellcamp neben ihm.

Schindhelm zuckte müde mit den schmalen Schultern. »Wir tun alles, um Lengsfeld zu retten. Wenn wir nicht gerade die Sonne vom Himmel holen sollen ...«

»Notfalls auch das.« Hellcamp ließ seinen rheinischen Tonfall anklingen. »Die Wüste macht die Bank ja auch schon grün.«

Von wegen. Der Bank war egal, dass sie Projekte finanzierte, die den Aralsee austrocknen ließen.

Schindhelm vergaß das Lächeln, weil sie zum großen IT-Raum blickte. »*Kerberos Ten* scheint im Aufbruch zu sein.«

Sanctus fühlte sein Herz schneller schlagen. Joe riss einen Schrank auf, wechselte die Jacke und steckte eine Waffe in sein Brusthalfter. Li hielt ihm einen Kopfhörer hin und verkabelte ihn auf dem Rücken.

»Sie werden mich informieren, was das wird«, sagte die Schindhelm wie zu sich selbst.

Sanctus wechselte unauffällig das Standbein und zwang sich zu einer geraden Haltung. Er konnte sich nicht vorstellen, dass Malu, Leon oder Habibi unvorsichtig direkten Kontakt mit der

Familie aufgenommen hatten. Sanctus musste ihnen vertrauen. Vielleicht hatte Schindhelm ein paar Informationen zum neuesten Stand an ihre Sekretärin weitergeleitet. Für die Mitgliederüberprüfung dürfte er die Mails filtern. Am besten nutzte er die Zeit, wenn Hellcamp die Videokonferenz schaltete, dafür, den Mailverkehr Gschonneks zu checken. Mit Schanghai gab es immer Probleme, weil die chinesischen Abhörprogramme Zeitfehler in den Übertragungsprotokollen verursachten.

»Herr Dannreuther, Sie berichten direkt an mich, aber nur falls irgendwas Wichtiges bei der Überprüfung herauskommt.«

»Okay«, sagte Sanctus.

Schindhelm rauschte ab, mit Gschonnek im Schlepptau.

Hellcamp stieß laut Luft aus. Er bog vor Sanctus in ihren Arbeitsraum ab. »Schiebst du mir deine Voreinstellung für die Vid-Conf rüber?«

»Klar.« Programmiererstolz war jetzt fehl am Platz. Sanctus blieb nichts anderes übrig, auch wenn sein Kollege so schneller fertig sein würde. »Moment.« Er hielt Hellcamp an der Schulter zurück. »Für den außerordentlichen Zugang zu den Mitarbeitermails gilt das Vier-Augen-Prinzip. Mit meinem Passwort allein habe ich keinen Zugriff.« Er blieb vor seinem Terminal stehen. »Lass uns die Eingabe direkt erledigen.«

Hellcamp beugte sich vor, hielt aber in der Bewegung inne. »Wat 'ne fiese Möpp. Jetzt begreife ich erst. *Kerberos Ten* hat eine *Thornton-Bridge* eingebaut.«

Das war ... Etwas blockierte in Sanctus' Gedächtnis.

Hellcamp deutete mit dem Daumen über die Schulter zum Serverraum. »Das Bauteil im Master versorgt unsere Sicherheitssperre mit der Illusion, dass die Hausdaten nur intern laufen, dabei saugt *Kerberos Ten* sie permanent ab.« Hellcamp zeigte den Stinkefinger. »Und die Schweine beschweren sich bei Schindhelm über mangelnde Kooperation.«

Sanctus' Puls beruhigte sich spürbar. Eine Thornton-Bridge war nicht annähernd so schlimm wie eine *Merlin Mirage.* Der heimliche Einbau, obwohl er ja im Prinzip vom Vorstand genehmigt war, verriet zudem, dass *Kerberos Ten* eitel und herablassend waren. Sie wurden berechenbar für Sanctus. Auf jeden Schachzug gab es eine Antwort.

Hellcamp gähnte an seinem Platz und dehnte die Arme so weit hinter dem Rücken, dass sein gelbes Poloshirt wieder aus dem Hosenbund rausrutschte. »Bekomme ich jetzt deine Voreinstellungen?«

Sanctus schwang sich auf seinen Sitz und ließ die Finger über die Tastatur fliegen. Eine logisch aufgebaute Dateihierarchie war Gold wert. »Ist unterwegs.«

Falls er in den Mails des Vorstandssekretariats nur einen winzigen Hinweis darauf fand, dass *Kerberos Ten* ihre Witterung aufgenommen hatte, wäre es höchste Zeit für Plan D.

41

»Wir haben noch ein paar Fragen, Herr Ranke.«

Der Gebäudemanager tauchte hinter rötlichen Blättern auf, die er mit einem blauen Arbeitshandschuh wegbog. Ranke lächelte. »Freue mich, dass Sie sich meinen Namen gemerkt haben.« Er blendete seinen Blick auf wie Fernlicht.

Kara war unangenehm, dass er Jörg total ignorierte.

Ranke raffte abgeschnittenes Holz zusammen und warf es auf den Bürgersteig. »Die hätten das Grünzeug ganz weglassen sollen. Ist doch lächerlich, die paar Pflanzen hier.«

Kara hatte andere Sorgen als die Ästhetik der Außenanlagen.

»Schauen Sie sich bitte diese Aufnahmen an.« Jörg hielt ihm sein Tablet mit den entscheidenden Bildsequenzen von *Kerberos Ten* unter die Nase, die eine Cam unweit der kanadischen Botschaft aufgezeichnet hatte.

Ranke spreizte die Hand im blauen Handschuh. »Wollen Sie nicht lieber drüberwischen? Meine Finger sind ein bisschen erdig.«

Jörg aktivierte die Datei.

In der Sequenz erkannte man die mattgoldene Fassade am

Seitenausgang der *German Global Credit*, ein paar Straßenlampen, die niedrig hängenden Ketten zwischen den Metallpollern am Straßenrand. Man sah einen Mann in Lederjacke und Baseballmütze von hinten, die Hände in die Seitentaschen gesteckt, ein paar Meter über den Bürgersteig gehen, bevor er, den einen Fuß auf einem Poller aufgesetzt, über die Ketten sprang und die Fahrbahn überquerte.

Jörg stoppte die Aufnahme, weil der Gebäudemanager langsam nickte. »Das ist Georg Ducasse.«

Kara hatte es befürchtet. »Sicher?«

»Sonst steigen die Leute über die Ketten zwischen den Pollern oder springen wenigstens über die niedrigste Stelle. Ducasse hat das immer wie ein Hürdenläufer über die Poller gemacht.« Ranke zeigte zum anderen Ende der Fassade. »Als er noch hier angestellt war, ist er oft zum Joggen am Nebenausgang raus in den Tiergarten.«

»Woher wissen Sie das so genau?« Jörg klang ziemlich frustriert.

»Weil ich meinen Mittag mit den Leuten vom Empfangsteam mache. Wir sitzen dann öfter mal auf einen Cappuccino in dem Raum, wo die Überwachungsbildschirme hängen. Da witzelt man schon mal darüber, wen man darauf sieht. Außerdem erkenne ich seine dunkellila Baseballmütze, die ist ganz selten, von irgendeinem afrikanischen Team aus Kinshasa.«

Jörg schaltete das Tablet aus.

Kara hätte am liebsten laut geseufzt. An den Uhrzeiten bestand kein Zweifel. Ducasse war am Freitagabend um 21:13 Uhr draußen an der Bank vorbeigelaufen, in dem Moment als Fokker laut Verbindungsprotokoll oben am Fahrstuhl zur Tiefgarage gestanden und mit Sonya Fokker-Samonowicz telefoniert hatte.

»Eine Lösung habe ich nicht, aber ich bewundere das Problem.«

»Wie bitte?«, fragte Kara gleichzeitig mit Jörg.

Ranke wedelte mit dem Handschuh. »Ihr beide stiert den Boden an, als hätte ich euch den Strom gezogen.«

»Totalschaden ist das bessere Wort.« Jörg seufzte.

Die Spur Ducasse war tot. »Danke trotzdem.« Kara quälte sich ein tapferes Lächeln ins Gesicht. »Wir brauchen Ihre Aussage noch schriftlich.«

»Alles klar.« Ranke schenkte ihr noch einen langen Blick. »Sagen Sie bloß wann, ich komme vorbei.«

Kara nickte und drehte sich um. Sie ging mit Jörg ein paar Schritte. An der nächsten Ecke neigte sich die Abfahrt zur Tiefgarage der Bank.

»Wieder am Anfang.« Jörg stöhnte leise. »Wir wissen immer noch nicht mehr, als dass ein Täter im Zwischengeschoss der Bank auf Fokker gewartet und ihn überrumpelt hat, bevor er in dessen Dienstwagen hier rausgefahren ist.«

Ganz so schlimm war es nicht. »Wir haben die Faserspuren und wissen, dass Fokker vor seinem Tod in einem Panikraum gefangen gehalten und mit Euroscheinen gefüttert wurde. Wir wissen, dass Lengsfeld am Tag von Fokkers Leichenfund entführt worden ist, und zwar sehr geplant.« Kara blieb stehen und sah die Fassade hinauf. Ganz oben hing wie ein schwarzes Nest die Gondel des Gebäudereinigers. »Das sieht nach konsequenter Rache aus.«

Jörg stemmte die Hände an den Gürtel. »Irgendeine Theorie?«, fragte er matt.

Ein Teil der Fassade vor ihr glänzte im Sonnenlicht golden, die längere Seite der Bank lag im Schatten und schimmerte dumpf. Kara folgte ihrem Bauchgefühl. »Wie lange braucht man wohl, um die Entführung von Fokker und Lengsfeld zu planen?«

»Mehr als ein paar Tage, bei Vorkenntnissen nicht unbedingt Monate«, sagte Jörg nach einer kleinen Pause. »Viele Menschen, nicht nur Ducasse, können ein Motiv für Rache an den Bankern haben.«

Kara blickte hinüber zum Potsdamer Platz. Der Nachbau der ersten Ampel der Welt stand dort, sie schaltete auf Gelb. Natürlich war sie wie alles hier ein Produkt der Nachwendezeit. Ein Fake.

»*Kerberos Ten* hat uns nicht die ganze Wahrheit gesagt, wenn du mich fragst. Wir müssen uns den Bericht der Kollegen darüber anschauen, was bei der Schießerei in der Rollbergsiedlung genau passiert ist. Dort eine Dokumentenübergabe ablaufen zu lassen, passt nicht zu einem perfekten Plan. Es war zu riskant.« Eine zweite Schlussfolgerung rutschte ihr weg.

Jörg stemmte die Hände in die Seiten. »Ich kann nicht Gedankenlesen, Kollegin.«

Kara dachte einfach laut: »Kein Lösegeld, dafür aber Dokumente zu fordern, auch das passt zu jemandem, der sich rächen will. Ich bin nicht sicher, ob Lengsfeld überhaupt getauscht werden sollte. Man würde ihn zumindest länger leider sehen wollen.«

»Stimmt. Entführungen dauern oft Wochen, nicht eineinhalb Tage.«

Kara konnte endlich den zweiten Gedanken formulieren. »Dem widerspricht aber, dass der Entführer Fokker, wenn auch brutal, schnell abgefackelt hat.«

Jörg pfiff leise. »Manager haben keine Geduld. Waren wir nicht schon mal an dem Punkt: Lengsfeld hat Fokker selbst aus dem Weg geräumt. Und der Rest ist Tarnung.« Er brummte kurz.

»Wir haben sonst nichts, außer dass sich im Umfeld der Opfer die Verbindungen zu Usbekistan häufen.«

»Wie willst du das Werchteshaus beibringen?«

Kara hatte keinen Schimmer und zog den Wagenschlüssel aus der Jacke. »Sie macht uns fertig, so oder so.«

42

Ein Typ mit kinnlangem Schnauzer ging in die offene Garage des Werkhofs, die Hände tief in den Taschen der Safarifleckhosen vergraben.

»Halt, stehen bleiben. Ihre Ausweispapiere!«, rief Werchteshaus.

Er drehte sich halb um und zog sofort.

Schüsse knallten, zweimal kurz hintereinander. Sie pfiffen an Karas Ohren vorbei, sogar den Luftstoß spürte sie.

Der Typ knickte ein, kippte zur Seite auf den Garagenboden. Ein großer roter Fleck breitete sich etwas unecht auf seinem T-Shirt aus.

»Fast Herzschuss, gratuliere, Kollegin.« Steinmetz rollte sich auf den Rücken, zog die Beine an und sprang aus dem Liegen in den Stand.

»Der hat's ja echt drauf«, flüsterte Jörg Kara ins Ohr.

Werchteshaus allerdings auch. Die Geschwindigkeit, mit der sie Ihre Dienstwaffe aus der Handtasche gezogen hatte, war beeindruckend.

Baracke und Werkhof verschwanden. Die spezielle Projektionsschicht leuchtete einen Moment weiß nach, bevor der Trainer den Simulator im Schießstand ausschaltete.

Hinter einer Trennwand trat Steinmetz vor, der im Nebenraum den Angreifer gemimt hatte, der in die Projektion integriert worden war.

»Gibt es was zu korrigieren?«, fragte Werchteshaus.

»Nee. Was Glück, dass Ihre Leute nicht alle wie Sie neun-auf-zehn, zehn-auf-zehn treffen, sonst hätte ich bald 'ne neue Planstelle.« Steinmetz kniff ein Auge zu. »Olvers und Menzel, bei euch ist noch ein bisschen Luft nach oben.«

Werchteshaus verstaute die Waffe in ihrer Handtasche, die sie sich über den Ellenbogen hängte. Sie rieb ihr Handgelenk. »Schusstraining ist das Letzte, wofür die beiden Zeit haben.«

»Schade.« Er holte den Patronenkehrer, denn auch wenn der Angriff nur simuliert war, geschossen wurde im Schießstand scharf. »Hoffen wir mal, dass die Kollegen nicht hundertprozentig treffen müssen.«

»Es ist mir ein Rätsel, wie Sie auf Pumps so treffsicher schießen können«, sagte Kara.

»Warum nicht? Ich trage nie andere Schuhe. Vertrauen in sich selbst ist das A und O beim Schießen.«

»Richtig«, rief Steinmetz von den Entsorgungstonnen her.

Werchteshaus ging in den Umkleideraum und stellte ihre Tasche auf die erste Bank vor den Spinden. »Setzen Sie sich. Beide«, fügte sie hinzu, weil Kara zögerte. »Wie hat es passieren können, dass wir nichts, aber auch gar nichts davon mitbekommen haben, dass die Familie Lengsfeld vom Entführer kontaktiert worden ist und daraufhin gestern eine Übergabeaktion durchgezogen hat?«

Kara mochte diese schmalen Lattenbänke nicht, auf denen man nie richtig sitzen konnte. »Befehl war, dass wir bis auf Weiteres diskreten Abstand zu den beiden Familien halten sollten. Die Fernüberwachung hat nicht angezeigt, dass …«

»… etwas im Busch ist? Toll. Ermitteln wir jetzt nur noch online?« Die Chefin stemmte die Hand in die Hüfte. »Familienstruktur, die Lektion aus der Basisausbildung muss ich nicht wirklich wiederholen? Sie hätten von diesem Sohn aus erster Ehe wissen müssen, zumal er gerade in Berlin ist.« Werchteshaus wurde lauter. »Jetzt haben wir nur ein paar Zeugenaussagen von der Boddinstraße, laut deren sich mehrere Leute auf der Straße gestritten haben und ein irgendwie migrantisch aussehender Typ weggelaufen ist. Schusswechsel in einem Wohnblock inklusive.« Sie hieb mit der flachen Hand gegen die Umkleideständer. »Und dieser Sohn aus erster Ehe, Tobias, hat sich auch noch so brav an die Entführer-SMS gehalten, dass er sofort zurück in die U-Bahn gelaufen ist und nicht einmal die Uniform des verdächtigen Zustellers richtig beschreiben kann, geschweige denn das Gesicht!«

Die Chefin seufzte laut, wobei es sich eher wie ein verschluckter Fluch anhörte. Kara ließ den Kopf hängen.

Werchteshaus hob den Zeigefinger. »Wir hätten die Familie Lengsfeld an einer Übergabe hindern müssen und diese Londoner Truppe gleich mit, Bank hin oder her. Es ist beim Innenminister überhaupt nicht gut angekommen, dass wir eine britische Sicherheitsfirma in Neukölln haben schalten und walten lassen wie James Bond in einer Bananenrepublik. Sie haben einen schweren Ermittlungsfehler zu verantworten.«

Jörg hielt sich kerzengerade und sah knapp an der Chefin vorbei. Dennoch strahlte sein ganzer Körper Schuldbewusstsein aus.

Kara hielt dem Blick ihrer Vorgesetzten stand. »Es ist mein Fehler.« Daran war nicht zu rütteln.

»Es ist pures Glück, dass die Medienmeute die Verbindung zwischen der Schießerei in Neukölln und den Entführungen nicht kapiert hat. Haben Sie wenigstens etwas Konkretes aus der Spur mit dem Peilsender herausfinden können?«

»Wir haben inzwischen die Kameraaufzeichnungen im Umfeld der Bank aufgearbeitet. Georg Ducasse hat für die Tatzeit am Freitagabend ein Alibi.«

»Die Spur ist also auch noch tot!«

»Es kommt ein Mercedes für Lengsfelds Entführung infrage.« Jörg schluckte sichtbar. »Wir ... wir werten das Material gerade für das Kennzeichen aus ...«

»Das haben Sie noch nicht? Sie waren seit neun Uhr dreißig unterwegs. Wie lange wollen Sie noch trödeln?« Werchteshaus stemmte die Hände in die Seiten. »Was ist, wenn Lengsfeld in einem Verlies steckt, in dem er auskühlt? Was, wenn er ohne Wasser irgendwo zurückgelassen worden ist?« Sie wurde lauter. »Muss ich Ihnen wirklich klarmachen, dass jede Minute zählt?«

»Natürlich nicht.«

Die Chefin ging zu einem Spind und schlüpfte in ihren Mantel. »Haben Sie irgendwelche neuen Ergebnisse, die ich dem Innenminister jetzt unterbreiten kann, ohne die Polizei in Grund und Boden zu blamieren?«

Kara verzichtete auf ihre Theorie von Lengsfeld als Täter. »Möglicherweise ist der Mordanschlag auf Fokker eine Wiederholungstat. Eigentlich hätte er in dem Flugzeug sitzen sollen, mit dem sein Sohn in Polen abgestürzt ist.«

»Moment.« Die Werchteshaus zog sich den Kragen zurecht. »Sprachen wir beide nicht über Usbekistan?«

Ihr Faktengedächtnis war berüchtigt. Kara tischte ihr die Story von der Regelanfrage bei den Kollegen in Warschau wegen der polnischen Herkunft der Witwe auf, woraufhin Thures Kontaktmann zur Verschleierung auch umfängliche Unterlagen gemailt hatte.

Aber Werchteshaus' Blick wurde von Wort zu Wort härter, die Falte auf der Stirn tiefer. »Warum haben Sie mir diese Anfrage nicht wie üblich angekündigt?« Ihr Blick pendelte zwischen Jörg und Kara.

Sie hoffte inständig, dass ihre Vorgesetzte nicht in den genauen Wortlaut der abgesetzten Anfrage schauen würde. Egal, was kam, sie würde Thure nicht hineinziehen. »Jörg hat die Dokumente auf dem Tablet, die den Absturz des Flugzeugs belegen, das Fokker ursprünglich nehmen wollte, wenn Sie …« Werchteshaus machte einen Schritt auf sie zu. »… ich bin noch nicht dazu gekommen, Ihnen …« Das zu zeigen, hätte Kara sagen wollen.

Aber die Chefin schrie schon: »Sind Sie noch zu retten? Wir arbeiten unter Stufe drei, absolute Geheimhaltung! Und Sie ermitteln mir nichts, dir nichts hinter meinem Rücken im Ausland? Sie hätten mich sofort«, sie hielt ihr den Zeigefinger sehr nahe vor das Gesicht, »informieren müssen, dass es solch eine Information zu Fokker gibt. Jetzt reicht's. Ich entziehe Ihnen die …«

Ein Smartphone klingelte laut in der Handtasche auf der Bank. Mit vernichtendem Blick checkte die Chefin den Anrufer, straffte sich sofort. »Werchteshaus. Guten Tag, Herr Innenminister.« Sie wandte sich ab.

Karas Hirn verarbeitete die Informationen wie drei Sekunden zeitverzögert. Sie hatte sich eben selbst aus dem Fall und wegen dessen Größe auch gleich aus der Laufbahn als Kriminalkommissarin gekickt. Kara war auf einmal froh, dass sie saß, ihr wurde seltsam flau. O Gott, sie würde versetzt zu Verkehrskontrollen und Stadioneinsätzen bei Endspielen … Die Spinde an der Wand gegenüber schienen ein bisschen zu schwanken.

Jörg schaute zu einer Ecke, wo jemand ein paar Sportschuhe vergessen hatte.

»Ich verstehe. – Ja. Sind meine Leute.« Werchteshaus schnellte herum. »Kriminalkommissarin Menzel wird selbstverständlich … –« Sie lehnte sich mit dem Rücken an einen Spind und fixierte Kara. »Nach Rücksprache mit … – Wie Sie wünschen,

Herr Minister.« Sie schaute noch einmal auf das Display und steckte das Smartphone weg.

Dann passierte erst mal eine Weile lang nichts.

Bis die Chefin die Arme verschränkte, ein Bein vorstellte und sagte: »Frau Beatrix Lengsfeld will mit der Polizei sprechen. Aber nur mit Ihnen.«

Kara hätte am liebsten die Hand hinters Ohr gelegt. »Mit mir?«

»Menzel.« Werchteshaus spitzte den Mund. »Jetzt wird's aber langsam lächerlich.«

»Ich verstehe nicht …«

»Du willst dich mit diesen Tricks gleich ganz oben einschleimen, oder?«

Zwischen den Worten stand ein Sinn, den Kara nicht recht auf sich selbst zu beziehen vermochte. Ihre Wangen zuckten.

Jörg saß nur steif da.

Ihre Vorgesetzte legte den Kopf in den Nacken und schloss zwei Atemzüge lang die Augen. »Ich nehme das zurück. Mein Ton war nicht angebracht.« Sie verschränkte die Hände ineinander. »Ich weiß nicht, welches Spiel Sie hier spielen, Menzel. Aber ich warne Sie nur einmal: Mit solchen Tricks machen Sie sich keine Freunde. Definitiv nicht.«

Kara wusste nicht, was sie antworten sollte.

»Der Fall folgt keinem Lehrbuch.« Auf Jörgs Lippe erstarben die Silben fast, als ob er darüber erschrak, dass er überhaupt etwas sagte.

»Hören wir auf den jungen Kollegen.« Werchteshaus räusperte sich. »Die Ermittlung hat oberste Priorität. Wir sollen den Wünschen der Familie umgehend nachgeben, sagt der Minister. Also, Frau Menzel, fahren Sie direkt zu Beatrix Lengsfeld.« Sie kam langsam auf Kara zu, blieb vor ihr stehen und sah ein paar Sekunden schweigend auf sie herab. »Machen Sie besser nicht den Fehler, sich auf die Protektion irgendwelcher Politiker zu verlassen.«

Kara sagte lieber nichts, bis ihre Vorgesetzte aus der Umkleide gerauscht war.

Jörg schaute sie mit seinen blauen Augen groß an.

»Guck nicht so. Ich habe keine Ahnung, wie Beatrix Lengsfeld ausgerechnet jetzt auf mich kommt, ehrlich.«

43

Erst hatte Werchteshaus den Besuch offiziell angekündigt, dann hatte Beatrix Lengsfeld den Treffpunkt spontan verschoben. Statt im Townhouse wollte sie Kara auf der Dachterrasse des *Hotel de Rome* empfangen. Immerhin das teuerste Hotel Berlins. An der marmornen Rezeption hatte ein junger Mann mehrfach freundlich wiederholt, dass die Dachterrasse leider geschlossen sei und man grundsätzlich keine Auskunft darüber geben dürfe, wer im Hause logiere. Bis Kara den Dienstausweis auf den Tresen geknallt und den Chef verlangt hatte. Unter einer Vielzahl wienerisch charmanter Entschuldigungsfloskeln hatte der den Sesam geöffnet – ›Wir wollen Frau Lengsfeld nicht länger warten lassen.‹ – und Kara persönlich begleitet.

Ein rotes Samtseil sperrte die Dachterrasse ab. Kara wartete einen Moment davor. Ein Tisch war von den anderen weit abgerückt und mit grünen Flechtwänden gegen den Wind abgeschirmt worden. Blumencontainer dekorierten die Eckzone, die im Sonnenlicht badete. Weiß eingedeckt standen noch Brunchetageren neben Kaffeegeschirr und Saftkrügen.

Kara ging hinaus in die frische Luft. Die Aussicht von oben auf die Hedwigs-Kathedrale und das Dach der Staatsoper beeindruckte sie. Aber deshalb war sie nicht hierherbestellt worden.

Beatrix Lengsfeld lehnte in engen beigen Reithosen an der Balustrade, den einen Fuß hatte sie zwischen die runden Ziersäulen gesetzt. Ihr schulterlanges Haar schimmerte in der Sonne künstlich schwarz wie in einer Shampoowerbung. Sie stützte sich in weißer Bluse auf den Stein und zeigte gerade auf das Kreuz der Kathedrale.

Eine halbe Armeslänge neben ihr streckte sich Tobias Lengsfeld, der Sohn aus erster Ehe. Seine hellblauen Hosenbeine ließen eine Handbreit roter Socken über weißen Segelschuhen herausspitzen. Auch er trug ein weißes Hemd, auch in seinen braunen Locken spielte der Wind.

Kara ging langsam auf die beiden zu.

»… die Staatsoper ist schon fast fertig.« Er lehnte sich noch weiter über die Balustrade.

»Wiegand hat übrigens die Fassadentranslozierung geplant, wusstest du das?« Beatrix Lengsfeld hob ihr Kinn herausfordernd, ihm halb zugewandt. »Der könnte dir das Dachgeschoss …«

Den Rest verstand Kara nicht auf die fünf Meter Entfernung, weil Frau Lengsfeld leiser sprach.

Statt wie Stiefmutter und Sohn wirkten sie mehr wie ein Geschwisterpaar, das sich in alter Konkurrenz kabbelte. Beatrix war nur fünf Jahre älter als Tobias.

So weit Jörg für Kara auf die Schnelle hatte recherchieren können, war der Sohn längst ausgezogen, als seine Mutter starb. Die Klatschpresse war in ihren Spekulationen uneins, ob die erste Frau Lengsfeld an Behandlungsfehlern einer Schönheitsoperation oder an absichtlichem oder unabsichtlichem Tablettenmissbrauch gestorben war. Drei Jahre darauf hatte Lengsfeld senior Beatrix geheiratet, die aus altem Düsseldorfer Geldadel stammte.

Kara hörte von Tobias Lengsfeld nur ein desinteressiertes Brummen.

Vorurteile gehörten nicht in die Polizeiarbeit. Ein großer Altersunterschied bei Paaren störte heute kaum jemanden mehr, warum also die Familienmitglieder? Tobias promovierte zwar im Versicherungsrecht, aber warum sollte ein Siebenundzwanzigjähriger aus dieser Branche privat nicht wie ein Hipstermodel herumlaufen? Die Hose war zudem sehr gut geschnitten.

Kara machte absichtlich keinen weiteren Schritt auf die beiden zu.

Tobias Lengsfeld drehte sich zu Beatrix und stütze sich einen Moment auf den linken Ellenbogen. Er antwortete sehr leise etwas, von dem Kara nur die Mundbewegungen mitbekam. Seine Lippen waren für einen Mann europäischen Typs ziemlich voll. Sie hätte nicht sagen können, ob er das linke Augenlid wegen des intensiven Sonnenscheins zukniff oder weil er lächelte. Sein Gesichtsausdruck verrutschte, als er Karas Anwesenheit zwischen den Blumenkübeln voller Margeriten bemerkte. »Wer sind Sie?«

Beatrix Lengsfeld stieß sich von der Balustrade ab, umfing ihre Ellenbogen und wich zum eingedeckten Tisch aus.

»Ich bin Kriminalhauptkommissarin Kara Menzel. Frau Lengsfeld wollte mich sprechen.«

»Gott sei Dank keine Presse.« Beatrix Lengsfeld setzte sich in einen Korbstuhl. Sie griff nach ihrer Sonnenbrille. »Entschuldigen Sie bitte das Hin und Her. Ich bin manchmal sehr spontan und ich musste einfach zu Hause raus. Sonst werde ich noch wahnsinnig.« Sie fuhr sich durch die schwarzen Locken. »Wir haben nur ein paar Sandwiches hier. Säfte, Wasser. Sollen wir noch etwas ordern?«

»Danke, nein.« Kara setzte sich in den Korbsessel, den ihr Tobias Lengsfeld hinschob.

»Seien wir froh, dass wir hier oben ungestört mit der Kommissarin reden dürfen«, sagte er und nahm ebenfalls Platz. »Wir lassen das Essen aus dem Hotel kommen. Da haben wir uns einfach mit dem Lieferwagen von zu Hause rausgeschmuggelt. Beatrix kennt den Hoteldirektor.«

»Eigentlich ist es mein Mann, der ihn kennt.« Ihre ungeschminkten Lippen zitterten ein wenig. »Wenn ich mir vorstelle, wo sie ihn vielleicht gerade vergraben …« Sie drückte die Hände auf den Bauch und atmete hörbar durch. »Entschuldigen Sie. Ich will nicht wieder die Nerven verlieren, aber …« Sie wandte den Kopf ab, nur um die schwarze Mähne umso heftiger zu schütteln. »… aber ich weiß einfach nicht mehr, was ich tun soll. Oder was ich gerade nicht tun soll.«

Kara war froh, dass einer der Sonnenschirme Schatten auf den Tisch warf. »Orientieren Sie sich an Fakten und der Wahrheit.

Erfahrungsgemäß erlaubt das die schnellsten Fortschritte.« Sie schämte sich für ihre Worthülsen. »Sagen Sie mir ganz offen, warum Sie zunächst überhaupt nicht mit der Polizei, nun aber plötzlich nur mit mir sprechen wollen?«

»Weil mein Mann es so wollte.«

Beatrix Lengsfeld merkte nicht gleich, dass Kara überrascht die Augenbrauen hob.

»Wie soll ich es Ihnen bloß erklären? Da waren die Codes in seinem Brief. Harald, mein Mann, hat mit mir ein Seminar in London gemacht, wie wir uns im Entführungsfalle verhalten sollen. Für den Fall, dass ich oder er ... Als ich die Nachricht von dem ausgebrannten Auto Joachim Fokkers gelesen habe«, ihr Kinn zitterte, »und ich Harald nicht mehr erreichen konnte, da habe ich mich sofort zu Hause eingeschlossen. Und von da an nur noch mit der Bank gesprochen. Schotten dicht.«

Der Ausdruck passte nicht zu ihr. Kara seufzte innerlich. Sie musste sich eingestehen, dass sie keine Ahnung hatte, was Sicherheitsberater reichen Kunden im Entführungsfall rieten. »Aber Sie haben offenbar auch mit«, das Wort ›Stiefsohn‹ schien Kara falsch, sie wandte lieber den Kopf, »mit ihm gesprochen, nicht wahr?«

Tobias Lengsfeld hatte die Fingerspitzen aneinandergelegt und wippte ein wenig mit dem Bein in der blauen Hose. Er nickte bloß.

»Weil mein Mann es so wollte.« Beatrix legte, ohne richtig hinzusehen, einen benutzten Eierlöffel um.

Tobias Lengsfeld beugte sich vor und nahm die Knie auseinander. »Was Beatrix eigentlich meint: Mein Vater hat in seinen Lebenszeichen codierte Botschaften an uns unterbringen können.«

Fakten nützten nur, wenn man sie verstand. »Das heißt konkret?«

»Der Code in seiner ersten Botschaft bedeutete, dass Beatrix die Bank und *Kerberos Ten* entscheiden lassen sollte.« Er schob die Lippen etwas vor.

Frau Lengsfeld brauchte einen Moment. »Der Text fing mit

dem Wort ›bitte‹ an. Das steht als Codewort dafür, dass ich alle Informationen weitergeben und die Bank nach dem Sicherheitskonzept handeln lassen soll.«

»Sie haben also *Kerberos Ten* gar nicht untersagt, die Übergabe zu überwachen, obwohl der Entführer etwas anderes forderte?« Das würde Werchteshaus nicht gern hören.

Beatrix Lengsfeld ließ die schwarzen Haare vor ihr Gesicht gleiten. »Mein Mann hat darauf bestanden, dass ich seinen codierten Hinweisen absolut folge: ›Selbst wenn ich entführt werde, kann ich die Situation besser einschätzen als du.‹«

»Mein Vater hat Logistik studiert, bevor er ins Banking wechselte. Er ist sehr gut darin, Strukturen und Abläufe einzuschätzen«, sagte Tobias in sehr sachlichem Ton.

»Er denkt viele Züge im Voraus. Harald verliert im Schach nur gegen richtige Sportspieler«, sagte Beatrix Lengsfeld.

Kara interessierten diese Codes. »Ich verstehe«, sagte sie, damit die beiden im Fluss blieben.

»Deshalb hat er mich gleich von Anfang an in die Sache eingebunden, obwohl …« Tobias senkte den Kopf. »Erkläre besser du es ihr.«

»Sie müssen wissen, dass Tobias und ich uns seit Jahren nicht gesehen haben, weil …«, Beatrix flüsterte fast, »… wir nicht immer einer Meinung waren.«

»Bei den Codes sind wir uns einig.« Tobias richtete den Blick auf eine Serviette auf dem Tisch. »Mein Vater wollte, dass Beatrix jemanden an ihrer Seite hat, dem sie wirklich vertrauen kann, falls es zu Entscheidungen über sein Leben kommt.«

Beatrix Lengsfeld nahm die Sonnenbrille ab und legte sie halb auf den Teller, halb auf den Tisch. »Ich möchte das nicht allein verantworten.«

Kara dämmerte, dass die beiden wirklich Hilfe suchten.

»Ich bin so verwirrt.« Beatrix Lengsfeld fischte ein gefaltetes Blatt aus der Tasche neben dem Korbsessel. Sie las vor. »*Lasst euch helfen. Zehn Millionen Euro in zehn großen Währungen, unmarkierte Scheine. Bei Übergabe erfahren Sie Aufenthaltsort von L. Keine Polizei, keine Überwachung. Sonst verreckt L. Beweis anbei.*«

»Wir haben diese Mail von der Bank weitergeleitet bekommen, sogar mit einem Foto meines Vaters. Weil aber der Text ganz klar eine Botschaft war, die weitere Informationen ankündigt, wollten wir nichts unternehmen.«

Kara behielt erst einmal für sich, dass es die Nachricht des Trittbrettfahrers war. Bemerkenswerterweise hatte auch *Kerberos Ten* die beiden nicht über diesen Fakt unterrichtet.

»Heute früh bekam Beatrix mit der normalen Post einen Brief, der sich gar nicht auf diese Mail bezieht.«

Die junge Frau versicherte sich mit einem Blick bei Tobias, der kaum merklich nickte. »Der Brief enthält wieder Codes meines Mannes. Es ist auch seine Handschrift. Diesmal hat er als Anrede geschrieben: ›Liebe Trixie‹.« Wieder verhüllten ihre schwarzen Haare ihr Gesicht. »Er weist mich mit dieser Anrede dazu an, der Bank nicht mehr zu vertrauen.«

»Trixie wie Trick-s-y?« Das klang arg platt. Kara wiegte den Kopf. »Man hat Ihnen in London solch einen simplen Code beigebracht?«

»Natürlich nicht. Mein Vater hat diese Option privat ergänzt.« Tobias deutete mit der flachen Hand zu Beatrix hin. »Siehst du? Sonya Fokker-Samonowicz hat recht, wir können der Kommissarin vertrauen. Sie stellt die richtigen Fragen.«

Daher wehte also der Wind. Kara fand ihren Korbsessel trotz der dicken Polster auf einmal unbequem. Sie wurde in eine Rolle gedrängt, dabei war sie die ermittelnde Kommissarin und keine Figur auf dem Spielbrett der Witwe Fokkers.

Beatrix Lengsfeld griff zum Saftkrug in der Tischmitte. »Ich habe gleich geahnt, dass etwas bei der Bank nicht stimmt, auch wenn Gerlind Schindhelm mir zehnmal, zwanzigmal gesagt hat, dass ich ihr vertrauen soll.« Sie goss nicht sich ein, sondern Tobias.

»Was macht Sie misstrauisch?«, fragte Kara.

»Das Geld. Oder besser der Fakt, dass es keine Geldforderung gibt. Da stimmt einfach was nicht. Diese Schweine könnten für meinen Mann Millionen erpressen, aber alles, was sie wollen, sind Dokumente.«

Die vielleicht eben diese Millionen Wert waren. »Was für welche?«

»Unterlagen aus dem Privatsafe meines Mannes.«

»Diese Dokumente beziehen sich worauf?«

»Geschäfte, Bankinterna, Forschungen. Es sind Hunderte von Seiten. Die Zusammenhänge kenne ich nicht.«

Aber der Entführer umso besser, sonst würde er Lengsfeld nicht dafür eintauschen wollen. Falls er das überhaupt wirklich vorhatte. Wenn Lengsfeld es selbst war, behielt er ja die Kontrolle darüber.

Tobias nahm einen Schluck aus seinem Glas. »Es kam in der Botschaft auch das Codewort ›sofort‹ vor. Das bedeutet, Beatrix soll die Forderungen der Entführer diesmal wirklich erfüllen.«

»Helfen Sie mir.« Sie langte nach Karas Hand, doch der Abstand war zu groß. An ihrem Finger glänzte der Ehering im Licht. »Halten Sie die *German Global* in Schach. Gerlind Schindhelm ist jetzt die Bank, sie darf die Vorschläge von *Kerberos Ten* nicht länger umsetzen können. Wenn mein Mann das plötzlich nicht mehr will, ist es bestimmt seine letzte Chance. Er hat sonst auf diese Securityberater immer vertraut. Unser ganzes Haus ist vollgestopft mit Alarmanlagen und …«

»Mein Vater ist ein Technikfreak.« Tobias ließ einen Mundwinkel hängen. »Auch deshalb sitzen wir hier auf dem Dach des *Hotel de Rome*, um mit Ihnen zu sprechen. Ich bin sicher, dass uns *Kerberos Ten* der totalen Kontrolle wegen auch privat abhört.« Er wies mit dem Arm vage zum Terrasseneingang mit den Rosenbäumchen. »Hier oben hat der Direktor persönllich die letzten Winkel für uns durchsucht.«

Kara entgegnete besser nicht, dass die technischen Möglichkeiten von *Kerberos Ten* Richtmikrophone und wer weiß was noch einschlossen. »Bisher folgt Frau Schindhelm konsequent den Vorgaben des Sicherheitskonzepts.« *Behauptet sie,* raunte es in Karas Gedanken. Ihr wurde bewusst, dass sie dieses Sicherheitskonzept dringend lesen sollte, bevor sie das beurteilen konnte. »Ihr Vater hat es doch selbst mit ausgearbeitet.«

»Das stimmt, dagegen ist auch nichts einzuwenden«, sagte Tobias. »Aber für die Umsetzung ist *Kerberos Ten* zuständig. Ich habe langsam Zweifel, ob diese Leute nicht falschspielen.« Seine Stimme war sehr hart geworden.

»Was wollen Sie andeuten?«, fragte Kara.

»Immerhin fehlen zwei von drei Vorständen im operativen Geschäft. Wenn die *German Global Credit* durch diese Führungskrise ins Schlingern kommt, springen ganz schnell große Deals für Restrukturierungen heraus.« Tobias stand auf. »Wer weiß, wessen Interessen *Kerberos* wirklich vertritt?« Er legte die Hand auf die Rückenlehne seines Korbsessels. »Die Finanzkrise hat uns gelehrt, was für eine Unkultur in der City of London herrscht.«

»Menschen zählen dort wenig.« Der Blick von Beatrix Lengsfeld war bohrend. »Es muss etwas passiert sein, dass meinen Mann inzwischen glauben lässt, die Bank wolle ihn lieber opfern.« Ihr liefen Tränen über die Wangen. »*Kerberos Ten* hat uns zugesichert, dass sie den Boten fassen würden, haben mit ihrem Special-Unit-Training geprahlt. Und dass sie den Aufenthaltsort meines Mannes aus dem Typen herausholen würden, weil es neue Substanzen gäbe, die jeden zum Reden brächten.«

Beatrix stand auf und ging zu Tobias. Sie hakte sich bei ihm unter. »Ich darf gar nicht daran denken, dass ich mit dir mal um den Erbvertrag gestritten habe.« Sie legte den Kopf an seine Schulter. »Was würde ich jetzt ohne dich machen?«

Tobias drückte die Hand mit dem Ehering. »Wir schaffen das.« Sie standen im Halbschatten eines Sonnenschirms, Arm in Arm, wie Bruder und Schwester. »Vater kommt da wieder raus.«

Es war so unwirklich, weil von den Linden her gleichzeitig ein Touristenbus Erklärungen quäkte.

»Helfen Sie uns.« Beatrix Lengsfeld löste sich und nahm erneut Platz, allerdings auf der Kante ihres Korbstuhls. »Bitte.«

Wieder dieses Drängen. Kara schaltete erst recht ihren Verstand ein. Es war Zeit für Klartext. »Die Botschaft, die Sie verwirrt hat, stammt von einem Trittbrettfahrer.«

»Tobias, du hattest recht«, flüsterte Beatrix Lengsfeld.

»Setzen wir den Wunsch Ihres Mannes als oberste Priorität. Kein Zugriff der Polizei, dafür die Übergabe der Dokumente. Allerdings muss ich Ihnen ehrlicherweise sagen: Weil eine Entführung eine Straftat ist, kann er als Betroffener nicht bestimmen, wie der Staat bei der Verfolgung dieser reagiert.«

»Worauf wollen Sie hinaus?« Tobias sah auf Kara herunter.

»Die Polizeiführung entscheidet über die Taktik. Ich werde vorschlagen, Ihren Wünschen zu entsprechen.« Sie milderte ihren sachlichen Ton. »Allerdings brauche ich dazu jede Information, die Sie haben. Auch Kopien der von dem Entführer verlangten Dokumente und was Sie …«

Beatrix Lengsfeld hob den Zeigefinger. »Es sind mehrere.«

»Natürlich. Und was Sie …«

Sie winkte heftig mit dem Zeigefinger. »Mehrere Entführer, meine ich. ›Liebe Trixie‹ hat Harald geschrieben. Mit x-i-e.«

»Auch das ist ein privater Code, nur zwischen meinem Vater und seiner Frau. Ein x würde für einen Entführer, x-i für zwei stehen. Dass er x-i-e geschrieben hat, bedeutet, dass es mehr als zwei sind.«

Kara sank unwillkürlich gegen das Rückenpolster. Lengsfeld würde sich nicht irren. Also doch eine Gruppe, mit einer verdammten Gruppe hatten sie es zu tun, die allemal unter der Führung von Ducasse agieren konnte, egal, wie viele Alibis der für sich fabrizierte. Oder die sonst wem gehorchte, vielleicht sogar dem Banker selbst.

Beatrix Lengsfeld legte die Arme um sich. »Deshalb vertrauen wir auch *Kerberos Ten* nicht mehr, weil die uns gegenüber nur von einem Täter reden. Kein Wunder, dass die Übergabe nicht geklappt hat. Die Entführer haben einfach besser auf ihren Boten aufgepasst.«

Solch einen groben Fehler würden die Briten nicht machen,

außer mit Absicht. Werchteshaus müsste ein großes Team zusammenstellen. »Ich kann Ihnen nur zum zweiten Übergabeversuch raten. Auch wenn wir von der Polizei alles diskret überwachen werden. Etwas anderes ist nicht denkbar.« Da müsste es schon eine Entscheidung von ganz oben geben. »*Kerberos Ten* können Sie nur von der Bank zurückpfeifen lassen. Auf die habe ich leider keinen Einfluss.«

»Ich habe es versucht, aber Schindhelm ist dauernd in Gesprächen. Sie lässt sich verleugnen.« Beatrix Lengsfeld zog aus ihrer Handtasche ein Taschentuch.

»Versuchen wir erst, sie zu überzeugen. Überlege doch, wie eingespannt Vater schon im Normalfall ist. Sie meldet sich sicher bald bei dir.«

Womöglich war der ausbleibende Anruf bereits eine Reaktion. *Kerberos Ten* war vielleicht näher an Lengsfeld dran, als sie der Polizei verraten wollten. Die Verträge sahen sicher hohe Prämien für Befreiungen vor. Sie hatten den Boten vielleicht nur entkommen lassen, damit er sie zum Versteck führte.

»Tobias hat eine Liste gemacht, welche Minister ich anrufen soll. Was halten Sie davon?« Beatrix stellte ihre Tasche auf ihre Knie.

»Tun Sie das, aber nicht von Ihren eigenen Telefonen aus. Am besten versuchen Sie es gleich von hier aus dem Hotel.«

»Müssen wir Sie extra informieren, wenn sich die Entführer wieder bei uns melden?« Tobias lächelte matt. »Die Polizei überwacht uns doch auch, nicht wahr?«

»Das ist Standard bei Entführungsfällen.« Kara erhob sich. Der Sohn schien wie der Vater viele Züge im Voraus zu bedenken. »Wir von der Polizei werden ein ernstes Wort mit den Herren aus London sprechen.« Jedenfalls hoffte Kara, dass sich Werchteshaus nun dazu entschließen könnte. »Wir bereiten alles für eine diskrete Übergabe vor. Sie informieren uns, sobald sie weitere Anweisungen erhalten.« Kara reichte ihnen noch ihre Karte.

»Danke«, sagten beide fast gleichzeitig.

Kara streifte im Gehen den Blumenkübel Margeriten, der in

der Sonne stand und sommerlich roch. Im Hotelflur bei den Rosenbäumchen drehte sie sich um. Beatrix Lengsfeld stand an der Balustrade. Mit gefalteten Händen schaute sie hinüber zum Kreuz auf der Kathedrale. Tobias stand zehn Schritte weiter links, vor ein paar leeren Tischen. Er hielt den Blick hinüber zur Humboldt-Uni gerichtet und steckte sich eine Zigarette an.

Der weiße Rauch verflüchtigte sich so schnell, wie der Gedanke, der sich Kara eben hatte aufdrängen wollen.

›Trixie‹ – das war alles zu simpel. Irgendetwas stimmte an dem Code nicht. Oder fehlte.

Kara beeilte sich. Sie sollte mit Jörg über alles reden und sofort die Chefin informieren. Verdammt. Wenn sie bloß wüsste, woran diese Margeritenkübel sie erinnerten.

44

»Da bist du ja endlich«, rief Jörg. Er rannte vom Haupteingang des LKA auf Kara zu und hielt ihr ein Stück Papier hin. »Lies das!«

Der Text stand auf dem Kopf, Kara drehte den Ausdruck einer E-Mail von heute früh um; sie war an ihre Chefin adressiert, sogar das Abteilungskürzel war korrekt.

Sehr geehrte Frau Dr. Kriminalrätin Werchteshaus,
nachdem ich nun dreimal versucht habe, telefonisch einen der von Ihnen mit der Ermittlung im Entführungsfall Lengsfeld betrauten Kommissare zu erreichen, und nachdem ich mehrfach von einer sehr freundlichen Vorzimmerdame am Telefon vertröstet worden bin, versuche ich es nun schriftlich. Leider bin ich verhindert, persönlich ins LKA zu kommen. Ich ersuche Sie, mir einen Ihrer Beamten für eine, wie mir scheint, wichtige Aussage vorbeizuschicken.
Mit freundlichen Grüßen
Prof. Dr. h. c. mult. Gertrud Zimiecki-Bongartz

»Ach du Scheiße.« Die Adresse entsprach dem Tatort in Dahlem. »Die alte Dame aus der Nachbarvilla.«

Jörg nickte nur. »Dabei wollten wir heute früh gleich hinfahren. Wo hast du bloß gesteckt?«

»Erkläre ich dir auf der Fahrt.« Kara rannte ihm hinterher zum Dienstwagen. Werchteshaus würde nicht mal toben. Das Schreiben lieferte ihr den perfekten Grund, um sie kommentarlos von der Ermittlung zu entbinden.

Der Motor brummte. Kara riss die Wagentür auf und warf sich auf den Sitz.

Jörg fuhr ab, bevor sie sich anschnallte.

»Werchteshaus killt mich.«

»›Uns‹ wolltest du sagen.« Jörg hielt den Blick konzentriert auf die Straße gerichtet und überholte gegen die Straßenverkehrsordnung einen Lieferwagen rechts. »Wir fahren direkt zu der Zeugin. Scheiße!« Die nächste Ampel an der Lietzenburger Straße sprang auf Rot. Jörg stieg auf die Bremse.

Kara hielt der Gurt im Sitz zurück. Der Wagen stand einen Meter vor der Linie.

»Wenn wir die Zeugin beruhigen können, schiebt Nicole die Mail aus Versehen in den Ordner *Gelöschte Mails*, den die Werchteshaus nie anschaut.«

»Warum macht Nicole das überhaupt für uns?«

Die Ampel sprang auf Grün. Jörg haute den Gang rein. »Sagen wir mal, Nicole ist mir noch einen Gefallen schuldig.« Er stieß den Atem hörbar aus. »Ich bin heilfroh, dass sie die Mail erst mal nicht weitergeleitet hat.«

Kara fragte lieber nicht weiter nach. »Okay. Konzentrieren wir uns. Du fährst. Ich gebe dir den neuesten Stand.«

Kara fasste für Jörg ihr Treffen mit Beatrix und Tobias Lengsfeld im *Hotel de Rome* zusammen.

Sie rasten unter Alleebäumen entlang, der schnelle Licht-Schatten-Wechsel blendete sie. »Wenn Lengsfeld richtig interpretiert wurde, haben wir es nicht mit einem Einzeltäter zu tun, sondern mit einem Mastermind und mehreren Komplizen.

Ducasse könnte in seiner *Aqua-Mundi*-Entwicklungshilfeorganisation gut und gern Vertraute haben.«

Jörg bremste und rollte hinter einem Linienbus her. »Ich habe noch mal mit unserer Psychologin telefoniert. Ducasse hat mit Fokker einen lukrativen Entschädigungsdeal eingefädelt. Dass er diese Tatsache uns gegenüber verschwiegen und sogar auf tief gedemütigtes Opfer wegen des Gefängnisaufenthalts in Usbekistan gemacht hat, spricht mehr für eine durchtriebene Verhandlungsstrategie als für echte, brennende Rachegefühle. Er hatte kein Interesse, Fokker zu ermorden, denke ich.«

Kara war klar, dass ihr Ansatz zu schwach war, aber manchmal half es, dass man alles wieder durchkaute. »Stimmt. Außerdem hätte er sich als Mastermind ein stabiles Alibi organisiert, statt sich am Tatabend in der Bank von den Kameras erfassen zu lassen.«

Jörg setzte den Blinker und wollte den Bus überholen.

»Lass, der biegt gleich ab.« Früher war Kara mit der Linie zum Sport gefahren.

»Die Entführung erforderte minutiöse Planung.« Jörg warf ihr einen Seitenblick zu. Auf seinem kahl geschorenen Schädel schimmerten Schweißperlen. »Niemand lässt einen anderen Euroscheine fressen, wenn er nicht voller Aggressionen steckt und das Opfer erniedrigen will.« Er wechselte die Fahrspur, sie preschten am Olivarer Platz vorbei. »Wenn du mich fragst, steckt die weiße Witwe dahinter. Sie kann schon längst aus Polen die Infos zum Flugzeugabsturz bekommen haben, in dem ihr Mann hätte sterben sollen und nicht ihr Sohn. Sie hat dir vielleicht nur Theater vorgespielt.«

»Aber warum sollte sie sich überhaupt an Lengsfeld rächen wollen?«

»Wissen wir, ob der Banker nicht irgendwie am Absturz der Maschine mitschuldig ist? Vielleicht weil er Fokkers Reisepläne und -daten kannte und verraten hat?« Jörg fuhr langsamer, weil er in das Dahlemer Villenviertel einbog, das mit Kopfstein gepflastert war. »Einen Starbanker wie Lengsfeld aus dem Karrierehöhepunkt abstürzen zu lassen wie Hoeneß, das ist schon der bessere Kick als ein paar Millionen.« Jörg schaltete einen Gang herunter. »Gerade wenn man selbst genug Geld hat wie die weiße Witwe.«

Im Wellnesscenter hatte sie auf Kara sehr betroffen gewirkt. Aber manche Menschen konnten ihre wahren Gefühle sehr gut verbergen. »Leider hat Sonya Fokker-Samonowicz ein Alibi. Schon vergessen?«

»Nein.« Jörg kniff ein Auge zu. »Es ist so perfekt, wie ich es von einem Mastermind erwarte.«

»Aber warum sollte sie sich die Mühe mit einer Dokumentenübergabe durch Lengsfelds Sohn machen, wenn es ihr um Rache geht?«

»Die Rache ist süßer, wenn sie das Opfer schön leiden sieht.«

Kara blickte durchs Seitenfenster. In einer Villa residierte irgendein Botschafter, in der übernächsten wehte eine Burschenschaftsfahne im Vorgarten. Eigentlich störte es sie schon die ganze Zeit. »Möglicherweise haben wir die Bedeutung dieser Guy-Fawkes-Maske unterschätzt. Was ist, wenn sie keine Maskerade zur Ablenkung war, sondern wirklich ein politisches Statement? Auch dass Fokker hat Euroscheine essen müssen, kann man als solches interpretieren. Dazu passt, dass die Entführer Dokumente und eben kein Geld fordern.«

»Nicht ganz unlogisch, Kollegin«, brummte Jörg. »Schauen wir also mal unter dem politischen Blickwinkel auf die Fakten. Wir müssen Beatrix Lengsfelds Dokumentenkopien nachher gründlich analysieren.«

»Immerhin riskieren die Entführer dafür sehr viel. Warum glauben sie, damit Lengsfeld vernichten zu können? Damit verraten sie etwas über ihre Kenntnisse seiner Geschäfte und damit über sich selbst.« Sie hörten den Rufton ihres Diensthandys.

»Nicht rangehen, Kara, wir sind quasi schon im Gespräch mit Frau Professor, okay?« Jörg bog in eine noch ruhigere Straße ein.

Sie rollten an der Cornelius-Hofmeister-Stiftung vorbei, wo Banner hinter dem schmiedeeisernen Tor flatterten.

Jörg parkte vor der benachbarten Villa, die von keiner Mauer, sondern von einer dichten, stacheligen Hecke abgeschirmt wurde. Sie stiegen direkt vor einem weiß gestrichenen Holzportal im Stil der Dreißigerjahre aus. Jörg wollte gerade auf die Messingklingel drücken, da summte das Tor.

Der Garten war gepflegt, Sommerblumen umstanden einen Rasen – wahrscheinlich hieß es Lawn –, die Gartenmöbel, die Veranda vor dem Haus, alles wirkte sehr englisch. Auch die Haustür summte von selbst.

»Kommen Sie einfach nach oben«, hörten sie von irgendwoher die brüchige Stimme einer alten Frau sagen, als sie die Halle betraten.

Jörg zuckte nur mit den Schultern.

Die holzvertäfelten Wände im ersten Stock waren allerdings weiß lackiert, hie und da hatte man Jagdszenen aufgemalt. »So einen Stil habe ich noch nie gesehen«, flüsterte Jörg hinter Kara.

»Mein Großvater stammte aus der Tschechei.« Die Stimme der alten Frau Professor klang amüsiert. »Und jetzt den langen Flur geradeaus und erste Stube rechts.«

Das Balkonzimmer bot durch großzügige Fenster einen Ausblick auf die Straße und hinüber zur Cornelius-Villa.

»Und nun rum um die Ecke.«

Kara stand vor einem Pflegebett mit Oberbügel und zwei Nachttischen, die mit Medikamenten, Flaschen und Teebechern vollstanden. Hinter dem Kopfende ragte eine Sauerstoffflasche bis über den Matratzenrand.

»Ist nicht mehr viel übrig von mir, nicht wahr?« Die Professorin hob einen Arm, in dem eine Kanüle steckte, die zu einer Infusionsflasche führte. »Suchen Sie sich Stühle, irgendwo hinten im Erker müssten welche sein.« Die alte Professorin legte die Hand zurück auf ein Ultrabook auf der Bettdecke. Ihr dünnes Haar war sorgsam frisiert, die eingefallenen Wangen sogar einen Hauch gepudert. Kara erahnte rosa Lippenstift auf den dünnen Lippen.

Sie setzten sich auf weiße Stühle mit rosa Polstern, die Jörg brachte.

»Das Damenzimmer meiner Großmutter hat das schönste Licht. Deshalb liege ich hier. Ich mochte die Rosen in den ovalen Wandbildern schon als Kind.«

»Sie sind doch nicht ganz allein im Haus?«, fragte Kara.

»Selten, keine Sorge.« Die Professorin legte den Kopf zurück in die Kissen. »Ich habe meine Haushaltshilfe zum Einkaufen geschickt, die ist zu neugierig. Und der Pflegedienst kommt sowieso nicht vor vier.« Sie tippte mit einer schwachen Handbewegung auf das Ultrabook. »Mein Urenkel hat mir die ganze Technik eingerichtet. Ich kann jedes Zimmer einsehen und Renata so ordentlich scheuchen.« Sie lachte. »Das Biomaterial ist vierundneunzig und kaputt. Nichts tun bringt mich um. So surfe ich im Netz wie mein Urenkel.«

»Entschuldigen Sie, dass wir jetzt erst kommen. Wir gehen einer Menge Spuren nach und …«

»Jaja, sparen Sie sich das.« Ihr Zeugin wies auf den Sauerstoff. »Ich habe nicht so viel Kraft.« Sie wandte den Kopf. »Kommen Sie einfach her und nehmen meinen Blickwinkel ein, damit Sie nicht denken, die olle Frau Professor tickt nicht mehr richtig.«

Kara trat ans Kopfende des Bettes und ging in die Knie. »So?«

»Etwas höher.« Die Professorin drückte mit der Linken einen Steuerknopf, das Bett fuhr die Rückenlehne hoch. »Als ich noch laufen konnte, habe ich mit ein paar Freunden ein bisschen auf Ornithologin gemacht. Ich kenne die Amseln in den Bäumen persönlich. Sozusagen. Aber von hier kann ich auch die Auffahrt der Cornelius-Villa beobachten. War ja ganz schön Betrieb an dem Montag. Da gucke ich natürlich hin, weil ich Frau von Delitzsch noch über meinen Mann kenne, wir waren in derselben Jagdgesellschaft. Sie kommt meist nach dem Abschlussessen der Stiftung vorbei.«

»Darf ich?« Jörg hielt sein Handy hoch.

»Knipsen Sie nur, was Sie brauchen.«

Kara rückte mit dem Stuhl näher ans Bett. Die Professorin

hatte die verwaschenen Pupillen einer Greisin, aber sie war bestimmt einmal sehr resolut gewesen, es schimmerte immer noch Kampfgeist darin. »Sie wollten etwas aussagen, Frau Professor?«

Sie legte den Arm mit der Kanüle auf das Ultrabook. »Montag früh kam die Pflege um neun für die Morgentoilette. Danach lag ich hier und habe dem Kommen und Gehen in der Villa drüben zugeschaut.« Sie machte eine Pause. »Kurz nach elf sah ich die Kuratoriumsmitglieder einen nach dem anderen aus dem Haus kommen. Mechthild, also Frau von Delitzsch, kam etwas später, dann fuhren die Herren Professoren mit ihr in einem roten Auto davon. Ging ja diesmal schnell, dachte ich noch. Kaum waren sie weg, hat's drüben mächtig geknallt.« Die Professorin blickte zu Jörg hinüber. »Sie brauchen nicht die Augenbrauen zusammenzuziehen. Ich bin zwar ein Wrack, aber schwerhörig nicht, wenigstens das.« Sie hob drei Finger. »Sie haben aber recht, dass es kein Knall war, sondern eher wie eine Verpuffung klang. Wohl das Gas, das man bei der Entführung benutzt hat. Davon habe ich online gelesen. Dann passierte erst mal ein paar Minuten gar nichts. Geht gleich weiter …«

Kara wartete, weil der alten Zeugin die Stimme brüchig geworden war und diese sich räusperte.

»Plötzlich zogen seltsame rote Schwaden aus dem Eingang. Ich wollte gerade die Feuerwehr anrufen, da rollte ein Mann auf einem Fahrrad hinter der Cornelius-Villa hervor, auf der Seite, wo früher der Goldfischteich war. Dabei parken die Besucher sonst auf dem Gartenweg auf der anderen Seite, die ich gar nicht sehen kann. Der Mann trat schwer in die Pedale, weil er so einen Anhänger hinterherzog, mit dem die jungen Leute neuerdings die Kinder in die Kita fahren.«

Kara musste an das Fahrrad mit Anhänger auf den Cam-Aufzeichnungen an der Peilstrecke denken. Unter ihr schien der Polsterstuhl zu schwanken. »Darin haben die Entführer Lengsfeld also weggebracht, nicht in einem Auto.«

»Verdammt«, fluchte Jörg leise.

Das Fahrrad hatten sie ignoriert. »Können Sie den Mann genauer beschreiben?«

»Er hatte eine Kapuze tief ins Gesicht gezogen. Blau war die Hose und obenrum hatte er ein blaues Regencape umgeworfen. Ich wollte dann die Feuerwehr anrufen, aber da hörte ich schon das laute Tatütata und dachte, dass da irgendein Passant mit dem Handy schneller gewesen war. Mehr weiß ich nicht.«

Vogelgezwitscher drang aus dem Ultrabook.

»Die Nachtigall bedeutet eine SMS.« Die Professorin blickte auf den Bildschirm. »Renata kommt gleich vom Einkauf zurück.«

»Sie haben uns sehr geholfen.« Eine harte Spur, endlich. Kara spürte, wie ihr Energielevel anstieg.

»Ich habe meine Aussage eben aufgezeichnet. Ich schicke sie Ihnen als Voice-Anhang. Das muss reichen. Unterschreiben kann ich es nicht mehr. Es sei denn, mein Fingerabdruck reicht Ihnen.«

Kara musste einfach lächeln. »Sie sind eine wunderbare Zeugin, wirklich.«

»Ach was. Ich bin nur nicht auf den Kopf gefallen. War ich noch nie.« Die Professorin hob matt die Arme. »Wenn das Biomaterial nicht so alt wäre, würde ich mit Ihnen auf Mördersuche kommen. Sind Sie bei dem abgefackelten Bankier schon weiter?«

»Vielleicht jetzt.« Kara gab ihr ganz vorsichtig die Hand.

»Wenn Ihnen noch etwas einfällt, melden Sie sich bitte«, sagte Jörg vom Fußende des Bettes her.

Sie drohte mit dem rechten Zeigefinger. »Aber nur, wenn Sie sofort kommen, junger Mann, und ich nicht wieder so einen Zirkus habe.«

Jörg strahlte. »Versprochen.«

»Das will ich auch hoffen. Wenn Sie einer von meinen Studenten gewesen wären, hätte ich Sie jetzt in den Dschungel gejagt, ein paar neue Tierarten finden.«

»Na, dann wollen wir uns mal beeilen. Auf Wiedersehen.«

In der Halle schickte sie ihnen über den verborgenen Lautsprecher hinterher: »Vergessen Sie bloß nicht, richtig zuzuziehen.«

»Alles klar!«, rief Kara. Die weiße Holztür hakte hinter Kara mit einem Klick ein.

Ihre Gedanken stürzten wild durcheinander, als sie sich auf den Beifahrersitz warf. Was musste sie jetzt alles organisieren!

»Verdammt. Es war gar kein Auto. Nur weil die Strecke von Dahlem nach Schöneweide so lang ist, haben wir das geglaubt. Raffiniert. Man muss immer alles hinterfragen, immer.« Jörg schlug mit der Hand auf das Lenkrad. »Dabei haben wir den Typen sogar auf der Aufzeichnung gesehen.«

»Die Stars von Kerberos Ten sind auch nicht draufgekommen.«

»Hoffen wir's mal.«

»Wer dieser Fahrradfahrer ist, finden wir vielleicht mit der Gesichtserkennungssoftware raus. Irgendeine Cam auf dem Weg muss ihn von vorn erfasst haben, Regenumhang hin oder her. Los, zurück ins LKA.«

Kara checkte ihr Diensthandy. »Vorhin der Anrufer hat keine Nachricht hinterlassen, dafür habe ich eine SMS. Gott sei Dank erst ein paar Minuten alt.« Sie aktivierte die Anzeige.

HK Menzel, kommen Sie sofort zum Bunker in Mitte. Werchteshaus.

Kara war so ratlos, dass sie den Text einfach Jörg unter die Augen hielt. »Hast du eine Idee, warum sie mich dort hinbestellt?«

»Keine.« Er fuhr ab. »Wenigstens weiß ich, wo das ist.«

Kara tippte schnell eine Antwort:

Bin unterwegs.

45

Leon hob den Daumen. »Die *Kitokari*-Rollen sind der Hammer.« Die japanischen Axles waren die besten am Markt.

Der junge Poser vollführte an der Bodenstufe vor den Versorgungsleitungen einen Nosegrind. Er balancierte auf den linken beiden Rollen und ließ das rechte Ende des Boards in die Luft steigen. »Reicht fast schon für die Meisterschaft in Seoul.«

Mit fünfzehn empfand man die Welt als grenzenlos offen, auch wenn sie nur ein paar Straßen und Skaterpipes im eigenen Kiez umfasste. »Mindestens.« Sein Kunde war echt glücklich. Vor ein paar Jahren hätte Leon auch so breit gegrinst und die Arme zum Abheben weit von sich gestreckt.

»Geht ab wie Sau.« Der Junge machte mit Hüftschwüngen Tempo und kurvte über die Betonplatte vor dem Skaterladen davon. Er zeigte noch ein Victoryzeichen, dann war er weg.

Leon ließ das Metallfalttor von *Scary Boards* extra weit offen stehen wie sonst auch, damit sich keiner der Nachbarn Gedanken machte. Außerdem musste er vier Broadboards, die sein Kumpel Jussi für die Jungs am Boxhagener Platz rangeschleppt hatte, mit Bushings versehen. Der Gummikleber stank so furchtbar, dass besser richtig Luft in den Laden zog.

Lengsfeld schien eine feine Nase zu haben, zu viele verschiedene Gerüche wären am Ende verräterisch. Aber der Banker schlief wahrscheinlich, hören konnte er durch die Bodenklappe nichts. Die hatten sie optimal schallisoliert. Leon hatte ihm um zwölf Uhr mittags pappigen Reis mit altem Gemüse ins Verlies abgeseilt und danach die Beleuchtung ausgeschaltet. Je mehr Lengsfelds Tag-Nacht-Rhythmus durcheinanderkam, desto besser.

Leon holte eine Plane aus dem hinteren Kabuff und breitete sie über den Werkstatttisch aus. Die Amerikaner verkauften den Kleber in unpraktischen Kanistern. »Scheißding.« Der schwarze Deckel ließ sich kaum drehen.

Sie hatten vereinbart, dass Habibi Toko bei *Prussia Animation* abchecken würde. Außerdem hatte Malu vorhin einen Brief an Tobias Lengsfeld mit den neuen Anweisungen geschickt. Später würden sie die zweite Übergabe wagen. Sanctus kontaktierten sie sicherheitshalber gar nicht. Und Leon hielt hier Wache.

Er tauchte den Pinsel in den dünnflüssigen Kleber und strich über die Broadboards. Der Besuch bei seiner Mutter im Grunewald hatte ihn daran erinnert, wieso er die Aktion zusammen mit den anderen durchzog. Banker waren verdammt gut darin, den eigenen Arsch zu retten. Und deshalb würde Lengsfeld seine Entführer entkommen lassen, statt seine Karriere zu riskieren.

Leons Smartphone vibrierte in der Hosentasche. Er stellte den Pinsel in den Metallbecher. Das Display zeigte *Dad home* an.

»Tut mir leid, dass ich jetzt erst zurückrufe. Ich hatte eine schwierige Studienassessorin am Wickel, die …« Sein Vater lachte müde. »Schule ist eh immer das Gleiche. Wie läuft dein Laden?«

Das fragte Vater immer. Er verriet damit nur, dass er doch nicht so toll fand, dass Leon sich mit *Scary Boards* selbstständig gemacht hatte, statt auf den Master einen Doktor zu setzen.

»Ich kann nicht klagen.« Leon lehnte sich an den Pfosten im offenen Werkstatttor. »Ich war übrigens gestern Mittag im Grunewald.«

»O-ho.«

Vater brachte in kurz gedehnten, in der Tonhöhe auf- und abschwingenden Silben ganze Sätze unter: *Das wird ja auch Zeit, egal, wie schlecht ihr euch versteht, ich finde, du musst sie jetzt unterstützen, stell dir mal vor, von deinen Kumpels würden zwei entführt, da wärst du auch froh, wenn …*

»Ja«, sagte Leon nur.

»Ich war vorvorgestern dort.«

»Du triffst sie öfter?« Seit Jahren telefonierten seine Eltern nur miteinander.

»Ne-i-n«, dehnte sein Vater die Silbe zu: *Es geht dich nichts an, wie oft ich deine Mutter sehe, Sohnemann, auch wenn wir geschieden sind, weiß ich, dass sie jetzt Hilfe braucht, und ich habe sie ja mal wirklich geliebt, und vielleicht …*

»Sie hat deine Bibliothek komplett umgebaut und …«, sagte Leon.

»Es ist schon lange nicht mehr meine Bibliothek. Es ist ihre Villa.« Er hörte seinen Vater einatmen. »Beziehungsweise irgendwann deine.«

Höchstens für ein paar Wochen. Es war ausgeschlossen, dass er jemals in den Grunewald zurückziehen würde. Schon gar nicht mit einer Frau wie Malu. Der Gedanke, dass er die Villa einmal erben könnte, erschien Leon surreal. »Ich habe dich angerufen, weil ich dir etwas ausrichten soll. Du möchtest ihr unbedingt die Urkunde in die Villa bringen. Du wüsstest schon.«

»Aa-ah«, modulierte sein Vater. *Sie hat dir also nicht sagen wollen warum, dann sage ich es auch nicht.*

Leon drückte sich mit der Schulter vom Werkstatttor ab und schaute hinüber zu den Ateliers. Die neu eingezogenen Australierinnen luden Sandsäcke von einem Pick-up ab.

»Wie geht es deiner Mutter? Deiner Meinung nach?«

»Na ja.« Leon hatte wirklich keinen Vergleich. »Sie sah sehr blass aus, halt. Bei dem Stress, den sie hat, ist das wohl normal.« Er wartete, aber Vater ließ keine seiner Kommentarsilben hören.

»Mehr war nicht?«

Er hätte selbst gern herausgefunden, was seine Mutter in der Bank plante. In ihrem Gartensalon stapelten sich bei seinem Besuch zwar Dokumente, aber Leon hatte keine Gelegenheit gefunden, die zu sichten. »Das Jugendstilgitter am Kellerzugang ist neu lackiert, scheußlich grau.«

»Den Umbau der Villa meine ich eigentlich nicht, der ist schon länger her.«

Immer eierten alle herum mit ihren Andeutungen. Da war Vater nicht besser als Oma und Opa. »Ich kann immer noch nicht Gedanken lesen, okay?«

»Mmmh.« *Aber hingucken hättest du richtig können, wenn du schon ausnahmsweise mal deine Mutter besuchst, so schlimm ist sie auch wieder nicht zu dir.*

»Also?«, fragte Leon.

»Dass sie so dünn geworden ist, liegt nicht nur an dem verrückten Stress in der Bank. Oder an dem aktuellen Chaos.«

»Du meinst, sie ist krank?«

»Tjaa …« *Wenn du noch fragen musst, du Idiot, frag sie selbst, mehr sage ich nicht.* Vaters Silbe brach ab.

»Scheiße.« Mutter war so versessen darauf zu arbeiten, dass Leon sich überhaupt nicht vorstellen konnte, dass sie in einem Krankenzimmer irgendeiner Privatklinik läge.

»Und deshalb bringe ich ihr heute noch die Urkunde, auch wenn das Zeit hätte.«

»Mutter ist vielleicht noch in Taschkent.« Leon konzentrierte sich. »Mit irgendeinem Bundesminister ist sie gestern geflogen. Keine Ahnung, wie lange die dort sind.« Vielleicht könnte er Vater den Botengang abnehmen. Es war für ihre Aktion wichtig, dass Leon noch einmal in Mutters Dokumenten schnüffelte. Außerdem würde er sie lieber nicht fragen müssen, was sie hatte. Weil sie es ihm nicht sagen würde. Wie er die ewige Abweisung satthatte. »Ich könnte … Hast du einen Schlüssel?«

»Nein. Wozu? Der Postkasten tut es auch.«

Mist. Blieb nur Margarita, die Haushälterin, aber Leon kannte sie kaum.

»Leonhard?«

Vater nannte ihn selten so.

»Es geht ihr wirklich nicht gut. Fahr bald wieder zu ihr. Hm?« *Auch wenn du es nicht hören willst, du bist ihr Sohn.*

Die Verbindung war plötzlich stumm. Vater hatte aufgelegt, ganz ohne sein übliches ›Tschüss‹.

Leons Blick fiel auf das Atelier gegenüber. Die beiden Australierinnen schleppten mit ein paar Typen von nebenan noch immer Sandsäcke vom Pick-up.

Leon kam sich vor, als hätte sein Vater ihm gerade einen davon auf die Schultern gelegt.

46

Großkotz überall. *Prussia Animation,* in irgendwelchen Schnörkeln, die Habibi kaum lesen konnte. Das Logo lag fett in grellem Grün auf der Plexifront des Empfangs.

»Toko weiß, dass ich komme.« Habibi lehnte am Tresen und hatte sein Bruder-Tarek-Grinsen aufgesetzt. Klar, dass bei Toko eine großtittige Türkin mit Rosenparfüm am Empfang hockte. »Sag ihm einfach, seine Freundin Malu schickt mich.«

»Netter Versuch.« Die Schwester lächelte supersüß zurück. »Du wirst warten wie alle.«

Habibi wandte den Kopf. In dem großen Büroraum saßen zig Leute an Computertischen. Überall lagen Ausdrucke irgendwelcher Comics oder Zeichnungen. Er konnte vor lauter Stellwänden mit Kinoplakaten keine Tür zu einem Bossbüro entdecken.

»Toko ist mit einem Kunden oben im Schnittstudio«, sagte die Schwester und wischte auf ihrem Bildschirm herum. »Er hat allerdings gleich wieder einen Termin. Ich weiß nicht, ob er dich heute drannehmen wird.« Auf ihrem Frontzahn glänzte ein winziger Diamant. »Wenn du unbedingt warten willst, da drüben.« Sie zeigte mit dunkelroten Fingernägeln zu ein paar Loungesesseln, auf deren Rücklehnen Mangahelden gemalt waren.

Das Letzte wäre, sich hier anglotzen zu lassen. Habibi setzte ein fettes Leck-mich-Grinsen auf. »Dauert es lange mit seinen Kunden, so im Schnitt?«

Die Schwester hob die Schulter und ließ dabei die Brüste hüpfen. »Bei Toko weiß man nie.«

Die hatte es drauf, Mann.

»Willst du einen Espresso?« Sie zeigte zu einem Automaten im Treppenhaus. »For free. Bediene dich.«

Ihr Telefon summte. *»Prussia Animation.* Guten Tag. Sie sprechen mit Salima vom Empfang. Was kann ich für Sie tun?«

Bevor ihn die Leute an den Tischen richtig mitkriegten, war Habibi besser weg. »Ich geh was essen.« Er tippte einfach auf den Tresen. »Bis nachher.«

Im Treppenhaus blickte er nach oben. Toko würde zwar mit einem Kunden aus dem Schnittstudio rauskommen, aber das war egal. Der ging dann eben allein nach unten. ›Malu‹ – das war Habibis Zauberwort, auf das Toko hören würde.

Habibi nahm drei Stufen auf einmal. Malu und Sanctus konnten vielleicht besser planen, aber bei der eigentlichen Aktion musste man hart sein, richtig hart. Ein Großmaul wie Toko brauchte eine klare Drohung: Wir wissen, dass du Fokker erledigt hast. Es ist uns egal, warum. Verrätst du uns aber an die Bank oder die Bullen, ist Lengsfeld geliefert. Für einen Toten gibt dir keiner was. Vertraue lieber nicht darauf, dass die Bank dir viel Kohle rüberreicht, wenn du uns verpfeifst, die Arschlöcher verkaufen dich sofort an die Bullen weiter und sparen sich das Geld. Hol's dir lieber selbst anonym in Jersey ab, ehe wir es uns anders überlegen. Toko würde natürlich begreifen, dass er sie danach in Ruhe lassen musste. Aber auch, dass sie ihm das Geld nicht mehr abnehmen könnten.

Im nächsten Geschoss gab es gar keine Tür, sogar der Fahrstuhl war mit einer Metallplatte versiegelt. Ein eingeschweißtes Schild klebte darauf: *Prussia Animation Studio IV*. Ein Pfeil zeigte nach oben.

Ziemlich warm war es im obersten Stockwerk, obwohl mattierte Thermoscheiben das Licht wie Kupfer schimmern ließen.

Habibi zuckte zusammen und suchte Deckung an der Wand. Solche Geräusche kannte er. Aus Beirut.

Er checkte den grau gestrichenen Gang vor ihm. Über der Tür fünf Meter weiter blinkte eine rote Anzeige: *Recording*. Mit jedem Schritt auf die Tür zu wurde das Geräusch deutlicher, vermischte sich mit den Stunden in Beirut, die Habibi nie vergessen könnte, als er in den Verstecken gehockt hatte, hinter Holzplatten, Autoreifen, Schutthaufen. Genauso rumpelte es, wenn sich Männer im Nahkampf prügelten. Habibi legte das Ohr an die kalte Alutür.

»Die Namen, rück endlich die Namen raus«, knurrte ein Mann heiser. Ein kurzes, verächtliches Lachen antwortete. Rumpeln wie von Körpern, die gegen Möbel knallten.

Es klirrte plötzlich, als ob in einem Küchenschrank alle Gläser auf einmal vom Brett kippten. Dumpfe Schläge. Ein unterdrückter Schrei. »Fuck!«

Der Ton fraß sich bis in sein Hirn. Die Typen von *Kerberos Ten* hatten Toko aufgespürt. Dann würden sie ihn auch zum Reden bringen und dann wusste sie, wer Malu und Leon waren …

Knack, knack. Drinnen riss etwas, ein Knirschen mischte sich mit einem Schmerzenschrei, der Kampf brach ab.

Gleich kommt der Typ raus!

Habibi warf sich an die Wand neben die Türangel. Wenn der Sieger herauskam – und das würde kaum Toko sein –, hatte er eine winzige Chance, hier unentdeckt zu bleiben, falls der Typ direkt zum Treppenhaus rannte, weil er fürchtete, dass irgendwer unten von dem Kampf etwas mitgekriegt haben könnte.

Habibi spürte seinen Herzschlag bis in die Beine. Aber die Tür blieb zu.

Er zählte bis vierhundert. Hatten die sich am Ende gegenseitig …? Er atmete durch und öffnete die Studiotür. Im Halbdunkel war er fast blind. Glassplitter knirschten unter seinen Füßen. Drei oder vier Bildschirme lagen kaputt am Boden, aus Schächten gerissene Kabel hingen herum.

Es roch wie damals, nach nassem, rohem Fleisch in kalter, feuchter Luft, so roch frisches Blut. Habibi schlich vorsichtig um die zerstörten Pulte herum. Ein blauer Schuh lag vor einem umgefallenen Stuhl, dessen Rollen verdreht in die Luft ragten.

Selbst regungslos und schlaff wirkte Toko noch bedrohlich: Er lag vornübergekippt auf einem Mischpult, ein Arm hing herab. Blut sickerte über seine fette Uhr. Es tropfte auf den Studioteppich. Tokos Oberkörper lag auf den Reglern, das Gesicht hatte die Scheibe zum nächsten Schnittplatz durchschlagen. Blut rann aus den blonden Haaren.

Habibi ging in die Knie. Und erschrak. Toko glotzte ihn an. Ein Auge war zugeschwollen, das andere stand offen. Blut verklebte die Wimpern. Und dennoch war es Habibi, als regte sich Leben in dem Blick, schwach und verzweifelt.

Weg, du musst weg. Habibi konnte unmöglich wieder ein Überfallopfer finden, ohne dass die Polizei ihn so lange verhörte, bis er wahnsinnig würde. Aber ins Treppenhaus zurück durfte er nicht mehr, sonst riskierte er Zeugen. Es blieb ihm nur derselbe Weg, den der Angreifer genommen hatte.

Drei Schnittplätze weiter schimmerte es hinter einem schwarzen Sichtschutz kupfern. Habibi hörte ganz leise Verkehrsgeräusche und spürte einen Luftzug. Dort stand ein Fenster auf!

Habibi lehnte sich vorsichtig hinaus. Auf dem schrägen Dach gab es Gitterstufen für die Schornsteinfeger. Die Dächer der nächsten Gebäude waren flach und mit Blechkästen der Haustechnik vollgestellt. Habibi zuckte. Auf dem übernächsten Bürogebäude humpelte der Typ davon, der auf ihn geschossen hatte, und hielt sich eine blutende Schulter. Habibi überrollte pure Schadenfreude.

In der anderen Richtung standen auf den Dächern der nächsten beiden Blocks Lüftungsanlagen. Irgendwie kamen die Techniker dort hoch.

Habibi kletterte hinaus auf die Gitterstufen, presste sich eng an die schrägen Ziegel. Die eine Hand aufs Dach gestützt, hangelte er sich Stufe für Stufe runter zu den Stahlplanken, die an der Regenrinne entlang zum Flachdach des nächsten Blocks führten. *Nicht runterschauen, einfach nicht runter in den Hof schauen.*

Als er den Asphalt der Flachdachisolierung unter den Füßen spürte, rannte er los, von Schornstein zu Schornstein suchte er Deckung. Eine der Dachluken stand offen! Habibi überlegte nicht lange. Er setzte sich an den Rand, schwang die Beine hinein und ließ sich in den Raum darunter fallen.

Ein Treppenhaus. Was für ein Glück.

Habibi rannte hinunter. Diese Salima am Empfang würde dafür sorgen, dass so bald niemand Toko im Studio störte. Es wäre gut für sie vier, wenn man ihn erst in ein, zwei Stunden fand. Pech für den Hacker, dass er bis dahin verblutete. Toko hatte Fokker gekillt, nun war er halt selbst dran. Sie vier hatten ein Problem weniger. Das allein zählte.

47

»Wahnsinn, so ein Bunker mitten in Berlin.« Kara betrachtete die glatte Fassade mit Fenstern wie Schießscharten einer mittelalterlichen Burg.

»Ist 1943 für die Reisenden der Reichsbahn gebaut worden, wenn sie vom Bahnhof Friedrichsstraße vor dem Bombenalarm Schutz suchen mussten.«

»Was du alles weißt.« Kara war beeindruckt.

»Du brauchst nur mal eine historische Stadtführung mitmachen.« Jörg rollte im Schritttempo vorbei. »2003 hat ein Kunstmäzen aus Wuppertal das Ding gekauft und hier seine Privatsammlung untergebracht. Oben drauf hat er ein Penthouse gebaut.« Über das Lenkrad gebeugt, checkte er nach einer Straßenkurve den Vorplatz des Deutschen Theaters. »Schau mal, wer da winkt.«

Kara folgte der Bewegung seines Kinns. Vor dem Theatercafé saßen Touristen unter Sonnenschirmen. Im Halbschatten ganz rechts winkte Werchteshaus, an einem Tisch sitzend, und drückte mit der anderen Hand eine Zigarette im Aschenbecher aus.

»Schöne Beine.« Jörg zog die Handbremse.

»Wie bitte?« Kara löste den Sicherheitsgurt.

Jörg lächelte sein coolstes Lächeln. »Etwa nicht? Werchteshaus ist sogar richtig auf Lady gestylt. Die schimmernden Strümpfe trägt sie sonst nie.«

»Sieht nach einem hochoffiziellen Termin aus.« Kara wurde mulmig, weil sie mit ihrer Fleecejacke definitiv underdressed war.

Werchteshaus erhob sich, deutete auf Kara und winkte sie aus dem Wagen.

»Na dann, viel Glück.« Jörg legte die Hand auf die Gangschaltung. »Ich kümmere mich um den Fahrradfahrer.«

»Am besten findest du ihn gleich.« Kara seufzte, als sie ausstieg.

Die Chefin wartete nicht, sondern ging über den gepflasterten Platz voran. Drei Häuser weiter machte die Schumannstraße einen Knick. Kara holte sie ein.

Ein geparkter schwarzer Mercedes wurde entriegelt.

»Was Sie in Dahlem herausgefunden haben, erzählen Sie mir später.«

Zu Karas Verwunderung klang Werchteshaus entspannt.

Sie öffnete die hintere Tür. »Einsteigen.«

Der Wagen roch neu. Der Fahrer trug eine schwarze Sonnenbrille und schwieg.

An der Charité querten sie den Platz und bogen am Neuen Tor ab. Block für Block wuchs der Neubau des BND vor Kara in die Höhe. Ihr Mund wurde trocken. Der Ausflug an die polnische Grenze würde also ein Nachspiel haben.

Die Sicherheitsbehörde umgab ein transparenter Zaun, der nur aus eng gesetzten Pfählen bestand, aber keine Querstreben hatte. Mauern und Stacheldraht waren die Machtmittel der Vergangenheit. Was war die alte Stasifestung in der Normannenstraße gegen dieses schicke Bürogebäude, das sich kaum von einer der Konzernzentralen hinter dem Hauptbahnhof unterschied? Viertausend Beamte brauchten eben Platz.

Eine Durchfahrt später gingen vor dem Wagen die Schranken hoch, zwei Blocks weiter stiegen sie aus. Der Empfang, an dem sie ihre Smartphones abgaben, hätte es mit jedem Luxushotel aufnehmen können. Sie durchschritten eine Sicherheitskontrolle, wie sie nur im First-Class-Bereich eines Flughafens üblich war. Kein Gefummel, keine seltsamen Abtastkellen. Nur ein kleiner Tunnel von drei Metern Länge. Wahrscheinlich kannte der Dienst jetzt auch ihre Unterwäschegrößen.

Kara folgte Werchteshaus durch einen breiten Verbindungsflügel. Sie kam sich wie in einer Kunstgalerie vor. Die Wände waren mit moderner Malerei behängt. Die Schilder an den Zimmertüren trugen allerdings keine Namen, sondern nur Kürzel wie *EA-III-4C-QS*.

»Sie werden jetzt eine besondere Geheimhaltungserklärung

unterschreiben«, brach Werchteshaus das Schweigen, ohne dass sie sich im Gehen umdrehte. »Über einige Informationen dürfen Sie auch nicht mit Jörg Olvers reden. Verstanden?«

›Mache ich trotzdem‹, lag Kara auf der Zunge. »Ja.«

Zwei Gänge weiter, die Ausblick auf ein edel begrüntes Atrium mit Kunst-am-Bau-Skulptur boten, wurden die Türschilder blau.

IT-I-6B-PT. Es war ein von künstlichem Tageslicht gefluteter Besprechungsraum, dessen Stirnseite ein einziger riesiger Bildschirm einnahm. Kara hätte nicht gedacht, dass es die überhaupt gab.

Ein Tisch, vier Stühle, zwei Männer: Der eine war noch ziemlich jung und hätte einen guten Basketballer abgegeben, so groß und schlank war er. Der andere Typ war eher stämmig, wie jemand, der zu viel saß. Er trug Jeans und ein gelbes Poloshirt. Kara begriff plötzlich, wo sie ihn schon einmal gesehen hatte, wenn auch nur ganz kurz: in der *German Global Credit*.

»Unterzeichnen Sie bitte.« Der Lange reichte ihr mehrere Papiere zur Unterschrift. Auf dem Tisch lag ein Stift. Kara wunderte sich über nichts mehr.

»Setzen wir uns.«

Allerdings waren die Stühle am Tisch so aufgestellt, dass Werchteshaus am einen Kopfende dem Basketballer am anderen gegenübersaß. Der Mann im Poloshirt wahrte hinter ihm etwas Abstand, so wie Kara hinter ihrer Chefin.

»Nun denn.« Der Basketballer hatte seinen Namen nicht genannt. Er kreuzte die langen Arme auf dem Tisch. »Die Beendigung der Entführung Harald Lengsfelds liegt im übergeordneten Interesse der Bundesrepublik Deutschland. Nur deshalb hat der Innenminister die Anonymität unseres Mitarbeiters aufgehoben. Vergessen Sie das nicht!«

Werchteshaus blieb ganz ruhig sitzen. »Sie haben um den Termin ersucht, nicht wir.«

»Die Hysterie um die beiden Bankmanager muss so schnell als möglich aus den Medien verschwinden. Das stört die Neuausrichtung der deutschen Energiepolitik, bei der die Beziehungen zu den zentralasiatischen Staaten eine eminente Rolle spielen. Diese dürfen nicht länger belastet werden.«

Der Besprechungstisch reflektierte das künstliche Tageslicht, was den Raum irreal machte.

Werchteshaus ließ sich Zeit mit einer Antwort. »Soweit ich aus der Ermittlung erkennen kann, hält Frau Schindhelm in diesem Sinne Kurs und schmiedet an einer Neuauflage des deutsch-usbekisch-kasachischen Konsortiums, um eine revolutionäre Wasserentsalzungstechnologie exportreif zu machen«, sagte sie schließlich.

Karas Meinung nach waren die Politiker in Europa von Lobbys ziemlich korrumpiert. Jene im Osten waren kaum von der organisierten Kriminalität zu unterscheiden, jedenfalls, wenn man die Maßstäbe der Polizei anlegte und mal davon absah, dass sie Orden trugen und in Präsidentenpalästen wohnten.

»Dass Lengsfeld mehr auf das Russlandgeschäft gesetzt hat, war ein strategischer Fehler der Bank«, sagte der Basketballer.

»Sie und ich wissen, wer über Fragen dieser Art entscheidet.« Werchteshaus legte ihre Hände auf den Tisch. »Sind wir in den BND zitiert worden, um zu verstehen – was wir nie würden beweisen können –, dass Vorstand Fokker ... sagen wir mal, aufgrund einer Operation Ihres Dienstes ... nicht mehr unter den Lebenden weilt?«

So brutal einfach konnte es nicht sein, da war sich Kara sicher. Deutsche Agenten verfütterten keine Euroscheine, sie würden Spuren ganz vermeiden, anstatt solche Fährten zu legen.

Am anderen Tischende schwieg der Herr ohne Namen. Seine schon zwanghaft ruhige Haltung verriet seine Konzentration auf jedes einzelne Wort.

»Nein«, sagte er schließlich. »Dann wüssten wir nämlich, wo sich Lengsfeld aufhält und müssten Ihnen nicht helfen.«

»Das wäre das erste Mal, dass der BND so etwas täte.«

›Benutzen‹ war eher das richtige Wort. Man zwang die Berliner Polizei zu handeln. Entweder sollte Werchteshaus jetzt einen bestimmten Fehler in der Ermittlung machen oder die Lage war so verquer, dass überhaupt nur noch Fehler gemacht werden konnten.

Der Basketballer legte seine große Rechte auf den Tisch. »Ich schicke extra voraus, dass das Folgende meine Worte sind und nicht die des Innenministers.« Seine Stimme blieb betont kühl. »Nach den Exzessen der Banken, die zur Schuldenkrise geführt haben, will die Politik die Kontrolle zurückgewinnen. Der Snowden-Skandal hat zu viel aufgerührt und zu falschen Vorstellungen in der Bevölkerung darüber geführt, was wir hier für die Allgemeinheit leisten. Aber glauben Sie mir, Datenabschöpfung ist nicht das Allheilmittel für alle Bedrohungen. Deshalb überwachen wir die Banken auch mit klassischen Mitteln.« Er drehte den Kopf zu dem Mann mit dem gelben Poloshirt um. »Bitte.«

»Sie arbeiten im IT-Center der *German Global Credit*, nicht wahr?«, fragte Kara.

»Richtig. Dort heiße ich Hellcamp.« Er schlug ein Bein über. »Man hat mich hergebeten, um Ihnen eine Beobachtung persönlich zu erläutern, weil Sie den Zugriff organisieren sollen.«

»Ohne dass Sie eine Aussage machen müssen oder sonst wie in Erscheinung treten. Verstehe«, sagte die Werchteshaus. »Wer ist die Zielperson?«

»Fahren Sie fort, Hellcamp«, sagte der Basketballer nur.

»Es handelt sich um meinen Kollegen in der IT-Abteilung der *German Global*. Wir beide haben die höchste Admin-Berechtigung und verwalten die Datensicherheit der Bankzentrale auf operativer Ebene.«

»Das bedeutet?«, fragte Werchteshaus.

»Die beiden können sogar in die Vorstandsmails schauen, wenn Sie wollen«, warf Kara ein.

»Richtig.« Hellcamp rückte auf dem Stuhl mit dem Hintern zur Kante vor.

Auf dem riesigen Bildschirm blendete das Organigramm der IT-Abteilung auf. Der Name *Sebastian Dannreuther* war fett markiert.

»Vorstand Schindhelm hat wegen der Entführungen eine vertiefte Sicherheitsüberprüfung der Bankmitarbeiter in den letzten sechs Monaten angeordnet. Ich habe mich geärgert, dass der Auftrag nicht an mich, sondern an meinen Kollegen Dannreuther ging.«

Der Basketballertyp löschte das Organigramm.

»Und dann hat er sich letztlich damit verraten«, sagte Hellcamp.

Das Gesicht von Harald Lengsfeld blendete überlebensgroß auf. »Das Bild hat ein Trittbrettfahrer gebastelt, das wissen wir dank dem polizeitechnischen Labor«, sagte Werchteshaus.

»Aber wir wissen nicht, warum dieser Typ so seltsam verbal herumeiert«, ergänzte Kara.

Ein grüner Mauszeiger reagierte tatsächlich auf die Handbewegungen Hellcamps in der Luft. »*Kerberos Ten*, die Sicherheitsfirma aus London – übrigens zum Teil Exkollegen, wie Sie richtig vermutet haben, Frau Kommissarin Menzel –, war wie besessen von dieser zweiten Botschaft.«

Kara zuckte. Der BND musste ein Gespräch zwischen Jörg und ihr abgehört haben.

Auf dem Bildschirm wanderte der Mauspfeil. »*Kerberos Ten* hat sehr tief im Darknet gewühlt. Nach dieser Hackeridentität.«

Toko erschien in diversen Schriftarten auf dem Schirm.

»Konnte *Kerberos Ten* die Identität aufdecken?«

»So kann man es nennen. Aber wichtiger ist etwas anderes, das meinen Kollegen betrifft.« Hellcamp blendete eine Grafik voller Pfeile und Bilder ein. »Die Serverarchitektur mag sie als Laien verwirren. Eigentlich habe ich die Arbeit von *Kerberos Ten* nachvollziehen wollen, bin dabei aber darauf gestoßen, dass mein Kollege Dannreuther auf unseren Servern höchst meisterlich Spuren verwischt hat. Er hat eine einzige übersehen, die beweist, dass er ebenfalls nach der Buchstabenkombination ›Toko‹ gescannt hat, allerdings nur auf den Mailservern der Bank. Es gibt nur eine Erklärung dafür.«

»Er wusste, wer Toko ist.« Werchteshaus lachte kurz. »Er selbst?«

»Der Scan macht Dannreuther nicht unbedingt zum Täter. Er könnte einfach die Diktion eines Hackers erkannt haben.« Diesmal hielt sich Kara nicht zurück.

»Könnte.« Hellcamp blieb sachlich. »Aber die Tatsache war verdächtig genug, dass ich darum gebeten habe, meinen Kollegen mit den Möglichkeiten des Dienstes vertieft zu überprüfen.«

Auf dem wandgroßen Bildschirm blinkte ganz unten links ein grünes Icon.

»Und deshalb sind Sie eigentlich hier.« Der Basketballer streckte den langen Arm mit der Fernbedienung aus. »Die Ergebnisse liegen vor.«

Dokumente ploppten auf. Der Name *Dannreuther* tauchte überall auf, nur das Gesicht auf den Bildern stimmte nicht immer überein.

Eine Zusammenfassung wurde rechts eingeblendet. *Die Biografie entspricht der tatsächlichen Identität von Georg Dannreuther, geboren in Taxenbach, Salzburg.*

Kara überflog die Stationen eines Österreichers, der früh nach Deutschland gezogen war und nach dem Studium in Köln einige Zeit in New York für verschiedene Banken gearbeitet hatte. Heute war der echte Dannreuther mit einer Maori in Neuseeland verheiratet und betrieb unter neuem Maori-Namen ein kleines Taucherresort auf einer abgelegenen Südseeinsel.

»Die Identität ist so geschickt manipuliert worden, dass es nicht aufgefallen ist, obwohl *Kerberos Ten* die Überprüfungen durchgeführt hat«, sagte Hellcamp. »Mein Kollege muss solche Routinen aus anderen Zusammenhängen kennen.«

»Die Zeugnisse waren offenbar Doppel, die er in New York angefordert hat«, murmelte Werchteshaus.

Auf dem Bildschirm leuchtete wieder ein Symbol. Ein Telefonhörer.

Der Basketballer klickte. *Telekommunikation mit Standard höher 4 verschlüsselt.* »Dannreuther verschlüsselt seine Telefonate mit einer Technik, die zu knacken selbst uns hier sehr viel Zeit kosten wird.«

Oder vielleicht nur eine Mail zur NSA.

Werchteshaus klopfte mit den Fingern auf den Tisch. »Das ist unser Mann.«

»Hatte er auch Zugang zu den Schlüsseln des Vorstandsfahrstuhls?«, fragte Kara in die kurze Stille hinein.

Hellcamp legte den Kopf schräg. »Denkbar ist es. Er könnte sich die Kennung des Fahrstuhlschlosses aus den internen Rechnungen gefischt und dann den Hersteller gehackt und die Schlüsselkonfiguration kopiert haben. Den Schlüssel damit nachbauen zu lassen, ist nicht schwer.«

»Wir überlassen Ihnen, ob Sie Dannreuther gleich stilllegen oder später.« Der Bildschirm wechselte zum Neutralweiß der übrigen Wände. »Beziehungsweise ob Sie sich von ihm zu Lengsfeld führen lassen wollen oder ob Sie auf eine massive Befragung und Hausdurchsuchung setzen, um das Versteck zu finden«, sagte der Mann vom BND am anderen Kopfende des Tischs.

»Ich soll entscheiden? Wie großzügig. Halten Sie mich für blöde?«

»Nein.« Er schob die Fernbedienung in die Hosentasche.

Die Chefin lachte kurz. »Von ganz oben kommt die Erlaubnis, dass Sie Ihren Herrn Hellcamp enttarnen. Wir erfahren hier sogar Details Ihrer Überwachungsstrategie bei Banken. Und dann überlassen Sie mir, einer Landesbeamtin meiner Hierarchiestufe, eine zentrale strategische Entscheidung, die unmittelbar das Leben von Herrn Lengsfeld betreffen kann? Das glaube ich nicht.« Werchteshaus schlug mit der flachen Hand auf den Tisch.

»Es ist so, wie ich sage«, antwortete er minimal leiser als vorher.

Genauso reagierten ertappte Lügner. Machten die keine Schulungen? Aber so regungslos, wie er dasaß, ahnte Kara auf einmal, dass der Mann am Ende insgeheim fair zu Werchteshaus war.

»Die politische Vorgabe ist: In die Ermittlungen soll von den Diensten nicht eingegriffen werden. Die Polizei entscheidet über den Zeitpunkt des Zugriffs auf diesen Verdächtigen. Natürlich wünscht man sich im Ministerium so wenig Aufsehen wie möglich, aber das ist wahrscheinlich fahndungstechnisch kaum machbar.«

»Nein. Aber wenn irgendetwas schiefgeht, gibt man der unfähigen Berliner Polizei die Schuld.« Werchteshaus erhob sich und stützte die Arme auf den Tisch. »Soll es das? Schiefgehen? Sie hätten Dannreuther längst vor ein, zwei Stunden in der Bank unauffällig abfangen können.«

»Wir wissen nicht, wer seine Komplizen sind.« Jetzt richtete sich der Mann vom BND auf. »Und auch nicht, wo Lengsfeld gefangen gehalten wird.«

»Es kostet bloß wertvolle Zeit, ihn zu beschatten, statt ihn durch die Mangel zu drehen.« Werchteshaus blieb stehen.

»Unterschätzen Sie Dannreuther nicht. Er ist raffiniert und dreist zugleich«, mischte sich Hellcamp ein. »Für den Tag der Entführung Fokkers hat er zum Beispiel ein Alibi, das haben wir schon gecheckt. Er war in Hamburg auf einer Fortbildung.«

Der Mann vom BND sagte nichts.

Kara wartete.

»Also gut. Ich entscheide.« Werchteshaus stand auf. »Wo ist Dannreuther jetzt?«

»Noch in der Bank«, sagte Hellcamp. »Wir haben erst um sechzehn Uhr den nächsten Schichtwechsel.«

»Vielleicht führt er uns zu seinen Komplizen.«

Kara hielt das für unwahrscheinlich, so vorsichtig wie der IT-Spezialist vorgegangen war. »Es gibt natürlich eine Verbindung, weil Dannreuther nach Toko gesucht hat. Sie sagten, dass *Kerberos Ten* den Mann aufgespürt hat. Wir sollten wissen, was sie Zielführendes aus ihm herausgebracht haben.«

»Das wird schwierig.« Der Mann vom BND stand auf. Kara hatte ganz vergessen, wie groß er war. Er zog eine Fernbedienung aus der Hose und aktivierte erneut den Bildschirm. Im Menü klickte er sich schnell durch Symbole, die Untermenüs mit weiteren Icons aufploppen ließen. Schließlich sprang der Bildschirm um. Grell bunt leuchtete der Berliner Stadtplan auf.

»Dieser Toko, eigentlich lautet sein Name Thomas Divanga,

ist Inhaber einer Firma in Mitte. Ich fürchte, mit einer Vernehmung wird es nichts.«

Ein lila Mauszeiger in Kreisform blinkte in Kreuzberg am Landwehrkanal genau da, wo das Urban-Krankenhaus stand.

»Der Mann muss schleunigst operiert werden. Er ist überfallen worden.«

Die Werchteshaus stöhnte. »Was sagt uns das jetzt wieder?«

»Ihr Job.« Der Typ vom BND schloss den Stadtplan. »Hellcamp bringt Sie zum Dienstwagen.«

Kara folgte wieder durch die aufwendig gestalteten Bürogänge, vorbei am Gartenatrium und der Bildergalerie.

Am Empfang nahmen sie ihre Smartphones entgegen. Hellcamp verabschiedete sich.

Im Wagen hielt es Kara nicht länger aus: »*Kerberos Ten*, das heißt die Bank, hat nicht gespaßt. Wenn dieser Thomas Divanga schon zusammengeschlagen im Krankenhaus gelandet ist, könnte Polizeischutz für ihn eine verlockende Vorstellung sein und ihn zum Reden bringen. Mögliche Operation hin oder her, ich möchte es trotzdem im Krankenhaus versuchen.«

Werchteshaus überlegte. »Wir brauchen alle Informationen, die wir kriegen können. Versuchen Sie's, aber vergeuden Sie keine Zeit. Ich bereite die Observation von Dannreuther selbst vor und brauche Sie im Team.«

48

Der Geruch von Desinfektionsmittel, betont saubere Frische, die kaum die Anti-Pilz-Chemie überdeckte, war so penetrant wie das allgegenwärtige Neonlicht. Vielleicht war ihre Nase so empfindlich geworden, weil Kara wegen ihres Vaters immer häufiger mit Kliniken und Pflegestationen zu tun hatte. Im Stationszimmer der Unfallchirurgie mischte sich das teure Deo des zuständigen Arztes in die Luft. Wie lange wollte Doktor Sechmandari sie noch hinhalten?

»Sie haben doch Erfahrung«, versuchte Kara es wieder – mit Ende dreißig und vielen Silberfäden im Haar sollte er es wenigstens –, »lassen Sie mich mit Herrn Divanga sprechen.«

»Nein.« Er wand sich hinter dem Schreibtisch, auf dem er drei Klemmbretter mit Formularen neben dem Computer aufgereiht hatte.

Kara stützte sich mit beiden Armen auf die Lehnen ihres Besucherstuhls. »Aber er ist doch wach!« Das hatte eine Oberschwester mit rot gefärbtem Kurzhaarschnitt, Marke Hart-aber-herzlich, vor gut zehn Minuten fallen lassen, als sie Sechmandari die Klemmbretter auf den Tisch gepackt hatte.

»Der Patient wird höchstens ein paar unverständliche Worte rausbringen.« Er deutete mit dem Kugelschreiber wie mit einem Zeigefinger. »Das nützt Ihnen nichts.«

»Wie wollen Sie das beurteilen?« Kara mühte sich, ihre Vorurteile gegen die Götter in Weiß zu bändigen. Der Zeuge Divanga war schwer zugerichtet worden. Die Operation, die seine Schulter retten sollte, würde wohl drei Stunden dauern. Kara brauchte Sechmandaris Zustimmung für eine Befragung, bevor Divanga narkotisiert würde.

»Wir haben den Patienten nach den Notmaßnahmen so mit Schmerzmitteln vollgepumpt, dass er wohl kaum als aussagefähig zu bezeichnen ist.«

Kara beugte sich vor. »Sind Sie auch Anwalt?«

»Nein. Aber mein Bruder.«

»Es geht im Moment gar nicht um gerichtsfeste Aussagen.« Kara tippte mit dem Zeigefinger auf die Schreibtischkante vor ihr. »Wollen Sie nicht begreifen? Ich muss den entführten Banker finden, der in Lebensgefahr schwebt. Da ist es mir herzlich egal, ob die Aussage juristisch verwertbar ist, wenn die Information im ganz realen Jetzt dazu führt, dass wir den Ort finden, wo Lengsfeld gefangen gehalten wird!«

»Aber wieso soll Herr Divanga etwas wissen? Er war das Opfer eines Überfalls, ich habe Ihnen das Einlieferungsprotokoll gezeigt.«

Kara würde dem Arzt nicht erklären, wieso der Inhaber von *Prussia Animation* von *Kerberos Ten* zusammengeschlagen worden war. »Ich sitze hier nicht für meinen privaten Spaß.« Kara stand auf und stützte sich mit beiden Händen auf seinen Schreibtisch. Sie kam Sechmandari ganz nahe. »Glauben Sie einfach der Polizei, dass wirklich Gefahr im Verzug ist.« Sollte der Arzt sie mit seinen dunklen Augen diagnostizieren, so lange er wollte. Kara war gut darin, den starren Blick von Leuten auszuhalten. Das hatte sie oft genug mit ihrem Vater geübt. Sie atmete einfach weiter, konzentrierte sich auf die linke Pupille Sechmandaris.

»Ich verantworte das höchst ungern. Und nur unter meiner Aufsicht.« Der Arzt zeichnete noch schnell etwas auf den Listen vor ihm ab. »Aber nur ganz kurz. Divanga wird für die OP gleich im sterilen Bereich vorbereitet.«

Kara folgte ihm zum vorletzten Raum des langen Stationsflurs. Sechmandari lief so schnell, dass seine Sohlen leise quietschten.

Das Zimmer war zu Karas Überraschung abgedunkelt. Türkis leuchteten Kurven auf Überwachungsmonitoren auf den Rollwagen rechts und links vom Bett. Divanga selbst saß darin, so weit war das Rückenteil hochgestellt. Sein Oberkörper war rundum eingewickelt, allerdings mit einer sehr elastischen Binde, sonst hätte Kara seine Atemzüge nicht wahrnehmen können. Das Gesicht war grotesk aufgedunsen. Mit dem weißen Verband um Ohr und Hals wirkte es wie das einer rot, gelb und schwarz beschmierten Gummipuppe.

Sechmandari regulierte etwas an den Infusionsmaschinen nach. »Sprechen Sie langsam. Die Schmerzmittel retardieren seine Reaktionen.«

Divangas rechtes Auge erinnerte Kara an einen faulen Pfirsich. Das linke war zwar ebenfalls stark geschwollen, aber es erfasste sie mit verhangenem Blick. »Ich bin Polizeihauptkommissarin Kara Menzel. Verstehen Sie mich?«

»Sprechen Sie langsamer.« Sechmandari stellte sich neben sie in die Blickachse seines Patienten. »Er braucht mehr Zeit.«

Divanga bewegte den Kopf ein wenig. Kara nahm es als Zustimmung. »Wir wissen, was Ihnen passiert ist. Sie sind in Sicherheit.« Weil sie am Ellenbogen einen sanften Schubs spürte, trat sie noch weiter an das verquollene Gesicht heran.

Die geplatzten Lippen regten sich. »N–nich' in Sich...«

»Wir passen auf Sie auf«, sagte der Doktor hinter ihr.

Gegen Täter wie *Kerberos Ten* hatte das Urban-Krankenhaus keinerlei Chance. Kara würde mit Werchteshaus beraten müssen, wie sie Divanga als Zeugen schützen könnten.

»Br-ring-gen m'um.«

Kara holte ihren Polizeiausweis aus ihrer Jacke. Sie hielt ihn vor Divangas Auge. »Sie sind in Sicherheit.«

»N' b'i nich ...«

Das geschwollene Lid zuckte, versuchte zu schlagen. Kara war nicht hier, um Divanga seelisch aufzurüsten, so leid er ihr tat. Seine Nachrichten an die Lengsfelds waren für einen gewöhnlichen Trittbrettfahrer zu seltsam gewesen. Kara sprach ganz langsam: »Wissen Sie, wo sich der entführte Harald Lengsfeld aufhält?«

Die mit gelber Salbe bestrichenen Wangen verschoben sich leicht. Kara deutete das als Nein. Normalerweise hätte sie jetzt gefragt, warum er überhaupt geglaubt hatte, als Trittbrettfahrer Geld erpressen zu können, wenn er im Gegenzug gar nicht liefern konnte.

Eines der Geräte piepte. Sechmandari studierte die türkise Kurve. Divangas verquollenes Auge fokussierte sich. Kara trat noch näher. »Helfen Sie uns, dann können wir Ihnen besser helfen.« Sie fragte ganz langsam und ruhig: »Wissen Sie denn, wer Lengsfeld entführt hat?«

Er formte mit trockenen Lippen mühsam eine Antwort. Sie war kaum hörbar. »Ma-lu ... sa-anc-tus ... le ... n-n ...«

›Malus sanctus lent‹? Das klang wie ein lateinischer Sinnspruch. Divangas Blick driftete ab, sein verquollenes Lid sackte über das Auge.

»Er deliriert auf Portugiesisch. Oder betet. Sein Vater ist

Brasilianer. Frau Kommissarin, es reicht jetzt.« Sechmandari schob seinen Arm zwischen Kara und Divanga, bewegte ihn ganz langsam auf ihre Brust zu, sodass sie vom Bett zurückweichen musste.

Alles, was Kara über den Patienten recherchiert hatte, ließ nicht gerade auf Gebete schließen. Zudem klang ›Sanctus‹ eindeutig lateinisch. Kara blieb am Krankenbett stehen und schaute auf das gelb-schwarz-rote Gesicht. Divanga atmete unruhig unter dem Spezialverband. Er war zwar sehr schwach, aber die Schmerzmittel hatten ihn nicht völlig ausgeknockt. Divanga hatte seine Lage sehr richtig beurteilt: Er war in Gefahr, falls er die Entführer kannte.

Sechmandari klatschte in die Hände. »Sie hatten Ihren Willen, jetzt respektieren Sie bitte die Bedürfnisse meines Patienten vor der OP.«

Im Flur verschränkte der Arzt die Arme. »Sie brauchen frühestens in einer Woche wiederkommen. So lange wird Herr Divanga auf der Intensivstation liegen. Da lasse ich Sie auf keinen Fall rein.«

Das Geräusch seiner leise quietschenden Sohlen störte einen Gedanken. Kara blickte zum Krankenzimmer zurück, in dem Divanga mit zig gebrochenen Knochen vor sich hin dämmerte. Die geflüsterten Worte waren kein Gebet gewesen, er hatte ihre Frage beantwortet! Diese Silben enthielten die Namen der Entführer. Es war keine Gebetsformel gewesen, sondern aneinandergereihte Silben: ›Malusanctusleeen‹. Dann war Divanga der Atem vergangen. Wenn Kara anders trennte, entstand … Die ersten beiden, ›Ma-Lu‹, waren schon ein Name. Eine klassische Abkürzung für … Kara blieb mitten in der Stationstür stehen. Marie-Luise hieß diese Immobilienmaklerin, die bei Lengsfelds Entführung in der Villa gewesen war!

Kara lief los. Eine Gedankenkaskade stürzte in ihrem Kopf durcheinander. Wenn diese Immobilientussi irgendwie drinhing, brauchten sie die junge Frau nur durch die Mangel zu drehen. Sie würden jeden Stein umdrehen und jeden Krümel in ihrer Wohnung und jedes Detail aus ihrem Leben beleuchten, bis sie eine Spur zu Lengsfeld fanden.

Sie musste die Werchteshaus informieren. Sofort. Nach dieser Malu musste sofort gefahndet werden. Die Entscheidung, was in welcher Reihenfolge zu geschehen hatte, durfte Kara nicht allein treffen. Sie griff zum Smartphone, der Ruf ging durch. »Ich habe Namen der Entführer.«

»Was heißt das genau?«, gurgelte Werchteshaus vor Überraschung.

Und dann legte Kara los.

49

Mit ihrer roten Echthaarperücke aus dem Polizeifundus kam Kara sich völlig verkleidet vor. Aber im geblümten Sommerkleid vermutete niemand in ihr eine Polizistin. Sie schob ihr Fahrrad in einen Ständer vor einem Laden, der Ökomode aus Filz verkaufte. Sie befestigte das Stangenschloss, wobei sie sich durch die Speichen hindurch einen Überblick besorgte.

Werchteshaus hatte entschieden, weil Dannreuther die Bank nach seinem Dienstschluss bereits verlassen hatte, hier zuzugreifen: Das Zielobjekt, die Wohnung ohne Balkon, befand sich direkt ihr gegenüber im dritten Stock links des Wohnhauses. Im Café auf Karas Straßenseite hockte eine typisch Friedrichshainer Mischung in der Abendsonne: Studenten mit Zweitkind, vereinzelte Alte mit rauem Ost-Charme, neureiche Wohnungseigentümer, deren SUV am Straßenrand parkten. Eine junge Familie teilte eine Riesenpizza.

Kara gab acht, dass sie sich langsam und alltäglich bewegte. Man konnte es so oft trainieren, wie man wollte, live stand sie bei einer solchen Polizeioperation unter Strom.

Alle Kollegen waren auf Posten. Kara sollte sich eine Scheibe abschneiden, so perfekt wie Marcus Steinmetz im Café seine Jüngste auf den Knien schaukelte, die ihr Schlabberlätzchen schön einsaute. Er simulierte das Bild des neuen Mannes schlechthin, strahlte wie ein sanfter Engel. Dabei hatte er heute Morgen noch Werchteshaus als Schießtrainer getriezt. Seine Spezialeinheit, das SEK, setzte man gegen die ganz schweren Jungs ein. Wo Marcus hinschlug, wuchs kein Gras mehr.

Vor dem Schaufenster des Filzladens tat Kara so, als ob sie sich wahnsinnig für Hüte mit Schlumpfzotteln interessierte. Sie konzentrierte sich aber auf die Spiegelungen in der Scheibe. Hinter Steinmetz' Familie las Erwin Faller Zeitung und blätterte behäbig um. Gekleidet war er, wie man sich einen Beamtenspießer vorstellte: grauer Pullunder, gestreiftes Hemd und altmodische Brille. Der Kollege war Rekordhalter beim Schnellumziehen während Observationen.

Kara schlenderte zum nächsten Schaufenster. In einem geparkten Wagen saßen Leute, die sich schon ziemlich lange mit einem Stadtplan über dem Lenkrad beschäftigten.

Vor einem Gemüseladen stand Tarik und gab den gelangweilten Türken, der ab und zu aus der Hosentasche einen Pinienkern zog und darauf rumkaute, während er den jüngeren Cousins beim Aufschichten von Granatäpfeln und Melonen zusah. Als Kara an ihm vorbeiging, legte er die Hand in den Nacken und dehte sich wie unter Verspannungen in die Richtung eines Bäckerladens.

Kara spürte den Energieimpuls bis in die Füße, als der an ihrem BH versteckte Pager vibrierte. *Person einkreisen.*

Dannreuther kam genau auf sie zu, ein Baguette in der Hand. Er trug graue Chinos, blaue Sneakers. Nach den Absprachen musste sie sich auf eine Position hinter ihm bringen, bevor er auf die andere Straßenseite lief.

Kara ging zwischen den geparkten Autos durch. Aus den Augenwinkeln registrierte sie, dass Dannreuther drei Fahrzeuge weiter die Lücke an einem Straßenbaum nutzte, um die Straße zu queren. Der beige Lieferwagen eines Installateurs versperrte ihr die Sicht. Darin hockte Werchteshaus mit Leininger und steuerte die Aktion.

Im Café hob Marcus seine kleine Tochter von den Knien und

reichte sie seiner Frau. Er stand auf, klopfte ein paar Krümel ab und schlenderte langsam zwischen den parkenden Autos über die Straße. Er würde jetzt Dannreuther den Rückweg abschneiden.

Kara hängte sich an die Zielperson und kontrollierte den Bewegungsraum in dessen Rücken. Langsam, ganz langsam. Nichts verraten. Sie ging rüber. Dannreuther strebte auf die Hofeinfahrt des Altbaus zu.

Aus dem Eingang des Nachbarhauses traten Willemsen und Ko-Hui, im Joggingdress. Beide hatten Springseile in den Händen.

Jörg überwachte ganz oben im Treppenhaus des Zielobjekts diesen möglichen Fluchtweg.

Dannreuther erreichte die Front seines Berliner Altbaus. Er wechselte jetzt das Baguette in die linke Hand, kramte mit der Rechten in der Hosentasche.

Der Pager an ihrem BH vibrierte mit drei kurzen Impulsen. *Zugriff.*

Kara, Marcus, Tarik und die anderen rannten los.

»Scheiße!« Dannreuther ließ das Baguette fallen und preschte vor in die Durchfahrt zum Hinterhof, in der die Treppe des Vorderhauses abzweigte.

Willemsen und Ko-Hui waren schon ein paar Schritte vor ihm in der Durchfahrt. Sie spannten die Springseile zwischen sich, um Dannreuther umzureißen.

»Vorsicht«, schrie Kara. Zu spät.

Die junge Frau, die in dem Moment auf einem Fahrrad aus dem Hinterhof herausfuhr, kreischte schon: *»Jesús!«* Sie versuchte noch zu bremsen, geriet aber in die Seile und kippte samt Fahrrad zwischen die Kollegen. Ko-Hui stürzte über die Lenkstange, Kara wich gerade noch aus. Verdammt.

Dannreuther nutzte die Schrecksekunde und sprang einfach am umgekippten Fahrrad vorbei. Er rannte an den Wandbriefkästen in der Durchfahrt entlang, bog dahinter zur Treppe des Vorderhauses nach rechts ab.

»Weiter, weiter, weiter!«, keuchte Marcus hinter Kara. Er zerrte sie mit seinem Arm um ihre Hüfte mit.

»Rechts«, rief Kara.

Zig Füße trampelten auf den Stufen, auch von oben hörte sie Kollegen kommen.

»Stehen bleiben, Polizei!« rief Jörg.

Eine Tür zwei Etagen über ihnen krachte ins Schloss. Eine Frau mit Kittelschürze rang in ihrer halb offenen Wohnungstür die Hände und fragte irgendwas auf Russisch.

»Tür zu, Omi«, brüllte Marcus und nahm das alte Treppengeländer als Schwunganker für vier Stufen auf einmal, Kara schaffte drei.

Eine halbes Stockwerk höher schepperte etwas, es klang wie Metall auf Metall.

»Tür gehebelt. Vorsicht, Kollegen!«, rief Jörg.

Kara erreichte den Treppenabsatz. Links war offen.

»Keine Bewegung, Mann«, hörte sie Jörg im Wohnungsflur brüllen.

Marcus zog wie Kara die Dienstwaffe und ging hinein.

Jörg stand breitbeinig und zielte auf das Bein der Zielperson, über das ein grüner Laserstrich heftig entlangzitterte.

»Sie kommen zu spät. Der Körperscanner hat mich bereits erkannt und eine Programmkaskade ausgelöst.« Dannreuther sprach ganz gelassen. »Niemand kann die mehr stoppen. Sie schon gar nicht ...«

Jörg steckte die Waffe weg und warf sich mit dem ganzen Körpergewicht auf ihn. Kara hörte einen dumpfen, erstickten Schrei, als beide rumpelnd zu Boden krachten. Sie rangen. Marcus warf sich hinter ihnen auf den Teppich, packte die Füße des möglichen Entführers, zerrte ihn unter Jörg weg. Arme, Beine, Hände ruderten durch die Luft, die Männer keuchten. Marcus packte Dannreuthers Oberarm, Jörg das Bein, mit gleichzeitigem Ruck rollten sie ihn gemeinsam über die Hüfte auf den Bauch herum. Marcus fing seine Oberarme ein, während Jörg sich auf Dannreuthers Rücken kniete. »Maul halten!« Mit der Linken drückte er die Waffe an die Schläfe des möglichen Entführers.

Doch der strampelte nicht einmal.

Marcus hob den rechten Daumen. »Game over«, keuchte er.

Noch ehe Kara die Handschellen von ihrem Gürtel zog, wusste sie, dass das nicht stimmte. Draußen liefen Dannreuthers Komplizen in der Stadt herum und Lengsfeld war noch nicht befreit.

Der Verdächtige lag mit dem Gesicht flach auf den Bodendielen und lachte leise. Er lächelte sogar, als Kara die Schellen an seinen Handgelenken einrasten ließ. Er lächelte wirklich: nicht naiv, sondern siegesgewiss.

Im ersten Moment glaubte Malu, dass nur der Auspuff eines alten Wagens knatterte. Auto um Auto schob sich an der Fußgängerinsel vorbei. Dabei fühlte sie genau, dass ihr Smartphone vibrierte. Die Luft stank nach Diesel. Wieder knallte es. Wie von einem Auto, wollte Malu glauben, obwohl sie genau hörte, was aus der Innentasche ihrer Businessjacke drang: Feuerwerksknallen zu Silvester, in einer Sequenz wiederholt, als Kingelton. *Der* Klingelton. Sanctus hatte ihn programmiert – unverwechselbar. *Du willst es nicht wahrhaben.* Das Warnsignal bedeutete, dass sie ihre Pläne sofort ändern mussten.

Silvesterböller für Silvesterböller erklang im Smartphone an ihrer Brust. Leute rempelten Malu an, als die Fußgängerampel auf Grün sprang und sie einfach auf der Mittelinsel stehen blieb. Malu fingerte das Smartphone aus der Innentasche.

Eine SMS von Sanctus.

Osiris – do not reply!

»So eine Scheiße!« Sie starrte auf das Nachrichtenfeld. ›Osiris‹ bedeutete sowohl, dass der Absender erwischt worden war, als auch: nur er. »Scheiße.« Sie brauchte Sanctus unbedingt, für die Analyse, für die Ausweichpläne, für die Abschirmung der Kommunikation, für …

Malu merkte erst, dass sie taumelte, als sie mit der Schulter hart an den Pfosten prallte. Die Fußgängerampel sprang auf Rot. Die Autos rauschten an ihr vorbei. Gegenüber warteten Menschen mit Shoppingtüten, dahinter ragte das *Alexa-Center* auf.

Sanctus hatte die Kennworte definiert. Es war seine letzte Botschaft an sie. Halt! Seine vorerst letzte Botschaft. Sie hatten ihn geschnappt. Malu spürte, wie mit der Wut auch die Kraft zurückkehrte. ›Osiris‹ bedeutete, dass ab jetzt Plan D galt.

Sie würde die Führung übernehmen, anders ging es nicht. Leon drehte wahrscheinlich gerade am Kristall vor Angst durch, sie musste sofort zu ihm. Wie gut, dass sie sich in der Firma den Tag freigenommen und im Netz Geheimkonten in Jersey recherchiert hatte. Jetzt wusste Malu, dass das Schwein Lengsfeld sie bei den Zugangscodes angelogen hatte. Und dafür würde er büßen. Solange sie ihn unter Kontrolle behielt, war der Kampf noch nicht vorbei. Malu drehte sich am Straßenrand gegen den Strom der Autos und riss den Arm hoch. »Taxi!«

Habibi würde Samir feuern. Es reichte. »Und warum haste die T-Shirts gestern nicht verpackt?« Er schlug mit dem Handrücken den Lieferschein glatt. »Soll ich das jetzt etwa selber machen, um halb sieben?«

»Ich musste mit der Mannschaft zum Rückspiel.« Samir zog aus dem Regal den Karton mit den Plastikhüllen. »Wir haben echt geracker, bis wir in der Bezirksliga …«

»Seit wann ist mein Laden euer Sponsor, Alter?« Habibi drückte ihm den Lieferschein auf die Schulter und knuffte ihn dabei extra hart. Das Blatt segelte zu Boden. »Die Extrarunde rechnest du nicht ab, verstanden?«

»Keine Panik, Mann.« Samir stapelte die T-Shirts auf dem Packtisch. »Immer zehn oder immer zwanzig in die großen Tüten?«

Habibi deutete vor den Stoffkopierer, wo der Lieferschein hingerutscht war. »Bück dich, steht alles drauf.«

Der verkiffte Hurensohn war draußen, sobald Habibi Ersatz gefunden hatte. Auch wenn er ein Cousin von Tahal war. Scheiß drauf.

Habibi ging nach vorn in den Copyladen, wo drei Studentinnen gackernd an einem Farbkopierer ihre Hintern schwenkten. Feuerwerksknallen drang aus seinem Smartphone. Habibi zuckte unter dem Geräusch zusammen. Die Studentinnen schauten kurz her. In seiner Hosentasche wiederholte sich der Klingelton.

Die SMS war gelb unterlegt und von Sanctus.

Osiris – do not reply!

»Wild el cawa!«

›Osiris‹ – hieß das nun Plan C, D oder E? Scheiße, die Deutschkinder immer mit ihren verdammten Codes.

Habibi hörte die Studentinnen kichern. Es dröhnte in seinem Kopf wie auch die raschelnden Plastikhüllen für die T-Shirts, die Samir im Lager packte. Die Kopierer sirrten und klackerten wie blöd. Sein Schädel platzte gleich vor Krach.

Osiris, von Sanctus abgeschickt. Was hieß das noch mal, außer dass Sanctus am Arsch war? Wenigstens war es nicht ›Dschungel‹. Das hatte Habibi sich gemerkt, denn dann hätte er sich sofort verpissen müssen. Trotzdem, ›Osiris‹ war auch scheiße. Habibi musste sofort weg hier.

Er öffnete die Ladenkasse und räumte mit einem Schaufelgriff alle Geldscheine aus den Fächern, steckte sie zum Smartphone in die Hosentasche. Dass es kein Wechselgeld mehr gab, würde Tanja nachher wundern, aber die sah ihn so schnell nicht wieder. Falls überhaupt. Leon würde wissen, was ›Osiris‹ noch an Planänderungen für sie bedeutete.

Habibi rannte durch den Laden zurück zur Garderobe hinten beim Angestellten-WC, nahm seine Jacke vom Haken. Checkte, ob er seine beiden Pässe eingesteckt hatte, die Wagenschlüssel, Geld. Und ab. Er sprang über die Ordner, die die Studentinnen vor den Farbkopierern ausgebreitet hatten. Nichts wie raus.

»Hey. Nur noch zwei Pakete, dann bin ich fertig für die Tour.« Samir lief ihm aus dem Lager hinterher bis auf die Straße. »Nimm mich mit.«

Habibi riss die Fahrertür seines Lieferwagens auf. »Keine Zeit!«

Es war ihm egal, was Samir hinter ihm fluchte und ob die T-Shirts jemals beim Kunden ankamen. *Copy & Paste* konnte er sowieso vergessen. Aber damit hatte er von Anfang an gerechnet.

Habibi startete den Wagen. Im Rückspiegel sah er sich lächeln, als darin die Ladenfront, der glotzende Samir und sein Copyladen verschwanden, den er zur Tarnung hochgezogen hatte. Scheiß drauf, er brauchte das alles nicht: die Zicke vom Gewerbeamt, den Steuerberater Özgun, den Vermieter Sabanovic und all die Arschlöcher von Kunden und Lieferanten – Sanctus, Leon und Malu waren seine Familie. Und die brauchten ihn jetzt. So schlimm wär's gar nicht, wenn er sein Leben zwischen Kopierermief und Lieferlisten noch mal gegen ein anderes eintauschen müsste. Egal wo.

»Die *Kirotaki*-Rollen kannst du gleich mit dranschrauben.«

Das Scheppern des Feuerwerktons hämmerte in Leons Kopf weiter.

»Du hast mein Longboard endlich fertig?«

Osiris. Von Sanctus ... Leon war, als ob er gar kein Körpergewicht mehr hätte und gleich vor den Boards in den Regalen abhöbe.

»Die sind so was von geil. Drei Loops und vier Crossies drehe ich dir damit voll ...«

Er musste die Skaterin loswerden. Sofort. Bevor er panisch wurde. Leon steckte das Smartphone weg. »Du, sorry, echt. Ich muss den Laden gleich schließen.«

Die Kleine hob die Oberlippe. »Ich fahre doch nicht 'ne Stunde S-Bahn und jetzt ist nix.«

Osiris. Die muss weg. Sofort. Reiss dich zusammen.

»Habe da so eine Art Unfall in der Familie.«

»Echt jetzt? Dann gib mir das Longboard wenigstens mit. Werde schon einen finden, der mir die Rolls streamed.«

»Sorry. Ein Kumpel von mir hat ...«

… die Polizei am Hals oder die Typen von Kerberos Ten? Leon spürte wie seine Hände klamm wurden. Nicht dran denken, nicht bevor Malu hier war.

Leon tauchte hinter seinem Verkaufstresen ab. »Krankenhaus und so. Echt schlimm.« Er fischte in dem untersten Fach nach der teuren Klebefolie. »Hier, für dich. Dass du nicht ganz umsonst gefahren bist.«

Ihr Augenbrauenpiercing hob sich. »Das ist aber jetzt nicht das Neue von *Miki Satsuke*?«

»Doch.« Die PR-Agentur der Starboarderin aus Tokyo hatte die Läden in Europa bestückt. »Findest du vom Gelände? An den Sandsäcken rechts vorbei und dann immer geradeaus.«

»Bin ja nicht das erste Mal hier.« Sie steckte die Folie in ihren Rucksack, als sei sie zerbrechlich wie Glas. »Viel Glück für deinen Kumpel, ja?«

»Danke«, brummte Leon.

Dann war die Skaterin draußen. Leon schloss schnell die Metallfalttüren und riegelte ab. *Osiris.* Sie hatten Sanctus. Leon spürte, wie seine Augen nass wurden. Hoffentlich nicht die Typen von *Kerberos*. Die brachten Sanctus um, wenn er nicht redete. Und den Gefallen täte er ihnen nicht, zumindest nicht ohne Folter.

Wenn Malu bloß schon hier wäre. Leon schloss die Augen. »Mach, dass Malu etwas einfällt, bitte«, flüsterte er. Und wusste selbst nicht richtig, wen er anflehte.

50

»Ich habe Joachim Fokker nicht getötet. Das wissen Sie.« Wieder richtete sich Dannreuther – wie er wirklich hieß, ermittelte Leininger gerade – auf dem Stuhl gerade auf, bevor er ein Bein überschlug, und wieder sank er danach in eine demonstrativ entspannte Haltung zurück. Der IT-Experte machte ein gelangweiltes Gesicht und blickte über den Tisch von Kara zur

Werchteshaus. »Sie haben mein Alibi wohl überprüft. Oder macht die Polizei nicht ihre Arbeit?« Er verschränkte die Arme.

Die gleiche Reihenfolge: Körper, Beine, Gesicht. Kara hatte noch nie in einem Verhör einen sich so kontrollierenden Menschen erlebt. Ihr wurde auf einmal klar, dass ihr Hauptverdächtiger bewusst seine Körpersprache verschleierte. Ob es Jörg hinter dem Einwegspiegel an der Längswand auch auffiel? Die gute Stunde, die Kara und Werchteshaus ihn durch die Mangel drehten, schien Dannreuther nichts auszumachen. Er hatte abgestritten, Marie-Luise Voigt zu kennen. Sie hatten die Immobilienmaklerin immer noch nicht festnehmen können.

»Damit es Ihnen ganz klar ist: Ihnen wird Beihilfe zum Mord und die Bildung einer kriminellen Vereinigung zur Entführung der Bankvorstände Harald Lengsfeld und Joachim Fokker vorgeworfen«, sagte Werchteshaus.

»Ich habe Sie durchaus verstanden.«

Er klang hart, obwohl er lächelte und ein paar unregelmäßige Zähne zeigte. Kara wartete ab, mit welcher Fragestrategie ihre Chefin diesmal arbeiten würde.

Dannreuther hatte sich nicht überrumpeln lassen. In den Fortbildungsseminaren hatten sie sich mit Tätertypologien beschäftigt. Aber war dieser junge IT-Spezialist wirklich mit islamistischen Überzeugungstätern vergleichbar, die ebenso unerschütterlich blieben?

»Auch ich sage es noch mal: Ich habe Herrn Lengsfeld nicht entführt.« Wieder neigte Dannreuther den Kopf etwas zur Seite. »Am Montagmorgen habe ich in der Bank ganz regulär gearbeitet. Das ist ein Fakt.«

»Wir wissen, dass Sie nicht allein agieren.« Werchteshaus wurde richtig laut. »Sie haben bei der Auswertung der Peilspur die Bildausschnitte so manipuliert, dass wir Ihren Komplizen auf dem Fahrrad mit Anhänger übersehen sollten.«

»Das ist Unsinn. Ich habe nur ein Auswertungsprogramm über die Daten laufen lassen, sonst nichts. Die Präsentationstools habe ich nicht programmiert.«

»Herr Dannreuther, Sie werden nach diesem Gespräch nicht nach Hause zurückkehren, sondern gehen in Untersuchungshaft.«

»Alles andere möchte ich Ihnen auch nicht raten«, sagte er langsam, ohne Regung im Gesicht.

»Wie bitte?« Werchteshaus legte beide Hände auf die Tischkante und beugte sich leicht vor.

Er blickte ihr direkt in die Augen. »Sie, Frau Doktor Werchteshaus, tragen persönlich die Verantwortung dafür, ob mir im Polizeigewahrsam etwas zustößt. Physisch wie psychisch.«

Kara hörte ihre Chefin heftig ausatmen.

»Kommen Sie mir nicht so. Sie haben sich über Recht und Gesetz gestellt. Wir von der Polizei halten uns an die Regeln des Rechtsstaats.«

»Die Herren von *Kerberos Ten* werden das nicht tun.«

»Wir führen die Ermittlung.«

»Tatsächlich?« Dannreuther drehte den Kopf zum Einwegspiegel. »Ich soll Ihnen glauben, dass dahinter nur deutsche Polizisten stehen? Und nicht Mister Li, Jack oder Joe?«

Kara zwang sich dazu, sich nicht auch umzudrehen. Jörg war wahrscheinlich nicht allein hinter der Scheibe.

»Ich habe mitbekommen, was *Kerberos Ten* so treiben.« Dannreuther schlug wieder das Bein über. »Wenn Sie nicht wissen, was diese Herren wirklich tun, sollten Sie dringend nachforschen.«

Werchteshaus hob das Kinn. »Keine Sorge, wir machen unsere Arbeit.«

»Die Öffentlichkeit hat es Ihren hessischen Kollegen verziehen, als sie dem Entführer des Bankierssohns mit Folter gedroht haben.« Dannreuther hob die Schultern und ließ sie demonstrativ sinken. »Ob die Öffentlichkeit nach jahrelanger Finanzkrise Ihnen verzeiht, wenn ein angeblicher Entführer eines verantwortlichen Bankmanagers körperlich oder seelisch zu Schaden kommt? Ich denke nicht.«

Er sprach überkorrektes Hochdeutsch. Zum ersten Mal verriet er ein bisschen Unsicherheit.

Werchteshaus lehnte sich in ihrem Stuhl zurück. »Warum sollte die Öffentlichkeit sich mit Ihnen solidarisieren, wenn Sie nicht helfen, den entführten Lengsfeld zu befreien?«

»Weil ich es nicht kann. Das ist Ihr Problem. Genauer: Damit werde ich Ihr Problem.« Er starrte die Chefin regungslos an. »Ich sage es für Ihr Protokoll: Ich werde mich töten, wenn Sie mich den Herren von *Kerberos Ten* aussetzen.«

Kara blieb die Luft weg. Die hatten sich auf alles vorbereitet. Mit solch einer Drohung galt er als suizidgefährdet und musste in der U-Haft alle zwanzig Minuten von einem Mitarbeiter visuell kontrolliert werden.

Werchteshaus spitzte langsam den Mund. »Sie überschätzen sich maßlos. Diese Art Moralität steht Ihnen nicht zu.«

Er wechselte nur das übergeschlagene Bein.

»Warum haben Sie und Ihre Komplizen Herrn Fokker gezwungen, Euroscheine zu essen?«

Seine Lider zuckten, beim linken Auge sogar dreimal. Selbst sein Blick wirkte eine Sekunde wie ohne Fokus.

»Bevor Sie ihn haben verdursten lassen?«, setzte Werchteshaus nach.

»Ich habe mit dem Mord an Fokker nichts zu tun.«

»Aber vielleicht mit dem Panikraum, in dem Sie und Ihre Komplizen ihn gefangen gehalten haben, bevor Sie seine Leiche und den Mercedes anzündeten, um die Spuren zu verwischen.«

Dannreuthers Augenbrauen hoben sich ein wenig. Sein Blick verriet, dass er sich stärker konzentrierte als zuvor. Er war zu intelligent. Kara freute sich, weil das auch eine Schwäche sein konnte. »Was ist schiefgegangen?«, fragte sie.

Er antwortete nicht.

»Sie haben Fokker eigentlich gar nicht umbringen wollen, nicht wahr? Deshalb haben Sie Lengsfeld entführt, damit Sie die Bank weiter erpressen können. Wo ist der Panikraum versteckt?«

»Ich weiß nichts.«

»Sie wollen behaupten, Sie wüssten nicht, was Ihre Komplizen mit Fokker und Lengsfeld gemacht haben?«

»Ich habe keine, weil ich nichts getan habe.«

Wieder die gleiche Reihenfolge bei Änderung der Körperhaltung: Körper, Beine, Gesicht. Er log. Kara war sich sicher.

Es klopfte.

»Ja!« Werchteshaus drehte sich im Stuhl zur Tür.

Jörg tauschte einen kurzen Blick mit Kara. Sein Gesicht war gerötet wie von einem Dauerlauf. Sie hatten also etwas. »Das sollten Sie sehen.« Er reichte der Chefin ein Blatt Papier und ging wieder aus dem Verhörraum.

Werchteshaus las schnell, ihre Mundwinkel umspielte der Anflug eines Lächelns. »Lesen Sie.« Sie reichte Kara das Blatt.

Telefonische Ergänzung, Aussage Frau Prof. Dr. Zimiecki-Bongartz.

Der Greisin war auf dem Pflegebett also noch etwas eingefallen.

Dannreuther schob an der anderen Seite des Tisches die Unterlippe vor, als ob er das Ganze für ein abgekartetes Spiel hielt.

»Die ganze Zeit hat mich etwas gestört, jetzt habe ich mich endlich erinnern können. Soweit ich der Presse entnehmen konnte, hat einer der Sponsoren, die in der Cornelius-Hofmeister-Villa ihre Ausbildungsprojekte präsentieren wollten, nach der Entführung diese junge Frau aufgefunden, die mit Gas betäubt worden war. Ich selbst war mit dem Versuch beschäftigt, die Feuerwehr anzurufen, und habe zu dem Zeitpunkt den Eingang der Villa nicht beobachtet, habe also den jungen Mann nicht hineingehen sehen.

Mir ist jedoch eingefallen, dass ich ihn bereits fünfzehn Minuten früher, also bevor rote Gasschwaden aus der Villa drangen, mit seinem Lieferwagen auf die Auffahrt habe fahren sehen. Das war sogar noch bevor die Kuratoriumsmitglieder von der Villa wegfuhren. Ich kenne den Sponsor, einen jungen Mann, von früheren Besuchen. Er saß am Steuer. Nur weil er den Lieferwagen auf der anderen Seite der Villa, vermutlich

auf dem von hohen Hecken gesäumten Gartenweg, geparkt hat, habe ich ihn wohl zunächst wieder vergessen.
Was der junge Mann behauptet – dass er das betäubte Opfer gefunden habe, als er seine Sachen durch den Haupteingang getragen hat –, kann so nicht stimmen. Ich kenne die Villa von früher, auch vom Hintereingang blickt man direkt in die Halle. Auch dort müssen Gasschwaden durch die Türfugen ausgeströmt sein. Es kann also nicht sein, dass der junge Mann die Entführung nicht bemerkt hat, wenn er sich auf der rückwärtigen Seite der Villa aufgehalten hat. Es ist höchst seltsam, dass er dort eine Viertelstunde gewartet hat. Das zu klären, ist Ihre Arbeit.«

Karas Herz schlug schneller. Jörg hatte ein Tatortfoto in den Ausdruck eingebunden und Pfeile aufgemalt. In seiner etwas krakeligen Handschrift hatte er hinzugefügt:

Zeuge Habibi Amiri hat gelogen, wenn er behauptet, direkt nach Eintreffen beim Betreten der Villa über die vorderen Freitreppen auf die betäubte Marie-Luise Voigt gestoßen zu sein. Er muss auch einer der Entführer sein. In seinem Copyshop Copy & Paste *ist er heute um 18:35 Uhr plötzlich aufgebrochen und seitdem nicht mehr telefonisch erreichbar. Wir sind dran! Das ganze Programm.*

Sie hatten es verdient, dass sich endlich, endlich eine klare Spur zu Lengsfeld abzeichnete, so wie sie gerödelt hatten. Kara gab sich Mühe, dass sie bei diesem Energieschub nicht grinste wie ein Honigkuchenpferd. Sie reagierte auf Werchteshaus' auffordernden Blick. »Sagt Ihnen der Name Habibi etwas?«

»Ja.«

Kara hob die Augenbraue. »Und?«

»Es ist ein arabischer Vorname.«

»Mehr nicht?«

»Nein.«

»Lassen Sie die Spielchen«, sagte Werchteshaus scharf.

Bein vor. Er fand wieder in den Körperrhythmus. »Sie haben nicht präziser gefragt.«

Kara überging, dass ihre Chefin hörbar Luft ausstieß. »Wir durchsuchen gerade einen Kopierladen namens *Copy & Paste*. Der Inhaber Habibi Amiri ist einer Ihrer Komplizen.«

Für einen Volltreffer sprach, dass Dannreuther seinen Rhythmus vergaß und nicht das Bein umstellte, sondern den Kopf wieder zur anderen Schulter neigte. »Das hat nichts mit mir zu tun.«

»Wenn Sie von jetzt an kooperieren«, Werchteshaus' Stimme klang etwas milder, »würde das Ihre Position in einem Prozess deutlich verbessern.«

»Es wird keinen Prozess gegen mich geben«, sagte Dannreuther lauter als vorher.

»Doch, Sie werden angeklagt.« Die Chefin klopfte mit dem Zeigefinger auf den Tisch. »Dafür sorge ich.«

»Nein.« Dannreuther zog seinen japanischen Zopf zurecht. »Sie unterschätzen die Banker. Ich habe diese Leute aus nächster Nähe erlebt.«

»Reden wir besser über diesen Habibi. Woher kennen Sie ihn?«

Er streckte die Beine unter dem Tisch aus und legte die Hände ineinander, dabei schaute er genau zwischen ihr und der Werchteshaus hindurch zum Spiegel an der Längswand. »Noch einmal fürs Protokoll. *Kerberos Ten* lässt die Finger von mir, sonst töte ich mich. Hiermit beende ich meine Aussage.« Dann schloss er einfach die Augen und saß ruhig atmend da.

»Also gut.« Werchteshaus stand auf. »Vergeuden wir keine Zeit. Fahnden Sie auf Hochtouren nach diesem Habibi und dieser Malu.«

Ihre Stühle rutschten laut über den Boden. Dannreuther schlug die Augen auf. Kara neigte wie er vorher den Kopf zur Seite. Sie lächelte ebenso gelangweilt, fast bekam sie auch seinen neutralen Ton hin. »Und dann verhaften wir die anderen aus Ihrem Team.«

51

In allen Ecken und Winkeln des Copyshops rumorten die Kollegen. Hinter Kara rückten sie Kopierer von der Wand, filzten die Schränke, sammelten Aktenordner ein. Irgendeinen Hinweis darauf musste es geben, wohin der Inhaber verschwunden sein könnte.

Kara konzentrierte sich wieder auf die Angestellte Tanja. »Normalerweise dauert es wie lange, wenn Herr Amiri ausliefert?«

Tanja nestelte an ihrer pinkfarbenen übergroßen Haarklammer. Der U-Boot-Ausschnitt rutschte über sehr schmale Schultern. »Na ja, wir haben ja auch ein paar Kunden aus anderen Stadtbezirken. Wenn Habibi ausliefert, dauert es schon mal.«

Sie klang nicht mehr so verstört wie vor zehn Minuten, als die ganze Truppe aufgelaufen war und Kara einen Durchsuchungsbefehl auf den Tisch geknallt hatte.

Sie blätterte in der Kladde, die ihr Tanja auf den Kassentresen gelegt hatte. Aus dem Gekritzel wurde sie so schnell nicht schlau. »Führen Sie keine Auftragsliste online?«

»Habibi hat den Bürocomputer schon letzte Woche mitgenommen.«

»Wieso das?«

Tanja richtete ihr T-Shirt mit Riesensmiley. »Irgendein Virus war drauf oder so.«

Jörg kam aus dem Lagerraum und kurvte um die Kollegen herum, die Aktenorder in Polizeikisten packten. »Mit Bad und Küche sind wir durch. Noch nichts.« Er stellte sich zu Kara an den Tresen und nickte Tanja zu.

Geduld war nicht seine Stärke. Karas auch nicht. Aber die Erfahrung lehrte, dass man erst mal die Basisfragen klärte. »Wer arbeitet alles hier?«

»Wir sind zwei feste und noch ein paar Leute ab und zu stundenweise.«

»Ich brauche eine Liste.« Kara nickte hinüber zu den Kollegen. »Die Ordner direkt zu Gerbert, ja?«

»Die Buchhaltung macht Habibi selbst.« Tanja blies kurz die Backen auf. »Ich würde Ihnen ja gern helfen, aber ...«

»Nennen Sie uns einfach die Namen.« Jörg stützte sich mit dem Unterarm auf den Tresen.

Die Angestellte legte die Hand ans T-Shirt. »Ich bin ziemlich schlecht mit Namen. Moment.« Sie zog ihr Smartphone aus der Hosentasche. »Ich kann Ihnen aber die Leute zeigen. Wir haben vor ein paar Monaten Einjähriges vorm Laden gefeiert. Da waren alle hier.« Sie wischte durch ihre Bildersammlung und legte das Smartphone auf den Tresen zwischen Kara und Jörg. »Das hier ist das beste.«

Das Bild war draußen auf der Straße aufgenommen worden. Die Leute formten einen Halbkreis um den Inhaber Habibi, der seine Brust in einem grünen T-Shirt rausdrückte. *1 year Copy & Paste* war in Knallgelb darauf zu lesen. Lauter junge Gesichter, normale Klamotten.

Jörgs Daumen glitt über den Halbkreis zu einer jungen Frau. Er deckte mit dem Zeigefinger ihre Haare ab. »Bingo. Das ist ...«

»Schhht«, machte Kara schnell. »Tanja, wer ist das?«

»Das ist Malu.«

»Arbeitet die etwa manchmal hier?«

»Nee, die ist Maklerin, hat Habibi den Laden besorgt.« Auf Tanjas Haaren schaukelte der pinkfarbene Klemmkamm. »Aber ihr Freund springt manchmal hier ein.«

Kara fühlte einen Energiestoß. »Welcher von den jungen Männern hinter Herrn Amiri ist das?«

»Der ist nicht drauf. Keine Ahnung wieso. Vielleicht hat Leon das Foto gemacht.« Tanja griff nach dem Smartphone. »Moment, da war noch Jewgenis Geburtstag ...«

Jörg wippte mit dem Knie. »Kennen Sie diesen Leon?«

»Wir haben früher manchmal zusammen in den Clubs gefeiert und so.« Sie lächelte süß. »Na ja, seit er mit Malu zusammen ist, macht er auf brav.«

Das Beziehungsgeflecht im Copyshop konnten sie später klären.

Tanja zoomte ein Bild heran. »Hier. Vorm *Cluster-Club*.«

Dieser Leon grinste wie halb besoffen, hatte ein Auge zugekniffen und linste mit dem anderen ganz nah in die Cam.

»Man erkennt die grüne Iris.« Jörg griff nach dem Smartphone. »Darf ich mal?«

Tanja riss die Augen auf. »Nehmen Sie das jetzt mit?«

Kara ignorierte ihre grell gewordene Stimme. »Nur keine Panik. Selbst wenn, Sie bekommen es wieder.« Sie folgte Jörg zu einem Tisch, auf dem die Schneidemaschinen des Copyshops standen.

»Vielleicht reicht es.« Er übertrug das Bild auf sein Smartphone und schickte eine MMS ins LKA.

»Meine Güte, bist du schnell.«

»Ne?« Jörg nickte. »Was doch Datingportale aus einem machen.« Er schaute auf. »War 'n Scherz, nicht, dass das jetzt bei den Kollegen die Runde macht.«

»Du hast deinen Ruf eh weg.«

Prompt klingelte sein Handy. »Hat es geklappt? – Das Diensttablet, okay.« Er deutete zu seinem Rucksack, der bei der Kasse stand. »Verstehe. – Ja.«

Tanja war nach draußen gegangen, eine rauchen. Kara brachte ihm den Rucksack.

Jörg startete das Tablet. »Und dann auf den Link klicken, den Sie mir schicken. Okay. Den Rest sehen wir.«

»Wer war dran?«

»BKA-Datenanalyse.«

Ein hellgrauer Rahmen ploppte auf und füllte den ganzen Bildschirm. »Wir werden offenbar zugeschaltet und sehen, was der Kollege macht.«

Iris-BQ-9.1. Processing … blinkte auf dem Tablet. Dann sprang eine Oberfläche auf, die endlos Links aufführte. Blaue, grüne, gelbe. Alles zog sehr schnell über den Screen. Kara erkannte nur das Wort *Facebook*, weil es so oft vorkam.

Eine Seite mit unendlich vielen winzigen Icons wurde erzeugt. Nach und nach reduzierte ein Algorithmus die Anzahl, die Icons wurden größer, bald erkannten sie, dass es tatsächlich Bilder aus dem Netz waren. Die Auswertung reduzierte sich auf zehn. Kara erkannte diesen Leon bei einer Party, halb nackt in Socken mit *Becks*-Flasche auf einem Tisch, in Outdoorklamotten irgendwo im australischen Busch, mit einem Transparent in der Hand im Frankfurter Kessel bei den Blockupy-Demos.

Kara deutete auf Bild sieben. »Die Frau daneben, das ist Malu, Marie-Luise Voigt.«

»Politaktivisten?«

Der Kollege im LKA verknüpfte die Ergebnisse mit einer Datenbank. Das Programm reagierte langsamer. Die Schrift wurde grün. »Die gute alte Software des Bundesverwaltungsamts, bei der man noch einen Kaffee machen kann, bevor man die Zeitung wegpackt und anfängt zu arbeiten …«

»Quatsch nicht, Jörg. Du bist viel zu jung, das hast du nicht mehr erlebt.« Kara schon, allerdings nur im ersten Jahr. Dann war auch die Polizei in Berlin webfähig geworden.

Das Tablet gab ein leises Bling von sich. Der Auszug aus dem Einwohnermelderegister war ein vertrauter Anblick.

»Leonhard Widomat, geboren 1987 in Hannover«, las Jörg vor. »Sohn von René Widomat … O fuck! Gerlind Schindhelm ist seine Mutter!« Jörg packte Kara am Oberarm. »Die Vorstandsfrau der *German Global Credit* ist die Mutter eines Typen, der mit der Frau zusammen ist, die bei Lengsfelds Entführung betäubt in Dahlem herumgelegen hat. Und beide sind mit diesem Habibi befreundet.« Er schüttelte sie, seine blauen Augen glänzten.

Der Funke sprang auf Kara über. Sie schnippte mit den Fingern. »Es ist kein Trio, sondern ein Quartett. Das sind die Komplizen. Wir haben sie!«

Jörg hob die Hand. Sie klatschten sich ab.

»Was ist?«, fragte er, weil Kara ihren Blick zurück zum Tablet wandte.

»Schon faszinierend, was die vom BKA aus dem Netz filtern können. Aber noch haben wir die drei nicht dingfest.« Kara konzentrierte sich. »Ich rufe sofort Werchteshaus an, du Leininger. Er soll die Datenbanken durchforsten. Wir brauchen alles über die drei.«

»Ein Bankersöhnchen. Wäre nicht der erste wohlstandsverwahrloste Täter meiner Karriere.« Jörg schloss das Programm.

»Die vier haben eine ungeheure Disziplin für diese Aktion aufgebracht.« Kara wählte Werchteshaus' Nummer. »Unterschätzen wir das Quartett lieber nicht. Wir haben nur einen. Unsere Jagd hat gerade erst begonnen.«

52

Die Fahndung nach den drei Entführern lief auf Hochtouren. Werchteshaus hatte Kara umgehend in die Bank geschickt, damit sie Schindhelm persönlich informierte.

Die Vorstandsetage war leider groß. Gschonnek hob an einem Stehpult den Kopf, stutzte und reagierte sofort. Sie grätschte tatsächlich wie eine Turnerin, trotz Kostüm, über den Schreibtisch, kam Kara ein paar Schritte zuvor und baute sich vor Schindhelms Bürotür auf. »Die Verhandlungen dürfen unter keinen Umständen gestört werden. Daran hängt die Zukunft der Bank!«

Kara hatte keine Lust auf Zeitverschwendung. »Wir sind dienstlich hier.« Sie wollte an der Vorstandssekretärin vorbei, prallte aber gegen deren hochschnellenden und erstaunlich trainierten Arm. Kara starrte Gschonnek ins Gesicht. Ihr harter Blick verriet, dass sie sich des Rückhalts der Bank und ihrer Hundertschaft von Anwälten sicher war. Kara stieß sie unsanft zur Seite. »Behindern Sie nicht die Staatsgewalt.«

»Seien Sie vernünftig«, sagte Jörg mit ruhiger Stimme, wie beim Anti-Gewalt-Training eingeübt und hob die Handflächen.

Die Vorstandssekretärin drehte sich weg und ließ sie vorbei.

Jörg riss die geschnitzte Holztür auf.

Am Konferenztisch vor den Panoramafenstern brüllte einer von fünf Herren: »Kereljenko personally told me, he'll release all his framing stuff, if …«

Er brach ab, als Kara und Jörg näher kamen.

»Raus! Sofort raus hier.« Schindhelm sprang auf, ihr Stuhl rollte bis zum Fenster, der Sitz drehte sich um sich selbst.

»Don't fuss, will you, Gerlind?« Ein fetter, arabisch aussehender Banker lehnte sich zurück und spie seitlich auf den dicken Teppich aus.

»Ich habe Doktor Pollering schon verständigt, er ist gleich oben«, rief Gschonnek von der Tür her.

Schindhelm stemmte die Fäuste in die Seiten ihrer Kostümjacke. »Sie verlassen sofort dieses Büro, sonst mache ich von meinem Hausrecht Gebrauch und lasse sie von der Security hinauswerfen!«

Die fünf Männer am Tisch beäugten Kara. Ein grauhaariger Banker lächelte ein arrogantes Oxford-Upperclass-Lächeln. Der Scheich sortierte seinen Umhang und schaute durch Kara hindurch, als existiere sie gar nicht. Der Asiate ihr gegenüber beäugte sie nur hinter einer dickrandigen Brille. Der vierte Banker hätte von überallher stammen können, so nichtssagend blass war das Gesicht.

Kara war egal, dass hier der halbe Globus versammelt war. »Gar nichts werden Sie tun, Frau Schindhelm.«

Hinter ihr tuschelten Stimmen. »Die Security bleibt noch draußen«, sagte ein Mann halblaut und kam vollends herein. »Doktor Pollering, Leiter der Rechtsabteilung der *German Global Credit*.«

Jörg stellte sich dem Eins-neunzig-Mann im hellbraunen Anzug in den Weg. »Oberkommissar Jörg Olvers, Sonderkommission Lengsfeld.«

Der Jurist richtete seine schilffarbene Hornbrille. »Ich verweise auf unser Hausrecht. Verlassen Sie unverzüglich diesen Raum«, sagte er kühl.

»Definitiv: nein.« Kara deutete in die Runde. »Jörg, bring Sie raus.« Er würde notfalls handgreiflich werden.

»Sie haben keinerlei recht, uns …«

»Ich sage nur drei Worte, Herr Pollering.« Kara wandte ihren Blick wieder Schindhelm zu. »Gefahr im Verzug.«

»Das ermächtigt uns zu vielen Maßnahmen. Nicht wahr, Herr Doktor?«, sagte Jörg. »Die Paragrafen des Polizeigesetzes muss ich Ihnen nicht zitieren. Folgen Sie mir bitte.« Er wies nach draußen und schaute zu den Bankern am Glastisch. »Gentlemen.«

Der Anwalt der Rechtsabteilung fuchtelte mit der Linken durch die Luft. »Sie müssten das beweisen können, bevor wir überhaupt …«

»Hören Sie schlecht?«, sagte Kara bewusst laut. »Wollen Sie persönlich schuld daran sein, wenn wir mit Ihrem Juristen-Blabla wertvolle Zeit vergeuden, die Ihren Vorstand Herrn Lengsfeld das Leben kosten kann? Sie gehen jetzt alle. Das ist eine polizeiliche Anweisung.«

Pollerings Lippen formten Worte, doch er brachte sie nicht heraus. Die Banker rührten sich nicht.

Kara wurde es zu bunt. Sie zog ihren Dienstausweis aus der Jacke und warf ihn mitten auf den Glastisch. »German Police. Leave this room immediately.« Es war ihr egal, wie gut oder schlecht ihr Englisch klang.

Schindhelm ließ ein extrem genervtes Aufstöhnen hören. »I do apologise. The negotiations will be resumed soon.« Sie nickte den Herren zu.

Der Scheich fluchte auf Arabisch, der Grauhaarige ließ ein »Pfft!« hören. Der Asiate zückte sein Smartphone und zog mit dem Finger Schriftzeichen auf die glatte Fläche.

Während Jörg die Männer hinausgeleitete, schwieg Schindhelm. Die Lippen zuckten zwei-, dreimal, ihr Blick wirkte distanziert, als kalkuliere sie bereits die Folgen dieser Unterbrechung.

Die Tür schloss sich. »Ich halte hier Wache«, sagte Jörg vom Eingang her.

»Nun haben Sie Ihren Willen. Dass diese Störung meine Bank das Raffineriegeschäft kosten kann, wird die Polizei nicht kümmern.« Die Bankerin spitzte den Mund, auf dem der Lippenstift verblasst war. »Beten Sie, dass wirklich Gefahr im Verzug ist. Also? Was ist mit Lengsfeld?«

»Wo ist Ihr Sohn?«

Schindhelm schlug die Hand an die Stirn. »Das ist nicht Ihr Ernst.«

»Doch.«

»Also wirklich, um den Aufenthalt von Leonhard zu ermitteln, braucht die Polizei doch nicht seine Mutter.« Da zuckten die Wangen in ihrem Gesicht. Sie griff nach der Stuhllehne und setzte sich langsam. »Was ist mit ihm?«, fragte sie mit ganz anderer Stimme, leise, brüchig.

Kara konnte sie jetzt nicht als Mutter schonen. »Alles weist darauf hin, dass Ihr Sohn zum Täterkreis gehört.«

Schindhelm schüttelte sich. »Das ist völlig absurd.«

»Ihr Sohn steht in Verbindung mit mehreren an der Entführung beteiligten Personen.«

»Das muss ein Zufall sein. Absolut.«

»Ist keiner. Haben Sie eine Idee, wo er sich aufhält?«

Schindhelm schüttelte den Kopf. »Sie interpretieren irgendetwas falsch. Wenn Leon Verdächtige kennt, haben die ihn benutzt, weil ich seine Mutter bin. Es geht natürlich um die Bank. Nach Fokker und Lengsfeld … Man hat ihn bestimmt entführt, weil ich zu gut abgeschirmt bin.« Sie legte die Hand auf den Mund.

»Man hat ihn nicht entführt. Er ist einer der Entführer.«

»Was reden Sie da nur?« Die Bankerin starrte auf den Glastisch.

»Haben Sie eine Idee, wo sich Ihr Sohn aufhalten könnte?«

»Wir müssen René fragen. Ich habe seit Jahren kaum Kontakt zu Leon. Sein Vater weiß es vielleicht«, flüsterte sie. Schindhelm erschien Kara wie in Trance, als sie ein Ultrabook heranzog. »Wenn Sie Glück haben, sitzt René am Rechner. Er schrieb schon immer am liebsten zu dieser Uhrzeit.«

Kara ging um den Glastisch herum, während die Bankerin *Skype* aktivierte. In ihrer privaten Liste waren vielleicht zehn, zwölf Kontakte gespeichert. Zwei waren online. Sie wählte ihren Exmann an.

René Widomats grauer kurzer Bart war ziemlich lockig, aber sehr gut geschnitten. Er nahm eine Lesebrille ab. Ein weißer Hemdkragen über einem roten Pullover. »Gerlind? So früh am Abend. Was gibt es denn?« Selbst bei dieser Tonqualität klang die Stimme noch warm und zärtlich. »Ich verschlagworte gerade meine neuesten ...« Sein Kopf wackelte im Bild. »Wie siehst du denn aus? Was ist passiert?« Seine Stimme wurde ernst, dunkel. »Wer steht da hinter dir?«

»Weißt du, wo Leonhard sich aufhält?«

Kara war sich nicht sicher, ob sie ein Brummen hörte.

»Du weißt genau, dass er nicht will, dass ich dir das sage.« Widomat rückte etwas von der Kamera ab.

»René, es ist dringend. Die Frau hier ist von der Polizei ...«, brachte Schindhelm matt über die Lippen. »Sie sagen, Leonhard habe etwas mit der Entführung zu tun.«

»Was ist das denn für ein Quatsch?« Er beugte sich vor und kniff die Augen zusammen.

Kara ließ sich deutlich von der Computercam erfassen. »Ich bin Hauptkommissarin Menzel. Wir suchen Ihren Sohn. Er ist dringend verdächtig, an der Entführung von Herrn Lengsfeld beteiligt zu sein.«

Er lachte. »Hören Sie. Leonhard hat vor ein paar Monaten ein Geschäft gegründet, das hervorragend läuft. Wenn er noch Zeit übrig hat, verbringt er sie mit seiner Freundin. Sie irren sich.«

Kara beugte sich vor. »Heißt diese Freundin Marie-Luise Voigt?«

Widomat drehte das linke Ohr zur Kamera. »Ja, und?«

»Was für ein Geschäft führt Ihr Sohn?« Wieso spuckten das die Datenbanken nicht aus, verdammt?

»Na, seinen Skaterladen *Scary Boards* im Kulturareal in Schöneweide.«

Der Stadtbezirk, in dem die Funksignale verebbt waren. »Haben Sie die Adresse?«

»Googele ich schon.« Jörg setzte sich an den Konferenztisch.

»Erklären Sie mir bitte erst mal, wie Sie auf die Idee kommen, mein Sohn könnte ...?«

»Keine Zeit, wir müssen sofort dorthin.« Kara wandte den Blick Schindhelm zu. »Warum haben Sie uns nichts von dem Geschäft gesagt?«

»Weil sie noch nie dort war«, hörte Kara den Exmann aus dem Lautsprecher.

Schindhelm schaute wie blind auf den Bildschirm und schwieg.

»Ich sage Ihnen, Frau Kommissarin, Sie irren sich. Mein Sohn hat Spaß an seinem Geschäft und ...«

Jörg stupste sie an der Schulter. »Ich habe die Adresse. Das Geschäft gehört offiziell einer Firma *Kiss-Kiss-International* in Delaware. Kein Wunder, dass wir den Schuppen nicht sofort finden.«

»War ein Steuertipp von Gerlind. An den hat sich Leonhard gehalten. So etwas ist doch nicht strafbar.«

»Ich schicke Ihnen einen Beamten zur Aussage vorbei.«

»Moment. Ich werde gar nichts ...«

Schindhelm hatte die Verbindung gekappt. Sie legte sich die Hände aufs Gesicht und machte sich ganz klein auf dem Stuhl. »Gehen Sie, bitte«, brachte sie mit erstickter Stimme heraus.

An ihrem Mitleid würde Kara später arbeiten, für Schindhelms Familiendrama hatte sie jetzt keine Zeit. Lengsfelds Leben war in Gefahr. »Auf geht's. Mit allem, was wir haben. Machen wir den Skaterladen platt.«

53

Leon beeilte sich mit dem Rucksack, wie Malu gesagt hatte. Sie hatten zu viert die Abläufe, falls sie fliehen müssten, zwar lange besprochen, aber nicht komplett durchgeplant. Nur das Nötigste durfte mit, das war klar. Habibi sollte gleich hier sein, ohne seinen Wagen hätten sie keine Chance ... Leon betrachtete die Boards im Regal. Vielleicht sollte er das *Dragon-TsuShi* mitnehmen, das brachte in der Szene glatte zweitausend Euro. Aber wer weiß, ob sie in Belgrad oder Sofia so viel Kohle hatten.

Leon stopfte die Scheine aus seiner Ladenkasse in den Geldbeutel. »Es sind nur knapp achthundert Euro.« Die Bullen überwachten garantiert ihre Bankkonten. »Damit kommen wir nicht weit. Scheiße.« Er hätte nicht auf Sanctus und sein ewiges ›Keine Auffälligkeiten‹ hören und sein Geld bar abheben sollen. Hätten sie mal Plan D genauso gut durchdacht. Leon fühlte, wie eng seine Brust beim Atmen wurde. »Worauf wartest du noch?« Er knallte die Ladenkasse zu.

»Sie fahnden nach uns«, sagte Malu von der Überwachungseinheit am Metallschrank aus.

Sanctus' Notruf hatte automatisch Programme aktiviert, die sich in die interne Kommunikation der Berliner Polizei gehackt hatten.

Draußen fuhr ein Wagen vor, eine Autotür knallte. Leon rannte zum Fenster und spähte durch die heruntergelassene Sonnenblende. »Endlich.«

Er öffnete Habibi die schwere Metallfalttür.

»Ich muss erst was trinken.« Habibi ging zum Kühlschrank. In großen Schlucken trank er *Fanta,* bis er sich mit dem Handrücken über den Mund wischte und aufstieß. »Schneller ging's nicht. Die Straßen sind dicht. Irgendwo ist ein Marathon oder so was.«

»Das verschafft uns etwas Zeit.« Malu checkte die drei Bildschirme, die das Notprogramm aktiviert hatte. Leon wusste nicht, wann und wo Sanctus diese Überwachungscams draußen auf dem Gelände installiert hatte. Eine zeigte die Hauptzufahrt vorn an der Straße, die zweite den Bereich unmittelbar vor Leons Laden, wo Habibis Lieferwagen mitten im Bild stand, die dritte den Kristall unter ihnen. Ihr Gefangener machte mal wieder Yogaübungen.

Habibi glitt mit dem Rücken an der Kühlschrankfront in die Hocke.

»Und jetzt?«, fragte Leon.

»Sanctus freipressen, was sonst?« Habibis Stimme klang gepresst. »Er wird uns garantiert nicht verraten, aber der da unten schon, sobald wir ihn freilassen. Wir sollten die Geisel auf jeden Fall mitnehmen, wenn wir jetzt hier abhauen.«

»Bist du wahnsinnig?« Leon stolperte beinahe über seinen Rucksack vor dem Werktisch. »Wir haben keine Gaskartusche mehr. Wie sollen wir ihn ruhigstellen, damit wir ihn in deinen Wagen kriegen?«

»Tu einfach, was ich sage, Leon.« Malus Stimme klang rau. Sie sah mit Absicht knapp an ihm vorbei.

Hätte er Malu nicht so gut gekannt, hätte er nicht gewusst, was es bedeutete, wenn sie den kleinen Finger in der linken Hand einklemmte. Sie war entschlossen durchzuziehen, was sie sich in den Kopf gesetzt hatte, um Sanctus rauszuhauen. »Okay.«

Malu nickte kurz. »Es gilt Plan D. Nehmt jetzt eure Notfallrucksäcke. Dann besorgen wir uns Geld.«

»Alles klar.« Habibi drückte sich aus der Hocke hoch.

An der Ladenseite mit dem Boardregal verdeckte ein Skater aus Pappe ein blau lackiertes Blech. Was von außen wie eine Kaminklappe aussah, war der Einstieg in den alten Trockenturm. Hier hatte die Werkstatt des alten VEB zu DDR-Zeiten Schläuche aufgehängt. Leon räumte den Aufsteller weg.

Habibi hakte die Klappe auf und zerrte die übrigen Rucksäcke heraus. »Der erste ist von Sanctus.« Habibi warf ihn gegen einen Vorratsschrank zur Seite.

Leon nahm ihm den von Malu ab, packte ihn an der Trageschlaufe und schulterte dann seinen eigenen.

»Geht noch nicht ans Auto. Seid jetzt still.« Malu setzte sich vor das Steuerpult, schob die Kopfhörer auf ihre Ohren und aktivierte die Sprechanlage. »Wir akzeptieren Ihr Angebot zu unseren Bedingungen.«

Auf dem Bildschirm zuckte Lengsfeld wie jedes Mal, wenn

sie ihn mit einer Ansage überraschten. Er streckte die Beine noch einmal aus und setzte sich auf seine Pritsche.

»Und diese Bedingungen heißen: Sie geben uns jetzt die echten Codes für Ihr Nummernkonto in Jersey, danach verlegen wir Sie an einen Ort, von dem aus Sie eigenständig zurück zur Bank finden werden.«

Als Leon das winzige Vibrieren ihrer kühlen Stimme hörte, übertrug sich ihre kalte Ruhe auf ihn. Sie würden es schaffen, weil Malu den Überblick behielt. Habibi stellte sich neben ihn. Er wippte auf beiden Füßen, bis Malu mit den Augen rollte und Leon ihm den Arm um die Schultern legte.

»Ihr wollt mich verlegen?« Lengsfeld strich über seinen sprießenden Bart.

»Ohne echte Codes kein Deal.« Malu ballte die Linke zur Faust und checkte die beiden anderen Bildschirme.

Leon begriff erst jetzt, dass die eingeblendete Uhr die seit der Aktivierung verstrichene Zeit angab. *2:27:43.*

»Das heißt, ihr könnt mich nicht dort freilassen, wo ihr mich versteckt habt.« Lengsfeld legte die Hände auf die Knie und nickte langsam. »Also hat der Peilsender in meinem Gürtel irgendwie funktioniert. Irgendwas gibt einen Hinweis auf meinen gegenwärtigen Aufenthaltsort, habe ich recht?«

»Was quatscht der da?«

Malu zuckte mit den Fingern sofort zur Off-Taste. »Halt's Maul, verdammt«, fauchte sie. Ihre Augen funkelten Habibi an, eine tiefe Falte stand ihr auf der Stirn. Sie atmete noch einmal durch, schaltete die Übertragung wieder ein. »Die Codes.«

»Nein. Ihr seid nervös. Ihr kontrolliert nicht mal mehr eure Technik so konsequent wie am Anfang, ich höre dein gestresstes Vibrato noch in der Computerstimme.« Er grinste und verschränkte die Arme vor der Brust. »Mädel.«

Malu unterbrach die Übertragung. »Dieses verbrecherische Managerschwein ist einfach zu schlau!« Sie sprang auf. Ihre Hand krallte nach Lengsfelds Hals auf dem Bildschirm. »Okay. Er will es nicht anders.« Malu deutete zur Küchenzeile.

Habibi lief hin. »Ich mache alles mit, wenn wir dafür Sanctus freikriegen. Aber hey, sag, was du vorhast.«

»Welche sind diese verdammten Absperrhähne? Ihr habt doch hier umgebaut.«

»Bis er verdurstet, dauert es doch ewig.«

»Leon, rede keinen Scheiß.« Malu stieß ihn aus dem Weg.

Habibi war schneller. Hinter der Bodenplatte traten an der Wand die alten Versorgungsrohre aus dem Fußboden. »Der hier lenkt die Hauptleitung in die alten Rohre um«, sagte er und fasste den Stellhahn.

Leon legte sich die Hand auf den Kopf. »Jetzt begreife ich, warum Sanctus die nicht hat ausbauen wollen.«

»Genau. Teil von Plan D. Dreh auf«, sagte Malu kalt.

Die verrosteten Griffrosetten knirschten unter Habibis Fingern. Das Wasser rauschte in den Rohren.

Unten im Kristall prasselte ein fetter Wasserstrahl über das Klo vor Lengsfelds Füße. Die Schüttung der Hauptleitung war enorm.

Malu aktivierte die Sprechanlage. »Berechnen Sie, wie viele Minuten es dauert, bis das Wasser Ihre letzte Atemluft unter der Stahldecke hinausdrückt.«

Der Banker fluchte, riss sein Laken von der Pritsche, drehte es zu einer Wurst. Er stellte sich auf den Rand der Kloschüssel und presste den Stoff in das Austrittsrohr. Er wurde klitschnass. Und die Schüttung war zu stark.

Off. »Das Schwein kriegen wir klein.« Malu kniff die Augen zusammen. *On.* »Ihre Berechnung, na wird's bald? Kniehoch steht das Wasser schon. Schätze, ein paar Minuten noch, vier oder fünf. Es sei denn, du lieferst die echten Codes.«

Lengsfeld sprang auf seine Pritsche zurück, lehnte sich gegen die Glaswand. Sein Gesicht zuckte.

»Er hat Angst, richtig Angst«, flüsterte Leon.

»Harte Fakten schaffen ist sonst dein Ding. Können wir auch. Was sagt dir der schnell steigende Wasserstand?«

Lengsfeld presste die Wange an die Glaswand. Er machte sich

lang. Das Wasser reichte bereits bis zu seinem Nabel. »Ihr bekommt die richtigen Codes, stellt das Wasser ab.«

Habibi hob neben Leon den Daumen. »Schön kalt ist es auch.«

Malu checkte die Anzeige auf den Bildschirmen und gab ihnen ein Zeichen, dass sie mitschreiben sollten. »Nein, das Wasser läuft weiter, bis ich die Codes höre.«

Lengsfeld machte ein Geräusch zwischen ängstlichem Stöhnen und unkontrolliertem Wutgeheul.

»Die Codes.«

»Erst das Wasser.«

Malu checkte die Uhr. Sie biss sich auf die Lippen. »Ich kann auch noch weiter aufdrehen.«

»Stell ab. Bitte, jetzt. Ich habe längst begriffen, was du alles kannst. Lass uns einen Deal machen, bitte, Marie-Luise!«

Off. Sie riss sich unter einem Wutschrei das Headset vom Kopf. »Das Schwein hat mich erkannt!«

»Das ist doch jetzt scheißegal ...«

»Das ist überhaupt nicht egal.« Malu riss die Arme in die Höhe. »Verdammt.«

»Doch.« Habibi schnappte das Headset und hielt es ihr hin. »Sie sind sowieso hinter uns her. In meinem Lagerraum, wo wir uns besprochen haben, finden die Fingerabdrücke von uns allen. Wir müssen abhauen. Wir brauchen Geld, viel Geld, das ist doch Teil von Plan D, oder?«

Malu nahm Habibi das Headset aus der Hand. Ihre Finger fuhren über die dünnen Plastikbügel, langsam glitt ihr Blick zum Bildschirm. *On.*

Lengsfeld stand jetzt wieder auf dem Klobecken unten im Kristall. Der Sitz war ein bisschen höher als seine Pritsche. Er streckte sich. »Marie-Luise, bitte. Stelle das Wasser ab, wir können über alles reden. Ihr bekommt das Geld. Haut von mir aus damit ab. Stell das Wasser ab, bitte.« Es reichte schon bis an seine Brust.

Habibi stieß Malu an, die nur die Schulter wegriss. »Wir brauchen die Codes, bevor er absäuft.«

Malus Augen verdunkelten sich, wie Leon es von ihr nur beim Sex kannte, wenn sie auf ihm ritt. *Off.* Sie brach das Headset entzwei. Ihr Blick sog seinen auf. »Er ist der einzige Zeuge, der wirklich von uns weiß.«

»Bist du bescheuert?« Habibi starrte auf das kaputte Headset vor Malus Füßen. »Lengsfeld scheißt sich gleich in die Hose vor Angst.« Er hörte das Wasser durch die Lautsprecher weiter rauschen. »Wir brauchen die Codes für die Kohle. Für Sanctus.«

»Er wird uns wieder anlügen.« Malu hakte sich mit dem Arm bei Leon ein.

Habibi hieb gegen den Metallschrank der Überwachungsanlage. »Schaut hin. Schaut verdammt noch mal hin. Lengsfeld säuft gleich ab.«

»Wir haben nichts, kein Druckmittel, damit er später über unsere Identität schweigen müsste«, sagte Malu langsam.

Habibi schnallte auf einmal, dass sie gar nicht sie vier meinte, sondern bloß sich und Leon. »Und Sanctus ist dir wohl egal, Hauptsache, ihr kommt davon?« Aber nicht mit ihm. Habibi drehte sich zur Bodenklappe um. Es war scheißegal, ob Lengsfeld ihn sah oder nicht, weil Habibi sein zukünftiges Leben sonst wo verbringen würde. »Ich rede jetzt Klartext mit dem Sack da unten.« Er packte die Bodenplatte mit beiden Händen am Griff und stemmte sich gegen das Gewicht. Das Ding war so scheiße schwer.

»Lass das«, zischte Malu.

Leon glotzte nur.

»Nein, ich gebe Sanctus nicht auf.« Habibi hob die Klappe langsam an. Der Schwall aus der Hauptleitung ließ das Wasser heftig aufwallen. Es stand bereits ein paar Zentimeter unter dem Rand, gleich würde es in den Laden laufen. Lengsfelds nackte Füße strampelten direkt vor ihm, wie beim Rückenschwimmen ruderte er mit den Armen für eine stabile Lage. Der Banker schnappte in dem Winkel, wo die Deckplatte verankert war, nach Luft.

Nur Leon war stark genug, dass er die Stahlplatte allein umklappen konnte. Er hatte sich eine Hebeltechnik zugelegt, die Habibi nie kapiert hatte. Er hätte das Ding am mittleren Griff anpacken sollen. Es war so verdammt schwer, dass Habibi die Platte kaum halten konnte. Keuchend wechselte er die Position, stemmte die Schulter unter den Stahl und stützte sein Knie mit der Hand. Er stand so schief, dass er nur Leons und Malus Beine sah. »Holt Lengsfeld raus, verdammt. Schlagt ihm irgendwas über die Rübe, damit …«

Leon setzte sich Richtung Werkzeugschrank in Bewegung.

»Lass es!«, kreischte Malu. »Er weiß, wer wir sind.«

Leon wurde langsamer, machte einen Schritt zurück, zwei.

»Hol Lengsfeld verdammt noch mal raus, Leon! Wir brauchen Geld für die Flucht.«

Aus dem Augenwinkel bekam Habibi mit, wie der Banker plötzlich eine Rolle machte, den Arm aus dem Wasser zog und nach dem Rand der Grube langte. Es misslang. Seine Füße sanken weg, Lengsfeld ruderte herum, sein Kopf tauchte am Rand des Kristalls genau unterhalb von Habibi auf. »Mein letzter Code«, keuchte er, »war wirklich falsch.« Lengsfeld tatschte wieder mit den Händen nach dem Beckenrand, rutschte aber an der nassen Rundung ab. »Multipliziere mein Geburtsdatum in vollen Zahlen mit Pi und nimm die zwanzigste bis dreißigste Ziffer hinter dem Komma.«

Habibi merkte sich den Code. Die beschissene Deckplatte war zu schwer. »Helft mir. Der Wasserstand hievt ihn sowieso gleich über den Rand.«

Leons Turnschuhe näherten sich.

»Ohne Lengsfeld brauchen wir keinen Plan D«, schrie Malu.

»Bist du bescheuert? Es gibt Fingerabdrücke von uns allen bei *Copy & Paste.* Erkläre das mal den Bullen.«

»Das beweist nur, dass ihr mein Projekt bei der Cornelius-Hofmeister-Stiftung mit vorbereitet habt. Ohne Lengsfeld gibt es keine richtigen Beweise mehr«, schrie Malu wieder.

Leon blieb stehen, der Schlappschwanz blieb einfach stehen.

Die Platte drückte wahnsinnig ins Kreuz. Habibis Knie zitterten. »Leon!«

»Keine Beweise. Verstehst du? Wir holen Sanctus anders raus.«

›One for all‹, hatten sie sich geschworen. Alles Lüge. Diese feigen Arschlöcher dachten nur an sich. Habibi ging die Luft aus.

»Bullen!« Leon kreischte wie ein kleines Mädchen. »Ein Bullenwagen ist an der Hauptzufahrt.«

Das Wasser schwappte aus dem Verlies über, lief zwischen Habibis Füßen durch.

Lengsfeld trieb das noch höher, er ruderte mit kräftigen Schwimmstößen auf den Rand zu.

»Tut was!«

Malu rannte kreischend auf ihn zu, mit vor der Brust gekreuzten Unterarmen. Habibi konnte nicht ausweichen. Sie rammte ihn mit wahnsinnigem Schwung, riss ihn mit. Habibi kippte mit ihr zur Seite unter der Stahlplatte weg in das Wasser vor dem Werktisch. Kalt klatschte es über sie, weil die Deckplatte auf den Kristall zurückstürzte, dabei Lengsfeld, der sich gerade mit der Brust über den Rand wuchten wollte, am Kopf traf und zurückdrückte. Der Stahl prallte auf dem Wasser auf, das unter dem Druck durch die Ritzen hochschoss.

Habibi rappelte sich sofort hoch.

»Er s-säuft a-ab.« Leon deutete auf die Bildschirme.

Lengsfeld zappelte. Habibi konnte nicht erkennen, wie viel Luft er noch mit dem Mund direkt an der Unterseite der Platte bekam. Auf dem anderen Bildschirm sah er einen Bullenwagen draußen neben seinem Wagen halten.

Flieh. Habibi hörte die Stimme seiner Großmutter, die noch ein paar Minuten unter dem Schutt überlebt hatte, als die Bombe in Beirut ins Haus eingeschlagen war. *Lass dich von nichts aufhalten. Niemandem.* Er boxte wild um sich. Traf Malus Bauch und die Tischkante. Wasser spritzte auf. Leon brüllte. Finger krallten sich in seinen Rücken.

»Lass ihn«, schrie Malu.

Leon ließ los.

Habibi schaute die Verräter nicht an. *Schau nicht zurück, Chéri.* Wie damals nicht ins Feuer, nicht in den Rauch, jetzt nicht aufs Wasser zu seinen Füßen, nicht zu den Bildschirmen. Habibi rannte in die Ecke mit dem Pappständer, die Polizeisirene dröhnte draußen vor dem Skaterladen.

»Mach auf Schock und sage gar nichts. Es war ein Unfall, hörst du? Wir wollten Lengsfeld gerade retten …« Malu schüttelte Leon.

Wie hatte er nur glauben können, dass …? *Die Deutschkinder denken immer nur an sich. Alle.*

Habibi sprang über die Fluchtrucksäcke, noch war kein Polizist im Laden. Er machte sich an der blauen Blechklappe ganz klein, schlüpfte in den alten Trockenturm, saß drin im quadratischen Schacht auf den bröckeligen Backsteinen. Die Klappe hatte innen einen Griff: Und zu!

Habibis Hintern verschwand im Schlauchturm. Die blaue Klappe schloss sich, der lange Querriegel hob und senkte sich außen in das Widerlager. Hatte er sich dort eingeschlossen? Leon konnte mit Malu sowieso nicht sofort hinterher, der Turm war zu schmal für drei. Oder nicht?

Malu legte ihre kalte Hand auf seine Wange. Leon erschrak bei der Berührung. Sie stieß mit ihrer Stirn an seine, während ihr harter Blick sich in seinen bohrte. »Mach auf Schock und sage gar nichts.« Sie wandte den Kopf zur Ladentür. »Sie hält noch.« Malu checkte die Bildschirme. »Die Cams im Kristall sind wasserdicht.« Auf dem Bildschirm zuckte Lengsfeld seltsam mit den Beinen. »Die Zeit reicht, reicht bestimmt.«

Leon merkte auf einmal, dass seine Sneakers sich mit Wasser vollsogen, weil immer mehr in die Werkstatt lief.

»Es war ein Unfall, hörst du?« Malu legte beide Hände auf seine Schultern. Sie führte ihn mit runter auf die Knie. Unter der Metallplatte quoll Wasser aus den Ritzen vor. Malu langte nach dem Griff. »Wir tun so, als wollten wir Lengsfeld gerade retten …«

Wir bringen ihn um. Dass Fokker in dem Mercedes verbrannt war, hatte Leon nichts ausgemacht. Weil das nicht ihr Plan gewesen war. Daran war er nicht schuld. Toko war eben weitergegangen als sie. Lengsfeld hier absaufen lassen, das gehörte nicht zum Plan.

»Nun mach schon.« Malu drückte seine Hände an den Griff. »Aber noch nicht ziehen.«

Konnte der Banker überhaupt so lange noch Luft bekommen, so wie das Wasser unter der Deckplatte herausquoll? »Wir bringen Lengsfeld um«, hörte Leon sich mit fremder Stimme sagen.

»Es gibt keinen Zeugen, wir kommen mit einem Unfall davon!« Malu kauerte neben ihm.

Leon legte seine Hand in ihr Genick. »Lass uns abhauen wie Habibi.«

Draußen hämmerte es gegen die Metalltür. »Machen Sie sofort auf oder wir sprengen das Schloss.«

»Wir kommen sowieso nicht mehr weit.« Malu schnaufte, lachte, quietschte gleichzeitig.

»Doch«, flüsterte Leon. Er strich ihr über die Augenbrauen und küsste sie. Er würde sie beide hier raushauen. Sie hatten ihn immer alle unterschätzt.

»Drei, zwei, eins«, schrie eine Männerstimme draußen. »Jetzt.«

Ein irrer Knall, die Druckwelle riss ihn und Malu ins Wasser vor die Platte. Leons Gedanken zerbarsten, aber er fühlte ganz genau: Er war bloß taub.

Die alten Backsteine in seinem Rücken vibrierten vom dumpfen Knall. Steinchen rieselten auf Habibi herab.

Die Bullen hatten die Metalltür des Ladens gesprengt, waren drin. Riefen irgendwas.

Er blickte den Trockenturm hinauf zu einem winzigen Stückchen Himmel. Jetzt oder nie. Habibi griff zur ersten verrosteten Sprosse, die in der Turmwand eingelassen war.

Kara zielte auf die beiden kauernden Personen. Verdammt, wo blieben die Kollegen? Wasser strömte unter einer schweren Bodenplatte hervor. An der einen Wand stand ein alter Stahlschrank offen. Überwachungsbildschirme! Auf einem zappelte ein Bein. »Schnell, Lengsfeld ist dadrunter.«

Jörg hatte die Lage erfasst. Er rannte schnell um einen massiven Werktisch herum, sprang auf einen Stuhl und hangelte nach dem Flaschenzug, der von der Decke hing. »Wie stellt man das Ding an?«, schrie er.

Marie-Luise Voigt hatte die Hände am Griff der Stahlplatte. »Ziehen Sie mit uns, er ertrinkt sonst«, kreischte sie. »Wir schaffen es einfach nicht.«

Ihr Freund behielt bescheuerterweise die Arme oben, obwohl Kara ihre Waffe schon gesenkt hatte. »Der Haken! Wie stellt man den an?«

Leonhard Widomat zeigte zur Küchenzeile. »Der große blaue Hebel, rechts hinter Ihnen, neben dem Leitungsstrang.«

Jörg schlug den Hebel um, der Flaschenzug kam herunter.

»Gehen Sie zur Seite, ducken Sie sich und keine Bewegung.« Kara streckte sich nach dem großen Haken. Sie zog ihn zu sich, befestigte ihn am Griff der Bodenplatte. Er war erstaunlich leichtgängig. Offenbar hatten sie ihn ordentlich geölt, bevor sie die Entführung gestartet hatten. »Hoch damit, schnell!«

Jörg warf den Hebel erneut um, die Seile surrten. Metall knirschte, dann hob sich der Deckel, noch mehr Wasser schwappte heraus. Harald Lengsfeld trieb nackt bis auf einen Slip auf dem Rücken, sein Kopf berührte den Beckenrand. Die haarigen Arme und Beine bewegten sich.

»Schnell, wir …« Kara verschlug es die Stimme: Der Mund des Bankers stand offen, Wasser schwappte hinein. Er schnappte nicht mehr nach Luft. Sein Körper schaukelte nur von der Bewegung des Wassers, war nur noch eine verlassene Hülle.

»Scheiße!« Jörg kniete am Rand des schmalen Beckens, das wohl einmal ein Laufschacht unter einer Hebebühne gewesen war. Er angelte sich eines von Lengsfelds Beinen.

Sie mussten es versuchen. Kara zerrte am nackten Arm. Lag es an den Wasserspritzern oder den Tränen der Wut, warum alles vor ihren Augen verschwamm? »Wir sind zu spät.« Verdammt, warum schickte Werchteshaus keine Verstärkung?

»Vielleicht nicht.« Jörg zerrte mit Kara an Lengsfeld, bis er dessen Oberkörper über den Beckenrand gehievt hatte. Aus dem Mund des Bankers rann Wasser.

Eine Bewegung im Augenwinkel ... Kara fuhr herum, die Waffe im Anschlag. »Sie bleiben sitzen!«

Jörg gab Lengsfelds Brust mit aufeinandergelegten Händen die Stöße zur Wiederbelebung. »Er reagiert nicht.« Er stieß noch ein paar Mal mit den flachen Händen auf den Brustkorb.

»Verdammt.« Jörg drückte Lengsfelds Leiche die Augen zu und verharrte neben ihm.

Sie waren ein paar Minuten zu spät gekommen. Ein paar beschissene Minuten. Kara richtete die Dienstwaffe auf Voigt und ihren Lover. »Sie bewegen sich ganz langsam zum Tresen.«

Dieser Leonhard Widomat erhob sich als Erster. Er straffte sein T-Shirt, ohne dass er zu Kara hersah. Den Kopf gesenkt, platschte er durch die Pfützen. »Wo stellt man das Wasser ab?«, schrie Kara. Sie erschrak über ihre Lautstärke.

Voigt drückte sich aus den Knien hoch. Ihr Kleidung war nass und verrutscht. »An den grünen blumenartigen Drehgriffen ganz hinten links.«

Kara hätte bei dieser Kontrolliertheit kotzen können, es war dieselbe Arroganz wie bei Dannreuther, den sie nicht hatten knacken können.

Alte Ventile quietschten, als Jörg sich damit abmühte. Der Schwall ließ nach, die Wasseroberfläche beruhigte sich, nun hatten auch Lengsfelds Beine Ruhe.

Kara baute sich vor den beiden Entführern auf. »Erst Feuer und jetzt Wasser? Was für sinnlose Morde.«

Voigt richtete ihre Kleidung, bevor sie den Rücken durchdrückte. »Überprüfen Sie unsere Alibis. Wir haben Fokker nicht angezündet.»

Diese Tusse zauberte sogar eine Art Lächeln auf ihr Gesicht. Kara fasste es nicht.

»Wir wollten Lengsfeld retten.«

»Das ist wohl ein Witz?« Jörg kam näher. »Dass Sie den Manager gefangen gehalten haben, ist eindeutig. Wir haben genug Beweise gegen Sie vier. Ihr Kumpel hat geredet.«

Er wirkte völlig cool. Kara bewunderte Jörg dafür.

»Welcher Kumpel?« Die Stimme von Leonhard Widomat klang belegt.

»Wir sagen besser nichts.« Seine Freundin legte ihm die Hand auf den Oberarm.

Warum fühlten sich diese jungen Leute so stark? Kara griff zu ihrem Smartphone. Wo blieb Werchteshaus bloß?

»Sie haben offensichtlich das Gefängnis da unten geflutet«, sagte Jörg einfach. »Das wird Ihnen nichts nutzen. Wir haben bei Fokker Fasern gefunden. Er war auch hier. Das Material verwendet nur die Firma *Hortus Conclusus*.«

»Hortus …«, wiederholte Leonhard Widomat mit schleppender Zunge.

»Wir haben mit Fokkers Tod überhaupt nichts zu tun«, sagte Voigt.

»Tsts«, machte Jörg nur.

»Der Panikraum«, flüsterte Leonhard Widomat.

Kara bekam ein ungutes Gefühl, nicht weil Jörg weiter an seiner Überrumpelungstaktik strickte, sondern weil im Gesicht von Leonhard etwas vor sich ging. Der passiv-tranige Blick war verschwunden, Erregung glühte auf. Die Schultern streckten sich, er entzog seiner Freundin den Arm.

»Wir kamen hier an und das Wasser war schon aufgedreht.«

»Und das war der liebe Gott?« Jörg hob eine Augenbraue. »Und nicht etwa Ihr Komplize Habibi Amiri?«

Voigt hielt Jörgs Blick stand. »Wir haben versucht, Lengsfeld zu befreien.« Ihre Stimme wackelte nicht ein bisschen, sondern klang fest. Ein Richter würde ihr vielleicht glauben, aber Kara nie und nimmer.

»Wo ist Ihr Komplize?« fragte Jörg. »Lügen ist zwecklos. Er war hier. Der Lieferwagen von *Copy & Paste* steht draußen.«

Habibi stand auf den Eisensprossen im alten Schlauchturm, hielt sich an zwei davon fest. Er presste das Auge an den Lüftungsschlitz. Von hoch oben sah er ihnen auf die Köpfe. Der Schall sammelte sich unter der Werkstattdecke. Malu würde ihn in die Scheiße reiten, sich bei den Bullen einschleimen, ein paar Punkte machen für die Verhandlung, auf mildernde Umstände rauswollen.

Drunten zuckte Leon nur mit den Schultern.

»Habibi?« Dieselbe Stimme, derselbe Blick wie eben. »Der hat nichts damit zu tun. Er liefert hier nur auf dem Gelände aus, denke ich.«

Krass. Malu lenkte sie ab. Sie hatte überhaupt nichts vergessen. *One for all.* Sie verfolgte einen Plan. Habibi war es scheißegal, ob sie bei E oder F war. Malu war so schnell im Kopf. Sie verschaffte ihm Zeit. Aber klar: Wenn Habibi es hier herausschaffte und an Lengsfelds Geld kam, könnte er die härtesten Araber bestechen. Für 'ne Entführung vorm Gericht.

»Netter Versuch. Wir wissen, dass Herr Amiri überstürzt von seinem Laden aufgebrochen ist«, sagte die Polizistin.

Durch den Lüftungsschlitz sah er sie nur halbiert, so wie sie da unten vor Malu herumstolzierte.

Leons Gesicht zuckte komisch, einmal, zweimal, wie auf schlechtem Zeug. Er umschlang plötzlich seinen Bauch und sackte auf die Knie. »Nein!« Leon ließ einen Schrei ab, der im Schlauchturm so stark dröhnte, dass Habibi vom Lüftungsschlitz zurückwich.

Aber er wollte sehen, was abging.

Die beiden Bullen unten glotzten sich an, der Typ hatte die Hand am Halfter.

Leon machte aus dem Nichts einen riesigen Satz. Wie ein Neuköllner Karateking stieß er der Polizistin im Sprung mit dem Fuß vor die Brust, sodass sie nach hinten taumelte und mit dem Arsch in das Wasser neben der Werkbank sackte. Leon rannte aber nicht durch die gesprengte Metalltür raus, sondern packte in der Ecke sein Sprayset.

Habibi schob die Hüften an der Turmwand entlang für eine bessere Sicht aus dem zweiten Lüftungsschlitz.

Leon fummelte an etwas herum. Ein Funken blitzte, er fummelte noch mal und plötzlich fauchte eine Stichflamme auf. Leon hatte den Gasbrenner gezündet, mit dem er den Lack von den Boards schmolz. »Bleibt schön stehen.« Er fuchtelte mit der starken Stichflamme herum und ging auf die Polizisten zu.

Doch der Typ war schnell. Er packte Malu bei den Armen und riss sie vor sich. »Sie wollen doch nicht, dass Ihrer Freundin was passiert?«

Malu machte sich natürlich sofort steif, stellte die Beine extra quer, damit der Bulle nicht weiterkam. »Dschungel«, kreischte sie. »Leon, jetzt!«

Die Polizistin bewegte ihren Arsch von Lengsfelds Leiche weg und hechtete auf Leons Beine zu.

»Vorsicht«, schrie Malu.

Leon wich aus.

Die Polizistin prallte zu Boden, rollte herum und richtete beim Aufrappeln ihre Waffe auf ihn.

»Blockiere den Typen!« Leon schleuderte den fauchenden Gasbrenner quer durch den Laden auf den Bullen zu, während Malu sich auf die Knie fallen ließ. Sie zog den Kerl ein Stück mit sich runter. Der kam nicht schnell genug frei und stolperte über sie weg. Der Gasbrenner traf ihn auf Brust oder Bauch, war auch egal, sein Hemd fing Feuer.

»Scheiße!« Die Panik in seiner Stimme klirrte bis hoch zu Habibi. Sein Oberkörper loderte.

»Jörg, Jörg«, kreischte die Polizistin. Sie zielte mit ihrer Waffe auf Leon, aber der Bulle kreuzte die Schusslinie, weil er Malu brutal umtrat, als er mit einem Halbsalto in den vollgelaufenen Kristall sprang. Das Wasser spritzte so hoch auf, dass Lengsfelds Leiche und Malu nassgeregnet wurden.

Leon raffte ein Skateboard vom Boden und verschwand.

»Bin gelöscht«, prustete der Polizist und krabbelte über den Rand des übervollen Kristalls. Er zog Handschellen vom Gürtel. »Schnapp dir den Scheißkerl. Ich passe auf die Voigt auf.«

Die Polizistin rannte Leon nach draußen hinterher. »Ruf sofort Verstärkung.«

Malu hockte eingekrümmt auf dem Boden.

Habibi war sich sicher, dass sie nur eine Chance zur Flucht abcheckte.

Wenn Leon davonkam, dann waren sie zu zweit. Dann würden sie die anderen wieder rausholen. Mit einer Aktion. Das hatten sie drauf. Das war bewiesen.

Malu würde schweigen. Einfach nichts sagen wie Sanctus bestimmt auch. Leon würde es draußen allein schaffen. Habibi konnte jetzt nicht mehr tun, als für sie alle, so schnell es ging, Lengsfelds Kohle in Jersey abzuräumen. Er stemmte die Füße auf die rostigen Sprossen und hangelte sich weiter nach oben. Gleich war er frei.

Habibi kletterte aus dem Turm, der nur ganz leicht über das angrenzende Hallendach ragte. Er schwang die Beine über den bröckeligen Rand. Im Schatten des Turms sprang er runter aufs Dach. Und weiter! Nur der Wind zerrte an Habibis Haaren. *One for all.*

Leonhard Widomat rannte vor Kara an den alten Backsteingebäuden entlang. Die hohen Stahltore der meisten Werkstätten waren geschlossen. Vor einer standen vier Motorräder, weiter hinten rollte gerade ein Segelboot aus einer anderen heraus. Wo blieb die Verstärkung? Verdammt, warum sperrte Werchteshaus hier nicht längst alles ab?

Beinahe wäre sie an einer verrosteten Stahlführung im Boden hängen geblieben. Überall steckte hier so etwas zwischen dem Unkraut und den gesprungenen Betonplatten. Kara konzentrierte sich.

Widomat spurtete wie ein Hürdenläufer vor ihr her. Die Arme

eng am Körper, hielt er genau auf eine zweihundert Meter entfernte Mauer zu, über die ein verrosteter Kran hinausragte. Direkt dahinter floss die Spree.

Kara rang im Laufen nach Luft. Schwimmen zu müssen, war das Letzte, wozu sie jetzt Nerv hatte. Zumal sie gegen diesen Leonhard, wenn er nur ein bisschen trainiert war, als Frau überhaupt keine Chance hatte.

Kara verringerte den Abstand zu ihm. Hinter einem Prellbock war die Mauer eingebrochen. Die Gleise davor waren mannshoch zugewachsen.

Sie bemerkte einen Schatten im Augenwinkel. Von rechts rannte ein Mann auf sie zu, ein großer Typ, schwarze Kleidung: Joe von *Kerberos Ten!*

Er überholte sie und bog auf die Fluchtlinie ein, arbeitete sich auf den halben Abstand zwischen ihr und Widomat vor. »Leon! Spring nicht ins Wasser! Die Spree dort ist voll mit rostigen Grenzsperren, altes DDR-Zeug.«

Der Schweiß rann Kara in die Augen. Sie konnte nicht erkennen, wie der Flüchtende reagierte.

Der *Kerberos*-Typ wurde langsamer. »Nicht reinspringen.«

Umso besser. Kara überholte ihn links, aber er zog das Tempo sofort wieder an. Schnitt ihren Kurs, rempelte sie an der Schulter. Es nützte Kara nichts, dass sie sich fing. Der Typ war so gut trainiert, dass er sie in Manndeckung ausbremste. Kara prallte mit der Brust gegen seinen riesigen Rücken.

Sie spürte, dass sich sein Arm bewegte, zog die Hand noch weg, doch Joe krallte sich schon in ihre Schulter und riss sie im Schwitzkasten mit sich fort. Ihre Wange wurde an sein durchgeschwitztes Shirt gepresst, sie hörte sein Herz hämmern. Sich zu wehren, war zwecklos bei Joes Körperkraft. Sie würde dem Schwein und der Bank sämtliche Verfahren an den Hals hängen, die das deutsche Strafrecht hergab.

»Stopp. Wir holen dich hier raus!«, schrie er.

Leonhard kletterte, nach vorn gebeugt, an der eingebrochenen Stelle der Mauer hinauf. Er presste sein Skateboard an die Brust.

Joe bremste hart vor dem Schutt. »Wir holen dich hier raus! Look, die Polizei kriegt dich nicht.«

Widomat schaute über Kara hinweg zu den Werkstätten. Sie konnte sich nicht umdrehen, weil Joe sie wie festgeschraubt an seine Brust presste. Widomats Blick verharrte nicht. Kara erriet, dass niemand ihnen folgte. Warum war keine Verstärkung hier?

»Ihr?« Ein Backstein brach unter dem nächsten Schritt des Flüchtenden weg und kullerte ins Unkraut. »Wer seid ihr?«

»Das ist jetzt egal. Wir bringen dich in Sicherheit.«

Widomat deutete über ihre Köpfe weg. »Holt erst Malu raus. Jetzt gleich! Ich komme allein klar.«

»Um deine Freundin kümmern sich die anderen.«

Widomat checkte wieder die Werkstätten hinter ihnen. »Dort ist keiner.«

»Uns sieht man nie.«

Dieses Schwein arbeitete für die Bank, die wer weiß was für einen Deal mit der verlogenen Politik einfädeln wollte. Am Ende war die Berliner Polizei die Dumme. »*Kerberos Ten* arbeitet für die Bank«, schrie Kara so laut sie konnte, »und …« Ein Faustschlag traf ihre Zähne. Erst schmeckte Kara Blut, dann überflutete sie der Schmerz so sehr, dass sie in eine blassrosa Dumpfheit glitt. *Lass den Typen nicht gewinnen.* Thures Gesicht huschte durch ihren Geist, sie fühlte seine Hände über ihre Wange streicheln.

» … mich nicht. Malu!« Leonhard streckte auf der Mauer den Arm aus. »Du hast aber ein Problem. Das dort sind bestimmt nicht deine Kumpels.«

Joe drehte den Rumpf, Kara tänzelte notgedrungen mit. Vertrautes Blaulicht weit hinten zwischen den alten Fabrikgebäuden, ungefähr auf der Höhe des Skaterladens. Na endlich.

Und bevor noch mehr schiefging … Kara holte Luft, zog die Zunge im Mund zurück, wand ihren Kopf an Joes trainiertem Männerfleisch und biss so fest sie konnte zu.

Er schrie laut auf. Im Schreck gab er Kara frei, schlug aber nach ihrem Kopf. Sie war schneller, solange Joe schwankte und mit Trippelschritten wie ein Boxer nach Stand suchte. Kara riss sich ganz los.

Widomat war von der Mauerkrone verschwunden.

Die alten Steine bröckelten unter ihren Tritten, sie schaffte es vor Joe nach oben.

Unter ihr schwappte das Wasser sanft im dichten Uferbewuchs. Rostige Stangen ragten aus dem Fluss, in zerbrochenen Gittern hing Müll. Hier war der Kerl nicht reingesprungen. Rechts wucherten Brennnesseln am Ufersaum, links lief Widomat auf dem intakten Stück der Umfriedungsmauer – im Gegenlicht sah er aus wie die sexy Silhouette eines jungen Mannes in einer Berlin-Werbung. Er warf sein Skatebord über die Mauer in einen unbekannten Hof und sprang hinterher.

»Fuck«, fluchte Joe neben Kara und machte weite Sätze, die zerbrochene Mauer hinunter zurück aufs Gelände.

Er hatte recht. Der Flüchtende war schon zu weit, der Weg über die Mauern zu langsam. Die Kollegen draußen auf der Straße mussten ran. Sie hatten Karas Verfolgungsjagd hoffentlich mit Ferngläsern beobachtet. Kara beneidete den Vogel, der über den Segelbooten auf der Spree seine Spirale hinauf in den Himmel drehte, und machte kehrt.

54

Die Blaulichter auf dem Streifenwagen waren ausgestellt. Kara taten die Knie weh und die Sehne im linken Fuß. Vier Spurensicherer bauten Tische die Werkstätten entlang auf und holten ihre weißen Anzüge aus den Verpackungen.

Gerbert hob den Daumen. »Deinetwegen habe ich zehn Kisten *Bordeaux Grand cru* gewonnen«, rief er. »Ich war mir sicher, dass du den Manager noch diese Woche findest.«

Was für eine Quote. Kara stellte sich lieber nicht vor, wer im LKA dagegen geboten hatte und gerade in den Tisch biss. Ob die Kollegen auch auf tot oder lebendig gewettet hatten?

»Vom *Bordeaux* kriegen wir aber was ab.« Jörg streifte vor dem Skaterladen den Polizeitrainingsanzug eines Kollegen über. Auch dessen trockene Sportschuhe passten ihm.

Vor den Werkstätten hatte sich das Künstlervolk versammelt und gaffte.

»Klar. Meine Zwillinge wollen euch sowieso mal kennenlernen.«

Kara lehnte sich an den Dienstwagen. »Das Feiern müssen wir verschieben. Dieser Leonhard Widomat ist mir entwischt.«

Gerbert schaute über seinen Tross. »Meine Spurensicherung und ein Streifenwagen. Wer sichert uns den Tatort, damit die Leute nicht gleich durchs Bild laufen? Die zwei Kollegen reichen doch nicht.«

Sie entrollten gerade Absperrbänder.

»Sag jetzt nicht, dass Werchteshaus das Gelände nicht hat weiträumig abriegeln lassen?« Vor Zorn wurde Kara beinahe übel. Bei so einem Fall!

»Und ich Idiot dachte, die wären alle hier auf dem Gelände.« Gerbert hieb auf das Dach des Streifenwagens. »Diese verdammte Politikschn...« Er verschluckte den Rest.

Jörg stöhnte neben Kara auf. »Wir sollen die Zeugin selbst in Gewahrsam nehmen?«

Gerberts weiße Haarsträhne flatterte im Wind. »Bringt erst eure Arbeit zu Ende. Wir warten solange.«

Kara ging voraus. Sie deutete auf den Lieferwagen des Copyshops. »Wenn dieser Habibi Amiri irgendeinen Cousin bei der libanesischen Mafia in Neukölln hat, nutzt die Fahndung nichts.« Pech und Schwefel waren nichts gegen deren Clanstrukturen.

»Wahrscheinlich hockt er schon mit neuen, wasserdichten Papieren in einem Wagen Richtung polnische Grenze und fliegt heute Abend seelenruhig von Warschau in die Ferien.« Jörg zog sich die Trainingshose zurecht.

Im Skaterladen saß Voigt direkt neben der zerbeulten Metallfalttür auf einem Hocker. Über das junge Gesicht huschte Erleichterung, bevor es sich wieder zu einem motzigen Ausdruck verhärtete. Was nützte es ihr, dass ihr Freund hatte fliehen können? Voigt würde ihre besten Jahre im Frauenknast verbringen. Ihren linken Arm fixierten Handschellen nach oben weggestreckt an einem alten Rohr.

»Fluchtversuch. Die Lady war nicht schnell genug.« Jörg lehnte sich an den Verkaufstresen. Darauf lag sein verkokeltes Hemd samt den nassen Kleidern.

»*Kerberos Ten* ist auch auf dem Gelände.«

»Na toll.«

Kara wandte sich Voigt zu, die die Lippen aufeinanderpresste. »Als unmittelbar Tatverdächtige brauchen Sie ...«

»Habe ich ihr vorhin schon vertrichtert.« Jörg verschränkte die Arme. »Sie sagt sowieso nichts.«

Kara ging vor dem Hocker in die Knie, auf Augenhöhe. »Sie sind eine intelligente Frau. Helfen Sie uns, Ihren Freund zu finden. Es ist letztlich besser für Sie beide, wenn Sie sich jetzt mildernde Umstände verschaffen. Oder wollen Sie fünfundzwanzig Jahre wegen Doppelmordes einrücken?«

»Falsch.« Voigts Mund zuckte. Die Handschellen klirrten. »Sie können uns keine Beteiligung am Tode von Fokker nachweisen, weil wir es nicht waren. Und das hier«, sie deutete mit dem Kinn zum Wasserbecken, wo Lengsfelds Leiche auf die Spurensicherer wartete, »das hier war ein Unfall. Ich weiß nicht, wer das Becken geflutet hat.«

Was für eine gefühllose Tusse. Sie sah den Mann fünf Meter vor sich liegen, den sie hatte absaufen lassen. Kara hätte sie am liebsten zusammengeschissen, doch der Impuls verebbte. Im Grunde reagierte Voigt nur wie jede Kriminelle, sobald man sie erwischte: abstreiten, beschönigen, verklären. Wenigstens ersparte sie ihnen irgendwelche Politsprüche.

»Wie Sie wollen.« Kara richtete sich auf. Voigt würden sie sich noch mal vornehmen, wenn die drei Nächte in U-Haft hinter sich hatte.

»Kara, Jörg!« Gerbert stand in der offenen Tür. »Kommt! Das Mädel kann ja nicht weg. Macht schon.«

Sie spurtete hinter Jörg her. Jeder Schritt ziepte in ihren Muskeln.

Draußen wendete ein Polizist den Dienstwagen umständlich.

»Die Kollegen von der Technik haben eben ein Telefonat von Widomat abgefangen.«

Neue Energie schoss Kara in die Glieder. »Haben sie ihn lokalisiert?«

Gerbert zog sie zu seinem Laptop. »Kam gerade von den Technikern rein. Das Signal kommt von einer Straßenecke nicht weit von hier, da gibt's einen Taxistand. Widomat hat sein Smartphone offenbar beim Einsteigen weggeworfen. Wichtiger ist der Mitschnitt.« Er startete die Audiodatei.

»Leon, lege sofort auf. Meine Leute holen dich raus.«

»Ich will nur wissen, warum.«

»Komme auf keinen Fall in die Bank, hörst du? Auf keinen Fall! Verstecke dich, so gut du kannst.«

»Tue ich nicht, bevor du nicht antwortest. Sofort!«

»Nein, nicht am Telefon. Im Erkerzimmer. Dort oder nirgends.«

»Ich …«

Die Aufnahme brach ab.

»Die Frauenstimme gehört seiner Mutter, Gerlind Schindhelm«, sagte Jörg.

»Jetzt können wir nur hoffen, dass das Erkerzimmer, das sie meint, auch das in der schindhelmschen Villa im Grunewald ist«, sagte Kara.

Gerbert hob den Zeigefinger. »Ich rufe die Werchteshaus an. Ab mit euch beiden.«

Der Kollege hatte ihren Dienstwagen gedreht und stieg aus. Das Blaulicht lief schon. Er warf Jörg den Schlüssel zu.

Kara schnallte sich auf dem Beifahrersitz an. Nun würden sie rasen wie der sprichwörtliche Henker.

Es war ihre einzige Chance. Das verkalkte Wasserrohr, an das sie gekettet war, hatte Habibi stillgelegt, weil es brüchig war. Malu sprang vom Hocker auf, wand ihre Hand in der Schelle, auch wenn sie sich die Haut blutig schürfte. Eine, zwei Minuten, höchstens, blieben ihr. Auch wenn Malu es nur undeutlich gehört hatte, die beiden Bullen waren hinausgegangen, weil die Polizei Leon aufgespürt hatte. Sie packte das alte Rohr, stemmte den linken Fuß gegen die Wand, spannte den Körper zum Bogen, stemmte den rechten Fuß gegen das Metall. Jetzt oder nie. Malu drückte ihre ganze Kraft in Beine und Arme, ihre verzweifelte Wut darüber, dass dieser Feigling Habibi einfach abgehauen war. Das Rohr knirschte leise. Putz rieselte.

Wut war gut. Malu spannte sich noch stärker. Mehr Putz rieselte auf sie herab, das Rohr dehnte sich ihr eine Handbreit entgegen, hebelte die erste Halterung weiter oben aus der Wand. Gleich würde es durchbrechen. Ja!

Sie musste weg, Leon wiederfinden, Sanctus raushauen. Einen Deal machen, irgendwas. Allein schaffte Leon das nicht. Er dachte nie weit genug.

Malu gelang es, das linke Bein durchzustrecken. Die zweite Halterung sprang ab. Nur noch *eine.*

»Bleib ganz ruhig«, raunte eine helle Männerstimme direkt an ihrem Ohr.

Malu erschrak so sehr, dass sie losließ. Sie stürzte rückwärts. Unter ihrem Gewicht brach das Rohr. Die Handschelle sauste nach unten.

Aber Malu fiel nicht zu Boden, ein schmaler Männerkörper dämpfte ihren Schwung. Sie ruckte mit dem Kopf herum. Der Mann war weißblond und dünn. Jack von Kerberos Ten, Sanctus' Beschreibung passte genau.

»Ich helfe dir«, flüsterte er.

Sein Akzent klang britisch. »Wieso?« Malus Gedanken rasten. Verfolgte die Bank jetzt andere Ziele, weil Lengsfeld tot war?

Jack legte Malu hart auf dem nassen Boden zu seinen Füßen ab. »Kein Wort! Sie dürfen uns draußen nicht hören.«

»Genau. Schön leise sein, ihr zwei«, sagte eine andere Männerstimme hinter ihnen in klarem Hochdeutsch.

Malu warf den Kopf herum. Ein Typ mit braunem Kurzhaar zielte mit seiner Pistole auf sie. Jack neben ihr erstarrte. Der Typ trug ein Funkkabel im Ohr und kam aus der Ecke des Trockenturms heran, dessen Zugangsklappe offen stand.

»Keinen Ton.«

Malu war es, als schaue sie direkt in den kleinen schwarzen Kreis des Pistolenlaufs, als würde die Mündung immer größer, während er sich näherte.

»Und keine Bewegung.« Der Typ zielte auf Jacks Herz.

Der lachte nur. »Lass den Quatsch. Ich habe einen offiziellen Auftrag von der Bank.«

»Was Sie nicht sagen. Letzte Warnung. Finger weg, die Frau gehört uns!« Überkorrektes Deutsch.

Jack hob die Brauen, schob die Lippen vor, als spräche er mit einem Kleinkind, und säuselte: »No way.« Sein mildes Lächeln erstarb, er zog irre schnell eine Pistole aus seinem Holster …

Der Knall raste bis in ihr Hirn, wo alle Gedanken unter Jacks Schrei neben ihr auseinanderstoben. Sein Körper taumelte, kippte über Malu hinweg, sein kleiner Hintern fiel auf ihr Schienbein, die Schultern zuckten noch einmal; Blut drang unter seinen Kleidern hervor, schmierte warm über Malus Beine.

Der Deutsche stellte sich breitbeinig vor ihr auf. Sein Gesicht verschwamm hinter der ausgestreckten Faust mit der Pistole, verwirbelte sich um den schwarzen Kreis der Mündung, der sich langsam auf Malus Stirn herabsenkte.

»Warum seid ihr Terrorweiber bloß so geil? Schade eigentlich.«

Und Schuss.

55

Mutter hatte an Technik im Haushalt nie gespart. Für alles gab es Geräte, vor allem wenn sie ihr Zeit sparten. Elektrische

Kirschenentkerner oder Spielautomaten für Leons Kinderzimmer. Statt ihm eine Antwort zu geben, ließ sie ein Video laufen.

Ihr Flachbildschirm lieferte ein brillantes Bild. Leon registrierte das links unten angezeigte Datum, die Sequenz stammte von letztem Sonntag, 15:24 Uhr. In dem Panikraum, den Mutter drei Stockwerke unter dem Erkerzimmer hatte einbauen lassen, kniete ihr Vorstandskollege Fokker und fraß wie ein Hund aus einem Stahlnapf Euroscheine. Er hob den Kopf. Der Rest eines Zwanzigers verschwand über seine trockenen Lippen, bevor er sichtlich an den Scheinen würgte. »Jetzt seid ihr dran«, klirrte Fokkers Stimme im Lautsprecher. Leon hielt sich die Ohren zu.

»Reicht es dir?«

Die Aufzeichnung stoppte, Fokkers kauender Mund fror ein.

»Warum hast du ihn verdursten lassen?«

»Das war eure Idee.«

»Wir hatten nie vor, die beiden zu töten.«

»Eure edlen Prinzipien anonymer Selbstjustiz als Global Citizens.« Mutter lachte spitz. »Einerseits Konzernmanager zur Verantwortung ziehen, sich andererseits die Hände nur ein bisschen schmutzig machen wollen. Erpressung von Beweisen ja, Entführung ja, tödliche Gewalt nein. Ihr hattet die falsche Strategie. Von Anfang an.«

»Warum hast du unsere Pläne kopiert und umgesetzt?«

»Kopiert nicht. Verbessert.«

»Wie bitte?«

»Euer Ansatz war entwicklungsfähig, ohne Zweifel, aber zu riskant. Dass euer Risikomanagement für eure Aktionen ineffizient war, hast du ja jetzt erlebt. Wie konntet ihr glauben, dass Lengsfeld Beweise rausrückt? Aber schon mit der Fokker-Aktion eurer Fassung wärt ihr gescheitert.«

»Hast du ihn selbst in der Bank außer Gefecht gesetzt?«

»Sicher. Dafür habe ich ihn allerdings selbst einen Termin mit diesem Ducasse absagen lassen müssen, indem ich Fokker eine billigere Lösung für die Bank versprochen habe. Das zieht immer.«

»Aber wie hast du es allein geschafft?«

»Mein Gott, Abläufe planen gehört zu den Basics. Ich bin vorne aus der Bank raus, schnell ums Eck Richtung Taxistand gelaufen. Ich bin eingestiegen, habe nach ein paar Metern ›Ach Gott, die Tasche vergessen‹ gemurmelt und mich vor der Tiefgarage wieder absetzen lassen. Dort erfasst keine Cam die Einfahrt. Normales Trinkgeld, damit der Fahrer mich sofort vergisst, kurz warten und dann bin ich durchs Tor der Tiefgarage in die Bank zurück.«

»Und wenn sich der Fahrer doch erinnert oder es einen zufälligen Zeugen gegeben hätte?«

»Ohne Risikobereitschaft gelingt dir nichts im Leben, Leon. Es war aber unwahrscheinlich, dass ein zufälliger Passant sich erinnert hätte. Freitagabend wollen alle nach Hause und denken nur an sich.«

»Du warst schon immer zynisch.«

»Nein, nur nicht naiv wie ihr.« Mutter schaltete den Bildschirm aus. »Ich habe mich mit dieser albernen Guy-Fawkes-Maske vermummt, wenigstens das war eine brauchbare Überlegung von euch, und habe mich im Zwischengeschoss versteckt. Ich wusste ja, dass Fokker bald nach mir runterfahren würde. Als dann die Anzeige über dem Fahrstuhl endlich aufleuchtete, habe ich die Kabine einfach auf dem Zwischengeschoss gestoppt und Fokker mit einem K.-o.-Spray betäubt.«

Seine Mutter verschränkte die Arme im roten Kostüm und drehte den rechten Fuß auf dem Absatz wie noch bei jedem Streit.

Leon ertrug den Anblick kaum. »Immer ziehst du alles allein durch.«

»Das war auch besser so. Ich hätte nie Komplizen vertraut wie du deiner Malu. Oder diesem Dannreuther beziehungsweise Sanctus, wie ihr ihn nennt. Meine Güte. Unter einem Heiligenschein habt ihr es nicht getan.«

»Warum hast du es überhaupt getan?«

»Auch wenn du es nicht glaubst: Um dich zu schützen.«

»Mich? Entschuldige, wenn ich lache.«

»Du lachst wie immer zu früh. Eure Aktion zur Entführung Fokkers war absolut falsch geplant, sowohl von der Zeit wie vom Ablauf her. Du wolltest von der Straße in die Tiefgarage eindringen, getarnt als Postbote. Quatsch. Der ganze Potsdamer Platz wird von Kameras überwacht. Die Polizei hätte in zwei, drei Tagen deine Identität ermittelt.« Mutter fuhr sich mit den Händen über die Wangen. »Sei froh, dass du dein *iPhone* in der Jacke stecken lassen hast und nicht aus eurem Chat ausgeloggt warst, schlampig wie du bist.«

Sie hatte bei seinem Besuch damals den Plan für die Aktion gelesen. Diese eine Scheißdatei hatte alles verraten. Während Leon im Erkerzimmer geglaubt hatte, er spioniere sie aus. »Du hast gar nicht gebadet, sondern dich nur schnell umgezogen.«

Seine Mutter lachte bloß. »Zugegeben, schnüffeln ist nicht fein. Aber ich war neugierig, ob aus dir und deiner Malu was würde, wie dein Vater behauptet hat. Welche Mutter möchte nicht alles über ihre Schwiegertochter in spe wissen?«

Dabei hatte Vater versprochen, nichts zu sagen. Enttäuschung zwickte Leon. Moment, sein Vater hatte ihn noch nie angelogen. Was sie sagte, stimmte nicht. »Ich denke, du hast unsere Aktion nicht meinetwegen geklaut, sondern weil du Fokker auf deinem Weg an die Spitze der Bank beseitigen wolltest wie Lengsfeld auch.«

Sie presste die Handflächen flach aneinander. »Hätte ich von eurem Wahnsinn, auch Lengsfeld zu entführen, nur ein Fünkchen geahnt, dann hätte ich dich direkt gestoppt.«

»Tatsächlich?« Leon erinnerte sich nicht mehr, ob damals im Chat auch über die Aktion gegen Lengsfeld Hinweise gesteckt hatten. Das war jetzt auch egal. »Nein, Mutter, es war dir sehr recht, dass wir Lengsfeld aus dem Verkehr ziehen würden. So bist du die heldenhafte Frau Schindhelm geworden, die drei Managerposten auf einmal stemmt. Es ging dir nur um deine verdammte Karriere. Wie immer schon.«

»Genauso gut könnte ich freudianisch sagen, du machst bei

dem Wahnsinn nur mit, um dich an deiner Mutter zu rächen und deinem Vater zu imponieren.«

»Lass Vater aus dem Spiel.«

»Was hätte ich deiner Meinung nach tun sollen? Dir gut zureden? Als ob du auf mich gehört hättest. Oder dich anzeigen? Damit ihr vier Fokker nicht entführt und erpresst? Mein Sohn als verhinderter Terrorist in allen Medien. Nein. Das hätte nicht nur mein Karriereaus bedeutet. Es hätte auch dein Leben ruiniert.« Sie schüttelte den Kopf. »Außerem hätte das jede Chance der Neuausrichtung in der Bank verhindert.«

»Und das soll ich dir glauben?«

»Ihr vier habt im Grunde sogar recht. Die bisherige Art von Banking muss aufhören.«

Sagte seine Mutter. Leon begriff es nicht.

»Was schaust du so? Ich bin nicht verrückt geworden. Fokker und Lengsfeld haben ihr Schicksal verdient. Sie haben Tausende Menschen auf dem Gewissen mit ihren Wasser- und Energiedeals.«

»Du nicht?«

Sie blickte zu Boden. »Ein Grund mehr, warum ich das alles mache«, sagte sie langsam.

»Was? Morden?«

Sie hob den Blick, kalt glühten ihre braunen Augen. »Du bist wirklich nicht in der Position, mir moralisch zu kommen. Deine Verwicklung in diese unausgegorenen Pläne hat mich quasi genötigt, die beiden Kollegen auf diese Weise auszuschalten. Illegal, aber effizient. Anyhow, jeder Weg wäre mit Risiken belastet gewesen. Die Welt braucht neue Banken. Ich wollte die *German Global* endlich anders steuern. »

»Wollte?«

»Es ist zu spät.«

»Für was anderes als diesen Turbofinanzkapitalismus ist es nie ...«

»Leider braucht Veränderung Zeit. *Ich* schaffe es nicht mehr. Ich werde nicht mal mehr die richtigen Nachfolger installieren können.«

Leon hatte es beinahe vergessen, so geschockt wie er war.

»Dein Vater hat dir also wirklich nichts gesagt.«

»Ja. Nein. Nicht so richtig.«

»Und du hast nicht nachgebohrt. Genau wie dir hier nichts aufgefallen ist, als du in meinen Bankakten im Arbeitszimmer herumspioniert hast, mein kleiner Träumer.«

Sie hatte es von Anfang an gewusst. »Wenn es nicht für die Aktionen gewesen wäre, hätte ich es nicht gemacht.«

»Es kam mir sofort verdächtig vor, dass du dich für mich interessiert hast. Und dieser obskure Skaterladen war als Vorwand ziemlich dünn. Du wärst normalerweise nicht zu mir gekommen.«

»Weil du sowieso nie zuhörst. Schon früher nicht.«

»Irrtum. Ich habe dir vor gut einem Jahr sehr genau zugehört, als du irgendein Zeug von Finanzierungen für den Skaterladen erzähltest, das offensichtlich gelogen war. Allein auf dein Erbpflichtteil würde man dir ohne jedes Businesskonzept jeden Kredit für so einen Laden nachwerfen. Egal. Gesehen hast du Meisterspion bis heute jedenfalls nichts, obwohl alles vor deinen Augen herumliegt.«

Doch, er hatte etwas bemerkt, den Werbekatalog der Firma *Hortus Conclusus,* aber dass die kein Gartenzeug verkaufte, sondern Panikräume hatte Leon erst vorhin beim Überfall der Polizei begriffen. Mutter meinte ihre Wanddekos: »Dieses südamerikanische Schamanenzeug?«

»Die Mispelpräparate nicht zu vergessen, die standen auch hier auf dem Beistelltisch neben den Wasserflaschen. Na, klingelt's?«

»Du hast Krebs.«

Sie schnippte mit den Fingern. »Bingo. Einen blöden, hartnäckigen Feind, mit dem ich seit vier Jahren im Krieg liege. Ich musste erst auf dreitausend Metern Höhe in einer Wüste auf einem Lama reiten, bis ich bei den Huanca-Indianern begriffen habe, dass der Krebs gar nicht mein Feind ist, sondern meine letzte Chance, den Weg rückwärtszugehen.« Sie schaute zu einer bunten Federmaske an der Wand. »Die riesigen Geldströme der *German Global Credit*, die mir das Schicksal in die Hand gegeben hat, könnte ich in andere Bahnen lenken. Es geht um Umkehr, nicht Rache.«

Für einen Moment glaubte er ihr nur zu gern. »Genau das wollen wir auch.«

»Siehst du, wir verstehen uns. Einmal im Leben.«

Leon hörte seine Mutter gleichzeitig wie von ganz nah und ganz fern. »Aber dennoch hast du Fokker verbrannt.«

»Seine Leiche. Er war schon tot. Es war nicht schwer, ihn in der Garage mit der Hebevorrichtung des Segways in den Mercedes zu schaffen und dann im Wald abzufackeln. Und bevor du wieder moralisch wirst: Lengsfeld ist vor knapp einer Stunde in eurem Versteck ertrunken. *Kerberos Ten* hat es mir gesimst, ich bin ja immer noch die Bank.«

Alles kam wieder in Leon hoch. Sein Zorn darüber, dass Malu in der Gewalt der Polizei war, dass sie verloren hatten.

»Weine jetzt bloß nicht, wir haben Wichtigeres zu tun.«

Ihre Stimme war so unerwartet sanft, dass er zusammenzuckte. »Wir?«

»Die Polizei wird gleich hier sein. *Kerberos Ten* schätzt sicher richtig. Wir gehen jetzt rüber in den Salon. Dort steht ein roter *Hermès*-Koffer vor der Madonna, die dein Vater hiergelassen hat.«

»Aber …«

»Pläne versteckt man in Plänen. Höre jetzt bitte noch ein einziges Mal im Leben auf deine Mutter, Leon. Es wird sowieso deine letzte Gelegenheit sein. Worauf wartest du?«

56

Kara verfluchte die Berliner Staus. Widomats Vorsprung war größer geworden. Wenigstens floss der Verkehr im Stadtteil Grunewald wieder. »Die übernächste Kreuzung müssen wir links rein.« Hinter hohen Bäumen schimmerten Villen aus der Kaiserzeit oder mal ein Architektenhaus im Betonquaderstil. Gut angezogene Rentner führten auf den Bürgersteigen Rassehunde aus, ganz der Alltag in dem vornehmen Stadtviertel, der so hätte nicht sein dürfen, nicht jetzt. »Die Kollegen müssten eigentlich längst die Kreuzung abriegeln. Halte an.«

»Du hast recht.« Jörg zog den Wagen hart in eine Parklücke hinter einen SUV. Er hieb mit den Daumenballen auf das Lenkrad und stierte nach vorn.

Kara wusste, dass er das Gleiche dachte. »Spuck's aus.«

»Wir haben über Funk gehört, dass die Taxizentralen die GPS-Position aller ihrer Wagen in diesem Stadtteil übermittelt haben.« Seine eisblauen Augen verdunkelten sich. »Die Ortung dauert bloß Sekunden. Werchteshaus weiß, dass Leonhard Widomat bei seiner Mutter in der Villa angekommen ist. Warum schickt sie auch hier keine Streifenwagen her?«

Draußen schaukelten die Äste einer Linde sanft im Wind, während Karas Gedanken rasten. »Heißt das jetzt, dass dieser Leonhard davonkommen soll, oder nicht?«

Jörg krallte die Finger ums Lenkrad. »Keine Ahnung. Jedenfalls hat Werchteshaus nicht verhindert, dass wir vorhin in Schöneweide statt Verstärkung erst mal die Typen von *Kerberos Ten* auf dem Hals hatten.«

Karas Gedankenwirbel verlangsamte sich in dem Maße, wie die Lindenäste draußen zur Ruhe kamen. »Werchteshaus benutzt uns in einem Machtspiel.« Kara schaute ins Dunkel unter dem Handschuhfach auf ihre erdigen Schuhe. »Sie und der BND haben uns rumhampeln lassen und nur scheinbar unterstützt.« Kara blickte Jörg von der Seite an. »Dass Leonhard zu seiner Mutter flieht, wird völlig plausibel, wenn sie das Mastermind ist, den wir die ganze Zeit suchen. Sie hat die vier jungen Leute manipuliert.«

»O Mann.« Jörg stöhnte auf. »Wir hätten früher drauf kommen können.«

»Du warst schon auf der entscheidenden Spur: Wer verfügte

über Schlüssel zum Zwischendeck? Ich hätte dir besser zuhören sollen.« Trotzdem fühlte es sich verquer an: Gerlind Schindhelm als Haupttäterin. »Keiner von uns beiden hat sich das Sicherheitskonzept der Bank angeschaut.«

Jörg winkte ab. »Es ist gar nicht unser Fehler. Wir haben das Dokument nicht einsehen dürfen. Werchteshaus hat es auf ihrem Schreibtisch gebunkert. Wir arbeiten unter Sicherheitsstufe drei, nicht vergessen.«

Das war Kara mehr denn je bewusst. »Sie können die ganze Sache drehen, wie sie wollen. Egal, was wir tun, am Ende sind wir schuld.«

»Wenn wir es schon merken: Wollen wir uns von der Chefin verschaukeln lassen oder jetzt ganz offiziell Verstärkung anfordern? Per Funk über die Zentrale, damit genug Kollegen mithören? Kann vielleicht nicht schaden, wenn sie uns später wer weiß welches Dienstvergehen anhängen wollen.«

Das Gebläse der Klimaanlage surrte leise. Kara ballte die Faust. »Kneifen war noch nie mein Ding.« Sie sah Jörg direkt in die Augen.

»Außerdem sind zwei Menschen ermordet worden«, sagte er langsam.

»Dann lass uns tun, was wir als Polizisten für richtig halten. Fahr los.«

Mutter hielt ihm ihr Smartphone unter die Augen. Leon blinzelte, aber die Tränen rannen schon. *Kerberos Ten* hatte für die Bank die Mailanhänge der Sonderkommission der Polizei an den Innenminister gehackt. Mutter ließ das Video noch einmal ablaufen. Leon schaute weg. »Sanctus trägt keine braunen Gürtel.« Nur immer eine abgewetzte schwarze Koppel mit einem kleinen Stern auf der verkratzten Metallplatte vorn. »Den hat er sich nie im Leben selbst um den Hals gelegt.« *Nie im Leben.* Lebendig bleiben, das war Teil des Plans, sie selbst und die Geiseln. Leon lief ein Schauer über den ganzen Körper. Selbstmord, das hatte Sanctus ihnen eingebläut, wäre nur eine taktische

Drohung, damit ... Damit was? Die anderen Zeit gewönnen, wenn ... Auf dem Video hing Sanctus schlaff und tot, der Arm vom Bauch gerutscht wie ... Bilder von Filmfestspielen mischten sich hinein, mit RAF-Pathos und ... Der Raum schwankte, der Salon verflüssigte sich, Leon wurde übel.

Mutter rüttelte ihn an den Schultern. Sagte etwas, dass er nicht verstand. Sanctus. O mein Gott ... Der Gürtel am Fensterkreuz, Sanctus' behaarte Arme, sein dünner Bauch im T-Shirt, seine Boxershorts ... Als fiele das Bild über Leon oder er in das Bild.

Wieder schrie seine Mutter etwas, zerrte an ihm.

Sanctus hasste Boxershorts, weil sich seine Eier leicht verdrehten oder so. »Sanctus trug nur Slips. Sie ... haben ihn umgebracht«, flüsterte Leon.

»Noch in der U-Haft. Kapierst du endlich? Euer Tod ist die optimale Lösung. Die Öffentlichkeit bekommt ein paar Täternamen präsentiert und dann vergessen alle, was war. Keine langen Gerichtsprozesse, keine Journalisten, die Dreck aufwühlen, keine Gefahr für die diplomatischen Beziehungen. Für die Politik ist das die angenehmste Lösung. Schnell zurück zum business as usual. Der Geheimdienst wird dich genauso töten, wenn du nicht sofort tust, was ich dir sage!«

Kerberos Ten hatte das Video abgefangen. »Die Sicherheitstypen arbeiten für die Bank oder dich?«

»Das ist für die immer noch das Gleiche.«

Das stimmte wahrscheinlich sogar, sonst hätte der bullige Typ ihn vorhin einfach auf der Mauer abgeschossen. »Sie sollen Malu retten.«

»Für mich geht es nur um dich.« Mutter machte ein paar Schritte zum Kamin und zeigte auf ihren roten Aktenkoffer unter Vaters Madonna. »Hier ist alles drin, was du brauchst. Und jetzt, Schatz, tu endlich, was ich sage ...«

Schatz. Es war lange her, dass sie ...

Seine Mutter kniff die Augen zusammen. Mund, Wangen, alles verschob sich wie unter großer Kraftanstrengung, als wäre die Haut träger Stein. Ihr Gesicht zersprang, darunter leuchtete ein zärtlicher Schmerz, als ihre Hand über seine Wange strich. »Leonhard, du musst jetzt fliehen!«

Er fühlte, wie ihre Finger auf seiner Haut zitterten. Ihre Stimme war ungeduldig, wenn sie sich im Recht fühlte. Genauso wenig abwarten konnte Leon selbst, wenn er etwas begriffen hatte. »Okay. Und wie?«

Das Gartentor zur schindhelmschen Villa stand offen, dahinter lag grün gesäumter Kies im späten Abendlicht.

»Du klingelst vorn, ich versuche es gleich hinten über die Terrasse.« Kara rannte an Rosenhecken vorbei. Rittersporn schimmerte als blauer Rahmen hinter einem weißen Gartenpavillon.

Das Grundstück fiel sanft zum Dianasee ab. Ein paar Bronzeskulpturen standen auf der Grünfläche verstreut herum. Kara checkte die Fassade, keines der Fenster stand offen. Marmorstufen führten hinauf zu einem eleganten Glasvorbau. In den bodentiefen Scheiben spiegelte sich die Abendsonne.

Erst mitten auf der Treppe veränderte sich der Lichteinfall und Kara erkannte, dass jemand drinnen einen Arm ausgestreckt hatte und mit einer Waffe auf sie zielte. Instinktiv warf sie sich in die Rosenhecke links neben den Stufen. Dornen stachen durch die Hosen. Kara fixierte die Glasfenster.

Sie hatte sich getäuscht. Gerlind Schindhelm hatte einen Revolver in der Hand, doch sie zielte gar nicht nach draußen, sondern auf ihren Sohn Leonhard. Er stand mit erhobenen Händen nur drei Meter von Kara entfernt vor einem Fensterrahmen.

Sie konnte nur undeutlich erkennen, womit der Salon über einen Glastisch und Designerstühle hinaus noch möbliert war. Ihr Puls beruhigte sich. Da Schindhelm nicht die Haustür geöffnet hatte, würde Jörg ebenfalls hinter die Villa gelaufen sein und müsste eigentlich ihren Sprung mitbekommen haben. Bestimmt sicherte Jörg sie jetzt. Solch einen Zugriff auf ein Haus trainierten sie schließlich oft genug. Kara rollte sich aus den Rosen zurück auf die Marmorstufen. Sie hob langsam die Hände und schritt die letzten Stufen hinauf.

Schindhelm registrierte sie und bedeutete Kara mit der freien Hand näher zu kommen. Mit der anderen zielte die Bankerin auf ihren Sohn, während sie sich Richtung Terrassentür in Bewegung setzte und den Abstand konstant hielt. Leonhard Widomat wich nach hinten zu einem niedrigen Kamin zurück.

Kara machte weitere Schritte auf die Glastür zu. Zeitungen lagen auf schlichten Sideboards, ein roter Aktenkoffer stand vor einer geschnitzten Madonna. Ein Businessjäckchen lag über dem ersten Stuhl beim Glastisch vor dem Durchgang in die Halle.

Gerlind Schindhelm erreichte rückwärts gehend die Glastür, tastete mit der linken Hand nach der Klinke, brauchte ein bisschen.

Widomat starrte abwechselnd auf den Lauf des Revolvers und zu Kara her. Seine Schultern hingen, obwohl er die Hände gehoben hielt. Unter den weit hochgezogenen Augenbrauen flackerte sein Blick, als hätte er irgendein Zeug eingeschmissen. Die Tür schwang auf.

»Kommissarin, ich bin so froh. Helfen Sie mir.«

Kara trat in den Salon neben Schindhelm. Die Bankerin roch nach teurem Parfüm und Deo, und doch intensiv, weil sie wahnsinnigen Stress hatte.

Ihre Hand mit dem Revolver zitterte. »Leon, ich kann es immer noch nicht glauben.«

»Die anderen haben deinen Panikraum für Fokker benutzt, ohne mir etwas zu sagen. Mit dem Schlüssel und den Zugangscodes, die du mir für die Villa gegeben hast.«

Kara nahm aus den Augenwinkeln draußen einen Schatten auf der Terrasse wahr.

»Wie konntest du mich so hintergehen?« Schindhelm legte die freie Hand auf ihren Bauch.

Jörg trat die Glastür mit einem Scheppern auf und stellte sich breitbeinig schräg hinter Kara. »Hören Sie auf mit dem Theater«, rief er. »Waffe runter!«

Schindhelm wandte nur kurz den Blick von ihrem Sohn ab. »Nur wenn Sie Leon festnehmen. Er hat ...«

»O nein.« Kara überlegte nicht lang und blockierte den Durchgang aus dem Salon in die Halle.

Jörg ging kaum merklich in die Knie, jederzeit bereit für einen Sprung, wie sie es im Intensivtraining geübt hatten.

»Sie sind das große Mastermind hinter den Entführungen«, sagte Kara.

Die Bankerin ließ den Revolver nicht sinken. Sie tauschte einen Blick mit ihrem Sohn. Der entspannte die hochgezogenen Augenbrauen.

Konfrontiert die Täter mit Fakten, hieß es immer. »Frau Schindhelm. Sogar an den Peilsender in Fokkers Gürtel haben Sie gedacht und ihn zurück in seinen Schreibtisch gelegt.«

Wie an vier Ecken eines Quadrats standen sie um den Glastisch einander gegenüber. Kara am Durchgang zur Halle, Leonhard an der Seite des Kamins, Jörg vor den Terrassenfenstern, die Dienstwaffe im Anschlag, und Schindhelm vor der geschnitzten Madonna und dem roten Aktenkoffer. Kara zwang Ruhe in ihre Stimme. »Sie sind ein Kontrollfreak. Sie überlassen solch eine Herausforderung – oder soll ich Bankerdeutsch reden und Challenge sagen? –, Sie überlassen die Entführung zweier Vorstände nicht unreifen jungen Idealisten mit Träumen von der Finanzrevolution.«

»Quatsch! Es geht ... Ach, Scheiße«, fluchte Widomat.

Schindhelm ließ langsam den Revolver sinken. »Ehe Sie mich verdächtigen, wollen Sie nicht lieber Leonhard zuhören?«

Kara bevorzugte Fakten. »Wir haben unter Sicherheitsstufe drei Zugang zu den Telefonortungsdaten, die der BND speichert. Legen wir für den Freitagabend die Ortungen über den Berliner Stadtplan. Was werden wir bei Ihnen finden, Frau Schindhelm?«

»Nichts von Bedeutung. Ich war auf einem Empfang, dafür gibt es zig Zeugen.« Das stimmte sogar, das hatten Kollegen überprüft. Aber Zeugen irrten sich schnell bei Zeitangaben, vor allem wenn ihnen vorher Uhrzeiten suggeriert worden waren.

Jörg zog mit der freien Hand sein Tablet aus dem Hosenbund. Daran hätte Kara beim Aussteigen aus dem Dienstwagen nicht gedacht. Jörg legte es in die Mitte des Glastischs. Er tippte mit der freien Hand. »Warum wird Ihr privates Handy dann zwischen 21:47 und 22:13 Uhr im Grunewald geortet?«

Die Bankerin brauchte nicht zu wissen, dass Werchteshaus eben erst die Telefondaten übermittelt hatte.

Der Sohn machte einen halben Schritt vom Kamin auf den Glastisch zu und schielte auf den Bildschirm.

Er weiß gar nicht, was vorgegangen ist. Kara kam ebenfalls näher und stellte sich neben Jörg. »Es war nicht Leonhard, der im Zwischengeschoss der Tiefgarage auf Lauer lag. Auch keiner seiner Komplizen. Sie waren es selbst.«

Der Mund der Bankerin zuckte ein wenig. Sonst rührte sie sich nicht und schwieg.

Kara betrachtete die verwickelte grüne Spur, die das Analyseprogramm auf den Stadtplan zeichnete. Und registrierte, dass sich Widomat noch weiter vorbeugte. »Daraus ergibt sich auch, dass Sie es gewesen sein müssen, die mit Fokkers Mercedes bis hier auf ihr Grundstück gefahren sind.« Der blinkende Anzeigepunkt ruhte, das Programm übersprang die Minuten ohne Ortsveränderung, dann bewegte sich der pulsierende Punkt zu einer Straßenkreuzung, wurde schneller.

»Hier haben Sie ein Taxi genommen, das fällt im Grunewald niemandem auf«, sagte Jörg.

»Der Wagen setzt sie beim Empfang des BDI ab.« Der grüne Punkt verharrte an der Adresse des Verbands. »Fokker lag zu diesem Zeitpunkt noch gefesselt in Ihrem Kofferraum in der Garage.« Kara wischte über die Kontaktfelder des Bildschirms. »Pech für Sie, dass nicht nur die NSA effizient ist, sondern auch die deutschen Dienste.«

»Und das soll vor Gericht Bestand haben? Lächerlich.«

Im Gesicht Widomats ging etwas vor. Er wirkte auf einmal so hart und reserviert wie Kollegen aus dem Neuköllner Abschnitt, die im harten Kiez täglich mit Gewalt konfrontiert waren.

Kara spannte die Muskeln an.

Jörg richtete seine Waffe auf Schindhelm. »Und Ihren Konkurrenten Lengsfeld hat Ihr Sohn für Sie mit seiner Truppe erledigt.« Er bedachte Widomat mit einem Blick voller Verachtung. »Ihrer Mutter traue ich zu, dass sie aus Karrieregründen zwei Vorstandskollegen beseitigt, das ist ein klassisches Motiv. Aber Sie? Was haben Sie davon, ihr zu helfen, außer zig Jahren hinter Gittern?«

»Raten Sie mal.« Der Sohn öffnete die Augen ganz weit. »Raten Sie einfach weiter.«

Kara hätte geglaubt, dass er gleich die Nerven verlor, wäre nicht der arrogante Ton gewesen. Der gleiche wie bei den anderen, diesem Dannreuther und vor allem Marie-Luise Voigt. Sie wandte sich der Bankerin zu. »Sie haben die Pläne der vier jungen Leute manipuliert.«

»Ich wusste von nichts.« Schindhelm funkelte ihren Sohn an.

Jörg stand seitlich, etwas hinter Kara vor der offenen Terrassentür. Er sicherte sie weiter mit der Dienstwaffe.

Schindhelms Arm schnellte ihrem Sohn entgegen, er schnappte sich den Revolver. Mit der anderen Hand stieß er seine Mutter Kara und Jörg in die Quere.

»Verdammt.« Die Hüfte der Bankerin war im Weg. Auch zerrte diese so fix einen Stuhl vor Karas Füße, dass sie darüberkippte.

Jörg machte hinter ihr einen Satz vorwärts, verfing sich aber mit einem Fuß an ihrer Ferse und stürzte ebenfalls, allerdings Widomat direkt vor die Beine. Der zuckte zwar zurück, nutzte aber die Chance und stieg einfach über Jörg hinweg, weil diesem die Dienstwaffe im Fallen aus der Hand geglitten war und über das Parkett bis unter den Glastisch rutschte.

Jörg brüllte vor Wut, hechtete aus der Bauchlage hoch und bekam Widomat mit beiden Händen an den Schuhen zu packen.

Der Sohn schwankte, blieb aber im Gleichgewicht, weil er sofort die Hüfte krümmte. »Loslassen oder ich drück ab!« Er hielt Jörg den Revolver an die Schläfe.

Die Stimme klang so entschlossen hart, dass Kara von einem Angstimpuls überrollt wurde. *Nicht Jörg. Nicht so.*

»Scheiße.« Jörg gab Widomat frei und blieb regungslos liegen.

Kara rührte sich ebenfalls nicht. Die Dienstwaffe lag einen halben Meter zu weit unter dem Glastisch für irgendeine der antrainierten Aktionen. Auch war ihr Schindhelm mit dem Stuhl, an den sie sich wie an ein Abwehrschild klammerte, im Weg.

»Der Herr Bulle robbt jetzt schön langsam nach hinten, das Gesicht am Boden.«

Widomat zielte konsequent auf Jörgs Kopf. Kara sah zu, wie ihr Kollege über den Teppich rückwärtsrutschte, vorbei an der roten Ledertasche auf dem Tisch.

»Stopp«, sagte der Sohn nach gut vier Metern. »Genauso strack bleibst du liegen. Oder deine Kollegin ist tot.« Er zielte jetzt auf Kara.

Sie hörte die Bankerin neben sich schwer atmen. Und noch was. Weiter weg.

Die Bankerin nickte ihrem Sohn zu. »Du hast keine Sekunde länger.«

Kara begriff erst jetzt, dass sie die Sirenen von Dienstwagen hörte, dass draußen Wagentüren zuschlugen.

Widomat wandte sich zur Terrasse.

»Vorsicht!«, schrie seine Mutter.

Vom Garten herauf stürmte Werchteshaus mit einem großen Mann in Zivil über die Marmortreppe.

»Durch den Keller.«

Widomat federte in den Knien, sprang über Jörg weg, der sich sofort aufbäumte, aber einen Tick zu langsam war. Mit der freien Hand schnappte sich der Sohn den roten Aktenkoffer vom Glastisch.

Kara warf sich darunter, fischte die Dienstwaffe vom Parkett, rollte herum, zielte.

»Nicht schießen!«, schrie Werchteshaus hinter ihr. »Das ist ein Befehl.«

Der junge Rücken floh genau in der Zielachse. Kara durfte nicht.

Leonhard Widomat samt der roten Tasche war weg.

Leon rannte hinaus in die Halle. Auf dem glatten Marmor rutschten seine Sohlen, nur weil der schwere Aktenkoffer in der Kurve um die Hallensäule Fliehkraft hatte und als Gegengewicht diente, stürzte er nicht hin.

Leon fixierte den Rundbogen über der Kellertreppe. Mutter hatte die schmiedeeiserne Tür offen stehen lassen. Sie hatte an alles gedacht. Hoffentlich.

Er hörte hinter sich den Bullen keuchen. Noch sieben Schritt, fünf, drei bis zum Keller. Er streckte die Rechte aus, hüfthoch an die gerundete Steineinfassung, wie er es als Kind gemacht hatte, wenn er sich beim Spielen ins Dunkel hatte hinuntertrudeln lassen. In Ali Babas Höhle.

Der Stein war kalt. Leon knallte mit der Schulter dagegen. Setzte wie damals die Füße so auf die Treppe nach unten, dass er die schmiedeeiserne Tür mit einer Schulterdrehung hinter sich zuwerfen konnte. Dem Bullen auf die Nase!

»Arschloch«, hörte er ihn fluchen.

Ohne Code ging nichts mehr. Mutter hatte den Panikraum elektronisch gesichert. Leon rannte die drei Wendeldrehungen hinunter.

Nicht daran denken, was in dem kleinen Raum links unter dem Wintergarten, wo früher die Tischtennisplatte gestanden hatte, mit Fokker geschehen war. Der Fluchttunnel war hinter dem Weinkühlschrank verborgen.

Leon rückte das leere Ding von der Wand. Der Einstieg hatte einen Hebel, er zog. Die Luke sprang auf.

Kühle Luft wehte ihm entgegen. Es roch wie drunten am flachen Seeufer. Notlicht schaltete sich ein. Die Luke verriegelte sich automatisch hinter Leon. Die metallene Fluchtröhre war gerade ein Meter fünfzig hoch, sodass er nur tief geduckt vorankam. Sie endete zehn Meter weiter im Sockel der Skulptur, die noch sein Vater hatte aufstellen lassen. Pavillon und Rittersporn verdeckten die Sicht von der Villa aus.

Leon zog den Hebel am Ausstieg, die Notbeleuchtung erlosch. Er sprang raus auf den Rasen. Jetzt brauchte er nur noch wie früher durch die Hecken rüber in den großen Garten der Dollgows flitzen. Das würde seinen Weg abkürzen, während die Polizei durch drei Straßen um den See kurven müsste. Bis dahin säße Leon längst in Mutters kleinem Smart, der vor Dollgows Villa parkte. Der Schlüssel war im roten Aktenkoffer.

Kerberos Ten hatte Malu bestimmt rausgehauen. Die wurden von Mutter teuer bezahlt. Und Malu würde ihn finden. Oder er sie. In Abidjan, wo sonst?

Als er durch die Hecken preschte, spürte Leon, dass eine neue, unbekannte Freiheit gerade begann.

Sie standen alle ganz still im Salon. Kara, Schindhelm, Werchteshaus und der große, dünne Mann vom BND. Kara hatte den Basketballer wiedererkannt.

»Scheiße«, hörten sie Jörgs Wutschrei aus der Halle.

Er kam angerannt. »Der hat die schmiedeeiserne Kellertür hinter sich zugeworfen. Wir brauchen schweres Werkzeug oder wir schießen das Schloss einfach kaputt. »

»Unnötig. Er wird ja nicht weit kommen«, sagte Werchteshaus.

»Im Gegenteil.« Schindhelm lachte knapp. »Leonhard wird in jedes der achtundzwanzig Länder kommen, die nicht an Deutschland ausliefern. Er wird in dem roten Aktenkoffer fünf verschiedene Pässe mit fünf verschiedenen Identitäten finden. Sowie Zugangscodes zu Nummernkonten, auf denen so viel Geld liegt, dass mein Sohn den Rest seines Lebens in Ruhe verbringen kann, selbst wenn er nicht sein Erbe hier antreten könnte.«

»Das können Sie gern dem Gericht beim Prozess erzählen, wenn wir Ihren Sohn geschnappt haben«, sagte Kara.

Schindhelm schob sich eine Haarsträhne aus der Stirn. »Es wird keinen Prozess geben. Mein Gesundheits-Check-up und das Gutachten des Onkologen Professor Doktor Tolksdorf finden Sie oben auf dem Schreibtisch in meinem Schlafzimmer. Das dürfte meine Verhandlungsunfähigkeit ausreichend belegen.« Sie drehte sich zu dem Mann vom BND, der hinter Werchteshaus wartete und ziemlich blass geworden war. »Es wird keinen Prozess geben. Weder gegen mich noch gegen einen der Freunde meines Sohnes. Nicht wahr, Herr Seipel?« Die Strähne fiel ihr zurück vor das linke Auge. »Niemand wünscht, dass vor Gericht öffentlich gemacht würde, welche Projekte welcher deutschen Konzerne die Bundesregierung in Zentralasien wirklich vorantreibt.« Sie brach in ein Lachen aus, das Kara noch tagelang in den Ohren gellen würde. Nicht hexenhaft, nicht hoch klang es, sondern melodisch wie das eines vergnügten Mädchens, das im Sommer durch den Garten tanzt. Bevor es abkippte in den fallenden, kalten Ton, mit dem Frauen heimlich über ihre Rivalinnen lachen.

57

Musik plärrte, der Fernseher lief hinter den Dönerspießen.

Erkan hatte Kara und Jörg nur kurz angeschaut, sich am Schädel gekratzt und sich seine Sprüche gespart.

Sonst liefen sie hier mit dem ganzen Team auf, wenn eine Sonderkommission abgeschlossen war. Sonst gab es Erkans *Bullen-XXL-Döner* mit *Integrationssoße Orient Delight* und Moslembierchen, wie er das Alkoholfreie anpries.

Kara war froh, dass Jörg den Stehtisch in der Ecke ansteuerte. Neugierige Kollegen konnte sie jetzt nicht ertragen.

»Dumm gelaufen?« Erkan stellte ihnen ungefragt zwei seiner *Mokka-disch-ferdisch* hin. »Aufs Haus.« Er langte zum nächsten Stehtisch. »Und der Zucker für die Lady.«

»Danke.« Kara rang sich ein Lächeln ab.

Erkan nickte nur und verschwand hinter dem Tresen zu seinen Salaten.

Jörg griff als Erster zum Zuckerstreuer und ließ einen großen Haufen auf seinen Löffel rieseln. »Das brauche ich jetzt.«

»Was essen geht echt nicht.« Kara rührte in ihrem Espresso.

Jörg war ganz fahl im Gesicht. »Dafür bin ich nicht Polizist geworden. Der offizielle Bericht stimmt hinten und vorn nicht. Ich hatte Marie-Luise Voigt schon in Handschellen gelegt. Das ...« Seine Stimme brach. »Es ist völlig utopisch, dass die Kollegen zu dritt nicht in der Lage waren, Voigt vorschriftsmäßig abzuführen. Nie und nimmer hat die sich eine Dienstwaffe besorgen können – von wegen erschossen aus Notwehr.« Jörg rührte und rührte.

Kara merkte, dass sich ein Gedanke immer tiefer in ihr Hirn fraß: *Etwas dagegen tun*. Und dort Gewissheiten zersetzte, ihr den letzten Glauben nahm.

»Mensch, sag was. Irgendwas. Sonst heule ich hier wie der letzte Affe.« Jörg drehte den Kopf zur Wand. »Der andere in der U-Haft hat sich doch wohl auch nicht selbst am Gürtel aufgehängt, oder?«

Kara bekam es kaum über die Lippen. »Nicht, nachdem dieser Sanctus so taktisch mit Selbstmord gedroht hat.«

»Und was machen wir jetzt?«, flüsterte Jörg heiser. »Werchteshaus hat die Akten komplett gesperrt. Wir dürfen nicht einmal einen eigenen Bericht hinzufügen.«

»Du hast Gerlind Schindhelm gehört. ›Es wird keinen Prozess geben.‹« Kara schüttelte sich unter dem Nachhall des Lachens der Bankerin.

Der Kaffee schmeckte nach Alltag, zu bitter und nach der Verkommenheit der Welt.

»Wenigstens hat die Chefin sie verhaftet.«

»Wenn der Generalbundesanwalt den Haftbefehl nicht gleich wieder kassiert hat. Der Fall lief unter Sicherheitsstufe drei, da ist alles möglich.«

Jörg legte den Löffel weg und starrte auf die schwarze Flüssigkeit in seiner Tasse. »Und nun? Machen wir Montag wieder Dienst für Justitia und Grundgesetz, ja?« Er kippte den Espresso in einem Zug. »Ich lass mich krankschreiben, vier Wochen. Vorher kriege ich nicht klar, ob ich noch Polizist sein kann.«

Karas Smartphone vibrierte. Sie checkte die SMS aus Schweden.

Kann Samstag, elf Uhr, in Berlin sein. Soll ich Flug buchen?

Kara tippte einfach *Ja.* Es würde guttun, Thure zum Reden da zu haben. Sie brauchte kluge Antworten auf harte Fragen. Jörg sprach ja nur aus, was sie fühlte.

Ihr Kollege drehte den Kopf zu Erkans Tresen. Seine Augen wurden groß, größer vor Unglauben, etwas trieb Farbe in sein Gesicht. Er deutete zum Bildschirm hinter den Dönerspießen.

N-tv lief. Hektische Schnitte zwischen Börsensälen.

»Seit wann hast du Aktien?«

»Lies den Ticker unten«, sagte Jörg rau.

... weltweit Datenzentren von Bankkonzernen betroffen – Milliardenverluste nach globalen Hackerangriffen – Nachdem zunächst die German Global Credit *den Handel mit Devisen- und Wertpapieren unterbrach, schlossen weitere Finanzkonzerne die Handelsplattformen ...*

Die Farbe des Meldungsbands wechselte abrupt zu rot.

Eilmeldung: EZB schließt europäische Börsen – Hongkong und New York unterbrechen den Handel – Moskau und Peking dementieren offiziell Cyberangriff. Der UN-Sicherheitsrat kommt zu einer Dringlichkeitssitzung am Abend zusammen.

Darüber zeigte *n-tv,* wie der Finanzminister mit einer Wagenkolonne ins Kanzleramt fuhr.

»Wenn das alles nur wegen der Programme passiert, die dieser Sanctus vor unserem Zugriff noch ins Netz abgesetzt hat, dann ...«

... wäre der IT-Spezialist ein Genie gewesen.

Jörg hielt sich den Kopf. »Vielleicht ist wirklich schon alles so vernetzt und hochkomplex, dass ein paar Nachahmer dieser vier jungen Täter für den globalen Crash reichen.«

»Vergiss nicht, auch wenn man diesen Sanctus und die Voigt beseitigt hat, zwei sind uns entkommen«, sagte Kara. »Wenn du mich fragst, läuft der Plan B der vier gerade erst an.« Oder die nächste Finanzkrise. Oder beides.

Kara kam mit dem Denken nicht mehr hinterher. Sie war sich nicht mal mehr sicher, ob sie sich fürchten oder freuen sollte.

Hat Ihnen dieses Buch gefallen?

Entdecken Sie einen weiteren spannenden Titel:

Der Campingplatz lag am Krossinsee, im äußersten Zipfel des Berliner Südostens. Wer am Ufer stehend die Zehen ins Wasser tauchte, befand sich bereits halb im Bundesland Brandenburg. Ein Rotmilan flog über den See auf der Suche nach Beute und bot einen erhabenen Anblick. Während er im Morgendunst Kreise am Himmel drehte, hörte man klagende Rufe – *Uuu-Wiuwiu-Wiuuuu … Uuu-Wiuwiu-Wiuuuu.* Plötzlich stand er in der Luft, die Flügel leicht gewinkelt, mit dem gegabelten Schwanz das Gleichgewicht ausbalancierend – er hatte etwas erspäht. Im nächsten Moment schoss er im Sturzflug zur Wasseroberfläche hinab und krallte sich einen jungen Barsch. Mit dem Futter für den Nachwuchs stieg der Greifvogel erneut auf. Flog zu seinem Horst in einem der Wipfel des im Dunkeln liegenden Waldes, unter dessen Kiefern und Buchen zahlreiche Wohnmobile und Zelte standen.

Während die Camper noch schliefen, war Rosa Engelbosch bereits seit fünf Uhr auf den Beinen. Ehe sie um sieben den kleinen Backshop öffnete, machte die Campingplatzbesitzerin ihren morgendlichen Rundgang. Sie war schlank, ihre Haut wettergegerbt. Dank der sportlich-drahtigen Figur und dem burschikosen Kurzhaarschnitt wirkte sie um einiges jünger als die vierundfünfzig Jahre, die ihr Leben schon zählte. Auf der Halbinsel Zingst aufgewachsen, war sie vor mehr als zwanzig Jahren der Liebe wegen nach Berlin gezogen. Ihren Mann Jos, der ursprünglich aus der Provinz Westflandern stammte, hatte sie durch das gemeinsame Faible für die Freikörperkultur kennengelernt. Damals arbeitete Rosa noch auf einem großen FKK-Platz bei Ahrenshoop. Der muskulöse Blondschopf fiel ihr sofort auf, und als der Belgier das dritte Wochenende hintereinander zum Nacktbaden an die Ostsee kam, war ihr klar, dass das Interesse auf Gegenseitigkeit beruhte.

Rosa und Jos hatten sich gefunden und lebten gemeinsam die Freikörperkultur, liefen selbstverständlich auch zu Hause nur nackt herum. Was gab es Schöneres, als die einengende Kleidung abzustreifen, damit Licht und Luft überall hinkamen und die durchs Fenster hineinfallenden Sonnenstrahlen einen sanft umschmeicheln konnten? Dabei umfasste das Nacktsein ja so viel mehr. Für Rosa spiegelte die Freikörperkultur eine ursprüngliche, eine natürliche Nacktheit. Ließ man sich auf diesen Naturzustand ein, befreite man nicht nur den Körper, sondern auch seinen Geist. Man überschritt eine Grenze und konnte so zu einer echten Persönlichkeit reifen.

Als sie den heruntergekommenen Campingplatz am Krossinsee pachten konnten, griffen Rosa und Jos sofort zu. Der ideale Ort, um ihren gemeinsamen Traum von einem Freikörper-Camping-Paradies zu verwirklichen. Doch es war schwerer, als sie gedacht hatten. Die Gäste aus der ehemaligen DDR kamen erst gar nicht, flogen lieber zu den ihnen noch unbekannten Ferienzielen wie Griechenland, Mallorca oder auf die Kanaren. Und die ehemaligen Westbürger … Die ehemaligen Westbürger blieben aus. Aus kindischer Prüderie, wie Rosa und Jos zu ihrem Bedauern erfahren mussten. Für die meisten Westler war es offenbar unvorstellbar, dass wildfremde Menschen einander nackt sehen konnten. Allein die Vorstellung trieb vielen die Schamesröte ins Gesicht.

Und noch etwas machte dem jungen deutsch-belgischen Unternehmen zu schaffen: Ihr Freikörper-Camping-Paradies am Krossinsee zog schon bald unerwünschte Gaffer an. Männer, die darauf aus waren, nackte Kinder zu betrachten. Trotz Hausverbot kamen fortwährend neue Glotzer. Das hatte alles keine Perspektive. Rosa und Jos gaben frustriert auf, stellten den Platz auf textile Campinggäste um. Und prompt kam der Erfolg. Ein Erfolg, der Rosa fast zuwider war, da er auf den Trümmern ihres zerplatzten Traumes basierte.

Ich schlafe seit meinem sechsten Lebensjahr nackt, dachte sie, ich schwimme seit meinem neunten Lebensjahr nackt, ich liebe seit meinem fünfzehnten Lebensjahr nackt und ich werde mich, verdammt noch mal, auch nackt beerdigen lassen. Wann immer das sein wird!

Rosa stieß ihren Abfallsammelgreifer grimmig in ein Gebüsch und zog eine zerbeulte Einweggrillschale heraus. Sie stopfte die Schale in ihren Müllsack, der bereits zu einem guten Drittel mit zerknüllten Chipstüten, verschmierten Pommes-frites-Schalen und anderem Unrat gefüllt war. Abfall, den Camper achtlos wegwarfen, statt die überall aufgestellten Müllbehälter zu benutzen. Aber das kannte sie, das war jeden Morgen das Gleiche. Gehörte einfach dazu.

Die Campingplatzbesitzerin bog in den Seeweg ein und stockte – am flach abfallenden Ufer lag ein Mann im Morast. Rosa Engelbosch trat näher. Sie hatte zwar noch nie einen Toten gesehen, aber dieser Mann war definitiv tot. Sein halber Schädel war zerborsten, Blut und Hirnmasse ausgelaufen. Der Tote trug lediglich Boxershorts und ein T-Shirt. Der rechte Arm lag beinah vollständig im Seewasser. Daneben im Schlamm eine Pistole. Rosa Engelbosch spürte, wie sich ihr Magen verkrampfte. Sie holte Luft, atmete mehrmals tief durch. Dann nahm sie ihr Mobiltelefon aus der Jackentasche und wählte den Notruf.

»Guten Morgen. Hier spricht Rosa Engelbosch vom Campingplatz Engelbosch am Krossinsee. Ich habe einen toten Mann gefunden. – Ja, hier bei uns auf dem Gelände. Wahrscheinlich ein Camper. – Ich würde sagen, er wurde erschossen. – Gut, dann bis gleich.«

Sie steckte das Mobiltelefon wieder ein und betrachtete die Leiche, beziehungsweise das, was von ihr noch zu erkennen war. Der Mann war schlank, durchtrainiert, erinnerte sie von der Figur her an ihren Jos. Aber der Tote hatte dichte dunkle Haare, während Jos nur noch einen schütteren grauen Haarkranz besaß. Rosa schaute sich um. Hinter einer Baumgruppe konnte sie mehrere Camper in Schlafsäcken erkennen, die neben einer der offiziell angelegten Grillstellen schliefen. Offenbar hatten sie es nicht für nötig befunden, ein Zelt aufzubauen.

Die Campingplatzbesitzerin nahm ihren Müllsack und ging zu ihnen. Erst jetzt sah sie, dass in einem der Schlafsäcke kein Mensch lag. Neben der Grillstelle stand ein Haufen leerer Weinflaschen. Mit ihrem Abfallsammelgreifer stieß Rosa Engelbosch die Schlafenden nacheinander an. Es waren drei Männer, die langsam zu sich kamen.

»Was wollen Sie?«, grunzte ein Untersetzter mit Stirnglatze schlaftrunken.

»Da vorne liegt ein Toter. Kann es sein, dass der zu Ihnen gehört?«, fragte Rosa Engelbosch und deutete auf den leeren Schlafsack.

»Wo liegt ein Toter?«

»Kommen Sie mit ...«

Die drei Männer rappelten sich hoch. Alle waren Ende vierzig und wirkten verkatert. Sie folgten der Campingplatzbesitzerin zum Ufer.

»Die Polizei ist bereits unterwegs.«

Geschockt starrten die Männer auf die Leiche, sahen sich fassungslos an. Keiner brachte ein Wort heraus. Obwohl jeder von ihnen genau wusste, wie man sich in so einer Situation zu verhalten hatte.

Theoretisch und auch praktisch.

Krimis mit Groove und Humor

Rainer Wittkamp

Schneckenkönig

ISBN 978-3-89425-416-2, auch als E-Book erhältlich

Ein toter Ghanaer und ein strafversetzter LKA-Beamter: Der spleenige Kommissar Martin Nettelbeck taucht ein in den multikulturellen Großstadtdschungel.

»Cool ist ein überstrapaziertes Wort. Aber genau so schreibt Rainer Wittkamp. Saucool.« Buchjournal

Kalter Hund

ISBN 978-3-89425-430-8, auch als E-Book erhältlich

Ausgezeichnet mit dem ›Krimi-Blitz‹!

Eine Hitzeglocke nimmt den Berlinern die Luft zum Atmen – und vier Menschen treffen Entscheidungen, die sie mit kühlem Kopf vielleicht nicht getroffen hätten. LKA-Ermittler Martin Nettelbeck hat Mühe, die Leichen einzusammeln ...

»Einer der besten deutschen Großstadt-Noirs der letzten Jahre, ohne Frage tolle Unterhaltung.« Ulrich Noller, WDR ›Piazza‹

Frettchenland

ISBN 978-3-89425-457-5, auch als E-Book erhältlich

Politik und Nacktselfies: Eine Personenschützerin wird in der Staatskanzlei ermordet. LKA-Ermittler Martin Nettelbeck muss bei Ermittlungen im Berliner Regierungsviertel viel Fingerspitzengefühl beweisen.

»Rainer Wittkamp bittet Volksvertreter und Staatsmacht zu einem mörderischen Tanz.« Martin Schöne, 3sat ›Kulturzeit‹

Stumme Hechte

ISBN 978-3-89425-469-8, auch als E-Book erhältlich

Vier hochrangige Polizeibeamte gemeinsam auf einer Radtour, dann ist einer tot. Für Kommissar Nettelbeck spricht vieles für Selbstmord, doch plötzlich mauern die überlebenden Freunde. Als die kleine Tochter seiner Lebensgefährtin entführt wird, liegen Nettelbecks Nerven endgültig blank.

Steuern – hochspannend!

Olaf R. Dahlmann

Das Recht des Geldes

ISBN 978-3-89425-467-4
Auch als E-Book erhältlich

Sie will nur ihren Job machen.
Doch sie soll eine Marionette sein.
Also beginnt sie ihr eigenes Spiel …

Ein ermordeter Anwalt in Liechtenstein, verschwundene Steuerdaten und ein handlungsunfähiger Chef: Katharina Tenzer absolviert ihr Referendariat in der angesehenen Hamburger Kanzlei Friedemann Hausner und soll unverhofft die Unternehmerfamilie Koppersberg gegenüber der Steuerfahndung vertreten. Doch Hausner sagt seiner jungen Mitarbeiterin nicht alles.

Als Katharina begreift, worum es wirklich geht, ist es schon zu spät. Längst verfügt sie über Wissen, das sie eigentlich nicht verheimlichen darf. Und das sie zum nächsten Ziel des Mörders macht …

»Steuerbetrug kann lebensgefährlich sein und sehr unterhaltsam. Der Volldampf-Wirtschaftskrimi ›Das Recht des Geldes‹ beweist es. Und anders als bei der Steuererklärung versteht man hier auch wirklich alles.« Udo Feist, WDR 2

Geklaute Steuerdaten, riskante Selbstanzeigen und die Folgen: hochspannend, topaktuell, von einem Insider geschrieben

grafit

Wie eine wilde Fahrt durch die Nacht

Michael Herzig

Am Ende die Nacht

Gebunden mit Schutzumschlag

ISBN 978-3-89425-674-6

Auch als E-Book erhältlich

Ein Migrant ist assimilierter, als es ihm lieb ist.

Ein Lobbyist strauchelt über seine Laster.

Eine Societylady wittert die Chance, verlorenes Familienglück herbeizuzwingen.

Ein Hauswart wischt ausschließlich vor den Türen der anderen.

Eine Bankerin kann sich keine Gefühle leisten und wird von ihren Emotionen überwältigt.

Eine Sekretärin sträubt sich gegen die Verbürgerlichung und verbürgerlicht dabei.

Eine Journalistin nähert sich nicht dem Durchbruch, sondern starrt in den Abgrund.

Ein Partygirl flieht vor der Ernüchterung.

Eine Hausbesetzerin verwirkt ihre Glaubwürdigkeit.

Ein Zuhälter sieht sich als Unternehmer.

Ein Polizist macht nur seinen Job und damit Schlagzeilen.

Zsófia Bihari hat nichts als ihren Körper und viel zu verlieren.

Und am Ende wird es nicht für jeden einen Morgen geben …

Zwölf Menschen, die auf dem schmalen Grat zwischen Recht und Unrecht darum kämpfen, sich selbst treu zu bleiben.

Ein Roman wie eine wilde Fahrt durch die Nacht!

Angekommen in der alten Heimat ...

Martin Calsow

Atlas – Alles am Anfang

ISBN 978-3-89425-460-5
Auch als E-Book erhältlich

Ein Zielfahnder rettet sich vor einem mexikanischen Killerkommando in seine alte Heimat – und stößt auf Abgründe in der deutschen Provinz ...

Als seine Tarnung auffliegt, muss sich Undercover-Ermittler Andreas Atlas Hals über Kopf vor den Killerkommandos eines mexikanischen Drogenkartells in Sicherheit bringen – ausgerechnet in seiner alten Heimat im Teutoburger Wald, wo ihn alle für einen gescheiterten Animateur und Barbesitzer halten und er nicht gerade mit offenen Armen empfangen wird.

Atlas möchte sich schnellstmöglich mit einem unterschlagenen Millionenvermögen nach Südamerika absetzen. Doch als er glaubt, Beweise für einen nie aufgeklärten Mord an einer Schulfreundin gefunden zu haben, geraten seine Pläne ins Wanken. Viel Zeit, sich zu entscheiden, hat er nicht – denn die Mexikaner sind ihm bereits auf den Fersen ...

»Martin Calsow bestätigt mir wieder einmal, dass es keine Rolle spielt, wo ein Krimi spielt, wichtig ist nur die Story, die Protagonisten, der Stil.« Monika Dobler, Revolverblatt

»Ein starker Heimatkrimi ... Die Story ist fesselnd erzählt – man hätte gerne noch mehr davon! ... Der gelungene Auftakt zu einer Serie, denn das Kartell bleibt Atlas auf den Fersen.«
Udo Feist, WDR 2

»Mit nüchternen, klaren Worten zeichnet Calsow ein düsteres, fast mystisches Bild seiner Heimat, in die sich die dramatische Handlung perfekt einfügt. Ein starkes und spannendes Buch.« Main-Post